AF553334

मृगनयनी

वृंदावनलाल वर्मा ग्रंथमाला-2

मृगनयनी

वृंदावनलाल वर्मा

प्रकाशक • **प्रभात प्रकाशन प्रा. लि.**
४/१९ आसफ अली रोड,
नई दिल्ली-११०००२

संस्करण • २०२५

मूल्य छह सौ रुपए
मुद्रक • नरुला प्रिंटर्स, दिल्ली

MRIGNAYANI

novel by Vrindavan Lal Verma ₹ 600.00
Published by Prabhat Prakashan Pvt. Ltd., 4/19 Asaf Ali Road, New Delhi-2
e-mail: prabhatbooks@gmail.com ISBN 978-93-5186-797-5

परिचय

१९४९ के अंत में ग्वालियर की एक सम्मानित पाठिका ने मुझसे मृगनयनी और मानसिंह तोमर के ऐतिहासिक रूमानी कथानक पर उपन्यास लिखने का अनुरोध किया। उन दिनों 'टूटे काँटे' उपन्यास समाप्ति पर आ रहा था। उसको समाप्त करके कुछ लिखने की वांछा मन में थी ही, अवसर पाते ही मैंने उस कथानक की ऐतिहासिक पृष्ठभूमि का अध्ययन आरंभ कर दिया। जिन स्थानों का संबंध उपन्यास की मुख्य कथा से है, उनका भ्रमण भी किया।

मानसिंह तोमर १४८६ से १५१६ ई० तक ग्वालियर का राजा रहा। इतिहास-लेखक फरिश्ता ने मानसिंह को वीर और योग्य शासक बतलाया है। अंग्रेज इतिहास-लेखकों ने मानसिंह के राज्यकाल को तोमर-शासन का स्वर्णयुग (Golden Age of Tomer Rule) कहा है। पंद्रहवीं शताब्दी के अंत और सोलहवीं के प्रारंभ को राजनीतिक और आर्थिक दृष्टि से भारतीय इतिहास का कराल कठोर और काला युग कहें तो अतिशयोक्ति न होगी। उत्तर में सिकंदर लोदी और उसके सहयोगियों के परस्पर युद्ध तथा दोनों द्वारा घोर जनपीड़न; राजस्थान में राणा कुंभा का अपने बेटे के ही हाथ से विष द्वारा वध और उसके उपरांत वहाँ की अराजकता; गुजरात में महमूद बघर्रा के अगणित विजन और रक्तपात; मालवा में ग्यासुद्दीन खिलजी और उसके उत्तराधिकारी नसीरुद्दीन की अत्याचार-प्रियता और ऐयाशी; दक्षिण में वहमनी सल्तनत और विजयनगर राज्य के युद्ध और बहमनी सल्तनत का पाँच सल्तनतों में बिखर जाना; जौनपुर, बिहार और बंगाल में पठान सरदारों की निरंतर नोच-खसोट; और इन सबके लगभग बीच में ग्वालियर। ग्वालियर पर सिकंदर लोदी के पिता बहलोल ने आक्रमण किए, फिर सिकंदर ने ग्वालियर का कचूमर निकालने में कसर नहीं लगाई। सिकंदर ग्वालियर पर पाँच बार वेग के साथ आया। पाँचों बार उसको मानसिंह के सामने से लौट जाना पड़ा। उसके दरबारी इतिहास-लेखकों, अखबारनवीसों ने लिखा है कि मानसिंह ने प्रत्येक बार सोना-चाँदी देने का वादा

सोना-चाँदी नहीं देकर टाला। आश्चर्य है सिकंदर सरीखा कठोर योद्धा मान भी लेता था! अंत में सिकंदर को १५०४ में आगरा का निर्माण इसी मानसिंह तोमर को पराजित करने के लिए करना पड़ा, इसके पहले आगरा एक नगण्य-सा स्थान था। तो भी सिकंदर सफल न हो पाया। ग्वालियर पर घेरा डालकर नरवर पर चढ़ाई कर दी। नरवर ग्वालियर राज्य में था। उस पर दावा राजसिंह कछवाहा का था। राजसिंह ने सिकंदर का साथ दिया। तो भी नरवरवाले ११ महीने तक लगातार युद्ध में छाती अड़ाए रहे। जब खाने को घास और पेड़ों की छाल तक अलभ्य हो गई, तब उन लोगों ने आत्म-समर्पण किया। फिर सिकंदर ने मन की जलन नरवर स्थित मंदिरों और मूर्तियों पर निकाली। वह छः महीने इसी उद्‌देश्य से नरवर में रहा।

ऐसे युग में, इतने संकटों में भी, मानसिंह हुआ। और उसने तथा उसकी रानी मृगनयनी ने जो कुछ किया, उसका प्रत्यक्ष प्रमाण आज भी हमारे सामने है। ग्वालियर किले के भीतर मानमंदिर और गूजरी महल हिंदू वास्तु-कला के अत्यंत सुंदर और मोहक प्रतीक हैं तथा ध्रुवपद और धमार की गायकी और ग्वालियर का विद्यापीठ, जिसके शिष्य तानसेन थे, आज भी भारत-भर में प्रसिद्ध हैं। जिसको मुगल वास्तु और स्थापत्य कला कहते हैं वह क्या मानसिंह के ग्वालियर के शिल्पियों की देन नहीं है? महाकवि टैगोर ने ताजमहल को 'काल के गाल का आँसू' कहा है। यदि मैं (जिसको कविता पर अंशमात्र का भी दावा नहीं है) मानमंदिर और गूजरी महल को 'काल के ओठों की मुसकान' कहूँ तो महाकवि टैगोर के उस वाक्य का एक प्रकार से समर्थन ही करूँगा।

जब १५२७ में बाबर ने मानमंदिर और गूजरी महल को देखा तब उनको बने २० वर्ष हो चुके थे। सन् १५०७ में ये बन चुके थे। गूजरी रानी मृगनयनी के साथ मानसिंह का विवाह १४९२ के लगभग हुआ होगा। मानमंदिर और गूजरी महल के सृजन की कल्पना को मृगनयनी से प्रेरणा मिली होगी। बैजनाथ नायक (बैजू बावरा) मानसिंह मृगनयनी के गायक थे। गूजरी टोड़ी, मंगल गूजरी इत्यादि राग इसी मृगनयनी के नाम पर बने हैं। जिन सम्मानित पाठकों ने मृगनयनी के कथानक पर उपन्यास लिखने का अनुरोध किया था, उन्होंने ठीक लिखा कि मृगनयनी शौर्य और कला दोनों के लिए विख्यात थी।

मृगनयनी गूजर कुल की थी। राई गाँव की दरिद्र किसान कन्या शारीरिक बल और परमसौंदर्य के लिए ब्याह के पहले ही प्रसिद्ध हो गई थी। परंपरा में तो उसके विषय में यहाँ तक कहा गया है कि राजा मानसिंह राई गाँव के जंगल में शिकार खेलने गए तो देखा कि मृगनयनी (उपन्यास के आरंभ की निन्नी) ने जंगली भैंसे को सींग पकड़कर मोड़ दिया! एक साहब ने परमविश्वास के साथ मुझको बताया कि राजा मानसिंह अपने

महल में बैठे हुए थे। नीचे देखा कि जंगली भैंसे के सींग पकड़कर मृगनयनी मरोड़ रही है और उसको मोड़ रही है!! ग्वालियर किले के भीतर जंगली भैंसा पहुँच गया और राई गाँव से, जो ग्वालियर से पश्चिम-दक्षिण में ग्यारह मील है, मृगनयनी जंगली भैंसे को मोड़ने-मरोड़ने के लिए आ गई!!!

मैंने पहली परंपरा को ही मान्यता दी है। ग्वालियर गजीटियर में उसी का उल्लेख है।

फिर मैंने गूजरों में घूम-फिरकर बातें कीं। उन्होंने भी उसी का समर्थन किया।

पहाड़ों में होकर साँक नदी राई गाँव के नीचे से निकलती है। साँक नदी पर तिगरा का बाँध बँध गया है और राई गाँव डूब गया है। राई के ऊपर ऊँची पहाड़ी पर स्थित उसके भाई की गढ़ी भी अब खंडहर हो गई है। परंतु उसके भाई अटल और लाखी के त्यागों के खंडहर नहीं हो सकते।

गुजरात का महमूद बघर्रा नित्य जितना कलेवा और भोजन करता था, वह फारसी की तारीख 'मीराने सिकंदरी' में दर्ज है। इलियट और डासन ने इसका अनुवाद किया है। मालवा-सुल्तान नसीरुद्दीन की पंद्रह हजार बेगमें थीं। राज्य इसने पाया था वासनाओं की तृप्ति के लिए अपने बाप को जहर देकर। जब लगभग १०० वर्ष पीछे मुगल बादशाह जहाँगीर मालवा की राजधानी मांडू गया और उसने नसीरुद्दीन के करिश्मों का हाल सुना तब उसको इतना क्रोध आया कि नसीरुद्दीन की कबर उखड़वा डाली और उसकी हड्डियों को जलवा दिया। नापाक था, नापाक था वह!! जहाँगीर ने कहा था। उसकी कबर को जहाँगीर न भी उखड़वाता तो भी आज वह बेपता, बेनिशान खंडहर होता। मानसिंह और मृगनयनी की, लाखी और अटल की स्मृति का खंडहर तो कभी होगा ही नहीं।

उपन्यास में आए हुए सभी चरित्र, थोड़ों को छोड़कर, ऐतिहासिक हैं। विजयजंगम लिंगायत था। ग्वालियर के किले के भीतर जैसे तैलमंदिर (उसका नाम तेली का मंदिर गलत है) बना, उसी प्रकार कर्नाटक से विजय ग्वालियर में प्रादुर्भूत हुआ। लिंगायत संप्रदाय का वासवपुराण दक्षिण में बारहवीं शताब्दी में लिखा गया था। इस संप्रदाय में वर्णभेद का तिरस्कार किया गया है। श्रमगायक को जो महत्त्व और गौरव वासन ने दिया है उसको देखकर दंग रह जाना पड़ता है। संसार के किसी भी देश में उस समय श्रम और श्रमिकों को गौरव नहीं दिया गया था। इसका श्रेय लिंगायत संप्रदाय के अधिष्ठाता को ही है। साथ ही, अहिंसा, सदाचार और मादक वस्तु-निरोध पर जो जोर दिया गया है उससे जान पड़ता है जैसे अधिष्ठाता का जन्म बीसवीं शताब्दी में हुआ हो। अधिष्ठाता ब्राह्मण थे और उनकी बहिन एक क्षत्रिय नरेश को ब्याही गई थी—वह भी बारहवीं शताब्दी में।

विजयजंगम लिंगायत मानसिंह तोमर का मित्र था। मानसिंह ने इससे भी कुछ पाया

तो कोई आश्चर्य नहीं। विजयजंगम मेरे मित्र श्रीयुत श्रीनारायण चतुर्वेदी, सरस्वती संपादक, के पूर्वज थे।

जातपाँत ने भारत में रक्षात्मक कार्य भी किया और आज भी शायद कुछ कर रही हो, परंतु उसका विनाशात्मक काम भी कुछ कम नहीं हुआ है। अप्रैल सन् १९५० में छपी एक घटना है। टेहरी (अल्मोड़ा के एक गाँव) में एक लुहार ने १२ वर्ष हुए दूसरी जाति की लड़की के साथ विवाह कर लिया। बारह वर्ष तक यह लुहार जातपाँत से बाहर रहा। कहीं अब, अप्रैल में गाँव की नई पंचायत ने उसको बहाल किया। फिर पंद्रहवीं-सोलहवीं शताब्दी में लाखी और अटल के सिर पर क्या-क्या न बीती होगी, उसकी कल्पना ही की जा सकती है।

लाखी और अटल की कथा के साथ नटों का संबंध है। नटों और नरवर के प्रसंग में एक दोहा प्रचलित है—

नरवर चढ़े न बेड़नी, बूँदी छपे न छींट,
गुदनौटा भोजन नहीं, एरच पके न ईंट।

किंवदंती है, किसी ने एक नटिनी (बेड़नी) को नरवर किले से बाहर रस्से पर टँगे-टँगे जाकर (जो किले के बाहर एक पेड़ से बँधा हुआ था) चिट्ठी ले जाने के लिए कहा और वचन दिया कि यदि चिट्ठी बाहर पहुँचा दो तो नरवर का आधा राज्य दे दिया जाएगा। नटिनी रस्से के सहारे किले से बाहर हो गई। जब उसी के सहारे वापस आ रही थी, तब वचन देनेवाले ने रस्से को काट दिया और नटिनी नीचे खड्ड में गिरकर चकनाचूर हो गई।

मैंने इस किंवदंती का दूसरे प्रकार से उपयोग किया है।

मृगनयनी ने अपने ब्याह से पहले राजा मानसिंह से वचन लिए थे, उनमें से एक यह भी था कि राजा राई गाँव से ग्वालियर किले तक साँक नदी की नहर ले जाएँगे। राजा ने यह नहर बनवाई। उसके चिह्न अब भी वर्तमान हैं।

एक किंवदंती है कि मानसिंह के दो सौ रानियाँ थीं। ग्वालियर किले के गाइड ने मुझको दूसरी किंवदंती का पता दिया कि राजा मानसिंह के एट (आठ) रानियाँ थीं। मैंने गाइड के शब्द को ज्यों-का-त्यों उद्धृत कर दिया है। एट उन्हीं का है। न लिखता तो कहते, मेरा अपमान किया, अंग्रेजी का एक शब्द ही बोला था, उसको भी छोड़ दिया!

मैंने गाइड की कही हुई बात को ही उपन्यास में मान्यता दी है।

गाइड और गूजरों ने बताया कि मृगनयनी के दो पुत्र हुए थे—एक का नाम राजे, दूसरे का बाले। मानसिंह की बड़ी रानी से एक पुत्र विक्रमादित्य था जो मानसिंह के पीछे राजा हुआ। गाइड और गूजरों ने बताया कि राजे और बाले ईर्ष्यावश मारे जानेवाले थे कि उन्होंने आत्मवध कर लिया। मुझको यह परंपरा मान्य नहीं है। गूजरों की एक

दूसरी परंपरा है कि मृगनयनी ने अपने पुत्रों को राज्य न दिलवाकर विक्रमादित्य को राज्य दिलवाया। मुझको यही मान्य है।

उस बीहड़ भयंकर युग में मानसिंह को तुर्क, पठान आक्रमणकारियों से निरंतर लड़ना पड़ा, परंतु उसके मन में मुसलमानों के प्रति कोई द्वेष नहीं रहा। उसने सिकंदर के भाई जलालुद्दीन के साथ आए हुए अनेक मुसलमानों को ग्वालियर में शरण और रक्षा प्रदान की और ललित कलाओं के लिए मानसिंह और मृगनयनी ने जो कुछ किया, वह भारत के इतिहास में अमर रहेगा।

बोधन ब्राह्मण ऐतिहासिक व्यक्ति है। उसके मारनेवालों की बर्बरता का मैंने बहुत थोड़ा वर्णन किया। उसके कुरूप का लाघव-मात्र प्रस्तुत किया है—करना पड़ा।

कथावस्तु के संग्रह में महामान्या महारानी साहब ग्वालियर, मध्य भारत के मंत्रिमंडल और ग्वालियर के पुरातत्व विभाग ने मेरी बहुत सहायता की है। मैं उनका बहुत कृतज्ञ हूँ। ग्वालियर पुरातत्व विभाग के डायरेक्टर श्री पाटील का भी मैं आभारी हूँ जिनके सौजन्य से मुझको ग्वालियर-किला, मानमंदिर, गूजरी महल और राजा मानसिंह के चित्र मिले।

पाठक चाहेंगे कि मैं तोमरों, ग्वालियर और नरवर के किलों और उनके भीतर स्थित इमारतों का वर्णन परिचय में करूँ। कुछ पाठक चाहेंगे कि मैं तत्कालीन आर्थिक स्थिति समझने के लिए आँकड़े दूँ; परंतु पाठक कहानी चाहेंगे, इसीलिए अब कहानी, बाकी फिर कभी।

झाँसी
१४-७-५०

—वृंदावनलाल वर्मा

मृगनयनी

: १ :

आस-पास और दूर-दूर तक के गाँव उजड़ चुके थे। खेती का नाम-निशान तक न बचा था। बीच-बीच में जंगल भी काट डाला गया था, पर कटे हुए पेड़ों की जड़ों से नई शाखें फूट निकली थीं और भूमि इन शाखों से ढक गई थी।

गाँव उजड़े और उनके बहुत से निवासी या तो आक्रमणकारियों की तलवार के घाट उतर गए या भूखे-प्यासे मर गए। जो बचे वे तितर-बितर हो गए। ग्वालियर पर पंद्रहवीं शताब्दी में अनेक आक्रमण हुए। उतनी ही बार गाँव निर्जन हुए। पुराने कुछ-कुछ आबाद हुए। जंगलों में नदियों-नालों के किनारे थोड़े-से नए बसे। भस्म हो जाने और भस्म में नए पौधों के उगने का क्रम बना रहा।

बहलोल लोदी ने, फिर उसके उत्तराधिकारी सिकंदर ने सब तरह के उपाय किए, परंतु ग्वालियर का किला हाथ न लगा। सोचा था, राजा मानसिंह युवक है, अनुभवहीन, इसलिए ग्वालियर की ईंट-से-ईंट बजा दी जाएगी। गाँव मिटा दिए, खेती उजाड़ दी, ग्वालियर नगर को वीरान कर दिया; फिर भी ग्वालियर के ऊँचे किले ने न तो फाटक खोले और न सिर झुकाया। अंत में कुओं में जानवरों की सड़ी-गली लाशों को डालकर, मानसिंह को, उसके तोमर भाई-बंदों और अन्य लड़नेवालों को मन-ही-मन गालियाँ देता हुआ, सिकंदर कालपी की दिशा से दिल्ली की ओर चला गया; क्योंकि वहाँ उसके पठान भाई-बंदों ने सिर उठा लिया था।

सिकंदर लोदी ने अपने दरबारी इतिहास-लेखक से, जो अपने उसूलों का कट्टर पाबंद मुल्ला था, लिखवाया—ग्वालियर को फतह कर लिया और खिराज का बादा लेकर राजा को फिलहाल छोड़ दिया।

आक्रमणकारियों के चले जाने के बाद इधर-उधर बचे-खुचे तितर-बितर,

छिपे-लुके ग्रामीण अपने निवास-स्थानों के लिए निकल पड़े। कुछ अपने पुराने स्थानों पर चौंकते-चौंकते से आ गए, कुछ ने जंगल-पहाड़ों में होकर बहनेवाली किसी नदी का किनारा जा पकड़ा, और नए सिरे से गाँव बसा लिया। इन्होंने भी इतिहास को दुहराया। जो लोग मांसाहारी थे उन्होंने जंगल के जानवरों से पेट भरा; जो निरामिष भोजी थे वे दुष्प्राप्य जंगली फल-फूल और अपने थोड़े से पालतू पशुओं के दूध-दही पर प्राणों की रक्षा करने लगे। जिन्होंने आक्रमण के समय में गड्ढों में बीज छिपाकर रख दिया था, वे लौट आने पर खेती पर चिपट गए।

नदी के किनारे गाँव के पास, पहाड़ियों-जंगल के बीच-बीच में कुछ खेतों में गेहूँ और चने के पौधे लहलहा उठे। खेत पकने पर आ रहे थे। लोग मस्ती के साथ झूमने लगे थे।

साँक नदी में पानी था, प्रवाह था। अधपके धान्य को स्पंदन देता हुआ पवन नदी के प्रवाह को भी पुचकार-पुचकार लेता था।

गाँव में एक मंदिर का खंडहर था, जो अंतिम आक्रमण के पहले ही भूतकाल में मिल चुका था। परंतु फिर-फिर लौट पड़नेवाले ग्रामीणों ने उसकी मरम्मत की, नई मूर्ति को प्रतिष्ठित किया और अब की बार गाँववालों ने उसको मिट्टी के लोंदों की ऊँचाई देकर फूँस से ढक दिया। आसपास के सभी गाँवों की पंचायतों का आदेश था कि ईंट-पत्थर के मकान न बनाए जाएँ, इसलिए मिट्टी की दीवारों पर फूँस छाने का चलन पड़ गया था।

ग्वालियर के पश्चिम-दक्षिण में लगभग छः कोस की दूरी पर साँक नदी के किनारे राई नाम का गाँव था। इसमें मंदिर के साथ ही अधजले और अधटूटे घरों को भी फूँस से छा लिया। बाकी गाँव में खंडहर बिखरे पड़े रह गए। इसके कुछ निवासी पड़ोस के नगदा नामक गाँव में जा बसे थे; कोई कहीं, कोई नहीं।

फसल काटकर घर में या गड्ढों में रखने की उतावली थी, परंतु अन्न अभी कहीं-कहीं हरा था। पौधों की लहर को देखकर उतावला किसान हाथ में हँसिया लिए हुए रह-रह जाता था—'हरी बाल को कैसे काटूँ? होली जलने तक ठहरना ही पड़ेगा।' किसान जो ठहरा!

सिकंदर चला गया था, ग्वालियर के किले से राजा मानसिंह के योद्धा बाहर निकल पड़े थे और उनमें से बहुत से अपनी खेती-किसानी की देखभाल भी करने लगे थे। इसलिए किसान ने भाग्य के भरोसे अपनी उतावली को रोका।

होली आ गई और संध्या के मुहूर्त में जला ली गई।

:: २ ::

पाँच दिन, रंगपंचमी तक, होली मनाने की प्रथा थी। किसी युग में एक महीने तक मनाई जाती थी। जीवन के बोझों ने एक महीने से घटाकर पाँच दिन में सीमित कर,

दिया। अब एक दिन भी दूभर था।

सवेरा होते ही कुछ लोगों ने हल्दी की थोड़ी-सी गाँठों को बटकर रंग तैयार किया और झींकते-झींकते होली खेल ली। जिनकी गाँठ में रंग नहीं था, उन्होंने रास्ते की धूल बटोरी और पानी में घोली। पिछली विपदाओं को भूलकर कम-से-कम कुछ घंटों के लिए मतवाले हो जाने की ठान ली। इनमें संख्या स्त्रियों की अधिक थी।

घूँघट डाले हुए, घूँघट के ही भीतर अट्टहास करती हुई स्त्रियों ने एक दूसरे पर मटीला पानी और कीचड़ उछाला। नातें में जो पुरुष देवर लगते थे उनको दौड़-धूप में हराया और तब मानीं जब कीचड़ से उनको सराबोर कर दिया।

गाँव की लड़कियों पर कोई पुरुष रंग या कीचड़ नहीं डाल रहा था। ननद और भावज के परस्पर नातेवाली स्त्रियाँ अवश्य धूल और कीचड़ एक-दूसरे पर उछाल रही थीं। भगवान् ने मुश्किलों से यह दिन दिखलाया, फिर कसर क्यों लगाई जाए? रंग हो तो रंग—गुलाल तो था ही नहीं—नहीं तो धूल, रंग और गुलाल दोनों का काम सजाने के लिए तैयार थी ही।

फिर से बसे हुए इस गाँव में एक लड़की अपनी माँ के साथ एक उजड़े हुए गाँव से कुछ दिन पहले आ गई थी। परंतु गाँव में लड़की की तरह रहने के कारण उस पर कोई पुरुष रंग या कीचड़ नहीं फेंक रहा था।

'तुम अभी तक साफ-समूची बची खड़ी हो, लाखी!' एक झोंपड़े के द्वार पर टटिया की ओट में खड़ी हँसती-मुसकराती हुई लड़की से मिट्टी की काली-कलूटी मटकियों में मिट्टी घोले हुए दूसरी हँसती हुई लड़की ने रास्ते में दौड़ लगाते हुए कहा।

जिसको लाखी के संबोधन से चुनौती दी गई थी, वह ईर्ष्या की कसक से, अन्य स्त्रियों को धूल और कीचड़ में सना हुआ देखकर अपने ऊपर आक्रमण किए जाने के लिए मुसकानों से न्योता-सा दे रही थी। टटिया को अधखुला छोड़कर लाखी भीतर धँस गई।

'ऊँ-ऊँ निन्नी, हमारे कपड़े मैले मत करो।' लाखी ने निवारण करते हुए आमंत्रण दिया।

'बाहर निकलो, बाहर। तुमको सिर से पैर तक न रँग दिया और नचा न दिया तो मेरा नाम निन्नी नहीं!' मटकियावाली ने ललकारा।

'अरे रे रे रे रे !!!' लाखी ने हँसते हुए होंठों पर दोनों हाथ रख लिए और आँखें मूँद लीं। उछल-उछलकर और अट्टहास करते हुए निन्नी ने उसको कीचड़ से सान दिया।

'अब मेरी बारी है।' पास पड़े हुए गोबर को झपटकर लाखी ने उठाया और निन्नी की ओर बढ़ी।

वे दोनों समवयस्क थीं। आयु लगभग पंद्रह-सोलह वर्ष। परंतु निन्नी बलिष्ठ और पुष्ट-काय थी; लाखी दुबली और छरहरी। निन्नी गोबर के सत्कार से डरना नहीं चाहती थी।

'आओ, आओ, इसी की कमी रह गई है सो पोते देती हूँ।' निन्नी ने हँसते हुए कहा।

लाखी सहमी नहीं। निन्नी से जा चिपटी। निन्नी ने लाखी के गोबरवाले हाथ को अपने एक हाथ की मुट्ठी में पकड़ लिया और दूसरे से गोबर छीनकर उसके माथे और एक गाल पर मल दिया।

'अरी-री-री! तुमने तो मेरी कलाई ही तोड़ दी।' लाखी हँसी से कराही।

निन्नी ने सोचा, कुछ ज्यादती हो गई। लाखी को छोड़ दिया और मुसकराती हुई तनकर खड़ी हो गई।

बोली, 'अच्छा-अच्छा, बुरा न मानो। तुम मुझे लगा दो, जहाँ तुम्हारा जी चाहे।'

'ऐसे नहीं। तुमको हराकर लगाऊँगी तब तो बात है।' लाखी ने गोबरवाली मुट्ठी को तानकर कहा।

निन्नी हार नहीं सकती थी परंतु वह हारना चाहती थी। भागने के बहाने एक-दो डग हटी। लाखी उस पर झपटी। निन्नी ढीली पड़ गई। लाखी ने लिपटकर उसके माथे और दोनों गालों पर गोबर पोत दिया।

'ब्याज समेत पा लिया।' लाखी खिलखिलाती हुई बोली, 'तुम्हारे गोरे गालों पर कैसा बैठा है! अहा-हा-हा!! डिठौना-सा लग गया!!! अब किसी की नजर नहीं लग पावेगी।'

'तुम्हारे एक गाल पर लगने से रह गया है, तो तुमको किसी की दीठ लग जावेगी!'

'हूँ! तो लगा दो, नहीं तो अपने हाथ से लगाए लेती हूँ।'

'बाहर चलो, कोई-न-कोई लगा देगा।'

'कोई कैसे लगा देगा? जो तुमको लगा सकता है वही तो मुझको लगा सकेगा।'

'भावजें हैं बाहर और कुछ बहिनें।'

'तुम्हारी है कोई ननद?'

'अरी हिष्ट!'

लाखी हँस पड़ी। निन्नी की बड़ी-बड़ी आँखों में बनावटी रोष और होंठों पर मुसकान की फड़कन थी। लाखी की भी उतनी बड़ी तो नहीं परंतु काफी बड़ी आँखें थीं; उनमें से हँसी झर रही थी।

'तुम्हारा ब्याह नहीं हुआ?' लाखी ने पूछा।

'हम गूजरों में छुटपन में ब्याह नहीं होता,' निन्नी ने उत्तर दिया और उससे प्रश्न किया, 'और तुम्हारा?'

लाखी ने नाहीं की, 'हम अहीरों में भी छुटपन में ब्याह बहुत कम होते हैं और फिर आए दिन की आफतों में ब्याह-ब्याह की किसको सूझती है?'

झोंपड़ी के बाहर होली का हुल्लड़ मच उठा था। जिन्होंने सोचा था कि होली दो-तीन घंटे ही खेलेंगे, उन्होंने अनजाने ही उसकी अवधि बढ़ा दी।

निन्नी ने बाहर निकल पड़ने का आग्रह किया। लाखी तो चाहती ही थी। निन्नी ने आँगन में से डबले में धूल भरी और एक पुराने घड़े में से पानी उड़ेलकर अगले आक्रमणों के लिए सामग्री सँजो ली। लाखी ने थोड़ा-सा गोबर हाथ में लिया। दोनों बाहर निकल पड़ीं।

ओट ले-लेकर पुरुष भाग रहे थे। सँभाले हुए घूँघटों को खोल-खोलकर स्त्रियाँ हँसती हुई, कीचड़ के लड्डू बना-बनाकर पुरुषों पर फेंक रही थीं। पुरुष नाच-नाचकर, फिरकियाँ खा-खाकर, उन लड्डुओं को पीठ पर झेल-झेल ले रहे थे।

एक स्त्री ने व्यंग्य किया, 'बड़े पुरुष बने फिरते हो, पीठ दिखा-दिखा दे रहे हो!!'

उस पुरुष ने अकड़कर कहा, 'तो लो, हम छाती पर तुम्हारे वार को लेंगे।' और आँखों पर हाथ रखकर सामने खड़ा हो गया। उसके मुँह पर काफी गोबर और कीचड़ पुत चुका था। पहचान में आना कठिन था।

स्त्री ने छाती को तककर लड्डू फेंका। निशाना खाली गया।

'उई! उई!! उई!!! उई!!!!' पुरुष ने उसकी असफलता पर ठिठोली की।

स्त्री ने दूसरा लड्डू कुछ निकट जाकर फेंका। वह छाती पर जाकर बिगस गया और लिपट गया।

'आह रे!' पुरुष ने आहत होने का बहाना किया।

'अभी क्या हुआ है, अटल लाला!' स्त्री बोली, 'अभी तो मेरी मटकिया में और कई हथियार हैं!'

आँखों पर मे हाथ हटाकर पुरुष ने कहा, 'अरी भौजी, तुम्हारे हथियारों का क्या कोई ठिकाना है!'

लाखी निन्नी के पीछे थी। धीरे से बोली, 'निन्नी, यह तुम्हारे भाई अटल हैं! कीचड़ और गिलाव में कितने सन गए हैं!! पहचान में ही नहीं आते!!!'

अटल की दृष्टि लाखी के सुंदर गेहुँए चेहरे पर गई। माथे पर गोबर का उलटा-पुलटा तिलक-सा लगा था और एक गाल पर छबा था। दूसरे गाल पर क्यों नहीं पुता, इसको देखने के लिए अटल ने लाखी पर फिर आँख फेरी।

'उधर क्या देखते हो लाला, यह लो!' एक स्त्री ने कीचड़ का लड्डू फस्स से उसकी छाती पर रेल दिया।

अटल ने एक स्त्री के पीछे अपनी बहिन निन्नी को पहचान लिया और वहाँ से भाग गया। कुछ स्त्रियाँ, अपने हथियार सँभाले हुए उसके पीछे दौड़ीं। कुछ और पुरुष पीठ दिखलाते भागे; वे अटल को छोड़कर इनके पीछे पड़ गईं। निन्नी और लाखी पीछे रह गईं। वे भी कीचड़ और गोबर के अस्त्र-शस्त्र साधे हुए थीं कि किसी पुरुष की छाती, पीठ, सिर या कंधे को लक्ष्य बनाएँ, परंतु गाँव की लड़कियाँ होने के कारण अपने को

अशक्त पाती थीं।

'तुम भी किसी पुरुष पर चला दो।' लाखी से न रहा गया।

'चला दो मेरे भाई पर! यही है न तुम्हारे मन में?' निन्नी ने चुटकी काटी।

'हूँ ऊँ!' लाखी ने मुँह बिगाड़कर कहा।

'अकेले में मिल जाए तो मुँह पर गोबर का लड्डू मारूँ'—उसने सोचा।

निन्नी हँसकर बोली, 'अच्छा, जाने दो! मंदिर की तरफ चलो। वहाँ रसिये गाए जाएँगे।'

'कौन गाएगा?'

'हम, तुम सब।'

'बाबाजी भी गाएँगे?'

'क्यों नहीं गाएँगे? वह एक गीत गाते हैं। उसका रसिया मैं गा दूँगी। तुम गा सकती हो?'

'हाँ, ऐसे ही। कितनी देर होंगे रसिये? माँ गाय को चराकर आती होगी। चून पीसना है, फिर रोटी बनानी हैं।'

'सो तो घर-घर में यही होने को है। होली तो नित्य-नित्य आती नहीं। चलो, थोड़ी देर भूखे ही सही।'

वे दोनों एक हुल्लड़ की ओर बढ़ीं। हुल्लड़ मोड़ पर था।

'बहलोल भागा! सिकंदर भागा!!' कहते हुए कुछ लोग अटल के पीछे-पीछे दौड़ रहे थे। अटल दिल्ली के बादशाह का अभिनय करता हुआ अकड़ के साथ कूदता-फाँदता जा रहा था। बीच-बीच में धूल, छोटे-छोटे कंकड़ और सूखे गोबर के टुकड़े पछियानेवालों पर फेंकता जा रहा था। दिल्लीवाले को वैसे नहीं मार पाया था तो यों सही।

कुछ समय के उपरांत यह भीड़ मंदिर के खंडहर के पास पहुँची। फूँस से छाए हुए खंडहर के बाहर अधेड़ अवस्थावाला हँसता हुआ पुजारी निकला।

चिल्लाया, 'बोलो रे हरिमाधव की जय! राधाकृष्ण की जय!!'' भीड़ ने दुहराया।

पुजारी बोला, 'मेरे पास थोड़ा-सा लाल रंग है। बरसों से सेंत रखा था। नहा-धोकर आओ। माधव के प्रसाद-रूप थोड़े-थोड़े छींटे सबको मिलेंगे।'

'और मिठाई,' पीछे से एक ने कहा।

पुजारी हँस पड़ा, 'यह सिकंदर बोला!'

जिसने मिष्ठान की माँग पेश की थी, वह हँसता हुआ आगे आया।

'सिकदर तो भाग गया! इन लोगों ने भगा दिया। मैं तो अटल हूँ।' उसने बतलाया।

'हाँ, हाँ, अटल गूजर, जो अपने खेतों के साथ-साथ राधाकृष्ण की खेती को भी

रखावें। कैसे भूलूँ? नहा-धोकर आ जाओ, रसिया गाओ और कुछ मीठा पाओ।'

पुजारी मन-ही-मन डर रहा था। कोई गोबर, कीचड़ या मिट्टी का लड्डू उस पर न ठोक दे। उन सब को वहाँ से टालना चाहता था।

धीरे से लाखी ने निन्नी से अनुरोध किया, 'हुमककर एक लड्डू न तोड़ दो बाबाजी के पेट पर।'

निन्नी धीरे से हँसी। चिऊँटी लेकर निषेध किया, 'अरी नहीं। ये सब कहेंगी बड़ी फूहड़ है।'

वे सब यहाँ से टल गए, परंतु सीधे नहाने के लिए नहीं गए। बहुत दिनों का बँधा-रुँधा हुआ मन फूट-फूटकर बह-बह पड़ रहा था। जाते-जाते भी कुछ-न-कुछ उपद्रव करते जा रहे थे। अंत में स्त्री-पुरुषों की दो टोलियाँ बन गईं। वे गाते-गाते नदी पर पहुँच गए। दोनों दल दो घाटों पर जा पहुँचे। दोनों के बीच में नदी का मोड़ और एक छोटी-सी टेकड़ी थी।

नहाने-धोने के समय लाखी ने देखा, निन्नी की गोरी देह बहुत पुष्ट है। यह ऐसा क्या खाती होगी, लाखी सोचने लगी।

इसके उपरांत स्त्री-पुरुष मंदिर पहुँचे। पुजारी ने एक बरतन में थोड़ा-सा लाल रंग घोल रखा था। सबके ऊपर थोड़ा-थोड़ा छिड़का। लाखी और निन्नी पर भी थोड़े-से छींटे पड़े। उनको अच्छा लगा। परंतु नाक-भौंह सिकोड़ीं।

पुजारी ने हँसकर कहा, 'राधाकृष्ण का प्रसाद है। इसके सब अधिकारी हैं।'

अटल बोला, 'प्रसाद कहाँ है? मिठाई दीजिए बाबाजी, मिठाई।'

पुजारी मंदिर या झोंपड़े में से ज्वार के फूले और गुड़ ले आया। सबको थोड़ा-थोड़ा बाँटा।

पुजारी ने आग्रह किया, 'अब राधाबल्लभ के सामने एक रसिया और नृत्य हो जाए।'

एक अधेड़ स्त्री बोली, 'चून पीसना है, रोटी बनानी हैं। दोपहर चढ़ आया है महाराज!'

परंतु अन्य स्त्रियों को इसकी परवाह नहीं थी।

निन्नी ने आग्रह का साथ दिया, 'बाबाजी जो भजन गाया करते हैं उसी का रसिया गा दो, फिर घर चलो।'

अटल ने समर्थन किया।

स्त्रियाँ गाने लगीं। कई भौंड़े स्वरों में निन्नी का स्वाभाविक मधुर कंठ अलग सुनाई पड़ रहा था। गीत तीन कड़ी का ही था। स्त्रियाँ एक कड़ी को गाकर चुप हो जाती थीं तो पुरुष लय को पकड़ लेते थे।

जाग परी मैं पिय के जगाए,
भाग जगे पिय मोरे घर आए,
उन नैनन में नींद कहाँ है,
जिन नैनन में आप समाए।

गाते-गाते कुछ स्त्रियाँ नाचने लगीं। निन्नी और लाखी ने नहीं नाचा, वे केवल गाती रहीं। पुरुष भी नाचे। जब अटल नृत्य कर रहा था तब वह आँख चुरा-चुराकर लाखी की ओर देखता था। और किसी ने देख पाया हो या न देख पाया हो, पुजारी ने एकाध बार देख लिया। परंतु वह रुष्ट नहीं हुआ।

गाते-गाते और नाचते-नाचते दो घड़ियाँ बीत गईं। दिन और चढ़ आया। मंदिर के सामने के बरगद के विशाल पेड़ को आक्रमणकारियों ने नहीं काटा था, इसलिए उसकी छाया में आमोद-प्रमोद चलता रहा। किसी को भी चढ़ता हुआ दिन नहीं अखरा। परंतु थोड़े से ज्वार के फूलों और थोड़े गुड़ से अधिक समय तक विनोद नहीं चल सकता था, इसलिए वे सब अपने-अपने घरों को जाने के लिए हुए।

पुजारी गोद-मग्न था। बोला, 'भगवान् ने हम थोड़े से लोगों को यह शुभ दिन दिखाया। सदा खेती-पाती हरियाली रहे। पशु और दूध-घी बढ़े। एक दिन आवे जब तुम सब सोने-चाँदी से भरपूर हो जाओ। और अपने मंदिर को जैसा का तैसा बनवा लो। फिर यहाँ भजन हों, नृत्य हों, रासलीलाएँ हों। बार-बार इसी तरह होलियाँ आया करें, इससे बढ़कर प्रसाद बँटे।'

स्त्री-पुरुष अपनी पुरानी व्यथाओं को भूलकर आनेवाली व्यथाओं का सामना करने के लिए चले गए।

: ३ :

संध्या होते ही गाँववालों को अपनी-अपनी थोड़ी-सी खेती को रखाने की चिंता लगी। सब-के-सब खेत एक ही जगह न थे; कोई कहीं और कोई कहीं। कुछ पास-पास भी थे परंतु अधिकांश अलग-अलग। बीच-बीच में पहाड़ियाँ और जंगल। बहुत-सी अच्छी भूमि परती पड़ गई थी, जान पड़ता था जैसे छोटा-सा जंगल वह भी हो।

अटल हट्टा-कट्टा युवक था। आँसें भीग चुकी थीं। सिर के बाल लंबे थे, इसलिए सारी आकृति में भीमता आ गई थी। कई साल के कठोर जंगली जीवन ने उसके लंबे चेहरे की लंबी नाक को कुछ और लंबा कर दिया था। अपनी बहिन निन्नी को सुखपूर्वक और सुरक्षित रखने में उसने कोई कसर नहीं लगाई थी। माँ-बाप मार डाले गए थे, घर में अब केवल वे दो ही बच्चे थे।

होली की दिन-भर की थकावट ने अटल को निश्चेष्ट कर दिया। खेत की रखवाली के लिए जाना था। अपने अलसाए हुए मन को वह बहिन से नहीं छिपा पा रहा था।

निन्नी ने कहा, 'मैं जाती हूँ खेत के मचान पर, तुम घर पर सो जाओ।'

'वाह! वाह!! तुम भी थक गई होगी?'

'मैं तो नहीं थकी। मैं खेत को रखा लूँगी। चिंता मत करो।'

'और जो कल थक गया तो कल रात भी जागती रहोगी खेत पर क्या?'

'हाँ-हाँ, जागती रहूँगी। कल थकोगे ही क्यों?'

'कल दौज है। कल भी त्योहार मनाएँगे।'

'मैं भी मनाऊँगी और रात-भर जाग लूँगी।'

'जंगली भैंसे, साँभर, चीतल, सुअर आएँगे और खेती को मिटाकर जाएँगे। एक झपकी आई और मैदान साफ।'

'और तुम रात-भर जागते रहो?'

'यही तो एक दुविधा की बात है।'

'कोई दुविधा नहीं। कमान, तरकस-भरे तीर और तलवार लिए जाती हूँ। तुम भी चलो। बारी-बारी से जागें और सोवेंगे।'

'यह ठीक है, चलो।'

वे दोनों हथियार लेकर खेत पर चले गए। रात होते ही अटल मचान पर सो गया। निन्नी बगल में तीर, कमान और तलवार रखे हुए बैठी रही।

चंद्रमा का उदय हो आया था, अब चाँदनी छिटक चली। पास के और दूर के खेतों में रखवालों की हा-हा हू-हू सुनाई पड़ने लगी। ठंडी हवा डैने-से मारकर सरसराने लगी। निन्नी ने अपनी मोटी-मोटी चादर लपेटी और अटल के पैताने रखी हुई दूसरी चादर उसको उढ़ा दी। निन्नी हा-हा हू-हू का शोर नहीं कर रही थी।

चुपचाप बैठी हुई खेत के कोने पर आँख पसारे थी। पवन के झोंकों के कारण कभी-कभी मेंढ़ के छोटे-छोटे झाड़-झकूटे हिल जाते थे तो उसको किसी वन्य-पशु के आ जाने की शंका हो जाती थी; तुरंत कमान पर तीर चढ़ा लेती थी।

दो पहर रात गए आस-पास के खेतों की हा-हा हू-हू कम हो गई और दूर के खेतों की बहुत क्षीण। चाँदनी ऐसी छिटक आई कि दूर का भी स्पष्ट दिखाई पड़ने लगा। जिन झकूटों का निन्नी को कई बार जंगली पशु होने का भ्रम हुआ था, अब वे शंका का कारण न रहे। परंतु बीच-बीच में आँख झपकने लगीं। झपकियों के बीच में अधमुँदी आँखों से जाग पड़ने पर कभी सुअर और कभी जंगली भैंसा हवा के सर्राटे के साथ दिखाई पड़-पड़ जाता था। वह आया, वह आया और गया! मन को भासने लगता। हाथ तीर-कमान पर जाता।

यदि मैं थोड़ा-सा सो लूँ? भैया को जगा दूँ? उसने सोचा। नहीं, दिन-भर के थके हैं और मैं कुछ वैसी थकी नहीं हूँ। यदि अकेली ही आई होती तो क्या इस तरह की

झपकियाँ ले-लेकर खेत की रखवाली करती? जब ग्वालियर को दिल्ली का सुल्तान घेरे हुए था और जंगल-पहाड़ के किसी बड़े पेड़ पर रात काटते थे, तब ये झपकियाँ क्यों नहीं आती थीं? उसने अपने मन से पूछा और झटके के साथ झपकियों को भगा दिया। अँगड़ाई ली, आँखें मींड़ीं, इधर-उधर देखा कि कोई जंगली जानवर तो नहीं आ घुसे हैं खेत में, और सजग-सावधान होकर बैठ गई। अब कदापि नींद नहीं आएगी, उसने निश्चय किया। सोचा, धीरे-धीरे कुछ गाऊँ। दिनवाला गीत याद आ गया और वह गाने लगी–

जाग परी मैं पिय के जगाए ....

उसको स्वयं अपने गाने का ढंग और अपना स्वर बहुत भाया। गीत समाप्त नहीं हो पाया था कि उसको लगा जैसे कोई बड़ा जानवर खेत में आ गया हो। गायन को समाप्त करके खेत के कोने-कोने को आँख से टटोलने लगी। कोरा भ्रम था, उसने निर्धार किया।

खेत से थोड़ी ही दूर नदी बह रही थी। उसके एक सिरे का पानी बहता हुआ दिखाई पड़ रहा था। चंद्रमा की रिपटती हुई झिलमिल जान पड़ती थी, मानो चाँदी की चादरों के आवरों पर आवरे चिलचिला रहे हों। छोटी-छोटी-सी आड़ी-सीधी लहरें उठ-उठकर इन आवरों को पहन-पहन लेती थीं। संपूर्ण लहरों का समूह चाँदी की उन चादरों को ओढ़ लेने की होड़-सी लगा रहा था। पवन के आने-जानेवाले झकोरे इन आवरों को और भी चंचल कर रहे थे। लहरों की कलकल झोंकों पर नाचती-खेलती हुई खेत के हरे पौधों की झूम पर उतर-उतर पड़ रही थी। चंद्रिका खेत के हरे पौधों की अधपकी बालों को अपनी कोमल उँगलियों से खिला-सी रही थी। हरी पत्तियों पर जमे हुए ओसकण चमक-चमककर बिखर-बिखर जा रहे थे। निकटवर्ती जंगल के लंबकाय वृक्षों के बड़े-बड़े पल्लवों को खरभरा-खरभराकर पवन मानो किसी दूर देश को चला जा रहा था। कभी सनसनाहट और कभी सड़सड़ाहट। इन्हीं ध्वनियों में होकर नाहर से डरे हुए साँभरों और चीतलों की तीक्ष्ण और कभी मंद पुकार। निन्नी ने सोचा, जानवर दूर हैं परंतु उसने मन पर इस आश्वासन को टिकने नहीं दिया। भैंसे और सुअर तो चुपचाप ही आएँगे। वह और भी सचेत हुई।

मचान ऊपर से ढका हुआ था और चारों तरफ से खुला हुआ। निन्नी ने चंद्रमा को देखने के लिए मचान से बाहर सिर निकाला और ऊपर की ओर आँखें कीं। लंबी-लंबी बरोनियों को भौंहों ने छू लिया। आँखें इतनी बड़ी कि उनको वास्तव में हिरन के छौने की आँख कहा जा सकता था। निन्नी ने सोचा, आधी रात हो चुकी है। सिर मचान के भीतर कर लिया। भाई की ओर देखा। वह गाढ़ी नींद में सो रहा था। कभी-कभी खुर्राटे भी भर लेता था जो नदी की कलकल से टकरा जाते थे। निन्नी चाहती थी अटल

निशशब्द सोता रहे, क्योंकि आँख का उतना भरोसा न करके कान बहुत अधिक ध्यान के साथ लगाए हुए थी—कहीं कोई बनैला पशु न आ रहा हो।

पवन धीरे-धीरे मंद पड़ा। अटल के ख़ुर्राटे विलीन हो गए। नदी की लहरों के अवगुंठन छोटे पड़ गए और चाँदी की चादरें-सी तनने लगीं। खेत-पौधों की झूम हलकी पड़ गई जैसे सो गए हों। निकटवर्ती बड़े पेड़ों की खरखराहट भी निरंतर न रही।

एक दिशा में उन रजत लहरों के उस पार छोटी-छोटी पहाड़ियों के ऊपर एक ऊँची पहाड़ी सिर उठाकर धूमिल नेत्रों में चाँदनी को भर-सा लेना चाहती थी, ऊँची पहाड़ी का शिखर धुएँ का स्थिर पुंज-सा जान पड़ता था। नदी के इस पार दूसरी दिशा में, विशाल वृक्षों की सेज के पीछे एक ऊँचा पहाड़ चंद्रमा को मानो नीचे उतर आने के लिए आवाहन-सा दे रहा था। बीच-बीच में पतोखी टीं-टीं चीं-चीं कर देती थी जिससे न तो चाँदनी विचलित हो रही थी और न पर्वत के ऊँचे शिखर का ध्यान ही। निन्नी की दृष्टि कभी खेत की ऊँघती हुई बालों पर, कभी नदी की चमकती हुई चंचल ऊर्मियों पर, कभी दूरवर्ती धूमिल पहाड़ पर और कभी निकटवर्ती पहाड़ के शिखर पर जा रही थी।

जहाँ भी रहूँ, इस प्यारी नदी की दमकती हुई कल्लोलिनी धार को अपने पास रखूँ। बाहर जाऊँ तो क्या उसको बाँधकर, समेटकर नहीं ले जाया जा सकता? ऊँघती-लहराती बालों को किसी कागज पर उतार लिया जाए। पहाड़ों की ऊँचाइयों को एक स्थल पर क्यों न इकट्ठा कर लूँ? बड़े-बड़े पेड़ों के बंदनवार बना लिए जाएँ और डालियों-पत्तों के साजों के झरोखे। उनमें से चाँदी की कड़ियोंवाली लहरों को नाचता हुआ देखा जाए और फिर गाऊँ—'जाग परी मैं पिय के जगाए'—लहरें चाँदी और मोतियों के हार से पहने हुए इठलाती हुई नाचती रहेंगी, बंदनवार सदा हरे रहेंगे, पत्तों की झिलमिलियाँ निरंतर चाँदनी की भीगी हुई चमक और फूलों की महक से लदी रहेंगी। उसने सोचा। साथ ही स्मरण हो आया—यदि सिकंदर या उस सरीखा कोई आ गया तो इनको फिर रौंद डालेगा। जिस भाँति बनैले पशुओं से खेती की रक्षा तीर-कमान द्वारा होती है, क्या उसी भाँति इस नदी और उस जंगल-पहाड़ की रक्षा उसी तीर-कमान से नहीं हो सकती? परंतु किसानों को यह सब सर्वनाश के लिए छोड़कर गिरि-कंदराओं की शरण लेनी पड़ती है। राजा लोग अपने थोड़े से भाई-बंधुओं को किसी गढ़ में बंद करके लड़ते-लड़ते मर जाते हैं और उनकी स्त्रियाँ चिता में जलकर भस्म हो जाती हैं! क्या ये स्त्रियाँ तीर-कमान चलाना नहीं जानती होंगी? क्या इनके खेत नहीं होंगे, जिनकी रखवाली करने के लिए उनको मचान पर तीर-कमान और तलवार लेकर बैठना पड़ता हो? उनके खेत नहीं होंगे, क्योंकि रानियाँ तो परदे में मुँह छिपाए बैठी रहती हैं। सुनती तो यही आई हूँ परंतु क्या उनके हाथ-पैर इतने निकम्मे होंगे कि अपने ऊपर आँख और हाथ डालनेवाले पुरुषों को घूँसे से धरती

न सुँघा सकें? कैसी स्त्रियाँ होंगी ये! खाने को इतना और ऐसा अच्छा मिलते हुए भी मन उनके ऐसे मरियल!! चिता में जलकर मरें स्त्रियों पर हाथ डालनेवाले!!! मैं तो कभी इस तरह नहीं मरने की।

निन्नी ने सहसा दाँत भींचे।

उसको अपने विचार पर आश्चर्य हुआ। मुसकराई और खेत के ऊँघते हुए पौधों पर दृष्टि फेरती हुई नदी की ऊर्मियों का चाँदनी के साथ खेल देखने लगी।

हवा और भी ठंडी हो गई। पहाड़ की ऊँचाइयों, जंगलों, विशाल वृक्षों के बंदनवार बड़े-बड़े हरे पल्लवों के झरोखों, इन चमकीली चँदीली लहरों और पतोखी की उन बोलियों को कैसे एक ही स्थल पर इकट्ठा किया जाए? वह अधमुँदी आँखों सोचने लगी। अच्छा बहुत-सी मिट्टी को सानकर उससे नदी-प्रवाह, पहाड़, वृक्ष, पल्लव, गेहूँ-चने के लहराते हुए खेत बना लिए जाएँगे। मिट्टी के एक भवन में यह सब आ जाएगा। और उस पतोखी की बोली? मैं गाऊँगी—जाग परी जब—परंतु विकल्प आगे न बढ़ा। झीम आई और माथा झूम गया, मचान के ढक्कन से धीरे से जाकर टिक गया।

आधी घड़ी के उपरांत उसको भासित हुआ मानो नदी की लहरों की कलकल से अटल के खुर्राटे जा टकराए हों। हड़बड़ाकर आँखें खोलीं। देखा तो खेत के बीच में एक बड़ा सुअर चड़ाकों के साथ अन्न का संहार कर रहा है।

निन्नी ने तीर-कमान सँभालकर आसन जमाया। साँस साधकर लक्ष्य बाँधा। तीर सर्र के साथ सुअर के एक बाजू को फोड़कर गरदन के पार आधा निकल गया। सुअर हुड़-हुड़ करके वहीं चक्कर खाने लगा। अटल जाग पड़ा। निन्नी ने कमान की डोर पर दूसरा तीर साध लिया था। कुछ क्षण उपरांत सुअर समाप्त हो गया।

अटल बोला, 'ऐसा अच्छा निशाना तो मैं भी नहीं ले सकता हूँ।'

'हूँ ऊँ! तुमसे ही तो सीखा है।' निन्नी ने कहा।

ऐसे लक्ष्य निन्नी ने कई बार वेधे थे। अटल स्वयं अच्छा निशानेबाज था परंतु वह निन्नी को इसी तरह उत्साहित किया करता था। और फिर इतनी देर तक सोते रहने का प्रायश्चित भी तो करना था। अटल ने अनुरोध किया, 'बेटी, तुम सो जाओ। मैं जी भरकर सो लिया हूँ।'

निन्नी यही चाहती थी। अटल रखवाली के लिए बैठ गया और निन्नी सो गई। सुअर को दूसरे जानवरों के लिए बिजूका बनने के लिए वहीं पड़ा रहने दिया।

: ४ :

दूसरे ही दिन दौज थी। हरे-भरे युग में दौज के दिन पूजा, पकवान, रंग, गुलाल, अबीर और नाच-गानवाली होली मनाई जाती थी परंतु राई गाँव में दौज के दिन के लिए

भी सिवाय पूजा और गाने-नाचने के और कुछ न था; पूजा पुजारी के जिम्मे और उछल-कूद साधारण जनता के—मानो बँटवारा कर लिया हो।

पुजारी के सिवाय बाकी लोगों के लिए निन्नी का वेधा हुआ बनैला बड़ा सुअर था। जिन लोगों के मन में दौज मनाने की साध क्षीण थी वे लोग भी धूल-धक्कड़ और गोबर-कीच-गिलाव की मौज में मस्त हो गए।

दौज के दिन फिर लाखी और निन्नी की जोड़ी बन गई। अटल और भी अधिक बहरूपियेपन पर चढ़ गया। नर-नारी हँस रहे थे।

'लाखी, आज तो तुम्हारे सारे साँवले-सलोने शरीर को गोबर से लपेटूँगी।' निन्नी ने झपटकर लाखी को पकड़ते हुए कहा।

वह उससे चिमटकर बोली, 'लपेटो, अपने सारे अंगों को तुम्हारे अंगों से रगड़ दूँगी, सो गोबर में आधा-साझा हो जाएगा।'

'अच्छा तो चलो।'

'हाँ, होने दो। ह! ह!! ह!!! ह!!!!'

'ह! ह!! ह!!! ह!!!!'

दोनों एक-दूसरे से उलझ गईं और देर तक उलझी रहीं। उनको इस बात की परवाह नहीं थी कि ऊपर से कमर तक उघारी हो गई हैं। बाहर हुल्लड़ की आहट पाकर दोनों अलग हो गईं। दोनों कीचड़ और गोबर में सन गई थीं। दोनों के माथे, गालों और दूसरे अंगों पर गोबर की आड़ी-टेढ़ी चित्रकारी बन गई थी। दोनों एक-दूसरे को देखकर बल खाते हुए हँस रही थीं। दोनों ने अपने वस्त्र सँभाले।

निन्नी ने कहा, 'तुम बहुत तगड़ी हो, हाथ ऐसे हैं जैसे महुए की डालें। पर मैं भी किसी तरह पार पा ही गई। हौंस हो तो फिर जाओ।'

'मेरी बाँहें यदि महुए की डालें हैं तो तुम्हारी साँप की रस्सी जैसी हैं। हे भगवान्, कैसी कस जाती हैं! अच्छा अब चलो दूसरों को छकावें।'

'डर के मारे कोई भी स्त्री तुम्हारा सामना नहीं करेगी। किसी पुरुष को न डाँटो?'

'अरे हिष्ट! गाँव की लड़की हूँ न। ऐसा नहीं हो सकता। तुम इस गाँव की लड़की नहीं हो, हमारे भाई पर खेल लो न होली!'

'वाह! बड़ी वैसी हो!! क्या कहेंगे गाँव के लोग?'

'अच्छा तो कुछ और सही।'

'पुजारी को छकाना चाहिए, बड़ा रसिया जान पड़ता है।'

'कैसे? लगता है तुमने कुछ भाँपा है।'

'जब कल गाना-नाचना हो रहा था, तब वह मेरी और तुम्हारी तरफ बार-बार देख रहा था। कभी-कभी भींगकर रीझ-रीझकर।'

'मेरी तरफ! मैंने नहीं परख पाया।'

'परख लेती तो क्या करती?'

'हाँ, करती तो कुछ नहीं। बनैला पशु तो है नहीं जो उस पर तीर छोड़ देती।'

'आज लखना कि देखता है या नहीं तुम्हारी ओर।'

'अच्छा, पर अभी तो देर है। तब तक एक और खेल खेलें। मिट्टी के गोंदे बनाकर एक भवन बनावें। ऊँचे पहाड़ों की टुंगी जैसे गोल शिखर, उन पर कँगूरे। द्वारों पर बड़े-बड़े पेड़ों के तनों जैसे खंभे और बड़ेरियों पर फूल-पत्ते, मोर, नीलकंठ और पतोखियों, पत्तों के झरोखों जैसे झिलमिली। पास में गेहूँ-चने के खेत और उनके नीचे से राई की नदी...'

'इतना सब बनाने के लिए तो कई बरस चाहिए।'

'अरी खिलौना ही तो है, आओ बनावें—छोटा बनाएँगी, जितनी मिट्टी अपने पास है उतनी से ही।'

दोनों इस प्रकार का खिलौना बनाने को पिल पड़ीं। घंटे-दो घंटे इस खेल में बीधी रहीं, तब तक गाँववालों का हुल्लड़ समाप्त हो गया। वे सब नदी में स्नान करने के लिए चलने को हुए। उसके उपरांत मंदिर जाना था। फिर रात के शिकार की पंगत होनी थी।

अटल लाखी के आँगन में आया।

खिलौने को देखकर बोला, 'ये क्या भदूने से बनाए हैं? नहा लो, मंदिर चलना है।'

लाखी अटल की ओर आँख फेरकर निन्नी को देखती हुई मुसकराने लगी।

निन्नी ने पीठ फेरे हुए कहा, 'हमको यह भवन बना लेने दो पहले।'

अटल ने व्यंग्य किया, 'ओ हो हो हो! महल बना रही है मिट्टी के लौंदों का!! रहने के लिए फूस की एक अच्छी मड़ैया तो बना लें पहले।'

निन्नी ने हठ किया, 'इसको बना लूँ तो वह भी बन जाएगी।'

अटल लाखी को देखता जाता था और निन्नी से चलने का हठ कर रहा था। अंत में निन्नी को मानना पड़ा। वे दोनों नहाने के लिए उसके साथ चली गईं।

नहा-धोकर गाँव के नर-नारी मंदिर पहुँचे।

पुजारी ने थोड़ा-सा लाल रंग पहले ही घोल रखा था। सब लोगों ने दौज की पूजा की, नई लाई गई छोटी-सी मूर्ति को प्रणाम किया। पुजारी ने घी की दो-चार बूँदों से होम किया और फिर से प्रसाद रूप लाल रंग के थोड़े से छींटे सबके ऊपर छिटके। निन्नी के ऊपर छींटे डालने में उसका हाथ झिझका। उसकी कसर को लाखी पर पूरा कर दिया। दो छींटे उसके गालों पर जा पड़े। पुजारी ने अपने बेसुरे गले से एक होली गाई—

उरझौ ना श्याम कही मानो,
फट जैहे चुनरिया जिन तानो।

कंस राजा को राज बुरो है,
गोकुल की गुजरिया मत जानो।
उरझौ ना श्याम कही मानो,...।

इस होली को नर-नारियों ने अलग-अलग गाया। निन्नी का मधुर कंठ फिर सबसे ऊपर अलग रहा। गाने के समय पुजारी की आँख जैसे ही निन्नी पर जाती, उसको निन्नी के हाथ में तीर-कमठा और बिंधा हुआ मृत सुअर नजर आता। 'विकट है यह लड़की' वह सोचता।

जब स्त्रियाँ नाचने लगीं और बारी-बारी से पुरुष भी नाचने लगे, तब पुजारी लाखी को कभी क्षणार्द्ध के लिए सीधे और कभी कनखियों से देखता। लाखी की आँख छिप-लुककर बरबस-सी अटल की ओर जा रही थीं। इसलिए उसने पुजारी की दृष्टि को एकाध बार ही पकड़ पाया। निन्नी अपने गायन और दूसरों के नृत्य पर इतनी ध्यान- मग्न थी कि उसने केवल कभी-कभी ही यह जानने की चेष्टा की कि पुजारी की आँख कहाँ घूम रही है। उसने पुजारी को अपनी ओर देखते हुए नहीं पाया।

गायन और नृत्य की समाप्ति पर पुजारी ने गुड़ और ज्वार के थोड़े से फूले प्रसाद में बाँटे।

'निन्नी के लक्ष्यवेध का करतब ग्वालियर के राजा को दिखाया जाए'—पुजारी ने उसको प्रसाद देते हुए कहा, 'तो राजा और उनके सामंत दाँतों तले उँगली दबा लेंगे।'

बिना किसी संकोच या बनावट के निन्नी बोली, 'क्यों, मैंने कौन-सा ऐसा पहाड़ तोड़ गिराया है? मेरे दाऊ ने तो नाहर और अरने भैंसे एक-एक तीर से ही मार गिराए हैं।'

अटल ने निन्नी को उत्साह दिया, 'बाबाजी, इसने भी नाहर और अरने भैंसे एक ही तीर से मार गिराए हैं। इसका काम राजा मानसिंह देखेंगे तो बड़े प्रसन्न होंगे।'

'मैं ले चलूँगा ग्वालियर-नरेश के सामने। राजा मुझको अच्छी तरह जानते हैं। ग्वालियर में बड़े-बड़े मंदिर हैं और...' पुजारी बात पूरी नहीं कर पाया।

निन्नी ने रूठते हुए से टोका, 'मुझको नहीं जाना ग्वालियर-बआलियर किसी राजा-आजा के सामने।'

सब लोग हँस पड़े।

अटल ने कहा, 'ग्वालियर बहुत बड़ा नगर है।'

'होगा,'—वह उपेक्षा के साथ बोली, 'थोड़ी-सी झोंपड़ियों का हमारा यह गाँव, साँक नदी और ये जंगल-पहाड़ बहुत अच्छे।'

पुजारी हँसा, 'हाँ-हाँ, ग्वालियर नगर में सुअर, रीछ, नाहर, अरने भैंसे कहाँ रखे हैं निन्नी के लिए!'

निन्नी इस बात के भीतर अपनी प्रशंसा को अवगत करके अभिमान में फूल गई।

उसके मुँह से निकला, 'लाखी, तुम भी तीर-तलवार चलाना सीख लो। मैं सिखलाऊँगी, भैया सिखलाएँगे। तुम भी जंगली जानवरों को मारना।'

लाखी ने अटल को कनखियों से देखा और पास खड़ी हुई स्त्रियों को देखती हुई मुसकाने लगी। स्त्रियाँ निन्नी की ओर मुँह बिचकाकर हँस पड़ीं जैसे कह रही हों, स्त्रियों का तीर-कमान चलाना कितना भद्दा काम है!

निन्नी ने सहमकर सिर नीचा कर लिया। अटल ने लाखी की कनखीली चितवन को देख लिया था। वह किसी न किसी मिस उसको जी भरकर देख लेना चाहता था। जब वह हँसती थी, उसके गालों में गड्ढे पड़ जाते थे। एक गड्ढे पर दो-तीन लाल छींटे उभर-उभरकर उस हँसी को रंग से रचा देते थे। अटल उस रचावट को देखना चाहता था परंतु देख नहीं पा रहा था।

वे सब हँसते-हँसते वहाँ से चल पड़े। उस थोड़े से प्रसाद को रास्ते में ही चबाते चले आ रहे थे। एकाध बार मुड़कर लाखी ने देखा तो उसकी आँखें अटल की आँखों से मिल गईं।

घर पहुँचकर लाखी ने सोचा, यदि मैं तीर चलाना सीख लूँ तो कुछ बुरा तो करूँगी ही नहीं। निन्नी भी तो लड़की ही है; गूजर-कन्या सीख सकती है तो अहीर-कन्या किससे कम है? मैं बहुत जल्दी सीखूँगी। निन्नी से सीखूँगी। अटक पड़ी तो अटल से भी। इसमें कुछ भी घट नहीं। सीख लेने पर मैं ग्वालियर के राजा के सामने लक्ष्यवेध भी दिखलाऊँगी। राजा खा थोड़ी ही जाएगा। निन्नी लजाती है; पर मैं नहीं लजाऊँगी। ग्वालियर देखूँगी, बड़ा नगर है, बड़े-बड़े चौक और चौहट्टे होंगे, मंदिर और मूर्तियाँ, चटकदार कपड़े पहने हुए नर-नारी।

लाखी की खेती नहीं थी। पहले बहुत पशु थे परंतु आक्रमणकाल में एक गाय को छोड़कर बाकी सब या तो मार डाले गए या मर गए। बाप मारा गया और सयाना भाई भी। अब माँ-बेटी गाय के दूध और दूसरों की मजदूरी पर जीवन-निर्वाह कर रही थीं। कभी-कभी कुछ फल-फूल भी ले आती थीं।

लाखी निन्नी से तीर चलाना सीखने लगी। माँ उसको बहुत प्यार करती थी। सीखने में कोई अड़चन नहीं डाली। अटल ने भी सिखलाया। बीस-पच्चीस दिन के बाद खेती पक गई और फसल काटकर घने जंगल के भीतर छिपे हुए खलिहानों में रख ली गई। लोगों का अधिकांश समय वहीं बीतने लगा। जंगली जानवरों से रक्षा आग और तीर-कमान से होती रहती थी। पुजारी भी वहीं रमने लगा। अनाज के गाहे जाने पर उसको मंदिर के नाते कुछ अंश मिलना था। बदले में वह पुराणों की गाथा में कुछ अपना नमक-मिर्च मिलाकर सुनाया करता था। रात को आग के आस-पास कभी भजन और कभी रायसे।

अनाज गाह लेने के बाद ग्वालियर से राज्य की उगाही के लिए सहर्ता आए और पुरानी परंपरा के अनुसार उपज का छठवाँ अंश ले गए। उगाही में उन्होंने कोई क्रूरता नहीं की। बाकी अनाज को किसानों ने छिपा-लुकाकर रख लिया।

लाखी और उसकी माँ को कटाई-मजदूरी में थोड़ा-सा अनाज मिल गया; परंतु वह दूसरी फसल तक के लिए पर्याप्त न था। फसल कटने के उपरांत गाँव में कोई और मजदूरी नहीं थी। जीवन-यापन के लिए लाखी ने तीर-कमान के अभ्यास को और भी बढ़ा दिया परंतु लोहे के तीर या उनके फल दुष्प्राप्य थे, इसलिए बाँस के तीरों की नुकीली नोकों से काम चलाया। कोई बड़ा जानवर न मार पाएँ तो पेट पालने के लिए चिड़ियाँ और नदी की मछलियाँ ही सही।

आखेट के लिए वह निन्नी और अटल के साथ जंगल में जाने लगी। निन्नी एक दिन कुछ अंतर पर एक दिशा में अलग पड़ गई। केवल लाखी और अटल साथ रह गए।

अटल उसको जी-भर देख लेना चाहता था। कई बार चाहा था परंतु एक बार भी सफल न हुआ। वे दोनों एक पेड़ के नीचे किसी जानवर की आहट लेकर खड़े हो गए। आहट की दिशा में आँखें गड़ाकर देखने लगे।

अटल ने मुड़कर लाखी की ओर जरा-सा देखा। उसने आँखों के संकेत से प्रश्न किया। अटल ने एक निःश्वास को दबाया। लाखी ने फिर प्रश्नसूचक दृष्टि की। उसके लंबे केशों की एक लट कान पर से होंठों की ओर आ गई थी। सिर का जरा-सा झटका देकर उसको पीछे किया।

अटल ने कुछ स्थिरता के साथ उसकी ओर देखा। लाखी ने आँख नीची नहीं की। धीरे से पूछा, 'क्या बात है?'

'क्या कहूँ? कैसे कहूँ, बक नहीं फटता!'

'फिर भी?'

'मैं तुमको बहुत चाहता हूँ। बहुत प्यार करता हूँ।'

'मैं जानती हूँ।'

लाखी ने आँखें नीची कर लीं। अटल ने उसके कंधे को एक बाँह में भर लिया।

'हम-तुम एक होकर सदा साथ रहना चाहते हैं, कभी अलग नहीं होंगे।' अटल ने काँपते हुए स्वर में कहा।

'कैसे हो सकता है ऐसा? हमारी-तुम्हारी जात-पाँत अलग-अलग है।'

'तुम मुझको चाहती हो या नहीं? पहले यह बात बतलाओ।'

'मैं क्या कह दूँ? तुमको कैसा जान पड़ता है?'

'मुझको जान पड़ता है कि हम-तुम एक हो जाएँगे।'

'परंतु जात-पाँत?'

'पहले हुआ है। हमारी-तुम्हारी जाति में ब्याह-संबंध हुए हैं। पुजारी बाबा पुरान की कथाओं में सुनाते रहते हैं।'

'मेरी माँ और तुम्हारी बहिन मान लेंगी?'

'भरोसा तो है।'

'और गाँववाले? पंच और मुखिया?'

'अच्छा, उन्होंने न माना तो?

'न माना तो मैं क्या कर सकती हूँ?'

'फिर भी हम लोग एक हो सकते हैं और एक होकर रहेंगे। मैंने प्रण कर लिया है।'

'निन्नी कभी-कभी ठिठोली कर बैठती है। वह मेरे चाव को पहचान गई है। कुछ गाँववाले भी स्यात् जांनते हों।'

'तुम्हारा मन पक्का है?'

'मेरे मन से नहीं, अपने मन से पूछो।'

'बस, अब और कुछ नहीं पूछना है।'

अटल लाखी को कुछ क्षण अपनी बाँह में कसे रहा। जिस दिशा से आहट आई थी उस दिशा से एक नर-मोर भागता हुआ आ रहा था। लाखी तुरंत अटल की बाँह से अलग हुई। कमान पर बाँस का एक पैना तीर चढ़ाकर छोड़ दिया। मोर चीख के साथ वहीं गिर पड़ा। लाखी ने दूसरे तीर से उसकी पीड़ा को तुरंत समाप्त कर दिया।

अटल के मुँह से निकला, 'वाह! वाह!!'

उसी क्षण एक झाड़ी के पीछे से तेंदुआ उछलकर ओट के लिए भागा। अटल ने उस पर तीर छोड़ा परंतु वह तेंदुआ को नहीं लगा। तेंदुआ भाग गया। उन दोनों ने पेड़ की आड़ छोड़ दी। मोर के पास गए। पीछे से निन्नी आ गई। उसने मृत मोर को देख लिया परंतु भागते हुए तेंदुआ को नहीं देख पाई थी।

अटल ने ऊँचे स्वर में कहा, 'देखो निन्नी, लाखी ने कैसा अच्छा निशाना लगाया है।'

निन्नी ने समर्थन किया, 'वह तुम्हारी गुरु निकलेगी दाऊ।'

अटल हँस पड़ा। लाखी भी खिलखिला पड़ी।

अटल बोला, 'मैंने तेंदुआ पर तीर चलाया था, पर मेरा निशाना खाली गया।'

'क्योंकि तेंदुआ से तो हम लोगों का पेट भरता नहीं। इस मोर से दो दिन काम चल जाएगा।' लाखी ने कहा।

अटल अपने चूके हुए तीर को ढूँढ़ लाया। मोर को उठाकर वे सब घर की ओर चलने लगे। निन्नी के हाथ कुछ नहीं लगा था। लाखी को प्रसन्न देखकर वह कुढ़ रही थी।

बोली, 'मैं होती तो तेंदुआ को यों ही न निकल जाने देती और मोर को न मारती।'

अटल ने इस व्यंग्य के भीतर छिपी हुई कुढ़न को पहचान लिया परंतु उसके ऊपर

कोई प्रभाव नहीं पड़ा। लाखी की प्रसन्नता में कोई कमी नहीं आई।

निन्नी कहती रही, 'तीर खो जाता तो और भी अच्छा होता।'

अटल ने और भी चिढ़ाया, 'तुम्हारा तीर तेंदुआ के पेट को छेदता, तुम लपककर चढ़तीं पेड़ पर और तेंदुआ तीर को लिए हुए चल देता किसी पहाड़ की गुफा में। तेंदुआ और तीर की तपस्या का फल कभी किसी को न मिल पाता।'

'भाग तो जाता तेंदुआ तीर को चुराकर। गरदन में न देती जो तीर के साथ वहीं सो जाता!' निन्नी ने तिनककर कहा।

'अच्छा, अच्छा, बहुत अच्छा। फिर कभी सही।' अटल बोला।

लाखी ने निन्नी को फुसलाते हुए कहा, 'पेट भरने के लिए मोर मिल गया और निशाने के लिए तीर, यह क्या कम है?'

: ५ :

राज्य के सिपाहियों की उगाही के बाद पुजारी की उगाही सहज ही नहीं हो गई। किसानों को अन्न के दर्शन राम-राम करके हुए थे, इसलिए वे देने में किनर-मिनर कर रहे थे। पुजारी ने कहा, 'शास्त्र का वचन कभी न भूलो; छठवाँ भाग राजा का होता है सो तुमने दे दिया। बीसवाँ ब्राह्मण का होता है। उसके देने में आनाकानी करने से यह लोक तो बिगड़ेगा ही, परलोक से भी हाथ धो बैठोगे।'

एक किसान खिसियाहट को छिपाता हुआ बोला, 'फिर हम क्या खाएँगे?'

'भगवान् देंगे। मैं भजन जो करूँगा।'

'भजन करने पर भी दिल्ली के सुल्तान ने इतना खून बहा दिया। इतने घर और खड़े खेत चौपट कर दिए!'

'देखा इस मूर्ख को! इस घोर नास्तिक को!! अब कोई नई विपद को बुलानेवाला है। करता है एक, भोगमान भुगतनी पड़ती है हम-तुम सबको!'

'अरे, चुप रे चुप! पुजारी महाराज से कैसे बात करता है!!'

'तो तुम दे दो पहले। भर तो लिया है घर और गड्ढा गेहूँ-चने से।'

'देंगे नहीं तो क्या तुम सरीखे नट जावेंगे।'

रार-सी होती देखकर वहाँ अटल आ गया। उसने पुजारी का पक्ष लिया। बोला, 'मैं तो अपने भाग को खुशी के साथ दूँगा देवता, और ब्राह्मण का अंश देना ही पड़ता है। न जाने कहाँ से बढ़ती हो जावेगी।'

अटल ने पुजारी के चेहरे पर गहरी सहानुभूति की मुसकान पाई। अधिकांश किसान आनाकानी करते हुए भी जानते थे कि अनिवार्य का निवारण नहीं होने का, इसलिए देने के लिए अपने को विवश पा ही रहे थे; अटल को दानवृत्ति में पगा हुआ-सा देखकर ढल

गए। अटल ने सोचा, पुजारी की सहानुभूति आगे चलकर काम देगी। सब किसानों ने देवता का बीसवाँ और ब्राह्मण का तीसवाँ, यानी पुजारी को कुल बारहवाँ हिस्सा भेंट कर दिया। सब मिलकर अन्न का चौथा भाग किसानों के पास से निकल गया। तीन-चौथाई फिर भी बचा रहा। उन्होंने मन-ही-मन कहकर संतोष कर लिया—जो बाहर के लुटेरे सब-का-सब ले जाते तो गाँठ में कुछ भी न बचता।

अटल अवसर ढूँढ़कर पुजारी से एकांत में मिला। बड़ी नम्रता और भोलेपन के साथ उसने चर्चा छेड़ी।

'महाराज, आपको इतना ज्ञान कहाँ से मिला? पोथी-पत्रे तो आपके पास थोड़े ही हैं, पर जानते आप जगत्-भर की बातें हैं।'

'अरे नहीं भाई। भगवान् का भजन करता हूँ। मैं तो भगवान् के नाम के सिवाय और कुछ नहीं जानता।'

'बाबाजी, आपको रामायण, महाभारत और न जाने कितने शास्त्र रटे पड़े हैं। क्या हम लोग भी पढ़ सकते हैं?'

'क्यों नहीं पढ़ सकते? तुम क्षत्रिय हो। वेद तक पढ़ सकते हो।'

'क्या आपने वेद पढ़े हैं?'

'अरे यों ही कुछ-कुछ। कलयुग में वेदों के पढ़ने-पढ़ानेवाले रहे ही कितने हैं?'

'क्या स्त्रियाँ पढ़ सकती हैं?'

'वेद! अरे राम राम!! स्त्रियाँ और शूद्र वेद नहीं पढ़ सकते।'

'वेद नहीं महाराज, पुराण-बुराण।'

'कैसे हो तुम! पुराण को बुराण नहीं कहते। अनादर नहीं करना चाहिए।'

'वैसे ही कहा। क्षमा कीजिएगा। स्त्रियाँ पढ़ सकती हैं?'

'पढ़ सकती हैं। पुरों और बड़े ग्रामों में लड़के-लड़कियों की अलग-अलग पाठशालाएँ रहती ही हैं। आक्रमणकारियों के अत्याचारों के कारण बंद हो गई हैं; उनमें लड़कियाँ भी पढ़ती थीं।'

'अत्याचारियों का सामना कैसे किया जावे?'

'धर्म से। धर्म के हीन-क्षीण हो जाने से, वर्ण के बिगड़ जाने से ही अत्याचारी सिर पर टूट पड़ते हैं।'

कुछ क्षण अटल चुप रहा। फिर उसने अपने स्वर में नम्रता की पुट और अधिक बढ़ाई।

डरते-डरते पूछा, 'बाबाजी महाराज, कौन-सा धर्म?'

'अरे धर्म जिसको अपने बड़े लोगों ने बतलाया है, राधाकृष्ण की, सीताराम की भक्ति। साधारण लोगों के लिए इतना ही तो बहुत है।'

'महाराज, कृष्ण भगवान् वर्ण में थे, पर उनकी जाति थी क्या?'

'अरे तुमको इतनी-सी बात नहीं मालूम। क्षत्रिय थे। खरे क्षत्रिय।'

'सो तो महाराज, सुना है। हम लोग गँवार हैं, गाँव के जो ठहरे। जानते नहीं हैं इसलिए पूछा—भगवान् गूजर थे या अहीर।'

'गूजर उनको गूजर कहते हैं, अहीर अहीर; परंतु पुराण में उनको युद्धवंशी क्षत्रिय कहा है।'

'चद्रवंशी तो अहीर और गूजर भी हैं।'

'हाँ-हाँ, उनको चंद्रवंशी कह सकते हैं।'

'गूजर और अहीर दोनों बराबरी के हैं?

'हाँ-हाँ। काम दोनों के एक से हैं।'

'अहीर और गूजर में ब्याह-संबंध हो सकता है? जब बराबरी के हैं, शास्त्रों में ब्याह-संबंध की मनाही न होगी।'

'अरे रे रे! क्या कहते हो तुम!! पहले हुआ होगा, अब नहीं हो सकता।'

'आप जो पुरानी कथाएँ सुनाते हैं उनमें तो इससे भी बढ़कर कुछ बतलाते हैं।'

'अरे ओ! पढ़ा न लिखा, धमकने लगा मठा मूसल की!! मैं जो कथाएँ सुनाता हूँ वे त्रेता-द्वापर की हैं और यह कलियुग है।'

'आपने कलियुग की भी कुछ कथाएँ सुनाई थीं जैसे राजस्थान के किसी एक राजा की, जिसने हाल में ही एक जाटन के साथ ब्याह किया है।'

'मुँह लगता है मेरे! पंडित बनना चाहता है क्या? क्या अपनी बहिन को किसी अहीर के साथ ब्याहना चाहता है? गूजर निर्वंश हो गए?'

'नहीं बाबाजी महाराज, नहीं, ऐसा नहीं करूँगा, कभी नहीं। जैसी है उससे बढ़-चढ़कर उसका दूल्हा होना चाहिए। मैंने वैसे ही पूछा।'

पुजारी का क्षोभ शांत हो गया। पुजारी उसकी और निन्नी की शारीरिक शक्ति को जानता था और गाँव में दोनों को अपने प्रबल समर्थकों के रूप में पाता था।

पुचकार के स्वर में बोला, 'मैंने वैसे ही कड़े पड़कर तुमसे बात कह दी। निन्नी के लिए मैं वर की खोज करूँगा। तुम तो जानते हो, मैं इस कठोर काल में भी देश-देशांतर की यात्रा किया करता हूँ। ग्वालियर जानेवाला हूँ। राजा मानसिंह मुझको जानते हैं। और उनके सामन्त सरदार भी। ग्वालियर में गूजरों के कई भले घराने हैं। वे भी मुझको जानते हैं।'

अटल ने भोले भाव से पुजारी को मान्यता दी, 'आपको जो न जाने वह किसी को नहीं जानता। आप तो व्यर्थ ही इस छोटे से गाँव में पड़े हैं।'

पुजारी ने कहा, 'राई नदी, ये जंगल और पर्वत मुझको भले लगते हैं। और फिर मैंने

प्रण किया है कि इस टूटे हुए मंदिर का जीर्णोद्धार कराऊँगा और एक अच्छी सुंदर मूर्ति की स्थापना कराऊँगा, तब कहीं दूसरे स्थान की बात सोचूँगा। ग्वालियर इसी प्रयोजन से जाना है।'

'आप ग्वालियर कब जाएँगे?' अटल ने पूछा।

पुजारी ने बतलाया, 'दस-पाँच दिन में।'

'फिर कब लौटेंगे महाराज?'

'दो-एक महीने तो लग जाएँगे।'

: ६ :

सिकंदर लोदी को ग्वालियर छोड़े कई महीने हो गए थे। किले में घिरे हुए राजा मानसिंह, सामंत सरदार, सैनिक और सेवक किले से बाहर निकल आए थे और उजड़े हुए ग्वालियर को फिर से बसाने के प्रयत्न कर रहे थे।

कई महीने के उपरांत लोग अपने घरों को लौट आए। अत्यंत उग्र कष्ट पानी का था। सड़ी-गली लाशों के कारण सारे कुएँ गंदे और खराब हो गए थे। नए कुएँ इतनी जल्दी खोदे नहीं जा सकते थे। किले के भीतर अच्छे मीठे पानी का पूरा प्रबंध था। राजा मानसिंह ने पुनर्वास के लिए आई जनता को किले के भीतर अस्थायी निवास दे दिया और कुओं को स्वच्छ कराने का काम तेजी के साथ आरंभ कर दिया। कुछ कुओं को साफ कर लिया गया और तली तक कई बार उनका पानी निकाल दिया गया। फिर गंगाजल की बूँदों और मंत्रों के उच्चार से उनका पानी पीने योग्य बना लिया। इन कुओं के आस-पास के मकानों की जनता किले के बाहर आ गई। परंतु अभी अनेक कुएँ शुद्ध होने को पड़े थे। बाहर से ग्वालियर के निवासी पहले थोड़े-थोड़े, फिर बड़ी संख्या में आए। टूटे हुए मकानों को उठाने लगे। अशुद्ध कुओं की सफाई होती रही।

एक कुआँ साफ तो हो गया था, परंतु मंत्रों से शुद्ध नहीं हो पाया था। कड़ाके की धूप पड़ रही थी। मजदूर चिथड़ों से सिर की रक्षा करते हुए लू और ततूरी में काम कर रहे थे। कुएँ के समीप घनी छायावाला नीम का पेड़ था। उस छाया में सुस्ताने के लिए उनका मन ललक रहा था। परंतु अंतिम बार कुएँ का पानी निकालकर अलग करना था। छाया में बैठे हुए ब्राह्मण कुएँ को शुद्ध करने के लिए उकता रहे थे।

एक ब्राह्मण वैष्णव छाप का तिलक लगाए हुए था। पूजा-पत्री का कुछ सामान लिए हुए था। दूसरा उससे बातचीत करता हुआ चला आया था। वह शैव था।

शैव ने वैष्णव से कहा, 'गंगाजल की चार-छः बूँदों से क्या होगा? मैं कहता हूँ किसी फूल का, फूल न मिले तो शुद्ध मिट्टी का शिवलिंग बनाकर 'ॐ नमः शिवाय' से अभिमंत्रित करके कुएँ में डाल दो, कुआँ शुद्ध हो जाएगा, क्यों जंजाल बढ़ा रहे हो?'

'गंगाजल और फूल या मिट्टी में जैसे कोई अंतर ही न हो?'

'शिव की जटाओं से गंगाजी निकली हैं। इसलिए शिव और गंगा में अंतर है, परंतु मैं पूछता हूँ कि शिव बड़े या गंगा बड़ी?'

'लोक, समाज और समय के भेद से छोटे बड़े और बड़े छोटे हो जाते हैं।'

'क्या अनर्गल बात कहते हो? जो छोटा है वह छोटा ही रहेगा। जो बड़ा है वह छोटा नहीं हो सकता।'

'हठ करने का तुम्हारा स्वभाव ही है। विष्णु और शिव में विष्णु को बड़ा कहा गया है, परंतु किसी-किसी अवसर पर शिव बड़े हो गए हैं।'

'कभी नहीं। असंभव। शिव के सामने विष्णु की क्या विसात?'

'व्यर्थ झगड़ा करते हो। सब मार्ग एक ही ठौर को पहुँचाते हैं।'

'बिलकुल झूठ। सब मार्ग एक ही ठौर पर ले जाते हैं तो गिर पड़ो कुएँ में, नदी में, पहाड़ पर से, किले पर से, पहुँचोगे अंत में वैकुंठधाम! यही न?'

'अर्थ का अनर्थ तुम जैसे तिलंगानावाले करते हैं, वैसा तो कोई नहीं कर सकता।'

'तिलंगानावालों ने ही वेदों के भाष्य दिए हैं, नहीं तो डूब मरे होते चुल्लू-भर पानी में तुम गौड़-प्रदेश के सब ब्राह्मण!'

'तुम्हारे माथे में तो लड़ने-भिड़ने के लिए कीड़े कुलबुलाया करते हैं। तुम्हारी समझ में इतनी छोटी-सी बात क्यों नहीं आती कि कुएँ-बावली में गिरकर मरना और बात है; भिन्न मार्गों से पूजा और आराधना करके अभीष्ट तक पहुँचना दूसरी बात। ध्यान और मन को एकाग्र करके किसी भी मार्ग को ग्रहण कर लेने से मनुष्य मोक्ष को पा सकता है।'

'नदियों, पेड़ों, साँप के बिलों, टोरियों, पहाड़ों, भेड़िया, बिलावों और चाहे जिस पत्थर के टुकड़े का ध्यान और मन से पूजा करो कि मिला मोक्ष! अरे तुमने ही इस युग को कलियुग बनाया!! धिक्कार है तुमको!!!'

'धिक्कार तुमको और तुम्हारे बाप को। अज्ञान के वश समझते हो कि तुम्हारा शैवमत ही सब कुछ है!! नितांत भ्रम में पड़े हो। नरक में जाओगे।'

दोनों के स्वर तीक्ष्णता पर चढ़ आए थे। दोनों ने अपने-अपने आसन छोड़ दिए। कुएँ पर काम करनेवाले मजदूर काम छोड़कर छाया में आ गए। शायद तमाशा कुछ और निखरे-सखरे, वे लोग चाहते थे।

'नरक में बिलबिलाओगे तुम और तुम सरीखे सब जिन्होंने वर्तमान जीवन को अपने स्वार्थ के सिवाय और कोई महत्त्व नहीं दिया। हम लिंगायत इस जीवन को स्वर्ग बनाते हैं और मरने पर कैलास तो हमारे लिए है ही।' दूसरे ने डपटकर कहा।

मजदूरों का मुखिया बीच में आ गया। निवारण करते हुए बोला, 'महाराज, लड़ो मत। हम लोगों के लिए भी कहीं कुछ है?'

पहले ब्राह्मण ने तपाक से कहा, 'हम बतला सकते हैं, यह तिलंगाना का विजयजंगम नहीं बतला सकता।'

जिसका नाम विजयजंगम बताया गया था, बोला, 'यह बतलाएगा—क्या बतलाता है बतला।'

'भजन, भजन, भजन करो मूढ़ो।' उसने बताया।

'किसका?' मजदूरों के मुखिया ने पूछा।

विजयजंगम ने तुरंत उत्तर दिया, 'इस पेटू का अपनी मजदूरी और पेट काटकर भरो इस भिखमंगे का पेट। भजन से इसका यही प्रयोजन है।'

वह झपटा। मजदूर आड़े आ गए। वह छुआछूत के डर से वहीं ठिठक गया।

विजय ने कहा, 'ये काम करें, तुम भीख माँग-माँगकर खाते रहो। यही है न तुम्हारे भजन की शिक्षा?'

मजदूरों का मुखिया बोला, 'हमारे भाग्य में यही वदा है। पूर्वजन्म का फल जो भुगतना पड़ता है। आप सब के भाग्य में पढ़ना, लिखना, राज्य करना-कराना लिखा है सो बड़ी जात में जन्म लेते हो।'

'यह सब भ्रम है,' विजय ने प्रतिवाद किया, 'जीवन में काम करना, श्रम से रोटी का उपार्जन करना और शिव का नाम लेना, यही गौरव है। इसी में जीवन की सार्थकता है। भीख माँगकर खाना, छल, कपट, पाखंड से अज्ञानियों की श्रद्धा का संग्रह करते रहना—सही सबसे बड़ा पाप है। पूर्वजन्म ने सबके लिए काम को प्रधान कर रखा है। पूर्वजन्म के सब दुख श्रम और शिव की गायत्री से कट जाते हैं।'

मजदूर इस व्याख्या को नहीं समझे।

दूसरा विवादी बोला, 'बड़ा शिव की गायत्रीवाला बना फिरता है। गायत्री केवल एक है, केवल एक।'

'जिसको तुम लोगों ने छिपा-छिपाकर मटीला कर दिया है। सुना सकते हो इन लोगों को अपनी गायत्री।'

'तुम तो हो मूर्ख! गायत्री किसी को सुनाई जाती है? अत्यंत गोपनीय है—जड़-जंगम।'

'शिव की गायत्री ऐसी है जिसका जप चांडाल भी कर सकता है और पवित्र हो सकता है, परंतु तुमको अपना पेट भरने और पाखंड रचने से अवकाश कहाँ?'

'कहाँ लिखा है कि शिव की भी कोई अलग गायत्री है?'

'वासव पुराण में मूर्ख।'

'और अधिक गाली बकी तो ढेले से खोपड़ा तोड़ दूँगा।'

'ढेले से खोपड़ा खोलने के पहले त्रिशूल से तुम्हारी आँतें हम पहले ही बाहर कर

देंगे।'

वे फिर एक दूसरे पर झपटे। मजदूर फिर बीच में आ पड़े।

'चल रे तिलंग राजा के पास। वहीं न्याय और तेरा दंड होगा,' वैष्णव ने चिल्लाकर कहा।

विजय भी चिल्लाया, 'मैं तैलंग नहीं हूँ गधे, मैं कर्नाटक का हूँ जहाँ नंदी और भगवान् शंकर ने अवतार लिए। चल न्याय होगा तो मुँह काला किया जाएगा।'

'कलयुग में अवतार! चल वहीं निर्णय और न्याय होगा।' दूसरा पूरे भरे स्वर में बोला।

मजदूर को उसने आदेश दिया, 'तुम लोग साखी हो, हमारे साथ चलो।'

मजदूरों का मुखिया बोला, 'पर अभी कुछ हुआ तो है ही नहीं। न ढेला चला और न त्रिशूल। बातें जो आप दोनों के बीच में हुई हैं सो हम लोग समझे नहीं।'

वैष्णव ने कहा, 'इसने भगवान् की बुराई की, यह तो तुम समझे? सब न चलें अकेले तुम ही चले चलो।'

'फिर यहाँ काम कौन कराएगा?' मुखिया ने पूछा!

उस विवादी ने भर्त्सना की, 'भाड़ में गया काम! काम को देखते हो या धर्म पर किए आघात को?'

'मुझको क्या', मुखिया ने उपेक्षा के साथ कहा, 'राजा का काम रुका पड़ा रहेगा। आप जानो। कुआँ रीता कर लिया गया है। आप गंगाजल और मंत्र से कुएँ को शुद्ध कर दो, फिर चले चलो।'

'धर्म के सामने कुआँ-वुआँ कुछ नहीं। चलो मेरे साथ।' उसने हठ किया।

वे तीनों किले की ओर चले। किले के फाटक पर रोक लिए गए। राजा चौथे पहर संध्या के समय मिलेंगे, उन लोगों को बताया गया। वे दोनों दृढ़ थे। मजदूरों का मुखिया मनचाहा विश्राम पा गया था।

तीनों फाटक के पास एक घनी छाया में ठहर गए।

तीसरे पहर एक छोटी-सी पोटली बाँधे राई गाँव का पुजारी भी वहीं आ गया।

आते ही उसने पूछा, 'क्या फाटक नहीं खुला अभी?'

'चौथे पहर खुलेगा।' उसको उत्तर मिला।

विजय ने पुजारी की धूल-धूसरित और पसीने से भीगी हुई आकृति का निरीक्षण किया। पुजारी के चेहरे पर नम्रता थी। पुजारी ने दोनों को टटोला।

विजय के साथी ने पुजारी से प्रश्न किया, 'कौन हो, कहाँ से आए हो?'

उसने उत्तर दिया, 'छः कोस दूरी पर राई नाम का एक उजड़ा हुआ छोटा-सा गाँव है। वहीं से आया हूँ। नाम मेरा बोधन शास्त्री है।'

उस विवादी ने पूरी पड़ताल की—गोत्र, शाखा, पुत्र, पिता का नाम, धर्म, कर्म सभी पूछ डाला। जब पूरा पता लगा लिया तब जल पी लेने का अनुरोध किया। बोधन जल पीकर आया था, इसलिए कृपा बनाए रखने-भर की वांछा प्रकट की।

'कैसे आए?' उसने आने का प्रयोजन पूछा।

बोधन ने प्रयोजन प्रकट किया, 'गाँव में भगवान् का मंदिर था। आक्रमणकारियों ने नाश कर दिया। उसके जीर्णोद्धार इत्यादि की याचना के लिए राजा के पास आया हूँ।'

एक से दो हुए—और दूसरा शास्त्री! विजय के विवादी को अपने भीतर स्फूर्ति का स्पंदन मिला। बोधन ने विवादी के आने का कारण पूछा।

उसने सविस्तार बताया।

विवादी ने कहा, 'इनका नाम विजयजंगम है। तिलंगाना या कर्नाटक के हैं। यह इसको नहीं मानते कि किसी भी मार्ग से जाओ, पहुँचेंगे अभीष्ठ स्थान पर ही।'

विजय बोला, 'कैसे मान जाऊँ? कूड़ा-करकट फाँसने और मोहनभोग लगाने के परिणाम और अंतर को कैसे भूल जाऊँ?'

बोधन सहमत नहीं हुआ।

विजय का विवादी बोला, 'अब हम एक से दो हो गए हैं। कर लो जितना शास्त्रार्थ करना हो।'

बोधन ने मोर्चा लेने से इंकार नहीं किया।

विजय ने व्यंग्य किया, 'दो नाहीं की एक हामी तो बन सकती है परंतु दो मूर्खों का योग एक बुद्धिमान नहीं होता है।'

बोधन की भौंह तन गईं परंतु बोला कुछ नहीं।

विवादी ने व्यंग्य का उत्तर दिया, 'नाम इनका जंगम है, परंतु है वास्तव में जड़।'

बोधन विवाद को बढ़ाना नहीं चाहता था और वह राजा के सामने वादी या प्रतिवादी के रूप में नहीं पहुँचना चाहता था। बोला, 'घड़ी-आधी घड़ी पीछे राजा के सामने पहुँच जाते हैं, वहीं निर्णय और न्याय होगा।'

चौथे पहर का घंटा बजते ही फाटक खुल गए। वे चारों भीतर पहुँच गए। कोट की ऊँची दीवार के भीतर कई छोटे-छोटे कोट-किले जिनमें सैनिकों का आवास था। प्रत्येक फाटक पर सन्नद्ध सावधान पहरे। दक्षिणी दिशा के मैदान के छोर पर सास-बहू और तेली के मंदिर थे। वहाँ फूस के छोटे-छोटे झोंपड़े डाले हुए कुछ निवासी विपद के दिन काट रहे थे। कुओं के साफ हो जाने की प्रतीक्षा में पड़े थे। राजा का भवन उत्तरवर्ती कोट के भीतर था। इस कोट के फाटक पर थोड़ी ही देर की प्रतीक्षा के बाद राजा ने उन सब को अपने कक्ष में बुला लिया। वे सब राजा को पहले से जानते थे। मजदूर को छोड़कर बाकी तीनों को राजा भी पहचानता था। उन तीनों को आसन दिया गया।

मजदूर खड़ा रहा।

राजा मानसिंह युवावस्था से आगे जा चुका था। बड़ी काली आँखें, भरी भौंह, सीधी-लंबी नाक, चेहरा भरा हुआ कुछ लंबा। ठोड़ी दृढ़, होंठ सहज मुसकानवाले। सारा शरीर जैसे अनवरत व्यायाम से तपाया और कसा गया हो। कद लंबा और छाती चौड़ी। घनी नोकदार मूँछें।

मानसिंह को इन लोगों के आने का कारण मालूम था परंतु उसने विवाद के विषय को नहीं छेड़ना चाहा। पुराने परिचय को नया करने के लिए बोधन से पूछा, 'कहाँ-कहाँ कष्ट झेलते फिरते रहे शास्त्रीजी? भगवान् ने हमारी सबकी लाज रख ली तो फिर एक दूसरे से मिलने के दिन पा गए।' मानसिंह के स्वर की खनक ऐसी थी मानो तलवार झनझना गई हो।

बोधन ने अपने कष्टों की गिनती नहीं गिनाई, क्योंकि उसने मानसिंह और उसके साथियों की कष्ट-गाथाएँ सुन रखी थीं। उसने कहा, 'सुना था महाराज को घाव लगे।'

मानसिंह ने मुसकराकर उपेक्षा प्रकट की, 'साधारण-सी खरोंचें थीं, शास्त्रीजी! दो-तीन तीर छू गए बस। मेरे साथी अवश्य बहुत मारे गए और घायल हो गए। परंतु उन्होंने जो परंपरा बना दी है उसके बल पर हम लोग ऐसे-ऐसे अनेक आक्रमणों का डटकर सामना करते रहेंगे। एक बात अवश्य बहुत दुख देती है, जनता बहुत तबाह हो गई है और कुएँ अभी तक सबके सब साफ नहीं हो पाए हैं।'

मजदूर हिलकर रह गया।

बोधन बोला, 'हुए जाते हैं महाराज, हो ही रहे हैं।'

राजा ने गाँव का हाल पूछा।

बोधन ने सबसे पहले मंदिर की दुर्दशा का वर्णन करके अपने आने का अभिप्राय प्रकट किया, 'एक आक्रमण में दो सौ वर्ष पहले मंदिर नष्ट हो गया था, फिर नष्ट किया गया और फिर बनवाया गया। अब की बार फिर नष्ट हो गया है। उस पर फूस छाया हुआ है। श्रीमान् से फिर बनवा देने की याचना करने के लिए आया हूँ।'

राजा ने निःसंकोच भाव के साथ कहा, 'पहले कुएँ, बावलियाँ, तालाब और नहरों का उद्धार कर लूँ, फिर मंदिर को देखूँगा। जितनी सामर्थ्य होगी, सहायता करूँगा। कुछ आप देशाटन करके सेठों से उगाही कर लीजिए।'

बोधन चुप रहा। राजा ने बात नहीं तोड़ी।

बोला, 'गाँव की खेती-पाती और जानवरों का क्या हाल है?'

बोधन ने कहा, 'भूमि अभी थोड़ी-सी उठ पाई है। अगले वर्ष भगवान् की कृपा से शेष भी हल तले आ जावेगी, गाय-भैंसें थोड़ी-सी ही बची हैं। जंगली पशु बहुत उपद्रव किए रहते हैं।'

'कौन-कौन-से पशु हैं जंगल में?'

'अरने भैंसे, सुअर, रीछ, चीतल, साँभर—'

'नाहर-तेंदुए भी हैं?'

'हाँ श्रीमान, नाहर-तेंदुए भी हैं।'

'गाँव में कोई शिकारी, लक्ष्यवेधी नहीं है?'

'छोटा-सा रह गया है गाँव। उसमें दो-तीन बहुत अच्छा लक्ष्य वेधते हैं। भाई-बहिनें गूजर और एक अहीर लड़की।'

'लड़कियाँ लक्ष्यवेध करती हैं! धन्य है वह गाँव!!'

'अहीर की लड़की तो नौसिखी ही है महाराज, परंतु गूजर की लड़की जैसी देखने में सुंदर और दृढ़ शरीर की है, वैसी ही तीर चलाने में बड़ी निपुण है। सुअर, नाहर, तेंदुए को एक ही तीर में मार गिराती है।'

'एक ही तीर में! अच्छा!! अवकाश मिलते ही अहेर के लिए भी मैं किसी दिन आऊँगा। आपके मंदिर को भी देखूँगा और उसके उद्धार की शीघ्र ही योजना भी करूँगा।'

बोधन ने मानो सब कुछ पा लिया। विजय और उसके विवादी के निर्णय, न्याय में उसको केवल श्रोता की रुचि रह गई। राजा उस चर्चा को टालना चाहता था परंतु बोधन ने उमंग में छेड़ दिया—

'महाराज को इनके विवाद का कुछ निर्णय करना है।'

राजा ने उन लोगों के प्रति उदारता भरी हुई आँख घुमाई, मानो आरंभ करने के लिए कह रहे हों।

विजय ने आरंभ कर दिया, 'जब लड़ाई चल रही थी, यह ब्राह्मण ग्वालियर में नहीं था। मैं, श्रीमान यहीं बंद था। हम लोग दिन-रात काम करते नहीं अघाते थे और न थकते ही थे। हम सबकी समझ में आ गया कि जीवन इसको कहते हैं। भगवान् शंकर के सामने वर्ण, अवर्ण, सुजात-कुजात का कोई भेद नहीं। हम सब जब कंधे से कंधा भिड़ाकर लड़ रहे थे; सब एकाकार था। तब इन लोगों की छूत-छात को मानते तो एक-एक करके गिन-गिनकर मर जाते।'

'वह आपदा का समय था। संकट के समय जो कुछ भी उचित किया जाए, सब धर्म है। यह सनातन सिद्धांत है परंतु निरापद समय में यह स्वतंत्रता नहीं दी जा सकती।' विवादी ने कहा।

राजा ने प्रश्न किया, 'और कोई समस्या है या इतना ही?' मजदूर से पूछा, 'कैसे आए?'

उसने विनीत उत्तर दिया, 'मैं कुएँ की शोध का काम करवा रहा था। झूठ नहीं

बोलूँगा श्रीमान, इन दोनों में न तो हाथापाई हुई है और न सिर फुटौवल, केवल जीभ को लड़ाते रहे और हम लोग जैसी गाली कभी बक जाते हैं, वैसी गाली भी इनके मुँह से नहीं निकली। केवल मूरख-दूरख कहा सो संसार-भर ही मूरख है अन्नदाता।'

राजा ने हँसी को रोककर कहा, 'तुम जाकर अपना काम देखो। तुम्हारी साखी की आवश्यकता नहीं पड़ेगी।'

मजदूर चला गया। राजा ने दोनों विवादियों की ओर दृष्टि फेरी।

विजय ने कहा, 'यह कभी यह कहते थे, किसी भी मार्ग से जाओ, ईश्वर की प्राप्ति हो जाएगी। संसार के गले पर खाँडा चलाते जाओ और भगवान् का नाम लेते जाओ, तो क्या इस मार्ग से भी मोक्ष मिल जाएगा? वर्ण-अवर्ण के भेद मानकर एक-दूसरे से घृणा करते रहो, अछूतों को मनुष्य न समझो, छुआछूत के नरक में रहते हुए भजन की माला डालते रहो तो क्या वैकुंठ प्राप्त हो जाएगा? जो गायत्री सबको पवित्र कर सकती है उसको अँधेरी मैली कोठरी में बंद रखो और कहो कि यदि किसी अन्य को इसकी झाँकी मिल गई तो यह अपवित्र हो जावेगी! यह कैसी गायत्री?'

विवादी ने उसको और आगे नहीं बढ़ने दिया। टोका, 'इनके पास, महाराज, इन बातों का क्या प्रमाण है?'

'हमारा वासव पुराण', विजयजंगम ने उत्तर दिया, 'महाराज जानते हैं। मैंने लड़ाई के ही काल में कभी-कभी सुनाया है।'

विवादी बोला, 'संसार पाप और पापियों से भर गया है। भजन और त्याग से ही पापों के फंदे काटे जा सकते हैं। यह कहते हैं जीवन में सने रहो, क्षणभंगुर जीवन के मोह के माया में लथपथ रहो और एक बार 'नमः शिवायः' कहा नहीं कि वैतरणी का बेड़ा पार हुआ।'

शास्त्रार्थ को उग्र तापमान पर पहुँचता हुआ देखकर राजा ने मुसकान के साथ हाथ के संकेत से निवारण किया।

बोला, 'यह तो व्यर्थ का विवाद जान पड़ता है। मैंने शास्त्रों को नहीं पढ़ा है।' राजा एक क्षण चुप रहा।

विजय बीच में कूद पढ़ा, 'शास्त्र पढ़े हैं और नहीं भी पढ़े हैं तो सुने तो हैं।'

राजा ने उसको संकेत से चुप कर दिया।

'तपस्या बड़ी वस्तु है परंतु सुनता हूँ कि तपस्या करनेवाले भय और अहंकार के कारण आत्म-दमन में लीन हो जाते हैं और इस आत्म-दमन को परमपद समझकर दूसरों को आतंकित करने लगते हैं। जब ऐसे लोगों को इस लोक में गौरव नहीं मिल पाता है तब उस लोक में उतने अधिक गौरव के पाने की आशा पर उनको अचंभा होने लगता है और पागल-से हो जाते हैं।' राजा ने तौलते हुए कहा।

राजा चुप हो गया। वे दोनों चुप रहे। बोधन तो निःशब्द तटस्थ बैठा ही था। वे दोनों सोच रहे थे, राजा ने निर्णय-सा दे दिया है, परंतु यह समझ में नहीं आया कि किसके पक्ष में दिया।

राजा ने बात समाप्त की, 'ये बैठे-ठाले के वाक्-युद्ध व्यर्थ हैं। कर्म मुख्य है। जो इससे बचना चाहते हैं, वे ही दाएँ-बाएँ की पगडंडियाँ ढूँढ़ते हैं।'

थोड़ी देर निस्तब्धता छाई रही।

विजय ने निस्तब्धता को पहले भंग किया, 'वासव पुराण में कुछ इस प्रकार की बात झूठे और सच्चे ढोंगियों के संबंध में कही गई है।'

विवादी बोला, 'हमारे यहाँ भी कुछ इसी तरह की बात कही गई है।'

'बौद्ध शास्त्र में भी कुछ इसी प्रकार की बात कही गई है।' धीरे से बोधन ने अपना मत प्रकट किया।

राजा ने हँसकर कहा, 'मैं नहीं जानता। मैंने कहीं से सुना था, कह दिया। मैं न शास्त्री हूँ और न पंडित। केवल इतना कह सकता हूँ कि लड़िए मत। कुछ काम करिए और आगे की तैयारी में चिपट लगिए, क्योंकि आक्रमणकारी बार-बार अपने जनपद को रौंदने के लिए आवेंगे।' बोधन को आश्वासन दिया, 'मैं शीघ्र ही आपके गाँव की ओर जाऊँगा।'

: ७ :

तीसरा पहर था। लू बहुत जोर की चल रही थी। लाखी की माँ गाय के साथ नदी किनारे के भरके की हरियाली चराने और वहीं छाया में आराम करने के लिए गई हुई थी। लाखी ने बाँस के तीर तरकस में भरकर एक कंधे पर बाँधे, कमठे को दूसरे कंधे पर लटकाया, छुरी कमर में डाल ली और नंगे पैर निन्नी की झोंपड़ी पर पहुँची। अटल अपने दो बैलों और एक गाय के साथ नदी किनारे कुछ दूर चला गया था।

'अभी तो धूप कड़ी है। थोड़ी देर में न चलो।' निन्नी ने अलसाते स्वर में कहा।

'सुअर और अरने भैंसे नदी के किनारे किसी दह में लोट रहे होंगे। थोड़ी देर में वे जंगल में चरने के लिए घुस जाएँगे। फिर क्या हाथ आवेगा? अभी चलो। लू का सरसराटा है, गरमी नहीं लगेगी।' लाखी ने आग्रह किया।

'अकेली चली जाओ।'

'दो ठौ लोहे के तीर दे दो। बाँस के तीर से भैंसे का कुछ नहीं बिगड़ेगा और सुअर भी स्यात् ही आन माने।'

'यह कहो, मुझको लिवाने नहीं आई हो, तीर लेने को आई हो?'

'अब की फसल पर कुछ बचा सकी तो लोहे के अच्छे तीर और फल बिसा लूँगी।'

'अच्छा, चलो।'

'दो न सही एक ही तीर मुझको दे दोगी?'

'भैया से माँग लेना, वह कई तीर यों ही दे देंगे।'

'यों ही कोई किसी को कुछ नहीं देता।'

'तो क्या सनसनाती दुपहरी में लड़ने को आई हो?'

'मेरे आने का बुरा लगा हो तो यह चली!'

'हाँ पहुँचो डाँग में। कहीं न कहीं भैया मिल ही जाएँगे, ले लेना उनसे तीर।'

'मिल जाएँगे तो परवाह नहीं और न मिलेंगे तो चिंता नहीं।'

लाखी मुँह मरोड़कर चलने को हुई।

निन्नी ने मनाया, 'अरी ठहर भी। यों ही भकुरने लगी। मैं चलती हूँ। तीर भी दूँगी।'

लाखी पीठ करके खड़ी हो गई। उसाँसें ले रही थी। छरहरी देह पर वक्ष उभर-उभरकर गिर रहा था। निन्नी ने तीर, कमान; छुरी ले ली और जूते पहने। लाखी को नंगे पैर देखकर उसको अपने जूतों पर अभिमान हुआ।

बोली, 'कुछ अनाज कहीं से आ जावे तो तुम भी जूते बनवा लेना।'

लाखी के चेहरे का रोष छूट रहा था। उसाँस को दबाकर मुसकराने की चेष्टा करती हुई तिनकी, 'जब लोहे के तीर मोल लूँगी, तब जूते भी बनवा लूँगी।'

निन्नी ढली। उसने कहा, 'सुभीता हो जाए तो मैं अपने लिए नई जोड़ी बनवा लूँ और तुमको अपनी दे दूँ।'

निन्नी के पैर का पंजा बड़ा था। उसके जूते अपने पैर में डालकर जब चलेगी तब जो फड़र-फड़र होगी और दौड़ने पर एक पैर का जूता कहीं और दूसरे का कहीं फिककर औंधा पड़ जाएगा, सोचकर लाखी को हँसी आ गई।

बोली, 'नंगे पैर चलने में जो मौज रहती है वह दूसरे के आसरे नहीं मिल सकती।'

निन्नी को लाखी का हँसना अच्छा लगा। तरकस में से लोहे का एक तीर निकालकर उसको दिया। कहा, 'अटक-भीर पड़ने पर एक और दूँगी।'

लाखी ने तीर को बड़े चाव के साथ तरकस में रख लिया। दोनों चल पड़ीं। जंगल गाँव से लगा हुआ था। दूसरी ओर नदी। तेज लू से बहती हुई धारें कलोलें कर रही थीं। उसको देख-देखकर उन दोनों की आँखें ठंडक पा रही थीं। इसी प्रवाह के कहीं समीप ही सुअर और जंगली भैंसे पड़े होंगे, यह सोच-सोचकर दोनों हुलसा रही थीं। वे दोनों नदी के किनारे को छोड़कर जंगल में घुस गईं। दोनों ने एक हाथ में कमान और दूसरे में लोहे का एक-एक तीर ले लिया। लाखी को लग रहा था मानो हाथ में इंद्र का वज्र आ गया हो। जंगल में धीरे-धीरे आहट लेती हुई दोनों बढ़ रही थीं। लू के झकोरों से भूमि के बारीक कंकड़ और बिखरे हुए सूखे पत्ते उड़-उड़कर निन्नी के तपे हए गोरे और लाखी

के साँवले गालों पर पड़-पड़ जा रहे थे। उन दोनों ने ओढ़नी को सिर से लपेट रखा था। घुटनों तक मोटे लहँगे का कच्छा। उरोज कंचुकी से ढके हुए, पीठ से लगे हुए पेट उघाड़े। गले में मूँगी और काँच के छोटे-बड़े दानों की माला। कलाइयों पर काँच की दो-दो मोटी चूड़ियाँ। पैरों में काँसे या पीतल तक का कड़ा नहीं। शरीर का पसीना पिंडलियों की धूल पर मोटी-पतली रेखाएँ बनाता हुआ जा रहा था। लू से उनको ठंडक मिल रही थी। निन्नी की बड़ी-बड़ी और लाखी की कुछ ही छोटी काली कजरारी आँखें घने पेड़ों के पीछे ध्यान के साथ कुछ टटोल रही थीं और कंधे झुके हुए, मानो उछलकर किसी पर टूटनेवाली हों।

वे दोनों ऊबड़-खाबड़ जंगल में कुछ दूर निकल गईं। नदी का किनारा छूट गया था। निन्नी के होंठ सूखने लगे।

धीरे से बोली, 'नदी का किनारा पकड़ो। प्यास लग रही है।'

लाखी ने खुसफुसाहट की, 'बस इतने ही में!'

निन्नी की सीधी-पतली नाक का नथुना जरा-सा फूल गया।

'नहीं पिऊँगी', उसने निश्चय प्रकट किया, 'साँझ तक नहीं पिऊँगी और तुम पीने के लिए कहोगी तब तुमको भी नहीं पीने दूँगी।'

लाखी ने चुप रहने का संकेत किया। मानो कुछ ही न हो, मानो शिकार सब कुछ था। दोनों उसी तौल के साथ आगे बढ़ती गईं। एक छोटी-सी पहाड़ी की ओट मिली जो लंबाई में नदी की ओर गई थी। आँख के इशारे से दोनों इसी के नीचे की ओर बढ़ीं। पहाड़ी के नीचे साल, सागौन, महुए और अचार के बड़े-बड़े लंबे पेड़ थे। पहाड़ी के ऊपर करधई की घनी हलकी कत्थई रंग की झाड़ी थी। दोनों इस पर चढ़कर उस ओर के नीचे मैदान के जंगल की निरख करना चाहती थीं परंतु पहाड़ी की घनी करधई में घुसने के लिए पतली पगडंडी भी नहीं थी। दोनों ने अपने लहँगों को घुटनों के ऊपर समेटकर कसकर कच्छा बाँधा। दोनों की गोरी-गोरी जाँघें आधी उघड़ गईं। लाखी की पतली-सुती हुई-सी थीं और निन्नी की मांसल पट्ठोंवाली, जैसे बैठकें लगानेवाले किसी पहलवान की हों। दोनों करधई की घनी झाड़ी में जाने के लिए सँकरे छोटे से ही मार्ग की तलाश में झुक-झुककर, हाँफ-हाँफकर साँस साधकर फिरने लगीं। एक हाथ में कमान और दूसरे में सूर्य की प्रखर किरणों में चमक-चमक जानेवाला लोहे का तीर साधे हुए। निन्नी के होंठ सूख रहे थे परंतु उसने पानी न पीने का निश्चय कर लिया था। ततूरी के मारे लाखी के पैर जल रहे थे। चुरचुराहट न करने के अभिप्राय से वे दोनों सूखे पत्तों पर पदचाप न करने की सावधानी बरत रही थीं। लाखी नंगे पैर ही, परंतु उसकी आँखें करधई की घनी पहाड़ी की झाँकों को टटोल रही थीं। ततूरी की जलन अवगत ही नहीं हो रही थी।

एक ओर निकट ही, भूमि पर खुरों की अस्पष्ट खाँदी और करधई की डालियों की टूटन और कुचलन को देखकर लाखी के साँवले लाल चेहरे पर प्रसन्नता की रेखाएँ बिखर गईं। तीर के इशारे उसने निन्नी को बतलाया। निन्नी की आँख ने भी तत्क्षण टटोल लिया। लाल गोरे चेहरे पर हँसी की गुलाली-सी फैल गई।

निन्नी ने गरदन उझकाकर संकेत किया, 'चढ़ चलें यहीं होकर।' दोनों उस टूटन-कुचलन पर पहुँच गईं।

निन्नी ने धीरे से लाखी के कान में कहा, 'अरने भैंसे गए हैं यहाँ होकर।'

'चलो', लाखी ने उत्साह प्रकट किया।

सोचा, यदि एक अरने को भी वेधकर गिरा दिया तो उसकी खाल से अपने और बुड्ढी माँ के लिए जूते बन जाएँगे, बाकी को बेचकर कुछ अन्न आ जाएगा, मांस से मजदूरों की मजूरी चुक जाएगी। परंतु, यह भी मन में उसी समय आया—परंतु यदि न मिला अरना या तीर खाकर तीर समेत भाग गया तो निन्नी का उधार न मालूम कब चुका पाऊँगी।

निन्नी झाड़ी में पहले धँस गई। वह लाखी को पछेड़ना चाहती थी। खड़े होकर या झुककर भी चलने के लिए गुंजाइश न थी। बैठकर और कहीं लेटकर ही बढ़ा जा सकता था। वे दोनों कहीं बैठकर और कहीं लेट-लेटकर रेंगने लगीं। ऊँची छातियाँ पत्थरों और करधई के छोटे काँटों से टकरा-टकरा जा रही थीं परंतु मानो उनमें पत्थरों और काँटों से भी लड़ जाने का दम हो। करधई की टेढ़ी-मेढ़ी डालें सिर से बाँधी हुई ओढ़नी में अटक-अटक जा रही थीं। गोरी-सलौनी भुजाओं में काँटे खरोंचें कर रक्त की पतली लीकें निकाल रहे थे; धूल और धूप उनको सुखाकर मरहम का-सा काम कर रही थीं। उन दोनों ने करधई की डालों में उलझी हुई ओढ़नी को सावधानी के साथ सुलझाया और कमर से कस लिया। बिना तेल के लंबे-काले केश कुंतलों में आँधी के एक-दो झोंकों ने धूल और करधई के छोटे-छोटे सूखे पत्ते भर दिए। वे दोनों अब अबाध गति से धीरे-धीरे बढ़कर पहाड़ों की चोटी पर पहुँच गईं। करधई के एक बड़े झाड़ के नीचे खड़े होने योग्य स्थान था। दोनों तीर-कमान साधकर खड़ी हो गईं। इधर-उधर आँखें दौड़ाईं, परंतु टटोल में कुछ नहीं आया। घुटने छिल गए थे। हवा लगने से कुछ कसक जागी। झुककर उनको पोंछा, फटकारा। सोचने और सुस्ताने के लिए बैठ गईं। कान लगाए थीं। पवन नदी की ओर बह रहा था। पेड़ों की कुछ खरखराहट आँधी की मंद द्रुतगति के साथ दुर्बल या तीव्र सुनाई पड़ती थी। कुछ क्षण के उपरांत नदी की दिशा में पत्थर की ठोकर का शब्द सुनाई पड़ा। दोनों चौंक-सी पड़ीं। उझककर देखा। कुछ नहीं दिखाई पड़ा। खड़ी हो गईं। देखा, नदी की ओर दो बड़े-बड़े सुअर चले जा रहे हैं। थोड़ी देर बाद वे नदी के भरके में उतर गए।

निन्नी ने कहा, 'ये पानी पीकर लौट जाएँगे, चलो।'

लाखी असहमत हुई, 'पानी पीकर नदी के किसी गड्ढे में लोरेंगे, ठहरो।'

थोड़ी देर ठहरकर वे दोनों उसी प्रकार पहाड़ी पर उतरीं। जब नीचे पहुँच गईं, कुछ क्षण सुसताईं। कमर से ओढ़नी खोलकर सिर से लपेट ली और नदी के किनारे की ओर सावधानी के साथ चल दीं।

वे आहट लेती जा रही थीं। सिवाय आँधी की खरखराहट के और कुछ नहीं सुनाई पड़ रहा था। ज्यों-त्यों करके उस भरके में पहुँचीं जहाँ दोनों सुअर उतर गए थे। भरके में एक मोड़ थी। उस मोड़ से सुअरों के निकल जाने की ताजा खुरी बनी हुई थीं। भरके के ऊपर छोटी-सी झाड़ी थी। वे उस झाड़ी की ओट के लिए भरके की सीधी ढाल पर पेट और पंजों के बल चढ़ीं, कमान की डोर और तीर को मुँह में चाँपे हुए।

ऊपर पहुँचकर पहले फूली हुई साँस को ठिकाने किया, फिर उझककर कगार के नीचे डाबर को देखा। डाबर में एक सुअर का सिर गर्दन तक निकला हुआ दिखाई पड़ा। दूसरा सुअर नहीं दिखाई पड़ा। सुअर की बड़ी-बड़ी खीसें थीं। निन्नी ने झाड़ी के झरोखे से सुअर की गरदन का निशाना बनाया और डोरी को पूरा खींचकर तीर का संधान कर दिया। तीर गरदन में धँस गया। सुअर वहीं हुड़कर पानी को मचाने लगा। एक उछाल लेकर किनारे पर आ पड़ा और चीं-चीं करने लगा। दूसरा भरके के नीचे से भागता हुआ जंगल की ओर चला गया। उस पर लाखी या निन्नी तीर नहीं चला पाईं।

सुअर की हुड़क और चीं-चीं पर ऊपर के डाबर से फड़-फड़ का शब्द हुआ। कुछ ही क्षणों के उपरांत एक भरा-पूरा अरना भैंसा उस डाबर के ऊपरवाले टीले पर आ खड़ा हुआ और इस भरके तथा उस टीले के बीच में, किनारे पर खड़े हुए अस्तप्राय सुअर को देखने लगा। अरना कीचड़ में लथपथ था, इसलिए अधिक भीमकाय दिखाई पड़ रहा था।

उन दोनों ने कमानों पर तीर चढ़ा लिए। पहले लाखी का तीर छूटा। निन्नी ने नहीं चला पाया।

लाखी का तीर अरने के पुट्ठे से हटकर कलेजे की कोख पर पड़ा और अधिकांश धँस गया। अरने ने चीत्कार किया और तुरंत भड़भड़ाता हुआ टीले के नीचे चला गया। दूसरे तीर के चलने की बारी नहीं आई।

अरना जंगल की ओर भागा। पत्तों की चुरचुराहट, पत्थरों की खड़खड़ाहट और वृक्षों की डालियों की सर्र-फर कुछ दूर तक सुनाई पड़ी। हवा उलटी चल रही थी, इसलिए फिर और कुछ नहीं सुनाई पड़ा।

किनारे पर पड़ा हुआ सुअर अंतिम साँस ले रहा था। उसके मर जाने पर वे दोनों भरके से नीचे उतरीं।

निन्नी के रूखे होंठों पर भरी मुसकान थी। बोली, 'सोचती हूँ, पहले पानी पीऊँ या सुअर की गरदन में से तीर निकालूँ और या उस भैंसे को ढूँढ़ूँ, फिर पानी पिऊँ।'

'पहले मैं पीती हूँ। तुम जीतीं, मैं हारी।' लाखी ने कहा।

वे हँसती हुई पानी में उतर गईं। जी भरकर पानी पिया।

निन्नी ने सुअर की गरदन से तीर निकालकर धोया। सुअर को परिक्रमा-सा देकर, देख लिया। उसको अपने निशाने पर अभिभान था। लाखी बोली, 'उस भैंसे को देख लो। यह तीर मुझको दे दो, स्यात् काम आ जाए।'

निन्नी ने नाक-भौं सिकोड़ीं। कहा, 'भैंसे के पेट में तीर लगा है। न जाने कहाँ पहुँचा होगा। भैंसा भी गया, तीर भी। इसको भी दे दूँ तो दो तीर गए।'

लाखी को अखर गया। बोली, 'पेट में नहीं लगा है काँख में लगा है; जहाँ ताककर मारा था। कहीं पास ही पड़ा होगा। तुम्हारा तीर लौटा दूँगी।'

'गरदन को निशाना क्यों नहीं बनाया?'

'आँधी का झोंका आ जाता तो तीर सिर के बाहर बह जाता या सिर की हड्डी में लगकर निकम्मा हो जाता।'

'ओहो! निशाने की बड़ी समझ-बूझ है।'

'आज नहीं तो फिर कभी दिखाऊँगी। दे दो एक तीर। तुम सुअर की रखवाली करो तब तक मैं अरने को ढूँढ़ती हूँ।'

'नहीं दूँगी। बाँस के तीर तो लिए हो। एक ही दिन में दो तीर कैसे खो दूँ?'

'न दो, मैं बाँस के तीरों से अरने को ढूँढ़ निकालूँगी।'

लाखी अरने को ढूँढ़ने के लिए मुँह बिगाड़े हुए चल पड़ी।

निन्नी ने रोका, 'मेरा सिर न कोल खाओ। ठहरो, चलती हूँ।' लाखी नहीं रुकी। निन्नी दौड़कर उसके पास पहुँची।

बोली, 'तुम्हारा बहुत बुरा स्वभाव है। जब घर में भावज बनकर आओगी तब कैसे निभाव होगा?'

लाखी की आँखों से चिनगारियाँ छूट गईं।

तिनककर कहा, 'बहुत बढ़-बढ़कर बोलने लगी हो! जैसें कहीं की रानी हो। थोड़े से तीरों पर इतना घमंड? मैं बाँस के तीरों से वह करके दिखाऊँगी जो तुम्हारे लोहे के तीर और भाले कभी नहीं कर सकेंगे। न मारा बाँस के तीर से कभी अरने को तो मेरा नाम लाखी नहीं।'

निन्नी दौड़कर उससे लिपटने को हुई। लाखी हटी।

बोली, 'छोड़ दो मुझको यहीं और अपना सुअर उठा ले जाओ। तुमको गूजर होने का बड़ा अभिमान है तो हमको भी अहीर होने का कम मान नहीं है।'

निन्नी नहीं मानी। जबरदस्ती लोहे का तीर उसके हाथ में पकड़ा दिया।

'हम-तुम दोनों निर्धन हैं। दोनों एक से। तुम्हारी संपदा तुम्हारी माँ है, मेरी मेरा भाई। तुम मेरी और उनकी होकर रहोगी, बुरा न मानो लाखी!' निन्नी ने कहा।

लाखी तीर लिए रही। मुँह फेरकर बोली, 'तुमसे किसने कहा कि तुम्हारे घर में आकर बस जाऊँगी?'

'कोई कहे या न कहे, पर जानते सब हैं। तुम्हारी आँखें उनकी आँखें ढोल पीटकर कहती हैं।'

'तुम्हारी आँखें ही पीटती हैं ढोल जो तिल का ताड़ बना देती हैं।'

'अरी, मैंने तो ताड़ का तिल बनाया है! पुजारी बाबा ने ग्वालियर से लौटकर भाई से कहा था।'

'और यह भी कहा होगा कि तुम ग्वालियर के राजा की रानी होनेवाली हो!'

'होवे कोई अभागिन। राई नदी और इस खुले जंगल को छोड़कर मैं ग्वालियर के किले में कैद होने को जाऊँगी! बावली हुई है क्या?'

'और तुम बावली हुई हो क्या, मैं तुम्हारे घर की लौंड़ी-चेरी बनने जाऊँगी?'

'नहीं लाखी, घर की मालकिन।'

'फिर वही बात! तुम ऐसा कहोगी तो मैं रो पड़ूँगी। गालियाँ दूँगी। अपनी माँ से कह दूँगी। मेरी सौगंध है, बतलाओ तुमसे किसने कहा है?'

'भैया ने।'

'कब?'

'जब पुजारी बाबा ग्वालियर से लौटे। भैया ने कहा कि राजा शिकार खेलने आवेगा और मंदिर बनवाएगा, अगले बरस की उगाही-अथाही को भी छोड़ देगा।'

'तुम्हारे भैया ने कहा, मैं पूछूँगी उन्होंने कहा?'

निन्नी उससे लिपट गई। लाखी ने प्रतिरोध नहीं किया।

बोली, 'सचमुच बता तेरे और भैया के बीच में कभी कुछ ऐसी-वैसी बात हुई है न?'

लाखी ने मुँह छिपाकर कहा, 'ऐसी-वैसी बात क्या है?'

'कोई प्यार की बात? जैसी कथा-कहानी में सुनते आते हैं?'

'हट!'

'ऐ है है हट-बट नहीं, ठीक बता।'

'हमारी-तुम्हारी जात में ऐसा कैसे हो सकता है?'

'क्यों नहीं हो सकता है? भैया कहते हैं, हो सकता है।'

'गाँववाले क्या कहेंगे?'

'गाँववाले कहा-सुनी करेंगे तो नदी ऊपर किसी दूसरे डूंगर जंगल में चले जाएँगे,

परंतु अपनी भौजी बनाने की साध को तो पूरा करके ही छोड़ूँगी।'

लाखी दूसरी ओर मुँह करके लाजों में डूबने-उतराने लगी।

निन्नी ने कहा, 'तुम्हारी माँ को मैं मना लूँगी।'

लाखी बनावटी खिसियाहट के स्वर में बोली, 'अरी तो क्या सब यहीं, इसी जलती धूप में होना है क्या?'

निन्नी ने उसका मुँह पकड़कर अपनी ओर मोड़ा। ठोड़ी को गदेली भरकर पुचकारा, 'तो हँस दे मेरी लाखी, नहीं तो दंगा करूँगी। मेरी भली लाखी!'

लाखी हँस पड़ी। बोली, 'लो अब चलो, अरने को ढूँढ़ लें।'

'और तीर चाहिए?' निन्नी ने हँसकर पूछा।

आँखों को स्थिर करके और होंठों की लाज-भरी मुसकराहट को समेटते हुए उसने उत्तर दिया, 'एक ही बहुत है। अटक पड़ने पर और ले लूँगी।'

वे दोनों अरने की खोज में निकल पड़ीं।

थोड़ी दूर चलकर लाखी यकायक रुक गई। बोली, 'सुअर को अकेला छोड़ आईं, कोई नाहर-तेंदुआ आकर न घसीट ले जाए। तुम लौट जाओ।'

'ले जाए तो ले जाए', निन्नी ने कहा, 'तुमको अकेला नहीं छोड़ना चाहती।'

परंतु उसने सोचा, यदि नाहर-तेंदुआ झोली में आई शिकार को घसीट ले गया तो दो कुटुंबों के भोजन की योजना नष्ट हो जाएगी। जरा-सी ठिठकी। लाखी समझ गई। उसने लौट पड़ने का हठ किया।

निन्नी ने तरकस से लोहे का तीर निकाला। बोली, 'अरना यदि घायल हुआ तो विपद का सामना करने के लिए दो तीर रखो, मैं सुअर के पास जाती हूँ। जल्दी लौटना।'

लाखी दूसरा तीर लेकर अरने की खोज में चली गई। निन्नी सुअर के पास लौट आई।

लाखी घायल अरने के खाँद लेती हुई चौकन्नी-सी जा रही थी। एक पत्थर पर उसको खून के छींटे मिले। आगे धार-सी लगी हुई थी। सामने एक नंगा टीला था। टीले पर चढ़कर उसने इधर-उधर आँख पसारी। एक छोटी-सी झाड़ी की बगल में घायल अरना बैठा हुआ झीमें ले रहा था। लाखी ने तरकस में से बाँस का बड़ा और पैनी नोंकवाला तीर निकालकर अरने की गर्दन पर भरपूर बल के साथ छोड़ा। तीर थोड़ा छिद्र कर रह गया। अरना उठा। उसने लाखी को देखते ही आँख से आग-सी बरसाई। पूँछ उठाकर उसकी ओर झपटा। लाखी टीले पर थी। अरने की असमर्थता का उसको विश्वास था। फिर भी उसने डोरी पर लोहे के तीर को चढ़ाकर पूरे जोर के साथ दोनों आँखों के बीचों-बीच मस्तक पर छोड़ा। तीर अरने के माथे पर खूँटी की तरह जा गढ़ा। अरना सिर नीचा करके तीर को छुटाने की धुन में लगकर खुरियों से भूमि को उखाड़ता हुआ गिर गया। लाखी ने संधान के लिए दूसरा तीर डोरी पर चढ़ा लिया, कदाचित् उठ

खड़ा हो और दूसरी झपट लगाए। अरने का माथा धीरे-धीरे ढीला पड़ा। बाँस का तीर गरदन से छूटकर नीचे गिर गया। थोड़ी देर में अरने के पैर ढीले पड़ गए। उसकी अवशिष्ट शक्ति के निरीक्षण के लिए लाखी ने बाँस का एक तीर डोरी को पूरा खींचकर छोड़ा। वह गरदन में थोड़ा-सा ठठा। अरने ने सिर को थोड़ा-सा फड़फड़ाया परंतु वह खड़ा नहीं हो सका। लाखी ने समझ लिया कि मर रहा है।

लाखी ने निन्नी की ओर मुँह करके जोर से निन्नी को पुकारा परंतु निन्नी को सुनाई नहीं पड़ा।

हर्षमग्न लाखी आधी घड़ी वहीं खड़ी रही। अंतिम बार अरना हिला; फिर उसने टाँगें तान लीं। समाप्त हो गया। लोहे के दूसरे तीर को डोरी पर चढ़ाए लाखी सावधानी के साथ टीले पर से उतरी; जैसे फूँक-फूँककर कदम रख रही हो। वह तुरंत उसके पास नहीं गई। दूर से परिक्रमा लगाई। जिस ओर अरने की लाल आँखें थीं, उसी ओर पहुँचने पर थमी। उन आँखों को देखकर शरीर में फुरहरी आ गई। कितना भयंकर होता है अरना। उसने सोचा। फिर डोरी पर तीर चढ़ाए हुए उसके समीप आ गई। पूरा विश्वास हो गया कि अरना कभी का मर चुका है।

ऊँह करके सिर पर पहुँच गई। लात की ठोकर से हिलाया। बाँस के दोनों तीर तरकश में रख लिए और कलेजे में धँसे हुए तीर को दोनों हाथों से खींचने लगी। न खींच सकी। तब नीचे बैठकर दोनों पैर अरने में अड़ाए, फिर कठिनाई के साथ तीर को निकाल पाई। माथेवाले तीर को निकालने में भी कठिनाई हुई। दोनों तीरों को वैसे ही लिए वह दौड़कर निन्नी के पास पहुँची।

'मिल गया क्या?' निन्नी ने उसको देखते ही पूछा।

'हाँ-हाँ, ये देखो।' लहूलुहान तीरों को दिखाते हुए उसने उत्तर दिया।

'मैं भी देखूँ। इतना हल्ला-गुल्ला हो गया है कि नाहर-तेंदुआ कोई यहाँ नहीं आएगा। चलो, कहाँ है?' निन्नी ने कहा।

वे दोनों दौड़कर अरने के पास पहुँचीं।

निन्नी ने अरने को ध्यान से देखकर मन-ही-मन प्रण किया, 'मैंने यदि एक ही तीर से कभी अरने को वहीं-का-वहीं ढेर न कर दिया तो मेरा नाम झूठा।'

बोली, 'बाँस के तीर से इसकी गर्दन फोड़ लेतीं तुम? या माथे की खाल को ही वेध लेतीं?'

'नहीं, मैंने झूठा घमंड किया था बहिन।'

'बहिन नहीं, ननदबाई कहो, ननदबाई।'

'फिर वही भद्दी बात।'

'भद्दी बात नहीं, सुंदर-सलौनी बात। जैसी तुम सुंदर-सलौनी हो।'

'तुमसे बढ़कर, जो इतनी गोरी और लाल हो?'

'अच्छा अभी कुछ दिनों न मैं तुमसे भौजी कहूँगी और न तुम ननद कहना। भैया के सामने वैसा ही बरताव करती चली चलेंगी जैसा करती आई हैं। किसी को न मालूम पड़ेगा।'

'कैसी रस में डूब गई हो? इन जानवरों के उठाने की तो चिंता करो।'

निन्नी ने हँसकर कहा, 'भैंसे को तुम उठा ले चलो, सुअर को मैं टाँगे लेती हूँ।'

'अरे राम!' लाखी बोली, 'हम दोनों एक सुअर को ही न उठा पाएँगी, भैंसे के लिए तो चार-छः आदमी चाहिए।'

निन्नी ने सुझाया, 'सुअर को टाँगे लिए चलते हैं, फिर गाँव से कुछ लोग आकर अरने को उठा ले जाएँगे।'

वे दोनों सुअर के पास लौट आईं। उन्होंने सुअर को उठाने का प्रयत्न किया, परंतु न बन पड़ा। निन्नी ताव पर आ गई।

'इसकी दोनों टाँगें साधकर मैं पीठ करके बैठ जाती हूँ। पीठ पर उठाती जाऊँगी। तुम पूरा बल लगाकर चढ़ा देना। अकेली लादकर ले चलूँगी।'

'अकेली!' लाखी ने आश्चर्य प्रकट किया।

'हाँ, अकेली, पीठ पर लादकर ले चलूँगी। वैसे हम दोनों नहीं ले जाएँगी।'

'तुम मेरे हंथियार ले लो।'

काफी प्रयास के बाद निन्नी ने लाखी की सहायता से उस बड़े सुअर को पीठ पर लाद लिया। नदी के किनारे-किनारे वे दोनों चौथे पहर ही गाँव में आ गईं। निन्नी ने सुअर को अपने घर उतार लिया। कुछ लोग गाँव में थे और कुछ गाँव के बाहर, वे सब आ गए। अरने भैंसे का ठौर-ठिकाना बता दिया गया। उसको उठाने के लिए पाँच-छः चले गए। लाखी अपने घर जाने को ही थी कि एक स्त्री ने आकर लाखी को समाचार दिया, 'तुम्हारी माँ को लू लग गई है। घर पर अचेत पड़ी है।'

लाखी और निन्नी दौड़ी गईं।

: ८ :

जब वे दोनों घर पहुँचीं तो उन्होंने बुढ़िया को अचेत नहीं, मरा हुआ पाया। लाखी बिलख-बिलखकर रोने लगी। निन्नी भी रोई, परंतु लाखी को अधिक विह्वल देखकर सँभल गई।

लाखी कह रही थी, 'अब मेरा कोई नहीं रहा।'

निन्नी ने समझाया, 'हम लोग हैं। जन्म-भर साथ नहीं छोड़ेंगे।'

और स्त्रियाँ भी आ गईं। उन्होंने समझाया-बुझाया।

एक ने कहा, 'जब हम सब पहाड़ की कंदराओं में समय काट रहे थे तब यदि माँ सिधार जाती तो रो भी न पाते कि हल्ला सुनकर कोई सिर पर न आ जाए। जहाँ हम लोग जिएँगे-मरेंगे, वहीं तुम भी। रोना-पीटना बंद करो! गाय को पालती-पोसती रहो, अन्न थोड़ा-सा घर में है ही, न होगा तो थोड़ा-थोड़ा लोग देंगे। और फिर जंगल लगा हुआ है। भगवान् देंगे।'

अटल आ गया। उसने भी समझाया। बुढ़िया के दाह की तैयारी हुई। उधर से अरने को लट्ठों पर लादकर कुछ लोग ले आए। अटल उसकी चीर-फाड़ का प्रबंध करके बुढ़िया को दाह के लिए ले गया।

दाह करके जब अटल लौटा, रात हो गई थी। उसके बाद अन्य स्त्रियों के साथ लाखी नदी में स्नान करने गई। लौटकर जब घर आई तब घर को सूना पाकर फिर रोई।

निन्नी ने अनुरोध किया, 'कहो तो हम लोग यहाँ आ लेटें, चाहो तो उस घर में चली चलो। यहाँ अँधेरे सूने घर में तुमको अकेली कदापि नहीं रहने दूँगी।'

अटल ने भी हठ किया।

लाखी ने सोचा, इस प्रकार उस घर में पहुँचना लिखा था भाग्य में! परंतु विवश थी। सूना घर भाँय-भाँय-सा कर रहा था। मौत के घर में वह अकेली नहीं लेटना चाहती थी। परंतु माँ के मरते ही अटल के घर जाना बड़ी विडंबना होगी।

अटल ने उसको चुपचाप बिसूरते हुए देखकर आँगन से गाय को खोला।

बोला, 'निन्नी, तुम इनको लेकर बरतन-भाँड़ों सहित आ जाओ।

लाखी इंकार नहीं कर सकी। अटल गाय को लेकर अपने घर चला गया।

गाँव के कुछ लोगों ने सोचा, 'यह गाय को हथिया ले गया और लड़की को भी फाँस लेगा।'

निन्नी उसके थोड़े से अनाज का वहीं प्रबंध करके बरतन-भाँड़े लेकर--जो थोड़े ही थे--लाखी को अपने घर लिवा लाई।

गाँववाले सुअर और अरने के चीरने में लगे रहे। गाँव-भर को कई दिन के भोजन का प्रसाधन मिल गया। लाखी को भैंसे की खाल।

निन्नी ने लाखी को खिला-पिलाकर अपने पास लिटा लिया। लाखी को नींद नहीं आ रही थी। ध्यान कभी मृत माता की ओर, कभी सुअर के लक्ष्यवेध और कभी अरने भैंसे की उन आँखों की तरफ जा रहा था।

एक बार उसने सोचा, यदि अरना भैंसा कम घायल होता और टीले पर चढ़ आता तो माँ-बेटी का दाह एक साथ ही होता! क्या मैं भी मर जाऊँ, क्यों मर जाऊँ? क्यों ऐसे ही मर जाऊँ? कुछ जीकर, अच्छी तरह जीकर क्यों न मरूँ? सबको मरना है परंतु जीवन का कुछ देख-सुनकर ही मरना चाहिए।

निन्नी ने सोचा, लाखी दुखी है। बोली, 'लाखी, मैंने तुमसे आज बहुत बकबक की। मुझको क्षमा कर दोगी! आगे कभी तुम्हारे मन को दुखाऊँ तो मेरी जीभ काटकर फेंक देना।'

'नहीं मेरी निन्नी', लाखी ने कहा और सिसकने लगी। अटल ने उस सिसक को सुना। अधीर स्वर में बोला, 'चाहे संसार इधर का उधर हो जाए, चाहे मेरी बोटी-बोटी हो जाए, तुमको कभी कष्ट नहीं होने दूँगा लाखी।'

'मैं भी यही कहना चाहती थी।' निन्नी ने कहा।

लाखी की सिसकी बंद हो गईं। उसने धीरे से कहा, 'मुझको भरोसा है। सोचा, इस घर में इसी तरह से आना था।'

गाँववालों ने चटपट चीरफाड़ करके सुअर को बाँट लिया। अटल को बाँट में अधिक भाग मिला। अटल को निन्नी के बल और निशाने का बड़ा गर्व हुआ। वह यह नहीं भान कर सकता था कि दुर्बल छरहरी लाखी भी कुछ कर सकती है—अरने भैंसे को गिरा सकती है!

अरने की खाल का बहुत मोल है। बदले में काफी अन्न मिलेगा। बहुत दिनों गुजर होगी। सोचा और तुरंत ग्लानि के साथ अपनी भर्त्सना की—उस खाल का उपयोग करूँ! धिक्कार है!! एक गरीब लड़की ने अपनी जान जोखिम में डाल-डालकर इतना बड़ा पराक्रम किया, मैं सियार की तरह ताक-झाँक लगाकर चोरी करूँ! राम राम!! खाल पूरी-की-पूरी उसकी। मैं एक चिंदी भी उसमें से न लूँगा। उसके पास जूते नहीं हैं, नंगे पैरों गाय चराने के लिए जाएगी और नंगे पैर जंगली पशुओं का सामना करेगी। अन्न भी उसके पास कम ही है। खाल का लाभ भी उसी का रहेगा, जिससे उसके लिए खेती करूँगा।

दूसरे दिन उसने लाखी को उदास देखा। निन्नी उसके पास ही थी। ग्वालियर से लौटकर आए हुए पुजारी की बातों को उसने दुहराया।

कहा, 'निन्नी का नाम चारों दिशाओं में फैल गया है कि बड़ी लक्ष्यवेधिन है। अब तुम्हारा भी फैलेगा लाखी।'

निन्नी मुँह चिढ़ाकर बोली, 'सो क्या मिल जाएगा हम लोगों को?'

अटल कहता गया, 'अब और कीर्ति फैलेगी। हमारी निन्नी भारी-से-भारी सुअर को अकेली पीठ पर लाद लाती है। ग्वालियर से राजा मानसिंह आएँगे कभी शिकार खेलने, तब देखेंगे वह, कितना अच्छा तीर चलाती है निन्नी और लाखी।'

लाखी की उदासी में से वाक्य फूटा, 'राजा सुअर को पीठ पर अकेले उठा लाएँगे डाँग में से?'

: ९ :

तैमूर के प्रलयंकर विनाश ने दिल्ली की सल्तनत को उतना निर्बल नहीं किया था जितना राजस्थान के राजपूत और अंतर्वेद के पठानों के निरंतर अनवरत भयंकर युद्धों और उत्पातों ने। दिल्ली के शासकों ने अंतर्वेद से लेकर बंगाल तक के प्रदेश को छोटे-छोटे पठान जागीरदारों में बाँट दिया था। इन सबके पास, चार-चार छः-छः हजार से लेकर पैंतालीस हजार तक की संख्या में सेना रहती थी। अंतर्वेद में अकेले एक जागीरदार के हाथ में पैंतालीस हजार पठान और सात सौ हाथी थे। दिल्ली शासक की कमर जरा ढीली पड़ी कि ये स्वतंत्र हो जाने के ताव पर आ जाते थे। मार-काट करते रहना और जनता को सोखते रहना तथा उस शोषण के सहारे ऐश-आराम करना ही इनमें से अधिकांश का उद्देश्य रहता था। राजपूत परस्पर की प्रतिहिंसा और लड़ाई से अवकाश ही कम पाते थे, इसलिए इनके अक्षुण्ण बने रहने में इने-गिने ही विघ्न थे।

मेवाड़ उन थोड़े से राज्यों में था जो कम-से-कम अपने जनपदों की रक्षा के लिए सदा व्यग्र बने रहते थे। गुजरात और मालवा के पठान शासकों से मेवाड़ का प्रायः युद्ध चलता रहता था। मेवाड़ को कभी-कभी दिल्ली के शासकों की भी भिड़ंत ओढ़नी पड़ती थी। मालवा के महमूद खिलजी को पराजित करने के उपरांत राणा कुंभा ने चित्तौड़ में कीर्तिस्तंभ बनवाया; तो महमूद खिलजी ने मन की जलन को शांत करने के लिए माँडू में सतखंडा महल बनवाया। जौनपुर के शासकों का राज्य बुंदेलखंड के उत्तरवर्ती क्षेत्र, कालपी तक था। महमूद खिलजी ने मेवाड़ या गुजरात में गुंजाइश न देखकर कालपी पर चढ़ाई कर दी और उसको अपनी सल्तनत में शामिल कर लिया।

महमूद खिलजी के मरने के बाद उसका पुत्र गयासुद्दीन उत्तराधिकारी हुआ। उसके समय में कालपी हाथ से चली गई परंतु उसको फिर से अधिकृत करने की हविस गयासुद्दीन के मन में सदा बनी रही। गयासुद्दीन ने मेवाड़ के साथ संधि कर ली। बड़ी संख्या में राजपूत मालवा में रहते थे। उसने इनके साथ अच्छा बर्ताव करना शुरू किया। आशा करता था कि इनकी सहायता से गुजरात और दिल्ली का भी मुकाबला कर लूँगा।

कालपी दिल्ली के अधीन हो गई थी। उसको विश्वास था कि मेवाड़ और दिल्ली की टक्कर के समय कालपी पर आक्रमण कर देने से काम बन जाएगा। परंतु उसका स्वभाव अधीर, उद्धत, कामुक और कपटप्रिय था। मदिरा पीने पर वह सहज स्वाभाविक मानव-सा हो जाता था। पीता अधिक नहीं था परंतु पी लेने पर उसकी मानवीयता उपेक्षण और हास्यप्रियता तथा कामुकता बढ़ जाती थी। हिंदुओं के साथ वह अत्याचार नहीं करता था। शराब पीने पर वह कट्टरता का मजाक उड़ाया करता

था, इसलिए मुल्ला वर्ग उससे रुष्ट रहता था। कामुकता के अंधेपन में वह पुरुष और स्त्री की पहचान नहीं रखता था और खाई-खड्डों की परवाह नहीं करता था।

चबालीस-पैंतालीस साल की आयु थी। लड़का नसीरुद्दीन पच्चीस वर्ष का जवान था, परंतु उसका स्नेह एक ख्वाजा के ऊपर सबसे अधिक था। नसीर को मुल्लाओं से घिरवा रखा था। नसीर मुल्लों के राजकीय प्रभाव को जानता था। उसको नमाज और रोजों से इतना प्रेम नहीं था जितना उस भविष्य का जिसकी वह बाट देख रहा था और ज़िसको वह मुल्लों के और उनसे प्रभावित तथा प्रेरित मुसलमान सरदारों के हाथ में देखता था। गयास ने सोचा, नसीर को मुल्लों के सुपुर्द करके मुल्लों और नसीर दोनों से छुट्टी पाई, परंतु वह यह न देख सका कि किसी दिन 'नमाज छुटाने गए और रोजे गले पड़े' की कहावत चरितार्थ होगी। 'अभी तो चैन से गुजरती है' का वह कायल था। उन दिनों नसीर के पर निकले भी न थे।

बादल घिर आए। प्रचंड वेग के साथ पानी बरसने लगा। माँडू की रूखी-सूखी पहाड़ियाँ हरी-भरी हो गईं। नदी-नालों ने किनारों की मर्यादा छोड़ दी। मालवा का 'पग-पग रोटी डगडग नीर' तो विख्यात ही है, अंगुल-अंगुल पर पानी भरने और समाने लगा।

महल के नीचे का कालिया दह सरोवर पानी, बादलों की बूँदों और पवन के प्रचंड झकोरों से उतावला-सा हो उठा। संध्या का समय था, परंतु जान पड़ता था जैसे रात हो गई हो।

निजी कक्ष की बारहदरी में खिड़की के पास तख्त पर रंग-बिरंगे गुलगुले रेशमी मसनद और तकियों में डूबा हुआ-सा गयासुद्दीन बैठा था। खवासिनें रत्नजटित सोने की सुराही और कटोरे लिए खड़ी थीं। नीचे उसका मुँह लगा ख्वाजा मटरू बैठा हुआ था। एक-दो कटोरों को चूसकर उसने खवासिनों को विदा कर दिया। खिड़की से ठंडी हवा के झोंके आ रहे थे। गयास को फुरहरी आई।

'ऐसा रूप तो कहीं कभी देखा नहीं खुदाबंद नियामत।' ख्वाजा ने आँख नीची करके अर्ज की।

'कैसा म्याँ?' खिचड़ी बालोंवाली दाढ़ी को हिलाकर और खिचड़ी बालोंवाली मूँछों पर उँगली फेरते हुए गयासुद्दीन ने पूछा।

'ग्वालियर के नजदीक, एक गाँव में।'

'किस गाँव में? ग्वालियर से कितनी दूर? कौन हैं ये?'

ख्वाजा ने बताया।

'अब तक क्यों नहीं जाहिर किया तुमने? इन दिनों इस मौसम में तो वे दोनों यहाँ पहलू में होनी चाहिए थीं।' गयास ने व्यग्रता प्रकट की।

ख्वाजा मटरू ने व्याख्या की, 'जहाँपनाह! देहात में खूबसूरती नहीं पाई जाती है, इसलिए जब पहले-पहल सुना तो यकीन नहीं किया। फिर सरकार उन मुल्ला-मौलवियों की उलझन और दूसरे राजकाज में उलझ गए।'

'जहन्नुम में जाएँ मुल्ले-मौलवी। मेरा बस चले तो सारे-के-सारे फिरके को हिंदुओं के वैकुंठ में पहुँचा दूँ, जहाँ करते रहें बहस कयामत तक परियों और फरिश्तों से। खैर, बरसात खतम होते ही कालपी पर धावा करना है, जरा दाएँ होकर ग्वालियर के करीब से निकल चलेंगे। उनका कुछ हाल सुनाओ।'

'एक गूजर है, दूसरी अहीर। दोनों शिकार खेलती हैं। तीर चलाती हैं।'

'काहे का शिकार खेलती हैं? किस चीज का बान चलाती हैं? नजर के न? तीखी चितवन के? तू भी मटरू शायर है।'

'नहीं जहाँपनाह, यह शायरी नहीं है। सीधी-सच्ची बात है। जंगली जानवरों का शिकार खेलती हैं और लोहे के लंबे तीर चलाती हैं।'

'तौबा! तौबा! और वे खूबसूरत भी हैं!! कहाँ की हाँक रहे हो? कहीं नशा तो नहीं कर आए ख्वाजा?'

'नहीं आलमपनाह! जिन लोगों ने देखा है वही अर्ज कर रहा हूँ। दोनों गाँव के गरीब घर की छोकरियाँ हैं। खाने को नहीं जुड़ा तो शिकार से गुजर-बसर कर उठीं। कपड़े पहनने को नहीं। घर-मढ़ैया पर सिर्फ फूँस, जिससे बरसात की मूसलाधार थोड़ी-सी ही बच सकती है। पैर में जूते नहीं।'

'बिचारियों के फफोले पड़-पड़ आते होंगे?'

'अक्सर शिकार नहीं मिलता तो जंगल के कंद-वंद से पेट भरती हैं। फटे कपड़ों में पैबंद नहीं लगा पातीं तो जंगली-पेड़ों के पत्तों से तन ढक लेती हैं। हुजूर ने एक बार उस काफिर शायर कालिदास की शकुंतला का जैसा जिकर सुना था, वैसा ही।'

'यहाँ कोई मुल्ला-मौलवी तो बैठा नहीं है जो तुम कालिदास को काफिर कहो। वह क्या शायर था? शायर नहीं शायरों का जौहर था। दुनिया के किसी भी परदे पर ऐसा शायर नहीं हुआ।' गयासुद्दीन का गला भर आया और आँखें गीली हो गईं। ख्वाजा ने समझ लिया कि सुराही की नियामत ने अपनी गोदी में समेट लिया है।

ख्वाजा बोला, 'आलमपनाह! नाम भी उनके बड़े मिठास-भरे हैं। गाँव में जिसको निन्नी कहते हैं उसका असली नाम मृगनयनी है और दूसरी जिसको लाखी कहते हैं असल में लाखारानी है।'

'उनके कोई और है?'

'एक भाई है उनका। कुछ ऐसा-वैसा ही नाम है उसका। बहुत गरीब है।'

'मालामाल कर देंगे। कुछ दे-लेकर बुला न लो।'

'बंदापरवर के मुकाबिले मेरा तजुर्बा नहीं के बराबर है। पराई सल्तनत में रुपए या जेवर के लोभ-लालच से काम नहीं चल सकेगा। कालपी के ऊपर धावा करने के सिलसिले में ही वह काम बन पावेगा।'

'इस कम्बख्त बरसात के लिए क्या किया जाए? यह लो, फिर तेजी के साथ बरस पड़ा! जैसे आसमान में छेद हो गए हों! मैं तो आज रात ही चढ़ाई के लिए कूच बोल देता लेकिन रास्ते में बेहिसाब कीचड़, बड़ी-बड़ी नदियों के पूर बगैरह-बगैरह जान खा जाएँगे।'

'तब तक मैं हिकमतें लड़ाऊँगा, हालाँकि उम्मीद कम है।'

'फिर भी!'

'खानाबदोश, नट, बेड़िए, कंजड़ दुनिया-भर का गश्त लगाया करते हैं। इनके जरिए कभी-कभी काम बन जाता है। कोशिश करूँगा।'

'जरूर मेरे प्यारे मटरू। आज से ही अपना काम शुरू कर दो। कहाँ हैं ये नट-बेड़िए इन दिनों?'

'ये लोग शहर में नहीं रहते हैं। खानाबदोश हैं, कभी किसी गाँव के पास, कभी किसी जंगल में। मैं पता लगाता हूँ।'

एक खवासिन खाँसती हुई आई। हाथ बाँधकर खड़ी हो गई, जैसे कुछ कहना चाहती हो। गयास ने बोलने की अनुमति दी।

'काजी आजम दीदार हासिल करने का फरमान चाहते हैं।' खवासिन बोली।

गयास ने दाँत भींचे! मन में कहा, यही वक्त मिला इसको यहाँ मरने के लिए। परंतु प्रधान काजी प्रभावशाली व्यक्ति था। गयास को अनुमति देनी पड़ी। खवासिन चली गई। थोड़ी देर बाद अदब करता हुआ काजी आ गया। गयास ने रुखाई के साथ आसन दिया।

इशारे से आने का कारण पूछा। परंतु काजी बोलने नहीं पाया और गयास ने कहा, 'आप जानते हैं कि यह वक्त मेरा अकेले रहने का है। ऐसे बरसते पानी में कैसे आए? ऐसी कौन-सी मुसीबत आ गई है?'

'जहाँपनाह!'

'कहिए, कह डालिए। अब तो आप मेरे हुजूर में आ ही गए हैं।'

'जहाँपनाह जिस मसजिद को बनवा रहे हैं उसके कारीगर एक बदमाशी करना चाहते हैं—'

'बस इतनी-सी बात! गजब खुदा का!! आपके दिमाग में माशे-दो माशे अकल तो होनी ही चाहिए।' प्रधान काजी को बहुसंख्यक पठान सरदारों की श्रद्धा प्राप्त थी और नसीरुद्दीन उसके कदमों में सिर रखने को तैयार रहता था। काजी जरा तेज पड़ा।

'जहाँपनाह! कारीगरों ने मसजिद के सदर दरवाजे, बाजू के लिए जो पत्थर तैयार किए हैं उनमें बेलबूटों, पत्तियों और फूलों की पच्चीकारी के साथ चिड़ियों और बंदरों की मूरतें नक्श कर दी हैं। मना करने पर भी नहीं माने। कल बड़े सवेरे वे इन पत्थरों को सजाकर, ऊपर की मंजिल रचा देंगे। फिर मसजिद के इस हिस्से को तुड़वाना पड़ेगा, जो बहुत बुरी बात होगी।'

'और कुछ?'

'और खुदाबंद, यह है कि इन लोगों ने बिना पूछे-मांजे मीनार की गुंबदों की खिड़कियाँ कमानीदार न बनाकर, जो इराक का नमूना है, बँड़ेरीदार बनाई हैं जिसमें हिंदुओं के मंदिरों जैसे बंदनवार रख दिए हैं।'

'और भी कुछ?'

'हाँ, जहाँपनाह! सदर दरवाजे की गोख के लिए जालियाँ, झरोखे, उनके ऊपर के कँगूरे मंदिरों के जैसे रच डाले हैं। कँगूरों के साधने के लिए मोर और घोड़ों के सिरवाले पत्थर बनाए हैं। उन्होंने इन सब को सँजो डालने के लिए कल का दिन रखा है। यह सब तुगलकी सादगी और नक्शो नमूने के खिलाफ है। मसजिद के देखनेवाले तुंदी और बुलंदी की जगह इस सिंगार और सजावट को देखकर गलत फहमी में पड़ जाएँगे कि यह मसजिद है या मंदिर।'

'उसमें बुतें न हों तो भी?'

'बिला शक जहाँपनाह!'

'किसने कहा?''

'मुल्ला और मौलवी फतवा दे रहे हैं।'

'अब तक कहाँ सो रहे थे ये? बहुत-सा हि:स्सा तो मसजिद का बन भी गया है।'

'उसमें कोई ऐसा बड़ा नुक्स नहीं है।'

'मुल्ला और मौलवियों के बाप ने कभी इमारतें बनवाई थीं हिंदुस्तान में?'

'जहाँपनाह!'

'आप लोगों का एतराज चिड़ियों, बंदरों, घोड़ों और मोरों की तसवीरों से ज्यादा ताल्लुक रखता है। है न ऐसा?'

'जहाँपनाह ने ठीक फरमाया।'

'कारीगरों ने जो कुछ पुराने जमानों से कारीगरी के रिवाज में सीखा है, उसी को तो पेश कर रहे हैं।'

'मगर जहाँपनाह! यह रिवाज गलत है। कुफ्र में सना हुआ। जान-बूझकर कारीगर शरारत कर रहे हैं। मना करने पर भी न माने।'

'अपने मन के सलोनेपन के तकाजे से कैसे लड़ जाएँ वे गरीब? आप समझे?'

'बंदा क्या अर्ज करे जहाँपनाह? मौलवी इसके खिलाफ फतवा देनेवाले हैं।'

'कारीगरों की फितरत में कुछ मसलहत भी दिखलाई पड़ रही है।' काजी प्रश्नसूचक दृष्टि करके रह गया।

गयास ने सरूर के लहजे में बताया, 'मोर खूबसूरत चिड़िया है, सो आप लोगों में से मोर कोई भी नहीं; उसको देखते ही आप लोगों को अपनी कमी डस-डस लेगी। घोड़े का सिर्फ सिर दिखलाया गया है, इसलिए आपको याद आती रहेगी कि आप आधे घोड़े हैं और आधे कुछ और। बंदर की तसवीर पेश करने में मसलहत की हद कर दी उन कारीगरों ने। आप सब असल में बंदर हैं, बिलकुल बंदर। खिलाओ तो चपड़ चूँ-चूँ करें और न खिलाओ तो भी वही करें; न भले को ठिकाने से रहने दें और न बुरे को! और—'

गयास की स्मृति और व्यंग्य शक्ति को सुरा के बढ़ते हुए सरूर ने झोंका दे दिया। काजी क्रोध के मारे तमककर चुप रह गया। गयास ने ख्वाजा की ओर देखा। ख्वाजा ने सोचा, बात बढ़ गई है।

बोला, 'जहाँपनाह! और सब रहने दें, उन तसवीरों को हटवाने का फरमान दे दें।'

गयास ने सहमति का सिर हिलाया। कहा, 'अच्छा, ऐसा ही करो। और मौलवियों से कह दो कि फतवे को बस्ते में बंद करके रख दें और अक्ल को ज्यादा घास न चरने दें।'

काजी अदब करने के बाद चला गया।

सुलतान ने खाना मँगाने का आदेश किया। ढले हुए स्वर में ख्वाजा मटरू से कहा, 'उस काम को जल्दी करना है।'

: १० :

भारत के पहाड़, जंगल, नदी-नाले, विस्तृत क्षेत्र और लंबे-चौड़े अंतर अनगिनत छोटे-बड़े राज्यों की संख्या और जनपदों के खंडों की भिन्नता को बढ़ाने में सदा से सहायक रहे हैं; परंतु एक छोर के विचार और मत को दूसरे छोर तक पहुँचाने में न तो वे और उनके उत्पादन, अनेक छोटे-बड़े राज्य-रजवाड़े और भिन्न-भिन्न जनपदों के सीमाबद्ध संकुचित खंड कभी बाधक हो पाए हैं। शंकर उत्पन्न हुए सुदूर दक्षिण में और अपने विरोधी को हराने को तथा अपने मत के प्रचार के लिए भी पहुँच गए कश्मीर! चैतन्य हुए दूरवर्ती बंगाल में और उनके मत के प्रचारकों ने अपना संस्थान बनाया वृंदावन में!! तक्षशिला का ब्राह्मण कांची के विद्यालय में और कांची का कश्मीर और काशी में!!! गंगा और गोदावरी का नाम उत्तर में दक्षिण और पूर्व से पश्चिम के छोर-छोर तक, घर-घर में, जंगल से पर्वत की कंदराओं में मानो हिमालय, विंध्याचल, सह्याद्रि सब एक ही थैली के चट्टे-बट्टे हों।

उस युग में हिंदू को तीर्थयात्रा के लिए, प्राणों की बाजी लगाकर एक छोर से दूसरे

छोर पर पहुँचने के लिए कम-से-कम छः महीने लग जाते थे। घरवाले जानते थे कि गया को गया सो गया। परंतु बड़े समाचारों और किसी विशेष मत की व्याख्या को एक सिरे से दूसरे सिरे तक पहुँचाने में पंद्रह दिन लग जाएँ तो बहुत समय लग गया। कभी-कभी कश्मीर का कोई बड़ा महत्त्वपूर्ण समाचार तो रामेश्वर दस दिन में ही पहुँच जाता था। इस मुँह से उस मुँह, इस गाँव और उस गाँव और नगर। भारतीय जन आसानी के साथ इधर-उधर की लंबी यात्रा नहीं कर पाता था परंतु भारतीय समाचारों के लिए नदी-नाले, जंगल-पर्वत मानो कोई अड़चन ही नहीं रखते थे।

ग्वालियर से सिकंदर लोदी के चले जाने का समाचार फैल गया, कुओं के सड़ा डालने की बात रुकी न रही और निन्नी का एक तीर से बड़ी-बड़ी खीसोंवाले सुअरों का मारना और कंधों पर एक भारी-भरकम सुअर को कोसों की दूरी से अपने घर उठा ले आना तथा अरने भैंसे का लाखी द्वारा 'बाँस के तीर से ही' मारा जाना, दूर-दूर तक थोड़े से समय में विख्यात हो गया। खबर मालवा की राजधानी माँडू, मेवाड़ की राजधानी चित्तौड़, गुजरात की राजधानी अहमदाबाद पहुँची। और अन्यत्र स्थानों पर भी पहुँची। साथ ही प्रसिद्ध हुआ उन दोनों युवतियों का अप्रतिम, अद्वितीय, असाधारण सौंदर्य और लावण्य भी।

देखने के लिए और संभव हो तो संग्रहण के लिए भी, राजाओं और सामंतों का भी जी ललचाया। दीदार के लिए मुमकिन ही नहीं सहज भी है उन दोनों को पकड़कर हरम में दाखिल कर लेना। मालवा और गुजरात के सुल्तानों के दिल की धड़कनें बढ़ीं। अप्सराएँ उनकी लुनाई के सामने कुछ नहीं। परियाँ उनकी खूबसूरती के सामने नाक रगड़ती हैं। पर लगा-लगाकर बात फैली। बड़े घराने की हिंदू स्त्री तो घूँघट डालकर भीतर बैठना और कुसमय आने पर चिता में जलकर खाक होना जानती हैं। ये दोनों अवश्य इंद्र के किसी अखाड़े से नीचे उतर आई हैं! तभी तो शेर, तेंदुए, सुअर और अरने भैंसे को बाँस के तीर से मार गिराती हैं!!

गुजरात का सुलतान महमूद बघर्रा तो इस समाचार को सुनकर बेताब हो गया।

गुजरात की राजधानी अहमदाबाद को बसे पचहत्तर वर्ष से ऊपर हो गए थे। यहाँ चौदहवीं शताब्दी के अंत में तैमूरलंग ने दिल्ली में एक लाख हिंदू और एक लाख मुसलमानों का तथा दिल्ली के सेनानायकों और सरदारों का वध किया। वहाँ गुजरात, मालवा, जौनपुर, बंगाल स्वतंत्र हो गए। गुजरात का पहला स्वतंत्र सुल्तान अहमदशाह था। वह घोर न्यायी था। उसने एक हत्या के अपराध में अहमदाबाद की सड़क पर अपने दामाद के टुकड़े-टुकड़े करवा डाले थे और हिंदू सामंतों को अपना धर्म दे देने या सिर दे डालने के सिवाय और कोई मार्ग तो कभी देता ही न था।

परंतु गुजरात के महान् प्रतीक सौंदर्य का उसके पाषाण हृदय पर भी प्रभाव पड़ा।

हरे-भरे विशाल वन, लहलहाते हुए खेत, लहराती हुई नदियाँ, मधुर बोली और मृदुल नारी। उसने अहमदाबाद में एक बड़ी मसजिद और मनोहर महल बनवाए। चौड़ी तरंगिणी साबरमती के किनारे असबल को अहमदाबाद में परिवर्तित और परिवर्धित कर दिया और मसजिद के रूप में गुजरात की हरियाली, सुंदरता, चमक-दमक, मधुरता और मृदुलता साकार कर दी। उस का हृदय पिघलकर जितना सीधा रह गया था, उतनी सिधाई-सादगी मसजिद के मुहानों और पार्श्वों में साकार हो गई और गुजरात का प्राकृतिक, विभूतिमय, चमत्कारपूर्ण सौंदर्य अनजाने ही मसजिद के अनुहात बेलबूटों और पच्चीकारी में मूर्त हो गया था। महमूद बघर्रा इसी अहमदशाह का पौत्र था और इसी मसजिद के किनारेवाले महल में रहता था।

महमूद बघर्रा साढ़े तीन हाथ से अधिक ऊँचाई का था परंतु चौड़ा उतना था कि बौना मालूम होता था। इस समय आयु उसकी लगभग पैंतालीस वर्ष की थी। मूँछें इतनी लंबी कि सिर पर उनकी गाँठ बाँधता था और दाढ़ी नाभि के नीचे तक फटकार मारती थी।

सवेरे हाथ-मुँह धोकर बारादरी की दालान में तख्त पर आ बैठा। नौकर कलेवा ले आए। डेढ़ सौ पके केले, सेर-भर शहद और सेर-भर मक्खन—यह रोज का कलेवा था। किसी दिन रात में जागने के कारण कुपच हो गया तो केले केवल सौ। शहद और मक्खन की तौल में कोई कसर नहीं।

महमूद ने कलेवे पर हाथ साफ करने शुरू कर दिए। ढेर गायब होने लगे। समाचार देने और आदेश लेने को प्रधान जासूस और खबरनवीस हाजिर हो गए। सब सिर नवाए, हाथ जोड़े खड़े। कलेजे में धड़कन, होंठों पर कड़ी मुहर।

अलिफ-लैला में उन्होंने सिंदवाद और जिन्न के किस्से पढ़े थे; वे सब उनको सच प्रतीत हुए। कलेवा अभी समाप्त नहीं हुआ था। समाप्ति के पहले उसको सवेरे का काम पूरा कर डालना था।

एक केले के दो कौर करने के बाद बघर्रा ने प्रधान जासूस की ओर मुँह फेरकर 'ऊँघ' की। जैसे बादल गरज गया हो! जासूस ने काँपते हुए सिर उठाया। आँखें नीची किए बोला, 'मालवा के सुल्तान गयासुद्दीन खिलजी—'

बघर्रा के मुँह में आधा केला एक तरफ था, आधा गले से नीचे उतर जाने की जल्दी में। आधा मुँह खाली था। उसी दिशा से दबी हुई कड़क निकली, 'सुल्तान नहीं है वह नामाकूल। गुलाम खानदान का खिलजी है। कहो उसकी बावत क्या कहना है?'

काँपते हुए कंठ को सँभालकर जासूस ने कहा, 'जहाँपनाह! गयासुद्दीन खिलजी की दोस्ती मेवाड़ के काफिर राना के साथ ज्यों-की-त्यों चल रही है। मेवाड़ के राना ने दिल्ली के सुल्तान—मैं भूल गया, बख्शा जाऊँ—दिल्ली के सिकंदर लोधी की फौज को

हरा दिया है।'

बघर्रा के मंतव्य को सुनने के लिए जासूस ठहर गया। कुछ एक छोटे केले को समूचा मुँह में डालकर बघर्रा बोला, जैसे किसी नाले ने प्रवाह के जोर से बाँध को फोड़ डाला हो, 'एक मूजी ने दूसरे मूजी को मारा। कहते जाओ। गयासुद्दीन आजकल क्या कर रहा है?'

जासूस ने बताया, 'जहाँपनाह, वह एक खूबसूरत ख्वाजा लौंडे के बहुत कहने में है।'

'अच्छा है। मरेगा। और आगे?' बघर्रा बोला, जैसे जमीन के नीचे से दरार में होकर बोला हो।

जासूस अनुमान से कुछ संभाव्य को भी कहता गया, 'गयासुद्दीन फौज की बढ़ती कर रहा है। ग्वालियर पर चढ़ाई करना चाहता है, क्योंकि ग्वालियर के पास राई के गाँव में दो बहुत खूबसूरत हिंदू लड़कियाँ हैं जो शिकार खेलती हैं। जंगली भैंसे, शेर, सुअर, तेंदुआ, रीछ वगैरह को एक-एक तीर से ही मार गिराती हैं। गयासुद्दीन इन लड़कियों को माँडू ले आना चाहता है।'

'ह!ह!!ह!!!ह!!!!ह!!!!!' बघर्रा हँसा। हँसी के साथ ही केले के अधचबाए टुकड़े गिरकर दूर जा पड़े। दरबारियों को वह हँसी ऐसी जान पड़ी जैसे धरती फट पड़ी हो। जासूस बगलें झाँकने लगा। काटो तो खून नहीं! न मालूम, अब क्या होगा।

बघर्रा ने हँसी को रोका और एक बड़े केले के टुकड़े को मुँह में डाला। चबाते हुए कहा, 'कहाँ की दास्तान बना लाए हो? खूबसूरत लड़कियाँ शेर और भैंसे को एक तीर से गिरा देती हैं? भीलनी होंगी कमबख्त। काली-कलूटी खबीस!!'

जासूस प्राणों की खैर मनाता हुआ बोला, 'जहाँपनाह! एक लड़की गूजर है और दूसरी अहीर तसदीक कर ली है। दोनों बहुत हसीन हैं।'

बघर्रा गंभीर हो गया। खाते-खाते सोचने लगा—'ऊँची जात की हिंदू लड़कियाँ और वे भी इतना हसीन—शिकार खेलती हैं!'

केले समाप्त करके बघर्रा ने सेर-भर शहद केलों के पचाने के लिए पेट में पहुँचाया। कुछ-न-कुछ पेट में दोपहर के भोजन तक बना रहे इसलिए ऊपर से सेर-भर मक्खन भीतर डाला। इन सबको हल करने के लिए एक सुराही पानी पिया। फिर सात-आठ पान दाँतों के नीचे दाबे। नौकर छिलके और थाल उठाकर चले गए।

बघर्रा ने तकिया के सहारे पड़कर दाढ़ी पर हाथ फेरते हुए कहा, 'बहमनी सल्तनत की कोई नई खबर?'

जासूस ने चैन की साँस लेकर उत्तर दिया, 'मुहम्मद खाँ के कतल के बाद दक्खिनी और विलायती फकीरों में द्वंद्व और भी बढ़ गया। बहमनी सल्तनत की टूटन-फूटन से नई सल्तनतें बन रही हैं। विजयनगर का राजा उनसे लड़ता रहता है।'

'मालूम है।' बघर्रा ने कहा, जैसे जाती हुई आँधी किसी बड़े पेड़ को एक बड़ा सपाटा दे गई हो, 'लेकिन बहमनी सल्तनत के बाजुओं में इतनी ताकत हमेशा बनी रहेगी कि विजयनगर के राजा को पछाड़ती रहे। रह गया मालवेवाला, सो वह बहमनियों का कुछ बिगाड़ नहीं सकता। मैं उसका होश जल्दी ठिकाने लगाऊँगा। पुर्तगाली क्या कर रहे हैं?'

'जहाजी ताकत को बढ़ाने में लगे हैं। उन्होंने पाँच जहाज नए तैयार करवाए हैं।'

'कोई फिकर नहीं। खबरनवीस, तुर्की के सुल्तान आजम खलीफा शरीफा को लिखो कि तैयार रहें। तुर्की और गुजरात की ताकत पुर्तगालियों पर बेपनाह कहर बरसावेगी।'

'जहाँपनाह!'

'माँडू पर चढ़ाई बरसात में की जावेगी। बादल की बिजलियों और नदी-नालों के पानी के भरोसे जब गयासुद्दीन माँडू के बिल में घुसा होगा तब मैं अपनी बिजलियाँ मालवे पर कड़काऊँगा... बरसाऊँगा। तैयारी को बढ़ाओ।'

'जो हुक्म, जहाँपनाह!'

'फिलहाल कहीं भी तो लड़ना है।'

'हुक्म जहाँपनाह! चंपानेर के आस-पास राजपूत फिर सिर उठाने लगे हैं।'

'अभी सात बरस भी नहीं हुए हैं कि जब मैंने सबका कत्लेआम करवा दिया था। इसको इतनी जल्दी भूल गए ये लोग!'

'बहमनी सुल्तान ने काँची के सारे मंदिर तोड़ दिए थे, वहाँ फिर मंदिर बनाए जानेवाले हैं।'

'उन मंदिरों को मैंने देखा था, बुतों को भी। कुछ भी हो, मंदिर थे खूबसूरत। बुतों को तोड़ डालते, काफी था। पत्थर को जान देने के फन में हिंदुओं ने जिस कमाल को हासिल किया है, ताज्जुब होता है। हमारे मुसलमान तो वैसी कारीगरी नहीं कर सकते। उस कारीगरी को जबान में ही अदा नहीं कर सकते, वैसा करतब कर दिखलाना तो बहुत दूर की बात है।'

दरबारी सिर झुकाए हुए चुप रहे। बघर्रा ने मन में कहा, 'पहाड़ों, पेड़ों, फूल-पत्तियों, कोयल की कूकों और परियों की लोच-लचकों को जैसे एक साथ इन मंदिरों के बनाव-सिंगार में टाँकी और हथौड़े से मचल-मचलकर उतार दिया हो। मैं तो देखकर ठगा-सा खड़ा रह गया था। और बुत भी बेपनाह खूबसूरती के। चाहता था उन बुतों को वैसे ही निगलकर पेट के किसी कोने में रखे रहूँ। अरे यह तो कुफ्र है! लेकिन कुफ्र अगर दिल को चैन दे तो क्या बुरा? तौबा! तौबा!! खुदा खैर करे।'

पेट पर हाथ फेरकर बघर्रा ने एक लंबी साँस ली जैसे बरसात में कोई कच्चा मकान गिरा हो। दरबारियों को चुप देखकर उसने अपनी बात का प्रायश्चित किया, 'मंदिर

तोड़ दिए, बुत फोड़ दिए तो खैर, अच्छा ही किया। न रहेगा बाँस न बजेगी बाँसुरी। जैसे कि यहाँ काफिर शायर कहते हैं। अब उन लोगों को फिर से नए मंदिर नहीं बनाने चाहिए। मुमकिन है कुछ मंदिर तोड़े जाने से बच गए हों और उन्हीं को कह दिया हो कि नए सिरे से बनाए जा रहे हैं। तुम खुद गए थे वहाँ जासूस?'

जासूस काँप गया। बघर्रा चाहता भी यही था। बोला, 'जहाँपनाह! मैं पुर्तगालियों की कार्यवाहियों की जाँच में लगा रहा। काँची खुद नहीं जा पाया। बख्शा जाऊँ।'

बघर्रा ने मुलायम स्वर में कहा, (फिर भी जान पड़ा जैसे कई फटे बाँस एक साथ बज पड़े हों), 'कोई बात नहीं। मुझको इन दिनों काँची या विजयनगर में दिलचस्पी नहीं है। माँडू में बहुत से हिंदू कारीगर हैं। मुसलमान होने को वे तैयार नहीं हैं। जबरदस्ती उनके साथ की नहीं जा सकती। माँडू की चढ़ाई के नतीजे में उनको यहाँ पकड़ लाऊँ और मजहब बदलने के लिए न कहूँ तो वे अहमदाबाद को और भी सजा देंगे। मुल्लों और काजियों ने मेरे ख्याल की ताईद कर दी है, इसलिए कोई दिक्कत नहीं। जजिए की शकल में उनकी मजदूरी में से थोड़ा-सा काट लिया जाया करेगा।'

'जो हुकुम जहाँपनाह! ग्वालियर में भी बहुत होशियार कारीगर हैं।'

'माँडू को पीसने के बाद ग्वालियर को भी कूटा जाएगा। कौन-सा गाँव है जहाँ वे दो छोकरियाँ रहती हैं? ग्वालियर से कितना दूर है?'

'गाँव का नाम राई है। ग्वालियर से करीब छः कोस दूर।'

'ठीक है। बरसात में देखूँगा। आज चंपानेर की तरफ दोपहर का खाना खाने के बाद कूच। जब तक हजार-पाँच सौ सिर धड़ से खुली लड़ाई में रोज जुदा न करूँ तब तक चैन नहीं पड़ता।'

'जहाँपनाह!' दरबारियों ने नीचे सिर किए हुए ही क्षीण मुसकान में भिगोकर समर्थन को प्रकट किया।

बघर्रा ने फिर डकार ली जैसे कोई बड़ी धौंकनी फटकर बोल गई हो, मानो पेट के भीतर से किसी ने दोपहर के निकट आने-जाने की इत्तिला और दोपहर के भोजन की माँग एक साथ भेजी हो।

अन्य नित्य-नैमित्तिक काम की बातें कर के दरबारी बघर्रा के आदेश लेकर चले गए।

'दो गोरी साँवरी-सलौनी छोकरियाँ आजादी के साथ शिकार खेलती हैं और वे भीलनी भी नहीं हैं, हालाँकि भीलों में भी खूबसूरती देखी है। हिंदू कारीगरों ने पत्थरों में तरह-तरह की खूबसूरत औरतों को बेहिसाब तरफों और तरहों में पेश किया है; लेकिन इस किस्म की औरतों को कहीं नहीं उभारा है। अगर मिल गईं तो देखूँगा। कम-से-कम ख्याल अच्छा है, मजेदार है। कुछ भी न मिला तो जंगल की कसरत तो हाथों-पैरों को

मिलेगी ही। तलवार और तीर से काटकर लुढ़कते हुए सिर और धड़ पर बहता हुआ खून।' बघर्रा ने सोचा।

: ११ :

सघन वर्षा से थोड़ा-सा अवकाश मिलते ही अटल ने बँधियोंवाले एक खेत में धान बो लिया। पास लगे हुए एक ढलवें खेत में थोड़ी-सी ज्वार; बाकी भूमि को उनारी के लिए रख छोड़ा। कुछ समय के उपरांत धान के बीज जम निकले। जैसे ही धान की पौध कुछ बड़ी हुई खेत में फैलाकर जमा दी। बहुत पानी बरसा और खेत भर गया तो एक ओर से बँधिया को काटकर फालतू पानी निकाल दिया। दो महीने में धान खेत में लहराने लगा, ज्वार भी बड़े-बड़े पत्तोंवाली और होनहार। भाई-बहिन और लाखी, तीनों, खेतों की रखवाली में तत्पर थे।

खाने का अन्न समाप्त होने को आया। वन्य-पशु जंगल में अधिक फासले पर खिसक गए। खेतों को रखाना था और पेट भरना था। रखवाली के लिए एक मचान धान के खेत पर था और दूसरा जंगल के किनारे ज्वार की रखवाली के लिए। जानवर बिचक गए थे और रात में कभी इस पहर और कभी उस पहर आ जाते थे। दिन में मिलते बहुत कम थे। जंगल में हरियाली इतनी अधिक हो गई थी और झाड़ ऐसे पल्लवित हो गए थे कि शिकार हाथ नहीं लगता था। अटल ने अपना सब अनाज खा लिया। अब केवल लाखी का रह गया था। लाखी की और अपनी गाय की दोहनी पर तीनों की गुजर नहीं हो सकती थी। पानी कभी-कभी इतना बरसता था कि दिन में घर से निकलना दुस्सह हो जाता था। रात में बदली और पानी के कारण इतना अँधेरा छाया रहता था कि जंगली जानवरों को चिल्ला-चिल्लाकर तो भगाया जा सकता था परंतु तीर से उनका शिकार नहीं किया जा सकता था।

लाखी के अन्न को छूने से अटल का प्रण इनकार कर रहा था। तो अब नया क्या खाएँ? गाँव के लगभग अन्य लोग भी इसी परिस्थिति में थे। उनसे कुछ नहीं मिलना था। राई नदी में से मछलियाँ भी नहीं पकड़ी जा सकती थीं।

लाखी ने कहा, 'अनाज रखा तो है। कुछ दिन उससे काम चलाओ।'

'जब बूढ़ी माँ का देहांत हुआ तब मैंने प्रण किया था कि इस अन्न को तुम्हारे लिए खेत में बोऊँगा। इसलिए इसको नहीं छूना चाहता हूँ।'

'तो अपना अन्न मुझको क्यों खिलाया?'

'तुम्हारा ही तो था वह।'

'और यह तुम्हारा और निन्नी का नहीं है?'

'है तो, पर मैंने प्रण जो किया था।'

'और मैं भी कोई प्रण कर लूँ तो?'

'कैसा? कौन-सा?'

'वैसा ही। समझ से काम नहीं लेते?'

'निन्नी से भी पूछ लूँ। बाहर गई है, आती होगी।'

'तो मेरे कहने का कोई मोल नहीं है?'

'है। नहीं पूछूँगा निन्नी से। पर जब वह चुक जाएगा तब क्या करेंगे?'

'नदी कम हो जाएगी, मछली मिलने लगेंगी और वर्षा कम हो जाने पर शिकार भी। तब तक धान और ज्वार पक उठेगी।'

अटल ने उस सुरक्षित अनाज में से कुछ ले लिया। निन्नी जब बाहर से आई, देखकर बोली, 'भैया, तुमने इसमें क्यों हाथ लगाया?'

अटल ने उत्तर दिया, 'इन्होंने कह दिया तो ले लिया। घर में आज के लिए और कुछ था भी नहीं। इन्होंने कहा, यह भी तो अपना ही है।'

निन्नी ने लाखी पर व्यंग्य की मुसकान डाली। बोली, 'ठीक तो कहा।'

अटल बाहर चला गया। उन दोनों ने पीसना पीसा और रोटी बनाईं, तब कहीं साँझ को पेट भर पाया।

रात के पहले ही वे तीनों खेतों की रखवाली के लिए चले गए।

निन्नी और लाखी धानवाले खेत के मचान पर जा लेटीं, अटल ज्वारवाले पर पहुँच गया।

रात होते ही अँधेरा छा गया। गहरी काली घटाएँ। आकाश में चंद्रमा के होते हुए भी चाँदनी का नाम नहीं। रुक-रुककर फुहार पड़ जाती थी। हवा चल रही थी, परंतु मच्छर झुंड बाँध-बाँधकर टूट-टूट पड़ रहे थे। थोड़े से कपड़े, परंतु इतने कि शरीर को ढक लें। शरीर ढका नहीं कि गरमी और पसीने के मारे ठंडक के लिए फिर अंगों को बाहर निकालना पड़ता। फिर मच्छर और फिर गरमी और पसीने का क्रम। उन दोनों को बैठ जाना पड़ा।

निन्नी ने कहा, 'कुछ बातचीत ही करें।'

लाखी बोली, 'बातचीत करने को है ही क्या? कुछ गाओ।'

'गाऊँ तो पर मच्छर मुँह में घुस-घुस पड़ रहे हैं। जी चाहता है, सब मच्छरों को पकड़ पाऊँ तो मारकर भस्म कर दूँ।'

'सुना है बड़े लोग राज-रजवाड़ों में इससे बचने के लिए मछहरी लगा लेते हैं।'

'मैंने भी सुना है।'

'कैसी होती होगी मछहरी?'

'क्या मालूम। जानकर क्या करोगी? लगाओगी क्या मछहरी?'

'अपने भाग्य में कहाँ लिखी है। एक अरना भैंसा मार लें तो उसकी खाल से पहले तो दो महीने का अनाज ले लें। दूसरा मार लें तो उससे कुछ कपड़े और दो मछरियाँ ले लें—एक अपने लिए और दूसरी तुम्हारे लिए।'

'हाँ, तीसरी की अटक भी क्या है। तुम्हारे और भैया के लिए एक ही बहुत है।'

'फिर तुमने ठिठोली की! गाँववाले यों ही अनखाए से देखते हैं, कभी तुम्हारे मुँह से ऐसी बात किसी के सामने निकल जाए तो क्या होगा?'

'बात उजागर हो जाए तो अच्छी ही है। ब्याह रचा दिया जाएगा।'

'गाँव के पंच नहीं होने देंगे।'

'रखैल की तरह रख लें तो गाँव के पंच कुछ नहीं कहेंगे, ब्याह हो जाए तो मानो उन पर गाज गिर पड़ेगी।'

'मैं तो अकेली ही बनी रहूँगी। किसी की रखैली बनकर रहने से पहले राई नदी में गले से पत्थर बाँधकर डूब मरना भला है। तुम्हारे साथ रहकर जन्म कट जाएगा।'

'मैं क्या अकेली ही बनी रहूँगी?'

'ब्याह करोगी?'

'करूँगी जब मन चाहेगा।'

'तुम्हारा मन या तुम्हारे भैया का मन?'

'देखा जाएगा। आज रात तो ब्याह होना नहीं है।'

दोनों मच्छरों को भगाने-मारने में लग गईं। कुछ देर बाद खेत के एक कोने पर छपछप शब्द सुनाई पड़ा। दोनों चौकन्नी होकर सुनने लगीं।

लाखी को एक आकार दिखलाई पड़ा। साफ नहीं, निर्वरा। परंतु उसने लोहे का एक तीर छोड़ दिया। वह आकार भस्स से हुआ। उसने दूसरा छोड़ दिया। आकार को वह तीर भी लगा। अरने भैंसे की ऊँची डिडकार हुई, परंतु वह गिरा नहीं। भाग गया। जंगल में भागने की थोड़ी दूर तक आहट मिली। फिर कुछ नहीं सुनाई पड़ा।

'अरना था। भाग गया', निन्नी ने कहा, 'तुमने तो बहुत उतावली कर दी।'

'खेत में आता तो धान को रौंद डालता।' लाखी बोली।

'कितना धान रौंद डालता? दो तीर खो दिए। बहुत बढ़िया तीर थे। तुमको कुछ सूझता थोड़े ही है।'

'तुम गिरा लेतीं उसको?'

'गिरा न लेती तो तीर तो न खो देती।'

'जैसे उन दिनों चिलचिलाती दोपहरी में अरने में से दोनों निकालकर लौटा दिए थे ऐसे ही सवेरे ये दोनों भी ढूँढ़कर लौटा दूँगी।'

'ढूँढ़ लिया अरने को! और लौटा दिया तीर!! अरना कोसों दूर जाकर दम लेगा!!!'

'तो प्राण न खा जाओ। भोर तक धीरज धरो।'

'बड़ा घमंड करने लगी हो।'

'उस अरने की खाल के जूते न बनवाए होते और अनाज न ले लिया होता तो ऐसे-ऐसे न जाने कितने तीर आ गए होते मेरे पास।'

'कौन अकेले हम लोगों ने खाया वह अनाज। और जूते तो तुम्हारे बने थे और उनके जिनके साथ तुम्हारा जीवन बीतना है।'

'मैं खा गई वह सब।'

'अब हम लोग खा रहे हैं तुम्हारा अन्न, सो नित्य उलहना दिया करना।'

लाखी जीभ काटकर रह गई। निन्नी थोड़ी देर चुप रही परंतु अधिक समय तक स्तब्ध रहना उसको नहीं रुच रहा था।

बोली, 'क्या-क्या लौटाओगी मुझको तुम?'

'जो कुछ लूँगी, वह सब।'

'मेरे भाई को भी?'

'बात ही करनी हो तो कुछ और चर्चा करो जिससे रात-भर बत-बढ़ियाव होता रहे। यदि इस बात को तुमने कहा तो अभी मचान पर से उतर पड़ूँगी और अरने को भी ढूढ़ने और तुम्हारे अनमोल-अनोखे तीर लाने के लिए जंगल में चल दूँगी।'

'ओ हो हो हो! बड़ी अर्जुन पांडवा हो न।'

'अभी दिखलाए देती हूँ, मैं क्या हूँ।'

लाखी ने तलवार उठाई और धम्म से मचान के नीचे कूद पड़ी। निन्नी उसको पकड़ नहीं पाई। निन्नी मचान पर से उतरी। तब तक लाखी नंगे पाँव कीचड़ में छप-छप करती हुई कई डग आगे निकल गई। निन्नी ने दौड़ना चाहा परंतु वह दौड़ न सकी। लाखी छरहरे शरीर की थी, इसलिए उसको अधिक बाधा नहीं हुई।

निन्नी ने चिल्लाकर कहा, 'तुमको मेरी सौगंध है, खड़ी रहो। मेरा मरा मुँह देखो जो एक पग भी आगे धरो।'

लाखी रुक गई। निन्नी ने उसको जा पकड़ा! 'लौटो।' निन्नी ने कड़े स्वर में कहा।

'नहीं।' दृढ़ता के साथ लाखी बोली।

'तो मैं तुम्हारे साथ ही मरने चलूँगी।' निन्नी ने निश्चय प्रकट किया।

दूसरे खेत के सिरेवाले मचान से अटल ने कुछ सुन लिया और कुछ देख लिया। वह उतरकर इन दोनों की तरफ आया।

वहीं से चिल्लाकर, 'क्या बात है?'

निन्नी ने धीरे से लाखी से कहा, 'लो, अब निपटो उनसे। चाहे उनके मचान पर चली जाओ।'

'तुम चाहती हो कि मैं मर जाऊँ या कहीं निकल जाऊँ; जब देखो तब लड़ा करती हो।'

'मैं ही कहीं क्यों न चली जाऊँ, जिससे तुमको काँटा न आँसे।'—निन्नी ने सोचा परंतु कहा कुछ नहीं। वह निकट आनेवाले अटल की ओर देखने लगी। अटल ने पास आते ही आश्चर्य के साथ पूछा, 'यह क्या? कहाँ जा रही हो तुम दोनों नंगे पाँव?'

निन्नी ने तुरंत उत्तर दिया, 'अरना आया था। तुमने नहीं देखा दाऊ? इन्होंने उस पर दो तीर चलाए। उसको दोनों लगे। वह डिड़का और भागा। तुमने नहीं सुना? कहाँ थे तुम?'

अटल ने शरमाते-शरमाते बताया, 'मैंने जैसे ही पैर फैलाए, सो गया। जब तुम चिल्लाईं तब आँख खुली; देखा तो तुम दोनों यहाँ खड़ी-खड़ी कुछ बात कर रही हो। मचान से क्यों उतर आईं?'

लाखी ने बोलने के पहले गले को साफ किया, परंतु निन्नी ने बीच में ही कहा, 'इन्होंने कहा, तीर न खो जाएँ, अरने को ढूँढ़ लें। और यह कूद पड़ी। मैं रोकने के लिए लपक आई।'

'विकट हो तुम दोनों। जाओ मचान पर। तीरों की चिंता मत करो। कल ढूँढ़ लेंगे अरने को। जाओ।'

निन्नी ने लाखी का हाथ पकड़कर मचान की ओर खींचा। वे दोनों जब मचान पर चढ़ गईं तब अटल अपने मचान की ओर गया।

निन्नी ने लाखी के गले में हाथ डालकर कहा, 'सौगंध खाती हूँ कि आगे फिर कभी ऐसी बातचीत नहीं करूँगी।'

'अनाथ जानकर चाहे जो कुछ कह लेती हो।'

'अपने को अनाथ कहकर मुझको भद्दी डायन मत बनाओ। अनाथ तो मैं हूँ। सौगंध खाती हूँ, अपने प्यारे से प्यारे की सौगंध खाती हूँ कि चाहे जो कुछ हो जाए, आगे कभी नहीं लड़ूँगी।'

इस सौगंध के खाते ही लाखी हिलककर निन्नी से लिपट गई।

'ऐसी सौगंध क्यों खाई निन्नी?' लाखी ने फफकते हुए कंठ से कहा।

'क्योंकि मुझको ताव जल्दी से आ जाता है। इस सौगंध के कारण अब कभी नहीं आएगा।'

'मैं अपने सारे पुरखों की सौगंध खाती हूँ कि तुम चाहे जैसी गालियाँ मुझको देना, मारना-पीटना, पर मैं कभी बुरा नहीं मानूँगी।'

'बस-बस, निबट चुका। आगे मेरी-तुम्हारी लड़ाई कभी नहीं होगी। अच्छा अब हँस दो।'

'हुँ ऊँ–'

'ब्याह करोगी न भैया के साथ?'

'फिर वही बात?'

'हाँ-हाँ अवश्य। तुम्हारी पक्की ननद जो बनना चाहती हूँ, तुमको लाड़ के साथ भौजी कहना चाहती हूँ। एक बार अपने मुँह से कह तो दो।'

'क्या मेरे हाथ की बात है?'

'है। यदि हो तो, करोगी?'

'करूँगी।'

'और यदि न भी हो तो?'

'करूँगी, करूँगी, तो भी करूँगी। नहीं तो कहीं मर-खप जाऊँगी। तुम्हारे भैया में हिम्मत होनी चाहिए।'

'उनमें है हिम्मत, मैं जानती हूँ।'

'तो मुझमें किसी से कम नहीं पाओगी।'

दोनों एक-दूसरे से देर तक लिपटी रहीं। पसीने में भीग गईं। इतने पसीने में कि मच्छरों ने नहीं काट पाया।

लाखी ने अलग होकर कहा, 'देखती रहो, कोई जानवर न आ जाए।'

'कई लोहे के तीर रखे हैं। चलाना। मैं भी चलाऊँगी।' निन्नी ने आश्वासन दिया।

'इस अँधेरी रात में हल्ला करना तीर चलाने से कहीं अच्छा। अधिक तीर नहीं खोना चाहती। आगे काम देंगे।' लाखी ने प्रतिवाद किया।

निन्नी हँसी, 'तुम्हारे दूल्हा तो कह गए हैं, तीरों की चिंता मत करो।'

लाखी ने उसका गाल मसल दिया।

'अरी री री!' निन्नी ने हँसी के तूफान में कहा।

लाखी ने आग्रह किया, 'कुछ गाओ। तुम्हारा गला इतना मीठा है कि जब तुम गाती हो, जान पड़ता है कि कोयल कूक रही है। जोर से गाओ, जानवर भी मुग्ध होकर वहीं रह जाएँ।'

निन्नी ने गाना कहीं सीखा नहीं था, कहीं-कहीं सुना था। स्वर उसका स्वाभाविक मधुरता से भरा हुआ और कान ग्रहणशील थे, बुद्धि प्रखर, इसलिए उसको कई गीत आते थे। उसने गाया। रात के अधिकांश भाग में वे दोनों गाती-हँसती रहीं। सवेरे देर तक सोती रहीं।

हाथ-मुँह धोने के उपरांत वे दोनों अरने की खोज में निकल पड़ीं। बहुत दूर तक खाँद और रक्त के चिह्न मिले। फिर कोई पता नहीं चला। दोपहर के लगभग लौट आईं। अटल और निन्नी को तीरों के खो जाने का रंज नहीं था, लाखी को कुछ था।

: १२ :

गयासुद्दीन कालपी पर आक्रमण वर्षा के अंत में करना चाहता था। ख्वाजा मटरू को उसके मन के नट-बेड़िए नहीं मिले। इतने में एक दिन समाचार मिला कि गुजरात का सुल्तान महमूद बघर्रा एक बड़ी सेना लिए माँडू की ओर आ रहा है।

गयासुद्दीन निकम्मा नहीं था। उसने मुकाबला करने के लिए तुरंत तैयारी कर दी। मेवाड़ को सहायता करने के लिए लिखा।

पचास वर्ष यशस्वी राणा कुंभा ने मेवाड़ का राज्य किया। राज्य के लोभी बेटे ऊदा ने अपने पिता को विष देकर मार डाला। उस राज्य-लिप्सा को ऊदा, पाँच वर्ष ही असमर्थित और असमर्थ संतोष दे पाया। इस बीच में चंपानेर के राजपूत सिर पर कफन बाँधकर गुजरात के बघर्रा से मरते-मिटते लोहा लेते रहे। ऊदा को रायमल ने चित्तौड़ से मार भगाया। मेवाड़ को विपदग्रस्त समझकर दिल्ली के सुल्तान ने चढ़ाई की। राणा रायमल ने उसको मार भगाया। गयासुद्दीन का मेवाड़ से संधि कर लेना इसी का परिणाम था।

माँडू से सहायता की याचना आने पर मेवाड़ ने युद्ध की तैयारी कर दी। गुजरात के बघर्रा के शरीर की जितनी भूख अन्न, फल, मांस इत्यादि के लिए थी, उससे कहीं अधिक भूख और प्यास उसकी आत्मा को लड़ाइयाँ लड़ने और खून बहाने की लगी रहती थी। यदि उसको मनुष्य लड़ने को न मिलता तो वह हवा, पहाड़, पेड़, पत्थर किसी से भी लड़ता-भिड़ता रहता। शरीर की कराल जठराग्नि को बनाए रखने के लिए आत्मा का यह पाचक चूर्ण वह अपने लिए अत्यंत अनिवार्य समझता था।

बरसात छीजने को आ रही थी। पानी कई दिनों से नहीं बरसा था। इखरी-बिखरी बदली छितरा-छितरा जाती थीं परंतु, दिन में धूप और रात में तारे प्रायः निकल आते थे। दक्षिण की वायु वेग से चल उठी थी। परंतु नदियाँ और बड़े नाले अब भी अपने उन्माद पर थे। ऊँची-नीची पहाड़ियाँ, पहाड़ियों और नदियों के बीच के मैदान हरियाली से लद गए थे। जंगल में कोसों तक मैदानों और पहाड़ों के पाश्वों पर वृक्ष विशाल चमत्कार और हरियाली से भर गए थे। पहाड़ों की चोटियों के किनारे-किनारे लहलहाते वृक्षों के पंक्तिबद्ध समूह कँगूरों पर नाचते हुए मोरों जैसे प्रतीत होते थे। उन पर इधर से उधर उड़ते हुए सुओं-तोतों की पाँतें हरियाली की होड़-सी लगाती थीं। सुओं की लाल चोंचें उन पेड़ों पर उड़ते हुए लाल छींटे से जान पड़ते थे। नालों की ढी पर हरसिंगार फूल उठा था। मधुमक्खियाँ सनसनाकर इन फूलों से अपना मधु संग्रह कर उठी थीं।

मार्ग ऊँचे घास से छा गए। बीच-बीच में कुछ अंतर पर रूखा गीला कीचड़

दिखलाई पड़ता था। मार्ग के दोनों ओर के बड़े-बड़े झाड़ ही बता रहे थे कि उनके बीच में मार्ग है। बघर्रा अपने पचास हजार घुड़सवारों को लिए और पाँच सौ हाथियों पर सामान लदवाए हुए माँडू की दिशा में आ रहा था। माँडू की पठार पर गयासुद्दीन उसका सामना करने के लिए उतर आया। दोनों की मुठभेड़ के लिए कई नदियों, पहाड़ों और जंगलों की आड़ पड़ी थी। बघर्रा अभी धार के किले से भी दूर था। धार माँडू से उत्तर में लगभग ग्यारह कोस है। बघर्रा धार पर आक्रमण न करके धार और माँडू के बीच की दिशा में आ रहा था।

एक जगह मार्ग लुप्तप्राय: हो गया था। मार्गदर्शक भ्रम में पड़ गए। संध्या होने में विलंब था परंतु थोड़ी ही दूर पर बाढ़ में बल खाती हुई एक चौड़ी नदी भी पार करने को पड़ी थी। मार्ग खोजनेवाला दल सेना के सामने से इधर-उधर फैल गया। थोड़ी दूर जंगल में उनको धुआँ दिखलाई पड़ा। खोजनेवाले धुएँ के पास सतर्कता के साथ पहुँचे। वहाँ नट-बेड़ियों का एक छोटा-सा डेरा था।

नट-बेड़िए दस-पंद्रह से अधिक न होंगे। पेड़ों की झुरमुट में थुमियों के ऊपर घास और पत्तों से कुछ झोंपड़ियाँ छा रखी थीं। एक बड़ी-सी झोंपड़ी में उनके गधे, दो भैंसे और बकरियाँ, बकरे बँधे हुए थे। कुछ बंदर खूँटियों से। एक झोंपड़े के किनारे कमठे, तीरों भरे तरकस और लंबे छुरे रखे हुए थे। छोटे बच्चे डाल से टँगी हुई डालियों में थे। पाँच-सात अधेड़ और जवान स्त्रियाँ खाना पकाने में लगी हुई थीं। पुरुष एक मरे जानवर की काट-छाँट में लगे हुए थे। उन सबके केश लंबे थे। पुरुष फटी-मैली धोतियाँ पहने थे। स्त्रियाँ चिथड़ों-गुदड़ोंदार पायजामे। ओढ़नी कोई नहीं ओढ़े थी। उरोजों पर केवल चोली कसे हुए, कानों में जस्ते की बालियाँ और नाक में पीतल के बड़े-बड़े नथ। गले में काँच के रंग-बिरंगे गुरियों की मालाएँ।

डेरे के चारों ओर बड़े-बड़े लक्कड़ों का डेरा था। मार्गदर्शकों ने निकट की ओर से समझ लिया कि कौन हैं।

'ओ रे ओ!' मार्गदर्शकों का अगुआ उन लोगों का ध्यान आकृष्ट करने के लिए चिल्लाया। सबने तुरंत देख लिया और फुर्ती के साथ खड़े हो गए। उनके चेहरों पर भय नहीं था, केवल आश्चर्य था। इनका मुखिया अधेड़ अवस्था का था। बोला, 'क्या है?'

अगुआ ने कहा, 'गुजरात के सुल्तान की फौज यहीं पास आ गई है और तुमको खबर नहीं।'

'हमको नहीं मालूम।'

'माँडू का रास्ता बतलाओ और नदी का घाट।'

'हमको नहीं मालूम।'

'फौज को इसी घड़ी उस पार उतरना है।'

'काहे के लिए?'

'काहे के लिए! तुम्हारे पुरखों को उतारने के लिए। निकलता है इस बाड़े में से या हम रणसिंगा बजाकर फौज के हाथियों को तुम्हें कुचल डालने के लिए बुलावें?'

एक युवती ने गिड़गिड़ाहट के साथ कहा, परंतु उसकी आँखों में कोई गिड़गिड़ाहट नहीं थी, शरारत थी, 'अरे महाराज, क्यों यों ही खाए जाते हो? हमारा तमाशा देखो, नाच, रस्से पर ढोलकी बजाते हुए दौड़ना, कुलाँचें, एक पेड़ से दूसरे पर उछलकर पहुँचना, बंदरों के खेल और अनगिनत करतब। सुंदरिया! अरी ओ सुंदरिया!!' उसने झोंपड़ी में बँधे हुए बंदरों की ओर मुँह करके संबोधन किया। छातियाँ मटकाईं और मार्गदर्शकों के प्रति शरारत-भरी आँख चलाई।

कितनी फूहड़ है, नटनी ही तो ठहरी। अगुआ ने सोचा।

बोला, 'यह सब सुल्तान सलामत और उनके सरदारों को दिखाना। इनाम मिलेगी। हमको तो रास्ता बताओ।'

'कहाँ हैं तुम्हारे बादशाह और सरदार! मैं तो दिखाऊँगी आसमान तक का रास्ता। बलि जाऊँ तुम्हारे महाराज पर। क्या इनाम मिलेगा?'

'बादशाह के जो मन में आवे।'

नटों के मुखिया ने कहा, 'रास्ता तो सीधा है।'

अगुआ बोला, 'हम लोग भूल गए हैं। चलो साथ।'

उस युवती ने तुरंत एक झोंपड़ी में से अपनी ओढ़नी उठाई और जूते पहने। नटों का मुखिया भी तैयार हुआ। कुछ नट और अधेड़ अवस्थावाली एक स्त्री भी।

अगुआ ने मुखिया से पूछा, 'तुम्हारा नाम?'

'पोटा।'

'और इस लड़की का नाम?'

'पिल्ली।'

'स्त्रियों को साथ लाने की जरूरत नहीं है।'

'आय हाय! तुमको जरूरत न होगी, मैं तो चलूँगी। ये रास्ता दिखाएँगे, मैं खेल दिखाऊँगी।'

'कहाँ के रहनेवाले हो तुम लोग?'

'इसी मालवा के।'

अगुए को उन सब को साथ लेना पड़ा। एक कोस चलने पर अगुए ने मार्ग दिखा दिया। वहाँ से गुजरात की सेना की चहल-पहल कुछ सुनाई पड़ी।

मुखिया ने इनाम माँगा।

अगुआ ने नाहीं की, 'नदी का घाट तो बताओ।'

पिल्ली थिरककर बोली, 'चाहे मार डालो, जब तक मैं अपना खेल-तमाशा बादशाह को नहीं दिखाऊँगी, घाट नहीं बताया जाएगा।'

अगुआ को विवश होना पड़ा। वे सब सेना में पहुँच गए। सुल्तान महमूद बघर्रा को भूख लग आई थी। अविलंब हाथियों पर से तख्त उतारा गया और जोड़कर रख दिया गया। मसनद-तकिए लगा दिए गए। खाना आ गया।

कलेवा के अलावा बघर्रा दिन-भर एक मन गुजराती वजन का भोजन करता था, जो इस गए-गुजरे जमाने में बीस सेर के बराबर होता है। भोजन में रोटियाँ, मांस के नाना प्रकार के व्यंजन, दाल, शाक, दही इत्यादि रहते थे जिनको रसोइए हाथियों पर पकाते हुए या गरम रखकर चलते थे।

बघर्रा ने खाना शुरू किया ही था कि सेना के एक सिरे पर कुछ असाधारण शोर सुनाई पड़ा।

'क्या है यह?' बर्घरा ने पूछा—जैसे कोई पेड़ टूटकर गिरा हो। पहरेदार दौड़ गए। लौटकर बतलाया, 'रास्ता बतानेवाले नट आए हैं। उनके साथ कुछ औरतें भी हैं। खेल-तमाशे दिखा रही हैं सिपाहियों को।'

'लाओ इधर।' बघर्रा ने पाव-भर का एक ग्रास मुँह में डालते हुए मिठास के साथ कहा—जैसे पेड़ की कोई डाल टूट पड़ी हो।

नटनी और नट बघर्रा के पास आ गए। सुल्तान को नजर उठाकर देखना अशिष्टता समझी जाती थी—उसके लिए कड़ा दंड भी था। नट चुपचाप खड़े हो गए।

नटनियों ने, विशेषकर पिल्ली ने, देह की आसाधारण लोचों-लचकों से असंभव-सी कुलाँचें खानी आरंभ कर दीं। पिल्ली ने तख्त की मसनद पर एक बड़ा सजीव ढेर भर देखा और भोजन के छोटे-बड़े समूह। वह नीची निगाहों से अपना खेल दिखाती रही। बघर्रा को शरीर की ऐसी मोड़ें-मरोड़ें देखकर आश्चर्य हुआ। कुछ क्षण के लिए भोजन के ढेरों को कम करने से हाथ रुक गया।

'बहुत खूब!' बघर्रा के मुँह से निकला—जैसे किसी पहाड़ पर से चट्टान टूटकर लुढ़की हो।

नट काँप गए। पिल्ली की सिट्टी भूल गई। वह अदब के साथ खड़ी होकर नीचे से ही सुल्तान को भाँपने लगी। उस शरीर, दाढ़ी और मूँछ को देखकर उसके रोंगटे खड़े हो गए। सुल्तान ने पाव-पाव-भर के ग्रासों से भोजन करना जारी कर दिया।

एक ग्रास को चबाते-चबाते बघर्रा बोला, 'कहाँ रहती हो?'

पिल्ली के कानों को प्रतीत हुआ जैसे किसी बड़े भरे हौज में भैंसा कूदा हो।

बारीक स्वर में बोली, 'सरकार, माँडू के पास एक जंगल के रहने वाले हैं हम लोग।'

'कहाँ जा रहे हो तुम लोग?' जैसे कोई चट्टान फटी हो।

'सरकार, मेवाड़ की तरफ।'

'क्यों?' जैसे लोहे के दो गोले आपस में टकरा गए हों।

'वहाँ के राणाजी और सरदारों को अपने खेल दिखाने के लिए।'

'यहाँ से कब चल दोगे तुम लोग?'

'दो-तीन दिन में। बादल साफ हुआ नहीं कि चल पड़े।'

'कौन लोग हो?'

'हिंदू और मुसलमान दोनों।'

'यह कैसे?'

'सरकार, हम खुदा और भगवान् दोनों को मानते हैं और सब जानवरों का मांस खाते हैं।'

'तौबा! तौबा!! मेवाड़ का राणाजी कहाँ है?'

'चित्तौड़ में होंगे महाराज।'

'चित्तौड़ में नहीं है। मुझसे जूझ-मरने को आ रहा है। यहाँ से चालीस-पचास कोस की दूरी पर है। माँडू के सुल्तान को खतम करके आता हूँ उस पर भी। कह देना कि चंपानेर का जो हाल किया, वही उसका भी करूँगा।'

'जो हुकुम सरकार।'

'कसम खाओ।'

'खुदा की कसम।'

'भगवान् की भी खाओ।'

'कसम भगवान् और खुदा की।'

नट हाथ बाँधकर इनाम के लिए झुक गए।

'रास्ता और घाट दिखाओ, इनाम मिलेगा।' बघर्रा ने कहा मानो मोटी भीगी दरी को किसी ने फाड़ा हो।

वे लोग चले गए। खाना खाने के बाद सुल्तान बघर्रा सेना सहित चल पड़ा। नटों के बताए हुए घाट से साँझ होते-होते वह नदी के पार हो गया और रात के लिए जंगल को अपना शिविर बना लिया।

सवेरा होते ही नटों ने अपना डेरा उखाड़ा और तेजी के साथ कतराते हुए मार्गों से माँडू की दिशा में चल दिए।

बघर्रा के जासूसों ने दूसरे दिन समाचार दिया कि बिलोचियों ने गुजरात के उत्तर में एक लाख की संख्या में सिंध से घुसकर लूटमार-उपद्रव मचा दिया है। उसने तुरंत लौट पड़ने का निश्चय किया। माँडू के सुल्तान और दो देहाती छोकरियों के पीछे न पड़कर बिलोचियों को पहले कुचल डालना जरूरी है, माँडू को फिर देखा जाएगा। उसने सोचा।

महमूद बघर्रा बीच से ही लौट पड़ा और अहमदाबाद न जाकर गुजरात के उत्तर की ओर चल दिया। बिलोचियों को बेतरह खदेड़ा। सिंध प्रदेश के उत्तर में सिंध नदी के किनारे बिलोची कुछ जमकर लड़े परंतु हरा दिए गए और बड़ी संख्या में मारे गए। वहाँ बघर्रा को विदित हुआ कि जूनागढ़ के दक्षिणवर्ती ड्यू टापू पर पुर्तगालियों ने लड़ाई के जहाजों को बड़ी संख्या में जमा किया है और एक बड़ी सेना उतारकर गुजरात में घुसनेवाले हैं। माँडू के आक्रमण को अनिश्चित काल के लिए स्थगित कर वह पुर्तगालियों का सामना करने के लिए सिंध से सीधा गुजरात चला आया।

पोटा के वर्ग के नट माँडू के जंगलों में आ छिपे। वर्षा के अंत तक वहीं बने रहे। उस डरावने सुल्तान और प्रचंड 'राणाजी' के झंझट में वे नहीं पड़ना चाहते थे। शंका करते थे सुल्तान अब आया और तब आया। परंतु न सुल्तान आया और न राणाजी आए।

गयासुद्दीन को राणा रायमल के वापस चले जाने का समाचार अविलंब मिल गया था। वह चाहता था कि मेवाड़ के राजपूत पहले जूझ जाएँ, फिर बघर्रा से टक्कर लूँ। ऐसा न हुआ। उसने अपने मन को बहकाया, राणा असल में लड़ना नहीं चाहते थे। सोचते होंगे, मैं और सुल्तान महमूद कट मरें, फिर मौके का फायदा उठाएँ, मैं भी समझ लूँगा।

परिस्थिति को निरापद देखकर ख्वाजा मटरू ने पोटा के दल का पता लगा दिया।

उसको बुलाकर कहा, 'सुना है तुम बहुत होशियार हो।'

'क्या काम है हुजूर?' उसने विनय की।

मटरू ने राई ग्राम की उन दोनों लड़कियों का परिचय दिया। क्या करना है यह भी बतलाया।

बोला, 'अगर तुम उन दोनों को किसी भी तरकीब से माँडू या हमारे इलाके में लिवा लाओ तो मुँहमाँगा इनाम पाओगे। तुमको खर्चे और अटक-भीर के लिए कुछ टके दे दिए जाएँगे। काम कर लाओगे तो सोना-चाँदी से पूर दिए जाओगे। रहने के लिए माँडू में एक आलीशान मकान दे दिया जाएगा। तुम्हारे सारे साथियों को भी बहुत इनाम मिलेगा।'

उसने कहा, 'हम लोगों को मकान नहीं चाहिए। हमको एक ही ठौर जमकर रहने की हमारे धरम में मनाई है, हमको कसम है। हम आपके हुक्म को पालने का उपाय करेंगे। पूरा उपाय।'

'कुछ जादू-टोना जानते हो?'

'जादू-टोना नहीं जानते तो जंगलों के साँप-बिच्छू, नाहर, तेंदुए कैसे काबू में कर लेते हैं।'

'अच्छा जाओ, करो काम। तुमको आज कुछ गहने, कपड़े और काफी पेशगी रकम

मिल जाएगी।"

पोटा सामान लेकर चला गया।

: १३ :

ग्वालियर फिर से बस गया। कारीगरों और व्यवसायियों के संघ अपना काम कर उठे। गाँव के किसान-मजदूर रोते-झींकते फिर से अपने धंधे में लग गए और ग्राम पंचायतें पुनः अपने शासन नियंत्रण और संचालन के कार्य में व्यस्त हो गईं। मानो एक बड़ा अंधड़ आया था, झाड़-झाड़ियों को झकझोर गया, कुछ पेड़ों को उखाड़ गया, अनेक की डालें तोड़ गया, फिर सब ज्यों-का-त्यों।

ग्वालियर की सीमाओं के अंतपालों, सरहद्दी-गढ़पतियों को सतर्क और सजग रखने के लिए राजा मानसिंह ने उपाय कर दिए। नरवर का विशाल गढ़ ग्वालियर के तोमरों के अधीन लगभग डेढ़ सौ वर्ष से चला आता था। ग्वालियर से बहुत दूर नहीं था—लगभग पचास कोस दक्षिण-पश्चिम में। मालवा के सुल्तान से मोर्चा लेने के लिए पहला बड़ा अड्डा यही था।

मानसिंह ने नरवर को भी सावधान कर दिया।

तोमरों ने नरवर के किले को कच्छपघातों—कछवाहों से लिया था। कछवाहों को यह बात काँटे-सी गड़ती रही। भूमि की भूखवाले उस युग में यह बात भुलाई कैसे जा सकती थी? मानसिंह के समय में नरवर के कछवाहों का अंतिम वंशज राजसिंह था। जवानी के जोश में उसकी राज्य-लिप्सा और तोमरों के प्रति प्रतिहिंसा घनीभूत हो गई थी। वह ग्वालियर की सीमा के बाहर मालवा के सरहदी नगर चंदेरी में रहता था और कभी माँडू के सुल्तान, कभी दिल्ली के बादशाह को अपने अभीष्ट की प्राप्ति के प्रति उकसाया करता था। नरवर से चंदेरी लगभग बीस कोस के अंतर पर है। चंदेरी में मालवा के सुल्तान का सूबेदार रहता था। वह ग्वालियर की शक्ति को जानता था। नरवर के ऊपर आक्रमण नहीं कर सकता था। सुल्तान करे तो करे, उसका निश्चय था। राजसिंह अवसर की ताक में था।

चंदेरी के दक्षिण-पूर्व से बेतवा पहाड़ों और जंगलों को रेतती-कुरेदती पूर्व में लगभग चार कोस के अंतर से उत्तर की ओर चली गई है। नई चंदेरी के किले और नगर के कोट को मालवा के सुल्तानों ने नए सिरे से बनवाया था। पुरानी चंदेरी ऊजड़ पड़ी थी।

चंदेरी, नई चंदेरी का किला नगर के ऊपर उत्तर से पूर्व की ओर घूमकर जानेवाली एक ऊँची पहाड़ी पर था। चंदेरी का सूबेदार इसी में रहता था। नीचे बसा हुआ नगर सघन था। यहीं एक बड़े भवन में राजसिंह रहा करता था। उसके पड़ोस में एक गायक था जिसके गले की मधुरता और वीणा पर अँगुलियों की चतुराई विख्यात हो गई थी।

वह राजसिंह को अपना गायन और वीणा-वादन कभी-कभी सुनाया करता था। दोनों में मैत्री थी। गायक को इससे यदाकदा कुछ सहायता मिल जाती थी।

सूबेदार गायन-वादन का शौकीन नहीं था। फिर भी कभी-कभी थोड़ा-बहुत साथ देता था। गायक का नाम बैजनाथ था। जाति का ब्राह्मण। गायन-वादन का अभ्यास बढ़ाने में उसको दिन और रात, भूख और प्यास, अवसर और कुअवसर की परवाह नहीं रहती थी। नगर में उसे बैजू कहते थे। बैजू के घर के सामने एक चित्रकार की लड़की रहती थी। वह चित्रकारी से बढ़कर संगीत कला में निपुण थी। वर्णसंकर होने के कारण उसका युवावस्था प्राप्त हो जाने पर भी विवाह नहीं हुआ था। रूपवती थी, लाखी से कुछ मिलती-जुलती। बैजू से उसने गायन-वादन भी सीखा था परंतु चित्रकारी में उसे विशेष रुचि थी। राजसिंह के भवन पर जब बैजू गाता था तो लड़की तँबूरे का साथ देती थी और बीच-बीच में अपने कंठ से उसकी लय को साधती थी। पिता ने मरते-मरते तक विवाह की चर्चा की, कोई भी विवाह करने को तैयार नहीं हुआ। उसने भी विवाह न करने की प्रतिज्ञा कर ली। उसका नाम कला था।

शरद् ऋतु लग गई। शुक्ल पक्ष की चाँदनी पेड़ों के लहलहाते पत्तों और दूबा पर बैठी हुई ओस की बूँदों के साथ खेलने लगी। शरद् पूर्णिमा की रात में बैजू का गायन राजसिंह के यहाँ हुआ। कला तँबूरे की झंकार और बीच-बीच में अपने स्वर से उनका साथ दे रही थी। कला की आँखें आई हुई थीं, हल्दी का भीगा कपड़ा आँखों पर डाले थी, रस में इतनी डूबी हुई थी कि आई आँखों की उसको चिंता न थी।

राजसिंह की छोटी-सी सभा में उसके कई मित्र बैठे थे। उनमें से एक चारण था। चारण कुछ कहने के लिए उतावला था। गायन के बीच-बीच में उसी के मुँह से सबसे ज्यादा वाह! वाह!! निकल रही थी। गायक बैजू उस वाह-वाह पर कृतज्ञता-ज्ञापन के लिए मुसकरा-भर देता था। चारण की वाह-वाह के प्रति कृतज्ञता प्रकट न करना अनिष्ट तो होता ही शायद कभी हानिकारक भी हो सकता था।

गायन की समाप्ति पर राजसिंह ने यथा-सामर्थ्य गायक को कुछ भेंट किया।

चारण बोला, 'आप जैसे गायक हो बैजनाथजी, वैसा दान राजसिंहजी उस दिन देंगे जब इनकी पुरानी बापौती लौट आवेगी।'

राजसिंह ने उठी हुई साँस को रोका।

बैजू ने कहा, 'जो मिल जाए वही बहुत है। अपनी आत्मा के भीतर से जो कुछ पाता हूँ वह सबसे बढ़कर है।'

चारण ने अपने भाव की धार तेज की, 'जब नरवर के किले में इनका झंडा फहरावेगा, तब मैं इनको कहूँगा, तभी आपको मेरे राजा सोने और मोतियों से आदर देंगे। तभी मेरी छाती जुड़ाएगी, मेरी आत्मा भी।'

'और तभी मैं सबके सामने अमल करूँगा और मद का प्याला बाँटकर पीऊँगा।' राजसिंह के मुँह से निकला।

कला ने आँखों की पट्टी को जरा-सा हटाकर राजसिंह की ओर देखा।

चारण बोला, 'हमारे पुरखों ने राजसिंह जी के पुरखों के साथ नरवर को छोड़ा था, जब तोमरों ने नरवर का हरण किया। हमको आन है कि तब तक नरवर में पैर नहीं रखेंगे जब तक कछवाहों का राज्य नरवर में फिर से नहीं हो जाए।'

बैजू राजनीति को नहीं जानता था। उसे लगा, राजसिंह किसी दिन अपने कुछ साथियों और चंदेरी के सूबेदार के संग नरवर पर धावा कर बैठेगा, जिसका परिणाम बुरा अधिक, अच्छा कम होगा।

'हमारे लिए तो बिना राज्य के भी आप राजा हैं। नरवर बहुत बड़ा किला सुना है। बहुत रक्तपात होगा।' बैजू ने कहा।

राजसिंह नशा किए था। 'मर जाऊँगा किसी दिन। अपनी भूमि को फिर से पाए बिना मर जाना ही अच्छा।'

कला ने फिर आँख की पट्टी को उठाया। उसने राजसिंह को ऐसी बात कहते पहले कभी नहीं सुना था।

चारण ने चर्चा को तेज किया, 'मर क्यों जाओगे कुमार! मारोगे और नरवर को फिर पाओगे। चंदेरी के सूबेदार, मालवा के सुल्तान आपको यों ही नहीं मर जाने देंगे, यों ही मरते हैं सियार; राजपूत ऐसे नहीं मरा करते।'

राजसिंह ने सिर हिलाकर बताया कि उसका प्रयोजन, मारकर मरने से था—यों ही मर जाने का अभिप्राय न था।

चारण ने एक उत्तेजक कवित्त सुनाया जिसका तात्पर्य था—सिंह और राजपूत कहीं भी जाकर अपने बाहुबल से राज्य को बना लेते हैं। बैजू के गायन का जो प्रभाव हुआ था उस पर अपने प्रभाव को चढ़ा देने का उस कवित्त-पाठ का उद्देश्य अधिक था, राजसिंह को भड़काने का कम।

बैजू को न तो कवित्त का साहित्य अच्छा लगा न उसके पाठ की कर्कश ध्वनि।

कला तमूरे को आवरे में रखती हुई कुछ सोचने लगी। राजसिंह ने बैजू को प्रसन्न करने के लिए कहा, 'बैजनाथजी, वह शुभ घड़ी भी किसी दिन भगवान् लाएँगे। देर-सवेर जब आएगी, आएगी अवश्य। परंतु उस घड़ी के आने के पहले आपकी अनेक बैठकें होंगी और आपका सम्मान किया जाएगा! दीवाली आ रही है और उसके उपरांत फिर देवठान एकादशी, फिर कार्तिक पूर्णिमा, फिर ब्याह पंचमी....'

बैजू ने राजसिंह की सूची को आगे बढ़ने से रोक दिया, 'इन त्योहारों पर मैं चंदेरी में नहीं रहूँगा। सुना है ग्वालियर का राजा संगीत का बड़ा प्रेमी है और जानकार भी।

देश-देशांतर के गवैये वहाँ इकट्ठे होनेवाले हैं। मैं उस उत्सव को देखना चाहता हूँ।'

राजसिंह ने सिर नीचा कर लिया।

चारण ने दबे स्वर में कहा, 'ग्वालियर का राजा! वही तो हम लोगों का पुराना बैरी है।'

'बैरी तो नरवर है।' बैजू ने भोलापन प्रकट किया।

'उसी के राज्य में तो नरवर है।' चारण ने बताया।

राजसिंह का एक मित्र बोला, 'सुल्तान ग्वालियर पर चढ़ाई करनेवाला है। मांडू में तैयारी हो रही है। पूस-माघ तक कूच हो जाएगा।'

राजसिंह के मन में यकायक एक विचार उठा। एक क्षण अपने मित्र की ओर देखकर उसने कहा, 'इनको जाना चाहिए। एक लाभ होगा। तुम भी जाओगी कला?'

कला ने सिर नीचे किए हुए उत्तर दिया, 'जाना तो चाहती हूँ। गुरुजनों की आज्ञा मिल गई तो चली जाऊँगी।'

बैजू की समझ में साफ-साफ नहीं आ रहा था। उसने वैसे ही हामी का सिर हिला दिया।

राजसिंह के कंठ में यकायक मिठास आ गई। 'जाना अच्छा रहेगा, बहुत ठीक रहेगा! बहुत कुछ काम बन सकता है।' उसने संकेत-भरे शब्द में कहा।

बैजू बोला, 'आपकी कृपा से सब ठीक रहेगा। देखूँगा कौन-कौन गवैये सामने आते हैं ग्वालियर में।'

चारण और राजसिंह ने एक-दूसरे की तरफ देखा। उसके मित्र ने भी किसी आकस्मिक रहस्य को जानने का कुतूहल व्यक्त किया। कला ने भी आँख की पट्टी उघाड़कर जहाँ की तहाँ कर ली।

राजसिंह ने कला से अकेले में कुछ कहा। फिर तितर-बितर हो गए।

: १४ :

ग्वालियर के किले के दक्षिणी मैदान में पुनर्वास के लिए लौटे हुए लोगों के अब कोई झोंपड़े नहीं रहे थे। वे अब किले के नीचे नगर में जा बसे थे। उस मैदान के पूर्वी छोर की दीवार के नीचे छोटे-बड़े, ऊँचे-नीचे बाँसों पर विविध रंगों के घड़े, घास-फूँस और मिट्टी के पक्षी तथा डोरियों पर लटकते, चक्कर खाते हुए छोटे-छोटे गोले घूम रहे थे। सामंतों और सैनिकों के साथ मानसिंह तीरंदाजी का अभ्यास कर रहा था। एक घड़ी दिन चढ़े ही अभ्यास करनेवाले इकट्ठे होकर समूहों में बँट गए थे। मानसिंह के साथ विजयजंगम भी था।

जिन्होंने अभ्यास का आरंभ ही किया था वे बड़े-बड़े लक्ष्यों को साध रहे थे। जिनको

पारंगत समझा जाता था वे छोटे के सामने थे। इन सबके पीछे मोटे कपड़े के रेत-भरे बोरों की दीवार उठा दी गई थी जिससे तीरों की नोकें कोट की दीवार से टकराकर झड़ न जाएँ।

मानसिंह और विजय के सामने डोरी से लटकता हुआ एक छोटा-सा घड़ा था। इसको उतारा गया और उसमें पानी भर दिया गया। काठ की एक छोटी-सी बतख उसमें डाल दी गई।

मानसिंह ने विजय से कहा, 'टाँग देने के बाद इस घड़े को हिला दिया जाएगा। चक्कर खाते हुए घड़े के भीतर से बतख को तीर छेदकर निकाला जाए तब बात है।'

'कितने तीरों में एक लग जाए तो सफल वेध समझा जाएगा?' विजय ने पूछा।

'पाँच!' मानसिंह ने उत्तर दिया।

'पहले राजा', विजय ने स्वीकार करते हुए कहा।

'पहले आचार्य', राजा ने मुसकराकर प्रतिवाद किया। 'आचार्य, यदि इस लक्ष्य को वेध कर लो तो अरने भैंसे और हाथी के मस्तक को फोड़ दोगे।'

'महाराज, हम लोग लड़ाई के सिवाय और कहीं किसी का मस्तक नहीं फोड़ते। जीव हिंसा को पाप समझते हैं।'

'इस लक्ष्य को वेध करते हुए सोचोगे न कि शत्रु के मस्तक को छेद रहे हैं?'

'सामने तो घड़ा है, शत्रु नहीं है।'

'तब, अवसर आने पर शत्रु का शिरोच्छेद करने में हाथ नहीं काँप जाएगा?'

'कभी नहीं काँपा। पिछली लड़ाई में किया था मैंने भी कुछ।'

'तो उस शत्रु के सिरों को क्या मिट्टी का ढेर समझकर तीर चलाए थे?'

'नहीं तो। जब जैसा समय आता है तब तैसा सोच लेते हैं।'

'जब यह घड़ा हिलेगा तो क्या उसकी उतनी तीव्र गति हो जाएगी जितनी घुड़सवार की होती है।'

'तो क्या दौड़ते हुए घोड़ों पर तीर चला उठें?'

'घोड़ों पर नहीं, अन्न के खेतों का नाश करनेवाले अरनों, सुअरों और पक्षियों पर चलाओ।'

'आप कहेंगे मोर, नीलकंठ और हंस सरीखे पक्षियों पर भी चलाओ।'

'नहीं तो। और अनेक चिड़ियाँ हैं।'

'हमारे सिद्धांत के विरुद्ध है।'

'आप कैसे शैव हैं! कुमार देवताओं की सेना के सेनापति और आपके आराध्यों में—'

'आज आपको क्या हो गया है? क्यों इतना हठ कर रहे हैं ! अभी कुछ ठंड है फिर धूप तीव्र हो जाएगी, करिए न आरंभ!'

'बात यह है कि मैं एक-दो दिन के लिए शिकार खेलने जाना चाहता हूँ। इच्छा है कि आपको भी साथ ले जाऊँ। नाहर, तेंदुए इत्यादि भी मिलेंगे। इनको तो आप मारेंगे?'

'इनको भी नहीं मारूँगा, शिकार में साथ नहीं जाऊँगा।'

अपने हठ को छिपाने के लिए विजय हँस पड़ा, 'आप असल में मेरे चित्त को विचलित करके लक्ष्यवेध में चुकाना चाहते हैं, इसलिए इस अनुपयुक्त प्रसंग पर ही शास्त्रार्थ कर उठे।'

राजा ने भी हँस दिया। कहा, 'अच्छा जाने दीजिए। पहले मैं शरसंधान करता हूँ। लग गया तो आपको इसी प्रकार का दूसरा घड़ा मिल जाएगा, चूक गया तो आप चलाएँ। इसी प्रकार पाँच तीरों से अभ्यास चलेगा।'

घड़े को वेग के साथ हिला दिया गया। राजा ने दृढ़ता के साथ साँस साधकर निशाना लिया। तीर चूककर रेत की बोरी में जा छिपा। विजय ने भी बहुत साधकर तीर छोड़ा। वह भी असफल रहा। मानसिंह के एक तीर से घड़ा तो फूट गया परंतु काठ की बतख को तीर नहीं छू सका। विजय ने दो बार घड़े को फोड़ा परंतु बतख का वेध वह भी न कर सका।

दूसरे समूहों का अभ्यास चल रहा था। बड़े लक्ष्यों को सहज ही वेध लिया जाता था परंतु छोटों का वेधना बहुत दुष्कर हो रहा था। किसी ने वेध लिया तो वह अपनी सफलता के उल्लास में मग्न हो-हो जाता था।

मानसिंह और विजय ने दूसरे निशानों पर अभ्यास किया, कहीं सफलता मिली; कहीं नहीं मिली। अभ्यास में एक पहर गया। सब लोग अपने-अपने धनुष-बाणों को सँभालकर ले गए। मानसिंह और विजय साथ-साथ राजभवन में आ गए।

मानसिंह ने कहा, 'तुर्क लोग तीरंदाजी में बहुत बढ़े-चढ़े हैं। जब तक हम लोग उनकी अपेक्षा अच्छे तीरंदाज नहीं हो जाते तब तक उनका सामना सफलता के साथ नहीं हो सकता। हम लोगों में साहस, शौर्य इत्यादि सब कुछ है परंतु इसकी कमी है।'

विजय बोला, 'और कई कमियाँ हैं। जिनमें से एक बड़ी कमी अच्छे घोड़ों की है। तुर्कों के पास अच्छे घोड़े हैं। महाराज को स्मरण होगा कि मैंने तैलंगाने के दक्षिणवर्ती विजयनगर राज्य का कुछ वृत्तांत सुनाया था। बहमनी सुल्तानों से लड़ने में विजयनगर की अपार सेना इन दो त्रुटियों के कारण ही रह-रह जाती है।'

मानसिंह ने निश्चय के स्वर में कहा, 'मैं इन दोनों त्रुटियों को दूर करना चाहता हूँ। अभ्यास, अभ्यास, घोर अभ्यास से हम लोग तीरंदाजी में तुर्कों से आगे निकल जाएँगे। घोड़ों की समस्या अवश्य दुरूह पड़ती है, सो मेवाड़ के मार्ग से प्राप्त हो सकते हैं। मेवाड़ के राणा को मैं अपना बड़ा मानता हूँ, इस काम में वे सहायता करेंगे।'

'सोना-चाँदी बहुत चाहना पड़ेगा। कहाँ से आएगा इतना?' विजय ने संदेह प्रकट किया।

'सोने-चाँदी की कमी नहीं रह सकती! शासन का प्रबंध अच्छा रखा जा रहा है। प्रजा अन्न उपजावेगी। सेठ और व्यापारी उद्योग-धंधों को बढ़ाएँगे, फिर कमी नहीं रह सकती।'

'आपको भवन बनवाने हैं; मंदिर भी।'

'सोचा था, परंतु अभी नहीं। ध्यान में ही नहीं आया है कि भवन किस प्रकार का बनेगा और कैसा। दक्षिण का नमूना तैल मंदिर है परंतु किसी और ढंग का बने तो अच्छा रहेगा। सबसे पहले शस्त्र और सेना, फिर कहीं भवन और मंदिर।'

'और शिकार? इन सबसे पहले।'

'मैंने वैसे ही कहा।'

'परिश्रम कर लेने पर कुछ अवकाश भी तो चाहिए।'

'जीवन में काम ही सब कुछ है। एक काम से मन उचटे तो दूसरा करने लगे। मैं तो अवकाश इसी को कहता हूँ।'

'आपकी इस बात को मैं बहुत पहले गाँठ में बाँध चुका हूँ। इसलिए परिश्रम से आह्लाद पाता हूँ। प्रण किया है, जब भवन और मंदिर बनवाऊँगा तब मजदूरों के साथ नित्य एक घंटे मैं भी पत्थरों पर श्रम करूँगा।'

'शिकार खेलने कब जाएँगे, महाराज?'

'ह! ह!! ह!!! फिर व्यंग्य!!! नहीं जाऊँगा। उस गाँव का वह ब्राह्मण दो बार आकर बुला गया है। हुलास में आकर उससे कह देता हूँ कि शीघ्र आऊँगा। परंतु वह हुलास क्षणिक-सा रहा, मैं भूल गया।'

'आज फिर स्मरण हो आया।'

'मेरे साथ न्याय करो आचार्य। मैं केवल मनबहलाव के लिए नहीं जाना चाहता हूँ जंगलों में। तीव्र गति के साथ दौड़ते हुए भयंकर पशुओं को एक तीर से मार गिराने की क्रिया में निपुण होना चाहता हूँ। बन सका तो वहाँ के टूटे हुए मंदिर के उद्धार में भी कुछ सहायता कर दूँगा।'

'गाँव के उस शास्त्री ने कुछ और भी कहा था?'

'स्मरण नहीं आता!'

'कुछ बहेलियों की बात कही थी।'

'कही होगी, याद नहीं रही।'

विजय को राजा ने भोजन कराया। फिर स्वयं किया। भोजन के उपरांत विजय मानसिंह को वीणा-वादन सुनाया करता था। वह इसका अच्छा जानकार था। वीणा-वादन पर मानसिंह मुग्ध हो गया। जब रुका, विजय से उमंग में भरकर कहा, 'पहले के लोगों ने बड़े-बड़े मंदिर और विशाल मूर्तियाँ बनवाई हैं। मैं चाहता हूँ, संगीत

को पत्थरों में खुदवा दूँ।'

'पत्थरों में संगीत?' विजय ने वीणा को एक ओर रखकर आश्चर्य प्रकट किया।

'क्या कुछ असंभव है? अजमेर के चौहान राजा विग्रहराज ने विग्रहराज नाटक और हरकेली नाटक को खुदवा दिया था न शिलाओं पर?'

'परंतु संगीत? यह तो हृदय और गले की चीज है।'

'क्या अकेले मैंने ही ठेका लिया है सब निर्धार करने का। एक सुझाव दे दिया। कुछ आप भी सोचो।'

'यह भी किसी क्षणिक उल्लास की ही उपज है महाराज, या कुछ और?'

'आप जितने सरस संगीतकार हो, आचार्य, उतने सरस वार्ताकार नहीं हो।'

'महाराज, मेरे गुरुओं ने खरी बात कहने और निस्पृह रहने की शिक्षा दी है।'

'अच्छा, मैं वचन देता हूँ कि उल्लास क्षणिक नहीं रहेगा। मैं संगीत को पत्थरों में मूर्त करने की बात सोचा करूँगा।'

'राग-रागिनियों की मूर्तियाँ और उनकी आरोही-अवरोही अलंकार, तानें उभारकर, खोदकर पत्थरों को सजीव किया जाएगा क्या?'

'अभी कुछ नहीं कह सकता। कहा न कि आप भी सोचते रहो। लालसा है कि उसको देखकर अनजान भी किसी गीत को गा उठे। वीणा पर किसी और राग को मूर्त करिए।'

'अच्छा कुछ क्षण। फिर थोड़ा-सा विश्राम करिए, काम को देखिए।'

विजय ने कुछ क्षण वीणा बजाई। मानसिंह ने एक घड़ी विश्राम किया और काम के लिए भवन के बाहर निकल आया।

: १५ :

राई गाँव के निवासियों ने धान की फसल काट ली। ज्वार अभी खड़ी थी।

झटपट खलिहान में बालों को सुखाया और कूटकर चावल गहा लिए। पुआल को जाड़े के लिए सुरक्षित रख लिया। राज्य का शहना आया; छठवाँ अंश ले गया। पुजारी ने अपना अंश ले लिया। किसानों ने सोचा, बाहर के लुटेरों से बच गए यही बहुत है। इनको देना तो भाग्य में ही लिखाकर चले हैं। लुटेरे कहीं से न आ टूटें तो ज्वार में से दे-दिवाने के बाद भी खाने के लिए कुछ दिनों को हो जाएगा। चावलों से आशा कम थी, क्योंकि स्त्रियों के लिए कुछ कपड़े चाहिए थे और काँसे-पीतल के कुछ गहने। यदि एकाध छल्ला चाँदी का भी हाथ पड़ जाए तो क्या बात है!

पुरुष बचे हुए चावलों को खेती के औजारों और तीरों में पलटवाना चाहते थे परंतु उनकी बहुत ही कम चल सकी। नंगे पैरों, नंगे हाथों स्त्रियाँ कब तक और कैसे रह सकती हैं? तीज-त्योहारों पर भी बिना कड़ों और चूड़ों के पैर और हाथ आँखों में आँसू

ला देते हैं। यह बात पुरुषों के मन में छिदी हुई थी। कहा, 'उनारी की फसल पर गहने और कपड़े-लत्ते ले लिए जाएँगे।' स्त्रियों ने हाय की साँस भरकर हामी भर दी, मुँह लटका लिए। पुरुषों को चावल का अधिकांश भाग हटाकर काँसे-पीतल के कड़े-चूड़े लेने पड़े। जाड़ों के लिए थोड़े से कपड़े और कुछ कंजूसी करके थोड़े-से तीर।

गाँव में अटल का घर कुछ हरा-भरा समझा जाता था, क्योंकि तीनों स्वस्थ थे, परिश्रम करते थे और शिकार खेलते थे। हरे-भरे घर में भी कड़े-चूड़े एक भी नहीं! वस्त्र ही कम। परंतु यहाँ वस्त्रों और गहनों के मुकाबले में तीरों को हारना नहीं पड़ा। कोई ऐसे जानवर हाथ नहीं लगे थे जिनकी खालों से वस्त्रों और हथियारों को ले लिया जाता। खाने के लिए थोड़े से चावल रख लिए गए। ज्वार की फसल आनेवाली थी, फिर उन्हारी। इसलिए बाकी चावलों को हथियारों और वस्त्रों की खरीद के लिए उठा लिया। लाखी को चाँदी का एक छल्ला और निन्नी को गले के लिए एक छोटी पतली-सी ही सही, हँसुली की आवश्यकता प्रतीत हुई। छल्ला थोड़े में आ सकता था। तीर बहुत आवश्यक थे। यह लाखी की माँग थी। 'मुझको तीर नहीं चाहिए। एक हँसुली बिना गला बिलकुल सूना रहता है, इसलिए मेरे लिए हँसुली आनी ही चाहिए।' यह तकाजा निन्नी का था।

जितने तीर निन्नी के पास थे उसको पर्याप्त नहीं जान पड़ते थे। वह लाखी को अपने कुछ तीर दिए रहती थी परंतु लाखी उनको अपना नहीं कह सकती थी। अटल उन तीरों को लाखी को नहीं दिलवा सकता था। कुछ वस्त्र दोनों को चाहिए थे। उतने चावलों से इतना सब हो जाना दुष्कर मालूम होता था।

अटल ने फुसलाने का प्रयत्न किया।

'अब की बार एक बरछी लाता हूँ। दोनों उससे अभ्यास करना। पास से मार सकती हो और दूर से फेंककर भी।'

'अच्छा तो मैं गले के लिए हँसुली नहीं लूँगी। मेरे लिए बरछी ला दो।' निन्नी ने कहा।

लाखी बोली, 'एक बरछी मेरे लिए भी। मुझको चाँदी का छल्ला नहीं चाहिए। उन्हारी की फसल पर छल्ला ले लूँगी। अभी बरछी और तीर।'

'चावलों को कौन खाएगा जो रख लिए हैं? उनसे हम दोनों को दो-दो एक-एक छल्ले भी मिल जाएँगे।' निन्नी ने सुझाया।

'फिर खाने के लिए क्या बचेगा?' अटल ने मृदुलता के साथ पूछा।

'ज्वार में भुट्टे आ गए हैं। पकने तक उनसे काम चलाएँगे', निन्नी ने बताया।

लाखी ने उत्तर दिया, 'जाड़ा पड़ने लगा है, जंगल की घास सूख गई है, कुछ जानवर ढूँढ़ने से मिल ही जाएँगे। उनसे काम चलेगा। नदी में मछलियाँ आ गई हैं। उनको भी देखो।'

अटल ने समझ लिया कि उसकी नहीं चल सकेगी। बरछी की बात सुलगाकर पछताया। फिर भी उसने आशा नहीं छोड़ी।

कहा, 'अच्छा तो तीर, कपड़े, छल्ला और हँसुली रहीं। बरछी उन्हारी फसल पर। थोड़े से चावल रखे रहने दो।'

'नहीं। बरछी अवश्य आवे।' निन्नी बोली।

'बरछी तो आनी ही चाहिए।' लाखी ने हठ किया।

अटल को मानना पड़ा। भोजन की प्राप्ति भाग्य के भरोसे।

चावल लेकर वह ग्वालियर चला गया। पुजारी भी उसके साथ गया।

वे दोनों तीर-कमान लेकर जंगल में आ पहुँचीं। जहाँ लाखी को घायल अरना पड़ा मिल गया था वहाँ उन्होंने देखा—गधों, बकरे, बकरियों, बंदरों के साथ कुछ लोग आ ठहरे हैं। वे थोड़ी झिझकीं।

निन्नी ने कहा, 'न जाने कौन हैं ये लोग।'

लाखी ने अनुमान किया, 'लुटेरे नहीं हो सकते। कोई भूले-भटके से जान पड़ते हैं। पास से चलकर देखें। क्या है, अपने पास भी तीर, कमठे और छुरे हैं।'

निन्नी उत्तेजित होकर बोली, 'डर किस बात का? अपने पास है क्या जिसे यह छीन ले जाएँगे? चलो देखें।'

वे उनके निकट पहुँच गईं।

यह समूह पोटा और पिल्ली का था। हाल ही में आया था। सब के सब झोंपड़े बनाने की युक्ति कर रहे थे। इन दोनों को अपने पास आया देखकर वे सब ध्यान के साथ देखने लगे। पोटा आगे बढ़ा। पिल्ली उसके पीछे। निन्नी के विलक्षण सौंदर्य को देखकर पोटा किसी के बताए हुए परिचय को मन में तौलने लगा। उन दोनों को तीर-कमानों से सजा हुआ देखकर, उसकी आशा को कोई ठेस नहीं लगी।

पिल्ली बोली, 'क्या तुम दोनों इसी गाँव की हो?'

उन्होंने हामी में सिर हिलाया।

'गाँव पास ही है क्या?' पोटा ने पूछा।

लाखी ने दूरी बताई।

पिल्ली आगे बढ़ आई। वह सुंदर चोली पहने थी और बढ़िया पैजामा—ख्वाजा मटरू के टकों की देन। परंतु ओढ़नी नहीं थी उसके शरीर पर।

उँगलियाँ नचाकर और नाक की नथ को हिलाकर उसने कहा, 'आओ न, इधर आओ। बंदरों का तमाशा दिखाएँगे, नटों के नाटक रस्से पर ढोलकी बजाते हुए नाच। कुछ इनाम दोगी? क्या दोगी?'

निन्नी ने शांत निस्संकोच भाव से कहा, 'हमारे पास देने के लिए कुछ नहीं। हमारा

गाँव बहुत गरीब है।'

एक अधेड़ नटिनी आ गई।

बोली, 'अरी ये तो हम सरीखी गरीबनी हैं, इनसे क्या इनाम लेना। इनको वैसे ही अपने सब खेल-तमाशे दिखाएँगे। आओ बेटी, इधर आओ, हमारे पास अच्छे बड़े पके सीताफल हैं। बड़े मीठे हैं।'

निन्नी और लाखी ने एक दूसरे के प्रति देखा।

पिल्ली तुरंत कुलाँचें खाने लगी। वे दोनों रुचि और अचंभे के साथ उसके शरीर की लोचों-लचकों को निरखने लगीं।

हाँफ को साधकर पिल्ली इन दोनों के पास आ खड़ी हुई।

उसने बड़े निहोर के साथ कहा, 'आओ, इधर आओ, बहिन, हम बंदरों के खेल दिखाएँगे।'

पोटा बोला, 'आकाश में रस्से पर नाचते हुए कभी देखा है तुमने किसी को!'

लाखी पिल्ली के शरीर की बनावट को परख रही थी। निन्नी ने कहा, 'कभी नहीं देखा।'

'कभी सुना?'

'न कभी सुना।'

'तो लो आओ। अभी दिखाता हूँ। हम हारे-थके तो हैं, पर तुमको यह खेल जादू-टोने दिखाना हमको बहुत अच्छा लगेगा।'

'खेल देखो और सीताफल खाओ, आओ बेटी इधर।' अधेड़ नटिनी ने आग्रह किया। पिल्ली को मालूम हो गया कि दोनों उसकी कुलाँचों के आश्चर्य से भर गई हैं परंतु तीर, कमठों और बगल के छुरों को देखकर उसके मन में कुछ ग्लानि हुई।

उसने पूछा, 'ये तीर-कमठे काहे के लिए बाँधे हैं?'

लाखी ने उत्तर दिया, 'शिकार खेलने जा रही थीं हम दोनों, इधर तुम लोगों को देखकर चली आईं।'

शिकार खेलती हो इस घने-भयावने जंगल में! कौन-सी चिड़िया मारती हो तीरों से! चिड़ियों को तो हम गुलेल से ही मार गिराते हैं।' पिल्ली ने कहा।

निन्नी मुसकराती हुई बोली, 'चिड़ियों को हम लोग उँगलियों के कंकड़ों से मार लेते हैं। हमारी लाखी ने एक ही तीर से अरने भैंसे को छेद डाला था।'

'इनका नाम लाखी है। और तुम्हारा बेटी?' पोटा ने प्रश्न किया।

लाखी ने बताया, 'इन्होंने बड़ी-बड़ी खीसोंवाले बनैले सुअर एक-एक तीर से ही लिटा दिए हैं। इनको निन्नी कहते हैं, पर असली नाम मृगनयनी है।'

पोटा ने सोचा—जैसा सुना था वैसा ही है। दूसरी भी उन्नीस-बीस ही बैठेगी।

नटों का समूह अपने निवास के लिए लकड़ियों का घेरा बना रहा था। अभी अधूरा था। वे दोनों अधूरे घेरे के भीतर हो गईं।

अधेड़ नटिनी एक टोकनी में से दो बड़े-बड़े पके सीताफल सी आई। निन्नी ने लेने से नाहीं कर दी।

बोली, 'हम कुछ शिकार मारकर ले आएँ और तुमको दें, तब हम भी तुमसे कुछ ले सकती हैं। यों तो सेंतमेंत किसी का कुछ लेना हमारे कुल की रीति नहीं है।'

अधेड़ नटिनी ने आग्रह किया, 'अरी तुम दोनों महलों में रहने लायक हो! बड़े-बड़े पलंग पर आराम करने योग!! लौंड़ियाँ-बाँदियाँ तुम्हारी हाजिरी में खड़ी रहें!!! हुकुम करो और हम उस को पालें। सीताफल तुम्हारे ऊपर न्योछावर हैं। देखो तो, ऐसी हैं जैसे गुलाब और कमल के फूलों से बनी हो इनकी देह। किसी राजा के साथ होगा तुम्हारा ब्याह, तब कभी-कभी हमारी और सीताफलों की याद करना भूलना नहीं। शिकार मारकर दोगी तब हम लोग ले लेंगे, पर इस समय हमारी यह भेंट कबूल कर लो, रानी।'

निन्नी को यह भाषा बुरी लगी, लाखी को अच्छी।

लाखी ने कहा, 'ले लो। निन्नी, ले लो। अभी दिन-भर पड़ा है। कोई न कोई शिकार जंगल में मिलेगा सो इनको ब्याज समेत चुका देंगी।'

नटों के आग्रह के पीछे किसी विशेष अभिप्राय को न देखकर निन्नी ने एक सीताफल ले लिया। दूसरा लाखी ने। जब तक उन दोनों ने सीताफल समाप्त किए, पोटा ने एक टोकनी में से लंबा रस्सा निकाला। दो गुणाकार नोकदार बाँसों से एक ओर और वैसे ही दो बाँसों से दूसरी ओर उस रस्से को बाँधकर ताना, और कड़ा कर लिया। अधेड़ नटिनी के संकेत पर पिल्ली दो बड़े-बड़े सीताफल और लाई। उन दोनों ने खाने से इंकार किया, परंतु पिल्ली और अधेड़ नटिनी के लचक-लचककर किए हुए आग्रह को वे ठुकरा न सकीं। उन्होंने इन फलो का खाना समाप्त नहीं कर पाया था कि गले में ढोल बाँधकर पोटा अपने साथियों की सहायता से रस्से पर पहुँच गया। चलने लगा।

वे दोनों आश्चर्य के साथ उसकी क्रिया को देखने लगीं। पिल्ली मचल-मचलकर, मचक-मचककर नाचने और गाने लगी। पोटा कभी धीरे-धीरे, कभी द्रुतगति के साथ रस्से पर इधर से उधर और उधर से इधर चलने लगा। पिल्ली के गायन और नृत्य का साथ देने के लिए वह गरदन में पड़ी हुई ढोलकी को भी बजाता जाता था।

निन्नी का आश्चर्य शीघ्र समाप्त हो गया। कुछ क्षण उसको पिल्ली का गाना भाया; परंतु कुछ ही क्षण। वह अपने मन को कारण नहीं समझा सकती थी परंतु उसको पिल्ली के गायन में बेसुरापन और भद्दापन प्रतीत हो रहा था और नृत्य में बहुत भौंड़ापन। क्या स्त्रियाँ इतनी निर्लज्ज भी हो सकती हैं? उसके मन में ग्लानि के साथ बार-बार प्रश्न उठ रहा था।

लाखी को उसके गायन और नृत्य में कुछ कुरस-नीरस नहीं लग रहा था। उसका ध्यान पोटा के संतुलन और विलक्षण लाघव पर मुग्ध हो रहा था।

उसके मन में उठा, क्या मैं ऐसा कर सकती हूँ? क्यों नहीं कर सकती? इस नटिनी सरीखी कुलाँचें चाहे न ले पाऊँ, परंतु इस नट के समान रस्से पर तो चल-फिर लूँगी, अवश्य चल-फिर लूँगी। देह को साधने और साँस को सँभालने ही का तो काम है। सीखूँगी, घर में रस्सा है ही। जंगल से बाँस काट लाऊँगी। आज ही छुरे से चार बाँस काटूँगी और लौटते ही अभ्यास करूँगी। यदि शिकार मिलता रहा तो नटों को दिया करूँगी और उनसे इस विद्या को सीखकर ही रहूँगी।

नट प्रदर्शन को समाप्त करके रस्से से नीचे उतर आया। उसने पूछा, 'बेटी, कैसा लगा?'

निन्नी ने केवल सिर हिलाया, लाखी ने उत्साह के साथ कहा, 'बहुत अच्छा लगा। कब तक रहोगे तुम सब यहाँ?'

'कुछ ठीक नहीं। अभी तो आए ही हैं। नदी का सहारा है। हमारे जानवरों के चरने के लिए घास यहाँ बहुत है। आस-पास कई गाँव हैं। हैं तो छोटे ही, पर अपने खेल-तमाशे दिखाते रहेंगे और पेट पालते रहेंगे। ग्वालियर भी दूर नहीं है। कभी वहाँ भी खेल दिखाने जाएँगे, पर अभी तो यहीं पड़े हैं।' पोटा ने कहा।

पिल्ली बोली, 'तुम आया करो, तुमको रोज कोई न कोई नया खेल दिखाया करेंगे। अभी दिखाया ही क्या और कितना है। अनगिनत तमाशे हैं हमारे पास। तुम्हारे गाँव में भी आएँगे हम।'

निन्नी ने हतोत्साहित किया, 'गाँव में तमाशे के बदले कुछ नहीं मिलेगा। बहुत गरीबी छाई है।'

अधेड़ नटिनी ने उत्साह प्रकट किया, 'बेटी, हम लोग बहुत कमा-खा लेते हैं। एक गाँव में कुछ न सही। तुम्हारे सहारे यहाँ जंगल में दिन काट लेंगे, यही क्या कम है? आया करो, भला। कसम है, आया करो बेटी दोनों। देखो, शिकार क्यों खेलती हो? यह तो मर्दों का काम है, जंगल में शेर-भालू होंगे। खाई-खड्ड और काँटे हैं। तुम्हारे कंधों पर तो फूलों की मालाएँ और कमर में मोतियों की करधोंनी होनी चाहिए। बिना तीर-कमठों के ही आया करो। वैसी बहुत भली लगोगी।'

पिल्ली ने अपने वक्ष फड़फड़ाकर आँख मिचकाईं और मुसकराई। लाखी को वह उपहासजनक फूहड़पन जान पड़ा। ग्लानि और क्षोभ के कारण निन्नी का चेहरा तमतमा गया।

निन्नी ने कहा, 'अब हम लोग शिकार खेलने जा रही हैं। मिल गया तो तुमको भी देंगी।'

पोटा ने अनुरोध किया, 'हम लोग भी तीर चलाना जानते हैं। संग में ले लो हममें से दो-एक को, मदद मिलेगी। दो से तीन और तीन से चार भले।'

लाखी हामी भरनेवाली थी। निन्नी ने तुरंत निषेध किया, 'शिकार में जहाँ दो से तीन हुए कि शिकार हुई चौपट। हम लोग किसी को साथ नहीं लेतीं। यहाँ तक कि मैं अपने भाई को भी साथ नहीं लेती।'

'कहाँ हैं तुम्हारे भाई?'

'ग्वालियर गए हैं, आज ही।'

'कब तक लौटेंगे?'

'चार-पाँच दिन में आ जाएँगे।'

अधेड़ नटिनी ने कहा, 'अच्छा, कोई बात नहीं। तुम दोनों अकेली ही चली जाओ, पर शिकार मिल जाए तो हम लोगों को न भूल जाना। हमारे पास बहुत बढ़िया चावल और मालवे का गुड़ है। हम तुमको देंगे।'

निन्नी ने पूछा, 'तुम लोग कहाँ से आ रहो हो?'

उसने उत्तर दिया, 'दूर मालवे के एक जंगल से। हम गरीबों का कोई घर नहीं होता। जिस जंगल में डेरा डाल लिया वही हमारा घर बन जाता है।'

लाखी को पिल्ली के वस्त्रों की चमक-दमक और बहुमूल्यता पर आश्चर्य हो रहा था। ये लोग अपने खेलों से बहुत कमा लेते होंगे, तभी इनके पास अच्छे कपड़े हैं।

निन्नी बोली, 'तुम्हारे चार सीताफल हम लोग खा गईं

अधेड़ नटिनी ने टोका, 'अच्छे लगे न? हमारे पास और बहुत हैं। जंगल में से तोड़ते-बीनते लाए हैं।'

निन्नी कहती गई, 'सेंतमेंत तुम्हारा कुछ भी नहीं लेंगी। जानवर मारकर देंगी, तभी तुमसे फल, चावल और गुड़ लेंगी।'

निन्नी लाखी को लेकर जंगल के एक कोने में चली गई।

नटों का संतोष और हर्ष फूट पड़ने को हुआ। अधेड़ नटिनी ने होंठ पर उँगली रखकर वर्जित कर दिया।

पिल्ली बोली, 'इनको और गाँववालों को जादू-टोने के करतब दिखाओ।'

अधेड़िन ने कहा, 'धीरे-धीरे, सब का सब इकट्ठा नहीं। बड़ी आँखवाली के भाई को आ जाने दो।'

पिल्ली ने बताया, 'नाम उसका मृगनयनी है, भूल गई क्या?'

'कच्ची गोलियाँ नहीं खेली हूँ यह सारी जिंदगी। तू छोकरी ही है अभी; तू भले ही भूल जाइयो।' अधेड़ नटिनी ने भर्त्सना की।

'नहीं भूलूँगी,' पिल्ली ने आश्वासन दिया।

'यहाँ के लोगों ने जो कपड़े कभी देखे-सुने न होंगे, तू उनको मृगनयनी के भाई के सामने पहनियो। और देख, उसके सामने घूँघट डालियो, तभी वशीकरण पाएगी। ऐसी ही अधनंगी खड़ी हो जाएगी उसके सामने तो कहीं वह बिचक न जाए।'

अधेड़िन ने कहा, 'कुछ छिपाव-लुकाव करने से आदमी का मन बढ़ता है। शुरू में उसको लुभाने के लिए ऐसा ही कर, फिर जैसा ठीक दिखे वैसा करना। किसी तरह भी उसके भाई को–', उसने वाक्य पूरा नहीं किया, आँख की एक हलकी झपकी से मनोरथ समझा दिया। पिल्ली अपने हठ पर आरूढ़ जान पड़ी।

पोटा ने जरा रूखे स्वर में अधेड़िन का समर्थन किया, 'समझ के काम करना पिल्ली! नायकिन ठीक कह रही है।'

पिल्ली ने तुरंत आज्ञाकारिता का भाव ग्रहण किया। वे सब अपने काम में लग गए। चौथा पहर नहीं आने पाया कि उन्होंने लक्कड़ों का मजबूत घेरा बना लिया। उसके भीतर झोंपड़े खड़े कर लिए और अपने जानवरों तथा सामान के लिए ठौर कर लिया।

एक घड़ी पीछे निन्नी और लाखी आ गईं। एक-एक सुअर को टाँगे थीं। दोनों छोटे थे, निन्नीवाला कुछ बड़ा था। कमान और तरकस कंधों पर डाले शिकार के खून से भीगी हुई नटों के पास आ खड़ी हुईं। वे सब के सब बाड़े को खोलकर बाहर आ गए। पोटा आतंकित हुआ और अधेड़िन भी कुछ डिग गई। पिल्ली ने उनके रूप में साकार भीमता देखी।

उन दोनों ने शिकार को जंगल की बेलों से बाँध रखा था। लाखी के जानवर को निन्नी ने खोलकर नीचे रखवा दिया। अपना बाँधे रही।

नटों से उसने कहा, 'यह तुम्हारे लिए है। खाते हो न इसको?'

नटों ने हर्ष प्रकट किया। उन लोगों से बेड़े के भीतर चलने और सीताफल खाने के लिए प्रार्थना की।

निन्नी बोली, 'सीताफल बहुत खा लिए हैं! फिर कभी देखेंगे। इसके बदले में थोड़ा-सा चावल और गुड़ दोगे? तुमने कहा था।'

अधेड़िन और पिल्ली के मुँह से एक साथ निकला, 'जरूर।'

पोटा ने कहा, 'थोड़ा नहीं, बहुत। भीतर आओ न।'

लाखी बोली, 'समय कम है। नदी में पानी पीते हुए घर पहुँचना है। ढोरों की उसार करनी है।'

अधेड़िन और पोटा बेड़े के भीतर दौड़ गए और छः सेर चावल तथा एक भेली गुड़ की ले आए।

निन्नी ने कहा, 'अरे यह तो बहुत है! इतना नहीं।'

'नहीं बेटी,' पोटा ने आग्रह किया, 'यह कुछ भी नहीं है। तुम्हारे ऊपर न्योछावर है।

वाह, कैसा निशाना लगाया है! बड़े-बड़े सूर-सामंत भी नहीं लगा सकते।'

अधेड़िन बोली, 'ले लो, ले लो। हम और भी ला-लाकर देंगे। तुम्हारे गाँव में अन्न कम पैदा होता है शायद।'

'हाँ,' लाखी ने कहा और अपनी ओढ़नी में दोनों चीजों को बाँध लिया।

पिल्ली ने अनुनय की, 'कल फिर आना, भला। हम बहुत-से खेल दिखाएँगे। दूर देशों की बातें सुनाएँगे। अच्छे-अच्छे कपड़े दिखाएँगे।'

लाखी ने कहा, 'अच्छा।'

वे दोनों चली गईं।

जब अदृश्य हो गईं, नटों ने बेड़े को बंद कर लिया।

अधेड़िन बोली, 'पिल्ली ने कपड़ों की बात चतुराई के साथ कही। इनमें से एक भी हाथ चढ़ जाए तो दूसरी को भी ढाल लेंगे। काम सँभालकर करना है। वह जो तगड़ी लड़की है—नयनी या निन्नी कुछ कठिन जान पड़ती है। तो दो आदमियों को सवेरे ही माँडू भेजो। कुछ टके, सोने-चाँदी के गहने और रेशमी कपड़े जल्दी से मँगवाओ। गुड़ और बढ़िया चावल भी लेते आवें और—' शेष वाक्य बहुत धीरे से कहा।

पोटा ने अपने समूह में से दो आदमी छाँट लिए।

अधेड़िन ने पिल्ली से कहा, 'तुमको बहुत सूझ-बूझ के साथ काम करना है। इनको नित्य यहाँ किसी न किसी मिस से बुलाओ। जानती हो, जवान लड़कियाँ और औरतें किन चीजों पर सबसे अधिक रीझती हैं?'

'जवानों पर।'

'मूर्ख ही रही। न जाने कब अकल आएगी। जवान लड़कियाँ और औरतें भड़कीले कपड़ों, दमकते हुए गहनों पर रीझती हैं। उनके लिए अपने प्राण तक देने के लिए तैयार हो जाती हैं। उनका धरम-ईमान कपड़ों और गहनों में बसता है। उसी से अपनी जवानी को सजाती हैं। फिर पुरुषों के मन को ठगने की बारी आती है। सो इन्हीं कपड़ों और गहनों के लिए। जिस जवान के पास कपड़ा और गहना न हो वह चाहे जैसा सुंदर-सलौना हो, उस पर औरतें थूकती भी नहीं हैं।'

'समझ गई, मुझको बताओ क्या करना है?'

'खेल-कूद पर नहीं रीझेंगी ये। इनको वे सब कपड़े धीरे-धीरे देना शुरू कर दो। गहने आए जाते हैं। फिर गहने देना। यहाँ से कुछ ही दूर टाल ले जाने की मैंने जानी। जब तक वह मौका नहीं आया, खूब मिल-मिलकर, घुल-घुलकर बातें करो। तब तक—समझ गई न?'

'हाँ।'

'और जब इनका या इनमें से किसी का भाई लौटकर आ जाए तब उसके ऊपर प्रेम

की आँधी छोड़ दो। उसको इन लड़कियों समेत टालकर मालवे की सीमा पर ले चलना है। इस बीच में माँडू से कुमुक आ गई तो, बस काम बन गया।'

'ठीक है।'

'याद रखना इस गोल की नायकिन मेरे पीछे तुम्हीं को बनना है।'

: १६ :

हाथ-मुँह धोने और नहाने के उपरांत लाखी ने घर में चार लकड़ियाँ ढूँढ़ीं। उनको छाँटने के बाद ले आई।

निन्नी से कहा, 'उस नट ने जो किया था, देखती हूँ मैं भी कर सकती हूँ या नहीं।'

'खाना नहीं बनाना है? कब बनाओगी?'

'तुम बना दो मेरी भली-सी निन्नी।'

'खा लोगी मेरे हाथ का बनाया हुआ?'

'आज नहीं तो किसी दिन खाना ही है।'

'तो मुझसे ननद कहो, एक बार ही कह दो।'

'हूँ-ऊँ। बड़ी वैसी हो।'

'एक बार कह दो तो रोज खाना बना दिया करूँगी।'

'जिससे मैं निकम्मी हो जाऊँ और तुम मुझसे लड़ा करो।'

'अच्छा, आज बना दूँगी, फिर तुम बना दिया करो। पर एक बार कह दो।'

'ननद जी, बना दो खाना।'

'अभी लो भौजी।'

वे दोनों एक-दूसरे से लिपटकर हँसती रहीं।

निन्नी खाना बनाने लगी। लाखी ने नट के रस्से के तनाव का अनुकरण किया। लकड़ियों को गाड़कर कस लिया। अभ्यास करने लगी और बार-बार गिरने लगी। रस्सा ढीला पड़ गया तो उसको फिर से कस लिया। जब तक निन्नी ने खाना पकाया, वह उस अभ्यास में लगन के साथ उलझी रही। अंत में रस्से पर कुछ क्षणों के लिए सधने लगी। एक बार चार-पाँच डग उस पर चली भी। हर्ष के मारे फूल गई। दौड़कर निन्नी के पास पहुँची।

हाँफती हुई-सी बोली, 'मैं एक अठवारे में रस्से पर चलने लगूँगी। मैं भी कह सकूँगी कि आकाश में चल सकती हूँ।'

निन्नी ने बधाई दी, 'हाँ-हाँ, क्या कहना है! बड़ा अनूठा काम है न! मैंने चावल पकाए हैं। अपने तो बहुत मोटे थे जिन्हें भैया ले गए हैं। ये बहुत अच्छे हैं। गुड़ भी है आज तो! भैया जब आएँगे तब तो पंगत-सी करेंगे। आओ गुड़-चावल की बधाई लो।'

दोनों ने उस रात साथ में बैठकर एक ही बरतन में खाया। मचान पर पहुँचकर लाखी देर तक सोचते-सोचते सो गई। कब सवेरा हो और नटों के डेरों पर पहुँचूँ, निन्नी को भी साथ ले जाऊँगी। ढोरों को किसी चरवाहे को सौंप दूँगी। निन्नी ज्वार की रखवाली के लिए जागती रही। जब रात को नींद आई तब उसने लाखी को जगा दिया।

सवेरे हाथ-मुँह धोने के बाद, ढोरों का प्रबंध करके और कुछ बासी खा-पीकर नटों के डेरों पर पहुँचीं। तीर, कमठे और छुरे लिए ही थीं।

नटों ने बहुत आव-भगत की। अधेड़िन और पिल्ली ने पाँवड़े से बिछा दिए।

लाखी ने रस्से का खेल देखने की बांछा प्रकट की। नट ने बाँसों को गुणाकर गाड़कर रस्से को कसकर तान लिया। ढोलकी गले में बाँधकर रस्से पर पहुँच गया। पिल्ली एक बहुत रंग-बिरंगी बढ़िया ओढ़नी ओढ़कर आ गई। पोटा रस्से पर चलने-फिरने लगा। पिल्ली हाव-भाव के साथ नाचने-गाने लगी।

निन्नी का मन उस ओढ़नी और रस्से पर के नाच और ढोलकी की ढपाढप से उकता गया। लाखी का मन ओढ़नी और नट के आकाश-नृत्य में बँट-बँट जाता था। परंतु उसने अपने मन को एकाग्र कर के नट के आकाश-नृत्य की तौल पर अधिक लगाया। नट ने रस्से को जोर के साथ इधर-उधर हिलाते-डुलाते ढोलकी बजाते हुए चलना आरंभ किया। लाखी अचंभे में डूबने लगी।

निन्नी ने मन मे कहा—इस काम के लिए बहुत अभ्यास चाहिए। पर सीख लेने पर इससे क्या लाभ होगा? यदि सुअर या भैंसे को बरछी से भेदना मैंने सीख लिया तो रस्से पर इस तरह से झूलने से कहीं अच्छा रहेगा।

नट खेल समाप्त कर नीचे उतर आया।

लाखी के मुँह से यकायक निकला, 'क्या मैं भी सीख सकती हूँ इस काम को?'

'जरूर,' सब नट-नटिनियों ने एक साथ कहा।

निन्नी ने देखा—कल जितने नट बेड़े में थे उनमें से कुछ नहीं हैं। जिज्ञासा नहीं हुई। सोचा, अपने किसी काम से कहीं चले गए होंगे।

पोटा बोला, 'बहुत जल्दी सीख लोगी। तुम्हारी देह बहुत छरहरी है। कुछ ही दिन में सिखा दूँगा। आज से ही शुरू कर दो।'

लाखी ने निन्नी की तरफ देखा।

निन्नी ने कहा, 'आज एक अरने को मारने की बात सोच रही हूँ। यदि नाहर हाथ लग गया तो और भी अच्छा। अच्छी खाल अच्छे मोल बिक जाएगी।'

पिल्ली बोली, 'अभी तो दिन-भर पड़ा है; आओ तब तक कुछ बड़े-बड़े नगरों की बातें सुनाऊँ।'

लाखी सहमत हो गई। निन्नी को भी मानना पड़ा। नट एक जगह सिमट गए।

स्त्रियाँ एक स्थान पर इकट्ठी रह गईं। पिल्ली एक झोंपड़ी के भीतर उन दोनों को ले गई। अन्य नटिनियाँ बाहर बैठ गईं।

पिल्ली ने एक पिटारी में से कुछ बहुमूल्य ओढ़नियाँ निकालीं। एक-एक करके दिखाने लगी और सराहना करने लगी। उन दोनों ने इस तरह के कपड़े कभी नहीं देखे थे। दोनों चाव के साथ देखने-टटोलने और सराहना को सुनने लगीं।

निन्नी ने सोचा—इन कपड़ों में हमारा तो कोई काम कभी चलना नहीं है। इनको पहनकर न तो रसोई बनाई जा सकती है, न ढोरों और खेती का काम किया जा सकता है और न शिकार खेला जा सकता है। एक काँटा बीधा या डाल उलझी कि फटकर फुर्र हो जाएगी। पहनकर यदि भाई के सामने गई तो कहेंगे-नटिनी है! राम!! राम!!! राम!!!! कितनी लाजहीन है यह पिल्ली!!!!!

'बहुत दाम होंगे इनके?' लाखी ने देखते-देखते प्रश्न किया।

'अरी हाँ, बहुत। बड़ी अनमोल हैं।' पिल्ली ने कहा।

'तुम्हें कैसे मिल गईं? किसी ने इनाम में दी हैं क्या?'

'और क्या? वैसे हम लोग मोल थोड़े ही ले सकते हैं। ये कपड़े तो बड़े-बड़े नगरों में ही मिलते हैं।'

'तुमको कहाँ मिले ये?'

'माँडू में रानियों के पहनने के कपड़े हैं ये। यानी रानियाँ या हमारी-तुम्हारी सरीखी मनवाली ही पहन सकती हैं इनको। माँडू के राजा को खेल दिखाया। उन्होंने प्रसन्न होकर इनाम दे दिया।'

अधेड़िन ने बाहर से ही रंग चढ़ाया, 'अरी बेटी, राजा क्या है, मानो इंद्र है। बहुत सोना-चाँदी, हीरे-जवाहर, मोती हैं उसके पास। बड़े-बड़े महल। वह इसके खेलों को देखकर लट्टू हो गया था।' पिल्ली नखरे के साथ हँस पड़ी। लाखी ने भी साथ दिया। निन्नी भी हँसना चाहती थी परंतु भीतर के किसी झटके ने हँसी को होंठों पर क्षीण मुसकान में आकर संकुचित कर दिया।

पिल्ली बोली, 'मेरे मन में तुम दोनों बहिनों के लिए इतना प्यार पसीज उठा है, न जाने क्यों, कि चाहती हूँ एक-एक दोनों ले जाओ और पहनो। मैं तो खेल में नाचने के समय कभी-कभी ही पहनती हूँ, सो बहुत-सी रखी हैं। ले लो एक-एक।'

उन दोनों को यह नहीं रुचा। निन्नी को विशेष गड़ा। लाखी उस आकाश-नृत्य को सीखना चाहती थी। उनमें से किसी को भी रुष्ट नहीं करना चाहती थी।

मुसकराकर बोली, 'अभी नहीं लेंगे हम। जब कुछ देने योग्य तो जाएँगी, तब लेंगी। अभी तो हमारे लिए ये काम की नहीं हैं।'

अधेड़िन ने पूछा, 'तुम्हारा ब्याह हो गया है?'

'नहीं' निन्नी ने बिना संकोच के उत्तर दिया।

उसने दूसरा प्रश्न किया, 'कहीं सगाई हो गई है?'

लाखी को संकोच हुआ। निन्नी ने दृढ़ता के साथ उसके प्रश्न पर प्रश्न किया, 'तुमको इससे क्या?'

लाखी ने साधने का प्रयास किया, 'नहीं हुई है। निन्नी, इन्होंने वैसे ही पूछा; कोई बात नहीं।'

अधेड़िन सहारा पाकर बोली, 'अरी हाँ। देखो तो तुम दोनों कितनी रूपवती और गोरी-नारी हो जैसे जंगल की रानी हो, तुम्हारी सगाई होगी किसी बड़े राजा के साथ। मैं हाथ देखकर बतला सकती हूँ। ज्योतिषी जो बात नहीं बतला सकते, वह हम लोग बतला सकते हैं। जो जंत्र-मंत्र कोई नहीं जानता है वह हम जानते हैं। जंगल की जिन जड़ी-बूटियों को राजधानियों के बड़े-बड़े वैद्य नहीं जानते, उनको हम लोग पहचानते हैं। काले नागराज से हम कटवा लें तो जड़ी के जोर से और मंत्र की मार से पलों में विष को दूर कर दें।'

निन्नी नहीं सहमी परंतु उत्तर नहीं दे सकी। मुसकराकर रह गई। लाखी ने अपने हाथ की गदेली पसार दी।

अधेड़िन कुछ देर तक रेखाओं को देखती रही। उसने परिणाम सुनाया, 'तुम किसी बड़े किलेदार को ब्याही जाओगी, किसी बड़े ठिकानेदार को।'

वे दोनों हँस पड़ीं। अधेड़िन को जरा भी संकोच नहीं हुआ। बोली, देख लेना, बहुत जल्दी मेरी बात सच्ची होकर रहेगी। तुम दिखाओ मृगनयनी अपना हाथ।'

निन्नी संकोच कर रही थी। लाखी ने पकड़कर उसका हाथ बढ़ा दिया। अधेड़िन ने ध्यान के साथ देखा। कहा, 'तुम तो बेटी, बड़ा भारी राज्य भाग में लिखाकर चली हो। राजा की नहीं, किसी बड़े महाराज की रानी बनोगी। झूठ निकले तो मेरी जीभ काटकर फेंक देना।' अधेड़िन ने अपनी जीभ बाहर निकालकर भीतर कर ली। जीभ पर काफी मैल जमा था।

वे दोनों उस कौतुक को देखकर हँस पड़ीं।

लाखी ने हँसते-हँसते पूछा, 'कहाँ का राज्य मिलेगा इनको?'

अधेड़िन ने उत्तर दिया, 'बेटी, बहुत से राज्य आस-पास हैं। बिल्कुल ठीक इसी घड़ी तो नहीं बतला सकती। परंतु देवताओं को बलि चढ़ाकर ध्यान करते-करते, कुछ दिन बाद यह भी बताऊँगी। वैसे देखो, इतने राज्य तो आस-पास ही हैं—ग्वालियर, कालपी, मालवा, मेवाड़ और न जाने कितने। हम लोग सब देशों में घूमा करते हैं। बहुतेरों का तो नाम भी याद नहीं है।'

राज्यों की गिनती की लपेट में उसने मालवा को सावधानी के साथ रखा। वे दोनों

नहीं समझ पाईं।

अधेड़िन बोली, 'अब हम लोग अपना काम देखती हैं। तुम तीनों तब तक अपने मन की बातें कर लो।'

'हम लोग भी जंगल की तरफ जाती हैं।' निन्नी ने कहा।

पिल्ली ने रोका, 'वाह-वाह! थोड़ी देर ठहरो। अभी तो बहुत दिन पड़ा हुआ है।'

अधेड़िन अन्य स्त्रियों को लेकर वहाँ से चली गई।

निन्नी ने पूछा, 'यह तुम्हारी कौन हैं?'

पिल्ली ने बताया, 'यह हम लोगों की सब कुछ हैं। हमारे गोल की मुखनी हैं यह। इन्हीं का हुक्म चलता है।'

'स्त्री मुखनी? जो रस्से पर चलते हैं वह होंगे मुखिया?'

'बाहरवालों से वही बात करते हैं, पर हमारे भीतर हुक्म इन्हीं का चलता है। हमारी जात में बूढ़ी पुरानी स्त्रियों की ही चलती है।'

'तुम्हारी कौन हैं यह?'

'हमारी माँ है और रस्से पर चलनेवाले हभारे काका हैं। हम सब एक ही कुटुंब के हैं।'

'तुम्हारा ब्याह हो गया है?'

'अभी नहीं हुआ है। सगाई भी नहीं हुई है। तुम कराओगी अपना ब्याह और यह तुम्हारी बहिन?'

'बहिन नहीं है, सखी है।'

'कराओगी ब्याह?'

'हिष्ट।'

'हिष्ट कैसी? मैं कराऊँगी अपना ब्याह। तुम दोनों भी कराओ। जवानी के दिन हैं। यही तो समय खेलने-कूदने और खाने-पीने का है।'

'खाती-पीती भी हैं और खेलती-कूदती भी हैं।'

'अरे यह सब कोरा और रूखा है, बिना राग-रंग, आराम और चैन के। हम लोग तो ऐसे दूल्हे ढूँढ़ देंगी कि जैसे नायकिन माँ ने तुम्हारे हाथ देखकर बतलाए हैं।'

लाखी बोली, 'अभी तो हमको अपने पेट पालने हैं। घर के हमारे बड़े करेंगे यह काम। वह ग्वालियर से आ जाएँ, तब उनसे चर्चा करना।'

निन्नी खड़ी हो गई। लाखी से कहा, 'देर हो रही है, चलो अब।' वह भी खड़ी हो गई।

पिल्ली ने रोक रखने का प्रयत्न किया।

लाखी बोली, 'कल दिन-भर रहेंगी। मैं रस्से का काम सीखूँगी, तुम इनको कहानियाँ सुनाना।'

निन्नी ने जाते-जाते कहा, 'यदि कुछ शिकार मिल गया तो तुम्हारे डेरे पर आएँगी।'

वे दोनों चली गईं। संध्या तक नटों ने उनकी प्रतीक्षा की परंतु वे नहीं आईं। उनको बहुत भटकने पर भी कोई शिकार नहीं मिला था। इसलिए जंगल के सीधे मार्ग से घर पहुँच गईं।

: १७ :

अटल को ग्वालियर गए आठ दिन के लगभग हो गए थे। दो दिन से निन्नी और लाखी को कुछ चिंता रहने लगी थी। दिन में वे नटों के डेरे पर या आखेट के लिए जंगल में रहती थीं। संध्या के पहले घर आ जाती थीं। ढोरों की देखभाल की, भोजन बनाया, खाया और रात में ज्वार को रखाने के लिए मचान पर पहुँच जातीं।

इन दिनों रस्से पर चलने का लाखी ने इतना अभ्यास कर लिया था कि पोटा नट को हँसी आती थी।

सुल्तान का नाम लेकर पिल्ली और नायकिन ने मालवा की राजधानी माँडू के महलों, नगर, दुकानों, संपत्ति और तड़क-भड़क की उन दोनों के मन पर धाक बिठाने में कसर नहीं लगाई। इस बीच में निन्नी और लाखी को जंगल में कोई ऐसा जानवर नहीं मिला जिसको देकर नटों से वे कोई समान लेतीं। मुफ्त में वे कुछ लेना नहीं चाहती थीं।

दोनों संध्या के पहले ही उस दिन घर आ गईं। ढोरों को बाँधने और चारे का प्रबंध कर रही थीं कि अटल आ गया। वह हाथ में बरछी लिए था, पीठ पर तरकस में लोहे के कुछ तीर। नए मोटे गहरे लाल रंग के कपड़े की छोटी-सी पोटली को दूसरी बरछी पर कंधे से टाँगे था। भारी-भरकम चोंचदार जूतों पर धूल, पैर धुले हुए, चेहरा धुला तपा हुआ। आँखों में प्रसन्नतापूर्ण मुक्तता जैसे किसी बड़े समाचार को सुनने के लिए व्यग्र हो। आँगन की एक तरफ उसने एक रस्से को दो-दो लकड़ियों के गुणाकारों पर बँधा हुआ तना पाया तो आश्चर्य हुआ।

आह्लाद के स्वर में पुकार लगाई, 'कहाँ हो री?'

लाखी ने कहा, 'आई।'

निन्नी बोली, 'भैया!'

दोनों मुसकराती हुई आईं। अटल ने तपाक के साथ हाथवाली बरछी को पैंदी के बल आँगन में गाड़ दिया और एक हाथ में कंधेवाली पोटली को ले लिया, दूसरे में दूसरी बरछी को।

तने हुए रस्से की ओर देखकर हँसते हुए कहा, 'यह क्या खेल है?'

'खेल तो है ही,' निन्नी बोली, 'बताऊँगी, पहले यह कहो कि इतने दिन कहाँ लगा दिए?'

'बहुत चिंता रही।' लाखी हर्ष को नहीं छिपा पा रही थी।

अटल ने पैर फैलाए, 'अरी बड़े-बड़े समाचार हैं। थोड़ी देर में सुनाऊँगा। दोपहर का रखा है खाने को कुछ? या सेंतमेंत बतला दूँ?'

अटल पालथी मारकर बैठ गया। चुप्पी साध ली। निन्नी ने उसके हाथ से बरछी छीन ली। लाखी ने गढ़ी हुई बरछी को उखाड़ लिया।

निन्नी ने आदेश दिया, 'खोल लो लाखी इनकी पीठ पर से तरकस, फिर मैं देखती हूँ इनकी पोटली को। इसी में हैं इनके बड़े-बड़े समाचार जिनकी ठसक के मारे मौनी बाबा बनकर बैठ गए हैं।'

झूठ-मूठ का विरोध करते हुए अटल बोला, 'पहले खाना! पहले खाना!! पहले खाना!!! तब तीर-तरकस और पोटली। अरे रे रे, सब छीन लिया! सब लूट लिया!!'

वे दोनों विनोद में डूबने-उतराने लगीं। पोटली झटपट खोली। उसमें एक मोटी लाल धोती और दो चोलियों के मोटी छींट के टुकड़े निकले। उन्हीं में चाँदी की एक पतली हँसुली और चाँदी के दो छल्ले। तरकस को लाखी ने कंधे पर चढ़ा लिया और बरछी को हाथ में लिए बड़े चाव के साथ देखने लगी। निन्नी ने अपने गले में हँसुली डाल ली, एक छल्ले को उँगली में डाल लिया और दूसरे को लाखी की उँगली में पहना दिया। छल्ला लाखी की उँगली में ढीला बैठा। परंतु वह अपनी बरछी और लोहे के तीरों पर, उस समय अधिक ध्यान दिए थी।

निन्नी ने कहा, 'खाना दोपहर का नहीं बचा, होता भी तो न देती। चावल और गुड़ खिलावेंगी—बढ़िया और चाँदनी से होड़ लगानेवाला बढ़िया गुड़।'

'ऐं!' अटल ने चुप्पी को तुरंत समाप्त किया, 'गुड़ और चावल कहाँ से आ गए?'

वे दोनों हँस पड़ीं।

निन्नी बोली, 'तुम्हारे समाचारों से भी बड़ा समाचार है।'

'बताओ, बताओ।' अटल उत्सुकता के मारे चीख पड़ा।

निन्नी ने कहा, 'पहले तुम यह रानो, भैया कि तुम्हारे सब समाचार इतने ही थे और अब तुम्हारी गाँठ में कहने को कुछ नहीं है। फिर हम बताएँगी।'

'मेरी गाँठ में बहुत-बहुत समाचार हैं।' अटल बोला, 'नहीं तो आठ दिन काहे में लगा दिए? पहला बड़ा समाचार तो यह है कि पुजारी बाबा राजा से मिले थे। राजा ने उनको पक्का वचन दिया है कि वे शीघ्र शिकार खेलने राई आएँगे और, और—नहीं बताता, पहले तुम बताओ कि चावल और गुड़ कहाँ से आ गए यहाँ और यह रस्सा क्यों तान रखा है?'

निन्नी ने अनखाकर कहा, 'राजा लोगों के वचनों का क्या? उन्होंने कई बार पुजारी बाबा से कहा कि आएँगे और नहीं आए। राजा के वचन कच्चे। छोटों की बात बड़ी होती है और बड़ों की छोटी। आ भी गए तो मेरा लक्ष्यवेध देखकर कौन राई का गाँव

जागीर में लगा जाएँगे! और कोई समाचार?'

अटल, जिस बात के कहने को उकता रहा था और रुक-रुक जाता था, बोला, 'वहाँ लाखी की सूरत से मिलती-जुलती एक लड़की देखी और मैं कई बार चक्कर में पड़ गया। चिंता हुई, यह ग्वालियर में कैसे और कब आ गई। एक बार पूछ भी बैठा तो हँसाई हो गई।'

लाखी ने मुसकराकर मुँह फेर लिया और हँसी को रोकने के लिए मुँह दबा लिया। निन्नी ठहाका मारकर हँस पड़ी।

हँसी को रोककर लाखी का कंधा झँझोड़ा। वह भी हँस पड़ी।

निन्नी ने लाखी की ओर देखते हुए कहा, 'कोई उल्टी-पुल्टी बात तो नहीं कर बैठे थे उससे?'

लाखी आँगन के एक कोने में भाग गई।

अटल बोला, 'अरे हिष्ट! क्या पागल हूँ।

इस पर वे दोनों और भी हँसीं।

निन्नी ने पूछा, 'भ्रम टूटा कैसे?'

अटल ने झेंप को हँसी में घोलते हुए कहा, 'वह नाचने-गानेवाली और चितेरिन निकली!'

'ऐसे भूले भैया तुम?'

लाखी धीमे स्वर में बोली, 'अरी अब रहने भी दो। क्यों बात को बढ़ा रही हो? और कुछ पूछो।'

निन्नी ने बताया, 'यहाँ डाँग में कुछ नट आए हैं अधफर रस्से पर एक नट नाचता है। उसकी यह नकल लाखी ने आँगन में उतार डाली है। किसी दिन यह उस नट को इस खेल में पछाड़ेगी। नटों के पास बहुत अच्छे चावल हैं और गुड़ भी। एक शिकार का एक जानवर हमने उनको दिया, चावल और गुड़ उनसे ले लिया। उनके पास अनमोल कपड़े भी हैं। मुझको तो अच्छे नहीं लगे। एक बड़े जानवर का सुभीता लग गया तो एक ओढ़नी लाखी के लिए ले लूँगी।'

'तुम अपने लिए नहीं लोगी तो मैं क्यों लेने लगी?' लाखी ने आक्षेप किया।

'हाँऽ आँ, कुछ ही है तुम्हारा यह समाचार,' अटल ने अपने समाचार को महत्त्व देने के लिए कहा, 'ग्वालियर में बड़े-बड़े मेले लगे। लक्ष्य-वेध का काम किले में अपनी आँखों से देखा। रस्सी से लटकती हाँडी में पानी पर तैरते हुए काठ के छोटे से खिलौने को वेधने के लिए हजारों ने बड़ी-बड़ी साँस साधकर तीर चलाए। हाँडियाँ तो बहुतेरे के तीरों से फूटी; परंतु खिलौने का वेध केवल राजा मानसिह ने कर पाया सो केवल एक बार। किले में फिर गाने-बजाने का मेला जुड़ा। ग्वालियर में दूर-दूर से जन आए थे

इसको देखने के लिए। मैं भी गया। दो-तीन दिन गया। चंदेरी का कोई बड़ा गवैया आया था। उसके साथ वह लड़की थी। वे दोनों बहुत-बहुत गाते थे और बीन बजाते थे। समझ में तो नहीं आया पर बहुत लोगों को सिर हिलाते देखा सो अच्छा ही गाया-बजाया होगा।'

फिर हँसकर बोला, 'निन्नी, तुम्हारा गाना उन लोगों के सामने टीं-टीं-सा जान पड़ेगा।'

'मैंने क्या कहीं सीखा है? सीख लूँ तो देखूँ उस गवैया को।' निन्नी ने तिनककर कहा।

लाखी के प्रति मुँह फेरकर अटल कहता गया, 'यह समाचार तुम सुन लो। हमारी जाति का एक अच्छा घर ग्वालियर में है। दो भैंसे, एक जोड़ी बैल, चार गाएँ, चार-पाँच बछड़े, बड़ा मकान और एक कुएँ की खेती है। लड़का होनहार है। ढोर चराता है और खेती करता है। घर भरा है। माँ-बाप, भाई-बहिनें हैं। मैं उस लड़के के साथ निन्नी की सगाई करना चाहता हूँ। चर्चा कर आया हूँ परंतु बात पक्की नहीं की है। सोचा, पहले अपने घर पर बात को मथ लूँ तब पक्की करूँ। हमको कुछ देना नहीं पड़ेगा। देना भी पड़ा तो धानवाला खेत बेच दूँगा। वे लोग निन्नी के पैरों के लिए चाँदी के कड़े तक देंगे।'

बरछी को वहीं छोड़कर निन्नी घर में चली गई। उसने वहीं से लाखी को बुलाया, 'बातें सब हो चुकी हैं, खाना बनाने आओ यहाँ।'

लाखी ने उसके पास आकर तीर और बरछी को एक ओर रख दिया।

चूल्हे को साफ करते हुए निन्नी बोली, 'भैया से कहना कि सगाई की चर्चा को आगे न बढ़ावें, मैं ब्याह नहीं करूँगी।'

'उस नटिनी ने हाथ देखा था, पर वह ब्राह्मण तो है नहीं।' लाखी ने धीरे से कहा।

'पागल हो गई हो क्या? मैं ब्याह नहीं करूँगी। तुम लोगों का सुख देख-देखकर ही सुख मनाऊँगी। तुम लोगों को नहीं छोड़ सकती।'

'घर अच्छा है। बड़े नगर में है।'

'कह दिया कि मर भले ही जाऊँ परंतु वहाँ नहीं करूँगी। कह दो भैया से। तुम नहीं कहोगी तो किसी से कहलवा दूँगी।'

'गाँववाले क्या कहेंगे?'

'जब तुम्हारे लिए मुझको या भैया को गाँववालों का डर नहीं है तो मेरे ही संबंध में क्यों होना चाहिए?'

'अच्छा, अभी कहे देती हूँ।'

'हाँ, मेरी लाखी।' निन्नी का स्वर काँप रहा था। अटल ने बातचीत का कुछ अंश तो सुन लिया था। लाखी ने पूरी वार्ता सुना दी।

अटल सन्न-सा रह गया। कुछ क्षण चुप रहा।

थोड़ी देर बाद बोला, 'अच्छा, ठीक है। मैंने उचित ही किया जो बात पक्की नहीं की। और कहीं देखा जाएगा, खोज में रहूँगा।'

उसने निन्नी को बुलाया। इधर-उधर दृष्टि डालती हुई आई और उसकी बगल में खड़ी हो गई।

'बेटी, तेरे मन से उल्टा-पुल्टा कभी कुछ नहीं करूँगा। उठा ले जा अपनी यह बरछी। कल से कर इसका अभ्यास। देखूँ, अरने को कैसे फोड़ती है इससे तू।' अटल ने कहा।

निन्नी ने हँसकर बरछी को उठा लिया। लाखी को धकियाती हुई खाना बनाने के लिए रसोईघर में ले गई। वहीं से बोली, 'इनके हाथ का बनाया खाना मैं खा चुकी हूँ। आज तुमको भी खाना पड़ेगा।'

'अच्छाऽ आऽ।' अंतिम स्वर को लंबा करते हुए अटल ने हामी भरी।

: १८ :

सवेरे अटल को ढोर सँभालने थे और निन्नी तथा लाखी को कई काम करने थे—बरछी का चलाना, नए तीरों का परीक्षण, नटों से किसी जानवर के बदले में एक साड़ी लेना। लाखी के लिए एक और भी काम था—रस्से पर चढ़ने की कुशलता का बढ़ाना और अटल को दिखलाना। अटल ने ढोरों को गाँव के किसी किसान की देखरेख में, कम-से-कम उस दिन के लिए बनाए रखने की जुगत कर ली, जो आठ दिन से उनको चराने के लिए ले जाता था, क्योंकि अटल को भी नटों का वह अद्‌भुत खेल देखना था।

वे तीनों दिन चढ़े नट-शिविर में पहुँच गए। नटों ने निन्नी और लाखी को दूर से ही पहचान लिया। उन दोनों के हाथ में बर्छियों को देखकर कुछ कुतूहल हुआ।

पोटा बेड़े से बाहर निकाल आया। अटल को प्रणाम किया, प्रश्नसूचक ढीठ दृष्टि थी निन्नी और लाखी पर।

निन्नी ने कहा, 'मेरे भाई हैं।'

नट उन तीनों के प्रति आदर का प्रदर्शन करता हुआ बेड़े के भीतर ले गया। नटिनियों और अन्य नटों ने निन्नी के दिए हुए परिचय को सुन लिया। पिल्ली अधनंगी बैठी हुई बंदर के सिर की जुएँ बीन-बीनकर नष्ट कर रही थी। उसको तुरंत लेकर झोंपड़ी में चली गई। नायकिन ने मोटे कपड़े की एक फटी, गुदड़ियोंवाली, चादर अटल के बैठने के लिए बिछा दी। अटल को जीवन में कभी ऐसा आदर नहीं मिला था। ठाठ के साथ बैठ गया। निन्नी और लाखी खड़ी रहीं।

लाखी ने पोटा का नाम बताते हुए कहा, 'रस्से पर यही चलते हैं।'

पोटा तुरंत विनय के साथ बोला, आँख में उसके खोजबीन का पैनापन और ढिठाई थी, 'मैं अभी दिखाता हूँ। चाहे सारे काम पड़े रहें पर तुमको तमाशा दिखाऊँगा, एक ही नहीं कई तमाशे।'

पिल्ली एक बहुत ही कीमती, रंग-बिरंगी और बारीक ओढ़नी ओढ़कर आ गई। वह नायकिन के पीछे खड़ी हो गई। नायकिन ने परिचय दिया, 'इस लड़की की कसरतों को देखो पहले, जो उछलती हुई गेंद को भी अपनी कुलाँचों से भुलवा देगी। देखो, इसने अपनी देह को कैसे कमाया है! कैसा सुंदर बनाया है और कैसी सलौनी है यह!!'

पिल्ली एक हल्की-सी मोच लेकर नायकिन के पीछे से आगे आई। वहीं से उसने अटल को अपने अंगों को जरा-सा फड़काकर आंशिक दिखाया। सिर पर घूँघट को जरा-सा बढ़ाया, एक क्षण के लिए चितवन घुमाई और सिर नीचा कर उसकी ओर कनखियों से देखने लगी। सलज्जता की इस बनावट को अटल नहीं समझा। कुछ अनोखी-सी लगी। परन्तु निन्नी और लाखी के गाल कानों तक लाल हो गए। अटल ने उसको देखा, परंतु आँखों को न जमा सका। दूसरे नटों की ओर देखने लगा जैसे कोई भकुआ हो, परंतु फिर से पिल्ली को देखने के लिए इच्छा प्रबल हो गई।

पोटा बोला, 'मैं रस्से को तान लूँ। अभी खेल शुरू होता है।'

नायकिन ने पिल्ली को जरा-सा और आगे करके कहा, 'यह बहुत शरमाती है। पर कमानियों, कुलाँचों और रस्से पर नाच होने के समय अपनी कारीगरी में ऐसी मस्त हो जाती है कि अपने को बिलकुल भूल जाती है।'

वह सब देखने के लिए अटल के मन में कुलबुली-सी मच गई। पोटा रस्से को तानने लग गया। नायकिन ने पिल्ली को आँख का इशारा किया।

पिल्ली ने ओढ़नी को वक्ष और कंधे पर लपेट लिया, बिजली की गतिवाली आँख की एक कोर अटल पर फेरी और कुलाँचें लगाने लगी। अटल ध्यान के साथ उसकी मोचों-मरोड़ों, कूद-फाँद और देह की लचकों को देखने लगा। उसने किसी भी नर-नारी में इतनी फुर्ती और देह की कमाई नहीं देखी थी।

जैसे ही पोटा ने रस्से को ताना और ढोलकी गले में डालकर रस्से पर चढ़ने को हुआ, पिल्ली ने व्यायाम बंद कर दिया और ओढ़नी को खोलकर ओढ़ने लगी। उस समय भी उसने चितवन और अंगों की फड़कन को लाज के झरोखे से अटल के सामने प्रस्तुत किया और पोटा ने रस्से पर विविध गतियों से चलना आरंभ किया और पिल्ली ने अटल के समीप स्वच्छंदता के साथ नृत्य। अटल का मन पोटा के काम पर अधिक रीझने लगा। पिल्ली ने और भी अधिक प्रयत्न के साथ अटल का ध्यान आकृष्ट करने की चेष्टाएँ कीं। निन्नी और लाखी पोटा की गतियों को अधिक चाव से देख रही थीं। पोटा रस्से को झूला-सा बनाकर इधर से उधर झूलता रहा और पिल्ली के नृत्य पर ढोलकी

की ताल देता रहा।

जब वह खेल को समाप्त करके रस्से पर से उतर आया, बोला, 'बेटी लाखी, तुम थोड़ा-सा अभ्यास कर लो।'

लाखी पहले लजाई, पर फिर निन्नी के कंधे के सहारे रस्से पर पहुँचकर बैठ गई और सधने के लिए थोड़ी देर काँपती रही। दृढ़ता के साथ खड़ी हुई, कुछ क्षण स्थिर रही। एक-दो डग चली, तौल बिगड़ी और नीचे आ गिरी। पैर में कुछ धमक आई परंतु उसको दबाने के लिए हँसने लगी।

पिल्ली खिलखिलाकर हँस पड़ी। अटल ने देखा, उसने हँसते हुए थोड़ा-सा घूँघट डालकर कटाक्ष किया। लाखी ने नहीं देखा परंतु निन्नी और अटल ने देख लिया। निन्नी बोली, 'चलो लाखी, जंगल में बरछी का अभ्यास करेंगे।'

'जंगल तो यहीं है। कहाँ मारी-मारी फिरोगी?' नायकिन ने कहा।

निन्नी ने आग्रह किया, 'अभ्यास अवश्य करना है। पास के किसी बड़े छेवले के पेड़ पर करेंगे। उसके बाद बर्छियाँ भाई को देकर शिकार के लिए जंगल में निकल जाएँगे।'

'अच्छा।' नायकिन ने मान लिया।

वे दोनों थोड़ी दूर छेवले के पेड़ पर बरछी चलाने का अभ्यास करने लगीं। अटल वहीं बैठा रहा।

नायकिन ने उससे कहा, 'इस लड़की का खेल तुमको कैसा लगा?'

'बहुत अच्छा।' अटल बोला।

पिल्ली इठलाती हुई झोंपड़ी में भाग गई।

नायकिन ने धीरे से कहा, 'तुमको यह देखते ही चाहने लगी है।'

'हाँ आँ-हूँ!'

'देखा न, वह समझ गई मैं क्या कहना चाहती हूँ, इसलिए तुरंत कूद गई। कितनी लजवंती है।'

अटल को आधी घड़ी ही पहले देखे हुए उसके निर्लज्ज प्रदर्शन का पूरा स्मरण था। मुझको चाहती है! चाहकर क्या करेगी? ब्याह करेगी। और? राम! राम!! राम!!! उसने सोचा।

नायकिन से कुछ नहीं कहा। अटल उस दिशा में देखने लगा जिसमें निन्नी और लाखी बरछी चलाने का अभ्यास कर रही थीं।

नायकिन ने दूसरा पहलू पकड़ा। संकेत से पोटा को अपने निकट बुला लिया। पिल्ली झोंपड़ी के एक थूमे के निकट खड़ी थी।

नायकिन ने कहा, 'इनको देश-देशांतरों का हाल सुनाओ, तब तक वे दोनों आ जाती हैं। माँडू, कालपी, मंदसौर कितने बड़े-बड़े और कैसे तड़क-भड़कवाले शहर हैं। तुमने

पहले कभी देखे?'

अटल ने उत्तर दिया, 'मैं तो अपने गाँव और आस-पास के गाँवों को छोड़कर और कहीं कभी नहीं गया। अब की बार ग्वालियर गया था। और कुछ नहीं देखा।'

पोटा ने देखे और अनदेखे नगरों की कहानी को गहरा रँग-रँगकर सुनाया। अंत में बोला, 'हमारे साथ माँडू चलो तो देखना, ग्वालियर उसके सामने रत्ती बराबर नहीं बैठेगा?'

'निन्नी और लाखो को कहाँ छोड़ जाऊँगा?'

'साथ लेते चलना। बड़ी अच्छी हैं। वे भी बिचारी देख लेंगी कि दुनिया में साँक नदी और राई गाँव से भी बहुत बढ़-बढ़कर कुछ है।'

पिल्ली थूमे के पीछे से खाँसी।

नायकिन ने कहा, 'वह देखो, खाँसी की बोली में कह रही है कि माँडू चलो। तुमको सब तरह का सुख मिलेगा हमारे साथ में।'

अटल सिकुड़ गया।

पोटा बोला, 'इन लड़कियों की गजब की तीरंदाजी को देखकर माँडू का सुल्तान दाँत तले उँगली दबाएगा और न जाने कितना इनाम न दे देगा।'

'माँडू कितनी दूर है? कहाँ होकर जाते हैं?'

'बहुत दूर नहीं है और जवान के लिए संसार का कोई भी कोना दूर नहीं होना चाहिए। वैसे एक रास्ता नरवर होकर है। यहाँ से बिना ग्वालियर गए सीधे पहुँच सकते हैं। पच्चीसक कोस होगा, बस।'

'ग्वालियर के राजा शिकार खेलने आ रहे हैं। वे इन लड़कियों की निशानेबाजी देखेंगे। माँडू फिर कभी सही।'

ग्वालियर के राजा का नाम और उनके आने का समाचार सुनकर नटों को हड़कंप हो आया। पोटा ने चर्चा को टाला।

'हमारे पास कुछ अनमोल साड़ियाँ हैं, इन लड़कियों को दे देना चाहते हैं।'

'दाम कहाँ से आएँगे देने को?'

'हम तो वैसे ही देना चाहते हैं।'

'वे नहीं लेंगी, सेंतमेंत नहीं लेंगी।'

'हाँ-हाँ, ऊँचे मनवाली हैं, महलों में रहने लायक।'

'क्या?'

'मतलब उनका ऐसा ऊँचा मन है जैसा महलों में रहनेवाली रानियों का होता है।'

'हाँ, सो तो है, पर झोंपड़ों में रहनेवाले महलों को क्या जानें?'

'हमारी इन्होंने, जो बहुत ज्योतिषी हैं, उन लड़कियों के हाथ की रेखाएँ देखी हैं।

इनका कहना है कि किसी राजा की रानियाँ बनेंगी।'

'अरे वाह! ऐसा कभी हो सकता है?'

'हो सकता है और होगा। तुम देखोगे कुछ ओढ़नियों को?'

'अच्छी बात है। यों ही बैठे-बैठे क्या करेंगे।'

अटल का कुतूहल जागा। उसके सामने कई चुनरियाँ आ गईं। वह उनको देखने लगा। यदि इनमें से एक को भी लाखी ओढ़े तो कैसी दिखेगी वह? उसने सोचा। कपड़ों को देखते-देखते उसकी आँख बहुमूल्य चुनरी ओढ़े हुए पिल्ली पर गई। उसने फिर आँख चलाई। अटल की आँख के सामने तुरंत लाखी का चित्र पिल्ली के साथ ही खिंच गया। उसके मन में ग्लानि आई।

'पानी पी आऊँ नदी में।' अटल ने कहा। नटों का पानी वह नहीं पी सकता था। उठकर नदी की ओर चला गया।

पोटा और नायकिन की खुसफुस होने लगी।

'ऐसे काम होता नहीं दिखता है।'

'पिल्ली पर तो ढला है वह कुछ।'

'बस, यही एक सहारा दिखता है।'

'माँडू से लौट आवें वे लोग तो कुछ और उपाय चलावें।'

'साथ में कुछ ले तो आवें।'

'हाँ, गहने, कुछ टके और कुछ अच्छे सवार। शायद जरूरत पड़ जाए।'

'वह काम है बड़े खटके का। कहीं ग्वालियर का राजा अपने दलबल के साथ न आ धमके।'

'आ भी आए तो हम लोगों के लगाव को कोई भी नहीं समझ पावेगा।'

'गहनों की बात इस आदमी के सामने न की जाए। लड़कियों को दिखाए जाएँ और उनको फुसलाया जाए। लड़कियाँ अच्छे कपड़ों और कीमती गहनों की शौकीन होती हैं, उनके पीछे अपनी जान तक दे दें। अकेले में समझाएँ तो शायद कहने में आ जावें। इस आदमी को कहीं खपा देंगे और लड़कियों को लेकर चल देंगे।'

'काम जरा कठिन जान पड़ता है। पर कुछ उकत-जुगत निकालेंगे। दोनों माँडू से लौट आवें तभी कुछ तय हो सकेगा।'

एक घड़ी के पीछे अटल लौट आया और उसके बाद लाखी और निन्नी भी आ गईं। वे दोनों अभ्यास पर संतुष्ट थीं।

निन्नी ने प्रफुल्ल स्वर में कहा, 'भैया, हम लोग बहुत शीघ्र बरछी चलाना सीख लेंगी। तीर चलाने से यह कहीं सहज है।'

'फेंककर भी चलाया?' उसने पूछा।

लाखी ने उत्तर दिया, 'हाँ, हाँ।'

निन्नी बोली, 'भैया, तुम बर्छियाँ रख लो, हम दोनों शिकार खेलने जाती हैं। कोई बड़ा शिकार मिल गया तो उसके बदले में इन लोगों से लाखी के लिए एक अच्छी चुनरी ले लूँगी।'

'एक तुम्हारे लिए भी लेनी है।' लाखी ने कहा।

उसी प्रकार की एक चुनरी ओढ़े अटल ने पिल्ली को देखा। पिल्ली ने मुसकान के साथ तुरंत अटल पर चितवन चलाई। इस तरह की रंग-बिरंगी, फूलदार बारीक चुनरी ओढ़े हुए लाखी कैसी लगेगी? उसमें से उसका रोम-रोम झाँकेगा जैसा इस नटिनी का दिखाई पड़ रहा है। कैसी आँख चलाती है! अंगों को कितना फड़काती है!! नाचते समय कितनी बेशरमी दिखाई थी इसने!!! लाखी इस प्रकार की चुनरी पहनकर क्या इसी नटिनी सरीखी नहीं दिखेगी? क्या वह कुछ दिपेगी? और निन्नी? मेरी बहिन! इसी तरह के कपड़े पहने यह कैसी दिखाई पड़ेगी? नटिनी-सी न? राम!! राम!!! उसके मन में ग्लानि की कोचनें उठीं।

उसके कहा, 'अपने यहाँ ऐसे नहीं पहने जाते।'

नायकिन बोली, 'रानियाँ तो पहनती हैं।'

अटल ने प्रतिवाद किया, 'न मैंने कभी देखा और न कह सकता हूँ और न हम लोगों को राजा-रानी बनना है।'

'तो भी एक को घर में रख ही लेंगे। अवसर-काज पर काम आ सकती है।' निन्नी ने लाखी के भविष्य में होनेवाले ब्याह का संकेत किया।

'देखा जाएगा,' लाखी ने कहा, 'लेंगे तो दो लेंगे, एक नहीं ली जाएगी।'

वे दोनों शिकार खेलने जंगल में घुस गईं। अटल बर्छियाँ लिए हुए घर चला आया।

संध्या के पहले नट-शिविर में नौ-दस दिन पहले बाहर गए नट आ गए। आते ही उन्होंने सावधानी के साथ अपनी फेंट में से एक पोटली दी और गर्व से संकेत द्वारा प्रकट किया कि साथ में कुछ इससे भी अधिक प्रबल साधन लाए हैं।

निन्नी और लाखी जंगल में पूर्ववत् भटककर रीते हाथ घर आ गईं।

: १९ :

दूसरे दिन निन्नी और लाखी कहीं नहीं गईं। घर का काम और बर्छियों का अभ्यास किया। लाखी ने रस्से पर चलने का दृढ़ प्रयत्न किया और अटल अपने ढोरों के साथ चला गया।

रात को उन दोनों ने निश्चय किया।

निन्नी बोली, 'कई दिन से जंगल में कुछ भी नहीं मिल रहा है। जानवरों के खाँद तो

मिलते हैं, पर दिखाई उनकी पूँछ तक नहीं पड़ती। सवेरे के काम-काज से निबटकर जल्दी जंगल में घुस चलें और एकाध कोस आगे बढ़ जाएँ। देखें शिकार कैसे नहीं मिलता। नटों के डेरे और हम लोगों के फिर-फिर वहीं घूमने के कारण जानवर कुछ दूर हट गए हैं।'

लाखी ने समर्थन किया, 'बिलकुल ठीक। साथ में एक बरछी भी ले लो तो कैसा रहे?'

निन्नी ने कहा, 'मैं ले लूँगी अपन बरछी। पीठ पर बाँध लूँगी। झाड़ी-झंकड़ में अड़चन जान पड़ी तो हाथ में ले लूँगी। अवसर आने पर पहले तुम तीर चला देना, फिर मैं देखूँगी।'

'ठीक है।' लाखी ने आश्वस्त किया।

सवेरे का काम-काज करके और कुछ खा-पीकर वे दोनों जंगल की ओर चली गईं। गाँव से थोड़ी दूर निकल जाने पर उनको पोटा मिला।

नट ने कहा, 'तुम लोगों को रात में जानवरों की कोई बोली सुनाई पड़ी?'

'कौन से जानवर की?'

'अरनों की डिड़कार, सुअर की हुर्र-हुर्र?'

'नहीं तो।'

'ओफ़! वही तो बतलाने को आया हूँ। हमारे डेरे से कुछ दूर उधर पीछे की तरफ़ न जाने कितने जानवर ऊधम करते रहे हैं। शायद आपस में लड़ रहे थे।'

'कई दिन से खेतों के पास जानवर नहीं आए। तुम्हारे डेरे से कितनी दूर जान पड़ते थे वे?'

नट ने अपने अटकल और जानवरों की दिशा को बताया। वे दोनों उसी दिशा में उल्लास के साथ चली गईं।

नट अपने डेरे की तरफ़ बढ़ गया।

निन्नी और लाखी जानवरों के चिह्नों की तलाश में दूर निकल गईं।

बहुत से खाँद मिलने शुरू हुए। खाँद जंगल में खुले और साफ स्थानों में दिखाई पड़ जाते थे परंतु पथरीली या घास और झंखाड़वाली भूमि में बहुत कम। निशान एक दूसरे पर चढ़े हुए से मालूम पड़ रहे थे और साफ समझ में नहीं आ रहा था कि किस जानवर के हैं। कभी अनुमान करती थीं कि अरनों के हैं, कभी भ्रम हो जाता था कि घोड़ों के हैं। घोड़ों के यहाँ कहाँ से आए? उन्होंने अपने भ्रम का खंडन करना चाहा। दोनों एक झाड़ी की ओट में खड़ी हो गईं। खुसफुस करने लगीं।

'सुअर और भैंसे के खुर तो चिरे होते हैं, घोड़े के खाँद जान पड़ते हैं।' निन्नी बोली।

लाखी ने कहा, 'घोड़ों के ही हो सकते हैं परंतु यहाँ घोड़े कहाँ से आए? कहीं से तुर्क न आ गए हों!'

'चिह्न किसी बड़े दल के नहीं हैं। तुर्कों ने चढ़ाई की होती तो अपने गाँववालों को बहुत पहले मालूम हो जाता। रात को हर टीले-पहाड़ पर से आग जलती हुई दिखाई देती। गाँव-गाँव से ढोलों की ढप-ढप सुनाई पड़ती और एक पंचायत का कुटबार दूसरी पंचायत को समाचार दौड़कर दे जाता। कहीं ऐसा न हो कि राजा मानसिंह के सवार पहले से आ गए हों।'

'वाह! पहले यहाँ आते या गाँव में? और फिर यहाँ ग्वालियर से आने के लिए मार्ग भी नहीं है।'

बगल में फैला हुआ ऊँचा पहाड़, ढालू जंगल, पथरीली जगह, नीची झाड़ी, समतल भूमि पर सघन विशाल वृक्ष—कहीं झुरमुटों में, कहीं बिखरे हुए। गाँव लगभग एक कोस की दूरी पर। नटों का डेरा भी दूर था। उन दोनों ने इधर-उधर देखा। कुछ दूरी पर, एक टौरिया की ओट में खड़-खड़ का शब्द सुनाई पड़ा।

'कोई जानवर है। स्यात् अरना हो।' निन्नी ने बहुत धीमे स्वर में कहा।

'हाँ अरना ही होगा, सुअर नहीं हो सकता; आवाज ऊँची थी।'

उन्होंने कान लगाया परंतु कुछ सुनाई नहीं पड़ा।

निन्नी ने पीठ पर से बरछी को खोल लिया।

लाखी ने कहा, 'बरछी मुझको दे दो। अरने के लिए तुम्हारे हाथ का तीर अच्छा रहेगा।'

'नहीं।' निन्नी ने समझाया, बरछी को मेरी मुट्ठी और कलाई ज्यादा बल के साथ चला सकेगी, तीर तुम्हारा अच्छा रहेगा। इस टौरिया की ओर चलें जहाँ से आहट आई है।'

वे दोनों टौरिया की दिशा में चलीं। टौरिया के नीचे पहुँचकर देखा तो टौरिया को इतनी उलझी हुई झाड़ी से भरा हुआ पाया कि उसमें लेटकर जाने की भी गुंजाइश न थी। उनको विश्वास था कि टौरिया के ऊपर स आहट नहीं आई, बल्कि पीछे या बगल से आई है। भूमि ऊँची-नीची थी और घास कुछ अधिक ऊँची। कहीं नाहर पड़ा हो और उछलकर सिर पर आ धमके, भालू किसी अदृश्य झाड़ी में से झपटकर गले से आ चिपके, सुअर सपाटा भरकर घुटने तोड़ दे, जाँघ फाड़ डाले, और यदि कहीं किसी अगोचर झाड़ी के पीछे एक ही अरना हुआ और छाती पर आ टूटा तो क्या होगा? वे दोनों कलेजे को कड़ा करके भी कुछ ऐसा ही सोच रही थीं। पहाड़ी का सिर थोड़ी ही दूर रह गया। वहाँ से दूसरी पहाड़ी के ढाल की ऊँचाई शुरू होती थी। दोनों पहाड़ियों के बीच में जगह खाली मालूम होती थी। लगता था जैसे कोई चौड़ा-सा मार्ग हो। वे दोनों सावधानी के साथ एक-एक डग धरती हुई, इधर-उधर ताकती-झाँकती इसी सिरे की ओर जा रही थीं। सिरे के निकट पहुँचकर वे ध्यान के साथ आहट लेने लगीं। निन्नी बरछी सँभाले

और लाखी कमान पर लोहे का तीर चढ़ाए।

निन्नी को अवगत हुआ जैसे सिरे की मोड़ के पीछे कोई खाँसा हो। लाखी को भासित हुआ जैसे उसकी बगल में टौरिया के ऊपर किसी ने उस खाँसी को दुहराया हो। निन्नी ने लाखी की टेहुनी को अपने खाली हाथ की उँगली से कोंचा। दोनों ने एक दूसरे के प्रति देखा। पशु नहीं है, कोई मनुष्य हैं—यह मानकर उन दोनों का गला सूख गया। दोनों ठिठकीं।

बहुत धीरे से लाखी बोली, 'कोई मनुष्य है, अरना या सुअर नहीं है।'

निन्नी ने चुप रहने और चुपचाप टोह लेने के लिए आँखों का संकेत किया।

थोड़ी देर उसी स्थिति में वे दोनों खड़ी रहीं।

निन्नी ने बहुत धीमे स्वर में कहा, 'हवा से पेड़ों की टहनियाँ रगड़ खा गई थीं, और कुछ नहीं था।'

लाखी ने असंदिग्ध नाहीं का सिर हिलाया। बोली, 'लौट पड़ो।'

निन्नी भय की लज्जा और निर्भयता के हठ के द्वंद्व में पड़ गई।

उसने आँख के संकेत से थोड़ी देर खड़े रहने का आग्रह किया। कुछ ही झण पीछे उन दोनों को टौरिया के ऊपर से स्पष्ट खाँसने का शब्द और मोड़ के पीछे से घोड़ों की टापों की आवाज सुनाई पड़ी। दोनों धक् से रह गईं।

निन्नी ने एक ही क्षण उपरांत भौंह सिकोड़ी, होंठ सटाए और भाले को मुट्ठी में साधकर कसा। तीर को पकड़े लाखी का हाथ काँपने लगा। होंठ उसके हिल रहे थे। धीरे काँपते स्वर में बोली, 'पीछे हटकर ओट ले लो, सवार आ रहे हैं।'

निन्नी के भी कान ने धोखा नहीं खाया था। आस-पास कोई अच्छी ओट का सहारा न देखकर वह लाखी के साथ पीछे को मुड़ी। लौटकर देखा तो सिरे की मोड़ पर दो घोड़ों के थूथर दिखाई पड़े। पहाड़ी पर चढ़ जाने के लिए बित्ते-भर का भी मार्ग दिखाई नहीं पड़ रहा था। जहाँ से आई थीं उसी रास्ते से जाने में छिपाव की कोई गुंजाइश नहीं के बराबर थी। पहाड़ी के समानांतरवाली बगल में कुछ दूरी पर पेड़ों का एक झुरमुट था। वे उसी दिशा में मुड़ीं। परंतु इसकी ओट में पीछे नहीं पहुँच पाईं। शस्त्र-सज्जित चार सवार सिरे की पीछे की मोड़ से उस स्थान पर आ गए जहाँ से वे लौट पड़ी थीं। वे दोनों एक छोटी-सी झाड़ी के पीछे दुबकने का प्रयास करने लगीं।

चार सवारों के जो आगे था, चिल्लाया, 'घबराओ मत, जंगल की परियो! हम तुमको खुश करने के लिए ही आए हैं। चलो हमारे साथ।'

कलेजे की धक्-धक् के साथ निन्नी खड़ी हो गई। उसके मुँह से फटे स्वर में निकला, 'कौन हो तुम?'

सवाल के बाद ही निन्नी के कलेजे की धक्-धक् बंद हो गई और अपने शिकार का

सफल इतिहास उसकी स्मृति में बिजली की तरह कौंध गया।

लाखी भी खड़ी हो गई।

'कहाँ चलें तुम्हारे साथ?' लाखी बोली। स्वर निष्कंप ऊँचा और पैना था। होंठ सूखे।

सवार लोहे की जाली का कवच पहने हुए थे, झिलम पर साफे बाँधे थे। उनकी आँखों की जगह केवल गोल छेद दिखाई पड़ रहे थे। सवारों ने कोई जवाब नहीं दिया। आगे बढ़ आए। उनके निकट आकर थम गए।

आगेवाले सवार ने कहा, 'एक-एक घोड़े की पीठ पर आकर दोनों बैठ जाओ। फेंटे से तुमको कस लिया जाएगा। गिरने का कोई डर नहीं रहेगा। ऐसी जगह ले चलेंगे जहाँ जिंदगी-भर गुलछर्रे उड़ाओगी। निकल आओ झाड़ी में से यहाँ।'

सवार घोड़े पर से उतर पड़ा। कंधे पर तीरों का तरकस और कमान कसे था। कमर में खमदार लंबी शमशीर। उन दोनों की तरफ बढ़ा। उसके पीछेवाला सवार भी घोड़े पर से उतरकर बढ़ा। घोड़ों को दोनों ने छोड़ दिया था। घोड़े घास पर मुँह फेरने लगे। बाकी दो सवार आरूढ़ रहे।

निन्नी ने तीखे पैने स्वर में रोका, 'वहीं खड़े रहो! हमको क्यों छेड़ते हो?'

'शुरू-शुरू में आवाज इसी तरह भड़कती-तड़कती है फिर असीसने लगती है। हुकुम की बंदगी के लिए आए हैं हम लोग। घोड़ों पर सवार हो जाओ, इसके बाद तुम्हारे भी हुकुम के सामने सिर झुकाएँगे।' वह बोला।

'चुप।' निन्नी कड़की, जैसे बिजली तड़क गई। सवार ने अपने पैदल साथी को लाखी को पकड़ने का इशारा किया और स्वयं झाड़ी का चक्कर काटकर निन्नी की बगल पर आया।

उसने ठहाका मारकर कहा, 'अच्छा! बरछी लिए हो!! और तीर कमान!!! फजूल हैं, फेंक दो बरछी। तुम्हारा–आपका नाम, मृगनयनी है?'

'हाँ', कड़क के साथ निन्नी के मुँह से निकला और वज्रमुष्ठि की बरछी का फल झन्न के साथ सवार के कवच को छेदकर पसलियों के भीतर जा धँसा। लाखी ने तानकर दूसरे पैदल की आँखवाले छेद को निशाना बनाया। सन्न से छूटकर तीर आँख के भीतर दूर तक धँस गया। दोनों 'ओह!' के साथ गिरकर तड़पने लगे। लाखी ने एक तीर घोड़े की गरदन पर छोड़ा। वह भी गिर गया। तुरंत निन्नी ने कमान को कंधे से उतारकर तरकस से तीर निकाला और दो घुड़सवारों में से एक पर छोड़ा। सवार तेजी के साथ मुड़ पड़े थे, इसलिए तीर चूक गया। लाखी ने एक दूसरा तीर छोड़ा। आड़ में आ गई थी, इसलिए तीर ने एक पतले पेड़ की डाल को काटा और वह खाली गया। निन्नी ने दूसरा तीर छोड़ा। वह भी खाली गया। सवार मोड़ पर पहुँच गए थे, बिना सवारवाला दूसरा घोड़ा दौड़कर उन भागते हुए सवारों के साथ हो गया। मोड़ के पीछे पहुँचते-पहुँचते भी उन

सवारों के पीछे दो तीर और गए परंतु लगे उनमें से किसी को भी नहीं। मोड़ के पीछे से दौड़ते हुए घोड़ों की टापों का शब्द सुनाई पड़ा। फिर शांत। इधर कुछ क्षण वे दोनों आगंतुक तड़पे, कराहे, फिर बिलकुल शांत।

निन्नी और लाखी के कलेजे में फिर धुक्-धुक् हुई। एक-दूसरे से कुछ कहना चाहती थीं परंतु मुँह से बक नहीं फट रहा था।

लाखी का गला सूख गया था। भर्राए स्वर में बोली, 'बरछी को उसकी पसलियों में से खींचकर चलो जल्दी यहाँ से।'

निन्नी कोई उत्तर न देकर भूमिशायी सवार के निकट जाकर देखने लगी। वह मर चुका था। निन्नी ने काँपते हाथ से बरछी निकालने की कोशिश की, न निकल सकी। हाथ की मुट्ठी बँध नहीं सकी। लाखी ने तीर-कमान को घास में एक तरफ रख दिया। बैठकर लाश की बगल में पैर अड़ाए और एक कस में बरछी को निकाल लिया। खून की धार फूट निकली। निन्नी ने दूसरी ओर मुँह फेर लिया। लाखी ने बरछी उसके हाथ में दे दी और लपककर अपना तीर-कमठा उठा लिया; जैसे किसी पर तत्काल चलाना हो। फिर उसने दौड़कर दूसरी लाश और मरणासन्न घोड़े में से अपने तीर निकालकर तरकश में रख लिए। उसकी आँखों में पागलपन-सा छा गया था। सुन्न-सी खड़ी निन्नी के पास आकर कंधे को झटका दिया।

उसी भर्राए हुए स्वर में बोली, 'यहाँ से जल्दी चलो। या खोए हुए तीरों को ढूँढ़ने की सोच रही हो? जल्दी! जल्दी!!'

निन्नी सचेत हो गई। कहा, 'छोड़ो तीर को, चलो घर। बहुत तीर हो जाएँगे। घर पर और भी रखे हैं।'

लाशों को वहीं छोड़कर वे तेजी के साथ चल दीं। उनकी इच्छा घने जंगल को छोड़कर नदी के किनारे होते हुए घर पहुँचने की थी।

गाँव के पास पहुँचकर वे धीमी पड़ीं। बरछी और तीरों पर रक्त सूख गया था परंतु मन के भीतर ग्लानि भी थी।

निन्नी ने कहा, 'नदी में इनको धो लो और नहाकर घर चलो।'

लाखी बोली, 'नदी में कोई सवार न हो।'

'दूर से दिखाई पड़ जाएँगे। हुए तो भागकर घर पहुँच जाएँगी।'

'तब तो गाँव-भर को सचेत करना पड़ेगा। कहीं गाँव पर धावा न हो जाए?'

'भैया न जाने कहाँ होंगे। उनको छोड़कर कैसे कहीं भागकर छिप सकते हैं? चलो, नदी किनारे। थोड़ी ही दूर नटों का डेरा है। उनके पास हथियार भी हैं। वे सवार उतने ही रहे होंगे या इधर-उधर थोड़े से और होंगे। गाँव पर धावा नहीं हो सकता।'

लाखी सहमत हो गई। उन दोनों के पास तरकसों में अभी और कई तीर थे।

नदी-किनारे चौकन्नी होकर पहुँचीं। आँख पसारी। गाँव के इखरे-बिखरे चरते हुए ढोरों के सिवाय कुछ नजर नहीं आया। नदी में जाकर उन्होंने बरछी और तीरों को धोया। नहाईं और घर गईं। घर पहुँचकर अब उनको डर लगा। घर में जैसे कोई बड़ा जंगल हो, जैसे वहाँ कोई खाने को दौड़ रहा हो, जैसे वे निःशस्त्र हों, निस्सहाय। घर की टटिया बंद कर लेने पर उनको और भी डर लगा। निन्नी ने टटिया खोल ली। घर के बाहर आकर इधर-उधर देखने लगी।

लाखी बोली, 'उन्होंने बड़ी देर लगाई! ढोरों को लिए न जाने कहाँ डोल रहे होंगे।'

निन्नी ने कहा, 'यही मैं सोच रही थी। चाहती हूँ हम सब ब्यालू करके मचान पर चल दें।'

थोड़ी देर में संध्या हुई। गाँववाले अपने-अपने थोड़े से ढोर लेकर आ गए। दूर से उनके शब्द को सुनकर निन्नी को भान हुआ जैसे कई घुड़सवार दौड़ते चले आते हों। आधी घड़ी पीछे अटल भी अपने ढोरों सहित आ गया जैसे ये दोनों उसके लिए आँखें बिछाए बैठी हों।

निन्नी बोली, 'कहाँ थे अभी तक, बड़ी देर लगाई।'

अटल को अचरज हुआ, 'देर लगाई! पशुओं को तो पानी पिलाकर लौटने का समय यही है। क्यों, क्या बात है?'

लाखी ने कहा, 'हम दोनों को लग रहा था जैसे कुसमय हो गया हो।'

पशुओं को सार में बाँधने के बाद, अटल को उन्होंने पूरा वृत्तांत सुनाया। अटल को विश्वास नहीं हो रहा था। अंत में मानना पड़ा।

बोला, 'तुर्कों की कोई छोटी-सी टुकड़ी है। बहुत होते तो तुम दोनों घिरकर मारी जातीं। तुमको पकड़कर तो वे ले ही नहीं जा सकते थे। आज मेरे लाए तीर और बरछे सार्थक हुए। हमारे तोमर राजा ने चंबल और यमुना की सीमाओं और घाट-घाटियों पर मोर्चे बाँध रखे हैं। उनके बीच में होकर चार-छः का ही निकल आना सहज हो सकता है। कोई बड़ी टुकड़ी या सेना बिना बड़ी लड़ाई और मारपीट के यहाँ तक नहीं आ सकती। चिंता मत करो। रात में मचान पर हम तीनों रहेंगे। दोनों सो जाना, मैं जागता रहूँगा। कल से इतनी दूर शिकार खेलने मत जाया करो। बस। फसल कटने को आ गई है। अनाज गहाकर गड्ढे में रख लें, फिर कोई बात नहीं।'

दूसरे दिन सवेरे मचान पर से घर आने के बाद थोड़ी ही देर हुई थी कि पोटा आया। उसकी आँखों की ढिठाई में खोजबीन नहीं थी। पुतलियों के घुमाव-फिराब के अंतरों में कुछ भय-सा था।

आदरसूचक प्रणाम के बाद बोला, 'इन बेटियों को कल कुछ शिकार मिला था क्या? मिला हो तो थोड़ा हमको दे दो।'

अटल ने अभिमान के साथ कहा, 'शिकार नहीं मिला, कुछ चोर मिले थे, सो हमने उनको मार भगाया।'

'चोर! ओ भगवान्!! ओ घाट घटौरिया देवता!!! ओ गोंड बाबा!!!! हम लोग वहाँ सूने में अकेले पड़े हैं। क्या करें?' नट ने भयातुरता प्रकट की।

अटल बोला, 'तुम तो कई हो। तुम्हारे पास हथियार भी हैं।'

नट ने भय के उसी स्वर में कहा, 'हमारे पास कुछ कपड़े हैं। चावल और गुड़ भी थोड़ा-सा है। कुछ और सामान है। गाँव की पंचायत और पटेल कह दें तो हम लोग गाँव के पास ही अपना डेरा डाल लें।'

'कोई नाहीं नहीं करेगा।' थोड़ा-सा सोचकर उसी अभिमान के स्वर में अटल ने कहा।

नट प्रसन्नता प्रकट करता हुआ वहाँ से अपने डेरे को चला गया।

धीरे से उसने नायकिन से कहा, 'हमारी साँठ-गाँठ का उसको पता नहीं है। थोड़े दिन गाँव के पास ही रहकर कोई और क्रिया बरतनी पड़ेगी।'

संध्या के पहले उन्होंने अपना शिविर गाँव के निकट खड़ा कर लिया।

: २० :

वज्रमुष्ठि में बरछी की मूठ को पकड़कर नोक से कवच को झनझन के साथ फोड़ा और चोर को धराशायी कर दिया! दो दिन के ही अभ्यास से कितना सफल, प्रबल तौला हुआ प्रहार रहा!! दूर-दूर तक कहीं भी कोई सहायता प्राप्त नहीं, रोने-चीखने तक की कोई सुनता नहीं!!! कोई और स्त्रियाँ ऐसी परिस्थिति में पड़ी होतीं तो डाकू उनको उठा ले जाते और उनके सतीत्व को उजाड़ देते!!!! निन्नी के हृदय के एक कोने में अभिमान जाग-जाग पड़ रहा था। परंतु वे तुर्क रहे होंगे। आगे अनेकों को साथ लाएँगे। तब क्या होगा? यह डर निन्नी के अभिमान को दबा-दबा डालता था।

लाखी ने अपने ऊपर आते हुए उस नकाबपोश का वेध झाड़ी की ओट लेकर क्षण-भर में निशाना बाँधकर किया। घोड़े को दूसरे तीर से फोड़ डाला, उसी पर चढ़ाकर तो वह तुर्क भगा ले जाना चाहता था। परंतु क्या उस समय इतना सोचा था? कुछ भी याद नहीं आता, कैसे बखाना जाए? बात चारों तरफ फैलेगी। यदि तुर्कों की फौज की फौज चढ़ दौड़ी और खेती, पशु और घर मिटा दिए तो लोग कहेंगे—इन लड़कियों ने ही सब सत्यानाश खड़ा करवाया—लाखी ने सोचा।

उन दोनों ने अपने पराक्रम की कथा को सिवाय अटल के और किसी को नहीं सुनाया। अटल से अनुरोध किया कि वह किसी को उन सवारों को मार डालने का हाल न बताए।

अटल के अभिमान ने कथा को पहला रूप दिया—लड़कियों ने चोरों को मार भगाया। दूसरा रूप—चोरों के पास हथियार थे, वे घोड़ों पर सवार थे, घाव खाकर भागे। तीसरा रूप—चोर तुर्क थे या अंतर्वेद के कोई पठान, लूटने-मारने को आ रहे थे कि इन विकट लड़कियों ने मार भगाया। चौथा रूप—इन दोनों ने तुर्कों व पठानों को तीरों से छेद दिया, वे तीरों को ही ले जा सके। मार डालने की बात किसी से नहीं कही और न चोरी का अभिप्राय बताया कि वे इन लड़कियों को ही उठा भागने को आए थे।

परंतु गाँववालों को चोरी के अभिप्राय को समझने में क्षण-भर का भी विलंब नहीं हुआ। उनको शंका हो गई कि फिर कोई बड़ा हमला होना है और फिर वन-कंदराओं में मरने-खपने या अधमरे हो जाने की बारी आनी है। राजपूतों का परस्पर युद्ध तो था ही नहीं जिसमें खेती, गाँव और स्त्री की इज्जत नहीं बिगाड़ी जा सकती थी।

दूसरे-तीसरे ही दिन गिद्धों, चीलों और ढोरों के चरानेवाले ने दो मरे हुए मनुष्यों और एक मरे घोड़े का पता दिया। नटों ने अपने अन्वेषण-अनुसंधान द्वारा उनका समर्थन किया। कवच, झिलम और मृत तुर्कों के हथियार भी लाकर गाँववालों को दिखा दिए। लाशों पर और जो कुछ पाया हो उसको अपने डेरे में रख दिया।

गाँव की जनसंख्या अल्प थी। थोड़े से नटों के आ जाने से गाँव की चिंता कम नहीं हुई। नटों की जाति, उनका व्यवसाय, किसी भी गाँव के अंग या अंश न होना, उस गाँव में उनको हिला-मिला नहीं सकता था। लाखी, निन्नी और अटल को नटों का अधिक संपर्क प्राप्त था, इसलिए वे उनको अपने से उतना ज्यादा अलग नहीं समझते थे, परंतु गाँव की चिंता या भय की अवहेलना नहीं कर सकते थे।

आक्रमण के भय का शमन केवल एक ही उपाय द्वारा हो सकता था—ग्वालियर के राजा की सहायता।

गाँववाले पुजारी के पास पहुँचे।

'बाबा!' एक गाँववाले ने कातर स्वर में कहा, 'हम किसान लोग किसी से नहीं लड़ते। लड़ाई राजपूतों, तुर्कों और पठानों का काम है, परंतु गाँव की दो लड़कियाँ कुछ पागल हैं—इनके तीरों से दो तुर्क या पठान अपने जंगल में मारे गए....'

अटल ने तुरंत टोका, 'बाबा, वे डाकू इन दोनों को जबरदस्ती उठा ले जाना चाहते थे। हथियार न उठातीं तो क्या करतीं? अपनी जान खो देतीं? पुरखों को डुबो देतीं?'

गाँववाला बोला, 'वैसे ही तोरई छोंकता है, मुझको बात कर लेने दो।'

अटल मुँह बिदराकर चुप रहा।

गाँववाला कहता गया, 'घोड़ों की टापों के चिह्नों से जान पड़ता है कि वे सब बहुत से थे। लड़कियाँ कुल चार बताती हैं पर इतने अवश्य थे कि दो को मरा छोड़कर बाकी जहाँ से आए थे वहाँ पहुँच गए। अब वे लाएँगे अपने साथ न जाने कितनों को। यदि आ

गए तो न फसल बचेगी, न ढोर और न हम लोगों के प्राण। आप ग्वालियर जाकर राजा से कहिए।'

'ग्वालियर होकर ही अभी तो हम लौटे हैं। राजा ने फिर से वचन दिया है कि चार-छः दिन में आएँगे।' पुजारीजी ने कुछ निराश स्वर में कहा।

गाँववालों ने प्रार्थना की, 'एक बार और कष्ट करो। किसी बहाने हो, राजा को अपने साथ लिवा लाओ।'

गाँव का एक बूढ़ा बोला, 'पुजारी देवता, अब की बार मंदिर को और तुमको पिछली फसल से दुगुना चढ़ाएँगे हम गाँववाले।'

पुजारी को भविष्य बुरा नहीं लगा परंतु वर्तमान ने क्षणिक ग्लानि डाल दी। मुसकराया। मुसकान में होंठों के एक कोने पर छोटा-सा तिरछापन आ गया।

अटल ने तुरंत कहा, 'पुजारी महाराज को लोभ-लालच दिखाते हो, जो संसार छोड़े हुए इस फूल के मंदिर में अपने पोथी-पत्रों समेत पड़े रहते हैं। वह किसके लिए? हमारे अनाज की चढ़ोत्री के लिए?'

पुजारी को अटल की बात अच्छी नहीं लगी, की थी उसने चाटुकारी, परंतु पुजारी को गड़ गई—मन पर उसका प्रतिकूल खुद गया, अनाज की चढ़ोत्री के लोभ में यहाँ पड़े रहते! परंतु उसने अपनी मुसकान को नहीं छोड़ा।

बोला, 'फिर से जाता हूँ। आशा है कि अब की बार लिवाकर ही आऊँगा। और बिना विलंब के आऊँगा।'

अटल ने विनय की, 'मैं भी साथ चलूँ।'

पुजारी ने रूखे स्वर में अस्वीकार किया, 'नहीं, मैं अकेला ही जाऊँगा। तीन दिन के बाद। पाठ पूरा करते ही चल दूँगा।'

गाँववाले आशा और उत्साह के साथ लौट आए। नटों ने विशेष उत्साह प्रकट किया। परंतु सोचा, टिके रहें या राजा के आने के पहले कहीं खिसक जाएँ।

लाखी और अटल ने टिके रहने और राजा के सामने अपने खेल दिखाने का आग्रह किया।

गाँववाले फसल काटने पर पिल पड़े। पकने में थोड़ी-सी कसर थी परंतु वे और अधिक नहीं ठहरना चाहते थे। अटल ने भी काटी। सबने पास-पास खलिहानों में रख ली। अब की बार खलिहान जंगल में नहीं बनाए। अटल ने निन्नी और लाखी को जंगल में जाने से रोक दिया। वे दोनों गाँव के पास पलास के वृक्षों पर बरछी चलाने का अभ्यास करने लगीं। गाँववालों को अब उनका यह अभ्यास ज्यादा कसकने लगा।

स्त्रियाँ चाहती थीं, दोनों कहीं टल जाएँ तो अच्छा। सब सोचते थे, पागल हो गई हैं—बिलकुल गोंड-भीलनी, नहीं तो क्या ऊँची जाति की लड़कियों में ऐसे कुलक्षण होते हैं!

गाँववालों की वृत्ति उन दोनों से छिपी नहीं रही। एक दिन अटल खाना खाकर खलिहान में चला गया। वे दोनों हथियार लेकर खलिहान से कुछ ही दूर बरछी चलाने के अभ्यास के लिए निकटवर्ती पलाश वृक्ष समूह के नीचे पहुँच गईं। बर्छियों को पेड़ से टिकाकर छाया में बैठ गईं।

लाखी ने कहा, 'यदि हम लोग हथियार चलाना न जानती होतीं तो वे लोग हमको छोड़ देते? हमारा सर्वनाश हो जाता तो गाँववाले क्या करते? क्या कहते?'

'रोते-कलपते, और क्या करते?' निन्नी बोली।

'स्यात् रोते भी नहीं। हमारे भाग्य को दो-चार गालियाँ देकर अपने-अपने काम में लग जाते।'

'इन लोगों की समझ में यह क्यों नहीं आता कि हम तीनों गाँव में न होते तो इनकी आधी फसल को जंगली जानवर चौपट कर जाते और वे चार तुर्क गाँव की आधी स्त्रियों को नष्ट-भ्रष्ट कर जाते।'

'मुझको एक संदेह है निन्नी—ये लोग हम दोनों को पकड़ने आए थे।'

'क्यों?'

'क्योंकि तुम्हारे गोरेपन की, तुम्हारी आँखों की, तुम्हारी छवि की चारों दिशाओं में कीर्ति फैल गई है।'

'दुर पगली! तुम कुछ कम सलोनी हो?'

'हूँ या नहीं हूँ—दर्पण आरसी तो अपने पास है नहीं। पर मेरा कहना ठीक है कि वे हम दोनों को पकड़ने के लिए ही आए थे। यहाँ से ग्वालियर चल देना अच्छा होगा।'

'फिर साँक नदी, जंगल, शिकार और खेत? ये वहाँ कहाँ मिलेंगे?'

'एक और कारण है। तुमने सुना है या नहीं? सुना होगा।'

'नहीं तो, क्या बात है?'

'एक स्त्री ने मुझसे ठिठोली की थी—तुमको गर्भ रह गया है?'

'ऐं! क्या है ऐसा कुछ?'

'अरी हट!'

'जैसे ही ज्वार को घर में गाही, तुम्हारा ब्याह रचूँगी। नटों से ओढ़नी इसीलिए लेनी है।'

'गाँववाले नहीं होने देंगे।'

'पुजारी को कुछ अनाज दे-दिवाकर साध लेंगे।'

'देखो।'

'और किसी ने कही यह बात?'

'और तो किसी ने नहीं कहा। पर दूसरी स्त्रियाँ भी अनखाई-सी रहती हैं, मानो मैं

कुजात हो गई हूँ।'

'तुमको जो कुजात कहे वह कुजात।'

'अभी कहा तो नहीं है परंतु डर है कहीं कह न उठें!'

'तो कहीं भी जाएँगे सभी जगह ऐसी ही कहा-सुनी और बुराई होगी।'

'बाहर अपने को गूजरी कह उठूँगी।'

'अरी वाह! डर काहे का है? क्यों डरें? कोई पाप नहीं हो जाएगा। पुजारी बाबा कथा-कहानियों में सुनाया करते हैं। ब्याह के बाद तो गूजरी हो ही जाओगी। मैंने और भैया ने तो ब्याह होने के पहले ही तुम्हारा-अपना चौका एक कर लिया है।'

'गाँववाले गाँव में रहने नहीं देंगे। जाति का दंड बहुत कठोर होता है।'

'तब कहीं बाहर चल देंगे। इतनी दूर, जहाँ कहीं इन गाँववालों की काँव-काँव सुनाई ही न पड़े।'

'इन नटों को भी एक म्यात है। किसी गाँव में नहीं रहते, घूमते-फिरते बने रहते हैं और मौज करते हैं।'

'उस लड़की को तो देखो, पिल्ली को। राम! राम!! कितनी आँखें मटकाती है और अंगों को कितना फड़काती है। बारीक चुनरी उसके शरीर पर तो बहुत ही घिनावनी लगती है।'

'उसी को मेरे लिए लेना चाहती हो! कभी नहीं ओढ़ूँगी। नटिनी-सी जँचने लगूँगी।'

'हाँ, सो तो अपने मोटे कपड़े बहुत अच्छे। अब सारी बात पुजारी के लौटने पर तय करेंगी।'

: २१ :

साँझ के बाद का समय। ठंडी हवा। खुली हुई लंबी-चौड़ी खिड़कियों से दक्षिण मंद समीर के भीने-भीने झोंके। चंद्रमा की मुसकानें महल के नीचे की वृक्षावलि पर। माँडू के विशाल महल के उस बड़े कमरे में तख्त के ऊपर मखमली मसनद और तकियों पर गयासुद्दीन। नीचे ख्वाजा मटरू नीची निगाहें किए। तख्त के पास खूबसूरत खवासिनें ललक के साथ, काँच की सुराही में आबरूदार उफनाती हुई लाल-लाल शराब लिए हुए। सोने की रत्नजड़ित कटोरी में पहुँच-पहुँच वह होंठों पर सुरसुराती हुई गयासुद्दीन को स्वप्नलोक का आमंत्रण दे रही थी।

'मटरू!' सुल्तान ने संबोधन किया।

मटरू ने सावधानी और विनय के साथ सिर उठाया, हाथ जोड़े, जरा-सा खवासिनों की तरफ देखा और चुप रहा। सुल्तान ने खवासिनों को संकेत किया। वे सुराही को तख्त के पासवाले ऊँचे पीढ़े पर रखकर चली गईं।

मटरू ने काँपते हुए स्वर में कहा, 'जहाँपनाह, अब की बार काम नहीं बन पाया।'

'क्यों? क्या हुआ?' हाथ में प्याले को लिए हुए सुल्तान ने पूछा।

'चार सवार गए थे, उनमें से दो वहीं खेत रहे।'

'किस तरह? किसने मारा उनको? क्या मानसिंह के सिपाही पहुँच गए वहाँ?'

'नहीं जहाँपनाह। उन्हीं लड़कियों में से एक ने बरछी चलाई और दूसरी ने तीर।'

'सवारों ने कुछ बेअदबी की होगी।'

'वैसे नहीं आ रही थीं तो उन्होंने पकड़ना चाहा।'

'बिलकुल गधे थे वे सब। निरे काठ के उल्लू। बाकी दो कहाँ हैं?'

'आज ही लौटे हैं। उन्होंने सब हाल सुनाया है।'

'उनको कैद में डाल दो। नहीं आती थीं खुशी-खुशी तो बहका-फुसलाकर चंबल के इस पार कर लेना था अपने इलाके में, फिर चाहे कुछ किया जाता। नट क्या कर रहे हैं?'

'जहाँपनाह! नट....'

'तुम भी अहमक हो। क्यों रुक गए? कहो न, क्या वे भी मार डाले गए?'

'नहीं जहाँपनाह! उन्होंने कुछ गहने और सिक्के मँगवाए थे सो भेज दिए गए, मगर वे अभी तक कुछ नहीं कर पाए हैं।'

'हूँ।' सुल्तान के क्रोध को मदिरा के सरूर ने उत्तेजित किया।

मटरू को सुल्तान के स्नेह और कृपापात्र होने का अभिमान था। यकायक इस रुख को देखकर चौकड़ी भूलने लगा। विषयांतर की खोज में लगा।

सुल्तान को मदिरा की प्याली देते हुए मटरू ने कहा, 'महमूद बघर्रा सिंध की तरफ से लौटकर फिर तैयारी में है।'

सुल्तान को विषयांतर बुरा नहीं लगा। कुछ ढलते हुए स्वर में बोला, 'कहाँ की तैयारी में है?'

दिन में उसको जासूसों ने बतलाया था, परंतु इस समय बात स्मरण से ओझल हो गई थी।

'जहाँपनाह! आजकल पुर्तगालियों का मुकाबला करने के लिए जहाजों की तैयारी में लगा है सुल्तान महमूद।' मटरू ने कहा।

'उस हब्शी को मेरे सामने सुल्तान मत कहा करो।' गयासुद्दीन चिल्लाया।

मटरू चुप रहा।

'राजपूताने के ऊपर चढ़ाई करने के लिए जा रहा है वह, मुझको याद आ गया। हम ग्वालियर पर चढ़ाई करेंगे।'

'बेशक जहाँपनाह।'

'नरवर होकर हमला होगा। नरवर को घेरे रहने के लिए कुछ दस्ते छोड़कर

ग्वालियर का मुहासिरा किया जाएगा। एक छोटा-सा दस्ता चंबल के रास्ते से राई गाँव को दबाएगा। उधर से मैं ग्वालियर होता हुआ आ पहुँचूँगा। नटों के पास खबर भेजो कि तब तक वे किसी तरह उन दोनों को अपने पास से इधर-उधर न हिलने-भटकने दें।

'तुम मेरे साथ चलोगे?'

'खुदाबंद की नियामत है।'

'मैं अभी क्या कुछ कड़ा पड़ गया था?'

'नहीं, ऐसे तो कुछ नहीं जहाँपनाह।'

'हाँ ठीक। मेरी गैर-मौजूदगी में माँडू की नायबी शाहजादा नसीरुद्दीन करेगा।'

'बजा है जहाँपनाह।'

सुल्तान ने दूसरे प्यारे प्याले को चुस्कियों का लक्ष्य बनाया। यह उसके नित्य अभ्यास के प्रतिकूल था।

मटरू ने देखा, सुल्तान ढल गया है। कुछ क्षण उपरांत बोला, 'जहाँपनाह, उन दो सवारों को बख्श दिया जाए। वैसे उनका कोई कसूर नहीं है।'

'कभी नहीं। उन्होंने अपने दो साथियों को क्यों मर जाने दिया?'

ख्वाजा मटरू चुप साधकर रह गया। जब नरवर पर हमला होगा तब ग्वालियर का तोमर हाथ पर हाथ धरे बैठा रहेगा ग्वालियर में? जिसने दिल्ली के बादशाह बहलोल और सिकंदर से टक्कर ली, वह क्या ग्वालियर के किले में बंद होकर ही लड़ेगा? अगर इन हजरत की ही आँख या छाती पर कोई तीर आ बरसा तो क्या यह माँडू जीते-जी लौटकर आएँगे? किसी तरह इस लड़ाई से मेरा पिंड छूट जाए तो बड़ी बात हो। यह खतम हो गए तो नसीरुद्दीन सुल्तान बनेगा। क्यों न अभी से उसकी खैर मनाने लगूँ? मगर इससे पीछा छूटे तब तो। वैसे इस तरह कभी पहले नहीं बिगड़े। शायद फिर मुहब्बत मिहरबानी करने लगें। देखूँगा। मटरू सोच रहा था।

सुल्तान बोला, 'मेवाड़ में नकली राना ऊदा और असली राना रायमल का किस्सा तो खतम हो गया है, लेकिन मेवाड़ में कुछ कमजोरी अब भी है। अगर बघर्रा वहाँ उलझा रहा तो हमको ग्वालियर की लड़ाई में सुभीता रहेगा। हम मेवाड़ को किसी तरह की भी मदद नहीं देंगे, क्योंकि पिछली मर्तबा राना फौज लेकर आए और बघर्रा से बिना लड़े ही लौट गए। वैसे भी फिलहाल मैं दो मोर्चों पर लड़ाई नहीं लड़ूँगा। एक ग्वालियर ही काफी ठीक रहेगा। क्या कहते हो?'

मटरू ने सुल्तान को फिर ढला हुआ पाया, वह अपनी पिछली गलती को दुहराना नहीं चाहता था।

बोला, 'यही ठीक है जहाँपनाह।'

'नरवर, ग्वालियर की चढ़ाई के लिए यह मौसम मजेदार है। नटों के पास होशियारी

के साथ खबर भेज देना। जो कुछ मैंने कहा है, होकर रहे।'

'जहाँपनाह!'

: २८ :

दोपहरी के समय को छोड़कर दिन में राजा मानसिंह किसी-न-किसी काम में व्यस्त रहता था। लोगों से मिलने का समय नौ बजे से बारह बजे तक। न्याय का शासन तीसरे पहर की अंतिम घड़ियों में। चौथे पहर के आधे भाग में सेना की तैयारी और अश्वारोहण; दिन के पहले पहर की तरह। रात के पहले पहर में भोजन और राज्य-व्यवस्था की चर्चा, दूसरे पहर में संगीत। यह कार्यक्रम गरमी की ऋतु में कुछ घट-बढ़ जाता था।

तीसरे पहर की समाप्ति में कुछ विलंब था। मानसिंह अपने भवन के सभा-मंडप में सिंहासन पर बैठा था। सभा में मंत्री, सचिव इत्यादि यथास्थान थे। उसके कुछ निकट एक नया यूथपति खड़ा था। नाम निहालसिंह—अट्‌ठाईस-तीस वर्ष का युवा था। छरहरी गठीली देह, सहसा प्रवर्ती लक्षणवाली आँख। मानसिंह ने इसको कुछ समय पहले ही अर्जित किया था। कुशल उपयुक्त साथियों को ढूँढ़ निकालने की मानसिंह में प्रतिभा थी।

यदि दिल्ली के सुल्तान ने जौनपुर पर फिर आक्रमण किया तो जौनपुर सुल्तान की सहायता करनी पड़ेगी। आक्रमण अनिवार्य-सा जान पड़ता है। राजा मानसिंह ने मंत्री से कहा।

मंत्री बोला, 'परंतु यदि मालवा के सुल्तान ने हमारे ऊपर चढ़ाई कर दी महाराज! तो हम जौनपुर की सहायता नहीं कर सकेंगे। यदि हमारे ऊपर पहले आक्रमण हो गया तो क्या जौनपुर का सुल्तान हमारी सहायता करेगा? जौनपुर का सुल्तान बंगाल की ओर चला गया था, संभव है फिर लौट पड़ा हो।'

'परंतु मालवा के सुल्तान की संधि मेवाड़ के साथ है और मेवाड़ हमारा मान्य है। फिर मालवा की सल्तनत को गुजरात के बघर्रा से चैन कहाँ है? वह हमारे ऊपर हमला करने का अवकाश कैसे पाएगा?' मानसिंह ने पूछा।

मंत्री ने बेधड़क उत्तर दिया, 'महाराज, गयासुद्दीन सनकी और प्रबल है। हम लोग उसके विग्रह का विश्वास तो कर सकते हैं, परंतु संधियों का भरोसा नहीं कर सकते।'

राजा ने हँसकर कहा, 'हमारी की हुई संधियों के संबंध में भी लोग इसी प्रकार का व्यंग्य कर सकते हैं।'

राजा ने निहालसिंह की ओर स्नेह की दृष्टि फेरी। वह तुरंत बोला, 'हम मालवा और दिल्ली दोनों से लड़ लेंगे। अपने लिखे हुए वचन का पालन करेंगे।'

सचिव ने कहा, 'और यदि मालवा के गयासुद्दीन खिलजी ने हम पर पहले धावा कर दिया और जौनपुर दिल्ली के बादशाह के डर के मारे फिर बंगाल भाग गया और हम खिलजी से लड़ाई में उलझ गए, उसी समय बादशाह ने जौनपुर पर आक्रमण कर दिया; तब हम यदि जौनपुर की सहायता न करें तो लिखे हुए वचन को भंग करने का अपराध हमारे सिर आएगा या जौनपुर के सिर जाएगा?'

निहालसिंह उत्साह के साथ बोला, 'हम दोनों मोर्चों पर युद्ध कर लेंगे।'

मानसिंह ने निर्णय किया, 'ऐसी परिस्थिति में हम दो मोर्चों पर लड़कर अपने बल को क्षीण नहीं करेंगे।'

मंत्री और सचिव ने समर्थन दिया। निहालसिंह निर्णय को समझने की कोशिश करने लगा।

मंत्री ने कहा, 'छोटा-सा काम और रह गया है। बैजू गायक को आज सवेरे ही विदाई दी जानी थी। उसने नहीं ली। कुछ सनकी-सा है। कहता है, ग्वालियर में ही रहूँगा। हमारे चिट्ठे में इतना उकास नहीं है कि एक ऐसे गायक और उसके साथवाली वैसी गायिका और चित्रकारिणी को मासिक वेतन पर रख सकें। आजकल तो हमको अपनी सब बचत सेना पर खर्च करनी पड़ रही है।'

राजा हँसकर बोला, 'मेरे चिट्ठे में कमी करके उन दोनों कलाकारों का वेतन बाँध दो। राज्य है काहे के लिए? प्रजापालन, कला की रक्षा और बढ़ोत्तरी के ही लिए न? प्रजा और कला, दोनों के लिए हमें अपने प्राण दे देने के लिए तैयार रहना चाहिए। इन दोनों की रक्षा का ही तो दूसरा नाम धर्म का पालन है। कहाँ हैं आचार्य विजयजंगम?'

मंत्री ने उत्तर दिया, 'किले के भीतर जो सरोवर बन रहा है उसकी मजदूरी से नहीं लौटे हैं।'

विजय को 'कायिक'—शारीरिक श्रम में इतना विश्वास था कि बिना अपना पसीना बहाए वह किसी से कभी कुछ नहीं लेता था।

'कितना बड़ा कलाकार और पंडित है वह। राज्य से कुछ नहीं लेता। वीणा सुनाने के बदले में एक कौड़ी नहीं लेता। कहता है, अपनी रक्षा के पलटे में वीणा सुना देता हूँ। परंतु आय की कमी को शारीरिक श्रम से पूरा करता है। एक से अब तीन हो जाएँगे। इनकी आजीविका का प्रबंध तो, मंत्रीजी, राज्य की ओर से होना चाहिए।' राजा ने कहा।

मंत्री सहमत नहीं हुआ, 'महाराज, आपके और मंत्रियों के चिट्ठे में कुछ कटौती करके ही प्रबंध किया जा सकेगा, वैसे तो नहीं हो सकता।'

'करो। अपने चिट्ठे के संबंध में मैंने पहले ही कह दिया है।' राजा ने मुसकराकर कहा।

निहालसिंह की समझ में राजा के दोनों निर्णय अब आए। उसने नीचा सिर कर लिया।

द्वारपाल ने आकर सूचना दी, 'राई गाँव से पुजारीजी आए हैं। दर्शन करना चाहते हैं।'

राजा ने अनुमति दी। द्वारपाल पुजारी लाने को भेजा गया। परस्पर अभिवादन के बाद पुजारी से राजा ने कुशलवार्ता पूछी।

पुजारी ने कहा, 'श्रीमान ने कई बार वचन दिया कि राई आकर शिकार खेलेंगे। अब तो साथ लेकर ही टलूँगा ग्वालियर से।'

'क्षमा करना शास्त्रीजी, राज्य की व्यवस्था को बिलकुल ठीक अवस्था में स्थापित करने की धुन में शिकार को भुला-सा दिया है। शीघ्र ही आने का उपाय करूँगा। वैसे भी राज्य-भर का एक दौरा तो जाड़ों-जाड़ों में मुझको करना ही है, राई भी आऊँगा, अर्थात् यदि इस बीच में किसी शत्रु से चटक न गई और युद्ध में उलझ न जाना पड़ा तो।'

'युद्ध तो महाराज, छलाँगें भरकर आ रहा है।'

'कैसे? कहाँ से शास्त्रीजी?'

'अभी तो उसकी भूमिका हमारे गाँव में उत्तर से आई है। चाहे चली वह अंतर्वेद से हो या मालवा से।'

'पहेली-सी बूझ रहे हो! स्पष्ट कहो शास्त्रीजी।'

पुजारी ने विस्तार के साथ पूरी कथा सुना दी।

मंत्री ने कहा, 'महाराज, ये लोग अंतर्वेद से नहीं आए होंगे। कालपी और इटावा अपने मित्रों के हाथ में हैं। ये लोग तुर्क या पठान सवार मालवा के खिलजी के सिवाय और किसी के नहीं हो सकते।'

बात को निखारने के लिए मानसिंह बोला, 'इस बुरे काल में चार लुटेरों का कहीं से भी आ जाना संभव है।'

पुजारी ने विनय की, 'महाराज, लुटेरे तो कहीं से भी आ सकते हैं परंतु उन सुंदर लड़कियों का अपहरण करने वे किसी शक्तिशाली की आज्ञा पर ही आए होंगे वहाँ।'

राजा ने पुजारी पर प्रश्नसूचक दृष्टि की मानो उन लड़कियों के संबंध में और जानना चाहता हो।

पुजारी ने बताया, 'मैंने पिछले जेठ के महीने में और पीछे भी उन लड़कियों के लक्ष्यवेध की कुशलता के विषय में कुछ कहा था। उनकी सुंदरता के विषय में या तो कवि कुछ कह सकता है या कुशल चित्रकार, और मैं इनमें से एक भी नहीं।'

राजा समझ गया और समझने के साथ ही कुछ लजा भी गया।

निहालसिंह बोला, 'महाराज का राई गाँव पधारना आवश्यक हो गया है। जनता के मन में विश्वास का संचार हो जाएगा, शत्रु सुनकर काँप जाएगा और महाराज नाहर-अरना इत्यादि का शिकार भी खेल लेंगे?'

राजा ने अपना निश्चय सुनाया, 'मैं कल ही राई की ओर यात्रा करूँगा। निहालसिंह अपने दल को साथ ले चलेगा। खाने-पीने की सामग्री की पूरी व्यवस्था यहीं से लेकर चलो।'

: २३ :

एक पहर दिन नहीं चढ़ा था जब गाँव के अधिकांश स्त्री-पुरुष खलिहानों में पहुँच गए। एकाध में दाँय भी होने लगी थी। अटल ने बैल चलाए, निन्नी और लाखी भुट्टों को सकेरने-बटोरने में लग गईं। पुजारी हाँफता हुआ-सा तेजी के साथ आया। दूर से ही चिल्लाया, 'अरे ओ! अरे ओरे!! थम जाओ!!! महाराज की सवारी आ रही है!!!!'

खलिहानों में जो लोग काम कर रहे थे सब थम गए। पुजारी ने पुकार को दुहराया। स्त्री-पुरुष सरपट उसके पास आ गए और उसे घेर लिया। उनके चेहरों पर उत्सुकता और आह्लाद की रेखाएँ फैल गईं।

'कब?' उन लोगों ने पूछा।

'अरे अभी आ रहे हैं, पीछे आ रहे हैं। अब आते ही होंगे। बंद करो काम। बड़े भाग्य से राजा के दर्शन होते हैं।'

'धन्य हो पुजारी बाबा आपकी! हमारा तो भाग्य जाग गया। अब काम नहीं करेंगे। चलो रे सब दर्शन करने।'

'अरे ऐसे नहीं! मूर्ख हो न! जल्दी से नहाओ। थालियों में दीपक सजाओ। जब महाराज आवें तब उनकी आरती उतारो। हमने मंदिर के पास गेंदा के कुछ फूल-पौधे लगाए हैं। उनमें से कुछ फूल ले लो। अच्छा, नहीं। निन्नी और लाखी की थालियों के लिए हम तोड़ देंगे फूल। नहीं तो तुम लोग सारे पौधे ही उखाड़कर फेंक दोगे।'

'हाँ, उजालेंगे घी के दिये, पर थालियाँ तो सबके पास हैं ही नहीं। कचुल्ले चाहे सबके यहाँ निकल आएँ।'

'अच्छा, जिसके पास जो निकल आवे उसी में घी के दिये रखकर आरती उतारना। राजा भगवान् का अवतार या पूर्वजन्म का योगी होता है भला। नहा-धोकर अच्छे कपड़े पहनकर गाँव के बाहर खड़े हो जाना स्वागत करने के लिए।'

'कपड़े अच्छे कहाँ से लावें?'

'अच्छा, जैसे हो वैसे ही सही। नटों से उधार ले लेना। अब मैं मंदिर जाता हूँ। वहीं तो ठहरेंगे राजा।'

'कब तक पधारेंगे राजा?'

'दो-तीन घड़ी के भीतर। चल पड़े होंगे इस बेला तो वे। घोड़े कुदाते आ रहे होंगे दलबल के साथ। देखूँ कौन लुटेरा आता है यहाँ?'

पुजारी उतनी ही तेजी के साथ मंदिर की दिशा में चला गया।

गाँववालों के लिए जैसे नदी में यकायक बड़ी बाढ़ आ गई हो और किसी तरह सँभाले न सँभलती हो। इधर-उधर भागने-दौड़ने लगे। नहाने लगे। जैसे कुछ वस्त्र उनके पास थे, धो-निचोड़कर उनको सुखाया और पहन लिए। पुजारी ने निन्नी और लाखी को थोड़े से फूल दिए।

निन्नी और लाखी के उत्साह का उफान कम हो गया। उनको मालूम हो गया कि स्वागत का लगभग सर्वांश उनके ही सिर है। लहँगे मोटी छींट के, परंतु धोने पर भी भदरंगे। कहीं उनकी फटनों पर गाँठें लगी हुईं। चोलियाँ रंग-बिरंगी, परंतु मोटे कपड़े की। ओढ़नी लाल, पर वह भी मोटी-झोटी।

लाखी ने सुझाव दिया, 'नटों से उधार ले लें बढ़िया चुनरी?'

निन्नी सोचने लगी।

लाखी ने कहा, 'उनके पास कुछ गहने भी हैं।'

'तुमने देखे हैं?' निन्नी ने पूछा।

'हाँ, उसने बताया,'कल दिखाए थे। देखते ही आँखों में चकाचौंध लग गई।'

निन्नी फिर सोचने लगी। लाखी उसका मुँह ताकने लगी।

निन्नी बोली, 'नटों से कपड़े या गहने उधार लेकर नहीं पहनना चाहिए। भाग्य में होंगे तो अपने पसीने की कमाई के पहनेंगे।'

'वे लोग देने को तैयार हैं। कहते थे, पिल्ली बढ़िया कपड़े पहनकर खड़ी होगी आरती उतारने और हम दोनों के हाथ होंगे ये चिथड़े-गुदड़े से।'

'अपने ऐसे ही अच्छे। कपड़ों पर तो राजा इनाम देगा नहीं। नट नट-बेड़िये ही हैं और हम लोग, हम लोग।'

'तुम्हारी तो सनक है जब जैसी उखड़ पड़े।'

'तो क्या नटिनी बन जावें? डाँग-डूँगर में ये जो तितलियाँ उड़ रही हैं क्या वैसी बनावट बना लें? राजा से क्या बात छिपी रहेगी कि पिल्ली नटिनी है? राजा हम दोनों को हुरकिनी-बेड़िनी समझ बैठेगा।'

'तो तुम मेरे लिए उनसे उस तरह की एक ओढ़नी मोल लेने की बात क्यों कहती थीं?'

'अरी पगली, बुरा मान गई क्या? ब्याह के समय पहनाऊँगी तुमको उस तरह की ओढ़नी। पर इस अवसर पर न तो पहनूँगी और न तुमको पहनने दूँगी। राजा को अपना जौहर दिखाऊँगी तीर-कमान से।'

निन्नी ने उसके गाल मीड़ दिए। लाखी के चेहरे की तमतमाहट चली गई।

भोजन करते-करते और थालियों, कचुल्लों में दीपक सजाते-सजाते दो घड़ियाँ

निकल गईं। पुरुष गाँव के बाहर इकट्ठे हो गए। स्त्रियाँ घरों से बाहर नहीं निकली थीं। अटल दौड़ता हुआ आया। टटिया के बाहर से पुकार लगाई, 'अरी चलो री, सवारी आ गई।'

उन दोनों ने दीपक जला दिए--हाथ और आँचल की ओट में थालियों को लिए गाँव के बाहर आकर खड़ी हो गईं, और स्त्रियाँ भी आ गईं। पुरुष एक तरफ खड़े हो गए, स्त्रियाँ एक तरफ। इन्हीं में नट वर्ग भी था। पिल्ली बहुत तड़क-भड़कदार पोशाक में आई। उसकी थाली भी सबसे अच्छी थी।

राजा घोड़े पर सवार धीरे-धीरे इन लोगों की ओर आया। उसके पीछे निहालसिंह था। कुछ दूरी पर पीछे घुड़सवारों का छोटा-सा दल। हाथी नदी में छोड़ दिए थे।

पुरुषों की पहचान में भी जब राजा नहीं आया था, उसी क्षण से उन्होंने सिर झुकाकर हाथ जोड़ लिए। स्त्रियों ने घूँघट डालने और खोलने शुरू कर दिए। लड़कियाँ मुँह उघाड़े थीं। निन्नी और लाखी के हृदय धड़क रहे थे। निन्नी नियंत्रण के लिए कठोर प्रयास कर रही थी।

राजा और भी निकट आया। घोड़ा आबदार था। तेज होने के लिए लगाम को चबाए डाल रहा था। सईस बगल में जरा हटकर चल रहे थे।

पुरुष वर्ग में पुजारी थाल में माला, चंदन, हल्दी, चावल लिए सबसे आगे बढ़ा। राजा घोड़े पर से उतर पड़ा। सईसों ने घोड़े को थाम लिया। राजा ने ब्राह्मण को प्रणाम किया। उसने चिल्लाकर आशीर्वाद दिया। मानसिंह के चौड़े माथे पर चंदन-तिलक लगाया और उसकी झुकी हुई गर्दन में माला डाल दी।

मानसिंह स्त्रियों के सामने आया। उन्होंने उसकी आरती उतारी। उनके फटे हुए मोटे मैले-कुचैले कपड़े देखकर उसके मन में उठा—मैं इनका राजा हूँ? इनका राजा??

निन्नी स्थिर हो गई थी। आरती के लिए उसने दोनों हाथों से थाली बढ़ाई। राजा के सिर पर बढ़िया, रेशमी, रंग-बिरंगा मुड़ासा था जिस पर जड़ाऊ कलगी और लिपटी हुई मुक्तामाल। गले में सोने का रत्नजटित हार।

निन्नी ने अपनी बड़ी-बड़ी आँखों की लंबी बरौनियाँ एक क्षण के लिए ऊपर को कीं। यह है राजा! भरी हुई साँचे में ढली हुई-सी देह। ऊँचे कंधे, धनुष-बाण कंधे पर और ढाल पीठ पर। लंबा खड्ग कमर में। वीर होगा यह राजा। नाहर और अरनों को मार देने का बल होगा इसमें! तुर्कों को मार भगाने की शक्ति होगी इसके कलेजे और हाथों में! उसने सोचा। आँखें नीची पड़ गईं।

यह कौन? यह कैसे? राख के ढेर में चिंगारी कहाँ से आई? इस सड़ियल गाँव में ऐसा सौंदर्य! राजा ने प्रश्नसूचक दृष्टि पुजारी की ओर की।

पुजारी ने उत्साह के साथ—इतने उत्साह के साथ कि जितना उसको कभी अनुभव न हुआ होगा—कहा, 'महाराज, इस लड़की का नाम मृगनयनी है। गाँव में इसको लोग निन्नी कहते हैं। यही है हमारी वह कन्या जिसने एक-एक तीर से बड़े-बड़े नाहर, अरने भैंसे, खीसोंवाले सुअर मार गिराए हैं। ऐसा निशाना लगाती है कि आपके सामंत भी चकरा जाएँ। गाती भी बहुत अच्छा है हमारी निन्नी।'

निन्नी ने क्षणखंड में पुजारी की ओर देखा, होंठ जरा से संकुचित किए, मानो कह रही हो, क्या बके जा रहे हो?

राजा मुसकराकर बोला, 'शास्त्रीजी, धन्य है यह गाँव जहाँ सब गुणों से संपन्न मृगनयनी जैसी स्त्री हो।'

पुजारी ने तुरंत टोका, 'महाराजाधिराज, मृगनयनी कुमारी कन्या है।'

उमंग भरी हँसी के साथ राजा ने कहा, 'हो-हो क्षमा कीजिएगा। कौन है यह?'

पुजारी ने उत्तर दिया, 'गूजर ठाकुर। यह इसका भाई खड़ा है। अटलसिंह इसका नाम है। बड़ा अल्हड़ है।' पुजारी अपने उत्साह में कुछ और भी कहना चाहता था।

एक बुड्ढे ने टोका, 'अरी चुप खड़ी हो, जैसे तुम्हारे होंठों को किसी ने सीं डाला हो! सामने हमारा रक्षक, हमारा राजा खड़ा है और तुम तिड़ी भूल गईं! कुछ गाना-वाना आता है या बिलकुल गँवार ही हो। देखो, कैसा सलोना है हमारा राजा।'

निन्नी ने एक बार मानसिंह की ओर देखा और सिर नीचा कर लिया। मानसिंह ने भी देखा और उन आँखों को बार-बार देखने का चाव जागा।

राजा बोला, 'मृगनयनी, तुम्हारे तीरों की परीक्षा लूँगा। ग्वालियर तब लौटूँगा जब तुम्हारे लक्ष्यवेध की परीक्षा कर चुकूँगा।'

निन्नी ने नीचा सिर किए हुए उसकी आरती उतारी। थाली में एक फूल था। आँखों को ऊँचा करके उसके मुड़ासे पर डाला। फूल नीचे गिर गया। राजा ने उसको उठाकर अपनी पगड़ी में खोंस लिया। वह वहीं खड़ा रहना चाहता था। स्त्रियाँ गा उठीं। लाखी ने आरती के लिए थाली आगे बढ़ाई।

पुजारी ने व्याख्या की, 'महाराज, इसका नाम लाखीरानी है। कहते हम लोग इसको लाखी हैं। यह अहीर है। कुमारी है। बड़ी बहादुर है। इन्हीं दोनों लड़कियों ने उन दो बैरियों को मार गिराया था और दो को भगा दिया था। यह भी बड़ा अच्छा निशाना लगाती है।'

'देखूँगा,' राजा मुसकराते हुए बोला, 'इन दोनों कुमारियों ने तो रामायण-महाभारत का युग सामने लाकर खड़ा कर दिया।'

लाखी ने आँखें खोलकर मानसिंह को देखा। मुसकराकर आरती उतारी और उसकी पगड़ी पर फूल फेंका जो नीचे जा गिरा। उसी समय पिल्ली अपनी स्वाभाविक

निर्लज्जता को दबाती हुई मानसिंह के सामने थाली लेकर आ गई। लाखीवाले फूल को मानसिंह नीचे से नहीं उठा पाया। निन्नी ने देखा, सबने देखा। मानसिंह को उसके वस्त्रों पर आश्चर्य हुआ। इस गाँव में ऐसे कपड़े! परंतु नट-नटिनियों की वेशभूषा ने उसको बतला दिया कि ये वास्तव में कौन हैं। तो भी उसने पुजारी से पूछा, 'यह कौन है?'

पुजारी नहीं बता पाया। नटों की नायकिन तुरंत आगे बोली, 'महाराजाधिराज, यह नट जाति की है। मेरी लड़की कुँवारी है अभी। ऐसे खेल करती है कि जिसका ठिकाना नहीं। हम लोग अपने खेल महाराज को दिखाएँगे।'

उसकी आरती को स्वीकार करके मानसिंह नटों के समीप एक क्षण भी नहीं ठहरा। कहा, 'तुम लोगों का भी खेल देखूँगा, मैं यहाँ कई दिन ठहरूँगा।'

पुजारी ने विनय की, 'अब महाराज, मंदिर की ओर पधारना होवे। वहीं बरगद के नीचे डेरा लगेगा न?'

'हाँ शास्त्रीजी, उसी के लगभग।' राजा ने उत्तर दिया।

राजा कुछ देर वहीं ठहरना चाहता था परंतु ठहरने के लिए कोई कारण नहीं था। स्त्रियाँ भोंड़ी तरह एक ग्राम्य-गीत गा रही थीं। लाखी का स्वर उसमें कुछ मिठास डाल रहा था। निन्नी नहीं गा रही थी।

राजा ने कहा, 'यहाँ की स्त्रियाँ तो शास्त्रीजी, खूब गाती हैं।' राजा ठिठका।

पुजारी ने झँझोड़-सी लगाई, 'महाराज मंदिर को सिधारें, वे सब वहीं आकर और भी गीत सुनावेंगी।'

राजा को वहाँ से चलना पड़ा। चलते-चलते उसने एक बार फिर मृगनयनी की ओर आँख फेरी। निन्नी को कनखियों से देखकर आँखें नीची कर लीं। मंदिर पहुँचकर राजा रुक गया। खंडित मूर्तियाँ इधर-उधर बिखरी हुई पड़ी थीं। उन्मेष की बिजली-सी कौंध गई मानो खंडित मूर्तियों ने चुपचाप उसकी तीव्र भर्त्सना की हो।

दृढ़ स्वर में बोला, 'शास्त्रीजी, मैं इस मंदिर का जीर्णोद्धार करूँगा और—'

उसकी स्मृति में दिल्ली की कुतुबमीनार के सामने गड़ी हुई लोहे की भारी-भरकम शलाक पर अनंगपाल तोमर प्रथम का खुदवाया हुआ वचन उभर आया, 'मैं इस भूमि को फिर सच्चे अर्थों में आर्यावर्त बनवाऊँगा।'

मानसिंह हिल गया, उसका गला भर आया। नियंत्रण किया। गला साफ करके धीरे से उसने कहा, 'मंदिर को शीघ्र बनवाऊँगा।'

'महाराज की जय हो! महाराज सब कुछ कर सकेंगे।' पुजारी ने आशीर्वाद दिया।

राजा की आँख एक यक्षिणी की खंडित मूर्ति पर गई। गाँव की दिशा में ध्यान उचटा। राजा पुजारी से पूछना चाहता था—क्या स्त्रियाँ यहाँ गीत गाने आवेंगी। परंतु साहस

नहीं हुआ। शिविर की योजना में लग गया।

अटल इत्यादि पुरुष राजा के शिविर का तमाशा—हाथी, घोड़े, सैनिक इत्यादि—देखने के लिए मंदिर की ओर चले गए। स्त्रियाँ अपने-अपने घर लौट आईं।

निन्नी और लाखी प्रसन्न थीं। निन्नी अपने किसी अनजाने स्पंदन को दबाकर लाखी को और अधिक प्रसन्न करने का प्रयास कर रही थी।

निन्नी ने लाखी के कंधे से झूलकर कहा, 'मुझको तो जकड़-सी लग गई थी, तुमने बहुत अच्छा गाया।'

'तुम तो ध्यान में मग्न हो गई थीं। सोच रही होगी, हमारे बरसाए हुए फूल को राजा ने धूल में से उठाकर माथे पर चढ़ा लिया।'

'अरी तुम्हारे फूल को भी पगड़ी में खोंस लेते, पर उधर से वह फूहड़ पिल्ली आ गई न मेढ़की की तरह फुदकती हुई। छाती को कितनी निर्लज्जता के साथ उचका रही थी! उस पर वह चुनरी ऐसी लगती थी जैसे कानी के टेंट पर सिंदूर की बिंदी!!'

'अरी तो मेरा कंधा क्यों तोड़े डालती है? तुम तो निगाह नीची किए थीं, तुमने वह सब कहाँ से देख लिया?'

'आँखें नीची थीं पर मुँदी तो थीं नहीं।'

'और कनखियों से भी कुछ देखा?'

'तुम तो ऐसी पुतलियाँ फैला-फैलाकर देख रही थीं जैसे राजा को बरौनियों और पलकों के भीतर भर लेने के लिए अँगूठों पर तुल गई हो।'

'हा! ह!! ह!!! ह!!!! उनको बरौनियों से बाँधकर पलकों के भीतर तो तुमने भरा है। मैं यही तो सब परख रही थी मेरी ननदबाई। आँखों में भरकर फिर कहाँ ले गईं उनको?' लाखी ने निन्नी के हृदय पर उँगली रखी।

'अरी कैसी है तू! कहाँ राजा भोज कहाँ गंगू तेली!!'

'हाँ हाँ हाँ आँ! शास्त्रीजी, धन्य है यह गाँव जहाँ सब गुणों से संपन्न मृगनयनी जैसी स्त्री हो! पुजारी बाबा ने टीप जमाई—महाराजाधिराज, मृगनयनी कुमारी कन्या है!!!'

निन्नी ने उसका मुँह बंद करने के लिए झपटकर अपनी गदेली बढ़ाई। लाखी हँसती हुई भागी। निवारण करती हुई बोली, 'दूर खड़ी रहो। पहले मेरी बात पूरी सुन लो। अपनी भुजाओं के बल-भरोसे बहुत न रहना, हाँ आँ।'

निन्नी ने अपने होंठ पर बार-बार आनेवाली कंपनमयी मुसकान को मोटी ओढ़नी के छोर से नाक तक छिपा लिया परंतु आँखें छल करती रहीं।

लाखी उसी प्रकार कहती रही, 'पुजारी ने बताया—अभी तक कुँवारी है बेचारी। ह! ह!! ह!!! बेचारी ने नयन उठाए और किसी को कोई संदेशा भेज दिया। राजा की आँखों ने उस संदेश को अपनी पलकों पर ले लिया। और फिर इन्होंने उनको और उन्होंने

इनको जो गुपचुप समाचार दिया-लिया सो लाखी ने अपनी आँखें फाड़-फाड़कर देख लिया! और उन कनखियों ने कसर पूरी कर दी। अरी निन्नी मुझसे बने मत।'

'ओ हो हो हो! तुम कहीं की बड़ी कवि हो न! तुम्हें तो अपनी बीती आती है सो तुमने बखान डाली। सच बताओ लाखी, भैया और तुम्हारे बीच में कुछ इसी तरह का चलता रहा है न?'

'अरी वाह! कैसी टाली अपनी करतूत मेरे सिर पर!'

'असंभव बातें क्यों करती हो लाखी? कहाँ गरीब किसान, कहाँ इतना बड़ा राजा!'

'किसान ही तो राजा को बनाता है और फिर गूजर तोमरों से किस बात में कम हैं?'

'भाग्य भी तो कुछ होता है न?'

'सो उस नटिनी ने हाथ की रेखाएँ देखकर पहले ही बता दिया।'

'रेखाएँ तो तुम्हारी भी देखी थीं!'

'अब तो मुझको विश्वास हो गया। तुम्हारे भैया भी कुछ होकर रहेंगे।'

'अभी से ऐसी बड़ी-बड़ी आशाएँ मत बाँधो।'

लाखी दौड़कर निन्नी के गले से लिपट गई। गद्गद हो गई, रो पड़ी।

हिलकियों में बोली, 'यदि कालीमाई को अपना सिर भेंट करके तुम को ग्वालियर की रानी बनवा सकूँ तो कभी नहीं झिझकूँगी।'

: २४ :

दूसरे दिन मानसिंह ने शिकार का आयोजन किया। आस-पास के गाँवों से हँकाई करनेवाले आ गए। शिकार का खेल और राजा का संग। वे सब मोदमग्न थे। अटल भी शिकार में शामिल होना चाहता था परंतु हँकैया बनकर नहीं। इससे भी बढ़कर उसकी कामना थी, निन्नी और लाखी के लक्ष्यवेध-परीक्षण की। राजा से कैसे कहे? अपनी कामना प्रकट करने के लिए उनके पास तक पहुँचे ही कैसे? राजा ने निन्नी की कितनी प्रशंसा की थी! उसके नाते गाँव को धन्य कहा था!! तो उनकी परीक्षा कब हो? घड़े और गेंदों को फोड़ने की जगह यदि निन्नी और लाखी कहीं अरने या नाहर को फोड़ दें तो क्या बात! और यदि मैं भी एकाध खिसरा सुअर अपने तीर से पटक लूँ तब तो सभी कुछ बन जाए! उसने सोचा। पुजारी से कहा। विनय-सी की। सोचने लगा। उसी समय पुजारी के पास निहालसिंह आया। मूँगिए रंग की शिकारी पोशाक पहने था।

आते ही बोला, 'महाराज की आज्ञा है कि उन लड़कियों के लक्ष्यवेध की परीक्षा आज ही इसी शिकार में ली जाए।'

पुजारी अपने महत्त्व को बढ़ाने के लिए और अधिक विचारमग्न दिखाई पड़ा। अटल

कुछ कहने के लिए फड़फड़ाने-सा लगा। निहालसिंह व्यग्र था। पुजारी ने तौलते हुए से कहा, 'लड़कियाँ ही हैं। शिकार तो उन्होंने खेले है परंतु ऐसी बड़ी हँकाई में जोखिम बहुत हैं।'

निहालसिंह ने व्यग्रता प्रकट की, 'मैं क्या करूँ? आप चलकर महाराजा को समझा दें। वैसे उन्होंने कहा है कि लड़कियों को कहीं उनके निकट ही मचान पर बैठा दिया जाएगा जहाँ से वे बिना किसी संकट के तीर चला सकें। शीघ्र निश्चय करिए।'

पुजारी के पहले ही अटल ने निश्चय व्यक्त किया, 'वे नहीं डरतीं। बीहड़ भयंकर जंगल में पैदल घूमती हैं। मचान-वचान नहीं चाहिए।'

'तुम कौन हो जी?' निहाल ने पूछा।

'मृगनयनी का भाई, अटलसिंह मेरा नाम है। मैं शिकार खेलना चाहता हूँ।' अटल ने उत्तर दिया।

निहाल उपहास में हँसा। सोचा, यह शिकार खेलेगा! राजा और सामंतों की बराबरी करना चाहता है!!

पुजारी को कहना पड़ा, 'अच्छी बात है। जाओ अटल, दोनों को यहीं भेज दो। यहाँ से मचान पर चली जाएँगी। कह दो महाराज से, रावजी, वे अभी आती हैं। पर उनके पास मूँगिए रंग के कपड़े नहीं हैं।'

निहाल मुसकराकर 'अच्छा' कहते हुए चला गया। अटल गाँव की ओर सरपट भागा। निन्नी और लाखी घर पर थीं।

'अपने हथियार सँभालो! जल्दी करो!! राजा ने शिकार के लिए बुलाया है। तुम्हारे निशाने की परीक्षा होनी है। हथियारों को माँजकर चमकदार बना लो।' अटल ने कहा।

मन की हिलोड़ को दबाकर निन्नी बोली, 'हथियार तो मँजे रखे हैं।'

लाखी बगल देकर मुसकराई। निन्नी पर जरा-सी आँख चलाई। निन्नी दूसरी तरफ देखती हुई हथियार उठाने घर में चली गई।

अटल ने लाखी से कहा, 'तुम्हें भी बुलाया है। खड़ी क्यों रह गई? मुझे भी जाना है।'

लाखी भी घर में चली गई। निन्नी को पकड़कर झँझोड़ डाला।

'अरी कोरी परीक्षा है। क्यों मेरी देह को नोचे डाल रही है।'

'कोरी परीक्षा नहीं है। भाग जागनेवाला है।'

'यदि परीक्षा में खरी न उतरी? बाण चूक गए तो?'

'तुम हारोगी तो भी जीतोगी। पर हारोगी नहीं।'

'बड़ी ज्योतिषिन हो न! उधर ज्योतिषीजी आँगन में खड़े हैं बड़ी उतावली में!'

'गड़बड़ बकी तो दो ठूँसे दूँगी मुँह में।'

'बड़ी है न सो कर लो मनचाहा उत्पात। लो अब राम का नाम लेकर उठाओ और

बाँधो अपने-अपने हथियार। बरछी भी रखेंगी।'

उन्होंने अपने-अपने हथियार उठाए और बाँधे। लाल ओढ़नी को चोली पर कसते हुए सिर को ढक लिया। गाँठोंवाले भदरंगे लहँगे की कच्छ लगा ली। द्वार पर घोड़े की आहट मिली। निन्नी ने मुसकान को दबाया। लाखी हँस पड़ी। बोली, 'देखा! राजा को चैन नहीं है। सवार भेजा है।'

निन्नी घूँसा तानकर उस पर झपटी और रुक गई। कहा, 'तुम बहुत बुरी हो।'

दोनों अपनी-अपनी बर्छियाँ लिए हुए आँगन में आ गईं। अटल मूँगिया रंग के कपड़ों की पोटली लिए हुए बाहर से आया। वह अपनी उमंग-भरी मुसकानों को सँभाल ही नहीं पा रहा था।

बोला, 'शिकार में लाल कपड़े नहीं पहने जाते। राजा ने ये भेजे हैं। पहनो इन्हें जल्दी।'

निन्नी ने बिना किसी मुसकान के कहा, 'अभी तक तो मैंने लाल कपड़े पहने ही शिकार खेला है।'

'अब इन्हें पहनो, नहीं तो राजा को बुरा लगेगा।' लाखी हँसती हुई बोली।

अटल ने पोटली खोली। अच्छे बुनाव की दो धोतियाँ, दो छोटे-छोटे मुड़ासे और एक लंबा कुर्ता।

अटल ने कहा, 'धोतियाँ तुम्हारे लिए हैं, कुर्ता मेरे लिए।'

अटल ने कुर्ता पहन लिया। निन्नी और लाखी घर में जाकर धोतियाँ पहनने लगीं।

लाखी बोली, 'राजा ने मूँगिया रंग की चोली क्यों नहीं भेजी?'

निन्नी की आँख पर जरा-सा ताव आया। फिर हँस पड़ी।

'राजा चोली पहनता तो भेज देता।' निन्नी ने कहा।

वे दोनों नए कपड़े पहनकर अटल के सामने आ गईं।

अटल बोला, 'अब जँचीं! और देखो, मैं भी ठीक रहा।'

निन्नी ने मुड़ासे को उतारकर हाथ में ले लिया।

'अच्छा नहीं लगेगा।' उसने कहा।

'क्यों नहीं लगेगा।' लाखी बोली, 'पुरुष का-सा काम करने चली हो तो पुरुष जैसा बनना पड़ेगा। रखो मुड़ासा सिर पर।'

निन्नी ने वैसा ही रख लिया। आरसी थी नहीं जिसमें अपने चेहरे-मोहरे को देखती। उल्टा-पुल्टा इखरा-बिखरा-सा हो गया। केशों की एक लट आगे झाँक उठी, एक-दो कानों पर लटक आईं।

वे दोनों नए कपड़े पहनकर अटल के साथ मंदिर जा पहुँचीं। वहाँ से निहाल उन तीनों को बरगद से थोड़ी दूर राजा के शिविर के पास ले गया। राजा चल पड़ने के लिए

तैयार था। हाँका करनेवाले अपने ठिकानों के लिए पहले ही जा चुके थे।

राजा ने उन दोनों की वेशभूषा को उत्सुकता के साथ देखा। निन्नी के मुड़ासे पर आँख जा अटकी। निन्नी ने एक बार आँख उठाकर नीची कर ली। दूसरी दिशा में मुँह फेरकर देखने लगी।

राजा ने पूछा, 'घोड़े पर चढ़ना जानती हो?'

'नहीं।' उत्तर मिला।

'अच्छा, चलो। मैं भी पैदल ही चलूँगा।'

निन्नी लाखी की ओर देखने लगी।

वे सब जंगल में मचान के लिए चल पड़े।

घने पहाड़ी जंगल के एक ठौर पर मानसिंह अपने कुछ साथियों सहित रुक गया। मार्गदर्शक साथ था। मचान कहाँ-कहाँ हैं, किसको कहाँ बैठना है, शीघ्र निश्चित हो गया।

मानसिंह ने मार्ग-प्रदर्शक से कहा, 'इन दोनों को मेरे निकटवाले मचान पर बिठला दो।'

अटल के लिए भी स्थान तय हो गया था।

निन्नी बोली, 'सब ठौर मेरे देखे हुए हैं।'

'सारा जंगल!' मानसिंह ने मुसकराहट के साथ आश्चर्य प्रकट किया।

लाखी ने कहा, 'हाँ महाराज!'

'तो भी,' मानसिंह ने मार्गदर्शक को संकेत किया, 'तुम इनको मचान पर सुरक्षित बिठला देना।'

वे दोनों मार्गदर्शक के साथ चली गईं। मानसिंह अपने मचान पर जा बैठा, और लोग अपने-अपने मचान पर सतर्कता के साथ जा बैठे।

जब निन्नी और लाखी नियुक्त स्थान पर पहुँचीं, मार्गदर्शक ने मचान पर चढ़ जाने के लिए संकेत किया।

निन्नी ने खुसफुस स्वर में अस्वीकार किया, 'मचान पर नहीं बैठेंगी। यहाँ से तीर के लिए निशान अच्छा नहीं बैठेगा।'

'राजा की आज्ञा है।'

'राजा की आज्ञा से ही तो नाहर और अरना बिधकर गिर नहीं जावेगा।'

'नीचे प्राणों की जोखों है।'

'चिंता मत करो, तुम जाओ।'

'राजा क्रुद्ध होंगे।'

'किससे? मुझसे? चिंता मत करो।'

'तुम लोगों से नहीं, मुझसे। आफत में पड़ जाऊँगा।'

'डरो मत। चढ़ जाओ किसी पेड़ पर। हँकाई होनेवाली होगी।'

मार्गदर्शक अपना माथा टटोलता हुआ चला गया और थोड़ी दूर एक बड़े झाड़ पर चढ़ गया।

'अब?' लाखी ने धीरे से पूछा।

निन्नी ने उत्तर दिया, 'यह पेड़ आड़ के लिए बहुत अच्छा है। बर्छियाँ इससे टिका दो। कमान के ऊपर तीर चढ़ा लो। तरकस में दो-दो तीन-तीन झटपट निकाल लेने के लिए तैयार रखो। एक दिशा में मुँह करके तुम खड़ी हो जाओ, दूसरी में मैं। आड़ें-ओटें अच्छी ही हैं। जानवर जब बहुत निकट आ जावेगा, तब कहीं देख पावेगा।'

'देखें आज कुछ निकलता है डाँग में से या नहीं।'

'अवश्य निकलेगा। कई दिन से हम लोग जंगल में आए नहीं हैं। उस पर हो रही है बड़ी भारी हँकाई। शिकार की कमी रह ही नहीं सकती।'

'वह सुनो, क्या बज रहा है।'

दूर से ढोल की आवाज सुनाई पड़ी। दोनों सतर्क को गईं।

हाँकेवालों ने काफी दूर से जंगल को घेरकर हँकाई की। हँकाईवालों की संख्या बड़ी थी, इसलिए एक बड़े क्षेत्र के पहाड़ और झाड़ियों को ढंग से घेरने में सुविधा रही।

मचान दूर-दूर तक लगे हुए थे और इतने थोड़े-थोड़े अंतर पर कि छोटा-सा जानवर निकले तो दिख जाए।

नाहर, भालू, अरने, तेंदुए, सुअर इत्यादि सभी भयंकर पशु ढोलों और रमतूलों की तुमुल ध्वनि के कारण अपने-अपने ठियों पर क्षुब्ध हो-होकर हिले-डुले और हँकैए जहाँ-जहाँ होकर उनको निकाल ले जाना चाहते, निकालने लगे।

निन्नी और लाखी के निकट से सबसे पहले मोरें भरभराती हुई निकलीं, फिर लोमड़ी। इसके अनंतर कुछ समय तक कुछ नहीं आया। हाँकनेवालों के बाजों और हल्ले-गुल्लों का शब्द एक बड़ा घेरा डालता हुआ-सा धीरे-धीरे निकट आता सुनाई पड़ रहा था। कभी किसी दिशा में अधिक सिमटा हुआ, कभी किसी में बिखरा हुआ-सा।

एक दिशा से नाहर के गरजने की आवाज सुनाई दी। लाखी ने बगल से निन्नी का हाथ कोंचकर संकेत किया। निन्नी ने संकेत से ही उसको जवाब दिया—तैयार हूँ।

नाहर दूरवाले किसी मचान से निकला था। उसको तीर लगा और वह घायल होकर झाड़ी में जा गिरा। उसका गर्जना वहाँ से आ रहा था।

यकायक लाखी के सामने से खड़बड़ाहट की आवाज आई। निन्नी ने मुड़कर देखा। दोनों ने कमानों पर तीर चढ़ा लिए। बड़े-बड़े चीतलों का एक झुंड आया। निन्नी ने तीर

चलाने का निषेध किया। चीतल भागते हुए निकल गए।

'क्यों?' लाखी ने धीरे से पूछा।

'इन पर नहीं! नाहर या अरने पर।' निन्नी ने धीरे से उत्तर दिया।

हाँका होता चला आ रहा था। थोड़ी देर तक उनके पास से कुछ नहीं निकला—सिवाय दो-तीन वनबिलावों के।

वनबिलावों के पीछे फिर खड़बड़ाहट का शब्द हुआ। दोनों ने फिर तीर चढ़ाए। अब की बार साँभरों का झुंड था। निन्नी ने फिर मना कर दिया।

'इन पर भी नहीं।'

साँभरों का झुंड भाग गया। दूसरी दिशा के किसी मचानवाले ने उस झुंड पर तीर चलाया। गिरने की आवाज आई।

'यदि अब कोई न आया तो निशाना लगाने को कुछ भी नहीं मिलेगा।' लाखी ने धीमे क्षुब्ध स्वर में कहा।

किसी और मचान से फिर गरज सुनाई पड़ी। निन्नी ने सोचा, यह तेंदुए की बोली हो सकती है।

थोड़ी देर तक उन लोगों के सामने या निकट से कुछ भी नहीं निकला। कमानों पर तीर सुधियाए हुए विलंब हो गया। कंधों में थकावट और पीड़ा कसक देने लगी। हाथ नीचे करके सुसताने लगीं।

उसी समय निन्नी को अपने सामने की झाड़ी के पीछे पत्तों के दबने की चुरचुराहट सुनाई पड़ी। झाड़ी के झाँके में होकर आँख गड़ाई। परछाईं-सी जान पड़ी। परंतु साफ नहीं दिखाई पड़ा।

मानसिंह के मचान की दिशा से किसी जानवर के गिरने और खुरों की समेटने-फेंकने की आवाज आई।

निन्नी के सामनेवाली झाड़ी के पीछे से एक दबी हुई थोड़ी हुँकार सुनाई पड़ी। निन्नी ने डोरी पर तीर चढ़ा दिया। लाखी ने भी मुड़कर देखा।

एक क्षण उपरांत ही पूरी लंबाई-चौड़ाईवाला भरा-पूरा नाहर मानसिंह के मचान की दिशा से गरदन ज़रा-सी मोड़कर देखते हुए आता दिखाई पड़ा। निन्नी ने तुरंत गरदन का निशाना बाँधा और पूरी शक्ति के साथ डोरी को खींचकर तीर छोड़ दिया। अविलंब दूसरा चला दिया।

नाहर की गरदन में तीर धँस गया। नाहर ने तड़प और हुँकार के साथ ऊपर को उचाट भरी और जिस ठौर से उचटा था उसी पर गिरकर अपने बड़े नाखूनों से धरती खोद-खोदकर धूल उड़ाने लगा। तीक्ष्ण हुँकारें तो निकाल ही रहा था। लाखी उस पर तीर छोड़ना चाहती थी। निन्नी ने रोक दिया। नाहर अंतिम साँसें लेने लगा। लाखी ने

हर्षोन्मत्त होकर निन्नी के सटे हुए कपोल की चुटकी लेने के लिए हाथ बढ़ाया परंतु हाथ इतना काँप रहा था कि चुटकी लेने में गले के ऊपर का ही कपड़ा दबा पाया।

मानसिंह ने अपने मचान पर से नाहर की दबी हुँकारों को सुना। उसने सुअर पर तीर चलाया था। वह मर चुका था। मानसिंह मचान पर से उतरकर यहाँ आना चाहता था परंतु उसको विश्वास था कि निन्नी और लाखी का मचान पेड की इतनी ऊँचाई पर बँधा होगा कि वे संकट में पड़ ही नहीं सकतीं।

थोड़ी देर बाद नाहर समाप्त हो गया। हाँका बढ़ता आ रहा था।

लाखी के सामने कुछ दूरी से खड़बड़ और जोर की साँस का शब्द सुनाई पड़ा। लाखी तैयार हो गई। नाहर पर एक दृष्टि डालकर निन्नी ने मुड़कर तीर सँभाला। कमान पर तीर चढ़ाया ही था कि एक बड़ा पूरा अरना भैंसा फुफकारें मारता हुआ सामने से छोटी-छोटी झाड़ियों को रौंदता-कुचलता आ गया। लाखी ने सिर का निशाना लेकर तीर छोड़ा, कोई दूसरा निशाना ठीक बैठता ही नहीं था। तीर अरने के माथे पर पड़ा और थोड़ा-सा धँस गया। अरने ने दोनों को देख लिया। झपटा।

जब तक लाखी दूसरा तीर चलाए, निन्नी ने अरने के मस्तक के बीचोंबीच का निशाना लेकर तीर छोड़ दिया। तीर अपने निशाने पर तो लगा परंतु इतनी जल्दी चलाया गया था कि पूरी शक्ति को लेकर न छूट सका। माथे की ऊपर की हड्डी की एक तह को ही फोड़ सका। ठठकर रह गया। अरने ने जोर की डिड़कार लगाई और उनकी ओर पूँछ उठाए हुए आया। लाखी ने दूसरा तीर छोड़ा। तीर उसके नथुने को ही फोड़ पाया। अरना थोड़ा-सा हिचका। परंतु अंतर इतना कम रह गया था कि तरकस में से तीर निकालकर प्रत्यंचा पर नहीं चढ़ाया जा सकता था। अरने की बड़ी-बड़ी लाल आँखों से अंगार छूट रहे थे और फुफकार में से फेन उड़ रहा था।

निन्नी ने कमान को एक ओर फेंककर बरछी उठाई और अरने की दिशा में सीधी की ही थी कि वह लपका। निन्नी पेड़ से एक पग आगे बढ़ आई। लाखी ने बगल से कमान की डोरी पर तीर चढ़ाया, परंतु छोड़ नहीं पाई।

सिर को थोड़ा-सा नीचा किए हुए उन दोनों को अपने माथे और सींगों की जुड्ड से पीसकर फेंक देने के लिए अरना और बढ़ा। उन दोनों का कचूमर निकलने के लिए एक क्षण ही और रह गया था कि निन्नी ने पूरे बल और वेग के साथ अरने के माथे पर बरछी ठोंक दी। बरछी तीर से कुछ ऊपर जाकर लगी। अरना उपेक्षा के साथ बढ़ता चला आया। निन्नी एक हाथ से बरछी के डाँड को पकड़े रही और पेड़ के तने से छोटी-सी बगल काट गई। अरना खाई हुई बरछी समेत पेड़ से जा टकराया। निन्नी के हाथ से बरछी छूट गई। मूठ के तने पर अड़ गई।

अरने के अपने ही धक्के से बरछी का फल माथे की हड्डियों को तोड़ता-फोड़ता और

भी धँस गया। निन्नी उछलकर पीछे हट गई। उसने अपना छुरा निकाल लिया। लाखी ने तीर-कमान को फेंककर अपनी बरछी उठाई और अरने पर हूलना चाहती थी कि अरना लड़खड़ाकर गिर पड़ा, चौपट हो गया। सिर हिलाने लगा और जल्दी-जल्दी फूसने लगा। उसको चक्कर आ रहा था। परंतु वह मरा नहीं था।

निन्नी ने उसकी गरदन का निशाना तानकर छुरे को फेंका। वह ऊपर से निकल गया। खन्न से अरने की बगल में जा गिरा। लाखी ने पूरी शक्ति के साथ उसकी कोख पर बरछी चलाई परंतु अरना लड़खड़ाते पैरों पर भी उठ खड़ा हुआ और बरछी एक टाँग को छीलती हुई धरती में धँस गई। मूठ लाखी के हाथ से सटक गई। लाखी अपने छुरे को निकालकर पीछे हटी। उस छुरे के सिवाय उन दोनों के हाथ में अब और कोई हथियार न था। आतुरता में फेंके हुए तीर-कमानों के लिए गाँठ में आधा क्षण भी नहीं था। निन्नी को केवल एक उपाय सूझा।

उसने उछलकर अपनी ओरवाले एक सींग को दोनों हाथों से पकड़कर अरने को प्रचंड वेग के साथ धक्का दिया। अरना मुड़ गया, रिल गया और धम्म से गिर गया। निन्नी भी उसके सींग को पकड़े हुए उस पर गिरी परंतु तुरंत सँभल गई। उसका छोटा-सा मूँगिया मुड़ासा झटके के साथ खुलकर अरने पर गिरा—एक छोर अरने पर, बाकी धरती पर।

पीछे से, मानसिंह के मचान की तरफ से किसी के दौड़कर आने की आवाज आई। निन्नी अरने को छोड़कर पीछे हटी कि नंगी तलवार लिए हुए मानसिंह को आते देखा। मानसिंह ने उसकी झपट और अरने के भरभराकर गिरने का दृश्य कुछ दूर से देख लिया था। वह अरने की डिड़कार सुनकर मचान से उतर आया था।

अरना फटी हुई आँखों से अंतिम फुफकारें ले रहा था। कुछ दूरी पर नाहर मरा पड़ा था।

मानसिंह ने मरते हुए अरने पर तलवार उबारी, परंतु चलाई नहीं। धीरे से बोला, 'मर रहा है।'

नाहर की ओर आँख फेरी। धीरे-धीरे उसके निकट गया। निन्नी और लाखी ने अपने-अपने तीर उठा लिए। पेड़ से सटकर आ खड़ी हुईं। अरना दूसरी तरफ था।

मानसिंह ने नाहर का बारीकी के साथ निरीक्षण किया। नाहर ने केवल एक तीर खाया था। आश्चर्य के साथ उन दोनों के पास लौटा। उनके सामने खड़ा हो गया।

निन्नी उसकी ओर अच्छी तरह देखकर दूसरी ओर देखने लगी। लाखी की दृष्टि कभी अरने पर और कभी जंगल की दिशा में जाने लगी। अभी हाँका समाप्त नहीं हुआ था।

राजा ने पूछा, 'नाहर की गरदन पर किसका तीर बैठा?'

निन्नी ने सिर झुका लिया। लाखी ने तुरंत सामने होकर उत्तर दिया, 'निन्नी—मृगनयनी का।'

राजा ने दूसरा प्रश्न किया, 'अरने के माथे पर बरछी किसकी खोंसी हुई है?''

लाखी बोली, 'मृगनयनी की।'

'वाह! धन्य हो!! तुम दोनों धन्य हो!!!' मानसिंह के मुँह से निकला और उसने अपने गले से सोने का रत्नजड़ित हार निकालकर निन्नी के गले में डाल दिया। निन्नी मुँह फेरकर पेड़ की छाल को उँगलियों से कुरेदने लगी।

मानसिंह ने काँपते हुए स्वर में धीरे-धीरे कहा, 'सुंदरी मृगनयनी, साहस नहीं होता, संकोच लगता है परंतु कहे बिना नहीं रहा जाता। क्या तुमको ब्याह में पा सकता हूँ? क्या अपनी जन्मसंगिनी बना सकता हूँ?'

लाखी अत्यंत कठिनाई से अपने हृदय की धड़कन को दबाकर सामने आई। निन्नी पेड़ की छाल को और भी जल्दी-जल्दी खरोंचने-कुरेदने लगी।

लाखी बोली, 'यह तो इसके भाई बता सकते हैं।'

'उनसे भी पूछूँगा। पहले इनके मन की भी जान लूँ।' राजा ने कहा।

निन्नी खाँसी। लाखी इशारे को समझ गई। उससे सटकर खड़ी हो गई।

निन्नी ने धीरे से कहा, 'गरीबों और बड़ों का जन्म-संग कैसा?'

मानसिंह ने सुन लिया। उसको सुनाने के लिए ही कहा गया था।

मानसिंह बोला, 'आदिकाल में सबके पुरखे गरीब ही थे, अपने शौर्य से बढ़े। शौर्य में तुम मुझसे कम नहीं हो।'

'बड़े लोग कहते कुछ और करते कुछ और हैं; ऐसा सुना है कथा-कहानियों में,' उसी ओर से निन्नी ने कहा।

मानसिंह ने सोचा, इसने शकुंतला की कहानी कहीं सुनी है।

बोला, 'तुम्हारे दिए हुए उस फूल को पगड़ी में खोंस लिया था। अब भी वहीं बाँधे हूँ, सदा वहीं रहेगा—गंगा-यमुना की सौगंध खाता हूँ कि जन्म-संगिनी रहोगी।' मानसिंह का स्वर काँप-काँप जा रहा था।

निन्नी ने क्षीण स्वर में प्रतिवाद किया, 'सौगंध मत खाइए।'

'तो कहो, क्या कहती हो सुंदरी?' राजा ने हठ किया।

'मैं राजाओं की भाषा नहीं जानती।' निन्नी ने उत्तर दिया।

लाखी यकायक बोली, 'उस झाड़ी के पीछे मेरे तीर चले गए थे। ढूँढ़ लाऊँ—' और झाड़ी की ओर भागी।

'ठहर जा, कहाँ जाती है लाखी? तीर तो सब यहीं हैं!' निन्नी ने कोमल स्वर में रोका। लाखी नहीं मानी।

राजा ने अपना हाथ बढ़ाया, कहा, 'इस भाषा को संसार-भर समझता है। अपना हाथ मेरे हाथ में दो।' गरदन मोड़े हुए कनखियों से देखते हुए, धड़कते कलेजे और अर्द्धस्मित के साथ निन्नी ने अपना काँपता हुआ धूल भरा हाथ उसके हाथ में दे दिया।

बोली, 'मैं नहीं जानती क्या कर रही हूँ। मेरी पत रखना।'

मानसिंह ने तुरंत कहा, 'परमात्मा मेरा साक्षी है, तुम सदा मेरे हृदय की रानी और जीवन की शोभा रहोगी। समझ गईं?'

'समझ गई।' बहुत धीरे से उसके मुँह से निकला।

'क्या कहा?'

'आज्ञा का पालन करूँगी।'

'मेरी तरफ देखो।'

'लाखी उस झाड़ी के पीछे से झाँक रही होगी।'

निन्नी ने अपना हाथ उसके हाथ से छुटा लिया। छुटाते समय गीली आँखों से उसकी ओर देखा। मानसिंह के नेत्रों से आभा-सी बिखर रही थी। वह आभा उन गीली आँखों में समा गई।

मानसिंह चिल्लाया, 'लाखी रानीजी, इधर आ जाओ। तीर मिल गए होंगे अब तक तो।'

वह झाड़ी के पीछे से हँसती हुई बोली, 'सब मिल गए। ब्याज समेत मिल गए।' और हँसी को गदेली से ढाँपे हुए आ गई।

मानसिंह ने कहा, 'कहाँ हैं तीर? हाथ में तो एक भी नहीं।'

'जहाँ रहते हैं वहाँ हैं।' उसने निन्नी की ओर देखते हुए व्यंग्य किया।

'तुम्हारी सखी विकट है।' मानसिंह हँसते हुए बोला।

लाखी ने मुँह फेरे हुए पूछा, 'महाराज कब तक ठहरेंगे इस गाँव में?'

'जब चाहो तब चला जाऊँ।'

'वाह! अभी तो इस जंगल में बहुत शिकार है।'

'जीवन का सब सुख पा लिया। तुम सब मेरे साथ ग्वालियर चलो।'

'ऐसे?'

निन्नी मुँह फेरे हुए बोली, 'सुना है ग्वालियर में जल का बड़ा कष्ट है।'

'अब तो कुएँ स्वच्छ हो गए हैं। कोई कष्ट नहीं है।' मानसिंह ने कहा।

अरने ने टाँगें पसारीं और समाप्त हो गया। मानसिंह ने उसके पास जाकर देखा।

'तुमने अपने हाथों इसके सींग मोड़े और गिरा दिया! अरना बहुत भारी है!' उसने आश्चर्य प्रकट किया।

कोमल धीमे स्वर में निन्नी बोली. 'मुझको स्मरण ही नहीं क्या हुआ और कैसे हुआ।'

राजा ने मुसकराकर पूछा, 'इतना बल तुममें कहाँ से आया?'

नीचा सिर किए हुए मुसकाने के साथ उसने कहा, 'राई की नदी के पानी से। हम लोगों की गाँठ में और है ही क्या?'

'राई गाँव तुमको बहुत प्यारा है?'

'बहुत। आँखों में बसा रहता है।'

'ग्वालियर के किले में तालाब है, उसके पानी को देखना।'

'मैं अपनी नदी के बिना नहीं रह सकती।'

'तो ग्वालियर के किले को यहाँ उठा ले आना।'

'साँक को ही ले चलिए वहाँ।'

'कैसे?'

'राजा को क्या गाँव के लोग यह भी बतावें?'

'गाँव के लोगों को नहीं, राजा की रानी को बताना होगा।'

'तो नहर काटकर ले जाइए किले तक। मैं तो इसी का पानी पिऊँगी।'

'ले जाऊँगा। वचन देता हूँ।'

'कब तक?'

'काम आरंभ तुरंत करवा दूँगा। बस, या कुछ और?'

'मैं ग्वालियर में जाकर परदा नहीं करूँगी।'

'मत करना। कुछ और?'

'और कुछ नहीं।'

हाँकेवाले पास आ गए। उनसे पहले पेड़ से उतरकर मार्गदर्शक डरता-डरता आ गया।

उसने क्षमा-प्रार्थना की, 'महाराज अन्नदाता, मुझको क्षमा मिले, मैंने बहुत कहा कि मचान पर चली जाओ, पर ये नहीं मानीं।'

निन्नी ने समर्थन किया, 'हाँ, हम लोगों ने हठ किया, मचान पर नहीं बैठीं।'

मानसिंह हँसकर बोला, 'और उस हठ का फल यह सामने है और वह नाहर उधर पड़ा हुआ है।'

हाँकेवाले आ गए। उन लोगों ने अरने और नाहर को देखा। निन्नी के गले में रत्नजटित स्वर्णमाला को देखकर समझ गए कि किसके पराक्रम का परिणाम है।

राजा ने पगड़ी में से मोतियों की माला खोली और लाखी के गले में डाल दी।

कहा, 'तुम भी बहुत वीर हो।'

थोड़ी-सी ही देर बाद और शिकारी भी आ गए।

जिस-जिसने जो कुछ किया और जो नहीं कर पाया, उसकी चर्चा होने लगी। राजा ने

एक खिसारे सुअर को मारा था।

अटल भी आ गया। उसके हाथ कुछ नहीं लगा था। अरने, नाहर और दोनों के गले में मालाओं को देखकर वह फूला नहीं समा रहा था।

: २५ :

मंदिर तक पहुँचते-पहुँचते सबको मालूम हो गया कि सुंदरी मृगनयनी राजा मानसिंह की विशेष स्नेह-भाजन हो गई है। वे दोनों मंदिर का किनारा काटकर घर जाने को थीं। पुजारी ने बुला लिया। पुजारी को शिकार के परिणाम का समाचार पहले ही मिल चुका था।

बोला, 'आज हमारा गाँव कृतार्थ हो गया। मूर्ति के दर्शन करो, फिर घर जाओ।'

निन्नी ने आक्षेप किया, 'स्नान नहीं किया है, दर्शन कैसे करूँगी?'

लाखी ने समर्थन किया, 'नहाकर कल आवेंगी सवेरे और कुछ अनाज लावेंगी चढ़ाने क लिए।'

पुजारी की हँसी में से निकला, 'बाहर से ही दर्शन कर लो। अब अनाज लूँगा चढ़ोत्तरी में तुमसे? गाँव लूँगा मंदिर के लिए जागीर में।'

'किससे?' लाखी ने पूछा। निन्नी ने नीचा सिर किए हुए आँखें ऊँची कीं।

'ग्वालियर की रानी से।' पुजारी ने सिर को नचाते हुए उत्तर दिया। दूसरी दिशा से मानसिंह और निहालसिंह मंदिर की ओर आते दिखाई दिए।

'गरीब किसान कन्या।' लाखी ने मुसकराकर कहा और निन्नी का हाथ पकड़कर घर चली आई।

पुजारी को प्रणाम करके राजा बोला, 'शास्त्रीजी, आशीर्वाद दीजिए।'

'आशीर्वाद तो सदा राजा के साथ है।'

'मानसिंह तोमर और मृगनयनी को आशीर्वाद दीजिए।'

'इससे बढ़कर अभिमान की बात इस गाँव और गाँव के मंदिर के पुजारी के लिए क्या हो सकती है, महाराज!'

'चाहता हूँ कि वैदिक मंत्रों और होम के साथ विवाह ग्वालियर में संपन्न हो। आप चलने की तैयारी करिए।'

'महाराज! यह कैसे हो सकता है? विवाह की विधि लड़की के घर पर ही होगी। अपने यहाँ यही रीति चली आई है। लड़की का पुरोहित मैं रहूँगा, आप अपना ग्वालियर से बुला लीजिए। हम कुछ नहीं दे सकते, केवल कुछ फूल चढ़ा देंगे। यज्ञ-होम के लिए अंजलि-भर घी अटल के घर में ही निकल आवेगा।'

अटल भी प्रफुल्लता के साथ वहीं आ गया। पुजारी ने उससे कहा, 'महाराज के साथ

मृगनयनी की भाँवर यहीं पड़नी चाहिए या ग्वालियर में?'

उसने गर्व से छाती फुलाकर उत्तर दिया, 'यहीं। हमारे वंश की परंपरा यही है।

'देने को है कुछ राजा के लिए?' हँसकर पुजारी ने प्रश्न किया। बिना किसी झिझक के अटल ने बताया, 'कन्या और एक गाय। बैलों की जोड़ी अपने लिए रखूँगा।'

वे सब हँस पड़े। अटल सोचने लगा, क्या मैं कोई मूर्खता की बात कह गया?

'यज्ञ-होम के लिए कुछ है?' पुजारी ने हँसी को गंभीरता के भीतर छिपाकर कहा।

वह झेंपता हुआ-सा बोला, 'थोड़ा-सा होगा। कुछ उधार ले लूँगा।'

मानसिंह ने उसको कंधे से लगा लिया। कहा, 'चिंता मत करो, सब हो जाएगा।'

अटल धीरे से बोला, 'पर मैं आपका कुछ नहीं लेना चाहता।'

राजा ने आश्वासन दिया, 'घबराओ नहीं। यह विवाह तुम्हारी ही सामग्री से निभाया जाएगा।'

पुजारी से कहा, 'मुहूर्त शोधिए, शास्त्रीजी।'

वह हँसकर बोला, 'ज्योतिष को जो जितना अधिक जानता है वह उतने ही निकट का मुहूर्त शोध सकता है महाराज!'

मुहूर्त शोधा जाने लगा।

निन्नी और लाखी गाँव में पहुँचीं नहीं कि चर्चा हो उठी।

'निन्नी का ब्याह दो-तीन दिन के भीतर होनेवाला है।'

'अब वह महारानी कहलावेगी! अपने-अपने भाग्य की बात!'

'अभी तक खाने को नहीं जुटता था, अब दूध-दही से नहावेगी!'

'और अटल की भी पट पड़ेगी। राजा का साला कहलावेगा!'

'राजधानी की सड़कों पर ऊँचा मुड़ासा बाँधे डोला करेगा!'

'लाखी चेरी बनकर रहेगी। निन्नी के पैर दाबेगी और राजा की सेज सजावेगी।'

'लाखी को अटल का गर्भ है। राजा की कृपा से सब छिप जावेगा।'

'अरी चुप! चुप!! राजा सुन लेगा तो मरवा डालेगा।'

'दोनों यहाँ से चली जाएँ तो फिर कोई डाकू लूटने न आवेगा। टलें तो यहाँ से।'

निन्नी और लाखी घर में थीं। निन्नी गंभीर दिखाई पड़ने का प्रयास कर रही थी। लाखी चुहल पर थी। वह मुँह छिपाना चाहती थी। वह बार-बार उसके सामने आ खड़ी होती। लाखी ने एक बार उसकी ठोड़ी को पकड़कर ऊँचा किया।

बोली, 'देखो, मेरी तरफ।'

'क्यों? क्या मैं डरती हूँ?'

'तो मिलाओ मेरी आँखों से आँखें।'

'लो। क्या कर लोगी अब?'

'उनसे मिलाई थीं?'

'छोड़ दो मुझको, बड़ी वैसी हो।'

'अच्छा बताओ, क्या बातचीत हुई थी, वहाँ पेड़ के नीचे?'

'छिपी तो थी वहीं कहीं चिपकी हुई।'

'देखा तो था जब हथलेवा हुआ, पर बातचीत नहीं सुन पाई। बड़ी देर तक तो हुई थी, क्या हुई थी?'

'कहाँ बड़ी देर हुई थी? कुछ ही क्षण।'

'ओ भगवान्! बहुत छोटे क्षण थे वे!! मैं तो तीर ढूँढ़ते-ढूँढ़ते थक गई। बताओ क्या कहा था?'

'मैंने कहा, मेरी पत रखना, सदा आज्ञा का पालन करूँगी। बस लो, पीछा छोड़ो।'

'देखें ब्याह कहाँ होकर होता है।'

उसी समय पड़ोस की एक स्त्री आई। वहीं से शोर मचाती हुई बोली, 'अहाहा! कैसा भाग जागा! भगवान् सबका भला करें। गाँव का नाम अमर कर दिया। जैसा रूप पाया, वैसा ही राजा मिला। राजा को ढूँढ़ने पर भी ऐसा रूप संसार-भर में नहीं मिलता।' स्त्री घर में घुस आई। निन्नी की माला पर उसने प्यार बरसाया।

'बड़े मोल की होगी यह! कैसी दिपती है गोरे गले में।' उसने कहा।

निन्नी की समझ में नहीं आया कि क्या कहे।

लाखी बोली, 'इन्होंने नाहर को तीर से मारा और अरने भैंसे के सींग मोड़ दिए। इसलिए राजा ने इनाम में माला दे दी।'

'अरी बनावे मत,' उसी स्त्री ने कहा, 'ब्याह होनेवाला है राजा के साथ।'

'अच्छा!' लाखी ने बनावट प्रकट की।

उस स्त्री की आँख सजल हो गईं और कंठ गद्‌गद। बोली, 'हमारे लिए तो वही खेती-पाती, ढोरों की देखभाल, एक जून का खाना। तुम सुखी रहो। हमको इसी में सुख है।'

लाखी ने पिघलकर कहा, 'अभी कोई बात ऐसी तय तो नहीं हुई है, काकी। हो जावे तो क्या कहना है।'

स्त्री ने आँसू पोंछकर गला साफ किया। बोली, 'अरी गाँव के मानस जल उठे हैं, सो कहने आई हूँ।'

निन्नी ने ताड़ लिया कि यही सबसे अधिक जली होगी और अब अपनापन समेटने आ गई है।

वह स्त्री कहती गई, 'एक कहती थी निपूती कि निन्नी रानी बनकर पान चबाएगी और लाखी चेरी बनकर निन्नी की पीक को गदेली पर लेगी और राजा की सेज को

बिछाया-उठाया करेगी, सुंदर सलौनी है न।'

निन्नी का चेहरा लाल हो गया और लाखी का फक्।

निन्नी ने तमककर पूछा, 'किसने कहा?'

वह स्त्री पाँव पड़ती हुई बोली, 'बता दूँगी कभी। अभी नहीं। गाँव में रहना जो है। वे सुन लेंगी तो मेरा मुँह काला कर दिया जावेगा और जात में से निकाल दी जाऊँगी। हा-हा खाती हूँ, अभी न पूछो। वे सब आनेवाली ही होंगी। उन्हें मालूम न होने पावे कि मैंने कुछ बताया है। राम! राम!! मेरी जीभ कट जाए, कैसे निकल गई मुँह से यह बात।'

वे दोनों ठंडी पड़कर सोचने लगीं।

लाखी ने कहा, 'काकी, तुम बड़ी भली हो। हमको क्या पड़ी जो ऐसी बुरी बात को फैलाती फिरें। इसमें तो हमारी ही नाक कटेगी।'

उसी समय कुछ और स्त्रियाँ आईं जिनके चेहरों पर मुसकान थी और आँखों में छिपी हुई ईर्ष्या। उनके पीछे से आह्लादमग्न अटल आ गया।

आते ही बोला, 'ब्याह का मुहूर्त—निन्नी के साथ महाराज के ब्याह का मुहूर्त—परसों के लिए शोधा है पुजारी बाबा ने। हमारी गाँठ में तो कुछ नहीं है, पर गाँववालों की कृपा से पार लग जाएँगे।'

स्त्रियों में एक बुढ़िया भी आई थी, वह सबसे अधिक प्रसन्न थी।

बुढ़िया ने कहा, 'राजा पंगत देंगे। मंगल साज सजाओ री। इनके घर में कोई बढ़ी-बूढ़ी नहीं है। हमीं लोगों को नेगचार करने पड़ेंगे। अभी से गाओ कुछ।'

इस बुढ़िया के स्वर में निन्नी को सचाई का आभास मिला। स्त्रियाँ मंगलाचार गाने लगीं। थोड़ी देर बाद अधीर अटल ने टोका, 'यह सब पीछे करती रहना। पहले यह सब बताओ कि करना क्या-क्या है? एक ही दिन तो बीच में है।'

बुढ़िया समेत कुछ स्त्रियों ने जो योजना बताई उसके लिए अटल के घर में धन का सौवाँ भाग भी नहीं था।

परंतु उसने दृढ़ता के साथ कहा, 'हमारी डाँग में हरे पत्ते, मंदिर में कुछ फूल और घर में थोड़ी-सी हल्दी है। हल्दी से निन्नी के हाथ पीले कर दूँगा, फूल राजा पर चढ़ा दूँगा और डाँग के पत्तों से मंडप, बंदनवार और द्वार की शोभा सजा दूँगा। राजा से कुछ नहीं लूँगा, अपने पुरखों की नाक रखूँगा।'

एक स्त्री बोली, 'तोमरों और गूजरों में ब्याह-संबंध होता है?'

अटल ने उत्तर दिया, 'हाँ होता है—हुआ है। पुजारी बाबा ने बताया है। उन्हींने तो शोधा है मुहूर्त और वे ही ब्याह को पढ़ेंगे।'

'हाँ राजा हैं। सब कर सकते हैं। ठीक है।' स्त्री कहकर चुप हो गई और तुरंत ब्याह का गीत गाने लगी।

निन्नी और लाखी को वे स्त्रियाँ थोड़ी देर बाद भारस्वरूप जान पड़ीं। पर वे वहाँ से नहीं टलीं। गाने में जैसे-जैसे स्त्रियों का मन लगा, विशेषकर अश्लील गीतों में, वैसे-वैसे उनकी जलन और उन दोनों की कटुता कहीं दबकर जा बैठी।

अटल जंगल के उपादानों से अपने घर और आस-पास के अगवाड़ों को सजाने के लिए कुल्हाड़ी लेकर बाहर चला गया। गाँव की स्त्रियाँ प्राप्त साम्रगी से आनेवाले विवाह दिवस की तैयारी करने लगीं।

निन्नी के पान की पीक अपनी गदेली पर लूँगी! राजा की सेज की चेरी बनूँगी!! लाखी के मन में दब-दबकर उठ-उठ रहा था। फिर भी वह निन्नी के भविष्य से सुखी थी।

: २६ :

राजा ने ग्वालियर से विजयजंगम को बुलाकर अपना पुरोहित बनाया--उसका मौरूसी पुरोहित भी आया। लड़की के पक्ष का पुरोहित बोधन पुजारी बना। अटल ने अपनी डाँग के पत्तों से घर-द्वार को सजाया। गाँववालों ने भी साज सजाए। राजा की ओर से काफी धूमधाम की गई। लाखी की हठ पर अटल ने अपनी एकमात्र गाय बंध छोड़ने के नेग में दान की। राजा ने दान लेते समय कहा, 'इस गाय का संसार में मूल्य ही नहीं आँका जा सकता।'

निन्नी–आगे से मृगनयनी–को इतने बहुमूल्य वस्त्रालंकारों का चढ़ाव चढ़ाया गया कि उसका शरीर दुखने लगा।

विदा के समय मृगनयनी लाखी से लिपटकर इतना रोई कि गला बैठ गया और लाखी तो अचेत हो जाने पर ही आ गई।

'मैं तुम्हें ग्वालियर बुला लूँगी।' निन्नी ने कहा।

हिलकियाँ लेती हुई लाखी बोली, 'देखा जाएगा।' एक क्षीण धुँधला चित्र, हाथ पर पीक लेनेवाली दासी का–आँखों के भीतर कौंधकर तुरंत तिरोहित हो गया।

मृगनयनी राजसी सवारी में बैठी हुई जा रही थी। जब तक साँक नदी और सुपरिचित डाँग-डूँगर दिखाई पड़े, वह आँसू पौंछ-पौंछकर देखती रही। राजा ने गाँव छोड़ने के पहले गाँव-भर का एक साल का लगान त्याग करने की घोषणा की और साँक नदी से ग्वालियर तक नहर काटकर ले आने का काम जारी करवा दिया। इसको मृगनयनी ने देखा, बहुत संतुष्ट हुई।

ग्वालियर पहुँचते ही उसको स्वागत के प्रदर्शनों का तूफान चकित करने लगा। बाजे, गायन, नगर की सजधज, फूलों और धानों की बरसा, तोरण-बंदनवारों की झुरमुटें, आरतियाँ, जयजयकार के हल्ले ने तो उसको हैरान ही कर दिया। सोचती थी, राजा क्या सचमुच भगवान् का अवतार होता है? या क्या वह पूर्वजन्म का योगी होता

है। योग करने से राज मिलता है? योगी कौन होता है? क्या करता है? किसी समय राजा से पूछूँगी? लाखी साथ में होती तो यह सब देखकर क्या कहती? मुझको बार-बार तंग करती। कितनी अच्छी है वह! अब उसका ब्याह भैया के साथ हो जाएगा। अब गाँव वाले चीं-चपाड़ नहीं करेंगे। किसी समय उसको बुलाऊँगी। मृगनयनी सोच रही थी।

राजा का जुलूस रुकते-रुकते धीरे-धीरे किले में पहुँचा। फाटकों से होकर ऊपर का मार्ग सीढ़ियों पर से गया था, इसलिए सवारी ऊपरी परकोटे के भीतरवाले भवन में देर से पहुँच पाई। ऊपर पहुँचकर मृगनयनी ने किले की पहाड़ी के तटवर्ती फैले हुए मैदान को लालसा के साथ देखा। सूर्यास्त होने में थोड़ा-सा विलंब था। विस्तृत क्षेत्र की ऊँचाई-नीचाई पर संध्या की सुनहरी किरणें छहर रही थीं। एक पहाड़ी की उपत्यका से धुएँ की ऊँची-पतली रेखाएँ छा रही थीं। वहाँ कोई छोटी-सी नदी होगी। किनारे पर कोई छोटा-सा गाँव। गाँव में रोटी बनाने की तैयारी हो रही होगी। गाय के लिए बच्छा रँभा रहा होगा। गाय रँभाती हुई घर की ओर दौड़ी चली आ रही होगी। अरे नहीं! वह तो दान में बच्छे समेत मेरे साथ आई है। कहाँ है वह? वह तो नीचे ही रह गई होगी। किसने बाँधी होगी? किसने उसकी गरदन पर हाथ फेरा होगा! क्या मैं उस प्यारी गाय को नहीं देख पाऊँगी?

मृगनयनी भवन के भीतर पहुँची। दास-दासियों की मनुहारों पर मनुहारें बरस उठीं। अरे तो क्या मैं थोड़ी देर के लिए भी अकेली न रह पाऊँगी?

नेगचार के बाद पान-इलायची-इत्र इत्यादि सत्कार की सामग्री, नाना प्रकार के भोजन, सिर झुकाए हुए दासियाँ, स्वच्छ वायु के लिए भवन में खिड़कियाँ। बैठने के लिए कालीन, मसनद, तकिए। लेटने के लिए मखमली गद्दे का चाँदी की पत्तियों जड़ा पलंग।

वह मचान, वह चाँदनी रात जिसमें लहराते हुए अनाज का खेत जैसे किसी ललक के साथ बात करना चाहता हो, साँभर-चीतल की बोलियाँ, बगल में रखा हुआ धनुष-बाण, लाखी की ठिठोली क्या सब सदा के लिए हाथ से छुटक गए? क्या मैं जा नहीं सकूँगी? क्या यहीं बंद होकर रहना पड़ेगा? महाराज ने वचन दिया था कि परदे में नहीं रहोगी। वह निभाएँगे, अवश्य निभाएँगे। नहर की खुदाई का आरंभ उन्होंने कितनी ज़ल्दी कर दिया! पर बाहर भी निकलूँगी तो सवेरे कहाँ जाऊँगी?

निन्नी ने झरोखे के बाहर दृष्टि डाली। मन चाहा कि उठे और झाँककर देखे। ये लोग क्या कहेंगी? मन में कहेंगी, गाँव की गँवार है। ये सब पढ़ी-लिखी होंगी। मैं अपढ़ हूँ। मैं कुछ गा लेती हूँ। पर इन सबने बरसों अभ्यास किया होगा। जब रात में, सवेरे और संध्या समय चिड़ियाँ बोलेंगी और मैं गाना चाहूँगी तो क्या कोई रोक लेगी? नहीं भी रोकेंगी तो मन में क्या कहेंगी? इन सबसे अच्छा गा सकूँगी, तब कुछ नहीं कह सकेंगी।

और ये निशानेबाजी कैसी करती होंगी? इसमें तो सबको पछाड़ दूँगी। महाराज को भी, अपने पति को? वह पति हैं, परंतु लक्ष्यवेध तो विद्या है, इसमें हार-जीत की क्या बात?

भवन की दीवारों पर चित्रकारी थी। मृगनयनी का ध्यान उस पर गया। बहुत चाव के साथ देखने लगी। कैसे इनको बनाया होगा। चित्रों में केवल प्राण नहीं हैं, और सब कुछ है!बहुत विलक्षण हैं! ऐसा तो कभी नहीं देखा कहीं पहले! गाँव-जंगलों में कहाँ रखा है यह सब? मैं अपने गाँव में फिर जाऊँगी तब पढ़-लिखकर यह सब सीखकर आऊँगी। लाखी को भी सिखाऊँगी। कहूँगी, भौजी, सीख मुझसे। क्या कर रही होगी इस समय मेरी बहुत प्यारी लाखी? कितनी रोई थी वह! मैंने कभी-कभी उसके साथ ओछा ब्योहार किया है। अब कभी नहीं करूँगी। मृगनयनी की आँखों में से एक आँसू आ गया। दासियों ने नीची निगाहों ही देख लिया। सोचा, देर तक देखते रहने के कारण आँखें गीली हो गई होंगी।

मृगनयनी सोचती रही—यह सब सीखने में न जाने कितने दिन लग जाएँगे। घर जल्दी जाऊँगी, जल्दी न जा पाई तो लाखी और भाई को बुलवा लूँगी, उनके लिए गाँव में अब ऐसा क्या रखा है?

बगल के कमरे से वीणा बजाने की ध्वनि सुनाई पड़ी। मृगनयनी को वह विचित्र जान पड़ी। समझ तो गई कि कोई बाजा बजा रहा है। ध्वनि बहुत मीठी लगी। मन को जैसे अपनी गाँठ में बाँधती जा रही हो। एक घड़ी पीछे गायन भी सुनाई पड़ा। ऐसा गायन! ऐसा स्वर!! पहले कभी नहीं सुना था। था किसी पुरुष का ही, परंतु कितना मधुर! बीच-बीच में किसी स्त्री का भी कठस्वर सुनाई पड़ा—वाद्य की झंकारों को बढ़ानेवाला-सा।

मृगनयनी ने एक दासी की ओर प्रश्नसूचक दृष्टि की। दासी ने बताया, 'प्रसिद्ध गायक बैजू गा रहे हैं। साथ में उनकी चेली कला है।'

: २७ :

गाँव से राजा और मृगनयनी के दलबल सहित चले जाने के उपरांत चहल-पहल एकदम ठंडी पड़ गई। लाखी और अटल को घर सूना-सूना प्रतीत होने लगा। लाखी की आँखें सूज गई थीं और अटल की लाल हो गई थीं। वह लाखी को खलिहान में ले गया। संध्या तक खलिहान में काम करते-करते समय काटा। घर आने पर ब्यालू के उपरांत नींद आ गई।

दूसरे दिन हाथ-मुँह धोकर खलिहान में काम करने के लिए दोनों गए और छाया में बैठ गए।

अटल ने चर्चा चलाई, 'अब हमारा-तुम्हारा ब्याह भी हो जाना चाहिए।'

लाखी उदास तो थी ही, उसका चेहरा और भी गिर गया। बोली, 'निन्नी के बिना

कैसे होगा?'

'उसको बुलाएँगे। वह अवश्य आएगी। रानी हो गई तो क्या हो गया, बहिन तो मिट नहीं गई।'

'कब बुलाओगे?'

'कल ही सोचता हूँ। अभी मंडप हरा है। इसी के नीचे भाँवर पड़वा लूँगा, कल ही।'

'क्या हो गया है तुमको? कल गई है यहाँ से और कल के दिन लौट आएगी वहाँ से? ऐसा तो गाँवों में कभी नहीं होता।'

'तो कब तक बिदा करा लेने की रीति है?'

'वह स्यात् ही कभी आवें यहाँ। इतने बड़े राज की महारानी को हमारी झोंपड़ी में राजा और उनके सामंत नहीं आने देंगे।'

'कैसे नहीं आने देंगे? कोई नहीं रोक सकता। मैं लिवा लाऊँगा। पुजारी से मुहूर्त सुधवा लूँगा और ग्वालियर को चल दूँगा। वह आएगी और उसके सामने इसी मंडप के नीचे भाँवर पड़ेगी।'

'ग्वालियर जाओ तब मोतियों की उस माला को लेते जाना। सुना है, हजारों टके की है। उनमें से कुछ मोती बेच आना। थोड़े से कपड़े-वपड़े ले आना। गाँववालों को खाना देना पड़ेगा, पुजारी बाबा को दक्षिणा। उससे बहुत काम चलेगा।'

'हाँ, यह ठीक है। उसकी याद ही नहीं रही। कहाँ है माला?'

'घर में छिपाकर रख दी है। पहनती तो गाँववाले देखकर जलते, बाहर के चोर-चपाटे भी ताक लगाते।'

'तो मैं पहले पुजारी के पास मुहूर्त सुधवाने के लिए हो आऊँ। घड़ी-भर में लौटकर आता हूँ।'

'ऐसी कौन-सी जल्दी पड़ी है?'

'हम दोनों पति-पत्नी की तरह रहना चाहते हैं, यह जल्दी पड़ी है।'

अटल पुजारी के पास चला गया। अटल को आशा थी कि राजा का साला होने के कारण पुजारी अविलंब मुहूर्त शोध देगा।

पुजारी ने अटल के अनुरोध पर तुरंत नाहीं की—

'मैं राज्य को छोड़कर परदेस चला जा सकता हूँ परंतु वर्णाश्रम को लात नहीं मार सकता।'

अटल उसके लोभी स्वभाव को जानता था। उसने धैर्य और सहिष्णुता को हाथ में रखने का प्रयास किया। बोला, 'महाराज मंदिर बनवाने के लिए तो कह ही गए, मैं भी आपको मनमानी दक्षिणा दूँगा।'

'मैं ऐसा नहीं कर सकता। कोई भी ब्राह्मण नहीं कर सकता।'

'तो हमारे छोटे घराने की लड़की को छत्तीस कुरीवाले के साथ क्यों ब्याह दिया?'

'वह राजा है। राजा किसी देवता का अवतार होता है, वह कर सकता है। उसको सुहाता है। तुम लोग राजा नहीं हो। तुम्हारे लिए मना है।'

'पर हम दोनों ने निश्चय कर लिया है कि ब्याह करेंगे।'

'लाखी को तुम्हारा गर्भ है।'

'झूठ, बिलकुल झूठ। हम लोग गंगाजल की तरह पवित्र हैं।'

'गंगाजल की बराबरी करके गंगाजी का अपमान मत करो। तुम यदि हठ करोगे और लाखी को रख लोगे तो जाति से बाहर कर दिए जाओगे।'

'हमारी और उसकी जाति का गाँव में है ही नहीं कोई दूसरा घर।'

'गाँव का कोई भी नर-नारी तुम्हारे हाथ का भरा हुआ पानी नहीं पिएगा, तुमको छुएगा तक नहीं, बोल-चाल, काम-काज सब बंद हो जाएगा।'

'परवाह नहीं, मैं ग्वालियर चला जाऊँगा।'

'जिससे राजा को भी थुकवाओ, सारी प्रजा कहे कि राजा का साला अधर्मी है।'

'कहीं और चला जाऊँगा, पर इस घोर अन्याय को नहीं सहूँगा। पहले राजा के पास जाकर इस अन्याय की बात सुनाऊँगा।'

'मैं ब्राह्मण हूँ। राजा मेरा कुछ नहीं कर सकते। रूठ जावेंगे तो इस राज्य को छोड़कर कहीं और चला जाऊँगा। मैं तुम्हारी धमकी में नहीं आ सकता। शास्त्रों को मैंने यों ही नहीं पढ़ा है। जाओ कह दो राजा से।'

अटल धैर्य को थोड़ी-सी ही देर धारण कर सका था, भनभनाता हुआ चला आया। खलिहान में पहुँचते ही उसने कहा, 'पानी लाओ। लुटिया को माँजकर जल भर लाओ।'

लुटिया खलिहान में रखी हुई थी। उसमें कई छोटे-छोटे गड्ढों की दोंचियाँ थीं। लाखी लुटिया को माँजकर जल भर लाई। बारीकी के साथ उसके चेहरे को परखा। सहम गई।

अटल ने थोड़े से जल से अपने हाथ धोए और लुटिया को दोनों हाथों में ले लिया। बोला, 'मेरी बगल में बैठ जाओ।'

लाखी को आश्चर्य था, यह सब क्या हो रहा है। अटल ने ऊपर की ओर आँखें उठाईं और कहा, 'हे भगवान्! मैं कुँआरा हूँ और लाखी कुँआरी है। मैं गंगाजी की सौगंध खाकर कहता हूँ कि यह जन्म-भर मेरी होकर रहेगी।' उसने आँखें बंद कर लीं। हिल उठा। आँखों से आँसू टपक पड़े।

'यह क्या कर रहे हो?' गद्गद कंठ से लाखी ने कहा और अटल के आँसू अपनी उँगलियों से पोंछे। अटल ने लुटिया एक ओर रख दी।

बोला, अपना बायाँ हाथ मेरे हाथ में दो। लाखी ने हाथ बढ़ा दिया, अटल ने अपने हाथ में पकड़ लिया।

कहा, 'अब सदा के लिए तुम मेरी हुईं, चाहे जाति मुझको रखे चाहे निकाले। चाहे गाँववाले मुझको पत्थर मारकर गाँव से भगा दें, मेरा-तुम्हारा संबंध कभी नहीं टूटेगा। बोलो, तुम मेरी हुईं?'

लाखी के उदास चेहरे पर लाली दौड़ आई, होंठों पर मुसकान आ गई और रेखाओं में सारे मुख पर आँखों तक बिखर गई।

बोली, 'हाँ।'

'मैं आज ही गाँव-भर में कह दूँगा कि हम दोनों का ब्याह हो गया।'

'वे लोग मान जाएँगे?'

'न मानें तब हम लोग अपना सामान लेकर ग्वालियर चल देंगे।'

'ग्वालियर नहीं जाएँगे।'

'क्यों?'

'अपना निज का कुछ करतब दिखाएँगे तभी ग्वालियर जाएँगे।'

'मैं समझा नहीं।'

लाखी ने आद्योपांत के निंदाचार को सुनाया। अंत में कहा, 'कोई मुझको यदि किसी की चेरी कहे, चाहे वह मेरी निज ननद ही क्यों न हो, तो मैं नहीं सह सकूँगी और न यह सह सकूँगी कि तुमको राजा का दास या रोटियारा कहे। हम लोगों को भगवान् ने भुजाओं में बल दिया है और काम करने की लगन। कुछ करके ही ग्वालियर चलेंगे।'

'मैं तो गाँववालों से आज ही कह दूँगा। वे लोग खुल्लम-खुल्ला हमारा अपमान नहीं कर सकते। वह ब्राह्मण तो भूल गया जब हम लोग अपने प्राणों की होड़ लगाकर उसकी और उसके पोथी-पत्रों की रखवाली करते थे परंतु गाँववाले नहीं भूल सकेंगे।'

'जैसा ठीक समझो। मैं पीछे नहीं रहूँगी।'

'सो तो पूरा भरोसा है।'

: २८ :

अटल ने अविलंब अपनी उमंग के प्रवाह को गाँव में बहाया और तुरंत उसका फल पाया।

'यह नहीं होने पावेगा हमारे गाँव में।' एक ने कहा।

दूसरे ने हामी भरी, 'ऐसा अधर्म! हाय रे दुष्ट कलिकाल!!'

'अहीर की लड़की गूजर के घर में!'

'गाँव में अहीर होते तो दोनों को मार डालते!'

'पुजारी बाबा ने क्या कहा?'

'उन्होंने सच्च ही तो कहा है, यह अधर्म है।'

'अटल का बहनोई राजा है।'

'सो क्या हुआ? राजा चाहे जिस जाति की लड़की के साथ ब्याह करे, चाहे जितनी स्त्रियों को घर में डाल ले, वह कर सकता है। बड़े-बड़े लोग कर सकते हैं। करते हैं, पर यह अटल? राम! राम!! राम!!!'

'उसकी ऐंठ तो देखो। ऐसे कहता फिरता है जैसे काशी-रामेश्वर नहा आया हो।'

'राजा न उपद्रव पर बैठे कोई? निन्नी उनको न भड़काए कहीं?'

'धर्म के खिलाफ कोई कुछ नहीं कर सकता। राजा अधर्मी हो जाएगा तो राजा टिकेगा कितने दिन?'

'और यदि कुछ किया तो?'

'तो बुंदेलखंड पास ही लगा हुआ है। ओरछा के राजा के राज्य में जा बसेंगे। यहाँ हमारा कौन-सा सोना गड़ा है जिसके पीछे धरम को खो दें? सोच लेंगे तुर्क फिर से आ गए।'

'पुजारी बाबा कितने सच्चे हैं। उन्होंने कह दिया कि राजा यदि अपना आधा राज भी हमको दे दें तो अटल की भाँवर नहीं पढ़ूँगा।'

'हाँ, कहीं गाय-भैंस का ब्याह हुआ है जग में कभी?'

'हमने पहले ही कहा था कि लाखी को अटल का गर्भ रह गया है। उसने सोचा, चार-छः महीने में बात अपने आप फूट पड़ेगी, अभी से कह दो और गाँववालों को उल्लू बनाकर सीधा कर लो!'

'भाँवर डालना चाहता है! हम लोगों की असीस चाहता है!!'

'अरे, वैसे चाहे जो करता, पर कितना निर्लज्ज है! ढोल बजाकर कहता फिर रहा है जैसे गाँव की पंचायत कोई चीज ही न हो! जैसे हम लोग किसी गिनती में ही न हों! गरीब हुए तो क्या? हम सब कुजात तो नहीं हैं!'

'खाने-पीने का लालच देता है कि लड्डुओं की पंगत दूँगा। भाड़ में जाएँ ऐसे लड्डू।'

'खाना-पीना, छूना, उठना-बैठना, बोल-चाल, यहाँ तक कि उसकी तरफ हेरना तक बंद कर दो।'

'वह यहाँ से लगे हाथ ग्वालियर चला जाएगा।'

'बहुत अच्छा होगा। वहाँ जाकर लाखी चेरी बनेगी तो उसके पीछे उर्क-तुर्क तो न आएँगे गाँव को लूटने-लाटने।'

'कितने बुरे चलन की निकली यह छोकरी!'

'पास के गाँव के अहीरों को खबर दे दो न। वे बात की बात में निबटा देंगे सारा किस्सा।'

'यह ठीक रहेगा। गाँव-भर कर दे इनके साथ व्योहार बंद और अहीरों को दे दो खबर। राजा सबको तो मार नहीं देगा।'

'जब वैसा दिखाई पड़ने लगेगा तो ओरछा के राज में चल देंगे।'

अंत में उसी दिन मंदिर के निकटवर्ती बरगद के पेड़ के नीचे पंचायत हुई और उन दोनों के वहिष्कार का निश्चय हो गया। पुजारी ने इस निश्चय पर पहुँचने में पंचायत की पूरी सहायता की।

पोटा नट ने अटल के पास आकर बड़े स्नेह के साथ कहा, 'अटलसिंहजी, तुम अब गाँव में मत रहो, नहीं तो आस-पास के अहीर आकर तुम दोनों को मार डालेंगे। सब जानते हैं कि लाखी और तुम, हम गरीबों पर दया करते हो, इसलिए हम लोग भी आफत में पड़ जाएँगे। जो कुछ करना हो, जल्दी सोचो और कर डालो।'

अटल सोचने लगा।

'अहीर जरूर आएँगे। शायद अनेक गाँव के आएँगे। राजा धर्म के मामले में हाथ नहीं डाल पावेंगे।' नट बोला।

'तुम ठीक कहते हो।' अटल के मुँह से निकला।

'क्या सोचा?' उसने पूछा।

क्षीण स्वर में अटल ने उत्तर दिया, 'अभी तो ऐसा कुछ नहीं सोच पाया।'

नट ने कहा, 'दो ही उपाय हैं—या तो यहाँ से भाग चलो, या लाखी का साथ छोड़ो।'

'क्या!' अटल के कंठ से दबी हुई गरज-सी फूटी।

पोटा ने अनुनय की, 'मैंने रावजी आपके हित की बात कही। माफी देना। लेकिन कही मैंने सच्ची बात।'

अटल फिर सोचने लगा।

पोटा ने धीरे से कहा, 'यह संसार बहुत लंबा-चौड़ा है। किसी अच्छी जगह चलकर अपना काम देखो और आराम के साथ रहो। क्या ग्वालियर जाने का विचार है? पर ग्वालियर पास है और अहीरों के जत्थे राजा को घेरेंगे, तुमको चैन नहीं लेने देंगे।'

लाखी भीतर से बोली, 'ग्वालियर जाएँगे।'

'मैंने इसलिए कहा,' पोटा ने लाखी की बात को अपनाया, 'ग्वालियर में नाक नीची पड़ जाएगी, मुँह दिखाने का ठौर नहीं रहेगा।'

लाखी को गर्भ तो है नहीं?' धीरे से नट ने पूछा।

अरे हिष्ट!' तीखे स्वर में अटल ने प्रतिवाद किया।

नट ने क्षमा-प्रार्थना की, 'रावजी, माफ करना। हम लोग जंगल के आदमी हैं। गाँववाले कह रहे थे, इसलिए मुँह से निकल गया। अब जल्दी तय करो क्या करना है। हम लोग सोचते हैं कि बखेड़ा उठनेवाला है, इसलिए अपने डेरे को यहाँ से उखाड़कर

किसी दूसरी जगह चल दें।'

'कहाँ जाओगे?'

'हमारा अभी तो कुछ नहीं। वैसे नरवर किले के पास मगरौनी नाम के गाँव में हमारी कुछ जान-पहचान है। बहुत दिन हुए जब गए थे। खेल दिखाए थे। इनाम पाया था। बहुत अच्छे लोग हैं वहाँ के। खेती-पाती के लिए वहाँ जमीन बहुत पड़ी है। वहाँ रह जाना। मन न लगे तो मालवा को चल देना। मालवे में तो माल ही माल हैं?'

'मगरौनी किन लोगों की बस्ती है?'

'लुहारों और कसेरों की। बनिए-बाह्मण भी थोड़े से हैं। पर वहाँ इस कहानी के फैलाने की अटक ही क्यों पड़ेगी? क्या सोचा?'

'सोचता हूँ, तुम्हारे ही साथ चलूँ। तुम लोगों में लाखी का मन भी लगता रहेगा। मगरौनी चलकर तय करेंगे कि वहाँ रह जाएँ या मालवा में चल दें। उनसे पूछता हूँ।'

लाखी ने तुरंत कहा, 'अपने पास थोड़ा-सा सामान है, बोझ नहीं आँसेगा।'

नट बोला, 'हमारे पास गधे काहे के लिए हैं? उन पर हमारा सामान रहेगा और तुम्हारा भी। कुछ पर सवारी रहेगी।'

गधे पर सवार होकर अपने और लाखी के चित्र ने अटल के भीतर गुदगुदी उत्पन्न की और वह हँस दिया। पोटा सहमा। अटल शीघ्र गंभीर हो गया।

'भाग्य में जो कुछ लिखा होता है, वह होकर रहता है। फिर रास्ते की थकावट से बचने के लिए जो भी सवारी मिल जाए सो ठीक ही है!' अटल ने कहा।

पोटा तुरंत बोला, 'रावजी, हमारी नायकिन ने तुम्हारी बहिन का और लाखी का हाथ देखा था। उस दिन कोई भी चर्चा ग्वालियर के राजा के साथ ब्याह-संबंध की न थी। नायकिन की ज्योतिष कितनी जल्दी और कैसी सच्ची निकली! लाखी के संबंध में जो बात उसने कही है वह राई-रत्ती सच्ची निकलेगी। आपको नहीं दिखाई पड़ रही है परंतु बहुत जल्दी दिखाई पड़ेगी! नायकिन की बात कभी झूठी नहीं निकलती। उसको न जाने कितने देवता सिद्ध हैं!'

लाखी ने वहीं से कहा, 'इस गाँव को छोड़कर कहीं भी चलना है। तब जहाँ की यह कह रहे हैं वहीं ठीक है।'

अटल ने भी अपना निश्चय प्रकट किया, 'अच्छा भाई पोटा, तुम्हारे साथ चल देंगे। हमारे दो बैल हैं। ये हमारे-इनकी सवारी के लिए ठीक रहेंगे और तुम्हारे गधों पर सामान आ जाएगा। ज्वार की दाँय हमने कर ही ली है। कल सवेरे उसको उड़ाकर गाह लूँगा। गधों पर लाद लेंगे। कुछ अपने बैलों पर लाद ले चलेंगे। है भी कितनी?'

'ठीक है, ठीक है,' प्रसन्न होकर पोटा बोला, 'गाँव में किसी को बात मालूम न होने पावे। कल रात में किसी समय चुपचाप चल देवेंगे। गाँववालों को हमारे जाने का पता

तब लगेगा जब हम लोग कोसों की दूरी पार कर जाएँगे।'

यहाँ से कितनी दूर है मगरौनी? कब तक पहुँच जाएँगे वहाँ?' अटल ने पूछा।

पोटा ने चाव के साथ बताया, 'बहुत दूर नहीं है, यहाँ से कुल बीस-बाईस कोस होगी। मगरौनी के दक्षिण में नरवर केवल दो कोस पर है। वहाँ कोई नहीं जान पाएगा कि क्या से क्या हुआ। सब अपने-अपने काम में लगे रहते हैं। बहुत अच्छा ठौर है।'

अटल ने दूसरे दिन अन्न का संग्रह कर लिया। दिन-भर उससे और लाखी से गाँव का कोई भी नर-नारी नहीं बोला। कुछ स्त्रियों ने तो लाखी को देखते ही धरती पर बार-बार थूका। गाँव की पंचायत का निर्णय सुनाने के लिए कुछ पुरुष आस-पास के गाँवों को चले गए।

रात में चुपचाप, अपना सामान लादकर, वे लोग चल दिए। लाखी ने केवल यह जानने के लिए लौट-लौटकर गाँव की ओर देखा कि पीछे से कोई आ तो नहीं रहा है।

जंगल की ओर दृष्टि गई तो उसने एक साँस भरी—इसमें मेरा कोई शत्रु नहीं रहता; जंगल के पशु गाँव के इन पशुओं से अच्छे।

अँधियारी रात के तारों की धुँधली-सी झिलमिल में दूर एक ऊँची पहाड़ी पर आँख गई—इसी पर ग्वालियर का किला है, इसी में निन्नी कहीं होगी—मेरी निन्नी! आज यदि वह मेरे साथ होती! कितनी हँसती-खेलती चली जातीं हम दोनों इस मार्ग पर!

लाखी रो पड़ी। मार्ग की खड़बड़ में किसी ने उसके रुदन को नहीं सुना। तारों की धुँधली झिलमिल में किसी ने उसके आँसुओं को नहीं देखा।

: २९ :

गयासुद्दीन के आदेशानुसार ख्वाजा मटरू ने नटों से संपर्क स्थापित करने के लिए जासूस भेजे। जासूस अपने प्राणों की खैर मनाते-मनाते राई गाँव तक आ गए और पता लगाकर वहाँ से चले गए कि मृगनयनी का विवाह राजा मानसिंह के साथ हो गया और वह कई दिन हुए जब ग्वालियर चली गई। दूसरी भाग गई है, नट भी कहीं चले गए हैं। जासूस जैसे आए थे वैसे ही माँडू को लौट पड़े।

नरवर पर चढ़ाई करने की तैयारी हो चुकी थी परंतु गयासुद्दीन ने कूच नहीं किया। उसको खबर लगी कि बघर्रा माँडू पर हमला करने के लिए अहमदाबाद को छोड़नेवाला है।

'मरदूद कहीं का।' गयासुद्दीन ने मन-ही-मन उसको गालियाँ दीं।

थोड़े दिनों बाद समाचार मिला कि बघर्रा दक्षिण में खानदेश के सुल्तान का दमन करने के लिए निकल पड़ा है, क्योंकि खानदेश का सुल्तान गुजरात की अधीनता में नहीं रहना चाहता था। गुलबर्गा और बीदर की बहमनी हुकूमत की कमर टूट चुकी थी और

उसकी जगह चार-पाँच सल्तनतें बनकर उभर रही थों। खानदेश भी गरदन पर से गुजरात के जुए को फेंक देने का प्रयत्न रच उठा था। बघर्रा के दक्षिण की ओर आने का कारण यही हुआ।

गयासुद्दीन बघर्रा से चिंतित रहता था। ऐसा न हो कि मुँह तो किए जा रहा हो खानदेश की दिशा में और यकायक पैरों को पलट दे माँडू की ओर! जब तक माँडू की सीध से दक्षिण में काफी दूर न चला जाए तब तक माँडू को शाहजादा के अनुभवशून्य हाथों में छोड़ देना बुद्धिमानी न होगी, इसीलिए गयासुद्दीन को कुंठित होना पड़ा।

मटरू मौका निकालकर शाहजादे से एकांत में मिला।

शाहजादा नसीर ने बगलें झाँकते हुए मटरू से पूछा, 'शराब तो बहुत बुरी चीज कही जाती है फिर लोग क्यों पीते हैं?'

'जानआलम,' मटरू ने फूँककर कदम रखा, 'बुजुर्गों ने जमाने से इसको बुरा कहा है, मगर लोग नहीं मानते हैं, इसलिए पी लेते हैं।'

'बुरी कहते हैं तो पीने में भी बुरी होती होगी।'

'जानआलम, बुरी चीजें जब बादशाहों के हाथ छू लेती हैं तब उतनी बुरी नहीं रहतीं! बंदा तो गुलाम है, कह ही क्या सकता है? लेकिन हाँ, सुना है कि बाज लोग दवा के तौर पर कभी-कभी पी लेते हैं।'

'तुमने कभी पी?'

'जानआलम के सामने बयान करने में गुस्ताखी होगी।'

'तुम कैसे आए?'

'जानआलम, बादशाह सलामत की गैर-मौजूदगी में माँडू का बंदोबस्त करेंगे। मुझ गुलाम की याद बनी रहे और घर-बार की परवरिश होती रहे, यही अर्ज करने आया था। जानआलम का कभी हुक्म बंदे के लिए हो तो आजमा लें और सिर कटवाकर फिंकवा दें।'

'जी चाहता है कि मैं भी कुछ दुनिया को देखूँ। किताब तो बहुत-सी पढ़ लीं, मगर दुनिया समझ में नहीं आ रही है।'

'जानआलम जिंदाबाद! मैं कुरबान हो जाऊँ, हुजूर तो इतना देखेंगे कि न खुद अघाएँगे न दुनिया अघाएगी।'

'देखो कब वक्त आता है।'

'आएगा वक्त हुजूर, और अभी क्या हो गया है। हुक्म होने की देर है कि बजा लाया जाएगा। सिर्फ फिकर गरदन की है, क्यों कि मुल्ला-मौलवी गुलाम से कुछ यों ही फिरे रहते हैं।'

'मुल्ला-मौलवियों को खबर न होगी। अकेला ही रहता हूँ, रात में कभी-कभी हो

जाया करो।'

'बड़ी इनायत है जानआलम की गुलाम के ऊपर। बेहतर यह होगा कि हुजूर के इत्मीनान का कोई खिदमत्तदार हो और वह दिन-रात के आठ पहर में से किसी पल भी किसी बात की फरमाइश करे, पूरी होने में देर न लगेगी, वरना अगर बड़े हुजूर को किसी तरह खबर लग गई तो बंदे का धड़ तो कुत्तों के खाने को दे दिया जाएगा और जानआलम के साथ सख्ती का बरताव और भी बढ़ा दिया जाएगा।'

'सख्ती अभी क्या कम है? मर जाने को जी चाहता है। मगर खैर तुम ठीक कहते हो। यही तय रहा। तो फिर अब सच-सच बताओ कि बुरी कही जानेवाली उस चीज में कुछ मजा भी है या बाकई बुरी है?'

'जानआलम, अगर उसमें मजा न होता तो बादशाहों के मुँह ही क्यों लगती?'

'तब फिर एक तो वह। पर थोड़ी-सी ही, बहुत ही थोड़ी, वरना पकड़ में आ जाने का अँदेशा है। और दूसरी—तुम खुद समझ लो।'

'कुछ भी मुश्किल नहीं जानआलम।'

'अभी तक तो मेरे पास ऐसा कुछ नहीं है, लेकिन वक्त आने पर इनाम दूँगा तुमको।'

'हुजूर, वह वक्त भी बिना आए न रहेगा, खुदा खैर करे। जानआलम को तो रोशन ही होगा नरवर पर क्यों चढ़ाई हो रही है।'

'ग्वालियर का राजा सरकशी कर रहा है।'

'और जहाँपनाह, ग्वालियर राज में दो बहुत खूबसूरत परियाँ भी हैं। मगर इधर-उधर खबर न फैले हुजूर, नहीं तो गुलाम कीड़ों-मकोड़ों की मौत मारा जाएगा।'

'नहीं, मैं क्यों किसी से कहने लगा? मगर मटरू, यह सब इतनी कैद मेरे लिए और अपने लिए शराब, शीरी, लैला वगैरह-वगैरह सब जायज! खैर, फिलहाल हमको क्या पड़ी, देखा जाएगा। फिर भी सवाल उठता है ऐश-आराम बुरा या उससे ज्यादा बुरा यों ही इंसान का खून बहाते फिरना? अच्छा, याद रखना।'

'हुजूर की इनायत पाकर गुलाम अपने को बहिश्त में पा रहा है।'

: ३० :

महमूद बघर्रा माँडू की सीध से बाहर निकलकर दक्षिण में खानदेश की ओर बढ़ गया। गयासुद्दीन ने सपाटे के साथ नरवर पर चढ़ाई कर दी। माँडू का प्रबंध नाम-मात्र के लिए नसीर के हाथ में सौंप दिया। वास्तविक प्रबंध वजीर के पास रहा।

नरवर माँडू के उत्तर-पश्चिम में है। मालवा के मैदान को पार करके पहाड़ों और जंगलों को लाँघता हुआ गयास एक बड़ी सेना के साथ नरवर के निकटवर्ती जंगल में पहुँच गया।

यह विशाल जंगल नरवर के दक्षिण और दक्षिण-पश्चिम में था। सिंध नदी सर्प की-सी लीक बनाती हुई दक्षिण-पश्चिम से आकर नरवर को पश्चिम की ओर से घेरकर उत्तर-पूर्व की तरफ चली गई। नरवर मानो उसकी पश्चिमी कुंडली के भीतर स्थित है।

जंगल इतना विशाल, सघन और भयंकर था कि हाथियों के बड़े-बड़े झुंड इनमें मौज के साथ बिचरते थे। नाहरों, अरनों और गेंड़ों तक की तो कोई बात ही न थी। उत्तर से दक्षिण खंड को मार्ग नरवर के पश्चिम-दक्षिण होता हुआ सिंध नदी की कुंडलियों को कई घाटों पर काटकर गया था। जंगल का लंबा-चौड़ा विस्तार नरवर के पूर्व में था, परंतु कुछ दूर तक क्षीण।

उस सीध से पूर्व-दक्षिण में फिर बहुत सघन हो गया था, पहाड़ियों पर पहाड़ियों के सिलसिले। छोटी-बड़ी नदियाँ, झीलें, खेती और जंगल के मैदान बीच-बीच में सुदूर पूर्व तक। चंदेरी तक लगभग चालीस कोस तक यही क्रम चला गया था। गयास ने चंदेरी के सूबेदार को माँडू से ही आदेश भेज दिया था। चंदेरी का सूबेदार चंदेरी के पश्चिम-दक्षिणवर्ती पहाड़ी के काटने में लगा हुआ था। उसको काटकर वह चंदेरी का मालवे के लिए मार्ग सीधा कर देना चाहता था। सूबेदार ने उस काम को चालू रखा और नरवर के लिए चल दिया। इधर-उधर के छोटे-छोटे से हिंदू राव और राय अपनी वफादारी प्रकट करने के लिए सहायक हुए। गयासुद्दीन के मार्ग में जो छोटे-छोटे राव और राय पड़े थे उन्होंने उसकी निभाई। प्रजा-जनता अपनी जात-पाँत, पंचायत, खेती-किसानी और जीवन की अन्य कठिनाइयों में उलझी हुई थी। उसने अपने नित्य के कार्यक्रम को जारी रखा। जब गयासुद्दीन एक तरफ से और चंदेरी का सूबेदार दूसरी तरफ से नरवर पर चढ़ाई के लिए ग्वालियर राज्य की सीमा के भीतर आ गए तब भी गाँवों में लड़ पड़ने की दम नहीं जागी, चिंता अवश्य बहुत बढ़ गई—कब क्या होता है। गयास या चंदेरी के सूबेदार ने गाँव नहीं उजाड़े और खेती भी उतनी ही नष्ट की जितनी उनके घोड़ों को चरने के लिए चाहिए थी।

गयास नरवर से अभी कुछ दूर था। पश्चिम-दक्षिण में कुंजर वन का सघन, ऊबड़-खाबड़ और बड़ा क्षेत्र उसके और नरवर के बीच में था। वह अपने सूबेदार के ससैन्य आ मिलने की प्रतीक्षा में जंगल में घिरी हुई, एक खुली जगह में ठहरकर विश्राम करने लगा।

नरवर के किलेदार को गयास के आने की उस समय सूचना मिली जब उसने नरवर के चारों ओर आने-जानेवालों को बिलकुल रोक देने के लिए चौकियों की जकड़ लगा दी। किलेदार ग्वालियर समय पर समाचार न भेज सका। किले के फाटक बंद कर दिए और जूझ जाने की तैयारी में लग गया।

नरवर के उत्तर में दो कोस पर मगरौनी नाम का गाँव है। वहाँ के बने हुए लोहे-ताँबे इत्यादि के बरतन भारत में दूर-दूर तक टाँडों पर लदकर बिक्री के लिए जाते थे। मगरौनी घेरे के भीतर कर लिया गया। जो गाँव घेरे की परिधि में न लाए गए थे उनके निवासी भागकर दूर के गाँवों या पास के जंगलों में अपनी-अपनी सुविधा के अनुसार चले गए।

उतरते अगहन की आधे पाखवाली चाँदनी पश्चिम के क्षितिज की गोद में लीन होनेवाली थी। गयासुद्दीन की सेना का प्रधान शिविर सजग था। जगह-जगह लक्कड़ों के अलाव जल रहे थे। शिविर के चारों ओर आड़ें-ओटें, पहरे, चहल-पहल। बीच में गयासुद्दीन की आलीशान रावटी। रावटी के एक भाग में हरम। दूसरे भाग में दरबार-भवन और उससे लगा हुआ गयास का बैठकखाना।

सेना के शोर-गुल और जंगल के काटे जाने के कारण हाथी, गैंड़े, अरने कुछ दूर गहरे में हट गए थे। परंतु हाथियों की चिंघाड़ हवा के झोंकों के साथ कभी-कभी शिविर में सुनाई पड़-पड़ जाती थी। बीच-बीच में नाहर की गरज भी।

शिविर के जो सिपाही सिरे पर थे उनको ये आवाजें अधिक स्पष्ट सुनाई पड़ रही थीं। अलावों में लक्कड़ पर लक्कड़ डालकर प्रज्वलित अग्नि-शिखाओं में वे अपने डर को मिटाने का प्रयत्न कर रहे थे। दूर के पहाड़ धूमरे-धुँधले बादलों की आड़ी-तिरछी रेखाओं से दिख-दिख जाते थे। दूर के पेड़ धोखे की टट्टियों जैसे, और पास के ऊँचे मोटे पेड़ों की झुरमुट में हवा से हिल जानेवाले पत्ते कुछ धमकी-सी दिखानेवाले। जब लौ बहुत तेज हो जाती तब वे चंचल चमक में लुकते-छिपते से दिखते। लौ धीमी पड़ती तो उसके टेड़े-मेढ़े विकृत आकार खड़े मुर्दों के जैसे। फिर लौ तेज हुई और तुरंत मंद, तो जैसे मुर्दों के प्रेत बन गए हों। दूर से हाथी की चिंघाड़ या नाहर की गरज सुनाई दी तो सिपाही अलाव के और नजदीक आ गए और हथियारों पर बार-बार निगाह डालने लगे। इनके सिर पर केवल आकाश का तंबू था।

गयास की रावटी के बैठकखानेवाले खंड में एक पीढ़े पर अँगीठी जल रही थी, दूसरे पर अधभरी सुराही और रत्नजटित स्वर्ण प्याले। खवासिनें विदा कर दी गई थीं। गयास के मसनदी तख्त के नीचे मोटे कीमती कालीन पर ख्वाजा मटरू बैठा था। हाथी की चिंघाड़ और नाहर की गरज बहुत क्षीण होकर कभी-कभी सुनाई पड़ जाती थी। कुछ देर पहले से बातचीत हो रही थी। राई गाँव को भेजे गए जासूसों ने रास्ते में ही समाचार दे दिया था कि उस भागी हुई लड़की और नटों की तलाश की जा रही है, जासूसों ने समाचार में इतना अन्य समाचारों के साथ अपनी तरफ से मिला दिया।

सुल्तान को विश्वास था कि वह भागी हुई सुंदरी नटों के बीच में है और नटों को जासूस ढूँढ़ पाएँ या न ढूँढ़ पाएँ नटों को नरवर की चढ़ाई का हाल, जहाँ भी होंगे, मालूम

हो जाएगा और वे शिविर में स्वयं आ जाएँगे। माँडू से इतनी दूर निकल आने के बाद अब लौटना असंभव था।

मटरू बोला, 'जहाँपनाह! अगर मुनासिब समझें तो चंदेरी के सूबेदार को नरवर का घेरा डाले रहने के लिए छोड़ दें और ग्वालियर को जा घेरें। शायद मृगनयनी के पास वह भी पहुँच गई हो।'

सुल्तान ने उबटा-सा खाए हुए स्वर में कहा, 'गाँव से उसको ग्वालियर जाना होता तो जासूस यह खबर क्यों लाते कि वह और नट लापता हैं? मगर यह कुछ ठीक मालूम होता है कि नरवर का घेरा सूबेदार डाले रहे और हम लोग यहाँ से चलकर ग्वालियर का घेरा डाल दें। मेवाड़ का राना इस लड़ाई में किसी तरह शामिल न होगा। जौनपुर का कोई डर नहीं है क्योंकि सुल्तान भागकर बंगाल चला गया है। मुझे एक ख्याल आ रहा है। मटरू, वाह! क्या कहना है!'

'जहाँपनाह!'

'ओ म्याँ, ग्वालियर को खतम करके कालपी और फिर कालपी से दिल्ली, वालिद मरहूम जो नहीं कर पाए, वह बंदा कर गुजरे तो नाम हो जाएगा! क्या कहते हो?'

'कितना बड़ा ख्याल है, जहाँपनाह! बेशक!'

हाथियों की एक पतली-सी चिंघाड़ सुनाई पड़ी। गयास के मन में गुदगुदी उठी। बोला, 'कितनी सुहावनी मालूम होती है यह बोली रात के समय में। घना जंगल, जाड़ों की डूबती चाँदनी, सुनसान बियावान में हाथी बोल रहा है! थोड़ी देर पहले शेर की गरज भी सुनाई पड़ी थी। मौका मिले तो शिकार खेल डालूँ। घेरा डालकर सौ-पचास हाथी तो यहाँ से पकड़ ही ले चलें। अब की बार नरवर के इलाके को मालवे की सल्तनत में मिला ही लेना चाहिए।'

'चंदेरी तक तो सल्तनत है ही, नरवर का इलाका शामिल कर लेने से बड़ी तरक्की हो जाएगी जहाँपनाह। एक सूबेदार नरवर में और दूसरा ग्वालियर में।'

'तुम अहमक ही रहे! ग्वालियर को जीत लेने पर राजा मानसिंह को ही सूबेदारी बख्श दूँगा; मुझको मतलब मृगनयनी से है न कि ग्वालियर की जब्ती से। जमीन और बैर भँजाने के लिए राजपूत अपना सिर तक दे देने को तैयार रहता है।'

मटरू के मन में उठा—और स्त्री के पीछे सारी दुनिया आग में लगा सकता है।

परंतु उसने कहा, 'जहाँपनाह बिलकुल सही हैं। नरवर की सूबेदारी राजसिंह कछवाहा को दे दी जाए। खिराज हर साल देता रहेगा।'

'जो काम वालिद मरहूम नहीं कर पाए वह शायद मेरे हाथों हो जाएगा। मगर इस वक्त सवाल यह नहीं है। सवाल है, नट अगर आना भी चाहेंगे हमारे हुजूर में तो पहरों के डर और खतरे की वजह से बिचक जाएँगे।'

'जहाँपनाह का हुकुम हो तो उन्हीं जासूसों को तलाश के लिए छोड़ दिया जाए।'

'सोच रहा था, नटों को अपना खेल दिखाने की आम इजाजत दे दी जाए, अपने आप आ जाएँगे।'

'बिलकुल बजा है।'

'लेकिन दूसरा ख्याल कहता है, कुछ पागल राजपूत नट बनकर छावनी में आ गए और उन्होंने कोई बड़ी शरारत कर डाली तो फौज पर बुरा असर पड़ेगा। इसके अलावा, चंदेरी से दस्ता आता ही होगा, फिर शायद ग्वालियर की तरफ चल देना पड़े।'

'राजपूत नट बनकर शायद न आवें, जहाँपनाह।'

'म्याँ, तुम तो बुद्धू हो! बुजुर्ग अलाउद्दीन खिलजी को चित्तौड़ के राजपूतों ने कितना बड़ा धोखा दिया था, जो डोलियों में बैठकर आ गए थे।'

मटरू ने सहमकर समर्थन किया। गयास के संकेत पर उसने अधभरी सुराही में से एक प्याले में कुछ डाली। उसने पी और सरूर का मजा लेने लगा।

हाथी की चिंघाड़ फिर सुनाई पड़ी।

फिसलते-रपटते स्वर में गयास बोला, 'कितनी प्यारी बोली है!

: ३१ :

लाखी और अटल नटों के साथ मगरौनी चार-पाँच दिन में आ गए। ग्वालियर और मगरौनी में अंतर बाईस-तेईस कोस का ही था परंतु पहाड़ों, जंगलों, नदियों को पार करने में समय लगा और नटों की मर्जी पर इनकी यात्रा निर्भर थी।

मगरौनी में नटों ने गाँव के बाहर अपने अभ्यास के अनुसार डेरा डाल दिया। वहाँ अटल और लाखी को आश्रय लेना पड़ा।

लाखी सोचती थी, इससे तो ग्वालियर ही अच्छा था, कहाँ आ गई? मर गई तो कौए राई तक हाड़ भी नहीं ले जाएँगे!

अटल के मन में उठा, मैंने व्यर्थ ही जंगल बिसाया!

जब लाखी के सूखे चेहरे, धँसे हुए से नेत्र और कराहते हुए से स्वर को सुना, तो उसने अपने को धिक्कारा--इसका वहाँ या कहीं भी कौन है? गंगाजल की शपथ लेकर मैंने कोई वचन हारा था। भगवान् को साक्षी करके इसका हाथ पकड़ा था। अब क्या मैं अपने वचन से मुँह मोडूँगा? कभी नहीं।

परंतु क्या नटों के बीच में रहकर नट बन जावें? जैसा यह पोटा है और जैसी उससे बढ़कर पिल्ली है! पर जाएँ तो कहाँ जाएँ?

यहाँ लोहे और ताँबे का काम बहुत चलता है और मजदूरों की सदा अटक बनी रहती होगी, पेट भरने के लायक मजदूरी अवश्य मिल जाएगी, ढूँढूँगा।

दूसरे दिन अटल मजदूरी और निवास-स्थान की खोज में गाँव में निकल गया।

पिल्ली लाखी के पास आ बैठी।

बोली, 'हाय-हाय! कितना दुख हुआ तुमको इस यात्रा में। हम लोग तो इस तरह चलते-फिरते ही रहते हैं, तुम्हारे लिए नई बात थी। हमें तो एक दिन मिल गया आराम के लिए तो सुस्ता लिए, पर तुम वैसी ही दिख रही हो जैसे थकी कल दिखाई पड़ रही थीं। आगे दिन बहुत अच्छे आ रहे हैं, चिंता मत करो। नायकिन की बात कभी झूठी नहीं पड़ी।'

लाखी ने साँस भरकर कहा, 'जैसे भी दिन आएँगे, भुगतूँगी। किसान-मजदूर के अच्छे-बुरे दिन क्या।'

'तुम्हारी सखी निन्नी से मृगनयनी हो गई। हाथ देखने की बात सच्ची निकली न?' पिल्ली ने स्मरण कराया।

पिल्ली और नायकिन अपने जादू-टोने के बल और हाथ की रेखाओं को देखकर भविष्य की बात बावन तोले पाव रत्ती बताने की शक्ति का यात्रा में भी कई बार जिकर कर चुकी थीं। लाखी को कुछ विश्वास था।

लाखी ने प्रतिवाद नहीं किया, 'सो तो जानती हूँ। परदेश में तुम्हीं सबका भरोसा है।'

'नायकिन कहती है कि एक महीने के भीतर तुम किलेदारिन या ठिकानेदारिन तो क्या, कहीं की रावरानी बनोगी।'

'अच्छी मजदूरी मिल जाए और जात-पाँतवाले तंग न करें तो हमारे लिए यही सब कुछ है।'

'माँडू चलकर देखना, तुमको दिन-रात कितना सुख-चैन मिलेगा।'

'माँडू कितनी दूर है यहाँ से?'

'अरी यों ही थोड़ी दूर। पहाड़, जंगल कुछ कोस और मिलेंगे, फिर हरा-भरा मालवा, जहाँ माँडू के सुल्तान का राज है। बड़ा अच्छा देश है। वहाँ ऐसी भुखमरी थोड़े ही है जैसी यहाँ छाई है। मेरे पास वहाँ का कुछ है, देखोगी? मैं तुम्हें कुछ दिखाऊँ? पर यहाँ किसी को मालूम न होने पावे।'

'ऐसी क्या चीज है?'

'अरी अभी दिखाती हूँ। पहले मेरे सिर की सौगंध खाओ कि किसी को जाहिर नहीं करोगी।'

लाखी के रूखे होंठों पर मुसकान आई जैसे गरमियों के सूखे नाले में पहली छिछली वर्षा की पतली धार आई हो। कहा, 'खाती हूँ सौगंध बताओ, क्या कोई खेल है?'

पिल्ली ने अपने वस्त्रों में से सोने और मोतियों के गहने निकालकर उसके सामने रख दिए। उसने अपने मोतियों के हार से मन में उनकी तुलना की। यह उनकी अपेक्षा

अधिक दमकवाले थे। अपने मोतियों को वह सयत्न सुरक्षित रखे हुए थी।

पिल्ली बोली, 'एक छोटे से रजवाड़े के बराबर है मोल इनका। ये तुमको मिल जाएँ तो एक रजवाड़े की मालिक तो यों ही हो गईं।'

'कैसे?' लाखी को कुतूहल हुआ।

पिल्ली ने लाखी के कुतूहल को और भी जगाया, 'अरी, यह क्या इनसे कई गुने और मिल जाएँगे। मोल भी उनका इतना कि नरवर का किला खरीद लो।'

नरवर का किला मगरौनी से दो कोस था। सिंध नदी के बीच में। ग्वालियर को न देख पाया तो इसी को देखूँगी किसी दिन। लाखी के मन में एक लहर दौड़ी।

'कैसे मिल जाएँगे?' उसने फिर पूछा।

'माँडू चलकर।' पिल्ली ने उत्तर दिया।

लाखी के नारी हृदय का संदेह चौंका।

उसने उसी प्रश्न को तिहराया, 'कैसे? किससे?'

परंतु पिल्ली नट-नारी थी। उसने लाखी की आँख के कोने में संदेह की कौंध को परख लिया।

बोली, 'नायकिन ने अभी इतना ही बताया है। चार-छः दिन में वही बताएँगी। अभी इतना तो मैं कह सकती हूँ कि इनको तुम ले लो और समझ लो कि ऐसे मिले और मुझसे मिले।'

पिल्ली ने मुसकानों के साथ गहनों को उठाकर उसकी ओर बढ़ाया। सुलभ अलंकार-मोह लाखी के भीतर उठ खड़ा हुआ और वह गहनों को ग्रहण करने के लिए हाथ बढ़ाना ही चाहती थी कि नारी-सहज शंका फिर आड़े आ गई। यदि ये गहने पीतल और काँच के नहीं हैं तो नट सरीखे लोगों के पास कहाँ से आए? और ये इतनी लरज-लरजकर क्यों यों ही दिए डाल रही है? बदले में मुझसे क्या चाहेगी? अटल की ओर बाँकी-तिरछी निगाहों से मुसका-मुसकाकर देखा करती है, तो क्या मेरी सौत बनना चाहती है? अटल से बात करके तब इन गहनों को लूँगी, वैसे हैं बढ़िया।

कहा, 'अभी रखे रहो। उनके आने पर ले लूँगी। तुम मुझे बहुत चाहती हो।'

पिल्ली ने सोचा, पानी बिलमा। बोली, 'जब बढ़िया लहँगे पर सुंदर चुनरी ओढ़ोगी और उसमें से ये गहने दिखाई पड़ेंगे तब मालूम पड़ेगा कि कहीं की रानी या बेगम हो। माँडू के बड़े-बड़े लोग आह भरकर रह जाएँगे।'

पिल्ली नखरे के साथ हँस पड़ी। लाखी उसकी उथली-छिछली प्रकृति को पहचान गई थी, इसलिए बात बुरी नहीं लगी परंतु उसको लगा, इस तरह की चुनरी को पहनने से अंगों का एक-एक रोम दिखाई पड़ेगा और देखनेवाले समझेंगे कि मैं भी कोई नट-बेड़िनी हूँ! छि!! परंतु ये गहने यदि सच्चे हों, मझोले मोटे कपड़े के नीचे पहने जाएँ

और स्त्रियाँ देखें तो जल तो जरूर उठेंगी ईर्ष्या के मारे और पुरुष देखेंगे तो अपना मन मारकर अपनी गैल पकड़े चले जाएँगे। कल्पना में अपने को विजयी पाना उसे अच्छा मालूम हुआ।

परंतु अटल का चित्र आँखों के सामने घूम गया।

'चुनरी तो हमारे यहाँ जैसी पहनी जाती है वैसी ही पहनूँगी।' लाखी ने कहा।

पिल्ली ने एक चोट की, 'रानी मृगनयनी क्या ग्वालियर में वैसे ही कपड़े पहने होगी जैसे गाँव में पहनती थी? और तुम यदि ग्वालियर उनके साथ जातीं तो आज जैसे पहने हो वैसे ही पहने फिरतीं?'

लाखी को कटुता के साथ अपने गाँव की स्त्री की बात याद आ गई। निन्नी की पीक हाथ पर लेनी पड़ेगी और राजा की...। उसने विचार को आगे नहीं बढ़ने दिया।

बोली, 'यहीं यदि बनी रही या माँडू चली, जैसा तुम कहती हो, तब देखा जाएगा। अभी तो ये ही अच्छे।'

'माँडू तो चलना ही है। बड़ा नगर है। यहाँ क्या धरा है?'

'चलेंगे। यहाँ तो हमारे यहाँ से भी बड़े पहाड़ और जंगल हैं। सुनते हैं हाथी तक हैं यहाँ के जंगलों में!'

'हाँ हैं। बुरा देश है यह। पर रास्ता माँडू के लिए सीधा यहीं होकर पड़ता है। तुम्हारी और कुँवरजी के जात के लोग तो होंगे ही यहाँ पर, उनको कुछ मालूम न होने पावेगा।'

लाखी सोचने लगी—मालूम भी हो जाएगा तो भुगतूँगी।

'माँडू में स्यात् जाति के लोग न हों?' उसने पूछा।

पिल्ली से उत्तर दिया, 'हों या न हों; मालूम नहीं। पर इतना बड़ा सुल्तान तो है। अरी उसको देखोगी तो अचरज करोगी।'

'देखूँगी किसी दिन, माँडू के सारे खेल-तमाशे देखूँगी!'

'खेल-तमाशे तो वहाँ ढेरों हैं। हाथियों की कुश्ती, आदमियों की कुश्ती, औरतों की कुश्ती, गाना, बजाना, नाचना, भालुओं के नाच और न जाने क्या-क्या।'

'हाथियों की कुश्ती! कैसी होगी वह?'

'लड़ते हैं, चिघाड़ते हैं, महावत उनकी गरदन पर बैठकर लड़ाते हैं और सुल्तान एक बड़े हाथी पर बैठकर सब देखता रहता है। प्रजा एक तरफ खड़ी आनंद में झूमती रहती है।'

'बड़ा विचित्र होगा वह तमाशा! जरूर देखूँगी।'

'तुम बढ़िया-बढ़िया गहने और रेशम के रंग-बिरंगे कपड़े पहनकर जब वहाँ तमाशा देखने जाओगी तब भीड़ की भीड़ औरतें तुम्हें देखकर जल-जल उठेंगी। कहेंगी, हे भगवान्! यह अप्सरा कहाँ से आ गई यहाँ!'

'ह! ह! ह!!! हाँ, हो तो सकता है ऐसा। दूसरों के गहने-कपड़े बहुतेरों को अच्छे नहीं लगते।'

लाखी हँस-हँसकर बात कर रही थी। उसकी कल्पना हाथियों की कुश्ती से उलझ रही थी।

पिल्ली ने अवसर आया हुआ समझकर कहा, 'एक बार इन गहनों को पहनकर देखो तो कैसी खिलती हो। मन को न भावे तो लौटा देना। सच्चे और अनमोल हैं, इतना तो मैं कह सकती हूँ।'

पिल्ली ने गहने बढ़ाए और लाखी ने ले लिए। पहनने शुरू कर दिए।

पिल्ली उत्साह के साथ बोली, 'इनके ऊपर रेशमी लहँगा और चुनरी भी पहनकर देख लो। देखो तो। फिर उतार डालना।'

जरा देख भी लूँ कैसी जँचती हूँ—लाखी ने सोचा। गहने पहन लिए। उनकी आभा से वह दमक उठी। उसी दमक को उसने अपनी आँखों में अवगत किया। पिल्ली दौड़कर गई और लहँगा-चुनरी उठा लाई। लाखी ने उनको भी पहन लिया। अब माँडू की भीड़ में स्त्री-पुरुष देखेंगे तो नटिनी नहीं कहेंगे, क्योंकि मैं पायजामा नहीं पहने हूँ और नटिनियाँ ऐसे जेवर नहीं पहनती होंगी। तमाशे की भीड़ में स्त्री-पुरुष मुझको देखते रहेंगे और मैं हाथियों की लड़ाई को देखती रहूँगी। कोई भी देखे तो क्या, गहने-कपड़े तो देखने के लिए ही बनाए गए हैं। वह मन ही मन प्रसन्न होकर सोच रही थी।

पिल्ली ने नृत्य का एक चक्कर काटकर ओज के साथ कहा—

'रानी-सी लग रही हो, बिलकुल महारानी-सी! कोई कह सकता है किसान-मजूर हो! अरी, अपना काम तो करना ही चाहिए, पर ऐसे गहने-कपड़े कहीं से मिल जाएँ तो उन्हें न पहनो?'

लाखी के मन में आया अब उतारकर रख दूँ परंतु अपने सौंदर्य और उसकी आभा का मेल थोड़ी देर और देखना चाहती थी।

उसने पूछा, 'माँडू में क्या बहुत स्त्रियों के पास होंगे ऐसे गहने-कपड़े?'

पिल्ली ने बताया, 'बहुत लोगों के पास कहाँ रखे हैं? प्रजा में किसान, कारीगर, मजदूर ज्यादा हैं। मोटे-झोटे कपड़े पहनते हैं। उन्हीं को मेलों-ठेलों में रंग-बिरंगा कर लेते हैं। थोड़े से सेठ-साहूकार और सरदार हैं, उनके यहाँ भी ऐसे न निकलेंगे। तुमको भीड़ में देखते ही सुल्तान हाथियों की लड़ाई पर से आँख हटाकर तुमको देखने लगेगा।'

'हो सकता है।'

'हो सकता है नहीं, ऐसा ही होगा। वह तो इतना लट्टू हो जावेगा तुम्हारे ऊपर कि हाथी पर से उतर पड़ेगा और पास आकर पूछने लगेगा कि कहाँ से आई हो?'

पिल्ली हँस पड़ी। लाखी को हँसी आ गई। हाथ और गले के दमकते हुए अलंकारों

पर आँख बार-बार गई। वे उसको अच्छे लगे। उनकी आभा को वह आत्मसात-सा कर रही थी।

पिल्ली ने सोचा, अब समय आ गया।

बोली, 'सुल्तान तो तुमको पास से देखकर बेहोश हो जावेगा।'

'क्यों?'

'अरी तुम अपने रूप और गुन को क्या जानो। यह तो देखनेवाले ही जान सकते हैं।'

'हूँ-ऊँ हुँ!

'मैं कहती हूँ, ये सोना-मोती हैं कितने? वह तो बरसा देगा तुम्हारे रूप-गुण के ऊपर ढेरों के ढेर। तुम्हारे हाथ चूम लेगा और कहेगा, महलों में रहो। वहाँ उसकी रानी बनकर रहोगी, हुक्म करोगी और वहीं कुँवरजी उसके दीवान बनकर रहेंगे। हम गरीबों को न भूल जाना।'

'क्या!'

'अरी मेरी रानी, झूठ थोड़े ही कहती हूँ। उनकी महारानी बनकर रहोगी। वह तुमको नर्मदाजी का पानी पीने के लिए मँगवाया करेगा, धरम थोड़े ही लेगा तुम्हारा। अपने साथ हाथी पर बिठाकर जंगलों में शिकार खिलवाएगा और तुम्हारे पैरों की धूल को अपने माथे पर चढ़ावेगा। यहाँ से माँडू चलो तो दो दिन में हो जावेगा, यह सब न हो जाए तो मेरा सिर काटकर फेंक देना।'

लाखी के दिमाग में एक तूफान-सा उठा। राई गाँव, साँक नदी, राई के पहाड़, खोहें, जंगल, शिकार, निन्नी, मानसिंह और हाथियों की लड़ाई एक साथ चक्कर खा गए। ये सब और चमक-दमकवाले गहने और तड़क-भड़कदार कपड़े आँधी के बवंडर में जंगल के सूखे पत्तों की तरह एक-दूसरे के साथ लिपटकर उड़ने लगे। निन्नी और मानसिंह कुछ अधिक स्पष्ट हुए तो पहने हुए गहने-कपड़े की आभा पर आँख के जाते ही फिर उसी बवंडर में पड़ गए।

पिल्ली ने सोचा, लाखी निश्चय में है।

बोली, 'मन में रखे रहो। किसी से कहने की जरूरत नहीं है। जब जैसा मौका आवे तब वैसा करना।'

लाखी के दिमाग की आँधी कुछ हल्की पड़ी। परंतु उसके मुँह से कुछ नहीं निकला।

पिल्ली ने कहा, 'अरी रानी ! तुमको थोड़े ही कुछ करना पड़ेगा अपनी तरफ से। किसी तमाशे में जाने की तुमको जरूरत नहीं पड़ेगी। जैसे ही सुल्तान को खबर लगी कि तुम सरीखा हीरा किसी कुटिया में छिपा पड़ा है कि वह खुद हाथ जोड़ता हुआ आएगा, हाथी पर बिठलाकर महल में ले जावेगा और छाती से लगाकर अपने भाग्य को धन्य समझेगा।'

लाखी के मन के भीतर की आँधी झटका खाकर यकायक बद हो गई और उसको कुछ साफ-सा दिखाई पड़ा। उसने यकायक प्रश्न किया, 'ये गहने-कपड़े तुम्हारे पास कहाँ से आए? क्या सुल्तान ने दिए थे?'

'मेरे कहाँ ऐसे भाग?' उसने सावधानी के साथ उत्तर दिया, 'मुझको तो तुम सरीखे लोगों का सहारा है। आसरा है। कपड़े चोरी के नहीं हैं, इस बात की बड़ी से बड़ी सौगंध खा सकती हूँ।'

'कहाँ से आए?' उसने फिर पूछा।

पिल्ली ने बारीकी के साथ लाखी के चेहरे को भाँपने की चेष्टा की।

'अच्छा बतला दूँ, पर मेरे सिर पर हाथ रखकर सौगंध खाओ कि किसी से कहोगी नहीं।'

'सौगंध खाती हूँ।'

'जैसे आग और सुगंध नहीं छिपती, वैसे ही तुम्हारे रूप का नाम नहीं छिप सका। सुल्तान ने ही तुम्हारे लिए भेजे हैं।'

'किसके हाथों?'

'हमारे ही नट के हाथों।'

या उन सवारों के हाथों जिनमें से दो को हमने मार गिराया था? —उसने अपने मन में प्रश्न किया।

लाखी चुप रही। कई क्षण। पिल्ली ने सोचा, तीर जा बैठा। बोली, 'और अधिक मत पूछो। सुल्तान जब तुमको गले लगाकर अपनी बीती घड़ियों को बखानेगा तब सब मालूम हो जाएगा। उसने निन्नी के बारे में भी सुना था, चाहता होगा दोनों सखियाँ साथ ही रहें। अब अकेली ही राज करना।'

लाखी ने कनखियों से देखा—कहीं से अटल न आ जाए। फिर गहनों-कपड़ों पर ध्यान गया। वह सबको एक-एक करके उतारने लगी।

पिल्ली बोली, 'पहने रहो। तुम्हारे ही तो हैं। कुँवर साहब भी देख लें कैसी फब रही हो।'

'नहीं।' दृढ़ स्वर में लाखी ने कहा। उसने सब उतार दिए और अपने मोटे-झोटे कपड़े पहन लिए। अंतर पर ध्यान गया। कहाँ वे, कहाँ ये? उनमें कितनी तड़क-भड़क थी! देखा जाएगा, फिर कभी पहनूँगी, पर उनसे कहकर। क्या सब बतला दूँ? आज नहीं पर एक दिन अवश्य और यहीं मगरौनी में। उसने निश्चय किया।

थोड़ी देर में अटल घबराया हुआ आ गया। आते ही उसने सबसे कहा, 'माँडू का सुल्तान नरवर पर चढ़ आया है। चौकियाँ पड़ती जा रही हैं।'

'माँडू का सुल्तान! हमारा राजा!!' पोटा के मुँह से निकल पड़ा, 'तुम्हें कैसे मालूम?

किसने कहा? कहाँ है? कितनी दूर?'

अटल ने उसी घबराहट में सूचना दी, 'गाँव में सुन आया हूँ। हड़बड़ी मच गई है। लोग नरवर नगर में भाग जाने की तैयारी में जुट पड़े हैं। चलो, हम सब नरवर चल दें।'

नट एक-दूसरे की तरफ देखने लगे।

नायकिन बोली, 'अपुन लोगों का लड़ाईवाले क्या करेंगे। नरवर के कोट में घिर जाने से तो बड़ी मुश्किल पड़ जाएगी। यहाँ से निकल चलो। सुल्तान की छावनी में खेल-तमाशे दिखाएँगे और टके कमाएँगे। नरवर के भीतर क्या रखा है?'

नटों ने उसका समर्थन किया। लाखी ने प्रतिवाद, 'नहीं। हम तो नरवर के कोट के भीतर जाएँगे।'

अटल चुप रहा।

पिल्ली लाखी का हाथ पकड़कर एक ओर ले गई।

उसने लाखी को मनाया, 'मेरी रानी! मौके को मत छोड़ो। मुझको दिखता है सुल्तान यहाँ तक तुम्हारी खोज में आया है। यहाँ से माँडू गधों या बैलों पर बैठकर नहीं जाओगी, हाथी पर बैठकर झूमती हुई जाओगी।'

'नहीं।' लाखी ने धीमे स्वर में कहा और वह हाथ छुटाकर सामान इकट्ठा करने में लग गई। अटल उसकी सहायता करने लगा। नट एक जगह सिमटकर कुछ क्षण परस्पर सलाह करते रहे। अंत में उन्होंने भी कोट के भीतर जाना तय किया। उनमें से पोटा और पिल्ली को लाखी ने थोड़ी देर बाद वहाँ नहीं देखा। शेष नट अपना सामान बाँध रहे थे, परंतु ढिलाई के साथ, धीरे-धीरे।

लाखी और अटल उन लोगों की ढिलाई पर कुढ़ रहे थे। अटल ने कहा, 'नायकिन, देर मत करो। यदि तुर्क आ गए तो फिर कहीं के न रहेंगे।'

वह इत्मीनान के साथ बोली, 'फिकर मत करो। अभी तो थोड़े से गाँव वाले ही चले हैं गाँव से।'

इतने में कुछ गाँववाले गठरी-पोटरी बाँधे भागते हुए आए और नरवर की दिशा में चले गए।

अटल ने कहा, 'देखो न, लोग सिर पर पैर रखकर भागे जा रहे हैं।'

वह इतराई, 'ओ हो हो! ये तो डरपोक किसान-मजदूर हैं। सेठ लोगों को तो आने दो जिनके साथ हथियारबंद सिपाही भी होंगे। इतना नहीं सोचते कि यह इतनी रूपवाली लाखी साथ में है, अकेले-दुकेले नहीं जाना चाहिए, कोई रास्ते में आ घेरे तो क्या होगा? पिल्ली और पोटा को आ जाने दो, वे किसी खोज में ही तो गए हैं।'

व्याकुलता के साथ इधर-उधर देखकर अटल बोला, 'सेठों का क्या, तुर्कों को कुछ दे-लेकर वहीं पड़े रहेंगे। बरतन बेचेंगे और टके सीधे करेंगे। उनको कोई नहीं मारेगा।

आफत तो हम सरीखे लोगों पर रहेगी।'

'अरे तो प्राण क्यों दिए देते हो मरद होकर? और अपने पास ऐसा क्या रखा है जिसके लिए तुर्क आवेंगे?' नायकिन ने उपेक्षा के साथ कहा। अटल की आँख लाखी पर गई!

लाखी ने नायकिन को संकेत किया, 'है तो। हमारे पास नहीं है पर तुम्हारे पास तो हैं गहने-कपड़े, सोना-मोती।'

'सोना, मोती!' अटल के मुँह से आश्चर्य के साथ निकला।

'हाँ!' लाखी ने दुहराया।

नायकिन ने उपेक्षा की, 'मैं कहती हूँ हमारी चिंता मत करो। हैं जरूर हमारे पास, पर वह ऐसा छिपाकर रख लिया है कि कोई भाँप तक नहीं सकता।'

'मगर सोना और मोती!' अटल के मुँह से फिर निकला।

गाँव का ठिगने कद का अधेड़ अवस्थावाला, मोटा भारी भरकम पेट को हाँफों के साथ हिलाता हुआ एक पुरुष निकला। उसके साथ कुछ व्यक्ति, घूँघट डाले हुए स्त्रियाँ, रोते-कलपते बच्चे और कई गधों की पीठ पर लदा हुआ सामान, पीछे बरतनों की भरी बैलगाड़ी आती हुई दिखाई दी।

लाखी ने कहा, 'इन्हीं के साथ चल दो। यह कोई सेठ हैं।'

नायकिन बोली, 'पोटा और पिल्ली को तो आ जाने दो।'

उस मोटे पुरुष के काफिले के पीछे से भीड़ का एक प्रवाह-सा फूट पड़ा। भीड़ भागकर उस पुरुष के आगे निकल आई।

मोटा घिघियाया, 'भाइयो, हमारे साथ चले चलो।'

भीड़ में से एक कहता गया, 'तुम्हारी गिरस्ती की रखवाली में अपनी जान दे देवें! हुँ!!'

अटल ने लाखी से कहा, 'हम तुम इसी के साथ चलें। न जाने इनके पोटा-पिल्ली कब तक आवेंगे।'

वे दोनों चल पड़े। बैल चरने के लिए कहीं भटक गए थे, इसलिए घबराए हुए अटल ने उनकी खोज नहीं की। नायकिन ने भी विलंब नहीं किया। जल्दी-जल्दी सामान बाँधा और अपने पशुओं सहित नरवर की ओर सब नट पीछे-पीछे चल पड़े। सिंधु नदी को पार करके थोड़ी दूर गए होंगे कि ये नट उन दोनों से जा मिले। नरवर नगर में पहले ही समाचार पहुँच गया था। फाटक बंद कर लिए गए थे परंतु इस भीड़ की विनय-प्रार्थना पर फाटक खोल दिए और इन सबको भीतर ले लिया गया। संध्या के पहले-पहले जितने लोग आए, उन सबको इसी प्रकार भीतर ले लिया गया। परंतु सूर्यास्त होते ही फाटक बंद कर लिए गए और फिर किसी को भीतर नहीं आने दिया। सूर्यास्त तक पिल्ली और पोटा नहीं आए।

: ३२ :

उस दिन सवेरे से ही यकायक ठंडी हवा चली और तीसरे पहर तक चलती रही। चौथे पहर झंझावात तो रुका, परंतु ठंड बढ़ गई। पश्चिमी पहाड़ियों के ऊपर सूर्य दमदमाती हुई बड़ी बिंदी की तरह लग रहा था। किरणों का तीखापन मानो ठंडी हवा के साथ कहीं उड़कर चला गया था। ग्वालियर के उत्तर-पूर्व और उत्तर-पश्चिम की पहाड़ियाँ धूमरे कुहासे में रहस्यमयी हो रही थीं। पूर्व की दिशा की आड़ी पहाड़ियों तक मैदान में किरणों ने मानो सुनहरी रज छिड़क दी हो।

मृगनयनी और मानसिंह महल की छत पर थे। ऊँची मुंडेरों की खिड़कियों और झिझरियों में होकर किरणों के चौक से पुर रहे थे। एक मंच पर दोनों बैठे हुए थे। कोई और वहाँ न था।

'वीणा का बजाना बहुत दिनों में आ पावेगा, मुझको ऐसा लगने लगा है।' मृगनयनी झिझरी से झरनेवाली किरणों की ओर मुँह करके बोली।

मानसिंह ने धीरे से उसकी ठोड़ी को उँगलियों से अपनी ओर किया और उसकी मुसकान में अपनी मुसकान को घोलते हुए कहा, 'मैंने पूछा था, तुम्हारी मुसकानों के साथ सूर्य की किरणें क्यों खेलने लगती हैं, सो तुमने उसका यह उत्तर दिया।'

'मुझको तो किरणें कहीं खेलती नहीं दिखाई पड़तीं। आपको जो कुछ भी दिखाई पड़ जाए सो थोड़ा है।' मृगनयनी बोली। एक बार बरौनियों को भौंहों तक छुलाकर फिर आँखें नीची कर लीं।

मानसिंह ने उसको अंक में भर लिया।

'अब कहो क्या कह रही थीं।'

'मैं कभी कुछ कहने भी पाती हूँ, आप सदा इस तरह मेरा मुँह बंद कर देते हैं।' वह मुसकराई।

'हाँ, कर देता हूँ और करता रहूँगा!'

'तो अब मैं क्या कहूँ?'

'वही जो कह रही थीं। अब अच्छी तरह सुनूँगा।'

'जब मैंने वीणा का बाजा सुना तो अचंभे में पड़ गई। सोचा, थोड़े से तारों का बाजा है, चार-पाँच दिन में बजा लूँगी; पर दिखता है कि बरसों में सीख पाऊँगी। लगता है कि गाना स्यात् जल्दी सीख लूँ।

'मैंने सुन लिया, अब मेरे प्रश्न का उत्तर दो।'

'कौन से प्रश्न का?'

'किरण की ओर मुँह करो।'

'कर लिया। पूछिए।'

'किरणें तुम्हारी मुसकानों के साथ क्यों खेलने लगती हैं?'

'आप खेलते हैं किरणों के साथ। लीजिए हो गया उत्तर। अब आप बताइए, मैं गायक बैजनाथ-सा कितने समय में गाने लगूँगी?'

'समय के साथ तुमको मैं बाँध नहीं सकता। बैजनाथ कहते थे कि जिन तानों को और लोग एक महीने में सीख पाते हैं, उनको तुम एक दिन में सीख लेती हो। उनकी चेली कला की कारीगरी को तो तुम एक महीने में ही पीछे छोड़ दोगी।'

'नहीं, वह बहुत चतुर है, परंतु जब तक मैंने उससे बढ़कर और कम से कम गायक बैजनाथ के बराबर नहीं सीख लिया, मेरे मन को चैन नहीं मिलने का। मैं संगीत को अधिक समय देना चाहती हूँ। कला यदि यहीं मेरे पास रहने लगे तो बड़ा सुभीता रहेगा। नगर में रहती है। आने-जाने में बहुत समय लगता है। फिर कभी-कभी मैं घंटों उसके निकट नहीं पहुँच पाती हूँ।'

'क्यों? क्या करती रहती हो?'

'हूँ। आप अपने से पूछिए। न जाने क्यों इतना पास बिठलाए रहते हैं मुझको।'

'किरणों के साथ मुसकानों के खेल की बात पूछने-समझने के लिए।'

'फिर गाना-बजाना कैसे सीखूँगी। और चित्रकारी भी।'

'तुम्हारा कंठ-स्वर ही मुझको वीणा की झंकारों से बढ़कर मधुर लगा करता है।'

'तो मैं गँवार की गँवार ही बनी रहूँगी। मैं पढ़ूँगी, चित्रकारी सीखूँगी और गाना-बजाना तो इतना अपनाऊँगी, इतना अपनाऊँगी कि जब कभी आप सुनें तो ध्यानमग्न हो जाएँ।'

'अभी क्या कम मस्त रहता हूँ?'

'मैं अभी जानती ही क्या हूँ?'

'मेरे लिए सब कुछ हो। मेरी जीवन-सर्वस्व, मेरी प्राणेश्वरी, मेरी जन्म-संगिनी।'

मानसिंह के आठ रानियाँ थीं, नौवीं मृगनयनी। ग्वालियर आकर मृगनयनी को मालूम हुआ। परंतु परिपाटी थी, उसको बात असाधारण नहीं लगी और न अखरी ही। तो भी उसके मन में प्रश्न उठा, जब इन्होंने पहली स्त्री से ब्याह किया होगा तब उससे भी इसी तरह का प्रेमालाप करते होंगे; फिर दूसरा, तीसरा और आठवाँ ब्याह किया। हर एक रानी के साथ आरंभ में इसी प्रकार की चिकनी और मीठी बातें करते होंगे। क्या मेरे साथ सदा ऐसा ही बरताव करेंगे या किसी दसवीं के साथ विवाह करेंगे और मुझसे ऐसे बरतेंगे जैसे इन आठ के साथ आजकल बरत रहे हैं।

'भगवान् मुझको इस योग्य बनावें कि मैं सदा इसी तरह आपकी कृपा पाए रहूँ।' मृगनयनी ने कहा।

प्रेम के उस उफान में भी मानसिंह को शंका हुई जैसे कि वे आठों किसी झिझरी में से, छिपे-छिपे ताक रही हों। मानसिंह दृढ़ स्वर में बोला, 'जंगल में शिकार के समय जो वचन दिया था वह अखंड और अमर है।'

'क्या फिर कभी नाहर, अरने इत्यादि का शिकार खेलने को मिलेगा?'

'अवश्य। जब चाहे तब। कहो तो कल प्रबंध कर दूँ वहीं राई के पीछे की खोहों और पठारों में?'

'नहीं। अभी नहीं, वैसे ही कहा। पहले कुछ सीख लूँ तब जाऊँगी राई की ओर। मैंने प्रण किया है कि सीखकर लाखी को सिखाऊँगी।'

'यहीं बुला लो न। कला को अपने से मिलती-जुलती पाकर उसको अचरज होगा।'

'वह अभी नहीं आवेगी। लाऊँगी कभी उसको। मैं चाहती हूँ पढ़ना-लिखना, गाना-बजाना और चित्रकारी बहुत शीघ्र सीख लूँ पर आपके मारे जब सीख पाऊँ तब तो।'

'अरी महारानी; मैं बिचारा करता ही क्या हूँ?'

'बिचारे? बड़े बिचारे हैं न आप!! अब मुझको अलग बैठ जाने दीजिए।'

'मैंने तुम्हारा बोलना तो बंद किया नहीं।'

'एक बात कहूँ?'

'एक नहीं दस।'

'मैं चाहती हूँ, आपका शरीर, उत्साह, यश और सूरमापन दिन दूना दृढ़ और चमत्कार से भरा हुआ बना रहे। जिस राजा में ये गुण न हों उसका राज आजकल दो महीने भी नहीं टिक सकता।'

'तुम ठीक कहती हो, मैंने गाँठ बाँधी।'

'नियम-संयम के साथ रहिए और मुझको रहने दीजिए। मैं चाहती हूँ कि उन गुणों के साथ मेरी देह में भी वही बल बना रहे जिसको राई से लेकर आई हूँ, जिसके भरोसे मरे हुए सुअर को पीठ पर लादकर गाँव तक लाई थी, जिसके बूते अरने भैंसे को–'

मानसिंह ने उसको आगे बात नहीं कहने दी। गले से लगाकर उसने होंठों को अपने कपोल से सटा लिया।

बोला, 'मैं वचन देता हूँ प्राणप्यारी मृगनयनी! समझ गया कि मन में तुमको जीवनपर्यंत बसाए रखने के लिए नियम-संयम ही बल दे सकेगा। तुमको कलाओं के सीखने के लिए पूरा-पूरा समय दिया करूँगा, और तुमको सदा अपने निकट समझता हुआ इतना काम करूँगा, इतना कि काम को पूरा करते-करते घनी उमंग बनी रहे तुम्हारे दर्शन प्राप्त करने की।'

'आप मेरे स्वामी हैं।'

'बस! स्वामी ही!'

'प्राणनाथ, मेरे प्राणनाथ।' बहुत धीमे, रपटते हुए स्वर में मृगनयनी ने कहा।

मानसिंह बोला, 'मुझको सदा ध्यान रहेगा—जैसे तुम बहुत दूर रहते भी मेरे कान में कह रही हो, मानसिंह सावधान!'

'हूँ, ऊँ, ऐसा तो मैंने कभी नहीं कहा।'

'अरी महारानीजी, मेरे हृदय के भीतर इसी तरह बोलोगी।'

'आप कलाओं के जानकार हैं सो न जाने बात को कैसा उमेठ-उमाठकर कह लेते हैं!'

'तुम थोड़े ही समय में सारी कलाओं को अपने आँचल के छोर में बाँध लोगी, मुझको विश्वास है। फिर कैसी-कैसी बातें करोगी, उसकी कुछ कल्पना ही कर सकता हूँ। अच्छा, यह तो बताओ कि यह बात तुमको किसने सिखाई? नियम-संयम इत्यादिवाली बात?'

'किसी ने नहीं सिखाई। सब स्त्रियाँ जानती होंगी। कहती न हों, या कह न पाती हों, यह और बात है।'

'तुमने बहुत बड़ी बात कही। आज की संध्या से ही तुम्हारी शिक्षा का पक्का प्रबंध करता हूँ। कला और बैजनाथ गायन-वादन-चित्रकारी सिखाएँगे। विजयजंगम से कह देता हूँ पढ़ाने के लिए। वह कल से आरंभ कर देंगे?'

'मेरे प्राणनाथ!—'

'तो अब उस सवाल का जवाब दो।'

'हूँ—किसका?'

'किरणें अब तुम्हारे मुख पर और भी छा गई हैं। तुम्हारी मुसकान में जो चमत्कार है उसमें से कितनों को ये किरणें ले-लेकर भागती जा रही हैं?'

'मेरे प्राणनाथ!'

संध्या के उपरांत कला और गायक बैजू आ गए। उनको प्रतीक्षा नहीं करनी पड़ी। मृगनयनी ने दत्तचित्त होकर सीखना शुरू कर दिया।

कला और लाखी के थोड़े-से सादृश्य से मृगनयनी को बहुत अचंभा नहीं हुआ था। वह वही है—मृगनयनी की भावना थी।

उसी दिन तय हो गया कि कला अधिकांश समय उसके निकट रहा करेगी। विजयजंगम को लिखाने-पढ़ाने का काम सौंप दिया गया और उसके पाठ्यक्रम में वीणा-वाद्य के अभ्यास को और भी बढ़ाने का। वह जुट पड़ी।

मृगनयनी के शिक्षण समय में मानसिंह बड़ी रानी के पास गया। नाम उसका सुमनमोहिनी था। जैसा नाम, उससे उलटा स्वभाव प्रचंड।

उसके भवनखंड में जैसे ही मानसिंह सूचना देकर पहुँचा, रानी ने रीति के अनुसार

आरती उतारी, आसन दिया और हाथ जोड़कर खड़ी हो गई।

धीरे से बोली, 'बड़ी कृपा की। महाराज कुछ भूल से पड़े इस दिशा में!'

'नहीं तो, एक प्रार्थना करने आया हूँ।'

'आज्ञा?'

'नई रानी—मृगनयनी का मन नहीं लगता होगा, सो मैंने संगीत इत्यादि कलाओं के सीखने का प्रबंध कर दिया है। आपका समर्थन है न इसमें?'

'मेरा बड़ा भाग्य जो महाराज मुझको इतना आदर दे रहे हैं। मन उनका कैसे यहाँ इतनी जल्दी लगेगा? कहाँ राई के जंगलों का मुक्त पवन, अरने भैंसे, सुअर, नाहर, तीर-कमान, घर की गाय और कहाँ ग्वालियर के किले का एकांत! यहाँ न नदी है, न गाँव के किसान। न गाय, न गोबर।'

व्यंग्य स्पष्ट था। मानसिंह कुढ़कर कुछ कहना चाहता था परंतु उसने सोचा, इससे कटुता ही और बढ़ेगी।

कहा, 'आप ठीक कहती हैं। वह लक्ष्यवेध ऐसा अच्छा करती हैं कि बड़े-बड़े धनुर्धारी लज्जित हो जाएँ।'

सुमनमोहिनी ने व्यंग्य को जारी रखा, 'हाँ महाराज! आप सरीखे पुरुषों को जो नारी पराजित कर दे उसके सामने संसार-भर के पुरुषों को सिर झुकाना पड़ेगा।'

'महारानी, आप भी किसी दिन उसका लक्ष्यवेध देखिएगा।'

'जब से आई हैं, नित्य, प्रतिक्षण अपना और हम सबका, लक्ष्य वेधती रहती हैं। और कुछ देखना पड़ेगा, देखूँगी।'

'महारानी, उन्होंने एक ही बाण से एक बड़े नाहर को मारा और अपने भुजबल से अरने भैंसे को मोड़ दिया।'

'सुना है महाराज, और यह भी सुना है कि एक दिन जब घर में खाने को कुछ नहीं था तब सुअर के एक घिटल्ले को मारकर अपनी पीठ पर बाँध लाई थी। उसमें बहुत बल है, बहुत शक्ति है।'

'वह क्षत्रिय कन्या है। सबको एक दिन कठिनाइयों का सामना करना पड़ता है। आप देखना, वह पढ़-लिखकर और विविध कलाओं में पारंगत होकर, हमारी आपकी, सबकी कीर्ति-ध्वजा को ऊँचे फहरावेंगी।'

'महाराज ने बिलकुल ठीक कहा, अभी जो नए-नए बहुमूल्य रेशमी वस्त्र पहनने को मिले हैं, उन्हीं की ध्वजा को अपने इस छोटे से कर्ण महल के कँगूरे-कँगूरे और शिखर-शिखर पर कूदती-फुदकती फहराती फिरती हैं।'

यह व्यंग्य मानसिंह को गड़ गया। सौतिया डाह ने बिचारी सीधी-सादी मृगनयनी को, जिसका प्रमोद-क्षेत्र अभी तक जंगल और खेत-खलिहान था और अब संकुचित

सीमाओं से घिरा हुआ छोटा-सा कर्ण महल रह गया था, बंदर बनाया है। इतना अधिक न उछले-कूदे तो कोई हानि होगी? उसको प्यार के साथ सावधान कर दूँगा। जिससे सुमनमोहिनी इस प्रकार का आक्षेप न करें। मानसिंह ने सोचा। उसकी शेष सात रानियाँ आज्ञाकारिणी पतिव्रताएँ थीं। उन्होंने अपना दमन-शमन कर लिया था। परंतु सौतिया डाह एक-दूसरी के प्रति उन सबमें था। मृगनयनी के आते ही उन आठ का परस्पर डाह एक धारा में प्रवाहित होकर मृगनयनी से जा टकराया। डाह का नेतृत्व सुमनमोहिनी के प्रचंड स्वभाव को अपने आप प्राप्त हो गया। मानसिंह को समझने में जरा भी देर नहीं लगी। उसका अभिमान कहता था—इतने बड़े राज्य की व्यवस्था करनेवाला क्या आठ स्त्रियों का भी शासन नहीं कर सकेगा? उसके विवेक ने बताया, एक स्त्री का शासन ही पुरुष के लिए कठिन काम है, आठ तो आठ ग्वालियर-राज्य की समस्या के समान हैं? फिर क्या करूँ? करूँ क्या, विनय, शील और मृदुलता से काम लो—व्यंग्य, गाली, कटूक्तियाँ सब हँसी के साथ सहो। इसी में कल्याण है—मानसिंह ने सोचा।

एक-दो क्षण चुप रहने के उपरांत मानसिंह बोला, 'आप सबके शिक्षण, अनुशासन और आदर्श से वह भी अपने को ढालती रहेगी, जैसा मैंने अपने को ढाल लिया है।' मानसिंह हँस पड़ा। सुमनमोहिनी को भी हलकी-सी हँसी आ गई।

वह मन-ही-मन प्रसन्न थी—यह मेरा लोहा तो मानते हैं।

'अब मुझको अनुमति मिले, जाकर बैजनाथ से कुछ बातें कर लूँ। मंत्री आनेवाले होंगे। दिन में उनसे राज-काज की चर्चा नहीं हो पाई थी।' मानसिंह ने कहा।

यह अनुमति माँगना नहीं था, आदेश देने का अर्थ रखता था।

सुमनमोहिनी ने फिर व्यंग्य किया, 'महाराज को आजकल अवकाश ही कहाँ मिल पाता है। बिचारा मंत्री राज्य की चिंताओं के मारे सिर धुनता रहता होगा। यहाँ तक आने का आपने अवकाश न जाने कैसे निकाल लिया।'

राजा ने परवाह नहीं की। हँसकर बोला, 'अवकाश मिल जाया करेगा, बहुत मिलेगा। मुजरा करने आया करूँगा।'

समाचार पाकर बाकी सातों रानियों ने आरती उतारी। एक-दो चलतू बातें करके मानसिंह उस अंतःपुर से चला आया।

मृगनयनी को उस दिन की शिक्षा देकर बैजनाथ अलग बैठा हुआ था। कला मृगनयनी के पास दूसरे कक्ष में थी।

मानसिंह ने आते ही पूछा, 'कहिए आचार्य! आपके नए शिष्य की प्रगति का क्या हाल है?'

बैजू ने उत्तर दिया, 'महाराज, वह पूर्वजन्म में संगीत का अवतार रही होंगी। मुझको

अपना आचार्य-पद बनाए रखने के लिए विशेष अभ्यास करना पड़ेगा।'

बैजू के होंठों पर मुसकान थी, परंतु उस मुसकान के भीतर सचाई की छाप थी, आँखों में उसका समर्थन था।

'वीणा-वादन पर अधिकार करने में समय कुछ अधिक लगेगा?' मानसिंह ने पूछा।

'बहुत कम। इतना कम कि मुझको आश्चर्य होगा। महारानी ने आज ही कहा कि गाने और बजाने की ऐसी कोई परिपाटी निकालो जिसमें समय कम लगे।' बैजू ने बताया।

मानसिंह हर्ष-मग्न होकर भीतर गया। मृगनयनी कला से वीणा के संबंध में बड़े उत्साह के साथ बातचीत कर रही थी।

उसको देखते ही मानसिंह के मन में उमड़ा—क्या यह कँगूरों और शिखरों पर बंदर की तरह कूदती-फुदकती होगी? कितनी सरल, सुंदर और दिव्य है यह!! मैं इसकी स्वतंत्रता को हथकड़ी-बेड़ी नहीं पहनाऊँगा।

मानसिंह के आते ही उन दोनों की चर्चा बंद हो गई। कला की आँखों पर पट्टी नहीं थी, लगभग अच्छी हो गई थीं। डोरे कुछ लाल थे। मृगनयनी के होंठों पर मुसकान आई और गई।

'कला,' मानसिंह ने कहा, 'महारानी का अभ्यास लगातार चालू रहे। देखूँ यह थकतीं हैं या तुम। तुम्हारी बराबरी पर आ जाएँगी तभी इनको कुछ चैन मिलेगा। कब तक इतना अभ्यास कर लेंगी?'

कला विनय के साथ बोली, नम्रता में काफी बनावट थी, 'मेरी बराबरी पर तो महीने-दो महीने में ही आ जाएँगी। फिर आचार्य जो कुछ बताते रहेंगे उसको मैं कितना सीख पाऊँगी या नहीं इसमें संदेह है। क्योंकि महारानीजी तो बहुत जल्दी-जल्दी सीख लेंगी, मैं पिछड़ जाऊँगी। स्वर भी मुझसे बहुत अच्छा है। मुझको सेवा करने का पुण्य मिल जाएगा, यही बहुत है। फिर चित्रकारी का क्रम आवेगा।'

मानसिंह को अच्छा लगा।

'और चित्रकारी का श्रीगणेश कब कराओगी?' मानसिंह ने पूछा।

'बहुत शीघ्र।' कला ने उत्तर दिया।

दासी द्वार की ओट से खाँसी। मानसिंह ने बुला लिया।

'क्या है?' उसने पूछा।

दासी ने उत्तर दिया, 'श्रीमंत महाराज, मंत्रीजी और आचार्य विजयजंगम आए हैं। मंत्रीजी ने तुरंत दर्शन की प्रार्थना की है। बहुत आवश्यक कार्य है।'

'अभी आता हूँ, कह दो।' मानसिंह ने कहा।

दासी चली गई।

मृगनयनी बोली, 'काम इकट्ठा हो गया है, निपट आइए।'

मानसिंह हँसा, 'तुम्हारा समय पढ़ने, संगीत और चित्रकारी सीखने में लगेगा, इसलिए मेरा समय मंत्रीजी बाँटेंगे ही। थोड़ी देर में विजयजंगम वीणा बजाएँगे, उसको भी सुनना।'

'सुनूँगी,' मृगनयनी बोली, 'आज जो कुछ सीखा है उसे मैं भी आपको सुनाऊँगी। पहले मंत्रीजी की बात सुन आइए।'

मानसिंह उल्लास के साथ उस खंड में गया जहाँ मंत्री, विजयजंगम और बैजू बैठे थे।

आते ही मानसिंह ने विजयजंगम से कहा, 'आचार्य, आपको नई महारानी के पढ़ाने-लिखाने और शास्त्रों का ज्ञान कराने का काम सौंपता हूँ। महारानी बहुत उत्सुक हैं। कल से आरंभ कर दीजिए। आज थोड़ा-सा वीणा-वादन हो जाए।'

वे तीनों मुँह लटकाए बैठे थे। मंत्री व्यग्र था।

विजय पहले बोला, 'महाराज, वीणा की झंकार का नहीं, धनुष की टंकार का समय आ गया है—'

'क्यों?' मानसिंह के मुँह से निकला।

मंत्री ने बात पूरी की, 'माँडू के सुल्तान गयासुद्दीन ने नरवर पर आक्रमण किया है।'

'यह समाचार कब आया?' मानसिंह ने धैर्य के साथ प्रश्न किया।

मंत्री ने उत्तर दिया, 'अभी घड़ी-भर पहले। आस-पास के गाँव उजड़ गए हैं। मगरौनी नष्ट कर दिया गया है। नरवर के चारों ओर घेरा पड़ गया है।'

'सिकंदर लोदी किधर है? किस दिशा में? कहाँ?'

'सिकंदर लोदी दिल्ली में अपने सरदारों से उलझा हुआ है।'

'गुजरात का बघर्रा?'

'बघर्रा सौराष्ट्र के ठाकुरों और पुर्तगालियों में व्यस्त है।'

'चित्तौड़ के महाराज रायमल की संधि माँडू के सुल्तान से है। इधर महाराणा को हम अपना अगुआ मानते हैं। महाराणाजी सुल्तान का निवारण नहीं कर सके सो कोई बात नहीं, क्योंकि सुल्तान जब स्वयं संधि-पत्र को मान्यता नहीं देता, तब कोई उससे निर्वाह भी कैसे करा सकता है? मैं कल कूच कर देना चाहता हूँ। तुम महाराणाजी को समाचार भेजो। यह भी लिख दो कि दिल्ली के बादशाह सिकंदर से सावधान रहें। यदि इस बीच में वह सिकंदर से लड़ जाएँ तो हमारा उद्योग शीघ्र सफलता की ओर बढ़ेगा। चंबल की सीमाओं को सतर्क रखना। मैं नरवर का उद्धार करके शीघ्र लौटूँगा।'

मंत्री की व्यग्रता चली गई। चेहरे पर उत्साह छा गया। बोला, 'सेना की तैयारी का इसी समय ढिंढोरा पिटवाता हूँ। रात में तैयारी हो जाएगी।'

राजा ने स्वस्ति की।

बैजू निगाहें-सी चुरा रहा था। राजा ने देखा।

कहा, 'आचार्य बैजू, तुम कुछ कहना चाहते हो।'

बोलने की इच्छा न रखते हुए भी उसके मुँह से निकला, 'महाराज! चंदेरी से सुल्तान का सूबेदार शेरखाँ भी दलबल लाएगा। मालूम नहीं नरवर पर ही जा टूटेगा या ग्वालियर की ओर आएगा।'

राजा बोला, 'मैं जानता हूँ। चंदेरी के राजसिंह का लोभ नरवर पर है। परंतु मैं सावधान हूँ। ग्वालियर की पूरी रक्षा का प्रबंध करके ही कूच करूँगा।'

'कल से मैं अपने कार्य का आरंभ कर दूँगा। युद्ध में कोई बाधा नहीं डाल सकेगा।' विजय ने कहा।

'नहीं डाल सकेगा।' राजा ने समर्थन किया।

'तो कुछ क्षण आपकी वीणा और आचार्य बैजनाथ के गले का साथ हो जाए।' मानसिंह ने अनुरोध किया।

मंत्री ने उन दोनों की ओर निहोरे के साथ आँख फेरीं, जैसे विनती कर रहा हो कि टाल दो।

विजय बोला, 'महाराज, धनुष की प्रत्यंचा का निरीक्षण करिए, बाणों की नोकें टटोलिए, कहीं भोंथरी तो नहीं पड़ गईं। वीणा के वाद्य की ध्वनि और आचार्य बैजनाथ की तानों की झाईं सैनिकों के कानों में भी पड़ेगी। फिर वे कल कूच करने की तैयारी न करके किसी-न-किसी बाजे को लेकर अपने राजा का अनुकरण करेंगे।'

मानसिंह ने हठ नहीं किया, तुरंत मान लिया। वे तीनों चले गए। मानसिंह मृगनयनी के पास पहुँचा। मंत्री के आने का कारण बताया। युद्ध की बात को सुनकर मृगनयनी को अपना तीर-कमान और बरछे का स्मरण हो आया।

बोली, 'महाराज की आज्ञा मिल जाए तो मैं भी युद्ध में अपने लक्ष्यवेध की परीक्षा बैरियों पर करूँ।'

मानसिंह ने उल्लास के साथ कहा, 'अभी नहीं। युद्ध तो आए दिन होते रहते हैं। माँडू के सुल्तानों को नरवर की ही घाटियों में तोमरों ने कई बार हराया है, सो आशा है अबकी बार भी सुल्तान का मुँह मोड़कर आऊँगा। तुम्हारी स्मृति मुझको जितनी शक्ति देगी उतना तुम्हारा साथ न देगा।'

मृगनयनी को शंका हुई—राजपूत स्त्रियाँ युद्ध लड़ने नहीं जातीं वरन् जौहर करने के लिए घर तैयार रहना पड़ता है। मुँह नीचा कर लिया।

'मेरी एक प्रार्थना है,' राजा ने विनय की, 'तुम अपने कार्यक्रम को जारी रखो। गायन-वादन इत्यादि सब, अच्छी तरह चलता रहे। चाहता हूँ जब लौटूँ, तुमको खूब मोदमग्न पाऊँ। कला तुम्हारे संग-साथ के लिए है ही। काम में लगी रहोगी तो उदासी

नहीं आएगी। आचार्य विजय काम को ही सबसे ऊपर मानते हैं।'

मृगनयनी को लाखी का स्मरण हुआ। उत्कट कामना हुई, कहीं आज लाखी यहाँ होती।

आह को न दबा सकी, भरकर बोली, 'लाखी को और भाई को राई से बुलवा लीजिए।'

मानसिंह ने तुरंत हामी भरी, 'अभी लो, साँड़िनी सवार और उनके साथ तेज ऊँट भेजे देता हूँ। रात में ही दोनों आ जावेंगे।'

मानसिंह ने अविलंब साँड़िनी सवार और ऊँटों को भेजने का आयोजन कर दिया। फिर कूच की तैयारी में लग गया। रात-भर तैयारी करके सूर्योदय के उपरांत सेना चल पड़ने के आदेश की प्रतीक्षा करने लगी।

एक घड़ी दिन चढ़े राई से साँड़िनी सवार लौट आए। एक ऊँट पर उनके साथ केवल बोधन पुजारी आया। उसने मानसिंह को उन दोनों के विवाह, गाँव के जाति-वहिष्कार और नटों के साथ कहीं भाग निकल जाने की कथा सुनाई।

अंत में कहा, 'महाराज, वे दोनों अनहोनी कर गए। गाँववाले नहीं सह सके। कुशल हुई कि वे चले गए, नहीं तो गाँव में उनकी बड़ी दुर्गति होती।'

'आपके रहते!' बड़े कष्ट के साथ मानसिंह बोला।

बोधन कुछ विचलित हुआ, 'महाराज, मैं क्या कर सकता था? शास्त्रवचन के सामने मैं छोटा-सा पुजारी असमर्थ था।'

'आचार्य विजयजंगम भी शास्त्रों में पारंगत हैं। वह तो बिल्कुल दूसरी बात कहते हैं। जात-पाँत की इस कठोरता की वह बहुत निंदा करते हैं।'

'वह भ्रम में हैं। मैं उनसे शास्त्रार्थ कर सकता हूँ।'

'कब?'

'अभी। बुला लीजिए उनको। मैं बिना पुस्तकों की सहायता के ही उनसे अभी शास्त्रार्थ में दो-दो हाथ करने को तैयार हूँ।'

'हूँ! मौलवियों और मुल्लाओं से कभी शास्त्रार्थ करने की कामना हुई तुम्हारे या तुम सरीखे पुरातनपंथियों के मन में?'

'हुई दीनबंधु, और कभी अवसर मिला तो पैर पीछे नहीं डालूँगा।'

'तुम्हारे पैरों को ही सब कुछ दिखाई पड़ता है या आँखों को भी?'

'महाराज क्षमा करें, हिंदू मात्र की आँख ब्राह्मण ही है। वह न देखे तो सब अंधे हैं।'

'तुम्हारी आँखों से ही राई गाँव के किसान-मजदूरों ने अटल और लाखी रानी के ब्याह-संबंध को परखा होगा।'

'और किसकी आँखों देखते, महाराज वे?'

'तुम सरीखे मूढ़ ही मिले राई के उन अंधों को?'

'महाराज क्रोध करें तो, और न करें तो भी, सच्चा ब्राह्मण और प्राचीनकाल के शास्त्र-पुराण अटल हैं और रहेंगे?'

'हे भगवान्! क्या हमारे समाज के इन अंधे-बहरों को कभी सूझता-सुनता करोगे? या हम सबको डुबोकर ही रहोगे।'

'मैं जानता हूँ, महाराज को यह सब भ्रम उस अधर्मी विजयजंगम ने दिया है। बुला लीजिए उसको और करा लीजिए अपने सामने मेरा और उसका शास्त्रार्थ।'

'कितना समय लगेगा शास्त्रार्थ में?'

'एक दिन, दो दिन, चार दिन—जितना समय लग जाए, यह उसके हठ और हम दोनों के शास्त्रज्ञान पर निर्भर है।'

'तो ये तुरही, रम्मट, धौंसे और घोड़ों की हींशें जो नरवर पर आए हुए बैरी का सामना करने के लिए पुकारों पर पुकारें लगा रही हैं उनको बंद कर दूँ?'

'शास्त्र तो महाराज शास्त्र ही हैं। प्राण चाहे चले जाएँ परंतु शास्त्र की बात नहीं जा सकती।'

'तुम्हारे अंधविश्वास ने उन दो सुंदर प्राणियों का विध्वंस किया, उनकी हत्या तुम्हारे ऊपर है!'

'महाराज की जय हो। धर्म के लिए यह निरीह ब्राह्मण अपना प्राण देने को तैयार है। दीजिए दंड।'

'मूर्खों को ब्रह्मा भी नहीं समझा सकते। मैं सीधी बात कर रहा हूँ, तुम उलटे बोले जा रहे हो। अभी तो मैं जा रहा हूँ। नरवर से लौटकर तुमको और तुम्हारी बात को समझूँगा।'

बोधन पुजारी के रुष्ट विचलित मन में समाया, राजा ने दंड को स्थगित कर दिया है, पर देगा दंड अपने साले और सलहज का पक्षपात करके।

त्याग-तपस्या की वृत्ति से प्रेरित होकर बोला, 'तो मैं रहूँ क्यों राई में? चला जाऊँगा कहीं विदेश।'

राजा क्षुब्ध हो गया। तीव्र स्वर में कहा, 'चले जाओ जहाँ जाना हो। एक मूर्ख तो कम हो जाएगा इस राज्य में।' फिर कुछ धीमा पड़कर बोला, 'तुम रहो या जाओ, राई का मंदिर तो मैं बनवाऊँगा ही।'

बोधन के दिमाग की बढ़ती हुई सनसनी कुछ उतरी। चुप रहा। राजा को जाने की जल्दी थी। बोधन आशीर्वाद का हाथ उठाकर चला गया। राजा को उसके जाते ही अपने क्रोध पर परिताप हुआ। साथ ही लाखी का चित्र आँखों में घूम गया—गले में मोतियों का हार डाला था, मृगनयनी के प्रथम-मिलन के समय मुक्त और निस्संकोच

भाव से सामने आई थी, और अटल कितना सीधा अल्हड़ युवक था! मरवा दिया इसी पुजारी की करतूत ने!' कितना हठी मूर्ख है यह!

पुजारी आँख से ओझल हो गया और परिताप चला गया।

मानसिंह मृगनयनी के पास विदा लेने के लिए गया। अटल और लाखी का वृतांत सुनाया। मृगनयनी की उन बड़ी आँखों में से दो बड़े-बड़े आँसू उमड़कर टपक गए। मानसिंह की विदाई ने उसको सँभाल दिया।

गद्‌गद कंठ से मृगनयनी ने याचना की, 'यदि उस ओर उनका पता लग जाए तो आप अपने साथ लिवा लाएँगे?'

मानसिंह ने दृढ़तापूर्वक उत्तर दिया, 'अवश्य। उस समय युद्ध के बाद ही जातपाँत के इस युद्ध से भी लड़ूँगा।'

सजल नयन मृगनयनी ने आरतियों के साथ मानसिंह को विदा किया।

सबकी आरतियों और असीसों में मानसिंह ग्वालियर से उसी दिन मोर्चों की योजना बनाकर नरवर की दिशा में चल दिया।

: ३३ :

गयासुद्दीन खिलजी ने नरवर के पश्चिमी और दक्षिणी बाजुओं पर चौकियाँ बिठा दीं और अपनी सेना के बहुतांश को उत्तर और पूर्व की ओर फैला दिया। पश्चिमी और दक्षिणी दिशाओं में लंबे और ऊँचे पहाड़, विशाल जंगल और बड़ी-बड़ी घाटियाँ थीं। नरवरगढ़ का एक ही फाटक—जंगलपोल—दक्षिण की दिशा में था। नरवर की बस्ती परकोटे से घिरी हुई, किले के नीचे, पूर्व के जंगलपोल नामक दक्षिणी फाटक तक फैली हुई थी। किले का ले लेना टेढ़ी खीर था परंतु नगर के मिटाने में कम बाधा थी।

नरवर के दक्षिण-पश्चिम में बहती हुई सिंध नदी उत्तर को करवट लेती हुई पूर्व की ओर चली गई। नगर और किले को सिंध ने जैसे तीन ओर से घेर रखा हो। नदी की पूर्ववाले मोड़ पर गयास का शिविर था। चंदेरी से सूबेदार एक बड़ा दस्ता लेकर उसी दिन आ मिला था। एक ही दो दिन बाद गयास ग्वालियर पर आक्रमण करने के लिए जाने को था। नरवर का घेरा चंदेरी का सूबेदार डाले रहता। जहाँ ग्वालियर अधिकार में आया कि नरवर तो वैसे ही हाथ जोड़कर सामने आ खड़ा होगा। गयास, उसका बड़ा मुल्ला, चंदेरी का सूबेदार और मटरू सहज ही इस निष्कर्ष पर पहुँच गए। उस समय तक सुराही और प्याले गयास के सामने नहीं आए थे। अभी संध्या होने में कुछ देर भी थी।

मुल्ला ने सुझाव पेश किया, 'जहाँपनाह! शहर को कब्जे में करके यहाँ के मंदिर और बुतों को तोड़ दें। इसके बाद सूबेदार के हाथ में घेरे को सौंपकर ग्वालियर की तरफ कूच करें तो बहुत अच्छा होगा।'

गयास को यह बात नहीं रुची। बोला, 'शहर के मंदिर और बुत तो हमारे बुजुर्ग पहले ही तोड़ चुके हैं।'

'लेकिन नए तामीर हो गए हैं, जहाँपनाह।'

'क्या फायदा इस बेकार के काम से? हम तोड़ते जाएँ, वे बनाते जाएँ, अच्छा धंधा रहा!'

'जहाँपनाह! हिंदुओं को अपनी रखवाली का यकीन बुतों पर है। बुतों को तोड़ दीजिए, उनका यकीन टूट जाएगा, फिर कीड़े-मकोड़ों की तरह बिलबिलाते फिरने लगेंगे।'

'यह सही है कि हिंदुओं का दीन-ईमान और यकीन सैकड़ों-हजारों देवताओं में बँटा हुआ है, इसलिए पेड़ों-पत्थरों को पूजते हैं। मगर बुतों के मिटा देने से उस यकीन को कैसे खतम किया जा सकेगा?'

'इसका असर पड़ेगा, जहाँपनाह। किसी भी आफत के सिर आने पर वे बुतों की पनाह पकड़ते हैं। बुतें टूटीं, यकीन उजड़ा और पनाह गई।'

'और मौका पाते ही चिपट पड़े मंदिर बनाने पर। मुल्लाजी यों ही आम हिंदुओं को चिढ़ाने से क्या फायदा?'

'जहाँपनाह से मैंने अर्ज कर दिया है। दिल्ली के मुल्लाओं का यही फतवा है।'

गयास कुछ कुढ़कर रह गया। दिल्ली के मुल्ला मुझसे भी बढ़कर हैं। काम बने चाहे बिगड़े, इनके फतवे के सामने सिर को झुकाना पड़ेगा! कठमुल्लों के सामने!

गयास ने कहा, 'मैं रात में गौर करूँगा। सवेरे हुकुम दूँगा। इतना अभी तय किए देता हूँ कि शहर पर जोरदार हमला किया जाएगा। शहर को काबू में कर लेने के बाद किले की फतह या घेरा ज्यादा आसान हो जाएगा। अगर शहर को जल्दी हाथ में न कर सके तो सूबेदार को यहाँ छोड़कर ग्वालियर चल देंगे।'

चंदेरी का सूबेदार ठंडी प्रकृति का आदमी था। बोला, 'जहाँपनाह! शहर के हमले को कल रात के लिए तय कर दें ताकि मैं अभी से उसकी जुगत में लग जाऊँ। राजसिंह के पास एक दस्ता राजपूतों का है। वह हमले के लिए तड़प-सा रहा है।'

'उसका यकीन किया जा सकता है?'

'जहाँपनाह, पूरा। उसका भाट उसे चैन न लेने देगा।'

'भाट!'

'जहाँपनाह, भाट दिन-रात उसके कान में भरता रहता है कि दुश्मन से बाप-दादों के बैर का बदला न चुकाया और बाप-दादों से छीनी हुई जमीन को दुश्मन से वापस न लिया तो राजपूत ही नहीं, कुछ और हैं।'

ख्वाजा मटरू अर्थ-भरी दृष्टि से सुल्तान की ओर कई बार देख चुका था। सुल्तान की

निगाह गई।

बोला, 'ख्वाजा, तुम कुछ कहना चाहते हो?'

'जहाँपनाह, ऐसी तो कोई खास बात नहीं,' मटरू ने कहा, 'एक छोटा-सा ख्याल उठा था, उसको हजूर कल तय ही कर देंगे। गुलाम की समझ से मंदिर और मूरतों को तोड़ना बेवक्त होगा, यों ही आम हिंदुओं का दिल दुखाना फिज़ूल है।'

गयास बोला, 'यही मैं सोचता हूँ।'

मुल्ला ने बेधड़क उज्र किया, 'जहाँपनाह! आम हिंदुओं की हिम्मत को पस्त करने की यही तरकीब सबसे अच्छी है।'

मटरू ने फिर अर्थ-भरी आँख घुमाई।

'कुछ और कहना चाहते हो?' गयास ने पूछा।

मटरू ने उत्तर दिया, 'कुछ नहीं जहाँपनाह, बातें करीब-करीब सभी तय हो चुकी हैं। नमाज का वक्त आ रहा है।'

गयास समझ गया कि एकांत में ही कुछ कहेगा। मजलिस खतम कर दी गई।

दो घंटे के बाद सुराही और प्याले के एक-दो दौर होते ही मटरू और गयास रावटी के उस खंड में अकेले रह गए।

'कुछ कहना चाहते थे तुम?' गयास ने मस्ती के स्वर में पूछा।

'हाँ जहाँपनाह', मटरू ने उत्तर दिया, 'मर्द-औरत—दो नट उस गिरोह के आए हैं। लाखी नरवर में है।'

'ऐं! क्या सच? इतने नजदीक! यहाँ से आधे कोस पर ही! कमाल की खबर दी तुमने मियाँ मटरू!'

'खबर सही है जहाँपनाह। लाखी आने के लिए करीब-करीब तैयार हो गई है। वे गहने और कपड़े उसने बड़े शौक और चाव से पहने थे।'

'भाई वाह! भाई वाह!! इसी घड़ी हमला कर दो नरवर पर।'

'जल्दी न की जाए गरीबपरवर। दोनों नट कल शाम तक नरवर शहर में किसी तरकीब से जाएँगे। वहाँ उनके बाकी साथियों के बीच में होगी वह। ये नट वहाँ पहुँचकर कल रात एक बँधा हुआ इशारा करेंगे। समझ लिया जाएगा कि लाखी के साथ उस मुकाम पर हैं, फिर शहर पर कब्जा करने की उसी पल पूरी कोशिश की जाए।'

'शाबाश मेरे मटरू! मजलिस में जाहिर करने लायक न थी यह बात।'

'शहर को ले लेने के बाद मंदिर-मूर्तियों को हाथ न लगाया जाए जहाँपनाह। हिंदुओं को फुसलाने का यही तरीका शायद, सबसे अच्छा रहेगा। लाखी आखिर हिंदू ही है। मगर मुल्लाजी की समझ में यह बात नहीं आएगी।'

'गधा है। बेवकूफ है। नालायक है! जाहिल है वह मुल्ला! मुल्ला नहीं, कठमुल्ला है।

निकाल दो उसको छावनी में से। माँडू से भी कर दो उसका मुँह काला। सल्तनतों की बरबादी की जड़ में मुल्ले ही तो रहे हैं।'

'जहाँपनाह, कसूर माफ करें और गुलाम के सिर को बख्शें। यह मौका मुल्लाजी के निकालने का नहीं है। सिपाही नाराज और बेदिल हो जाएँगे। माँडू चलकर जरूर हुजूर कुछ अमल करें।'

'मैं कसम खाता हूँ, ख्वाजा, कि माँडू लौटने पर इन सरकश काजी-मुल्लाओं को निकालकर ही दम लूँगा।'

मटरू मन-ही-मन बहुत प्रसन्न था। सिर नीचा करके प्रसन्नता को छिपाने का प्रयास करने लगा।

गयास ने कहा, 'तो फिर कल की रही।'

मटरू ने बड़ी नम्रता के साथ विनय की, 'जहाँपनाह ने जो तय किया है, वही होगा। नटों से सारी तरकीब फितरत को ब्योरेवार तय करके चौथे पहर के करीब अर्ज कर दूँगा।'

गयास बोला, 'ठीक है। फौज तैयार रहेगी। शाम के पहले ही मोर्चों की बात तय हो जाएगी। फौरन नक्शा बनाकर काम शुरू कर दिया जाएगा।'

'हुजूर।'

'अच्छा ये नट कैसे आ गए यहाँ तक!'

'उसको समझा-बुझाकर माँडू लिए आ रहे थे कि हमले की खबर पाकर रुक गए। उनमें से दो खबर देने और मदद लेने के लिए दस्ते की तलाश में इधर आए, उधर लाखी बाकी नटों के साथ शहर में चली गई।'

'क्यों?'

'जहाँपनाह, इस बात का पूरा पता तो उन लोगों के मिलने पर ही लग सकेगा।'

'सब बेवकूफ हैं। काम करने का ढंग नहीं जानते।'

'जहाँपनाह।'

'तुम भी बददिमाग हो, मगर खैर।'

मटरू ने सिर नीचा किए हुए दाँत भींचे।

गयास एक क्षण बाद बोला, 'खैर, कल का काम बहुत होशियारी के साथ किया जाए।'

मटरू ने कहा, 'जहाँपनाह।'

: ३४ :

नरवर के नगर कोट में तीन फाटक थे, एक उत्तर की ओर और दो पूर्व-दक्षिण में।

दीवारें ऊँची थीं और फाटक मजबूत। हाथियों के कवच-रक्षित माथे को फोड़ने के लिए फाटकों के बाहरी ओर बड़े मोटे नुकीले लोहे की कीलें जड़ी हुई थीं। खाद्य-सामग्री नगर के किले के भीतर कम से कम एक वर्ष के लिए पर्याप्त थी। स्वच्छ मीठे पानी के बहुत से अच्छे कुएँ नगर में और अनेक तालाब किले के भीतर। रक्षा के लिए लड़नेवाले और आक्रमणकारियों का भुर्ता कर देने के लिए फाटकों की बुर्जों और कोट-मीनारों पर भारी-भारी चट्टानें जिनको नीचे ढकेल दिया जाए तो गाज़-सी टूटे। नरवरवालों को विश्वास था कि साल-भर तक तो शत्रु उनका कुछ बिगाड़ नहीं सकता, फिर राजा मानसिंह सहायता के लिए न आ पहुँचेंगे क्या?

सुल्तान की सेना को अपने अनुभवों के आधार पर विश्वास था कि हिंदुओं में लड़ने वाले दस प्रतिशत से भी कुछ कम होते हैं। ये दस भी आपसी लड़ाई-झगड़ों के कारण एक-दूसरे की गरदन काटने में व्यस्त।

पर उन दस में से प्रत्येक को गर्व था; मैं अकेले ही शत्रु को मार भगाऊँगा, अपने सगोत्री की सहायता क्यों लूँ जिससे अपने पुरखों की बापौती वापस लेनी है और ऊपर की किसी अठारहवीं पीढ़ीवाले पुरखे के अपमान का जिससे प्रतिशोध करना है?

नरवर के इस दशांश में लड़ाई की उमंग थी, शत्रु का आवाहन करने, उस पर टूट पड़ने, मारकर मर मिटने का ओज और उत्साह था। वह अपने पुराने करतब और नई तेज़स्वी लहर की भाषा में बाकी के नब्बे को स्फूर्ति, साहस और धैर्य देने का प्रयास पर प्रयास कर रहा था। रंपट, धोंसों और तुरहियों के पहर-पहर पर होनेवाले नादों द्वारा जनता की स्नायुओं को प्रबलता और स्पंदन दिया जा रहा था। चमचमाते हथियारों, मूँगिया रंग के कपड़े पहने दमकते हुए घोड़ों पर सवारों और हट्टे-कट्टे ऊँचे पूरे जवानों को देख-देखकर स्फुरण मिल रहा था।

परंतु साधारण जनता के मन में छिपा बैठा हुआ कोई कभी-कभी कह देता था—पहले भी तुर्क आए हैं, यहाँ जिनका सामना इसी तरह के योद्धाओं ने किया और कट मरे; नगर लुटा, पिटा और मिटा; अब की बार भी वैसा ही हो सकता है। पर हमारा राजा मानसिंह तो दूर नहीं है, वह आएगा, हाँ यदि नए ब्याह की मस्ती में न झूम गया तो।

फाटक बंद कर लिए गए थे, बाहर-भीतर से लोगों का आना निषिद्ध कर दिया गया था। नगर की जनसंख्या थोड़ी-सी बढ़ गई परंतु इतनी नहीं कि अन्न के लिए कोई विशेष चिंता करनी पड़े। फिर भी दो दिन के भीतर ही अन्न का भाव चढ़ गया। दुगुने मोल बिकने लगा। व्यापारी माथे को ठोक-ठोककर, गरदन हिला-हिलाकर कहते थे—सब व्यौपार चौपट हो गया! उनका मन भीतर ही भीतर खुसफुसाता था—चलता रहे घेरा दो-चार महीने तो एक एक के सौ-सौ डूँढ़ पर डले हैं! और अगर शत्रु ही जीत गया तो अन्न-वस्त्र इत्यादि उनको भी चाहिए, बहुत सस्ता भी खरीदेगा तो दुगुने में तो

कसर लगने की नहीं।

नगरपाल और किलेदार के पास शिकायत पहुँची। उन्होंने समाधान किया, लड़ाई के युग में ऐसा हो ही जाता है। धीरज से काम लो, ज्यादा मजदूरी करके कमाओ-खाओ। वे दोनों और शासक वर्ग सोचते थे—सेठ-साहूकारों को नाराज किया नहीं कि भूखों मरने की नौबत आई।

लाखी, अटल और नटों के पास अपने निज का अन्न-वस्त्र था, इसकी चिंता नहीं थी। कम-से-कम कुछ दिन तक। जब चुक जाएगा तब क्या होगा? कब तक इस अनजानी जगह घिरे रहना पड़ेगा? यह समस्या अटल और लाखी को असमंजस में डाले हुए थी। परंतु उस समय प्रश्न वर्तमान का था।

वे दोनों नटों के साथ ही नगर के एक खुले स्थान में पेड़ों के नीचे जा ठहरे थे। उनके आस-पास इधर-उधर से आए हुए कुछ और लोग ठहरे हुए थे। यह ठौर दक्षिणी फाटक के निकट थी। भद्र लोगों की बस्ती में इन लोगों को स्थान नहीं मिल सका। अटल और लाखी नटों के समूह में होते हुए भी उनसे कुछ अलग, एक अलग और इकाई बनाए थे।

पास के ठहरे हुए लोगों ने जान लिया था कि यह समूह नटों का है, परंतु अटल और लाखी की अलग इकाई ने उनके मन में संदेह उत्पन्न किया। ये कोई और हैं। प्रचलन और अभ्यास के अनुसार एक ने इन दोनों की जातपाँत पूछी।

अटल ने बतलाया, 'गूजर ठाकुर हैं।'

नायकिन के होंठों पर बरबस मुसकराहट कौंध गई और आँखों की पुतलियाँ घूम गईं। पूछनेवाले का जातपाँत-विवेक सशंक हुआ।

वह बड़ी दीनता के साथ बोला, 'दोनों जने गूजर ठाकुर हो? नट नहीं हो, यह तो मैं पहले ही समझ गया था।'

नटिनी ने पीठ फेर ली मानो असहमति प्रकट कर रही हो।

बोली, 'कोई सही, नट नहीं ऊँची जाति के हैं। क्या करोगे पूछकर?' कुछ न बतलाकर वह बहुत कुछ कह गई।

प्रश्नकर्ता ने नम्रता के साथ कहा, 'माई री, मुझको क्या करना है। पर यह तो पूछा ही जाता है। सब पूछते हैं। कठिन समय में जान लेना पड़ता है कि किसके हाथ का छुआ पानी पिएँ और किसके हाथ का न पिएँ। मुझे और करना ही क्या है। मैंने पूछ लिया तो कौन कुछ बुरा किया, दूसरे लोग पूछेंगे।'

नायकिन पीठ फेरे ही बोली, 'वह गूजर ठाकुर है, और जनी भी ऊँची जात की है। जाओ अपना काम देखो।'

वह अपना काम देखने लगा अर्थात् उसने अपने सहवर्गियों से कह दिया कि दोनों भिन्न-भिन्न जातियों के हैं और कुछ दाल में काला है। युद्ध का काल था। लोगों को

अपनी-अपनी कठिनाइयों की गुत्थियाँ पहले सुलझानी थीं। 'देखा जाएगा।' कहकर वे अपनी चिंताओं में डूबने-उतराने लगे।

नगर की घनी बस्ती की तरफ से कुछ रोने की आवाज आई। लाखी और अटल ने कान लगाए। कुछ लोग भागते हुए आए।

'लुट गए! मर गए!!'

'भागो! छिप जाओ!!'

'तुर्कों ने मार डाला!!'

'घायल कर दिया! खून की नदी बहा दी!!'

नटों ने जल्दी-जल्दी एक-दूसरे की ओर देखा और इत्मीनान के साथ अपने खुले सामान को ढँकने लगे। नायकिन ने धीरे से एक नट के कान में कहा, 'इन दोनों को देखे रहना, कहीं लुक-छिप न जाएँ।'

नट ने सतर्कता का सिर हिलाया।

अटल का चेहरा विकृत हुआ। लाखी ने होंठ सटाए और कमर में पड़ी हुई छुरी पर हाथ डाला। सोचा, पहले भी बहुत-सी राजपूतानी चिता पर भस्म हो चुकी हैं। भगवान् की दया से मैं छुरी का पकड़ना और चलाना भी जानती हूँ। तुर्क मुझको नहीं छू सकेंगे। अटल के विकृत चेहरे पर उसका ध्यान नहीं गया।

चीख-पुकार करनेवाले जैसे ही निकट आए उनसे अटल और कइयों ने प्रश्न किए।

'तुर्क किस फाटक से घुस आए हैं?'

'कहाँ लूटमार कर रहे हैं?'

'कितनी दूर हैं यहाँ से?'

'तुम कहाँ जा रहे हो?'

'अब कहाँ छिपें?'

परंतु वे किसी भी प्रश्न का उत्तर नहीं दे पा रहे थे। उसी क्षण दो राजपूत सवार दौड़ते हुए आए।

एक चिल्लाया, 'घबराओ मत! तुर्क नहीं आए हैं। तुर्क दूर हैं।'

लोगों के जी में जी आया। सब ने उन सवारों को घेर लिया। अटल आगे था।

अटल ने पूछा, 'क्या बात हुई है? किसने किसको घायल किया?'

सवारों ने उत्तर दिया, 'कुछ भी नहीं हुआ। यों ही जरा-सी बात का बवंडर हो गया। कितने निकम्मे हैं ये लोग! व्यर्थ की भाग-दौड़ चिल्ल-पुकार मचा दी!'

'फिर भी? क्या बात थी?' अटल ने प्रश्न किया।

सवार ने बतलाया, 'बात यह हुई कि बीचवाले फाटक पर जंगल की ओर से एक स्त्री और दूसरा पुरुष रोते-चिल्लाते आए। उनको तुर्कों ने पीटा-पाटा होगा। घायल हैं।

फाटक खुलवाने के लिए हा-हा-हा दैया की। बिचारे निहत्थे हैं। हम लोगों ने फाटक खोलकर उनको भीतर कर लिया और फाटक ज्यों के त्यों बंद कर दिए। वे भीतर आने पर भी रो रहे हैं। कहते हैं नट हैं। यहाँ कोई नट ठहरे हैं?'

अटल ने संकेत से दिखलाया। नायकिन भीड़ चीरकर आगे आई। आँखों से काँइयाँपन चला गया था। चेहरे पर मुर्दनी-सी छा गई थी। पुतलियाँ निकल पड़ने को।

'कहाँ हैं वे दोनों?' नायकिन ने भर्राए हुए गले से पूछा।

'उस घर की ओट में तिगलिए पर बैठे हैं। उनको पानी पिला दिया गया है।' सवार ने उत्तर दिया।

नायकिन और नट उसी दिशा में दौड़ गए।

सवार ने अटल से प्रश्न किया, 'तुम नट नहीं हो क्या?'

अटल बोला, 'नहीं, मैं गूजर ठाकुर हूँ।' उसके स्वर में अभिमान था।

'कहाँ से आए हो?'

'मगरौनी से।'

'मगरौनी से! मैंने तो पहले कभी नहीं देखा। मैं भी गूजर ठाकुर हूँ। यहाँ गूजरों की बड़ी बस्ती है। किले के भीतर दक्षिण भाग में तो गूजर रहते हैं। तुम मगरौनी में कहाँ से आए?'

'ग्वालियर से आए थे मगरौनी।'

'फिर नटों में कैसे?'

'साथ पड़ गए।'

सवार ने अपनी नातेदारियों का बखान शुरू किया और अटल की भी पूछता, परंतु उधर से नट दो घायलों को अपने बीच में साधे हुए ले आए।

अटल का संदेह उन दोनों के निकट आने पर पुष्ट हो गया—वे पिल्ली और पोटा थे। खून में तर।

जब वे सब अपने डेरे के पास आ गए, पिल्ली ने नीची निगाहों, एक आँख की कनखी को मिचकाकर संकेत किया। नायकिन का चेहरा खिल गया, परंतु उसने अपने हर्ष को तुरंत दबा लिया। उन्हें आस-पास के लोगों की भीड़ घेरे चली आ रही थी।

नायकिन ने दृढ़ स्वर में प्रतिवाद किया, 'हम लोगों के पास दवाइयाँ हैं और जंत्र-मंत्र। जल्दी ठीक कर लूँगी। अपने-अपने डेरे पर जाओ।' लोग हट गए। घावों को देखना चाहते थे, परंतु न देख पाए। सोचा, दूर से ही देख लेंगे।

नायकिन ने एक ओर पोटा को लिटा दिया और दूसरी ओर पिल्ली को। फटे-पुराने कपड़ों की छाया और आड़ कर ली।

अटल पोटा के पास जा बैठा और लाखी पिल्ली के पास। नायकिन और अन्य नटों ने

उन दोनों के रक्त को धोया-पोंछा। घावों का कहीं कोई निशान न था। दूर से देखनेवाले आड़ और छाया के कारण अपना कुतूहल शांत न कर सके।

एकांत पाकर लाखी ने पिल्ली से स्नेह से पूछा, 'किसने मारा? चोटें कहाँ लगी हैं? कहाँ थीं तुम? कहाँ रह गई थीं।'

पिल्ली जरा-सी मुसकराई। उत्तर दिया, 'चोट पोटा को लगी है, मुझको नहीं लगी है। उनका खून मेरे कपड़ों में भिड़ गया।'

'पोटा को चोट कैसे लगी!'

'एक पत्थर से फिसल पड़ा। जाँघ में पेड़ का सूखा ठूँठ घुस गया। बस इतनी ही चोट है लेकिन खून बहुत निकला है।'

'फिर तुर्कों के हाथ घायल हो जाने की कहानी! वह सब क्या है?'

'वैसे फाटक खुलते नहीं, इसलिए मकर बनाना पड़ा।'

लाखी हँसने को हुई। पिल्ली ने हाथ के संकेत से बरज दिया।

लाखी ने पूछा, 'तुम दोनों रह कहाँ गए थे?'

'अरी रानी, सब बताऊँगी! थोड़ी देर में बताए देती हूँ। जरा सबर पकड़ो।'

कोई और काम था नहीं। लाखी सुनने के लिए अधीर हो गई, पिल्ली स्थगित कर रही थी। उसने विषयांतर किया।

बोली, 'यहाँ कोई कष्ट तो नहीं है?'

लाखी ने कहा, 'खुली जगह, ठंड के दिन। वैसे कोई बात नहीं। रास्ते में सही, अब तो नगर में ही हैं।'

'यहाँ जात-पाँत तो नहीं पूछी किसी ने?'

'पूछी थी। उन्होंने कह दिया गूजर हैं।'

'और तुम्हारी जात?'

'मेरी किसी ने नहीं पूछी। पर कुछ लोगों को संदेह हो गया। डर की कोई बात नहीं। यहाँ गूजर बहुत हैं।'

'कैसे मालूम हुआ? क्या तुमने पूछताछ की थी?'

'नहीं। उनको एक सवार से बातचीत करते हुए मालूम पड़ा। मैंने सुन लिया।'

'तुम्हारी जाति के भी होंगे लोग यहाँ?'

'हो सकते हैं।'

'चिंता मत करो। मैंने पक्का प्रबंध कर लिया है।'

'कैसा?'

'बताऊँगी। अपुन को यहाँ नहीं रहना है।'

'न जाने क्या कह रही हो। खोलकर सब बताओ।'

'किसी से कहोगी तो नहीं?'

'नहीं कहूँगी।'

'कुँवर साहब से भी?'

'हाँ—कहो भी, मैं तो सुनने को अकुला रही हूँ।'

'तुम अगर जाहिर कर दोगी तो तुम्हीं को नुकसान होगा।'

'कैसा?' मैं तो किसी से नहीं कहूँगी।'

'कह दोगी तो यह बात फैल जाएगी कि तुम और कुँवरजी अलग-अलग जाति के हो। घर से भाग निकले हो। पाप किया है, इसलिए दंड के भागी हो। लड़ाई के दिन हैं। किलेदार और नगरपाल किसी अँधेरी कोठरी में डाल देंगे। फिर आगे की सब आशाएँ सूनी पड़ जाएँगी।'

'कह दिया कि नहीं कहूँगी। वैसे ही डरपा रही हो?' उसी समय उसकी आँखों में मानसिंह और निन्नी का चित्र घूमा। अटल राजा के नातेदार हैं फिर भी हम लोगों के साथ अत्याचार किया जाएगा? राजा ने भी इसी तरह का बाहर-जात ब्याह किया है। पर वह राजा है और हम लोग गरीब! राजा ने किया तो पाप नहीं हुआ, हमने किया तो पाप बन गया। इस विकट पहाड़ी किले की किसी अंधी कोठरी में डाले जाएँगे। क्या पिल्ली सच कह रही है! जात-पाँत के नियम कठोर होते हैं, सच कहती होगी, लाखी ने सोचा। मन में फिर कुतूहल उठा। कहाँ रहे ये दोनों इस बीच में? कौन-सा पक्का प्रबंध किया है जिसका अभी-अभी इसने संकेत किया था?

पिल्ली चुप थी। उसका मुँह निहार रही थी।

'जरा दम ले लूँ फिर बताऊँगी।' पिल्ली ने कहा और आँखें बंद कर लीं।

: ३५ :

थोड़ी देर के बाद अटल भी पिल्ली को देखने के लिए आया। शिष्टाचार बरतने के उपरांत वह शीघ्र ही लौट जाना चाहता था। पिल्ली एक चादर ओढ़े बैठ गई। उसके चेहरे पर थकावट थी परंतु पीड़ा का कोई चिह्न न था।

बोली, 'मैंने लाखी को सारी कहानी बता दी है। वैसे नगर भीतर आ नहीं पाते। पोटा को गिरने से चोट लगी है, मुझको कोई चोट नहीं आई है। किसी से कहना मत।'

'मुझे क्या पड़ी है।' अटल ने कहा।

'सारी बात अभी कहाँ बताई है,' लाखी बोली, 'कहती थी बताऊँगी। यह बाहर कुछ कर-धर आई है, पर अभी बताया नहीं है।'

अटल रुक गया। सुनने के लिए उत्सुक था।

पिल्ली ने लाखी की ओर मुँह करके कहा, 'नायकिन को किसी बहाने से चुपचाप

बुला लाओ।'

लाखी के पीठ फेरते ही पिल्ली ने वक्ष से चादर को नीचे खिसकाया और अटल पर आँख चलाई। अटल ने ग्लानि के मारे सिर नीचा कर लिया। लाखी की आँख में कपड़े खिसकने की झाईं पड़ी और उसने गरदन को जरा-सा मोड़कर कनखियों से देखा—सब देख लिया। चली गई।

पिल्ली ने कपड़े को जहाँ का तहाँ कर लिया। मुसकराकर बोली, 'यहाँ से चल देना चाहिए, कुँवरजी। बहुत बड़ी आफत आनेवाली है।'

'सो तो दिखाई ही पड़ रही है।'

'नहीं, जो दिखाई नहीं पड़ रही है वह।'

'कौन-सी? कैसी?'

'तुम हमेशा रूखे-रूखे ही बोलते हो।'

'नहीं तो, विपदकाल है न।'

अच्छा-अच्छा। यहाँ से निकल चलें तब कभी बात करूँगी।

'सुल्तान खुद आया है। हम लोग पता लगा आए हैं। बहुत बड़ी फौज साथ में है। हाथी, घोड़े, आदमी अनगिनत। आज नहीं तो कल शहर और किले पर चारों तरफ से चढ़ाई होगी और हम सब कतर डाले जाएँगे। इसी बीच में जात-पाँत के किस्से की उखाड़-पछाड़ हो गई तो न इधर के रहे न उधर के। यहाँ से निकल चलो।'

लाखी नायकिन को लेकर आ गई।

'कैसा जी है बेटी,' उसने दुलार के साथ पूछा।

पिल्ली ने छल की कथा सुनाई और नगर बाहर हो जाने की योजना बताई, 'दक्षिण फाटक के पास दीवार से लगे हुए ऊँचे-ऊँचे पेड़ चले गए हैं। इन्हीं पर होकर बाहर निकल चलना चाहिए। दक्षिण की तरफ पहरे-चौकी नहीं हैं। रात में चलकर सवेरे तक साफ जगह पर पहुँच जाएँगे।'

अटल ने पूछा, 'तुम्हारे इन जानवरों का, अपने अनाज का क्या होगा?'

उसने उत्तर दिया, 'अपने पास गहने और टके हैं, बहुत से खरीद लेंगे। दो दिन के खाने-भर के लिए अन्न ले लेंगे। बहुत है। प्राण तो बच जाएँगे। नरवर में अपना क्या रखा है, इसलिए अपने को बलि कर दें?'

अटल के मुँह से निकला, 'अरी यदि हम लोग न जाएँ तो?'

नायकिन अविलंब बोली, 'तो हम लोग चले जाएँगे।'

'तुमको यहाँ छोड़ जाने में दुख होगा। और कोई बात नहीं। किसी से कहना नहीं कुँवरजी, नहीं तो हम लोगों को यहाँ के सिपाही मार डालेंगे।'

अटल ने कहा, 'नहीं, हम नहीं कहेंगे। सोचता हूँ, हम ही यहाँ क्यों पड़े रहें? पर

निकल कैसे जाएँगे सो समझ में नहीं आया। दूसरे, पोटा इतना घायल है कि वह कैसे जाएगा? उसको क्या यहीं छोड़ जाओगी?'

'नहीं,' नायकिन ने उत्तर दिया, 'मेरे पास ऐसी जड़ी-बूटियाँ और मंत्र हैं कि साँझ-साँझ तक उसको चंगा कर दूँगी। हमारे पास रस्से हैं। कोट के कँगूरों से एक छोर बाँधकर पासवाले किसी पेड़ पर दूसरे छोर का फंदा डाल दिया जाएगा और उसके सहारे उतर जाएँगे। भीतर-बाहर कोई भी न लख पाएगा। कोट के नीचे यदि नाहर घूम रहे होंगे तो पेड़ पर पहुँच जाने के कारण वे छेड़छाड़ नहीं कर पाएँगे। दूसरे, ऊपर से इधर-उधर की टटोल करके फिर उतरकर आगे बढ़ जाएँगे। ये दोनों जगहों को और रास्ते को अच्छी तरह देख आए हैं।'

अटल सोचने लगा।

एक क्षण बाद बोला, 'बड़ी जोखिम का काम है। रात में होगा। सोचकर साँझ तक बताऊँगा।'

पिल्ली ने कहा, 'तब तक जरूरी सामान की पोटलियाँ बाँध लो। नायकिन, जिससे रात में खड़खड़ न करनी पड़े।'

अटल ने पूछा, 'रात में कब चलना है?'

पिल्ली ने उत्तर दिया, 'सन्नाटे में, आधी रात के लगभग। आज ठंड है नायकिन, ईंधन कुछ ज्यादा इकट्ठा कर लेना। इतना कि एकदम बहुत उजेला हो जाए और घंटे-आध घंटे में जलकर अँधेरा छा जाए। लोग सो जाएँगे, चाँदनी डूब जाएगी और हम लोग चुपचाप चल देंगे।'

'कहीं वैसे में पहरेवाले आ गए तो?' अटल बोला।

'पहरेवाले बुर्जों और मीनारों पर रहते हैं। देख तो रहे हैं। आ जाएँगे तो कह देंगे कि हम लोग बाहरवालों की आहट लेने के लिए कोट पर गए थे। जब चले जाएँगे, तब हम लोग खिसक लेंगे।'

नायकिन और अटल वहाँ से चले आए। पिल्ली ने लाखी को रोक लिया, 'थोड़ी देर यहीं बैठो। बातें करूँगी।'

वह थम गई। चेहरे पर बहुत उदासी थी।

पिल्ली बोली, 'घबराओ मत और न मन को गिराओ। अच्छे दिन आ रहे हैं।'

लाखी का चेहरा तमतमा गया। 'आग लगे इस जात-पाँत में। जानती नहीं थी मैं।' उसने कहा।

'मान लो कुँवरजी हम लोगों के साथ न गए और तुमको यहीं रह जाना पड़ा, फिर आ पड़ी अहीर-गूजरों की लड़ाई, तब क्या करोगी?'

'मर जाऊँगी और क्या करूँगी? जातवालों या तुर्कों के हाथों मारी जाने से तो अपनी

छुरी से मर जाना अच्छा।'

'राम! राम!! कैसी बात करती हो!!! ये दिन तुम्हारे मरने के हैं!!! मर जाएँ तुम्हारे वैरी। जिओ, मौजें करो और किसी बड़े राज की रानी बनो।'

'रानी बनना जिसके भाग में लिखा था सो बन गई।'

'तुम्हारे भाग में और साफ लिखा है। ऐसी रानी बनोगी कि जात-पाँतवाले पैरों की धूल चाटते-चाटते निहोरे करेंगे।'

लाखी के नथुने फूल गए। श्वास-प्रश्वास के वेगों के बीच में छाती उठने-गिरने लगी। गले की नसें उभर आईं। आँखों में आँसू आ गए।

पिल्ली ने बड़े प्यार के स्वर में कहा, 'कैसी चंपा-चमेली-सी हो मेरी लाखी! तुम्हारे रोने से मेरा कलेजा फटा जा रहा है।'

लाखी के आँसू-भरे नेत्रों के भीतर पुतलियों में से चिनगारियाँ-सी छूटकर वहीं विलीन हो गईं।

पिल्ली कहती गई, 'यहाँ से चल ही देना चाहिए आज ही रात में। न तो यहाँ बात छिपेगी और न ही जान बच पाएगी। हम लोगों को कसम धराई जावेगी तो हमें भी सच बोलना पड़ेगा। फिर जातवाले पीस डालेंगे। उधर तुर्क सिपाही घुस पड़े तो कुगति हो जावेगी। सुल्तान बड़ा अच्छा है, पर धावे के समय वह हर एक सिपाही के साथ तो रहेगा नहीं।'

पिल्ली ने उसकी ओर देखा। कुछ क्षण चुप रही। लाखी धीरे-धीरे शांत हो रही थी।

पिल्ली यकायक बोली, 'तुम्हारे रानी बनने में दो-तीन दिन से अधिक की देर नहीं है।'

लाखी ने आँसू पोंछे। सहज प्रश्नसूचक दृष्टि से पिल्ली की ओर देखा।

पिल्ली ने अवाध गति से कहा, 'तुम इतनी सुंदर सलोनी हो कि माँडू का सुल्तान तुमको अपनी गोद में बिठाने के लिए पलक-पाँवड़े बिछा देगा। वह तो तुम्हारे ऊपर प्यार बरसाने के लिए मानताएँ मना रहा होगा।'

लाखी के कानों में सनसनाहट छा गई। आँखें विस्फारित हो गईं। देह हिल गई। पिल्ली ने सोचा, बार घर कर गया। बोली, 'मैं झूठ नहीं कह रही हूँ। यही बात तो बतानी थी जिसको अभी तक मैं अपने मन में रखे हुई थी।'

लाखी के बैठे गले से निकला, 'क्या?'

पिल्ली ने उमंग के साथ कहा, 'खबरदार! तब तक किसी से न कहना जब तक कि काम पूरा न हो जाए। कह दोगी तो हमारा कुछ भी नहीं बिगड़ेगा। कुँवरजी तुमसे नाराज हो जाएँगे। जाति में यों ही न रह पाओगी। मरना तुमको चाहिए नहीं। निन्नी मौज के साथ ग्वालियर की रानी बनी रहे और तुम मारी-मारी फिरो।'

लाखी ने अनुरोध किया, 'पूरी बात कहो। अभी तो कुछ समझ में नहीं आया।'

'पूरी भी सुनाती हूँ , पिल्ली बोली, 'पूरी सुन लो। मैं और पोटा जब तुमसे बिछुड़े तो एक चौकी पर पकड़ लिए गए। चौकीवाले सुल्तान के सामने ले गए। उसको हम लोगों ने सारी कथा सुनाई। तुम्हारा हाल सुनकर सुल्तान को बड़ी दया आई। जब तुम्हारे रूप का बखान सुना तो वह उछल पड़ा। बोला, मैं ऐसी रूपवाली को छाती से लगा लूँगा और अपनी रानी बनाकर रखूँगा। हम कह आए हैं कि दो-तीन दिन में लिए आते हैं। रात को यहाँ से बाहर होते ही जंगल में सवारी के लिए हाथी मिलेगा और बात की बात में सुल्तान के सामने पहुँच जाओगी; जहाँ सोने, मोतियों के ढेर और मख़मली पलंग तुम्हारी वाट जोह रहे हैं। हम लोगों को तो अब यहाँ रहना नहीं है। न भी जा पाए तो सुल्तान के सिपाही हमको नहीं सता पाएँगे। जैसे ही उनको बताया कि हम कौन हैं, हमको छुएँगे भी नहीं। तुम्हारी तुम जानो। सारी बात बता दी। जल्दी तय कर लो जो कुछ करना हो।'

लाखी ने पीठ फेर ली और कुछ क्षण तक नाक और गले को साफ करती रही। जब उसनें पिल्ली के प्रति मुँह फेरा, आँख लाल थीं और चेहरा फीका।

लाखी ने कहा, 'उनका क्या होगा? कुँवरजी का?'

पिल्लो ने उत्तर दिया, 'सुल्तान के दीवान बनेंगे, और क्या होगा?'

लाखी ने चेहरा नीचा कर लिया। होंठ हिल रहे थे और भौंहें फड़क रही थीं। पिल्ली ने इतना ही देख पाया। थोड़ी देर बाद जब सिर उठाया, चेहरा लाल और आँखें झुकी हुई।

इधर-उधर देखकर लाखी ने धीरे से कहा, 'चलूँगी तुम्हारे साथ और उनको भी ले चलूँगी। आज ही चल दो। एक बात पूछूँ तो बताओगी?'

'पूछो।'

'वह तुमको चाहते हैं?'

'ठीक नहीं कह सकती। शायद चाहते हैं।'

'तो तुम उनके पास बनी रहना, उनको सुख पहुँचाना।'

'मैं तो यही चाहती हूँ। उनसे इस समय की कोई बात अभी मत कहना। बाहर निकल चलने पर सब अपने आप खुल जाएगा। यहाँ से रस्से के सहारे जैसे ही पेड़ पर पहुँचे, मुँह की सीटी दी कि हाथी सवारी के लिए आ गए। उधर हम लोग सुल्तान के पास पहुँचेंगे, उसी पेड़ और रस्से के सहारे सुल्तान की सेना का एक बड़ा भाग नगर में घुस आएगा।। सुन लेंगे कि सुल्तान नरवर का भी राजा हो गया और तुम माँडू और नरवर की महारानी।' पिल्ली का उत्साह जोर पर था।

लाखी के होंठों के एक कोने ने मुरकी ली। आधे क्षण में वह मुरकी हल्की मुसकान में पलट गई।

लाखी ने बहुत धीरे से कहा, 'मैं उनको चलने के लिए तैयार कर लूँगी। अभी भेद की कोई बात नहीं बताऊँगी, पक्की रही।'

'बिलकुल पक्की।' पिल्ली ने लाखी का हाथ ठोका।

लाखी ने गरदन मोड़ी। खुसफुसाते हुए स्वर में बोली, 'यदि सब बातें ठीक-ठीक होती चली गईं तो नरवर का आधा राज तुमको।'

हर्ष की हिलोड़ को कठिनाई से दबाते हुए पिल्ली ने कहा, 'हम गरीब नरवर का क्या करेंगे? भाग में राज कहाँ बदा है। पर हाँ, दो-चार गाँव जागीर में मिल गए और कुँवरजी, तो राज ही मिला समझेंगे हम सब।'

लाखी ने पीठ फेर ली। पिल्ली को लगा, न केवल सुंदर और सलोनी है वरन् लाजवाली भी—कहाँ वह निन्नी उतनी ढीठ!

बड़े चाव के साथ बोली, 'जब वहाँ चलो तब हाथी पर सवार होने के पहले वे सब गहने पहनकर चलना, अच्छी से अच्छी चूनरी ओढ़कर नई दुलहन-सी बनकर।'

'सब साज-सिंगार—बाहर, अब और बात मत करो।' लाखी ने पीठ फेरे हुए ही कहा।

: ३६ :

अटल अनिश्चय में था। लाखी निश्चय कर चुकी थी। संध्या के उपरांत नट बटोरे हुए ईंधन का चुन-चुनकर ऊँचा ढेर करने लगे जैसे होली जलानी हो। लाखी अटल को हटा ले गई।

'अब ढील-ढाल का काम नहीं है।' लाखी ने कहा।

अटल बोला, 'इधर कूदता हूँ तो बावड़ी है, उधर फाँदता हूँ तो कुआँ है। माँडू में पहुँचने पर जात-पाँत के बाघ क्या पीछा छोड़ देंगे?'

'जो कुछ होना होगा, देखा जाएगा। चिंता मत करो। जब स्त्री कुएँ में कूदकर या चिता पर बैठकर प्राण देने का निश्चय कर लेती है तब वह कोई आगा-पीछा नहीं सोचती। तुम तो पुरुष हो। जो कुछ होनेवाला है उसके लिए मन पक्का कर लो।'

'क्या होनेवाला है?'

'सब कुछ पाँच-छः घंटे के भीतर हो जाएगा। हाथ-पैर काँप गए तो हाथ में आया हुआ रस्सा छूट जाएगा।'

'नहीं, हाथ-पैर नहीं काँपेंगे। मैं डरपोक नहीं हूँ।'

'तो मन में से ढील को निकाल दो। अब जो कुछ होगा सब अच्छा ही होगा। आगे सामने जो कुछ भी आवे उसको कर्री आँखों और कलेजा पक्का करके देखने में ही कुशल है।'

'रस्से को मैं मजबूती के साथ पकड़कर कोट के ऊपर जाऊँगा। फिर क्या होगा कुछ

नहीं कह सकता। पर यह ठीक है कि यहाँ अधिक ठहरना उचित नहीं है। बात देर-सवेर उघरे बिना न रहेगी। लोगों को मालूम हो जाएगा कि मैं राजा का कौन हूँ और तुम कौन हो। हँसी होगी और बुराई होगी, न जाने क्या-क्या न होगा। परदेश में निकल जाने पर फिर उतनी आफत न रहेगी।'

'अब जो कुछ होगा सो सामने आवेगा। चिंता मत करो। जब ओढली लोई तो क्या करेगा कोई?'

'ये नट चले जाएँ और हम दोनों यहाँ बने रहें तो?'

'उन लोगों ने विचार बदल दिया है। कहते हैं कि वे बिना हम दोनों के यहाँ से नहीं टलेंगे। इस तरह बने रहने में अब सिवाय बुराई के और कुछ नहीं दिखाई पड़ता। हाँ-हाँ, मैं जानती हूँ! लो अब हँसी-खुशी के साथ उन लोगों से बातचीत करो। मैं रोटी बनाकर सामान बाँधूँगी।'

अटल नटों के पास चला गया।

कुछ रात गए नटों ने चुने हुए ईंधन में आग लगाई। हवा नहीं चल रही थी। धुएँ का ऊँचा खंभा-सा आकाश की ओर गया। फिर आग चेती। उसकी लौ धुएँ को चीर-चीरकर आकाश को चूमने लगी। इतना उजेला हुआ कि मुहल्ले के मकान के खपरे गिन लिए जाएँ। बहुत से लोग तापने के लिए आ गए और ताप-तापकर आँच के कारण पीछे हटने लगे। ईंधन सूखा और पतला था, इसलिए घड़ी-दो घड़ी का प्रकाश देकर यकायक कम होने लगा। थोड़ी देर में हल्की-हल्की लपटें, ढेरों राख और ढेर के बीच में अंगारे रह गए। तापनेवाली भीड़ धीरे-धीरे कम हो गई। नट, लाखी और अटल अपने बिस्तरों में जा लेटे। एक पहर रात बीते ईंधन के स्थान पर राख से ढँकी हुई कुछ चिनगारियाँ ही रह गईं। लोग ऊँघने और सोने लगे—नट वर्ग जाग रहा था।

आधी रात के पहले ही सन्नाटा छा गया। केवल गश्त लगानेवाले सिपाहियों की आवाजें नगर की सड़कों और कोट की बुर्जों-मीनारों पर से सुनाई पड़ रही थीं। कोट ऊँची दीवारों का था और पहाड़ी की टेकड़ियों पर। नरवरवालों को विश्वास था कि शत्रु फाटकों को तोड़कर ही प्रवेश कर सकता है, दीवार को लाँघकर नहीं। दीवार के चारों ओर गहरी खाई थी।

कुछ नट ताकते-झाँकते उठे और एक नसैनी को कोट से जा टिकाया। नसैनी खेलवाले बाँसों के योग से बना ली गई थी। नसैनी के डंडों का काम रस्सियों के बंधों से लिया गया था। नट अपना ले जाने लायक सामान ऊपर चढ़ा आए, फिर बड़े रस्से को ले गए। एक-एक करके सब कोट पर पहुँच गए।

पोटा की चोट अच्छी हो गई—कभी लगी ही न थी। रस्से के सिरे को कोट के एक कँगूरे से बाँध दिया और दूसरे पर सरकफूँद का बड़ा फंदा बनाया। निकटवर्ती ऊँचे पेड़

पर, जो गहरी-सँकरी खाई के पार की ढी पर था, कई बार डाला। एक घड़ी के प्रयास के बाद फंदा पेड़ की डाल पर जा फँसा। उसको खींचकर देख लिया। जकड़ पक्की थी।

पहले कौन जाए, इसका निर्णय तुरंत हो गया।

नायकिन ने खुसफुस की, 'मैं जाती हूँ, पहुँच जाने पर रस्से को हिलाऊँगी, तब पोटा आए।'

अटल ने पूछा, 'दो-दो नहीं जा सकते?'

लाखी ने कहा, 'एक-एक करके ही जाना चाहिए। रस्सा-मोटा नहीं है।'

पिल्ली ने अनुरोध किया, 'ठीक है, ठीक है। पोटा के पहुँच जाने पर लाखी जावे, फिर हम सब, अंत में कुँवरजी और मैं। बहुत हल्की हूँ मैं। इनको रस्सी का काम मालूम नहीं। अपने साथ लिवा जाऊँगी।'

'मैं तो जानती हूँ रस्सी का काम, लेती आऊँगी साथ।' लाखी दृढ़ता के साथ बोली, 'पर रस्सी इतनी मजबूत नहीं है कि उस पर दो-दो जा सकें। न होगा तो मैं और पिल्ली अंत में काम को बाँट लेंगी।'

नायकिन चली गई। वे सब एकाग्रता के साथ उसकी क्रिया को देखते रहे। थोड़े से समय उपरांत रस्सी उस छोर से हिलती मालूम पड़ी।

पोटा गया। पेड़ पर पहुँच जाने के बाद रस्सी फिर हिली। क्रम से अन्य नट भी गए।

उनके उस पार पहुँच जाने पर पिल्ली बोली, 'तुम जाओ लाखी अब।'

'मैं नहीं तुम।' लाखी ने कहा।

वह बोली, 'अच्छा, मैं ही जाती हूँ। वहाँ पहुँचकर जैसे ही रस्सी हिलाऊँ तुरंत आ जाना, फिर कुँवरजी।'

लाखी बोली, 'चिंता न करो कुँवरजी की।' वाक्य के अंतिम शब्द इतने धीरे से कहे गए थे कि पिल्ली ने नहीं सुन पाए।

पिल्ली ने स्मरण दिलाया, 'आगे की बात याद रखना। सब तैयार मिलेगा।' और चलने को हुई।

लाखी ने कहा, 'नहीं भूलूँगी, जाओ।' पिल्ली चल पड़ी।

लाखी आँखें गड़ाकर देखने लगी। पिल्ली जल्दी-जल्दी जा रही थी।

लाखी ने तुरंत छुरी निकाली।

अटल बिना कुछ सोचे ही निवारण के लिए हाथ बढ़ाता हुआ एक कदम आगे बढ़ा। 'क्या कर रही हो?' धीरे से उसके मुँह से प्रश्न छूटा।

लाखी ने दबे धीमे स्वर में डाँटा, 'पीछे हटो।' और कँगूरों पर से झुककर, सधकर, भरपूर बल के साथ रस्सी पर छुरी को छोड़ा। अटल ने तारों के धुँधले प्रकाश में छुरी की चमक-भर देख पाई थी।

रस्सी खस्स से कट गई। दीवार के नीचे खाई में किसी के गिरने का धम्म से शब्द हुआ। एक तीव्र आह निकली। खाई पर पेड़ से 'ओह! हाय!!' आवाजें आईं। पेड़ की डालियाँ खड़खड़ा उठीं। पेड़ के पीछे की झुरमुटों में चलने-फिरने की आहटें आईं और एकदम बढ़ीं। खाई में थोड़ी-सी छटपटाहट सुनाई पड़ी और फिर पिल्ली समाप्त।

'यह क्या किया तुमने?' घबराए हुए स्वर में अटल बोला।

लाखी के मुँह से निकला, 'डायन! चुड़ैल! सुल्तान की गोद में बिठाना चाहती थी! अब ले-ले नरवर का आधा राज!'

'क्या कह रही हो?' अटल ने घबराहट के साथ पूछा। पास की बुर्ज पर जंगल की झुरमुटों से आनेवाली आवाजें पहुँचीं। पहरेवालों ने ललकारा और मशालें हाथ में लीं।

'चलो नीचे, सब बताती हूँ। उतर पड़ो समर में कमर कसकर और सिर उठाकर निदाचार का सामना करो!' वह बोली।

वे दोनों नसैनी से नीचे उतर गए। इतने में मशालें लिए पहरेवाले आ गए।

'क्या है? क्या है?' उन लोगों ने प्रश्न किया।

लाखी ने उत्तर दिया; जैसे किले की रानी हो, 'कोट के नीचे तक बैरी फौज-फाँटा लेकर आ जाए और तुम्हें पता न लगे! बाजे बजाओ और तैयार हो जाओ। तुर्क हमला करनेवाले हैं।'

पहरुओं ने नसैनी की तरफ देखा और नटों के उजड़े हुए डेरे को जिसमें बकरे और गधे बंद मशालों की झूमती लौ के कारण फड़फड़ा रहे थे।

लाखी ने कहा, 'भोर होते ही सब प्रकट कर दूँगी। अभी काम देखो।'

बाजे बज पड़े। दौड़-धूप हुई। सारा नरवर जाग गया। किले की सेना सावधान हो गई। नगर के योद्धा जूझ पड़ने के लिए तैयार हो गए।

लाखी और अटल को एक बुर्ज के भाग में स्थान दे दिया गया। वे ठंड के मारे ठिठुर गए थे।

लाखी ने थके हुए स्वर में कहा, 'ये लोग फाटक खोलकर क्यों नहीं लड़ जाते?'

'तुम क्या जानो, अँधेरे में कहीं छापा मारा जा सकता है? किले में बैठकर लड़ना अच्छा रहता है।'

लाखी को यह बात नहीं जँची। परंतु उसने वाद-विवाद नहीं किया। रात-भर चहल-पहल मची रही। लाखी और अटल भी नहीं सोए।

अटल के मन में कुतूहल की बाढ़-सी आ गई थी। उसने कहा, 'मेरी समझ में नहीं आता कि यह सब क्या हुआ? सुल्तान की गोद में बिठाने की बात क्या थी?'

'भूल गए क्या? राई में पेड़ के नीचे खलिहान के पास किसके हाथ को अपने हाथ में पकड़कर क्या कहा था?'

'कभी नहीं भूल सकता।'

'उसी को भुलाने और मिटाने के लिए इस चुड़ैल और उन भूतों ने यह सब जाल रचा था। तुम्हारी गोदी में अंगारे बनकर पिल्ली आती और मुझको राख बनाकर सुल्तान के पैरों में डाल दिया जाता।' लाखी हिलकियों से रोने लगी।

'ओफ! यह बात थी!' अटल ने कहा।

शांत होने पर लाखी ने पूरी कहानी सुनाई।

अंत में बोली, 'इससे तो जात-पाँत का अपमान भला।'

: ३७ :

प्रातःकाल के उपरांत चहल-पहल और भी बढ़ गई। किले में, किले के नीचे नरवर नगर में और बाहर सुल्तान की छावनी में। पिल्ली की लाश, रस्सी के टुकड़े को, जो कँगूरे से बँधा हुआ था, और नसैनी को नगरवालों ने देखा। नट सुल्तान के जासूस थे और उसके दस्ते को किले के भीतर लाना चाहते थे—कथा का यही भाग उन्होंने जान पाया। लाखी के प्रति उनके मन में आदर का भाव उत्पन्न हुआ। केवल कुछ स्त्रियों ने सोचा ही नहीं बल्कि कहा भी—'चंडी है, चंडी!'

सुल्तान की छावनी में चहल-पहल आक्रमण करने की तैयारी की थी। चंदेरी का सूबेदार फाटकों को तोड़ने का प्रयत्न करे और गयासुद्दीन ग्वालियर की ओर प्रयाण। नट बेघर-द्वार-से छावनी में रो-पीट रहे थे।

सुल्तान कुढ़ा हुआ था।

मटरू से कहा, 'नटों ने सारी तरकीब चौपट कर दी। बिलकुल गधे हैं।'

'जहाँपनाह, उन लोगों का शक है कि किसी ने रस्सी काट दी।' मटरू डरते-डरते बोला।

'बिलकुल गलत', गयास ने भर्त्सना की, 'वह आने को तैयार हो गई, सब बातें मान लीं, मशालों की रोशनी बहुत देर बाद हुई, इस पर भी कहते हो किसी ने रस्सी काट दी! अहमक हो! उन नालायकों ने सड़ी रस्सी से काम लिया। कमबख्त कहीं के। भगा दो छावनी में से उनको।'

आज्ञापालन के संकेत में मटरू ने ज़मीन तक सिर नीचे झुका दिया।

'राव राजसिंह को हुक्म दो जोर-शोर के साथ शहर के दक्षिणी फाटक पर हमला करे। बाकी के सालारों को लड़ाई की तरकीब समझाए देता हूँ।' गयास ने कहा।

'जो हुक्म जहाँपनाह।' मटरू बोला।

गयास ने आज्ञा दी, 'मैं ग्वालियर की तरफ आज कूच नहीं करूँगा, [illegible]यद यहीं मेरी जरूरत पड़ जाए। फौज यहीं तैयार रहे।'

मटरू आज्ञाओं को लेकर छावनी में चला गया। राजसिंह के साथी बहुत नहीं थे, परंतु उन सब ने अपना एक अलग शिविर बना रखा था। जैसे ही मटरू ने सुल्तान का आदेश सुनाया, राजपूत जूझ जाने के लिए फड़क उठे।

भाट ने राजसिंह से कहा, 'वीरसिंह देव तोमर ने आपके पुरखों से नरवर को छीना था। अभी सौ ही बरस हुए हैं, जैसे कल की बात हो। पुरखों के अपमान का बदला चुकाओ और नरवर को वापस लो; नरवर कछवाहों का है, तोमरों का नहीं है।'

'आज तोमरों के छक्के छुड़ा दूँगा।' राजसिंह ने आश्वासन दिया।

भाट ने उत्तेजित किया, 'या तो सिर को फाटक पर कटवाकर पुरखों में जा मिलिए या नरवर के किले पर अपना झंडा फहराइए।'

राजसिंह और उसके साथियों ने अमल-नशा किया और सुल्तान की सेना के आगे हो गए।

नरवर के तीनों फाटकों पर एक साथ ही आक्रमण किया गया।

राजसिंह उत्तर के फाटक पर था।

नगर के मकानों में जलती हुई मशालों के तीर छोड़े गए। कवचरक्षित हाथियों ने चिंघाड़-चिंघाड़कर फाटकों पर सिर दे-दे मारा। भीतर से तीरों, जलती हुई मशालों और चट्टानों की वर्षा की गई।

हाथी, घोड़े, पैदल मरे और घायल हुए, परंतु एक भी फाटक न टूट सका। तीसरा पहर होने को आया।

सिंध के उस पार उत्तर में मगरौनी और पूर्व की ओर धूल के बादल उड़ते हुए दिखाई पड़े।

चौकीवालों ने सुल्तान को रणक्षेत्र में समाचार दिया, 'ग्वालियर से राजा मानसिंह एक बड़ी फौज लिए चला आ रहा है।'

सुल्तान ने घेरे को हटाकर पीछे चल पड़ने की आज्ञा दी। राजसिंह नहीं माना।

'आज या तो अपना सिर दूँगा या नरवर को लूँगा।'

और वह फाटक पर अंधाधुंध लड़ता रहा। घायल हो गया। परंतु अभी सिर धड़ से अलग तो नहीं हुआ था। तीरों से तीर खनखना रहे थे और मशालों से मशालें लड़ रही थीं। राजसिंह का हाथी उसी रणोन्माद में जान पड़ता था। लहूलुहान हो जाने पर भी फाटक को टक्करों पर टक्कर दे रहा था।

सुल्तान ने फिर कहलाया, 'मानसिंह तोमर आ गया है। आकर उसको ललकारो और सामना करो।'

तब फाटक को जलती हुई आँखों देखता हुआ राजसिंह लौटा।

ग्वालियर की सेना सिंध पार हो गई और तीरों का युद्ध शुरू हो गया। राजसिंह

मानसिंह के निकट पहुँचने के लिए पागल हो उठा था, पर मानसिंह को न पा सका।

दोनों सेनाएँ उलझ गईं। मानसिंह की ताजा सेना की ठोकर को माँडू की सेना पी-पी जा रही थी।

नरवरवालों को मालूम हो गया कि उनका राजा आ गया है और लड़ाई के पलड़े में विजय अपनी ओर झुकाई जा सकती है। फाटक खोलकर चुने हुए पाँच हजार सवार नरवर से निकल पड़े और उन्होंने माँडू की सेना के पिछले बाजू पर प्रचंड वेग के साथ आक्रमण कर दिया। उत्तर और पूर्व से ग्वालियर की सेना दबाव पर दबाव डाल ही रही थी। सुल्तान ने देखा, केवल दक्षिण-पूर्व के कोने से निकल जाने का मार्ग है। सध-सधकर, लड़ते-लड़ते वह पीछे हटने लगा।

राजसिंह के मन की मन में ही रह गई। सुल्तान के साथ उसको भी लौटना पड़ा।

'फिर देखूँगा, बहुत जल्दी देखूँगा।' दाँत भींचकर सुल्तान ने अपने आप कहा।

सूर्यास्त के पहले ही माँडू की सेना अपनी छावनी में काफी सामान छोड़कर कोसों पीछे हट गई।

किले के एक मुख्य फाटक से मानसिंह और सेना का बड़ा भाग भीतर आ गया। काफी सेना बाहर छोड़ दी गई। यदि माँडू की सेना लौट पड़े तो युद्ध में किसी प्रकार की असुविधा न हो।

निवास-स्थान तक पहुँचते-पहुँचते मानसिंह को संध्या हो गई।

हताहतों की देखभाल, शैन्य-शिविर की व्यवस्था, बैरी की छावनी से पाए गए माल की गिनती और सँभाल तथा आक्रमण से रक्षा की योजना संगठित करते-करते काफी रात चली गई। तब निहालसिंह मानसिंह के पास आया।

निहालसिंह थका हुआ था, परंतु उत्साह में कोई कमी नहीं आई थी।

आते ही बोला, 'महाराज! नरवर नष्ट होने से बाल-बाल ही बचा है।'

'हाँ, हम लोग ठीक समय पर आ गए। संभव है सुल्तान कल लौट पड़े। सैनिक रात-भर विश्राम किए लेते हैं। कल फिर भिड़ जाएँगे। कोई चिंता नहीं।'

'नहीं महाराज, मैं आज के युद्ध की बात नहीं कर रहा हूँ। नगर के भीतर आकर मालूम हुआ कि एक स्त्री ने अपनी वीरता से नगर को महासंकट से कल रात बचाया।'

'स्त्री ने कैसे?'

'नगर में सुल्तान के भेजे हुए कुछ नट आ गए थे। उन्होंने कोट के कँगूरों से रस्सी बाँधकर माँडू की सेना को भीतर चढ़ाने का प्रयत्न किया। उस स्त्री ने नटों को मार गिराया और रस्सी को तलवार से काट दिया।'

'कौन है वह स्त्री? कहाँ है?'

'यहीं कहीं नगर में है। भोर में पता लग जाएगा।'

'कौन है वह? उसने बहुत बड़ा काम किया है।'

'लोगों ने बताया कि गूजर है। पति-पत्नी मगरौनी से आए हैं, यहाँ कहते हैं कि ग्वालियर के रहनेवाले हैं।'

'ओह! अच्छा!! वे ही दोनों होंगे, वे ही दोनों होंगे। धन्य भगवान्! यहाँ हैं वे दोनों!'

'कौन महाराज?'

'लाखी रानी और अटलसिंह। इतना साहस लाखी में ही हो सकता है।'

'परंतु लाखी तो महाराज अहीर है।'

'तो क्या हुआ? किसी ठाकुर से कम है? भोर होते ही ढूँढ़ो उन दोनों को। मैं भेंट करूँगा।'

लाखी और अटल बुर्ज के खंड से हटकर एक निकटवर्ती मंदिर की दालान में आ गए। उन पर जनता की श्रद्धा चू पड़ी। गूजर की नारी तक कितनी दिलेर होती हैं। यह निष्ठा साधारण जन के मन में छा गई। दिन-भर फाटकों पर धावे होते रहे। सैनिकों का विश्वास था कि फाटकों के तोड़नेवाले ने अभी जन्म नहीं लिया है—नगर निवासी और किलेवाले भूखों मरकर ही आत्मसमर्पण कर सकते हैं। साधारण जनता के मन में उतनी आस्था नहीं थी। भाग्य में बदा होगा, वही होगा, इसी कुटे-पिसे आसरे में संतोष था।

जब उत्तरी फाटक पर राजसिंह कछवाहा ने पागलों की तरह वार पर वार किए, तब उसके साहस और शौर्य को देखकर नरवर के रक्षकों का हृदय धुक-धुक कर उठता था। परंतु मानसिंह की सेना के आ जाने से वे सुस्थिर हो गए और शत्रु की पराजय में संदेह न रहा।

फाटक के खुलते ही लाखी और अटल को मानसिंह के प्रवेश का हाल मालूम हो गया।

हर्ष को उदासी के साँचे में ढालने का प्रयत्न करते हुए लाखी बोली, 'अब क्या होगा?'

अटल ने कहा, 'होगा क्या? जो होना था वह हो चुका। नरवर को बचा लेने का पुण्य तुम्हें मिलना चाहिए। पर हम उनसे माँगने नहीं जाएँगे और न बताएँगे कि हम लोग यहाँ हैं। बुलाया तो सामने जा खड़े होंगे, बस।'

'राजा हम लोगों को चाहते होंगे। अब कोई बाधा भी नहीं रही। नट सब समाप्त हो चुके हैं।' लाखी बोली।

लाखी जानती थी कि नायकिन ने कुटिलता के साथ कहा था कि अटल गूजर है और यह भी ऊँची जाति की है, परंतु जिनसे कहा था वे छोटे-छोटे से किसान-मजदूर हैं, बात उनसे आगे न गई होगी और न जा सकेगी।

जो बात उसके मन में उखड़-उखड़ पड़ रही थी, पूछ डाली, 'क्या उस पिल्ली पर कुछ मन चला गया था?'

अटल की गरदन झटके के साथ ऊपर उठ गई और आँखें निकल-सी पड़ीं।

'ऐसी बेसमझी की बात क्यों कही?'

'अरे तो बुरा क्यों मान गए? ऐसा तो होता ही रहता है। पुरुष तो चूक ही जाते हैं।'

'क्या बकती हो? याद आया, तुमने रात में कहा था। पिल्ली मेरी गोद में अंगारे बनकर आती। उस समय समझ में नहीं आया था। तुमने क्यों कहा? मेरी सौगंध है, बताओ।'

'यों ही सौगंध धरा दी! क्या कोई स्त्री बिना साँठ-गाँठ के अपनी छाती किसी परपुरुष के सामने उघाड़ेगी? मैंने कल देख लिया था।'

'वह स्त्री थी! घूरे पर मँडरानेवाली तितली को स्त्री कहा जाता है? बहुत से मंदिरों के द्वारों पर जवान स्त्रियों की जो बेहूदी मूर्तियाँ बनाकर खड़ी कर दी गई हैं, वे क्या किसी देवता के हुक्म से गड़कर खड़ी की गई हैं! मैं क्या कोई मक्खी हूँ जो मैल पर जा गिरूँगा? मैं क्या—'

'अरे यों ही बरस पड़े। मैं कभी सोच भी नहीं सकती थी कि स्त्री इतनी निर्लज्ज, ऐसी चुड़ैल हो सकती है?'

'और मैं क्या कोई भूत हूँ या पलीत हूँ?'

'अरे तो मुझको माफ करो कुँवरजी। भ्रम में पड़ गई। पर उसको मार दिया तो अच्छा किया न मैंने?'

'अच्छा नहीं, बहुत ही अच्छा किया। मुझको सब बातें मालूम हो जातीं तो मैं दिन में ही उन सब को मार डालता।'

'उनके भाग में मरने के लिए दिन नहीं बदा था, रात ही बदी थी। दिन में कुछ कर डालने से सब काम बिगड़ जाता। अच्छा तो तुमने क्षमा कर दिया न मुझ बेसमझ को?'

'बेसमझ तो नहीं हो—समझ तो तुममें मुझसे अधिक है। तो वचन दो कि ऐसी बात आगे कभी नहीं कहोगी।'

'कभी नहीं कहूँगी बस! या कुछ और?'

वे दोनों एक-दूसरे से लिपट गए और रोए। दिन-चढ़े निस्तार के उपरांत दोनों उसी दालान के एक कोने में आ बैठे।

अब क्या होगा?—मन में यह प्रश्न था।

पड़ोस की एक अधेड़ स्त्री मंदिर में जल चढ़ाने के लिए आई। देवार्चना करने के उपरांत उन दोनों से कुछ अंतर पर आ बैठी। मुसकान और घूँघट की सँभाल के साथ उसने कहा, 'तम्हीं हो न वह गूजर ठाकुर जिन्होंने रात में तुर्कों को कोट पर से मार भगाया?'

अटल ने उत्तर दिया, 'वे गूजर ठाकुर हमीं लोग हैं। तुर्क आ नहीं पाए थे, आने को ही थे, नटों ने उनको बुलाया था। नटों को मार भगाया, सो वे भी भाग गए।'

'सुनते हैं इन्होंने बहुत से तुर्क मार दिए। नटों को मारा होगा, कौन जाने। नट-बेड़िए तुर्कों से कुछ कम थोड़े ही होते हैं। तलवार चलाई थी इन्होंने?'

'हाँ—आँ छुरी।'

'देखने में तो दुबली-छरहरी हैं, पर बड़ी विकट हैं। राजा इनाम देगा।

'देगा तो ले लेंगे।'

'वाह! वाह!! माँग न लो जाकर। घर बैठे थोड़े ही कोई जागीर लगाने आता है। कहाँ के रहनेवाले हो?'

'दूर के।'

'यहाँ नातेदारी होगी?'

'नहीं तो।'

'गूजर तो बहुत हैं यहाँ। अहीर भी हैं।'

'होंगे।'

'इनकी जाति के अहीर तो यहाँ पड़ोस में ही रहते हैं।'

'किनकी जाति के?'

उस स्त्री ने दाँत निकालकर लाखी की ओर संकेत किया। लाखी ने उसको तिरछी करारी दृष्टि से देखा। वह सहमी नहीं।

अटल के मुँह से प्रश्न निकला, 'तुम्हें कैसे मालूम?'

उसने कहा, 'हमें कैसे मालूम! सच्ची बात कहीं छिपती है भैया!! अपना वरन क्यों छिपाते हो? बस्ती-भर में खबर है कि तुम गूजर हो और—'

'मैं अहीर हूँ।' लाखी ने कड़वे स्वर में कहा, 'किसी अहीर के यहाँ या तुम्हारे यहाँ नातेदारी करने नहीं आए हैं हम यहाँ।'

स्त्री उठ खड़ी हुई। बोली, 'राम! राम!! मुझको क्या करना है। मैंने तो बस्ती की बात सुनाई, तुम्हें यह ठाकुर रखे हैं सो रखे रहें, हमको क्या पड़ी।'

'रखे नहीं है, बाई ब्याहता है यह मेरी! भाँवर फेरेवाली ब्याहता।' अटल ने कहा।

स्त्री चलने को हुई। बिरबिराई, 'भगवान्! कैसा घोर कलजुग आ गया है! गूजर अहीर का ब्याह!'

मोड़ से टापों का शब्द सुनाई पड़ा। स्त्री रुक गई और वे दोनों आहट की दिशा में देखने लगे। एक क्षण उपरांत आगे-आगे मानसिंह, पीछे-पीछे निहालसिंह और कुछ सवार आ रहे थे। उसके पीछे नगर-निवासियों की भीड़। उन दोनों पर निगाह पड़ते ही लाखी और अटल उठ खड़े हुए। सिर नीचे कर लिए। सोचा, मानसिंह बाहर जा रहे हैं।

एक क्षण में निकल जाएँगे।

मानसिंह मंदिर के सामने आते ही घोड़े से नीचे कूद पड़ा। निहाल भी कूद पड़ा। सवारों ने दोनों के घोड़े थाम लिए। मानसिंह दालान के सामने आकर खड़ा हो गया।

मुसकराकर लाखी से बोला, 'ऐसा छिपाया अपने को जैसे किसी की चोरी की हो।'

लाखी ने गरदन नीची कर ली।

'नरवर को बचानेवाली तुम्हीं हो या कोई देवी यहाँ आ गई थी?'

लाखी ने ऊँची साँस को धीरे-धीरे दबाया। मंदिर के सामने भीड़ इकट्ठी हो गई।

'तुम वैसे थोड़े ही सिर उठाने की हो।'

लाखी ने नीचा सिर किए हुए ही आँखें ऊपर उठाकर नीची कर लीं। कुछ गीली हो गई थीं।

मानसिंह ने अपने गले से सोने के मोतियों का कंठा निकाला, दोनों हाथों से पकड़ा और बोला, 'सिर ऊँचा करो।'

लाखी ने धीरे-धीरे सिर ऊँचा किया। होंठ काँप रहे थे। आँखें आँसुओं से भर गई थीं। राजा ने उसके गले में हार डाल दिया। आँखों से आँसू बहकर गले में पड़े हुए हार के मोतियों पर ढलकने लगे। मुँह को गदेलियों से ढककर लाखी सिसकने लगी। अटल अपने सूखे हुए होंठों पर जीभ फेर रहा था।

'लाखी रानी घोड़े पर चढ़ना जानती हो?'

लाखी ने कोई उत्तर नहीं दिया। नाहीं का सिर हिला दिया।

'हाथी पर बैठकर ग्वालियर जाओगी।' कहकर मानसिंह अटल के सम्मुख हुआ।

हँसकर बोला, 'श्रीमान कुँवरजी, आपको यह सब क्या सूझा? बिना किसी से कुछ कहे-सुने ही चल दिए और यों ही भटकते रहे।'

अटल कुछ उत्तर देने के लिए गले को सँभालने लगा और सूखे होंठों को गीला करने में और प्रयत्नशील हुआ।

उस समय बोधन पुजारी का चित्र मानसिंह की आँखों के सामने फिर गया; अटल की आँखों में तो था ही।

मानसिंह गंभीर हो गया। निहाल से कहा, 'हाथी को मँगवाओ।'

काँपते हुए टूटे धीमे स्वर में लाखी ने प्रतिवाद किया, 'ऐसे ही चली जाऊँगी।'

उसका प्रतिवाद नहीं सुना गया।

थोड़ी देर में हाथी आ गया। चढ़ने के लिए महावत ने हाथी को बिठा दिया। सीढ़ी लगा दी गई। लाखी नीचे इधर-उधर देखने लगी, जैसे बगलें झाँक रही हो।

राजा ने कहा, 'वह नसैनी कहाँ है जिस पर होकर नट तुर्कों को नरवर के भीतर लाना चाहते थे?'

लोगों ने बताया, 'तोड़-फोड़ डाली गई है।'

राजा बोला, 'बैठो लाखीरानी हाथी पर और चलो मेरे डेरे पर। तुम भी बैठो कुँवरजी। नरवर को निस्संकट करके फिर ग्वालियर चलेंगे।'

लाखी ने अपने मैले-कुचैले मोटे कपड़ों को देखा। एक क्षण के लिए ध्यान उन रंग-बिरंगे कपड़ों की ओर गया जो उसने मगरौनी में कुछ समय के लिए पहने थे। बढ़ने के लिए उसका पैर नहीं उठ पा रहा था।

मानसिंह ने हँसकर अटल से कहा, 'उठा लो और बिठा दो हाथी पर। ब्याह किस दिन के लिए किया था।'

अटल ने आई हुई हँसी को रोका। चलने के लिए लाखी को हाथ का हलका संकेत किया।

लाखी का चेहरा लाज के मारे लाल हो गया। काँपते हुए होंठों पर मुसकान आई। एक आँख से मानसिंह को देखा, कृतज्ञता टपक गई उस चितवन में, और हाथी पर जा बैठी। अटल भी।

उपस्थित जनता ने मानसिंह का जयजयकार किया। वे सब मानसिंह के साथ उसके डेरे पर चले गए।

तमाशा देखनेवाली स्त्रियों में से एक ने दूसरी से कहा—

'अपना राजा है बहुत अच्छा। बड़ा रसिया है। है न?'

'रसिया न होता तो उसको हाथी पर कैसे चढ़ा देता? सलहज है उसकी। साले को भी हाथी पर चढ़ा दिया! अच्छा तो रहा!'

'भाई! रूप-सरूप ने बिठला दिया हाथी पर। क्या सचमुच तुर्कों की सेना को रस्सी और नसैनी पर से नट उतार लाते नगर में?'

'की तो लाखी ने बहादुरी। इतना तो कहना पड़ेगा।'

'इतनी कि राजा घोड़े पर और वह छोकरी हाथी पर! पर हाँ, रूप-लुनाई है उसमें। तुमने लखा या नहीं, जब हाथी पर चढ़ने को जाने लगी, तब कैसी आँख उठाई थी राजा पर?'

'राजा उसको ग्वालियर ले जाकर महलों में डाल देगा।'

'राजा जो ठहरा, चाहे जो करे। पर है अच्छा। ठीक समय पर आ गया, नहीं तो नरवर राख हो जाता। उसी ने बचाया।'

हाथी पर चढ़ा अटल सोचता जाता था, मेरे बैल कहाँ होंगे। सुभीते में चुपचाप खोज करवाई। परंतु पता नहीं चला।

मानसिंह कई दिन तक नरवर में रहा। जब मालूम हो गया कि गयासुद्दीन माँडू पहुँच गया तब ग्वालियर की ओर चला। ग्वालियर जाने के पहले उसने नरवर नगर के कोट

के बाहर जयतिखंभ की शिला पर माँडू के सुल्तान की पराजय की बात खुदवा दी। वह स्थान वही था जहाँ से माँडू की सेना के पैर उखड़े थे और हारकर पीछे हटी थी।

नरवर से ग्वालियर जाने के पहले मानसिंह आदेश दे गया, 'नरवर का किला और नगर कुँवर अटलसिंह की जागीर में समझा जाएगा। किलेदार, सेनानायक सब वे ही रहेंगे, प्रबंध भी वही रहेगा। कागजों पर जागीर पर नाम कुँवर अटलसिंह का लिखा जाएगा। यह मेरे साथ ग्वालियर में रहेंगे।'

ग्वालियर पहुँचने पर लाखी को मृगनयनी से जो प्यार, स्वागत और आह्लाद मिला, उससे वह अपनी सब व्यथाओं को भूल गई। कला को अपने से मिलता-जुलता पाकर आश्चर्य तो कम हुआ, कुढ़न अधिक हुई।

अटल से अकेले में कहा, 'फिर कहीं वैसे न बौखला जाना जैसे कला को मेले में देखकर हो गए थे।'

अटल हँस पड़ा, 'मैं क्या मूर्ख हूँ जो तुम्हारे उसके अंतर को न पहचान पाऊँगा?'

लाखी की कुढ़न विलीन हो गई।

अटल ने अपने मन में कुछ पहचानें बना लीं और फूँक-फूँककर पैर रखता हुआ-सा चलने लगा।

कुछ दिनों यह सादृश्य मृगनयनी के विनोद का कारण रहा। इस विनोद में कला उसके निकटतम संपर्क में आ गई।

: ३९ :

माँडू पहुँचने के बाद गयासुद्दीन ने नायकिन के वर्ग को अपनी सल्तनत से बाहर निकलवा दिया। मटरू को कोड़ों से पिटवा दिया और अपने अखबार-नवीस—दैनिकी या इतिहास-लेखक—को लिखने की आज्ञा दी—सुल्तान गयासुद्दीन खिलजी ने मानसिंह तोमर को नरवर के मैदान मे हराया और उसे ग्वालियर की ओर खदेड़कर खुद माँडू चला आया। किसी-किसी गुप्पे-चुप्पे ने लिखकर रख लिया कि सुल्तान गयासुद्दीन नरवर को जीत नहीं सका और थककर लौट आया। नरवर के जयतिखंभ में जो कुछ खुदवाया गया, वह कुछ और था।

राजसिंह कछवाहा घायल होकर चंदेरी लौटा। स्वस्थ होने में उसको बहुत दिन लगे। बैर, प्रतिशोध और नरवर के पुनः प्राप्त करने का हठ और भी पक्का हो गया। उसको मालूम हो गया था कि कला और गायक बैजू ग्वालियर से नहीं लौटे। वह उनकी प्रतीक्षा में था।

मटरू के शरीर ने कोड़ों की मार चुपचाप सह ली। क्रोध चले जाने पर गयासुद्दीन ने अपने हुजूर में उसके आने की खुलासी कर दी और मटरू फिर उसी हँसी-खुशी के साथ

गयास के पास आने-जाने लगा जैसे पहले आता-जाता था। लुक-छिपकर वह गयास के बेटे नसीरुद्दीन के पास हो आता था।

'जानआलम के लिए न मालूम कितनी परियाँ तरसती-तड़पती हैं। समझ में नहीं आता कैसे यहाँ तक आ पावें।' मटरू ने एक रात लंबी आह भरकर नसीरुद्दीन से कहा।

'भाई ख्वाजा, इन मौलवियों के मारे तो बेहद परेशान हो गया हूँ। कमबख्त दिन-रात पीछे पड़े रहते हैं। मुश्किल से आज तुमको अकेले में बुला पाया।' नसीर बोला।

'मुल्ला, मौलवी, काजी जहाँपनाह से भी कुढ़े हुए से हैं।'

'इन सबको मरवा दें तो अच्छा रहेगा।'

'जानआलम ने तो ठीक फरमाया, मगर मुनासिब नहीं है। आम सिपाही तो इन्हीं लोगों का मुँह ताकते हैं।'

'फिर क्या हो? कैसे हो? अब्बाजान को पूरे तीस बरस हो गए हैं राज करते और इन मुल्लों की खुशामद करते-करते।'

'जो कोई भी हिंदुस्तान में सल्तनत कायम करना चाहे या कायम रखना चाहे उसको मुल्लों की दुआ अपने साथ रखनी होगी, मगर जहाँपनाह ने हमेशा मुल्लों को गालियाँ दीं।'

नसीर उखड़ पड़ा।

'गालियाँ तो मैं भी देना चाहता हूँ। मेरी जान साँसत में दबोच रखी है।'

'बिचारे मुल्लों का क्या कसूर है? किसी के हुकुम पर ही तो चलते हैं।'

'तो अब तो बरदाश्त की हद हो गई।'

मटरू ने नीची गरदन और भी नीची कर ली।

'जानआलम, बंदा ठहरा गुलाम, क्या अर्ज कर सकता है! सुनते हैं, घूरे के भी कभी न कभी दिन फिरते हैं।'

मटरू ने नीचे ही नीचे कनखियों से आँखें चलाईं, नसीर के तमतमाए चेहरे को देखा। जमीन पर माथे को टेककर बोला, 'जानआलम, कभी-कभी तकदीर से तदवीर बड़ी हो जाती है।'

नसीर तकिए से टिककर कुछ सोचने लगा। मटरू माथा टेके हुए था।

नसीर बोला, 'अच्छी तरह बैठ जाओ। तुम अच्छे आदमी हो।'

मटरू फिर ज्यों-का-त्यों बैठ गया।

नसीर ने कहा, 'तकदीर और तदवीर की बहस को मैंने भी पढ़ा है। मगर लिखी हुई बहसों से तो दिमाग सड़ने लगा है।'

'बहस नहीं, जहाँपनाह, तवारीख देख लें। तदवीर की मिसालों पर मिसालें मिलेंगी

दिल्ली की बादशाहत की, गुजरात की सल्तनत की, बहमनी खानदान की।'

'मुझको कमबख्तों ने यह सब नहीं पढ़ाया। तुम एकाध सुनाओ।'

'जानआलम, गुलाम तो जाहिल है और जबान कटकर गिर जाए अगर कोई बेजा बात मुँह से निकल जाए।'

'तुम बेखटके कहो, मैं गौर से सुनूँगा।'

'जानआलम ने गुजरात के पहले सुल्तान मुजफ्फरशाह का हाल तो सुना ही होगा।'

'सुना है, पढ़ा नहीं है। मुजफ्फरशाह को उसके पोते अहमदशाह ने जहर देकर खतम कर दिया था।'

'कुछ ऐसा ही गुलाम ने भी सुना है। और जूना खाँ मुहम्मद तुगलक बादशाह दिल्ली का भी हाल जानआलम ने सुना होगा।'

'सुना है, कुछ ऐसा ही उसने किया था।'

'तवारीख भरी पड़ी है जानआलम, मगर झूठी भी हो सकती है।'

'अगर तवारीख गलत हो सकती है तो मुल्ला ने मुझको जो कुछ पढ़ाया है, वह सब दिमाग-पच्ची ही रही।'

दोनों थोड़ी देर चुप रहे।

नसीर बोला, 'परियोंवाली बात जो तुमने सुनाई थी वे कहाँ हैं? कैसे आएँ यहाँ तक?'

'जानआलम,' मटरू ने बताया, 'सोना-चाँदी और हुकूमत-अख्तियार हाथ में हो तो चाहे जितनी परियाँ हाथ जोड़कर सामने आ खड़ी होंगी। यहीं हैं बहुत-सी तो। एक से एक बढ़कर और मालवे की सल्तनत में बहुत जगह। बाहर भी हैं। सोना-चाँदी और जवाहरात उनको बात की बात में हुजूर के कदमों में ला सकते हैं।'

'मेरी सलाह में शामिल होने को तैयार हो?'

'जानआलम गुलाम की बोटी-बोटी को अपना समझें।'

'देखो अगर भेद खुल गया तो तुम्हारे टुकड़े-टुकड़े कुत्तों को खिला दिए जाएँगे और मैं मारा तो नहीं जाऊँगा मगर तकलीफ भुगतनी पड़ेगी। लेकिन, ज़ितनी भुगत रहा हूँ उससे शायद ज्यादा हो।'

'मेरा दिल ही जानता है जैसा कुछ बरदाश्त किया है, जानआलम।' मटरू रोने लगा। नसीर ने शांत किया।

'तुम्हारे दिन भी फिरने को हैं, मटरू। अब्बा जब से नरवर को जीतकर आए हैं तब से जश्न मनाए जा रहे हैं। मैं भी जश्न करूँगा।'

'हाँ जानआलम, जीत तो जरूर आए हैं मगर नरवर के शहर में दाखिल नहीं हो सके। तवारीख में वाकया जरूर दर्ज कर लिया गया है।'

'असलियत क्या है?'

'असलियत तो, हुजूर, मानसिंह के साथ रही और वाकया अखबार-नवीस के कागजों में आ गया है। यानी वह परी हाथ नहीं लगी।'

'मैं ही महरूम रखा जा रहा हूँ, अकेला मैं ही, दुनिया के आराम से! मैंने कसम खाई है कि जब मैं सुल्तान हो जाऊँगा तब—'

नसीर चुप रह गया। मटरू उसकी तरफ नीची निगाहों से ताकने लगा।

'एक पखवारे में कितने दिन होते हैं मटरू?' नसीर ने पूछा।

अचकचाहट के साथ उसने उत्तर दिया, 'जानआलम, कभी चौदह, कभी पंद्रह।'

'मेरे पखवारे में पंद्रह दिन होंगे। एक-एक दिन के लिए एक-एक हजार परियाँ। तब चैन लूँगा जब पूरी पंद्रह हजार हो जाएँगी। कसम खाली है, माँडू को आलीशान परीस्तान बनाने की। क्या कहते हो?'

'जानआलम सब कुछ कर सकते हैं और करेंगे। माँडू का तख्त मिलने-भर की देर है। सब आसान हो जाएगा।'

'तुम मेरी मदद करोगे न?'

'जानआलम से पहले ही गुजारिश कर चुका हूँ कि बोटी-बोटी हाजिर रहेगी।'

मुट्ठी को कसकर नसीर ने कहा, 'एक आदमी के लिए तीस बरस के राज का जमाना बहुत होता है। तख्त मुझको बुला रहा है और अब्बाजान को बहिश्त। मैंने तय कर लिया है।'

मटरू ने अपने हर्ष को पी लिया।

बोला, 'जानआलम, होशियारी से काम लें। मुल्लों को नाराज न करें।'

'हरगिज नाराज नहीं करूँगा। वे घड़ियाँ गिन रहे होंगे। उनके मन की-सी करता जाऊँगा और मौके को हाथ से न जाने दूँगा।'

'मुल्ले परेशान हैं, हुजूर का साथ देंगे।'

'मैं तुमको कभी-कभी सलाह के लिए बुला लिया करूँगा।'

'जानआलम की खिदमत में जान हाजिर रहेगी, मगर गुलाम को ठीक मौके पर ही बुलाया जाए तो मेहरबानी होगी।'

'मौके की तलाश जशन में ही करूँगा।'

'हथियार न चलाया जावे, जानआलम।'

'तुमने अभी-अभी कहा था कि गुजरात के मुजफ्फरशाह पर उसके पोते ने हथियार नहीं चलाया था, कुछ और चलाया था। वही बेहतर रहेगा। और फिर जैसे अहमदशाह ने अहमदाबाद बसाया, इमारतें बनवाईं, मैं भी कर लूँगा और तवारीख में नाम करा लूँगा।'

: ४० :

लाखी और अटल को ग्वालियर के किले के भीतर कर्णमहल के—जिसको कर्ण-मंदिर भी कहते थे—एक भाग में निवास-स्थान दे दिया गया। मानसिंह ने एक महल का निर्माण आरंभ कर दिया था, परंतु अभी भूमि के नीचे का केवल एक खंड कुछ आकार-प्रकार पा सका था।

सुमनमोहिनी सोचती थी, मृगनयनी भी रहेगी इस नए महल में और साथ में उसकी लाखी रानी!

मृगनयनी संगीत सीखती है, लिखना-पढ़ना, चित्रकारी और न जाने क्या-क्या, सो क्यों? राजा उसके पास अधिक नहीं बैठते-उठते। तब अच्छा लगता है। परंतु उस बीच में कहाँ रहते हैं, क्या करते हैं, यह नहीं मालूम हो पाता है। मृगनयनी के अंतःपुर में कम जाते हैं तो मेरे में और भी कम आते हैं। एक नहीं कई लड़ाइयाँ जीत चुके हैं, इससे महल की शोभा कितनी बढ़ी है? जब आते हैं तब लगता है मेरे सिवाय वह और किसी के नहीं। तभी दो-चार कड़खे सुना देती हूँ। न सुनाऊँ तो राजा किसी गाँव से एकाध सुंदरी का संग्रह और कर लाएँ। क्या ठीक है इनका। ब्याह के बाद जब मैं आई तो कितना प्रेम दर्शाते थे! अस्तु अब तो इस तगड़ी गाँववाली को छकाना है। एक से दो हो गईं। तो क्या हुआ, हम आठ हैं। नया महल इतना बड़ा और ऐसा बनवाना चाहते हैं कि हम सब उसमें रह सकें। कैसे निभाव होगा? मृगनयनी और लाखी की चबड़-चबड़ चलेगी। कहाँ तक सहूँगी? कितना बड़ा बनेगा यह आखिर? क्या मेरे अंतःपुर से दूर रहेगा मृगनयनी का अंतःपुर? कितनी भी दूर रहे, रहेगा तो आँखों और कानों के निकट ही। राजा से इसकी क्या बातें होती हैं? मेरी दूती मृगनयनी के पास ठहर नहीं सकती। समाचार देनेवाला कोई तो होना चाहिए। इस लड़की कला को साधूँ साँटूँ तो कैसा रहेगा? वह मृगनयनी की चेरी या दूती नहीं है, कलाएँ सिखाती है। मैं भी क्यों न सीखने लगूँ? और यदि राजा ने किसी और सिखानेवाली को मेरे लिए लगाया तो? तो मैं कदापि नहीं मानने की। राजा को मेरी हठ रखनी पड़ेगी। लाखी को भी सिखाने लगी है, तब मैं क्या उससे भी गई-बीती हूँ। आने दो आज रात को, देखूँगी। परंतु वे आते भी तो जब-तब ही हैं। कभी तो आएँगे। नहीं आएँगे तो मैं बुलवाऊँगी। कला मेरे निकट भी उतने समय तक रहेगी, जितने समय तक वह मृगनयनी के पास रहती है। लाखी और वे संग में सीखती हैं। परंतु मैं तो उनके आवास में जाकर नहीं सीख सकती। कला मुझको सिखाने के लिए अकेली ही आएगी। सुमनमोहिनी ने निश्चय किया।

राजा मानसिंह ने हर्ष के साथ स्वीकार कर लिया। कला सुमनमोहिनी को भी संगीत की शिक्षा देने लगी।

मानसिंह ने एक दिन प्रस्ताव किया, 'बैजनाथ संगीत का आचार्य है। उससे सीखो।'

'मैं सीखूँगी पुरुष से संगीत? क्या हो गया है, महाराज, आपको! रानी मृगनयनी की और बात है, गाँव की ठहरी। कुछ दिन पहले तक गाँव और जंगल में सबके सामने निकलती थी, पर मेरे घराने की रीति यह नहीं रही है।'

राजा के चिउँटी लगीं परंतु उसने उपेक्षा की।

बोला, 'आपकी जैसी इच्छा हो। आप खूब परिश्रम करिए वीणा के तारों पर और गले के स्वरों पर। कुछ समय के लिए कला ही काफी है, फिर देखा जाएगा। कई घंटे नित्य परिश्रम करेंगी तो आप भी आगे निकल जाएँगी।'

सुमनमोहिनी ने चुटकी काटी, 'कई घंटे परिश्रम करूँ, आपको इधर आने की उतने समय तक चिंता न रहे! आप कितने दिन उपरांत पधारे हैं यहाँ!'

'महारानीजी, मैं आजकल व्यस्त रहता हूँ।'

'हाँ, सो तो मैं जानती हूँ। महल जल्दी-जल्दी तो बन रहा है। दिन-भर उसी की देखभाल रहती होगी?'

'महल नहीं, उसका नाम मान-मंदिर होगा।'

'बहुत बड़ा बनेगा क्या?'

'बहुत बड़ा बने या न बने, बहुत सुंदर अवश्य बनाना चाहता हूँ। आपको उसका मानचित्र दिखाऊँगा, तैयार हो रहा है।'

'भूल गए क्या? आपने दिखाया तो था। परंतु यह ब्याह के पहले की बात थी! अब कोई नया बन रहा है?'

'हाँ, उसमें बहुत परिवर्तन कर दिए हैं।'

'क्यों न करें परिवर्तन? युग का ही परिवर्तन हो गया! नाम बदल दीजिए उसका। नाम रखिये मृगेंद्र मंदिर।'

'या सुमनेंद्र मंदिर?' मानसिंह हँस पड़ा।

सुमनमोहिनी ने आई मुसकान को होंठों की सिकुड़न में समेट लिया। कहा, 'इसी उल्टा-पल्टी में बहुत समय लगा रहता है आपका! समझ गई मैं!'

मानसिंह बोला, 'केवल यही नहीं है महारानीजी। दिल्ली का सिकंदर लोदी ग्वालियर पर फिर चढ़ाई करनेवाला है। उसका सामना करने की तैयारी में अधिक समय लगा रहता हूँ।'

'ऊँह! उसके बाप को हराया, उसको भी हरा चुके हैं, और हाल में माँडू के सुल्तान को ठोक-पीटकर आए ही हैं। आपके लिए यह सहज है। अब तो महल बनाने में लगे रहिए, जैसा नई रानी कहे।'

: ४१ :

सर्दी अपने यौवन पर थी। अस्ताचल की ओर जानेवाले सूर्य की किरणें क्षीणता पर। उन किरणों से गरमी पाने की वांछा करनेवाले को ठिठुरन और भी अधिक मिल रही थी। अपने कक्ष की छत पर झरोखे के सहारे मृगनयनी खड़ी हो गई। साथ में लाखी। सूर्य के डूबने में अभी दो घड़ी का विलंब था। मृगनयनी की दृष्टि पश्चिमी पहाड़ियों के पीछे की किसी पहाड़ी, किसी नदी और किसी गाँव की तरफ गई। राई में क्या हो रहा होगा—वह सोच रही थी। फिर महल के उत्तरवर्ती बगीचे पर आँख जा पड़ी। केले के बड़े-बड़े पत्तों की गहरी हरियाली पर किरणें किलोलें-सी कर रही थीं। उसको लगा, पत्तों की वीणा-सी बज रही है।

हुलास के साथ बोली, 'चलो न लाखी बगीचे में घूम आवें। वहाँ से पहाड़ियों के पीछे का कुछ दिखाई पड़ेगा। उस कोने से देख लेते हैं, बड़ी महारानी या कोई और नहीं है वहाँ।'

'मैं देखे आती हूँ।' लाखी ने कहा और जाने लगी। मृगनयनी ने उसका हाथ पकड़ लिया।

निषेध किया, 'जो काम मैं स्वयं कर सकती हूँ, तुमसे नहीं कराया जाएगा।'

'यह तो कोई बात नहीं, पैर घिस थोड़े ही जाएँगे मेरे।'

'मेरे तो मंद पड़ जाएँगे।'

मृगनयनी लपककर चली गई। देख लिया। बगीचे में कोई नहीं था।

वे दोनों बगीचे में चली गईं और घूमने लगीं।

मृगनयनी ने राई के जंगल में विशाल वृक्ष देखे थे, परंतु केले के छोटे से पेड़ का गोल-मटोल, सुडौल, चिकना तना और बड़े-बड़े गहरे हरे झूमते पत्ते वहाँ कहाँ? ये उसको सदा आकर्षक और विलक्षण लगते थे। वह उनको अवसर पाते ही देखती और कभी न अघाती।

केले की कतारें उसको सखी-सहेलियों-सी लगीं। मुसकराई, उल्लसित हुई, नसों में लहर दौड़ी और मन चाहा कि पत्तों की हिलडुल की ताल में नाच उठूँ।

सूर्य धीरे-धीरे क्षितिज में समाने को जा रहा था।

एक पहाड़ी की ओर इंगित करके मृगनयनी बोली, 'यह होगा राई का पहाड़?'

'कह नहीं सकती। नदी दिखाई पड़ती है?'

'नहीं तो?'

'तो समझ लो होगा वह राई का पहाड़ और वहीं कहीं साँक नदी होगी। जंगल में अरने, नाहर, सुअर, साँभर इत्यादि जानवर भी होंगे। पर जब तक वहीं जाकर न देख

लें तो कैसे मान लें?'

'जी तो चाहता है अपने उन ठौरों को देखने का, पर जब किसी योग्य हो जाऊँगी तभी जाऊँगी वहाँ। है न ठीक? तभी तो तुम भी जाओगी।'

'मैं तो कभी नहीं जाऊँगी। जब चली थी तब लौटकर भी नहीं देखा था।'

'अब कोई कुछ नहीं कहेगा।'

'मुँह से न कहें। उन लोगों की आँखें तो कहेंगी। धरा भी क्या है वहाँ? नरवर की घाटियों में चलना, हाथियों और नाहरों के झुंड के झुंड हैं।'

'नरवर तुम्हारी जागीर है न, इसलिए।'

'जागीर तो मेरी निन्नी और—'

'निन्नी के भैया हैं।'

वे दोनों हँस पड़ीं। दोनों के दाँत मोती जैसे। हँसी जैसे शरद्कालीन नदी की निर्मल धारा। आँखों में अल्हड़पन। अंगों की थिरकन जैसे किसी राग की सीधी-सच्ची तान हो। धीमी झूमवाले, कदली-पल्लवों पर मृगनयनी की आँख लाखी के वस्त्रालंकारों पर गई। रेशम के वस्त्र, सोने और मोती के गहने। लाखी खिल रही थी।

'कैसी भली-सलौनी लगती है मेरी भाभी। भैया न जाने मन में कितनी कविता बनाते रहते होंगे।'

लाखी ने चुटकी ली, 'कविता तो नंदेऊ राजा बनाते होंगे, जो कवि हैं। सच बताओ, उन्होंने बनाई है न कविता? गायक बैजू से कभी कराएँगे तुम्हारी लुनाई का गुणगान।'

'अरी हिष्ट! मैंने जो गाने सुने हैं उनमें ऐसा लगा कि राधा और गोपियों पर ढाल-ढालकर सब कुछ खड़ा कर लिया गया है। उन गीतों को सुनकर कभी-कभी मन नाचने को चाह उठता है। कला जानती है नाचना भी। उससे हम दोनों सीखेंगे।'

'सीखूँगी।' लाखी बोली और उसकी दृष्टि अपने पैरों पर गई। वह पैरों में चाँदी के गहने पहने थी।

मृगनयनी के पैरों में सोने के गहने थे। वह रानी थी। पैरों में सोना रानियाँ पहन सकती थीं, या राजा जिसको वरदानस्वरूप अनुमति दे दे। वह नरवर का किला और नगर नाममात्र के लिए अटल को जागीर में मिला था। असल में नरवर नगर की आय का एक अंश उसको दिया गया था। स्त्री को जागीर नहीं मिल सकती थी। इसलिए अटल के नाम रही। लाखी को पैर में सोना पहनने का वरदान अभी इसलिए भी नहीं मिला था कि वह अहीर जाति की थी और सार्वजनिक मत की संपूर्ण अवहेलना, भले ही वह प्रकट नहीं थी, मानसिंह के बस की नहीं थी।

लाखी की दृष्टि मृगनयनी के पैरों के स्वर्णालंकार पर भी गई और फिर तुरंत गले पर। उसको कुछ भी नहीं आँसा। मृगनयनी गले में चाँदी की पतली हँसुली पहने थी

जिसको ब्याह के पहले एक दिन अटल मोल ले आया था।

मृगनयनी तुरंत गंभीर हो गई।

बोली, 'मैं चाहे नंगे पैर रहूँ, कल से सोने के गहने नहीं पहनूँगी। तुम चाँदी के पहनो और मैं सोने के! यह नहीं हो सकता।'

'पागल हो गई हो क्या?' उसने कहा, 'यह सोना निन्नी के पैरों में नहीं है, राजा की रानी के पैरों में है।'

'मैं महाराज से कहूँगी। उनको सोना प्रदान करना पड़ेगा।'

'रानियों का जैसा बर्ताव तुमको इतना तो सिखाया गया, पर आया कुछ नहीं। बिरथा हठ कर रही हो। बड़ी महारानी और वे सात ठो जो और हैं, उनकी दीठ खराद पर चढ़ जाएगीं।'

'मैं नहीं जानती थी कि महल में आठ पहले से हैं, नहीं तो–'

'यह बात तुम्हारे मुँह के लायक नहीं है ननद महारानी। अब कहा सो कहा, आगे कभी मुँह से न निकले।'

'नहीं कहूँगी, कभी नहीं कहूँगी। यह सब होते हुए भी महाराज का अटूट और पूरा प्रेम है। परंतु बड़ी महारानी! क्या तो नाम है और कैसा स्वभाव है!'

'अरी तो जंगल में करघई, करोंदी, झरबेरी और खैर के काँटों से अंग नुचवाए-खरोंचवाए हैं सो वह अभ्यास कभी काम आवेगा या नहीं?'

उपमा पर मृगनयनी हँस पड़ी।

बोली, 'भैया का मन कविता करने को करता हो, या न करता हो तुम तो भौजी सचमुच कवि हो।'

लाखी के मन में कुछ और गड़ा हुआ था।

'तो देखो मेरी भली निन्नी, मेरी महारानी मृगनयनी जी, मेरी ननद जी, तुम्हारे हाथ जोड़ती हूँ, पैर पड़ती हूँ, हा हा खाती हूँ–'

मृगनयनी ने तुरंत कहा, 'चुप, चुप।'

'बात तो सुनो पूरी,' वह कहती गई, 'पैरों में चाँदी-सोने के गहनों के बारे में कोई छेड़छाड़ मत करना। इतना सब जो मान लिया गया है, वही बहुत है। जल्दी मत करो। फिर कभी देखा जाएगा।'

मृगनयनी बोली, 'मुझको बुरा लगता है, बहुत खटकता है। मैं नहीं कहूँगी, तुमसे बिना पूछे नहीं कहूँगी, परंतु एक दिन तुम्हारे पैरों में सोना देखना चाहती हूँ।'

'तुम्हारे गले में चाँदी की हँसुली है, क्यों है?'

'मैं अपनी राई को, अपने उन दिनों को जब स्वतंत्र थी, अपनी उस साँझ को जब भैया यहाँ से लौटकर इसे ले आए, कभी नहीं भूल सकती। महाराज ने उतार डालने के

लिए कहा, पर मैंने नहीं माना।'

'तो मेरे पैरों में जो चाँदी है वह भी अनुचित नहीं है। वह इस बात की याद दिलाती है कि जातपाँत के भूत के साथ बहुत अधिक छेड़छाड़ नहीं करनी चाहिए।'

'आचार्य विजयजंगम जातपाँत के बिलकुल विरुद्ध हैं। महाराज बताते थे। आचार्य को बहुत मानते हैं।'

'यह सब ठीक है, परंतु विजय महाराज भी जातपाँत को कुछ न कुछ तो मानते ही हैं। और एक विजय महाराज को दबा देने के लिए न जाने और कितने विजय फट पड़ेंगे।'

चार-पाँच दासियाँ दूर एक पेड़ के पास आकर खड़ी हो गईं। मृगनयनी ने देख लिया। नाक-भौं सिकोड़ी।

लाखी से कहा, 'ओढ़ने के लिए मोटा कपड़ा इतनी दासियाँ लाई हैं! मुझको-तुमको सर्दी लग रही होती तो क्या साथ न ले आ पातीं? या ठिठुरने लगी होतीं तो कमरे को लौट न पड़तीं। इनकी भीड़-भाड़ को देखते ही मेरे तो काँटे उठ आते हैं।'

लाखी बोली, 'उनका काम है, क्या किया जाए?'

'मुझको तो विजयजी की बात अच्छी लगती है। वह कहते हैं, सबको अपना आवश्यक काम अपने हाथ से ही करना चाहिए। वह स्वयं ऐसा ही करते हैं। उनका कहना है कि इस देश को भिखमंगों और निकम्मों ने डुबाया है।'

'तो इन बिचारियों को वहीं खड़ी रहने दें?'

'खड़ी रहें, किसने बुलाया था?'

'स्यात् कुछ बात कहने आई हों।'

'बात आधी होगी, कपड़े लाई हैं गाड़ी-भर। मुझको डूबते हुए सूर्य की आभा अच्छी लगती है, पश्चिम की पहाड़ी पर लाली की छिटकी। उसको देखती हूँ पीठ फेरकर। खड़ी रहें तब तक वे। मुझको नहीं ओढ़ने हैं कपड़े।'

दासी कुछ जोर के साथ खाँसी।

लाखी ने कहा, 'अभी ऐसा योग तो तुमने साध नहीं पाया है कि वे पीठ पर सवार रहें और तुम आनंद के साथ डूबते सूर्य का दर्शन करती रहो।'

'तो बुलाए लेती हूँ भौजी रानी, कौन जीते तुमसे!'

मृगनयनी ने दासियों को संकेत से बुला लिया।

उन्होंने कपड़े दिए। एक ने हाथ जोड़कर कहा, 'एक पहर पीछे सभा में आचार्य बैजू का गायन और आचार्य विजय का वीणा-वादन महाराज करवा रहे हैं। बड़ी महारानी और सब रानियों को भी निमंत्रण है। आपको भी पधारना है।'

मृगनयनी बोली, 'अच्छी बात है।'

दासियाँ नीचा सिर किए खडी रहीं।

'और कुछ?' मृगनयनी ने पूछा।

दासी ने उत्तर दिया, 'ठिठुरानेवाली वायु चल रही है। भीतर सिगड़ी में कोयले जला दिए हैं। वहीं चलकर तापना होवे।'

'सुन लिया। जाओ। सूर्यास्त के उपरांत आवेंगी।' मृगनयनी ने कहा।

दासियाँ चली गईं। हँसी रोकने के लिए मृगनयनी ने होंठ को दाँत से दबाया और लाखी ने दूसरी ओर मुँह फेरकर आँचल मुँह पर रख लिया, मानो ठंड से अपनी रक्षा कर रही हो।

दासियों के चले जाने पर वे दोनों खिलखिलाकर हँस पड़ीं। मृगनयनी बोली, 'इनकी बोली कैसी मजी-पुती है! इनके भी सिखानेवाले होंगे कहीं।' कहती हुई वह सूर्य की ओर देखने लगी।

लाखी ने सूर्य की ओर मुँह करके कहा, 'न कहीं सीखी होतीं तो काम ने सिखा दीं।'

कुछ क्षण बाद लाखी ने खिन्नता प्रकट की, 'मन नहीं लगता, चलो न।'

'मेरा भी नहीं लगता। चलो। फिर कभी सही।'

: ४२ :

एक पहर रात जाने के पहले ही कर्ण-मंदिर के सभा भवन में गायन-वादन आरंभ होनेवाला था। ऊपर के खंड की झिंझरियों के पीछे मृगनयनी और लाखी आ बैठीं। जगमगाती हुई वेषभूषा में। मृगनयनी को लग रहा था जैसे उसके वस्त्रालंकारों पर कोई आक्षेप प्रकट करनेवाला हो और वह अपनी परिस्थिति का पक्ष समर्थन करने पर आरूढ़ हो, जैसे कोई उसके सौंदर्य की स्तुति भी करनेवाला हो और वह उस स्तुति को अपना सहज अधिकार समझकर एक मुसकान द्वारा उपेक्षा की 'उँह' कहकर टालनेवाली हो। चेहरे पर गुलाबी रंग नहीं था। लाखी मोदमग्न थी।

उन दोनों के आने के बाद सुमनमोहिनी और अन्य सात रानियाँ आईं। मृगनयनी ने रीति के अनुसार सुमनमोहिनी का पद स्पर्श किया। उसके सिर पर आशीर्वाद का हाथ फेरते हुए बड़ी रानी ने बारीकी के साथ उसकी वेशभूषा को निरखा। चाँदी की हँसुली दृष्टि से न चूकी। वे आठों एक ओर बैठ गईं। मृगनयनी और लाखी कुछ अंतर पर, दासियों का ठठ इन सबके पीछे खड़ा था।

नीचे सभा भवन में मानसिंह एक थोड़े ऊँचे मंच पर था। जरा नीचे एक ओर निहालसिंह और दूसरी ओर अटल। सामने बैजू, विजय, कला और पखावजी इत्यादि।

बैजू ने प्रबंध की गायकी शुरू की। विजय ने वीणा बजाई और कला ने तंबूरे और अपने स्वर से साथ दिया। मानसिंह पहले ही आलाप और वीणा की झंकार पर मुग्ध होने लगा। उसने मुग्ध होने के लिए ही उस रात जमाव किया था।

गायन आरंभ होते ही सुमनमोहिनी की इच्छा कुछ बात करने की हुई। परंतु अन्य रानियाँ संगीत के प्रारंभिक उत्साहदान को मन में भर रही थीं, इसलिए बड़ी रानी कुछ समय तक मौन रही, फिर उससे न रहा गया।

पास बैठी हुई एक रानी से कहा, 'इतने सोने और मणिमुक्ताओं से तृप्ति नहीं है नई दुलहिन को!'

छोटी रानियों ने कनखियों से देखा, जरा-सा मुसकराईं, बड़ी रानी से आँखें मिलाकर डाह की हँसी हँसीं और नीचे सभा भवन में होनेवाले संगीत के प्रति उन्मुख हो गईं।

मृगनयनी और लाखी ने नहीं देखा।

सुमनमोहिनी ने निकटवर्ती छोटी रानी के चुटकी काटी। वह जरा-सी बिदकी।

बड़ी रानी बोली, 'अरी यह गीत तो आधी रात तक चलता रहेगा। उधर देखो, नई दुलहिन गले में चाँदी की पतली खँगोरिया किस तपाक के साथ डाले है! मणिमुक्ताओंवाले हार उस खँगोरिया को निरंतर हाथ जोड़े बिलबिला रहे हैं।'

छोटी रानी ने देखा। कुछ क्षण देखते रहने के उपरांत चाँदी का वह गहना आँख की पकड़ में आ गया। मुँह दबाकर हँसी।

लाखी ने देखा, मृगनयनी ने भी।

बड़ी रानी ने छोटी की हँसी को उत्तेजित किया, 'हँसुली को बिचारी छोड़े भी कैसे! जब मिट्टी के घड़ों में पानी भरकर नदी से सिर पर धरकर लाती होगी, तब वह हँसुली गले में हिलती-डोलती होगी, गाय-भैंस दोहने के समय और मट्ठा भाँवने के समय हँसुली नाचती होगी, उपले पाथने के समय गले से टन्नाती-खन्नाती होगी और खेतों को रखाने के लिए मचान पर से जब लंबी भारी भुजाओं से गुफने घुमा-घुमाकर चिड़ियों को भगाने के लिए 'हरिया! हरिया!!' कहती होगी, तब हँसुली खट से कभी ठोड़ी की और पट से कभी गले की नसों को गाँव के गीत सुनाती होगी।'

बड़ी रानी अपनी कल्पना पर हँस पड़ी। छोटी रानी कपड़े को और भी अधिक मुँह पर रगड़-रगड़कर हँसने लगी। दूसरी रानियों को कुतूहल हुआ। बड़ो के परिहास को सुना। मृगनयनी की ओर देखा और हँस पड़ीं।

मृगनयनी और लाखी ने यह सब देखा, बात का कोई भी अंश सुनाई नहीं पड़ा।

हमारे ऊपर फबती कसी जा रही है, हम ही हैं इस हँसी का कारण; उन दोनों ने तुरंत समझ लिया। ठिठोली का विषय मैं हूँ। जात-पाँत के बंधन की उपेक्षा करके मैं ब्याही गई हूँ; निन्नी के ब्याह-संबंध के कारण राजा के साले—मेरे पति—को जागीर मिली है, पहले भूखों मरती थी, ढोर चराती थी, अब सोना-चाँदी पहनने को मिल गया है, पहले गाढ़े के कपड़े थे, अब रेशमी वस्त्र हैं, और पहले गाँव के गीत सुनती और भौंड़े रसिए गाती थी, अब बैजू और विजय सरीखे आचार्यों का संगीत सुनने को मिल रहा है!

पहले—और आगे लाखी नहीं सोच सकी। शरीर में दाह हुआ। कान तक जल उठी। मृगनयनी की ओर आँखें फेरीं। उसका चेहरा तमतमा गया था, परंतु वह सभा भवन के दृश्य को झिझरी में से देखती जान पड़ी।

मृगनयनी देखकर भी कुछ नहीं देख पा रही थी। मेरी दिल्लगी की जा रही है। मैंने ऐसा क्या किया? पूरा शिष्टाचार किया था, फिर भी यह सब क्यों? क्या मैं इनसे कम सुंदर हूँ? क्या मैंने कोई गहना दिखावटी तरह पर पहन रखा है? नहीं तो क्या किसी वस्त्र की समेट-लपेट में होकर मेरा कोई अंग भौंड़ेपन से झाँक रहा है? मृगनयनी ने अपने पहनावे का निरीक्षण किया। एक पैर थोड़ा-सा खुला हुआ था, जैसे किसी सरोवर के नीले जल पर एक बड़ा कमल खिला हो और उस पर ओस की बूँदें प्रातःकाल की रवि-रश्मियों के साथ मंद-मंद झूल रही हों। मृगनयनी ने रत्नजटित स्वर्ण नूपुरों को ओढ़नी से ढक लिया। हँसी का कारण शायद ये हैं। सौभाग्य-चिह्नों को छोड़कर बाकी सबको उतारकर रख दूँगी। फिर जब लाखी पहनेगी तब पहनूँगी और तब ये सब हँसेंगी नहीं। अपने को तुच्छ समझकर चुप रह जाएँगी। उसने निश्चय किया।

गले में पड़ी हुई चाँदी की हँसुली पर यकायक उँगली गई और फिसल आई। मेरी यह पतली हँसुली इनके सब आभूषणों की अपेक्षा अधिक मूल्यवान है। उस समय इसी को पहने थी जब नाहर को एक तीर से मार गिराया, जब अरने को सींग पकड़कर मोड़ने का प्रयास किया, जब राजा ने पहली बार देखा, जब उन्होंने इसी हँसुली के ऊपर हीरे-सोने का जड़ाऊ हार गले में डाला, जब वह प्यार के साथ गले में बाँहें डालकर मुझसे न जाने किस कविता में बोलने लगते हैं। सोचते ही ध्यान सभा भवन में मंच पर बैठे हुए प्रसन्न मानसिंह की ओर गया। अब उसको सब कुछ स्पष्ट दिखाई पड़ने लगा। यह हैं मेरे राजा, मेरे!

मृगनयनी ने कनखियों से उन रानियों को देखा। उनकी हँसी अभी समाप्त नहीं हुई थी।

मृगनयनी ने होंठ जरा से सिकोड़े और मन में कहा, 'ऊँह! रानी हुईं तो क्या, गँवारों से भी गई-बीती हैं। अरे! मैं इनको गँवार क्यों कहूँ? गाँव की तो मैं हूँ। हँसे जाओ, हँसे जाओ। किसी दिन मैं तुमसे कहीं अधिक हँसूँगी। और अकेली नहीं हँसूँगी, तुमको भी हँसाऊँगी। अपनी गाय का दूध अकेले-अकेले नहीं पिऊँगी, तुमको भी पिलाऊँगी। शायद ये मेरे ऊपर न हँस रही हों। संगीत की किसी बात पर हँस पड़ी हों। मैं तल्लीन होकर सुन रही थी। मेरी समझ में कोई बारीक बात नहीं आई, इनकी समझ में आ गई। आपस में कुछ चर्चा की और मुझको गढ़ी मूर्ति की जैसी देखकर हँस पड़ीं। ओह! यही हो सकता है। परंतु मेरी ओर सैन कर-करके क्यों मुँह को इतना दाब-दाबकर हँस रही थीं? उँह! थोड़ी हल्की है न।

सभा भवन में मानसिंह के कंठ से निकला, सुनाई पड़ा, 'वाह! वाह!! वाह!! वाह!!!!'

मृगनयनी ने देखा, गायक बैजू वीणा-वादक विजय की ओर देख-देखकर मुसकरा रहा है; उस मुसकराहट में विजय का तीखापन और चुनौती है। विजयजंगम को भी देखा—उसके चेहरे पर क्षोभ और आँख में बैजू की विजय की प्रतिक्रिया और चुनौती के स्वीकार करने की दृढ़ता थी।

कला बैजू के उस विजय-प्रदर्शन पर प्रसन्न थी और विजय की मुसकराहट को अपनी मुसकान का सहयोग दे रही थी।

संगीत के दावपेंच पर यह हर्ष और क्षोभ हुआ? मैं ध्यान दिए होती तो क्या समझ में यह दावपेंच आ जाता? क्या इसके पहले कोई एकाध ऐसा ही हो चुका है? क्या ये रानियाँ उसी पर हँसी थीं? परंतु कोई वाह-वाह तो नहीं हुई थी। और अब भी उस पहले ही प्रसंग को लिए हुए हँस रही होंगी। उँह! होगा संगीत के दावपेंच सब के सब न समझ डाले तो मेरा नाम पलट दिया जाए। चाहे जितना भी समय क्यों न लग जाए। तब मैं हँसा करूँगी और ये रानियाँ झेंपा करेंगी।

थोड़ी देर बाद बैजू की फिर जीत हुई। फिर बैजू के चेहरे पर विजय की मुसकराहट और कला के होंठों पर सहयोग की मुसकान। विजयजंगम की आकृति फिर क्षोभमयी और मानसिंह की फिर वही 'वाह! वाह!!'

मृगनयनी की समझ में नहीं आया। अन्य रानियाँ नहीं हँस रही थीं। लाखी की दृष्टि में प्रश्न का लक्षण था।

अब ये रानियाँ क्यों नहीं हँस रही हैं? कदाचित् उस समय मैं ही इनकी चर्चा और हँसी का प्रंसग थी। कोई बात नहीं, देखा जाएगा।

उसी एक प्रसंग का गायन दो-ढाई घंटा चलता रहा। मृगनयनी उकताने लगी परंतु अपने को समझाने लगी, अवश्य इस गायन-वादन में कोई विशेष बात है तब राजा इतने सजग और हर्षमग्न हैं। मैं भी ध्यान के साथ सुनती रहूँगी और किसी दिन इससे बढ़कर गाऊँगी-बजाऊँगी।

लाखी झीमें लेने लगी थी। बड़ी रानी सो गई और अपनी पड़ोसिन के कंधे पर सिर लटकाए हुए थी। पड़ोसिन रानी भी सोना चाहती थी, पर बड़ी रानी के सिर-भार के कारण मन को पीस-पासकर संगीत की भनभनाहट को सुन रही थी और मुँद-मुँद जानेवाली आँखों को खोल-खोल दे रही थी। शेष रानियाँ तकियों के सहारे खर्राटे और धीमी निःश्वासों के बीच में स्वप्न की सैर कर उठी थीं। दासियाँ बैठ गई थीं।

मृगनयनी ने लाखी के कंधे को जरा हिलाकर और कुछ ऊँचे स्वर में, जैसे अन्य रानियों को फटकार देना चाहती हो; कहा, 'अरी देखो कैसा अच्छा संगीत चल रहा है!'

लाखी उचटकर देखने-सुनने लगी।

मृगनयनी बोली, 'कितना बारीक काम हो रहा है नीचे! बड़ी-बड़ी सुंदर तानें झड़ी-सी लगाकर बरस रही हैं! दोनों आचार्यों के बीच में संगीत विद्या का द्वंद्व चल रहा है। जरा देखो, भेड़-बकरियों की तरह मत सोओ।'

वाक्य का अंतिम अंश उन रानियों की ओर आँख फेरते हुए मृगनयनी ने पूरा किया। लाखी को अच्छा लगा। वह हँसी।

'तुम बहुत जल्दी समझने लगी हो', लाखी ने कहा, 'अभ्यास करते-करते मुझको भी कुछ न कुछ आ जाएगा। कान को अच्छा लग रहा है। ध्यान के साथ सुन रही हूँ।'

बड़ी रानी की नींद नहीं उचटी, परंतु जिस रानी के कंधे से टिकी हुई वह सो रही थी, उसने इस वार्तालाप को सुन लिया और कुढ़ गई।

सभा भवन में बैजू का गायन और विजयजंगम का वादन एक घंटे और चला। इस बीच में जीत-हार के कुछ अवसर और आए। विजयजंगम खीज उठा। वीणा को नीचे रख दिया।

बोला, 'अब मैं गाऊँगा। गायक बैजू वीणा बजावें।'

मानसिंह ने कहा, 'अवश्य। अभी समय ही कितना हुआ है?'

'बिहाग के गाने का समय तो अब आया है।'

'आचार्य जंगम गावें', बैजू बोला, 'परंतु आज एक होड़ है।'

'क्या?' राजा ने पूछा।

बैजू ने उत्तर दिया, 'मैंने इनको अभी-अभी वीणा-वादन में कई बार चुकाया है। यदि इनके गाने के समय मैंने इनको अपनी वीणा के बजाने में हरा दिया तो इनकी वीणा को छीन लूँगा। सड़ियल-सी ही है, फोड़कर रख लूँगा।'

'क्या बैजू पागल है?' मृगनयनी ने सोचा।

उस रानी ने अपना बोझ दूर करने के लिए बड़ी रानी को झटका दिया। बड़ी रानी ने जोर के साथ पैर फटकारा। पैर का एक स्वर्णजटित आभूषण मृगनयनी की बैठक की दिशा में जा गिरा परंतु किसी ने देखा नहीं।

छोटी रानी ने बड़ी से कहा, 'महारानीजी देखिए, बड़ा मल्लयुद्ध होनेवाला है।'

बड़ी रानी ने हड़बड़ाहट के साथ आँखें मलीं। सोचा, मृगनयनी अपनी लंबी पुष्ट सशक्त भुजाओं से किसी को पीस डालने के लिए टूट पड़ी है। उत्सुकता के साथ उसकी ओर देखा। वह ध्यानपूर्वक सभा भवन की ओर देख रही थी।

बड़ी रानी ने निराश होकर छोटी से पूछा, 'क्या बात है?' छोटी ने प्रसंग को बताया।

बड़ी अँगड़ाई लेकर बोली, 'मैं थोड़ी देर के लिए सोई थी। अब जागती रहूँगी।'

छोटी ने सोचा—थोड़ी देर के लिए सोई थी! दो घंटे तो मेरे ही कंधे तोड़ती रही!

संगीत पुनः आरंभ हुआ। एक घड़ी के उपरांत ही बैजू को विश्वास हो गया कि विजयजंगम को अब मारा, अब पछाड़ा। राजा ने भी समझ लिया। सोचा, ऐसे दो बड़े कलाकारों का परस्पर सिर-फुटौअल बरकाया जाना चाहिए।

बोला, 'थोड़ा ठहरिए।' विजयजंगम रुक गया, बैजू गाता रहा। कुछ क्षण उपरांत पखावज बंद हो गई। कला ने भी अपने सहयोग को स्थगित कर दिया। परंतु बैजू आँखें मीचे गाता रहा।

मृगनयनी ने देख लिया था कि बड़ी रानी जाग पड़ी है। उसको सुनाते हुए लाखी से कहा, 'वाह! क्या बात है! कैसा गला है! और कैसी गायकी है! कितना तन्मय होकर गा रहे हैं आचार्य! उनको अपने आस-पास की बिलकुल ही सुध नहीं। कला और कलाकार इसको कहते हैं।'

ओहो, यह बड़ी जानकार हैं!—बड़ी रानी ने सोचा, चेहरे की रेखाओं को घटाया-बढ़ाया, परंतु चुप रही।

राजा कुछ क्षण चुप रहने के बाद जरा ऊँचे स्वर में बोला, 'वाह! वाह!! वाह!!! वाह!!!!'

दासियाँ जाग पड़ीं और सावधान हो गईं।

बैजू के चेहरे पर विजय की मुसकराहट आई और होंठों पर अपना छोटा-सा अवशेष छोड़कर छा गई। आँखें खोलकर चुनौती-भरी दृष्टि से विजयजंगम को देखा। वह मुसकरा रहा था और वीणा नीचे रखी थी।

तो क्या वह वीणा को बजा नहीं रहा था? कब बंद कर दिया? और कला का तँबूरा नीचे रखा था। उसने कब रख दिया? पखावज भी रुकी पड़ी है! कब रुक गई? विजय मुसकरा क्यों रहा है? क्या वह हारा नहीं? और मैं क्या गा नहीं रहा था? तो क्या कर रहा था?

बैजू ने गाना बंद कर दिया।

मानसिंह ने उमंग-भरे स्वर में कहा, 'आचार्य बैजनाथ धन्य हो! कितने तन्मय हो गए थे तुम अपने रस में! हम सब भी तल्लीन हो गए। इन्होंने तुम्हारे रस का पूरा स्वाद लेने के लिए अपनी वीणा ही रख दी। कला ने तँबूरा और उन्होंने पखावज! हम सब डूब-डूब गए तुम्हारी रसधार में! मैं तुमको नमस्कार करता हूँ।'

बैजू असली कारण ढूँढ़ने की चिंता में नहीं पड़ा।

बोला, 'महाराज, आज मैं सब पा गया। जीवन का सब कुछ पा गया। कलावंत को और चाहिए ही क्या?'

'परंतु हमको तो तुमसे अभी बहुत कुछ चाहिए।'

'मेरे पास है ही क्या। जो कुछ है महाराज का है।'

'तुम अभी जिस ध्यान में मग्न थे उसमें से कुछ लोगों को भी दो।'

'ह! ह!! ह!!! सो कैसे? और मैं तो गा रहा था, ध्यान तो सवेरे के समय करता हूँ। अभी क्या मैं सो गया था?'

'सोए तुम नहीं थे। हम लोगों के भीतरवाले को जगा रहे थे।'

बैजू कुछ गुनगुनाता हुआ झूमने लगा। एक क्षण बाद बोला, 'आरंभ करता हूँ। आज होड़ जीतकर ही रहूँगा।'

विजयजंगम ने वीणा को उठा लिया, कला ने तँबूरे को। पखावजी ने थाप दी।

मानसिंह ने कहा, 'मेरा एक अनुरोध है।'

सब स्थिर हो गए।

मानसिंह ने अनुरोध सुनाया, 'प्रबंध और छंद की गायकी को जो पसारा बहुत दिनों से मिलता रहा है, उसको थोड़ा-सा समेट लिया जावे और साज-माँजकर और भी अधिक सुंदर बना लिया जावे तो कैसा रहे?'

'ध्रुवपद तो है।' विजयजंगम ने अपनी जानकारी प्रकट की।

मानसिंह बोला, 'हाँ है। पसर काफी वह भी गया है। सुंदर है परंतु उसकी सुंदरता को और भी अधिक बढ़ाने और निखारने की आवश्यकता है।'

विजय ने कहा, 'महाराज! जो कुछ नाद-वाद पहले से चला आया है वही दुर्गम है, उसमें घटा-बढ़ी कौन कर सकता है?'

चुनौती के स्वर में दृढ़ता के साथ बैजू बोला, 'हो सकता है, हुआ है और होगा। भगवान् शंकर की दया से मैं करूँगा।'

विजय को भगवान् शंकर का नाम अच्छा लगा, परंतु बात बुरी लगी। खटकी।

'देखा जाएगा।' विजय के मुँह से उपेक्षा के साथ निकला।

'हाँ, हाँ, देख लेना, करके दिखा दूँगा।' बैजू ने अपने हठ का समर्थन किया।

विजय ने सोचा—बैजू पागल है।

राजा ने कहा, 'समय अतीत हो गया है। इस विषय का गहरा चिंतन हम सबको करना होगा।'

बैजू ने तुरंत कामना प्रकट की, 'मेरा और आचार्य विजय का अखाड़ा तो इसी समय हो जाए।'

'अभी नहीं,' राजा ने टाला, 'फिर कभी।'

दाँत पीसते हुए बैजू ने विजय पर दृष्टिपात किया। राजा ने सोचा, उत्पात बरक गया।

बोला, 'तो मैं यह चाहता हूँ कि गायन की कोई नवीन, मधुर और चमत्कारपूर्ण परिपाटी निकाली जाए।'

उपेक्षा और प्रतिवाद में होंठ सिकोड़कर विजय ने सिर नीचा किया, कला मुसकराई। जमुहाई आने को थी कि उसको छोटी-सी अँगड़ाई में परिवर्तित कर लिया, कंधे हिल गए। निहालसिंह ने देखा और कला ने भी निहालसिंह की निरख की।

बैजू ने कहा, 'मैं समझ गया। निकालूँगा परिपाटी। ऐसी कि जिसके द्वारा ध्रुवपद मन को आरंभ से अंत तक अपनी कोमल फाँसों में पकड़े रहे और समय इतना ही लगे कि मन चाहता रहे कुछ और भी होता।'

'कर चुके' धीरे से विजय के मुँह से निकला। कला ने बैजू के तमतमाए चेहरे को देखा। आँख मानसिंह पर से फिसलती हुई निहालसिंह पर जा अटकी। वह नीचे ही नीचे उसको कुछ अधिक गड़ाकर देख रहा था। कला ने क्षण खंड के अवांतर से फिर निहालसिंह को देखा। फिर दोनों की दृष्टि मिली।

बैजू के सटे होंठ फड़के और गरम निःश्वास के साथ धीरे से शब्द निकले, 'किसी दिन तुम्हारी वीणा को न फोड़ा तो मेरा नाम नहीं।'

राजा ने नहीं सुन पाया परंतु विजय ने सुन लिया। राजा की इच्छा सभा विसर्जित करने की थी, परंतु कलावंत अखाड़े को नहीं छोड़ना चाहते थे।

मानसिंह ने समस्या का समाधान निकाला, 'कला का एक छोटा-सा नृत्य हो जाए। और उसके उपरांत सभा विसर्जित हो।'

कला ने बैजू के गाए हुए प्रबंध को सार्थक करनेवाला नृत्य किया। बीच-बीच में कला और निहालसिंह ने एक-दूसरे को कई बार छिपे-लुके देखा।

नृत्य के समय तक अन्य कई रानियाँ भी जाग चुकी थीं।

उन सबको सुनाने के लिए मृगनयनी ने लाखी से कहा, 'महाराज ठीक कहते हैं। बड़ी बात थोड़े में कहना ही तो चतुराई है। बैजू का कहना सही है कि ऐसा हुआ है और आगे भी होगा। बड़ी चट्टान के ढोंके से नाहर को कुचलने की अपेक्षा छोटे चोखे तीर से सुला देना ज्यादा अच्छा। अभ्यास किया जाए तो सब हो सकता है।'

बड़ी रानी ने हँसकर मुँह फेरा। दूसरी रानियों ने दोनों की ओर देखा। हँसने की चेष्टा की, परंतु हँसी क्षीण मुसकान का रूप लेकर ही रह गई। वे सब नृत्य को देखती रहीं।

'मैं नृत्य भी सीखूँगी,' मृगनयनी ने लाखी के कान में कहा।

उसने भी उसी तरह कान में फूँका, 'हाँ, हाँ, सब हो सकता है।'

एक घड़ी पीछे नृत्य समाप्त हो गया और सभा विसर्जित। मृगनयनी और लाखी ठिठकी रहीं। उन दोनों का नमस्कार लेकर वे सब चली गईं। उनकी दासियाँ भी साथ चली गईं। ये दोनों अकेली रह गईं। मृगनयनी की निगाह सुमनमोहिनी के उस गहने पर गई जो उसके पैर से उतरकर गिर गया था और जिसको वह भूल गई थी। मृगनयनी ने उसको उठाकर परखा और जोर के साथ फेंक देने की इच्छा हुई। सभा विसर्जन के

उपरांत मानसिंह की दृष्टि ऊपर झिझरी की ओर गई। दिखाई तो वहाँ से कुछ नहीं पड़ता था, परंतु उसने नमस्कार किया और चला गया। था शिष्टाचार ही परंतु मृगनयनी को यह बहुत कुछ लगा। उसने समझा कि अकेली मुझको ही राजा ने नमस्कार किया है। उस गहने को लिए हुए वह अपने कक्ष में चली गई। जब हाथ में गहने को देखा तो क्षुब्ध हो गई। एक ऊपर के गहरे आले में फेंककर डाल दिया और पलँग पर जा लेटी।

बड़ी रानी क्या है! एक विडंबना है!! कदाचित् वह मेरा उपहास करने के लिए ही हँसी थी। और वे सातों अपना कोई निजत्व ही नहीं रखतीं। हर बात में उसकी अनुहार करती हैं! परंतु महाराज मेरे, और अकेले मेरी संपदा हैं। मैं उनकी, वह मेरे। कितने गहरे हैं। मैं भी ऐसी ही बनूँगी और इतना हँसूँगी इन आठों के ऊपर कि हाँ! नाहरों और अरनों की परवाह नहीं की तो ये किस खेत की मूली हैं! कैसे हरे-भरे खेत थे वे, और कैसा बड़ा और हरा जंगल! मचान, धान का खेत और खलिहान। तोते, मोर और नीलकंठ। यह आया, वह गया। न वे थकते और न मैं थकती। मचान पर कैसी हिलोड़ें लेती हुई हवा आती थी और मैं कितना गाती थी! बैजू सरीखा ही गाने लगूँगी, अरे उससे भी कुछ अधिक, मिठास भरा, तब लाखी भी कहेगी, तुमने ठीक ही कहा था, सब हो सकता है, सब हो सकता है। वह सो गई।

: ४३ :

स्वर्ण संचय की कामना, मारकाट की आकांक्षा, स्त्रियों के अपहरण की वासना, राज्य स्थापित करने के लोभ, किसी भी प्रकार अपने मजहब के विस्तार के मोह को लेकर पठान और तुर्क आक्रामक भारत में घुसे थे। इन सबका एक सामूहिक नाम था उनका बहिश्त। इस बहिश्त की तलाश में शेरशाह के पहले भारत में जगह-जगह सल्तनतें कायम हुईं—दिल्ली, मालवा, गुजरात, जौनपुर, गोलकुंडा, बंगाल इत्यादि में। सल्तनतें कायम होने पर, बाप ने बेटे को और बेटे ने बाप को, सल्तनत के तख्त और मुकुट का मार्गकंटक समझकर जहर के जरिए या किसी और सुलभ उपाय से अलग किया। उस बहिश्त की प्राप्ति ने सुल्तानों को और इनके सरदारों तथा सिपाहियों को निर्बल और निकम्मा बना दिया। हिंदू यदि परलोक-भय, निराशावाद और आपसी लड़ाइयों के कारण दुबले न पड़ गए होते तो या तो वह स्वर्ग उनको मिलता ही नहीं, और यदि मिल ही जाता तो धर्मराज उनको बहुत समय तक उसमें रहने न देते।

परंतु उस बहिश्त को भी बहुत ज्यादा मुफ्तखोरी बरदाश्त न थी। मौलवी और मुल्ले लगातार चेतावनी देते रहते थे। मुल्ले-मौलवियों ने इस्लाम को जैसा और जितना समझा था, उसके अनुसार वे अपने चेले-चाटों को जगाया, उकसाया और भड़काया

करते थे। सुल्तान न सुनता तो सरदारों को; सरदार न सुनते तो सिपाहियों को ये मुल्ले-मौलवी, धर्मयुद्ध जिहाद के लिए भड़काया करते, षड्यंत्रों में भाग लेते और जब तक कुछ कर न गुजरते तब तक दम न मारते। परंतु इस जिहाद का अनिवार्य परिणाम वही स्वर्ग ही हो जाता था, जिसको पा-पाकर सुल्तान, सरदार और सिपाही अनवरत गति से चलते चले जाते थे। यही उनका सबसे बड़ा सम्मोहक जोर और सबसे बड़ी कमजोरी थी।

मालवा सल्तनत के मुल्लों ने गयासुद्दीन के लड़के को अपना कृपापात्र और भविष्य की आशाओं का केंद्र बनाया, क्योंकि गयासुद्दीन अपने स्वर्ग की तलाश में इन मुल्लों-मौलवियों के बताए हुए स्वर्ग की परवाह नहीं करता था।

नरवर से लौटे हुए गयास को छः महीने हो गए। जाड़े आए, वसंत ऋतु आई, गई और अब गरमियाँ समाप्त होकर बरसात लगनेवाली थी परंतु गयास न मरा, न मरा।

नसीर ने मुल्लों की हिदायतों पर अमल किला—जशन मनाए, षड्यंत्र किए, सभी तरह के अभ्यास किए—परंतु चूक चूक गया।

उसके लिए भला इतना ही हुआ कि गयास को उसके किसी भी अभ्यास का पता न चला। मटरू उसका सहयोगी था, इसलिए शायद नसीर बार-बार बचा। फिर एक दिन घड़ी आ ही गई।

गयास की एक खवासिन मटरू की कोशिशों से नसीर के फेर में आ गई और काम बन गया। दो दिन से यकायक बादल और शीतल समीर। संध्या के उपरांत का समय। महल के झरोखे से ठंडी हवा के झोंके आए, हल्की बूँदें भी। खवासिन जाम ले आई। मटरू तख्त के नीचे बैठा था।

'सुल्तान सिकंदर लोदी ने ग्वालियर पर चढ़ाई करने की जो ठानी है वह मेवाड़ के राना के जरिए वहीं की वहीं क्यों न ठप कर दी जाए?' गयास ने चुटकी लेते हुए कहा।

नीची गरदन को और भी नीचा करके मटरू बोला, 'जहाँपनाह, दो मूजी आपस में उलझ जाएँ तो इससे बेहतर और कुछ नहीं।'

'मैंने राना रायमल को संदेश भेज दिया है कि सिकंदर ग्वालियर का बहाना करके असल में मेवाड़ की तरफ कतराता हुआ पहुँचेगा, इसलिए वह उसको आगे बढ़कर रोक लें।'

'अपने लड़के साँगा को भेज दें तो वह सिकंदर को वहीं के वहीं मोड़ देगा।'

'तुम तो हो गधे! राणा अपने ढंग से लड़ेंगे, तुम्हारे बताए ढंग से थोड़े ही लड़ेंगे। मैंने उनके एक भाट को उकसा दिया है, वह उतरवा देगा बात को ठीक घाट पर।'

'जहाँपनाह, यह बहुत सही रहा।'

'और उधर सिकंदर और राणा जूझे कि इधर मैंने कालपी के रास्ते से ग्वालियर पर

धावा बोल दिया। अब की बार नरवर होकर नहीं जाऊँगा। मैं पहुँचूँगा ग्वालियर उत्तर की राह से और चंदेरी का सूबेदार आवेगा ग्वालियर पर दक्खिन से। क्या समझे?'

'सही फरमाया जहाँपनाह ने। उत्तर से जहाँपनाह और दक्खिन से चंदेरी का सूबेदार शेर खाँ।'

'बस फिर बन गया काम। वे दोनों ग्वालियर में ही हैं, जानते हो न?'

मटरू ने क्षण-खंड के लिए आँख ऊँची करके नीची कर लीं। उसने देखा, गयास की पुतलियाँ कुछ अधिक फैल गई हैं।

कहा, 'कौन जहाँपनाह?'

प्याले को ढालकर वह बोला, 'सुराही में से प्याले को भरता रहा, अबे अहमक, इतनी ज़ल्दी भूल गया! मृगनयनी और लाखी–उन दोनों को अब की बार माँडू लाए बिना चैन नहीं लेने का।'

गयास की आँखें फैलकर कुछ और भारी हुईं।

'आज मेरा हाथ इतना क्यों काँप रहा है?'

'जहाँपनाह, हवा में कुछ सर्दी है।'

'तो अब राना रायमल या उसके लड़के साँगा को सिकंदर से उ-ल-झ-ने में कितनी दे-र है?'

'बहुत थोड़ी-सी जहाँपनाह।'

'दोनों लड़ जाएँ क-म-ब-ख्त।'

गयास के हाथ से प्याला छूट पड़ा। खवासिन किवाड़ की ओट में खड़ी हुई थी। जरा और ओझल हो गई। गयास तकिए के सहारे पड़ गया। मटरू खड़ा हो गया।

धीरे से बोला, 'जहाँपनाह!'

गयास ने कोई जवाब नहीं दिया। मुँह से झाग आने लगे। मटरू ने ताली बजाई। खवासिन तुरंत आई।

मटरू ने धीरे से कहा, 'शाहजादे के पास इत्तिला भेजो कि जहाँपनाह की तबीयत यकायक खराब हो गई है, किसी और को खबर न होने पाए।'

खवासिन चली गई। थोड़ी देर में गयासुद्दीन तड़पने लगा और नसीर के आने के पहले ही उसका प्राणांत हो गया।

नसीर ने आते ही डरते-डरते गयास की तरफ दृष्टि फेरी, फिर मटरू की तरफ देखा। मटरू ने सिर और हाथ के हलके संकेत द्वारा सब कुछ बतला दिया, मानो कह रहा हो, योजना सफल हो गई, समाप्त हो गया।

काँपते हुए स्वर में नसीर बोला, 'बाहर खबर फैलाई जाए कि सुल्तान सलामत बहुत बीमार हैं। असल बात किसी को न मालूम होने पाए।'

स्थिर कंठ से मटरू ने कहा, 'जहाँपनाह सुल्तान नसीरुद्दीन जिंदाबाद! सिवाय मुल्ले-मौलवियों के और किसी और नहीं मालूम होने पाएगा। हुजूर सुल्तान मरहूम के जांनशीन हैं, हुकूमत करें। दरबार का अखबार नवीस इंतकाल की बात को महीनों बाद दर्ज कर सकेगा।'

'खवासिन कहाँ है?' नसीर ने पूछा।

खवासिन पीछे ही खड़ी थी। इनाम के लोभ में आगे आ गई। नसीर ने तुरंत तलवार निकालकर उसका सिर काट डाला। मटरू अचेत होने को हुआ। नसीर ने तलवार म्यान में डाल ली।

बोला, 'होशियार ख्वाजा मटरू! होशियार! मैंने इस कमबख्त खवासिन को इसलिए खतम कर दिया कि कहीं इधर-उधर बकती न फिरे। अगर राज खुल गया कि सुल्तान अब जिंदा नहीं हैं तो मुझे और तुमको कहने को तो होगा कि इस बदकार औरत ने सुल्तान को किसी रंजिश की वजह से जहर दिया, इसलिए मैंने इसको सजा दे दी। इसके मार दिए जाने से हमारा-तुम्हारा दोनों का रास्ता साफ हो गया। महल में चर्चा इस औरत को सजा दिए जाने की होगी तो अच्छा होगा। सब चुपचाप अपना-अपना काम देखेंगी। क्या समझे?'

'सब समझ गया, जहाँपनाह, सब समझ गया।'

'अभी जहाँपनाह नहीं, बेवकूफ, सिर्फ जानआलम, जैसे पहले कहता था।'

'हाँ जानआलम, जानआलम।'

थोड़ी देर बाद मुल्ला-मौलवियों और सरदारों को भी मालूम हो गया। हठ के साथ गयास की बीमारी का समाचार साधारण जनता और सिपाहियों में फैल गया। लाश तेल में रख दी गई। नसीर के हाथ में हुकूमत आ गई। अखबार नवीस ने गयास के प्राणांत के वृत्तांत को कागजों में बहुत दिनों दर्ज नहीं किया।

नसीर अपनी प्रचंड भूख, स्त्रियों की भूख, कामवासना की तृप्ति में जुट पड़ा। ख्वाजा मटरू और न जाने कितने मटरू उसकी सहायता के लिए फट पड़े।

: ४४ :

सिकंदर लोदी मेवाड़ नरेश राणा रायमल के राजकुमार साँगा संग्रामसिंह की एक छोटी-सी मुठभेड़ ओढ़कर ग्वालियर की ओर मुड़ आया। धौलपुर पर हमला किया और घेरे के लिए अपनी विशाल सेना का एक भाग छोड़कर चंबल को पार करके ग्वालियर की दिशा में उन्मुख हुआ। धौलपुर उस समय एक तोमर वंशी राजा के आधिपत्य में था, जो राजा मानसिंह का सहायक था। परंतु सिकंदर मेवाड़ की ओर से धौलपुर पर इतनी तेजी के साथ चढ़ दौड़ा कि ग्वालियर से सहायता न आ सकी।

आक्रमण की छोटी-छोटी टुकड़ियाँ आगे-आगे चलती थीं जो समाचार देने के साधनों को नष्ट करती जाती थीं। समाचार देने के साधन इतने ढीले और स्वल्प हो गए थे कि प्रायः विलंब के साथ पहुँच पाते थे। ग्वालियर जो समाचार आया उसका सार यह था कि सिकंदर लोदी धौलपुर पर एक छोटा-सा वार करके मेवाड़ की दिशा में लौट गया। सिकंदर चंबल की घाटियों और भरकों में होकर ग्वालियर पर आ रहा था।

मानसिंह अपने नए महल के नीचेवाले दो खंड बनवा चुका था। सुमनमोहिनी के डाह के कारण वह नए महल को बहुत जल्दी बनवा रहा था। जानता था कि कर्णमहल में अल्प स्थान होने के कारण नवीं रानी के साथ सुमनमोहिनी और सात रानियों की बढ़ती हुई खटपट अधिकाधिक होती चली जाएगी, नए महल के बन जाने के बाद उनके संपर्क कम हो जाएँगे और अधिक शांति स्थापित हो जाएगी।

ऊपर के खंड किस प्रकार के बनें, यह बहस थी।

विजयजंगम ने सुझाया, 'तैलंग शैली के बनवाइए। ऊपर के दोनों खंडों में वन-उपवन की भिन्नतापूर्ण, विपुल शालीनता, छोटी-छोटी पहाड़ियों की प्रतिमारूप मड़ियाँ, बड़े पहाड़ों सरीखे आड़े शिखर और आड़े शिखरों पर पहाड़ों के अनेक तुंगों के प्रतीक, मंदिर के चारों पार्श्व त्रिभुजाकार, इन कमल गुंजित त्रिभुजों के शिखर पर सूर्य का गोल मंडल।'

मानसिंह स्पष्ट नहीं समझा।

विजय ने व्याख्या की, 'ऊपर के पहले खंड से दूसरे खंड के सामने के लिए पहले खंड से ही चारों दिशाओं में विशाल त्रिभुज बनते जाएँ जो ऊपर जाकर दो समानांतर पटरियों को बनाते हुए मिल जाएँगे। अपने किले के भीतर तैल-मंदिर में जैसा समन्वय पहाड़, शिखर, तुंग, मंडप, मड़िया, आम के पेड़ की गोल गुंबद और नदी-नालों की लहरों तथा शिव के त्रिशूल का हुआ है वैसा ही बड़े पैमाने पर जब बन चुके, तब नाम उसका रखा जाए, मान मंदिर।

'यहाँ, उत्तर के शिल्पियों की समझ में यह नहीं आएगा, क्योंकि इनकी परंपरा कुछ भिन्न है।'

'तैल-मंदिर को इन्हीं लोगों के पुरखों ने ही बनाया होगा?'

'छः सौ वर्ष से ऊपर हो गए जब ग्वालियर के राजा ने एक तैलंग राजकुमारी के साथ विवाह किया। दक्षिण के कुछ शिल्पी उस राजकुमारी की प्रेरणा से आए। उनके और उत्तर के शिल्पियों के सहयोग से वह मंदिर बना। तैल-मंदिर का शिखर तैलंग राजकुमारी की वांछा का प्रतीक है और शिखर के नीचे का सारा खंड उत्तर की परंपरा की मूर्ति है। अब वे कारीगर नहीं हैं।'

'हाँ, तैल-मंदिर विष्णु के शंख, चक्र, गदा, पद्म के सौंदर्य और शिव के ऊँचे, लंबे,

तीक्ष्ण त्रिशूल तथा नंदी की महत्ता का समन्वय है।'

'ठीक कहते हो आचार्य, मंदिर के चारों ओर गणेश और मयूरगामी कार्तिकेय की मूर्तियाँ भी हैं।'

'महाराज! यह वैष्णवों का अत्याचार है।'

'परंतु मंदिर को उत्तर के वैष्णव और दक्षिण के शैवों ने मिलकर बनाया होगा।'

'आप भी क्या कुछ इसी प्रकार का मिश्रण अपने भवन-निर्माण में करेंगे?'

'मैं तो टाँकी और हथौड़े की कविता तथा संगीत के ताल और तान को मूर्त करना चाहता हूँ इस भवन में। किन उपादानों और साधनों से हों, वह आप सरीखे विद्वान् बताएँ, मैं भी कुछ सोच रहा हूँ, परंतु निर्णय नहीं कर पाया हूँ।'

'शिल्पी और कारीगर बताएँगे यहाँ के।'

'शिल्पी और कारीगर निर्माण कला के शब्द और व्याकरण हैं। उनकी योजना, शब्द विन्यास, पदलालित्य और अनुपात को कविता तथा मंजुल-मंगल की फुरफुरी देना आपका-हमारा काम है।'

'सोचूँगा। आप क्या किसी काव्य को पत्थरों में साकार करने जा रहे हैं?'

'आप ही तो बताते रहते हैं कि जीवन को कल्याणमय और सुंदर बनाने से ही मृत्यु भी शुभ बन सकती है। मैं जीवन के उसी भाव को पत्थरों में उतार देना चाहता हूँ।'

'मैं महाराज, गुरुवचन को ही दुहराता हूँ। परंतु गुरुवचन में कायक-श्रम पर अधिक बल दिया गया है। उसको भवन-निर्माण में कैसे व्यक्त किया जाएगा!'

'उसकी विशालता से कायक धर्म का मर्म प्रकट हो जाएगा।'

'उसकी विशालता देखनेवालों को आतंकित न करेगी?'

'सौंदर्य की विशालता सीधे लंबे ताड़ वृक्ष की जैसी विशालता नहीं।'

'देखनेवाले को जीवन में श्रम को गौरव का पद देने की प्रेरणा भी मिलेगी क्या उसके सौंदर्य से?'

'चाहता तो हूँ कि हम सब और आगे आनेवाले लोग भी उसको देख-देखकर आह्लादित हों, गाने के लिए लहरा उठें और उस लहर से कर्मठ बनने की स्फूर्ति और शक्ति को पाकर जीवन को अपने श्रम से भर दें।'

'सोचूँगा किस प्रकार यह कल्पना पत्थरों की योजना द्वारा प्रकट हो सकेगी, आप तो सोच ही रहे हैं।'

: ४५ :

साँझ से ही बादल घिर आए। बिजली की कड़क-तड़क हुई और गड़गड़ाहट के साथ पानी बरसने लगा। चंद्रमा ऐसा छिपा कि घोर अमावस्या की रात प्रतीत होने लगी।

मृगनयनी और मानसिंह कर्ण महल के एक ऊपरी कक्ष की खिड़की के सामने मंच पर बैठे हुए थे। मानसिंह कुछ चिंतित-सा था, मृगनयनी हर्षमग्न और प्रफुल्लित।

मानसिंह ने कहा, 'इस वर्ष बरसात नाम ही नहीं ले रही है अंत होने का।'

'खेती-पाती के बिगड़ जाने का डर लग रहा है क्या?' मृगनयनी हँसती हुई बोली।

उसके दाँतों में बिजली का कुछ साम्य देखकर मानसिंह की चिंता छँट गई।

'राज्य के किसानों की खेती-पाती अपनी खेती-पाती के ही समान तो है। परंतु इस समय चिंता भवन-निर्माण के काम में बाधा होने के कारण हुई।'

'जब राई गाँव में थी, एक रात कुछ मैंने भी सोचा था।'

'तुमने अवश्य कोई कविता या तानें सोची होंगी, मुझको बताओ क्या सोचा था?'

'न कविता थी और न तान। मैं उन दिनों जानती ही क्या थी? पर सोचा अवश्य था कुछ।'

'बताओ न! मैं सुनने के लिए बहुत उत्सुक हूँ।'

मृगनयनी ने बड़ी-बड़ी आँखों से लजाते हुए देखा। मुसकराई। एक क्षण चुप रही।

'तुम ऐसे नहीं बताओगी। करूँ बुलवाने का कोई उपचार? मुझको अनेक आते हैं।'

मृगनयनी हँस पड़ी।

'वैसे ही बताए देती हूँ,' उसने कहा, 'एक रात मेरे मन में चाह उठी थी कि चाँदनी में चमकती नदी की दमक को समेटकर अंचल में बाँध लूँ, खेत की ऊँघती हुई बालों और पहाड़ की उस ऊँचाई को एक ही ठौर पर इकट्ठा कर लूँ; बड़े-बड़े पेड़ों के वंदनवार बनाऊँ और डालियों, पत्तों के झरोखे सजाऊँ, उन झरोखों से होकर मोतियों के हार-सी पहने हुए नदी की लहरों को गीत सुनाऊँ और फिर एक ऐसा घर बनाऊँ जिसमें यह सब आ जाए। मैंने और लाखी ने मिलकर घरौंदा बनाने का प्रयत्न किया। वह आधी घड़ी में कुछ न बनकर बिगड़ गया। आपने तो बहुत बना लिया है और बहुत बड़ा। एक दिन पूरा भी हो जाएगा।'

'वह गीत कौन-सा है जिसे नदी की लहरों को सुनाती थीं?'

'अरे यों ही था कुछ—भूल गई।'

'बताओ जल्दी, नहीं तो फिर हाँ।'

'गीत था—जाग परी मैं पिया के जगाए।'

'मुझको सुनाओ।'

'सुनाया तो था पहले।'

'आज फिर सुनाओ।' उसने हठ किया।

मृगनयनी ने सुनाया। उसने गीत को इतना सुरीला गाया कि वह स्वयं आनंदविभोर हो गई। अपनी ही तानें उसको कभी पहले ऐसी मीठी नहीं लगी थीं।

मानसिंह बोला, 'भवन-निर्माण के संबंध में इसी समय मुझको कुछ-कुछ नई सूझें मिली हैं।'

बादल फट गए और चाँदनी धुली-धुली छिटक आई। पानी कुछ पहले रुक गया था। प्रकाश में निकट की पर्वतश्रेणी स्पष्ट दिख गई। दूर के पहाड़ धूमिल, ऊँघते, सोते-से।

मानसिंह ने कहा, 'भवन को सौंदर्य, लालित्य और आस्था का मंदिर बनाऊँगा। कोमल भावनाओं का सदन, तुम्हारी चाह, शक्ति और बड़प्पन का प्रतीक! तुम्हारी कल्पना के वंदनवार, ऊँचे वृक्ष, पल्लवों के झरोखे, नदी की दमकती हुई लहरें—सबको उसमें सँजो दूँगा। उस मंदिर की प्रबल मंजुलता आधी रात की चाँदनी में आकाश से गाकर कहेगी—जाग परी मैं पिया के जगाए।'

'पत्थर गाएँगे कैसे?'

'जैसे तुम्हारे गाँव के पेड़, पहाड़, खेत में ऊँघती हुई बालें और चाँदनी में चमकती नदी की लहरें गाती हैं।'

मृगनयनी के मन में उठा—मैं रहूँगी उसमें; एक कक्ष में लाखी रहेगी, सुमनमोहिनी भी आया करेगी और छींटे भी कसा करेगी। कसने दो। मैं कान बहरे कर लूँगी, अनसुनी करती रहूँगी तब क्या करेगी वह? परंतु उसकी आँखें? और वह उपहास! असह्य हो जाता है। सहूँगी। ऐसा सुंदर मंदिर बनेगा वह, और हम सब उसमें ओछे बनकर रहेंगे! मैं खीझा नहीं करूँगी, वह अपने आप झुक जाएगी। अरे! उसका वह अलंकार!! उसको एक आले में फेंककर मैं बिलकुल ही भूल गई! क्यों भूल गई? इतने दिन क्यों भूली रही? अब उसको लौटा दूँगी। उसको उठाया ही क्यों था! हाथ में क्यों बना रहा? मैंने उसको आले में क्यों डाल दिया? वह सोचती होगी मैंने या मेरी किसी चाकरिन ने चोरी की! ओफ! बहुत बुरा हुआ। उसको कहीं फेंक दूँ? नहीं, कभी नहीं। क्या वह उसी आले में पड़ा होगा? देखती हूँ, वहीं पड़ा होगा। अभी लौटा दूँगी।

'क्या सोच रही हो? ठीक कहा न कि पत्थर इसी प्रकार गाएँगे?' मानसिंह ने पूछा।

मृगनयनी उठ खड़ी हुई। बोली, 'मैं अभी आती हूँ।' मानसिंह प्रश्न नहीं करने पाया, वह आतुरता के साथ चली गई। जिस आले में उसने सुमनमोहिनी के गहने को फेंक दिया था, वहीं मिल गया। वह उसको उठा लाई।

उसने कहा, 'भूल से आले में पड़ा रहा यह बड़ी महारानी का गहना।'

'मैं समझा नहीं। यह क्या है?' मानसिंह बोला।

मृगनयनी ने महीनों पहले की कहानी बताई।

'कैसे स्मरण हो आया?' मानसिंह ने पूछा।

'यों ही।' उसने उत्तर दिया।

एक क्षण चुप रहकर मानसिंह ने कहा, 'अब क्या करोगी?'

'मैं इसको लौटा देना चाहती हूँ।'

'बड़ी भूल करोगी। अनर्थ हो जाएगा।'

'अब तक स्मरण नहीं आया, इसलिए कोई बात नहीं, परंतु यदि रखे रहूँगी तो चोर समझी जाऊँगी।'

'तो क्या तुम समझती हो कि वह उदारता बरतेंगी?'

'कुछ भी हो, मैं इसको नहीं रखूँगी।'

'न रखो तो कहीं फेंक दो, परंतु लौटाओ मत।'

'मेरे ऊपर छोड़ दीजिए। चिंता मत करिए।'

'वह तुमको चोर कहेगी।'

'मैं तो न कहूँगी अपने को चोर। वह कहेंगी तो सह लूँगी।'

'तुम जानो, मैंने सावधान कर दिया है।'

'जब पत्थर उस प्रकार गाएँगे तो क्या हम कुछ भी न गा सकेंगे?'

: ४६ :

दूसरे दिन मानसिंह को समाचार मिल गया कि सिकंदर लोदी अपनी विशाल सेना सहित पश्चिम-दक्षिण की दिशा से ग्वालियर पर आ रहा है। बरसात के कारण भवन-निर्माण में बाधा पड़ चुकी थी। सिकंदर की चढ़ाई के समाचार ने उसको और भी विपन्न कर दिया। संगीत, चित्रकारी और निर्माण के काम को युद्ध के कारण न जाने कितने समय तक स्थगित किए रहना पड़ेगा, यह उसको बहुत गड़ रहा था। लड़ाई के साधनों को प्रचुर, प्रबल और प्रखर बनाने की अपेक्षा उसका ध्यान कलाओं के प्यार पर अधिक जा रहा था।

नगर में खलबली मच गई। संपत्तिवाले लोग अपने सामान और बाल-बच्चों को लेकर किले में आ गए। किसान और मजदूर कुछ नगर कोट के भीतर रह गए और कुछ भागकर पास और दूर के जंगल-पहाड़ों में छिपने लगे।

सिकंदर इसके आठ-नौ वर्ष पहले एक करारा आक्रमण ग्वालियर पर कर चुका था। सिकंदर के पहले उसका बाप बहलोल भी चढ़ाई कर चुका था। मानसिंह ने दोनों अवसरों पर आक्रमण को विफल कर दिया था। नगर के भागनेवाले लोग अब की बार निराश थे।

'राजा नाच-गान में ज्यादा उलझ गया है। वह उतना सावधान नहीं रहा!' कुछ लोग कहते थे।

दूसरों की शिकायत थी, 'रात-भर जागेगा, दिन-भर सोएगा, तब तुर्कों को पीछे

हटाने का समय कब और कहाँ से निकलेगा?'

'ग्वालियर की सीमा को बिलकुल असावधान कर दिया! चौकियाँ सब ढीली हो गईं।'

'रहने के लिए एक महल क्या कम था जो दूसरे के बनवाने में इतना डूब गया?'

'अच्छे धनुर्धारी नहीं रहे अब ग्वालियर में!'

'तुर्कों का राज हो जाएगा क्या अब? वे गुलाम बनाएँगे।'

'तोमर राजपूत अफीम खाने लगे हैं।'

'जब से यह नई रानी आई, तब से राजा का शौर्य चौपट हो गया। निहालसिंह शायद कुछ कर सके।'

'जब राजा ही ढीला है, तब सामंत क्या कर सकेंगे!'

'अब सिर पर आ गई है तब राजा कुछ अवश्य करेगा।'

'तुर्क जैसे पहले मुँह की खाकर लौट गए थे, वैसे ही अब भी लौट जाएँगे।'

'राजा को सजग कैसे किया जाए?'

किले के भीतर बढ़ती हुई भीड़ ने मानसिंह की युद्ध-भावना को उत्तेजित किया। किले में जहाँ-तहाँ अस्त्र-शस्त्रों की व्यवस्था की, सैनिकों को सन्नद्ध किया। भाग जाने से जितने लोग नगर में बचे थे उनको घर-घर जाकर आश्वस्त किया। सिकंदर की सेना को दूर ही अटकाए रखने के लिए निकटवर्ती पहाड़ों और घाटियों में सैनिकों की टुकड़ियाँ लगा दीं।

संध्या समय मृगनयनी को तैयारी का सब समाचार जा सुनाया। थक गया था, तो भी उसके मन में शिथिलता नहीं थी।

'समय पड़ने पर मैं भी लड़ूँगी,' मृगनयनी ने कहा।

'तुमको लड़ना पड़ा तो हम पुरुष काहे के लिए हैं?'

'स्त्रियाँ काहे के लिए हैं? क्या वे वांछा और कामना की शृंगार मात्र हैं?'

'नहीं, जीवन की प्रेरणा, प्रातःकाल की उषा जैसी सजग करनेवाली।'

'मैं कविता नहीं जानती, परंतु मैं पूछती हूँ कि क्या यही उषा दोपहर की प्रचंड किरण नहीं बन जाती? बड़ी रानियों ने एक समाचार भेजा था कि यदि बुरी से बुरी घड़ी आ गई तो हम सब जौहर करेंगी। क्या उषा प्रचंड किरण न बनकर, गगन में ऊपर न उठकर फिर नीचे धँस जाएगी?'

उन रानियों को यह संवाद नहीं भेजना था।'

'महल के उत्तर-पश्चिम में जो जौहरताल है उसने यह संवाद भिजवाया है। रानियों को ऐसे समय में वही याद आया, क्योंकि उनकी बाँहों ने तीरकमान और तलवार को कभी अपनी सखी नहीं बनाया। पहले की सतियों ने आग और चिता को जितना प्यार

किया, उसके बराबर तीर और तलवार के साथ भी करना चाहिए था। आने दीजिए बैरी को किले के निकट, फिर देखिए मेरा और लाखी का काम।'

'मुझको विश्वास है परंतु मैं चाहता हूँ कि जब दिन-भर की लड़ाई से थककर तुम्हारे कक्ष में आऊँ तब तुम्हारी मृदुल मुसकान और मीठे स्वरों की ललित तान को अपने भीतर भरकर ज्यों-का-त्यों सबल हो जाऊँ।'

'और हमारे चलाए तीरों की सनसनाहट क्या आपकी भुजाओं को कम फड़कन देगी? आपका भवन बनकर खड़ा हो गया होता तो क्या वह सोने के लिए ही आपको न्योता देता या यह भी कहता कि मेरे बाहर से लड़ो और भीतर बैठकर लड़ो?'

'बन जाएगा, तब वह यही संदेश देगा, परंतु बन नहीं पा रहा है। कोई न कोई विघ्न बीच में आ जाता है। चाहता हूँ कि तुर्कों की बला किसी तरह टल जाए तो बिना विलंब के भवन को बनवाकर खड़ा कर लूँ, बैजू के द्वारा संगीत में नया प्राण फूँक दूँ; चित्रकारी, साहित्य इत्यादि को पूरी ऊँचाई पर पहुँचा दूँ।'

'तुर्कों की बला किसी तरह टल जाए! कैसे टलेगी? सोना-चाँदी देकर टाल दीजिए।'

'मैं भी सोच रहा हूँ।'

'क्या सचमुच आप यही सोच रहे हैं?'

क्यों? राजनीति में साम, दाम, दंड, भेद—चारों को यथा अवसर काम में लाना पड़ता है। सोचने में क्या बुराई है?'

'कलाओं की बहुत अधिक पूजा ने ही क्या आपके ध्यान को राजनीति के दामवाले अंग पर अधिक जा बिठाया है? दंड की बात आप क्यों नहीं सोच रहे हैं?'

'सभी अंगों को सोचना पड़ता है।'

'मैं राजनीति को नहीं जानती। किसान की लड़की ठहरी। केवल इतना जानती हूँ कि मचान पर जागते-सोते जैसे ही भोर की लाली को देखा कि मन में लहर दौड़ी। चिड़ियों की चहक को सुना कि उमंग छा गई और दिन के काम पर पिल पड़ी। जब भोर की लाली, चिड़ियों की चहक, नदी की धार की दमक, पहाड़ों की ऊँचाई और लंबे-तड़ंगे पेड़ों की हरियाली और झरोखों, वंदनवारों को मिट्टी के घरौंदे में नहीं उतार पाया तब उस पर से ध्यान को हटाकर अपने काम में लग गई।'

'परंतु मिट्टी के घरौंदे और काटे-तराशे पत्थरों से बनाए अधूरे भवन में तो बड़ा भारी अंतर है।'

'वीणा को बजाते-बजाते, काम पड़ने पर, यदि तुरंत तलवार न उठा पाई, कोमल सेज पर सोते-सोते संकट आने पर यदि तुरंत ही उछलकर कमर न कसी, ध्रुवपद को गाते-गाते शत्रु के सामने आ खड़े होने पर यदि तुरंत गरजकर चुनौती न दे पाई, जिन कानों में मीठे स्वरों की रसधार बह-बहकर जा रही थी, उन्हीं कानों में यदि रणवाद्यों

और कड़खों की धुन न समा पाई तो ऐसी वीणा, सेज और ध्रुवपद की तानों का काम ही क्या?'

मृगनयनी उत्तेजित हो गई थी। मानसिंह को रोमांच हो आया। उसको अपने अंक में भर लिया।

'छोड़िए मुझको,' मृगनयनी ने कहा, 'क्षत्रिय के लिए इस समय जो उचित है उसी के करने में जुट जाइए। रनवास की रक्षा की चिंता को दूर कर लीजिए। मैं उसकी रक्षा का प्रबंध करूँगी।'

मानसिंह गद्‌गद हो गया।

बोला, 'सचमुच अब मुझको अपने भीतर बहुत बल प्रतीत हो रहा है। विलक्षण और प्रचंड। शत्रु को सोना-चाँदी दे-दिवाकर टाल देने की बात मैंने अपने मन से बिलकुल निकाल दी। सचमुच वह कला क्या जो कर्तव्य को लँगड़ा कर दे, और वह कर्तव्य भी क्या जो कला का अंग-भंग हो जाने दे?'

मृगनयनी ने मानसिंह के ऊँचे भरे वक्ष पर पड़ी हुई मणिमाला को उँगलियों में खिलाते हुए मुसकान के साथ कहा, 'अभी केवल कर्तव्य की बात को सोचिए।'

'यही होगा, यही होगा, प्राणधन। पहले कर्तव्य, कला की बात पीछे।' मानसिंह के मुँह से दृढ़ता के साथ निकला।

: ४७ :

बड़ी रानी से मानसिंह का एक पुत्र था। नाम विक्रमादित्य। वह युवावस्था में पैर रखनेवाला था। मानसिंह ने अपने हाथों उसकी कमर में तलवार बाँधकर सिकंदर का मुकाबला करने के लिए किले से बाहर भेज दिया। निहालसिंह को दूसरी दिशा से आक्रमण करने का आदेश दिया और समझाया, 'मुझको आशा है, सिकंदर को लौटा दिया जाएगा। जब वह लौट पड़े तब तुम जैसे बने उसके सामने जाना और टिकाऊ संधि की चर्चा करना। कहना, मालवे के सुल्तान का होश ठीक करने के लिए ग्वालियर ही है। यदि सिकंदर अपने किसी सरदार से लड़ाई में उलझा तो हम उसकी सहायता करेंगे। केवल मेवाड़ अपवाद है। यदि मेवाड़ से उसका युद्ध हुआ तो हम उसकी कोई सहायता न करेंगे।'

'कुछ देने-दिवाने की बात आई तो?' निहाल ने पूछा।

मानसिंह ने उत्तर दिया, 'तो मुझसे बिना पूछे कुछ तय मत करना, फिर देखा जाएगा।'

उसके सामने मृगनयनी की खिंची हुई भौंहों का चित्र खिंच गया। निहाल चला आया। मानसिंह नगर और किले की रक्षा के लिए भीतर रह गया।

निहाल आदेश लेकर कर्णमहल से बाहर होने को ही था कि एक मोड़दार गली के एकांत में कला मिल गई। कला मुसकराई। वह ठिठक गया। कला ठिठककर खड़ी हो गई जैसे मार्ग न पा रही हो।

निहाल ने कहा, 'बहुत दिनों से कुछ कहने की सोच रहा था।'

कला ने जरा-सा कटाक्ष किया और बोली, 'अवसर ही नहीं मिला, अब कह लीजिए।'

'क्या करती रहती हो?'

'चित्रकारी और गायन-वादन।'

'किसकी चित्रकारी?'

'किले के मंदिरों की और कोई बनवाए उसकी।'

'चित्रकारी से बढ़कर तुम्हारा संगीत है।'

'आपकी कृपा।'

'उस रात तुम्हारा गायन और नृत्य न जाने मन में क्या-क्या छोड़ गया।'

'गाया तो नहीं था मैंने।'

'बैजू के साथ में तो गाया था।'

'मेरे नृत्य ने आपके मन में क्या छोड़ा था?'

'तुम्हारी मुसकान, चितवन और गीत के अभिनय को जिसने कभी साथ नहीं छोड़ा, सपनों में भी नहीं छोड़ा।'

'तो अब जाइए, भगवान् फिर मिलाएँगे।'

'तुमको एक बार हृदय से लगा लेता—बड़ी साध है।'

'मेरे दो-एक प्रण हैं, जब तक वे पूरे नहीं हुए, देह को नहीं छूने दूँगी, यदि छुआ तो आत्मघात कर लूँगी।'

'ऐसे वे कौन से प्रण हैं?'

'इस लड़ाई को आप निश्चय ही जीतकर आवेंगे।'

'आशा तो है।'

'जीतकर आने पर नरव्रर की जागीर आपको मिलनी चाहिए। हम सबने सुन लिया था कि नरवर को आपके पराक्रम ने ही जीता था। नरवर आपको मिलना चाहिए था।'

'हाँ, खैर, नरवर राजा के साले के हाथ में है।'

'बिलकुल अकारथ, आपको मिले नरवर, मैं तो यही चाहती हूँ।'

'लौटकर देखूँगा। लडूँगा, विकट लड़ाई लडूँगा, सिकंदर को पछाडूँगा, महाराज प्रसन्न होंगे तब नरवर को जागीर में माँगूँगा।'

'जैसी लड़ाई की बात आप कहते हैं, वैसी मुझको तो अच्छी नहीं लगी। डर के मारे

कलेजा धसकने लगा है। राजकुमार और इतने सामंत बाहर लड़ने के लिए जा रहे हैं। किले में अकेले महाराज रहेंगे। आप उनके साथ ही बने रहें तो अच्छा होगा।'

'महाराज कहते थे कि नई महारानी भी किले के प्रबंध में उनके साथ रहेंगी।'

'स्त्री ही तो है, कितना कर पाएगी?'

'मेरे मन में बात उठी थी, परंतु अनुचित समझकर मुँह से नहीं निकली। तुम नई महारानी से कहकर मुझको रुकवा लो, बड़ा अच्छा होगा। यदि मैं किसी प्रकार रुक जाऊँ तो आज रात को कहीं एकांत में मिल सकोगी?'

'मैं पहले ही कह चुकी हूँ कि आप मेरी देह का स्पर्श उस समय तक नहीं कर सकेंगे, जब तक आपको नरवर की जागीर नहीं मिलती।'

'नरवर की न मिले और कोई जागीर मिले तो?'

'और कोई जागीर मिले तो उसको नरवर की जागीर से बदलवा लेना।'

'नरवर से इतना मोह क्यों है?'

'क्योंकि उसको आपने जीता था और मेरा घर चंदेरी नरवर के निकट बैठता है। बस, यही मोह है।'

'तुम कैसे अवसर पर मिलीं? मन नहीं चाहता है कि किले को छोड़ूँ। इच्छा है दिन-रात सामने रहो और तुमको देख-देखकर सब काम करता रहूँ।'

'यह तो ब्याह हो जाने पर ही संभव होगा।'

'न हो ब्याह तो क्या! हमारी तुम्हारी जाति भिन्न-भिन्न है।'

'मैं तो आचार्य विजयजंगम के सिद्धांत को मानती हूँ। आपका उनका साथ तो और भी बहुत पहले से है, क्या आप नहीं मानते? राजा तो मानते हैं।'

'मैं भी मानूँगा।'

'तो अब किले में रहकर ही युद्ध में भाग लीजिए। मुझको कभी-कभी दर्शन मिल जाया करेंगे।'

'तुम तो महारानी मृगनयनी से कहोगी नहीं? कहोगी न?'

'नहीं कहूँगी। उनको संदेह हो जाएगा।'

'अच्छा तो, मैं ही कुछ प्रयत्न करूँगा।'

कला मार्ग छोड़कर चली गई। निहालसिंह ने प्रयत्न किया, परंतु मानसिंह ने अपनी योजना के किसी भी अंश में हेर-फेर नहीं किया। निहालसिंह बाहर चला गया।

: ४८ :

सुमनमोहिनी ने कला से जो कुछ सीखा हो और न सीखा हो, कला उसके पास अकेले में उठने-बैठने ज्यादा लगी।

'तुमको गूजरी रानी बहुत अधिक चाहती हैं?' सुमनमोहिनी ने पूछा।

कला जानती थी कि मृगनयनी को बड़ी रानी रत्ती-भर भी नहीं चाहती।

सावधानी के साथ बोली, 'मेरे ऊपर तो आप सभी की कृपा है, आपकी विशेषकर।'

'उनका प्यार लाखी पर, जो अब लाखारानी कहलाने लगी है, अधिक है। क्या तुमको उतना ही चाहती हैं?' बड़ी रानी ने आँख गड़ाकर प्रश्न किया।

कला ने भोलेपन का नाट्य करते हुए कहा, 'लाखारानी से बढ़कर तो गूजरी रानी किसी को भी नहीं चाहतीं।'

'तुम मुझको चाहती हो?'

'मैं तो महारानीजी, आदर बहुत करती हूँ। सेविका के मुँह से इतनी बड़ी बात कैसे निकल सकती है?'

'मैं तुमको अपनी सखी बनाना चाहती हूँ, इस ढंग से बर्ताव करूँगी कि मृगनयनी को नहीं मालूम पड़ पाएगा।'

'आपकी इस कृपा को जन्म-भर नहीं भूलूँगी।'

'अच्छा, तुम जो किले के भिन्न-भिन्न भागों के इतने चित्र बनाया करती हो, उनसे तुमको क्या मिल जाएगा।'

'कुछ नहीं, महारानीजी, कुछ नहीं। मंदिरों के भी बहुत से बनाए हैं।'

'उनके भी बनाए हैं? मृगनयनी के?'

'कई बनाए हैं। महाराज के भी बनाए हैं।'

'और मेरे?'

'आपकी आज्ञा लेने की कामना बहुत बार मन में उठी, परंतु भय के मारे नहीं कह सकी।'

'अब बनाना।'

'बहुत से बनाऊँगी।'

'कुछ और भी करना जानती हो या केवल चित्रकारी और गाना-बजाना?'

कला रानी का मुँह ताकने लगी।

बड़ी रानी ने गूढ़ मुसकान के साथ कहा, 'मेरी आज्ञा का पालन करोगी?'

'सिर के बल।' कला ने उत्साह के साथ उत्तर दिया।

'गंगाजी की सौगंध खाकर कहोगी?' रानी ने धीमे स्वर में पूछा।

कला ने आश्वासन दिया और सौगंध खाई।

कला के मन ने अपने और शपथ के बीच एक आड़ पहले ही खड़ी कर ली थी—वह सिवाय राजसिंह के और किसी के लिए शपथ का निर्वाह करने की अभ्यस्त न थी।

रानी ने इधर-उधर देखकर कहा, 'काम बहुत टेढ़ा है, चतुराई के साथ करो तो बहुत

पुरस्कार दूँगी।'

'करूँगी,' कला दृढ़ता के स्वर में बोली।

'मैं तुमको एक औषध दूँगी। उसको किसी प्रकार, चुपचाप मृगनयनी को खिला दो। डरो मत, औषध से प्राणहानि नहीं होगी, उसके खिलाने से मृगनयनी के कोई संतान नहीं हो सकेगी।' रानी ने कहा।

कला बोली, 'यह तो मैं कर लूँगी। गूजरी रानी को मालूम नहीं हो सकेगा।'

सुमनमोहिनी ने एक सफेद चूर्ण कला को दिया। कला लेकर चली गई।

निस्संतान करने की औषध नहीं हो सकती यह। बहुत करके विष होगा। मृगनयनी को मार देने से लाभ नहीं। यदि कहीं बात उघड़ गई तो व्यर्थ ही मारी जाऊँगी। मानसिंह को क्यों न किसी तरह खिला दूँ। यदि विष ही हुआ तो राजसिंह का काम बन जाएगा और न हुआ तो कोई बात ही नहीं। परंतु यदि यह प्राणनाशक विष है ही नहीं तो व्यर्थ के जंजाल में क्यों पड़ूँ? किले के चित्रों को तैयार कर लिया है, राजसिंह के काम में आ सकते हैं। देर-सवेर ग्वालियर का घेरा पड़नेवाला है, अब ग्वालियर में और अधिक रुकना निरर्थक है। परंतु यदि यह औषध विष ही हुई तो मानसिंह को समाप्त क्यों न कर दूँ। राजसिंह को वचन देकर आई थी। और यदि यह विष न हुआ तो? कई बार प्रयत्न किया, सफल न हो पाई। अब की बार यदि किले के चित्रों से काम बन जाए, तो अब इस प्रयोग के लिए और अधिक न ठहरूँ। मानसिंह वैसे भी मारा जाएगा। मैं क्यों यहाँ और अधिक टिकी रहूँ? निहालसिंह होता तो इन सबकी आपस में खटकवा देती। कौन जाने लौटेगा भी या नहीं। लौटा और घेरे के भीतर मैं भी पड़ गई तो अभी तक का किया-कराया सब यों ही रह जाएगा—कला सोच रही थी।

उसने एकांत में जाकर सफेद चूर्ण फेंक दिया।

: ४९ :

अतर्वेद में लड़ाइयों पर लड़ाइयाँ मची रहती थीं, चंबल के पश्चिमी-उत्तरी किनारों का भी यही हाल था। जौनपुर की शर्की सल्तनत समाप्त हुई तो छोटे-छोटे जागीरदार और बंगाल के सुल्तान दिल्ली युद्ध के लिए आवाहन देने लगे। बोधन पुजारी राई को छोड़ने का मुहूर्त न पा सका। सोचा था, थोड़ी-सी शांति स्थापित हो जाए तो अयोध्या या काशी पहुँच जाऊँ। इतने में सिकंदर लोदी ने चंबल के उत्तरी किनारों और घाटियों को आ घेरा। सिकंदर के ग्वालियर की दिशा में बढ़ते ही राई और आस-पास के गाँव उजड़ गए। अनिच्छा होते हुए भी बोधन ग्वालियर नगर में आत्मरक्षा के लिए आ गया। राई के पड़ोस के पहाड़ों, पठारों और कंदराओं को उसने अरक्षित समझकर यही निश्चय किया। राजा मानसिंह को जैसे ही मालूम पड़ा कि बोधन ग्वालियर नगर में आ

गया है, उसको आदर के साथ किले के भीतर बुला लिया और शांति स्थापित होते ही राई में मंदिर बनवाने के वचन को पूरा करने की बात कही। राई से ग्वालियर को नहर बनती चली आ रही थी, इसलिए बोधन को विश्वास था कि मंदिर बन जाएगा। राजा अपना ही है, वर्ण के मामलों में उतनी समझ नहीं रखता, किसी दिन सुमार्ग पर ले आऊँगा, कोई बात नहीं—बोधन ने सोचा। किले में उसको एक साफ-सुथरा घर रहने को मिल गया। मृगनयनी का जीवन अब कैसा चलता होगा? रानी जैसा। ठीक भी है। और लाखी का? वह भी यहीं आ गई है। यह बुरा हुआ। देखा जाएगा। संसार में न जाने कितने पापी भरे हुए हैं! किस-किस की चिंता की जाए? बोधन ने उपेक्षा की। यहीं वह विजयजंगम भी है जो राजा को नास्तिकता पर चढ़ाता रहता है। विजय से काफी खटकी तो अब की बार उसकी अकल ठिकाने लगा दूँगा।

बैजू को भी राजा ने किले में एक घर दे दिया। बैजू का युद्ध के समाचारों से कोई सरोकार न था। उसके लिए युद्ध खटमल और मच्छर के दंश के समान था। काटा, खुजाया और पीछा छुटा लिया। लड़नेवाले जान पर खेल जाएँगे और मानसिंह रक्षा के लिए कुछ उठा नहीं रखेगा, इसलिए वह ध्रुवपद की गायकी में किसी मनोहर परिष्कार की उधेड़बुन में लगा हुआ था। यदि मैंने किसी मीठी मंजुल परिपाटी को चला दिया तो मानो सब पुरखे वैकुंठ में पहुँच गए और मेरे लिए तो सुरपुरी के द्वार खुले ही रहेंगे। बैजू इस धुन में था।

रात का समय। बादल दिन में भी रहे थे, अब तो बेभाव उमड़ आए और कड़कड़ाकर बरसने लगा। घर के एक आले में दीपक टिमटिमा रहा था। बैजू एक मोटी दरी पर बार-बार वीणा को उठाकर बजाता और रख देता। एक ओर पखावज रखी हुई थी, बीच-बीच में उस पर, गुनगुनाते हुए, किसी ताल को जमाता। कला गोदी में तँबूरे को साधे चुप बैठी थी। वह कुछ कहने के लिए उत्सुक थी।

'धा किट किट धा धा किट धा किट धा,' बैजू के मुँह और पखावज से एक साथ निकला। फिर वह ठहरकर कुछ सोचने लगा। गुनगुना नहीं रहा था।

कला बोली, 'अब समय आ गया है, महाराज।'

उसकी तरफ देखे बिना ही बैजू ने कहा, 'अभी नहीं आया। कसर है।'

'धकिट धकिट धा, धकिट धा किटधा,' उसके मुँह से निकला और हाथ से ताल देने लगा। फिर कुछ क्षण चुप रहा। यकायक दाँत भींचे और मुट्ठियाँ कसीं।

बोला, 'लोग कहते हैं गाना-रोना सभी जानते हैं। मूर्ख कहीं के! अभागे न तो ठीक ढंग से रो सकते हैं न गा सकते हैं। गाने को तो शंकर ने और भी दरूह बना दिया है।'

'अब समय आ गया है।' कला ने दुहराया।

बैजू ने एक क्षण रीती दृष्टि से उसकी ओर देखा। मुसकराकर बोला, 'वह आया! वह

आया!! अब की बार पकड़कर ही रहूँगा।'

कला ने भयभीत दृष्टि से उधर देखा। वहाँ कहीं कोई न था। उसने चैन की साँस ली।

बैजू ने जोर के साथ सिर हिलाया और गुनगुनाने लगा। 'अच्छा' कहकर उसने वीणा उठा ली और अलाप करने लगा। कला तँबूरा छोड़कर उसके स्वर का साथ देने लगी।

'ठहर जा!' बैजू चिल्लाया। कला ने तँबूरे को एक ओर रख दिया और टकटकी लगाकर उसकी ओर देखने लगी। बैजू वीणा को नीचे रखकर आँखें मीचे हुए कुछ गुनगुनाने लगा, साथ ही घुटने और हाथ का हलका ताल देने लगा। किसी गीत को राग और ताल में बिठा रहे हैं, कला ने सोचा।

एक घड़ी गुनगुनाने और ताल देने के उपरांत बैजू बिचककर यकायक खड़ा हो गया।

'अ हा हा? ओ हो हो!!' उसके मुँह से निकला और वह खिलखिलाकर हँस पड़ा।

आज बावलेपन की मात्रा कुछ अधिक है—कला ने निर्धार किया।

'धकिट धकिट धी कट, अहाहा! हा!! ह!!! क्या बात है। जय शंकर भगवान् की, जय नटराज की।' बैजू ने कहा और वीणा पर गाया—'मान खेलै होरी राजा माना खेलै होरी...।' उसके बाद उसने पखावज ली और गुनगुनाते हुए बजाने लगा। पखावज को रखकर फिर वीणा को हाथ में लेने ही वाला था कि कला अकुलाहट के साथ बोली, 'गुरुजी महाराज, अब समय आ रहा है।'

उसने हर्षमग्न होकर कहा, 'आ रहा है नहीं, आ गया है, मूर्ख छोकरी! ध्रुवपद से होरी की गायकी की रूपरेखा बना ली और ताल भी तैयार हो गया। धमार ताल में गाई जाएगी होरी। गीत के बोल भी बना लिए हैं। पानी रुक जाए तो राजा को अभी जाकर सुना दूँ। पर उस रूपरेखा में रंग और भर दूँ तब सही। हाँ, यही ठीक है। ठीक रहेगा न कला?'

'हाँ महाराज, बहुत ठीक रहेगा। मैं कुछ और कह रही थी।'

'फिर कभी कह लेना, मुझको अवकाश नहीं है अभी तो।'

'अभी ही सुनना पड़ेगा। बहुत महत्त्व की बात है।'

ध्रुवपद और होरी से भी बढ़कर! फिर तूने सीखा क्या इतने दिनों में?'

'महाराज को स्मरण होगा जब चंदेरी से हम लोग चले।'

'हाँ, चंदेरी से चले थे, और अब ग्वालियर में हैं। क्या मैं बच्चा हूँ जो इतनी-सी बात भी न जानूँगा?'

'चंदेरी फिर लौटना होगा।'

'काहे के लिए? चंदेरी के पत्थरों से सिर मारने के लिए?'

'चंदेरी से चलते समय रावराजा राजसिंह ने कछ कहा था?'

'हाँ कहा था कि ग्वालियर के मेले में सब गवैयों-बजैयों को परास्त करना और चंदेरी का नाम.रखना, सो हो गया। अब ग्वालियर के नाम को बढ़ाऊँगा।'

'उन्होंने कुछ और भी कहा था।'

'क्या कहा था बताओ। मैं राव राजसिंह की बात को मान्यता देता हूँ।'

'उन्होंने बहुत कुछ कहा था और यह भी कि जब ग्वालियर को कोई घेरने के लिए आए तब उसके सैन्यबल आदि का सही पता लगाकर तुरंत चंदेरी लौट पड़ना और बताना। किले के चित्र मैंने बना लिए हैं।'

'होंगे चित्र-वित्र, क्या करेंगे राव राजसिंह यह सब जानकर!'

'ठीक समय पर नरवर पर चढ़ाई कर देंगे। अपनी बपौती को ले लेंगे। चित्र घेरा डालनेवाले के हाथ पहुँच जाएँगे।'

'और राजा मानसिंह जो ध्रुवपद को इतना अच्छा समझता है और इतना अच्छा गा लेता है, चुपचाप बैठा रहेगा!'

'यह अपने देखने की बात नहीं।'

'अच्छा, दो-चार दिन ठहर जाओ तब तक होरी की रूपरेखा में सलोने-सुहावने रंग भरे लेता हूँ। फिर पूरे साज-सिंगार के साथ इस होली को राजा मानसिंह को सुनाऊँगा। उसके बाद राजा से पूछूँगा कि तुम चंदेरी जाओ या यहीं बनी रहकर कुछ और सीखो-सिखाओ।'

कला ने अपने को कोसा—किस घड़ी इस पागल के साथ चंदेरी से चली थी! परंतु इतना पागलपन इनको सदा ही नहीं रहा है; जब दिन में कुछ अधिक सचेत दिखाई पड़ेंगे, तब सावधान करूँगी।

: ५० :

निहालसिंह और युवक विक्रमादित्य सिकंदर की हरावल से जा भिड़े। सिकंदर की हरावल राई के पीछे की विस्तृत दूरी तक फैली हुई पठारों और जंगलों में नहीं घुस पाई थी।

उन दोनों के दलों ने हाथियों की सहायता से हरावल को मार भगाया। वे और आगे बढ़ते परंतु सिकंदर ने संधि का संदेश भेजा। युद्ध रुक गया।

पानी बरस-बरस जाता था। भूमि ऊँची हरियाली और गहरे कीचड़ से भर गई थी। सिकंदर के लिए एक-एक पग बढ़ना दूभर हो रहा था। उसी समय दिल्ली से समाचार आया कि कुछ सरदार पंजाब में गड़बड़ मचा रहे हैं और पूर्व में जौनपुर के निकट उसका भाई जलाल सिर उठा रहा है। ग्वालियर की अपेक्षा दिल्ली को अधिक महत्त्वपूर्ण समझकर सिकंदर लौट पड़ा। संधि की चर्चा के लिए उसने उन दोनों तोमर नायकों को

दिल्ली बुलाया। निहालसिंह ने विक्रमादित्य को ग्वालियर लौटा दिया। उसकी वांछा थी कि युद्ध और संधि की विजय का श्रेय अकेले उसको मिले। इसलिए ग्वालियर को समाचार भेजकर वह एक छोटे दल के साथ दिल्ली चला गया।

सिकंदर को अपने पिता बहलोल की बात याद थी। जब बहलोल लाहौर के प्रदेश का सूबेदार था तब दिल्ली का सिंहासन सूना हुआ। बहलोल महत्त्वाकांक्षाओं को लेकर दिल्ली की ओर चल पड़ा। दिल्ली के निकट उसको एक फकीर मिला।

फकीर ने बहलोल से कहा, 'दिल्ली की बादशाहत चाहते हो?'

बहलोल ने सोचा, अंधा क्या चाहे दो आँखें।

फकीर ने बताया, 'मैं बेच सकता हूँ दिल्ली की बादशाहत को। खरीदोगे मुझसे? जो कोई भी खरीदना चाहे, बेच दूँगा। जो कोई खरीदेगा वही तख्त पर जा बैठेगा।'

बहलोल ने बादशाहत के दाम पूछे।

फकीर बोला, 'दो हजार टके। बस। खरीद लो और मौज करो।' बहलोल ने फकीर को दो हजार टके दिए। इधर-उधर के बागी सरदारों से लड़ाई लड़ी और दिल्ली के तख्त पर जा बैठा।

सिकंदर ने सोचा, दिल्ली में फकीरों की कमी नहीं है, अगर किसी मनचले सरदार ने किसी लालची फकीर से बादशाहत कुछ ज्यादा दामों पर खरीद ली तो सिपाही उसी से जा चिपकेंगे और मैं कहीं का न रहूँगा। इसलिए वह अविलंब दिल्ली पहुँचा और बागी सरदारों के मूलोच्छेदन में लग गया। जलाल दूर था, इसलिए उसकी अधिक चिंता न थी।

बागी सरदारों को उसने बहुत शीघ्र नष्ट कर दिया। इसके बाद ग्वालियर के दूत निहालसिंह से पूछा, 'तुमको अपने राज की तरफ से सब सवालों के तय करने का अख्तयार है?'

'जी हाँ है।' उसने उत्तर दिया।

'तुम्हारे राजा पर हमारा अस्सी लाख टके निकलता है।'

'कैसे?'

'अस्सी लाख टके तो उसी वक्त का निकलता है जब पहले बादशाह ने ग्वालियर पर चढ़ाई की। उसके बाद मैंने चढ़ाई की। चार साल पीछे रकम दुगुनी हो गई। फिर अब की बार वसूली के लिए मुझको खुद आना पड़ा। इसका खर्च अलग है।'

'पहली बार हमारे राजा के समय में जब बादशाह बहलोल ने चढ़ाई की तब वह हारकर लौटे। दूसरी बार जब आपने हमला किया तब आप भी हारकर वापस आए। अब की बार कौन जीता कौन हारा, इसका निर्णय होने को अवश्य बाकी है।'

'बेअदबी मत करो सरदार। हमारे कागजों में सब लिखा-पढ़ा रखा है। याद रखो,

बादशाह अल्तमश ने ग्वालियर में क्या किया था?'

'मुझको याद नहीं है।'

'दो सौ साल के करीब हो गए, मगर हमारी तवारीख में अभी वाकया ताजा है। अल्तमश ने ग्वालियर को फतेह किया। सिपाही, सरदार, राजा—सब मारे गए और राजपूतनियों ने जौहर किया। तुम्हारे किले के एक तालाब का नाम जौहर-तालाब इसीलिए है। अब न भूलना।'

'कैसे भूल सकते हैं? मगर अब की बार?'

'हाँ अब की बार ग्वालियर के किले के सारे तालाब जौहर-तालाब कहलाएँगे।'

'अब की बार सुल्तानजी, दिल्ली के तालाब और कुँओं को जौहर का नाम मिलेगा।'

राजदूत भूल गया कि मानसिंह ने क्या कहने और किस तरह बरतने को कहा था। सिकंदर लोदी का खून उबल पड़ा।

'जानता है सरदार, किससे बात कर रहा है, किसके हुजूर में खड़ा है?'

'आपको भी जानना चाहिए कि आप किसी ऐरे-गैरे से बात नहीं कर रहे हैं। तोमर राजपूत से बात कर रहे हैं जिसके पुरखों ने इसी दिल्ली में लोहे की कील गाड़ी थी और जो फिर उससे भी बड़ी कील गाड़ने का दम रखता है। जिसके राजा ने कभी बैरी के सामने सिर नहीं झुकाया, उसी का सामंत सामने खड़ा है। दिल्ली को आपके पुरखे ने दो हजार टकों में खरीद लिया होगा, क्योंकि उसके दुर्दिन हैं; परंतु ग्वालियर को समूचे विंध्याचल की तौल सोने के बदले में भी नहीं मोल ले सकोगे।'

'चुप बदजबान!'

'संधि की चर्चा के लिए आपने बुलाया था, मैं अपने आप नहीं आया।'

'ले जाओ इसको। भेज दो ग्वालियर खबर कि मैं तोमरों का होश ठीक करने आता हूँ। कहला दो कि एक बार दिल्ली के किसी भी बादशाह ने, किसी भी गुजरे जमाने में जिस किसी जमीन को फतह किया वह उसकी और उसके जांनशीनों की हमेशा के लिए हो गई।'

दरबार के कुछ रक्षक निहालसिंह को पकड़कर ले गए। बादशाह ने नहीं कहा था तो भी वे जानते थे कि अब इसका क्या करना है।

राजपूत ने अपनी गरदन उस समय भी नहीं नवाई जब धड़ से सिर अलग हो गया। तब भी उस तोमर का धड़ एक क्षण के लिए सीधा खड़ा रहा। बधिकों को आश्चर्य था, इस तरह तो किसी को मरते नहीं देखा। लोग मारे जाने के पहले घिघियाते-पतियाते और रोते-चिल्लाते देखे गए हैं, पर यह! यह तो मौत को दुलहन समझ रहा है!!

बादशाह को जब निहालसिंह के निधन की बात मालूम हुई, तब उसने राजा मानसिंह के पास खिलअत और कुछ घोड़े भेज दिए, मानो पूरा प्रायश्चित हो गया!

: ५१ :

बैजू ने गायन की अपनी परिपाटी को दो-तीन दिन के भीतर साज-सँवार लिया। सिकंदर को दिल्ली की दिशा में हटता हुआ सुनकर मानसिंह की व्यस्तता कुछ कम हो गई। परंतु विश्वास नहीं था कि वह फिर न लौट पड़ेगा। कई दिन उपरांत बैजू ने उसको अपनी नई परिपाटी के सुनाने और उस पर तर्क-वितर्क करने का अवसर ढूँढ़ निकाला। उसी कक्ष में गायन-वादन का आयोजन हुआ। सभा भवन में और सब थे, केवल निहालसिंह वहाँ नहीं था। ऊपर के खंड में झिझरियों के सामने रानियाँ यथास्थान आ बैठीं। अपने स्थान पर मृगनयनी और लाखी भी। बैजू ने बड़ी लगन के साथ अपनी नई परिपाटी को व्यक्त करना शुरू किया। विजय ने वीणा रख दी।

बैजू ने कहा, 'बजाइए। बजाइए।'

विजय बोला, 'बजाऊँगा नहीं, सुनूँगा। उठान विलक्षण है। पहले कभी नहीं सुना।'

बैजू मानो बिना किसी प्रयास के जीत गया। स्वरों को मधुरता में घोल-घोलकर गाने लगा। गीत में बोल थोड़े ही से थे—

मान होली खेले री राजा मान होरी खेले री
प्रेम प्रीति की गाँठ परी है जो मन भाया सो खेले री—
राजा मान होरी—

गीत की पूरी तानों को लगभग दो घड़ियाँ लगीं। गीत ऊँचे स्वरों में हुआ।

मानसिंह ने सुझाव दिया, 'बीच-बीच में नीचे के स्वरों पर भी थोड़ी देर ठहर जाए तो जान पड़ेगा मानो रंग की पिचकारी को फिर से भरने के लिए कोई ठहर गया हो।'

बैजू ने तुरंत मान लिया और मानसिंह के सुझाव के अनुसार गा दिया।

समाप्ति पर बैजू बोला, 'इस परिपाटी को होरी की गायकी के नाम से विख्यात किया जाएगा।'

'किस-किस राग में गाई जाएगी?' विजय ने प्रश्न किया।

'किसी भी मधुर आकर्षक राग में।' बैजू ने उत्तर दिया और उसने उन्हीं बोलों को कई रागों में गाकर सुना दिया।

मानसिंह ने उत्साह के साथ कहा, 'आज से आचार्य बैजनाथ को नायक बैजनाथ का पद दिया गया।'

'नायक!' बोधन ने आश्चर्य प्रकट किया, 'नायक इस युग में कोई भी नहीं हो सकता। नायक तो वह कहलाता है जो किसी नए राग का सर्जन करे।'

विजय ने विवाद उठाया, 'आपकी जान में तो इस युग में नया कुछ भी नहीं हो सकता। आपको क्या संगीत पर भी अधिकार है जो बीच में ही बोल उठे।'

बोधन ने कहा, 'संगीत एक शास्त्र है। गाना न जाननेवाला भी सर्वमान्य सिद्धांत की बात तो कह ही सकता है। प्राचीन ऋषियों ने जो कुछ किया उसको अब न तो कोई बदल सकता है और न उसमें किसी नई बात को उत्पन्न कर सकता है।'

'करके दिखा तो दी है।' बैजू ने टोका।

बोधन ने हठ किया, 'ऐसे नहीं माना जा सकता। भारत-भर के संगीताचार्य इकट्ठे हों, उनके सामने यह परिपाटी प्रस्तुत की जाए और वे सब कह दें कि आचार्य बैजनाथ, पुराने ऋषियों से आगे निकल गए हैं तब माना जाएगा।'

मानसिंह को अखर गया। बोला, 'तुम तो पुजारी, संगीत का एक अक्षर भी नहीं जानते।'

विजय ने व्यंग्य किया, 'समय-कुसमय कुतर्क तो कर सकते हैं।'

बोधन ने दृढ़ता के साथ कहा, 'आपसे किसी दिन मुझको निबटना है। धर्म और शास्त्रों के संबंध में आपने जितना भ्रम और असत्य फैला रखा है इतना कदाचित् ही किसी ने फैलाया हो।'

'अभी विवाद बंद रखो, किसी दिन अवसर और समय दूँगा। कर लेना चाहे जितना व्यायाम तर्क और विवाद का। गायक और आचार्य बैजू नायक बैजू कहलाएँगे।'

शास्त्रों के किसी भी विषय पर राजा की आज्ञा मात्र शिरोधार्य नहीं हो सकती, बोधन ने मन में कहा, और धीरे से बोला, 'मैं तो नहीं कहूँगा।'

राजा ने सुन लिया। क्रोध के मारे काँप गया। परिस्थिति को तीखे कड़वेपन से बचाने के लिए उसने विजय से कहा, 'आप वीणा पर निकालने का प्रयत्न करिए आचार्य।'

विजय प्रयत्न करने लगा। मानसिंह क्रोध के शमन के प्रयास में लग गया।

ऊपर के खंड में अन्य रानियाँ सदा की भाँति ऊँघ रही थीं। मृगनयनी और लाखी सजग थीं।

मृगनयनी ने जरा सशक्त स्वर में कहा, 'मैं समझ गई गायन की इस रीति को। महाराज से कहूँगी कि इसको थोड़ा-सा संक्षिप्त और करवा दें। दीर्घकाल तक गाते रहने में समय बहुत लग जाता है, रस का गाढ़ापन चला जाता है और राग क्षीण हो जाता है।'

ऊँघती हुई रानियों की ओर आँख घुमाती हुई लाखी बोली, 'और सुननेवाले ऊँघकर सोने लगते हैं।'

लाखी ने यह बात इतने ऊँचे स्वर में कही थी कि बड़ी रानी के कान में भनक पड़ गई। तंद्रा टूट गई और वह जाग पड़ी। उसने उन दोनों को कुछ अपने ऊपर-सा हँसते देख लिया। उतने ही परिहास से बड़ी रानी का रोम-रोम जल गया। वह अपने निकट ऊँघती हुई रानियों को जगाने का प्रयास करने लगी। उनको जाग पड़ने में देर नहीं लगी।

'सुनने को आई थीं कि सोने को? देखती नहीं यहाँ एक से एक बढ़कर जानकार बैठे हैं?' बड़ी रानी ने व्यंग्य किया।

सुननेवाली ने अँगड़ाई ली और हँस दी।

बड़ी रानी ने एक तीर और छोड़ा, 'ऐसी सोया करोगी तो गहने बराबर खोएँगे। अब की बार मिलेंगे भी नहीं।'

यह तीर मृगनयनी के कलेजे में बिंध गया।

मैं क्या गहनों की चोर हूँ? क्या मैंने चोरी की थी? कुतूहलवश उस निकृष्ट गहने को हाथ में उठाया, फिर वह हाथ में ही रह गया। जब निरख में आया, मन में ग्लानि हुई और उसको आले में फेंक दिया। फिर उसके विषय में बिलकुल भूल गई। क्या यह चोरी हुई? सुमनमोहिनी ने ही चोरी का आरोप किया है। क्या मैं चोर हूँ? हे भगवान्! जब भूखों मरने की भी बारी कभी-कभी आई तब भी किसी की चीज पर आँख तक नहीं पसारी तो अब क्या उस तुच्छ गहने की चोरी करती? इसने कभी खेती-किसानी की होती तो जानती। कितनी नीच प्रकृति की है यह? महाराज ने ठीक ही कहा था, इस गहने को लौटाना नहीं चाहिए था, किसी कुएँ में फेंक देना चाहिए था। क्यों! तब तो मैं अपनी ही आँखों में चोर बन जाती। छि! छि!! मैंने न तब खोटा किया था और न गहने को लौटाकर बुरा किया। पर अब और अधिक नहीं सुनूँगी।

उसी समय सभा भवन में गायन बंद हो गया।

किसी ने सभा भवन में समाचार दिया था, 'निहालसिंह को मार डाला गया! सिकंदर लोदी ने खिलअत और घोड़े भेजे हैं, परंतु वह ग्वालियर पर फिर चढ़ाई करनेवाला है।'

सभा भवन में सन्नाटा छा गया।

मानसिंह भभक उठा। भर्राए स्वर में बोला, 'दूत का वध कर दिया गया! सौगात जले पर नमक छिड़कने के समान है। इसका बदला लिया जाएगा।'

ऊपर के खंड में से मृगनयनी ने धीरे से कहा, 'चलो लाखी रानी! आगे यहाँ कभी नहीं आऊँगी।'

वे दोनों चली गईं। सुमनमोहिनी संतुष्ट थी।

बैजू ने यकायक प्रश्न किया, 'क्या ग्वालियर का घेरा पड़ेगा?'

'नहीं पड़ पाएगा,' मानसिंह ने दृढ़ता के साथ उत्तर दिया, 'हम लोग सिकंदर से चंबल की घाटियों में लड़ेंगे।'

बैजू बोला, 'घेरा पड़ भी सकता है। ऐसी अवस्था में कला यहाँ नहीं रहेगी। चंदेरी जाना चाहती है।'

कला सकपका गई।

मानसिंह ने बिना किसी चाव से पूछा, 'क्यों?'

बैजू ने भोलेपन के साथ बताया, 'यह चंदेरी जाकर राव राजसिंह से कह देगी कि ग्वालियर घिर गया है; आप चाहो तो नरवर पर चढ़ाई कर दो और अपनी बपौती को वापस ले लो। बस।'

'क्या?'

'क्यों? इसमें अचरज की क्या बात है?'

'ओह! यह राव राजसिंह की कौन है?'

'कोई नहीं, पड़ोस में रहती थी।'

'अच्छा! ओह!!'

कला पसीने-पसीने हो गई। मानसिंह उसको आँख गड़ाकर देखने लगा।

कला के काँपते हुए कंठ से निकला, 'झूठ, बिलकुल झूठ! नायकजी पागल हैं।'

मानसिंह की भभक हलकी हो गई। नीचा सिर करके कुछ सोचने लगा।

बैजू बोला, 'किसने कहा मुझको पागल! इसने कहा! इस छोकरी ने!! राव राजसिंह का इतना घमंड है इसको!!!'

मानसिंह ने सिर उठाकर निष्कंप स्वर में कला से धीरे-धीरे कहा, 'तुम अपने घर जाओ। कल ही तुमको रक्षकों के साथ आराम की सवारी से भेज दिया जाएगा। तुमको इतना द्रव्य दे दूँगा कि जीवनपर्यंत बेखटके रहो। राव राजसिंह बड़ा शूरवीर है परंतु शूरवीरी का उपयोग अनुचित करता है। कह देना।'

कला सिर झुकाए रही।

बैजू बोला—जैसे किसी सपने से जाग पड़ा हो, 'यह मुझसे पागल कहती है! इतने दिनों की शिक्षा से इसने यह सीखा! जा, सब भूल जाएगी। पागल तू और तेरी सात पीढ़ी।'

सभा विसर्जित हो गई।

ऊपर के खंड में बड़ी रानी ने अपनी संगिनियों से जाते-जाते कहा, 'अरी यह नीचे-नीचे देखनेवाली बड़ी विकट निकली। समझ गई उस राजसिंह की यह कौन है?'

'कौन है सो स्पष्ट ही है। बड़ी षड्यंत्रिन अपने गुरु को पागल कहती थी! भरी सभा में!'

'कितनी बकवादिन है राम!'

'असल में पुरुषों के सामने इतना खुलकर गाने-नाचनेवाली स्त्रियाँ फूहड़ हो ही जाती हैं। उन्हीं को देख लो, उनको।'

'हूँ हूँ।'

'कैसी बिचक के गई यहाँ से! कितनी बड़बड़ाती हुई!!'

बड़ी रानी ने सोचा, कला यहाँ से टली सो अच्छा ही हुआ।

दूसरे दिन कला को मानसिंह ने सम्मानपूर्वक चंदेरी भेज दिया। वह किले के चित्र अपने साथ नहीं ले जा पाई।

: ५२ :

विकट अँधेरी रात। संध्या के उपरांत ग्वालियर का बाजार बंद हो गया। सड़कों पर चहल-पहल शांत हो गई। घरों के भीतर कलरव था, पर बाहर सुनसान-सा। दो घंटे रात गए ही अँधेरे में ऐसा लगता था जैसे आधी रात होनेवाली हो। नगर के छोर पर एक झोंपड़ी में दिया टिमटिमा रहा था जिसका तेल समाप्त होने को था; फिर बत्ती घड़ी-आधी घड़ी डगमगाते-डगमगाते सुन्न पड़ जाती। झोंपड़ी के भीतर एक कोने में आग दहक रही थी। ठंड के मारे सिकुड़ी हुई, फटी मैली-कुचैली कथरी में ढेर बनी हुई एक स्त्री आग के पास पड़ी-पड़ी कराह रही थी। कई बच्चे, उसके निकट बैठे-पड़े रो रहे थे और उतरती अवस्था का एक पुरुष दिये के टिमटिमाते हुए प्रकाश में सूप में रखे हुए अनाज को बीन रहा था।

एक लंबा-तगड़ा मनुष्य झोंपड़ी की टटिया की बगल में आकर खड़ा हो गया। दाढ़ी उसकी इतनी घनी और लंबी थी कि सीधी नाक और बड़ी आँखें ही दिखाई पड़ती थीं। माथा बड़े साफे से इतना ढका हुआ था कि भौंहों के ऊपर का भाग मात्र दिखता था। कपड़े मोटे, कई जगह चिथड़े लगे हुए। हाथ में बहुत मोटे पोले बाँस का डंडा लिए था। जूते फटे हुए पहने था।

भीतर अनाज का कूड़ा बीननेवाले पुरुष ने कराहती हुई स्त्री से कहा, 'अनाज तो बीन लिया, पर चक्की पर हाथ नहीं चलेगा। इतना थक गया हूँ कि कहते नहीं बनता। तुम थोड़ी हिम्मत बाँधकर पीस लो तो रोटी मैं बना दूँगा।'

स्त्री बोली, 'मुझे तो आज ऐसी ताप चढ़ी है कि उठकर बैठ भी नहीं सकती। पीसना मेरे बस का नहीं है।'

'भूखा हूँ और बच्चे बिलबिला रहे हैं। अब क्या होगा?'

'भगवान् से पूछो, मैं क्या बताऊँ।'

'तो पीस तो मैं सकता नहीं। ऐसे ही लेट जाऊँगा। सवेरे मजूरी किसके बिरते करूँगा?'

'न खाओ, एक जून। साधु-संन्यासी कैसे उपास-त्रास करते रहते हैं।'

'साधु-संन्यासियों को क्या कुछ मजूरी-किसानी करनी पड़ती है? उन्होंने अपना यह लोक बना लिया, फिर लग गए दूसरे लोक के बनाने की चिंता में। यहाँ तो इसी लोक में नित्त-नई कसर लग जाती है। उठ बैठ। मेरा नहीं तो इन बच्चों का मुँह देख।'

'मुझको दे दो बिस और देखते रहो बच्चों का मुँह।'

'अरी डायन, उठती है या नहीं? अभागिन!'

'मार डालो मुझको। ताप घुला-घुलाकर मारेगी, तुम वैसे ही गला घोंट दो। दुखों से पार पा जाऊँगी।'

बच्चे और अधिक रो पड़े। टटिया के पास से किसी के खाँसने का शब्द भीतर आया।

पुरुष चिल्लाया, 'कौन है रे?'

बाहर से उत्तर मिला, 'भैया नेंक टटिया खोल दो, परदेसी हूँ। ठंड लग रही है, सिकुड़ गया हूँ। गैल भूल गया, थोड़ा-सा तापकर और गैल पूछकर चला जाऊँगा।'

'राजा के सदावर्त पर क्यों नहीं चले जाते? वहीं अलाव भी जल रहा होगा तापने के लिए?'

'भैया, मुझे मालूम नहीं है। आधी घड़ी तापकर और तुमसे बात करके चला जाऊँगा। मज़ूर मैं भी हूँ।'

'राम! अपनी आफत से पीछा नहीं छूटता, तुम जाने कहाँ से आ गए।'

'भैया, भैया!'

भीतरवाले ने काँपते-कूँखते उठकर टटिया खोल दी। बाहरवाला भीतर आ गया। उसके लंबे-तड़ंगे शरीर और भारी-भरकम साफे को देखकर भीतरवाला डर गया। लंबे-तड़ंगे ने टटिया के पास जूते खोल दिए और आग के पास आ बैठा। उसने झोंपड़ी में नजर पसारी। एक कोने में चकिया, इधर-उधर मिट्टी और काठ के बरतन, पीतल की एक थाली, एक लोटा और कुछ नहीं।

मजूर गिड़गिड़ाकर बोला, 'दाऊ, मेरी गाँठ में कुछ नहीं है। गरीब हूँ। किसी बड़े घर को ताक लो।'

'डरो मत। चोर-उचक्का नहीं हूँ।'

'कौन हो? कहाँ से आए हो?'

'राई-नगदा गाँव से आया हूँ।'

'नगदा तो उजड़ गया है। राई में क्या करते हो?'

'मजूरी-किसानी। गूजर हूँ।'

'गूजर ठाकुर तो हमारी रानी भी हैं। उन्हीं के पास जा रहे हो क्या?'

'नौकरी ढूँढ़ने आया हूँ। रास्ता भूल गया हूँ। किले में कैसे जाऊँ?'

'बताए देता हूँ चलो बाहर, वहीं से दिखाए देता हूँ।'

'कुछ खाने को है?'

'अभी तो कुछ नहीं है। हमारे लिए ही नहीं है। इससे कहा कि पीस दे तो यह बहुत बीमार है। मैं पीस नहीं पाऊँगा, क्योंकि बहुत भूखा हूँ—'

कराहते-कराहते स्त्री ने कहा, 'तबे पर भून लो अनाज को। सबके लिए थोड़ा-

थोड़ा हो जाएगा।'

आगंतुक बोला, 'राज़ा के सदावर्त से क्यों नहीं ले आते कुछ आटा-बाटा?'

'अरे हट्ट!' स्त्री के कंठ से निकला।

मज़ूर ने तिरस्कार के स्वर में कहा, 'वाह! हम क्या भिखमंगे हैं! सदावर्त पर तो कोढ़ी-अपाहिज, साधु-बैरागी जाते हैं। हम तो मज़ूर हैं।'

आगंतुक ने दिये की जाती हुई रोशनी की तरफ देखकर प्रस्ताव किया, 'अच्छा तो हम पीस देते हैं तुम्हारा अनाज। इसके बदले में तुम हमको गैल बता देना बस, ठीक है न!'

उसने स्वीकार किया। बोला, 'थोड़ा-सा बना-खा भी लेना। सदावर्त या तो बंद हो गया होगा या बंद होनेवाला होगा। खा-पीकर यहीं एक कोने में लेट जाना।'

'अच्छा' कहकर तड़ंगे ने चक्की पकड़ी और बिने अनाज को पीसने लगा! स्त्री कुतूहल के साथ देखने लगी, ज्वर की कराह कम हो गई। स्त्री को प्रतीत हो गया कि आगंतुक को चक्की पीसने का बिलकुल अभ्यास नहीं है क्योंकि वह बार-बार इस हाथ से उस हाथ को चक्की की डाँड़ी से बदल रहा था; परंतु चल रहा था हाथ उसका तेज। स्त्री धीरे से उठ बैठी।

बोली, 'मैं ही पीस देती हूँ।'

आगंतुक ने सिर हिलाया।

चक्की पीसने में आगंतुक का भारी-भरकम मुड़ासा बहुत बाधा पहुँचा रहा था। उसने झटके के साथ मुड़ासे को सिर पर से हटाया और एक ओर रखकर जैसे ही तेजी के साथ चक्की को चलाया कि लंबी दाढ़ी एक ओर से खिसककर ठोड़ी के नीचे लटक आई। जैसे ही उसने दाढ़ी के इस छोर को सँभालने का प्रयत्न किया कि दूसरी ओर का छोर लटककर हाथ में आ गया।

मजदूर को पहचानने में देर नहीं लगी, अनेक बार उस चेहरे को देखा था, उछलकर खड़ा हो गया।

चिल्लाकर बोला, 'अपने महाराज! अपने महाराज!!'

स्त्री की कूल-कराह बिलकुल बंद हो गई। कुछ बच्चों का रोना रुक गया, कुछ सिसकते रहे।

मानसिंह एक हाथ में दाढ़ी लिए हँसते हुए बोला, 'यह दाढ़ी बड़ी अभागिन निकली। काम पूरा नहीं करने दिया।'

मजदूर पैरों पर गिरने को हुआ। मानसिंह ने दृढ़ता के साथ वर्जित किया।

मजदूर ने हाथ जोड़े हुए कहा, 'महाराज! मुझको क्षमा मिले। आपने यह क्या किया?'

'कुछ भी तो नहीं कर पाया। धिक्कार है मुझको जो मैं तो भरे पेट सो जाऊँ और तुम

भूखों-रोगों मरो! मैं महलों में रहूँ और तुम इस झोंपड़ी में भूखे ठंडों मरो!!'

'हमारा भाग्य है, महाराज!'

'बिलकुल भ्रम की बात। हमारे भाग्य के आधार तुम्हीं सब जन हो। तुम्हारा भाग्य बुरा रहा तो हमारा तो पहले ही खोटा हो चुका।'

स्त्री ने फटे वस्त्र का लंबा घूँघट डाल लिया और पीठ देकर चक्करी के पास आ बैठी।

'मैं पीस देता हूँ बाई।' मानसिंह ने अनुरोध किया।

स्त्री ने हाथ जोड़े और जुड़े हुए हाथों निषेध का संकेत किया। दिया बुझने को आ रहा था।

मानसिंह ने कहा, 'मैं अभी तेल भिजवाता हूँ और ज्वर की ओषधि भी। मजदूरों के लिए अच्छे मकान बनवाऊँगा, औषधालय खोलूँगा और देखूँगा, कोई भी मजूर भूखा न रहे।' स्त्री की ओर देखकर बोला, 'मैं आटा भिजवाए देता हूँ। बीमारी में पीसोगी बाई, तो ढेर हो जाओगी।'

धीरे से स्त्री ने प्रतिवाद किया, 'अब ज्वर नहीं रहा।'

पुरुष ने समर्थन किया, 'मेरी सारी थकावट चली गई। मैं अभी पीसे डालता हूँ। उठ री, लेट जा। महाराज की आज्ञा मान।'

स्त्री नहीं उठी। मानसिंह जाने को हुआ।

पुरुष ने अनुरोध किया, 'मैं मार्ग दिखा दूँ महाराज!'

मानसिंह हँस पड़ा। बोला, 'किले से आया हूँ, राई से नहीं आया हूँ। अपने ग्वालियर को ही न पहचानता तो फिर किसको पहचानूँगा?'

मजदूर हिल गया था। गद्‌गद स्वर में बोला, 'सुना था कि महाराज ब्राह्मणों. पंडितों और सेठों के हैं, आज जाना कि मजूरों-किसानों के भी हैं।'

मानसिंह चला गया। एक घड़ी पीछे ही झोंपड़ी के लिए दवा, तेल, आटा इत्यादि आ गए।

मानसिंह ने दूसरे ही दिन ग्वालियर के दरिद्र मजदूर-किसान के लिए रहने योग्य घरों को बनाने की राज्य की ओर से व्यवस्था की। जगह-जगह औषधालय खुलवाने का प्रबंध किया।

: ५३ :

'एक बड़ा काम अभी करने को पड़ा है।' मृगनयनी ने भोलेपन के साथ मानसिंह को स्मरण दिलाया।

'किले की प्राचीर, मोती सागर झील, तालाब, कुएँ इत्यादि सब ठीक हो गए हैं।' मानसिंह ने आश्वासन देते हुए कहा।

मृगनयनी ने प्रश्नसूचक दृष्टि की।

मानसिंह बोला, 'राई की नहर आधे से ऊपर बन चुकी है। घुमाव-फिराव के साथ लाई जा रही है। नालों के साँचों के ऊपर ढाँचे को बना-बनाकर लाने के कारण ही विलंब हो रहा है। नहर को ढँककर लाना इसलिए आवश्यक है कि कोई उसको काट-कूट न सके—सो तुम जानती ही हो।'

मृगनयनी ने नीचे-नीचे मुसकराकर फिर उसकी ओर प्रश्नसूचक दृष्टि की।

उसके कंधे पकड़कर मानसिंह ने पूछा, 'कौन-सा है वह बड़ा काम, तुम्हीं बताओ?'

'लाखी का ब्याह। ईश्वर के सामने उसका ब्याह भैया के साथ हो गया है परंतु अभी समाज के सामने नहीं हुआ है।' उसने बताया।

मानसिंह ने उत्साह के साथ कहा, 'हो जाएगा।'

'कब?'

'जब कहो तब।'

'जैसे युद्धों के बीच-बीच दरिद्रों के लिए निवास-गृह बनवाए जा रहे हैं, औषधालय खोले जा रहे हैं, वैसे ही एक काम यही सही। स्त्री तब तक अपने को दरिद्र समझती है जब तक उसके संबंध में समाज मान्यता न दे। इसी अठवारे में कोई मुहूर्त निकलवा लिया जाए।'

'अभी लो, मुहूर्त शोधनेवालों की अपने यहाँ कोई कमी नहीं है।'

मानसिंह ने विजयजंगम से मुहूर्त शोधन करवाया।

मृगनयनी ने बताया कि उसके कुल और गाँव का आचार्य पुरोहित बोधन है, इसलिए ब्याह को वही पढ़े और भाँवर पड़वावे!

राजा ने अपनी शक्ति की सीमा को ध्यान दिए बिना ही हामी भर दी। बोधन को बुलवाया। उन आठ रानियों ने जब सुना, तब उनके विनोद का ठिकाना न रहा।

'इतने दिनों क्या लाखारानी कुँआरी ही बनी रही?'

'गड़े मुर्दे उखाड़ना इसी को कहते हैं।'

'महाराज को क्या अब और कोई काम नहीं रहा?'

'मृगनयनी जो कुछ न करवाए सो थोड़ा है।'

बोधन ने आते ही राजा के प्रस्ताव पर मौन साध लिया। राजा को अब भी अपनी समर्थता की सीमा नहीं दिखाई दी।

दूसरी ओर देखते हुए बोला, 'तुम्हारे मंदिर का जीर्णोद्धार इसी अठवारे में करता हूँ।'

'आपकी कृपा हो। धर्म ही है महाराज का।'

'आपके रहने के लिए भी अच्छा-सा गृह बनवा दूँगा।'

'मैं तो अयोध्या इत्यादि की तीर्थयात्रा के लिए अटका हूँ। बहुत दिनों से संकल्प है। न

मालूम कब लौटूँ, लौट भी पाऊँ या नहीं। मेरे लिए महाराज कष्ट न उठाएँ।'

'अभी नहीं जाने दूँगा। इस धर्मकार्य को पहले कर डालो।'

'महाराज क्षमा करें, यह धर्मकार्य नहीं है। पहले ही निवेदन कर चुका हूँ।'

'तुम अटलसिंह के आचार्य पुरोहित हो। तुम्हें करना चाहिए। अच्छी दक्षिणा मिलेगी।'

'महाराज एक दरिद्र परंतु निर्लोभ ब्राह्मण से बात कर रहे हैं। धर्म बेचा नहीं जा सकता।'

'क्या तुम यह नहीं सोचते कि कितने हिंदू तुम लोगों के इस कट्टरपन के कारण धर्म और समाज से दूर जा पड़े हैं?'

'शरीर में फोड़ा या कोढ़ होने से फिर वह अंग काम का नहीं रहता।'

'तुमको कभी फोड़ा या कोढ़ हुआ?'

'कभी नहीं।'

'होगा तो क्या करोगे?'

'अंग को काटकर फेंक दूँगा।'

'विवेक से काम लो शास्त्री।'

'महाराज से मैं क्या निवेदन करूँ! इतना तो भी कहना पड़ेगा कि क्षत्रिय ब्राह्मण को उपदेश देने के लिए नहीं बनाए गए हैं; धर्म और गौ, ब्राह्मण की रक्षा के लिए बनाए गए हैं।'

'बनाए गए हैं और फिर बनाए जा सकेंगे। जनक, महावीर, गौतम बुद्ध कौन थे? राम, कृष्ण, अर्जुन इत्यादि कौन थे? परंतु शास्त्री, मैं इस विवाद को अनुचित समझता हूँ। इस विवाद से परस्पर कलह फैलेगी। मैं आर्यावर्त को अपने पुरखों की भाँति प्रबल बनाना चाहता हूँ। मेरी सहायता करो।'

'महाराज, आर्यावर्त वर्णाश्रम धर्म को स्थिर रखने से ही बच सकता है। अन्यथा नहीं!'

'शास्त्री, सोचो, इस प्रकार का कट्टर वर्णाश्रम हिंदुओं की कितनी रक्षा कर सका है? रक्षा के लिए ढाल और तलवार दोनों अनिवार्य रूप से आवश्यक हैं। जात-पाँत ढाल का काम तो कर सकी है और कर रही है, परंतु तलवार का काम न तो हाल के युग में उसने कर पाया है और न कभी कर पावेगी।'

'महाराज के श्रीमुख से यह वाणी शोभा नहीं देती। इस प्रकार की व्यवस्था देना पंडितों का काम है।'

'मैं यह नहीं कहता कि वर्णाश्रम को नष्ट कर दिया जाए परंतु उसमें सुधार की आवश्यकता अवश्य है। इसको तो मानोगे न?'

'मैं नहीं मानता। पंडितों से पूछिए।'

'विजयजंगम भी पंडित है, उससे शास्त्रार्थ कर लो।'

'इसी समय तैयार हूँ और अनंत काल तक तैयार रहूँगा। विजय जिस शास्त्र या पुराण को बाँच-बाँचकर अपने सिद्धांतों की दुहाइ देता है, वह प्राचीन नहीं है। लगभग तीन सौ वर्ष हुए हैं, तब बना था। सो वह भी काशी या मथुरा में नहीं बना बल्कि द्रविड़ देश में।'

'और उसी द्रविड़ देश ने हम सबको भगवान् शंकराचार्य और भगवान् रामानुजाचार्य इत्यादि महात्मा दिए। तभी तो कहता हूँ, तुम इतने पढ़े-लिखे होकर भी कभी-कभी विवेकशून्य हो जाते हो!'

बोधन क्षोभ के मारे काँपने लगा। चुप खड़ा रहा।

'क्या कहते हो?' मानसिंह ने ठंडक के साथ पूछा।

कंपित स्वर में बोधन ने उत्तर दिया, 'महाराज ने वर्णव्यवस्था के विरुद्ध ठान ली है, इसलिए मैं अब ग्वालियर में नहीं ठहरूँगा। अधर्म के समय अब और इस स्थान में नहीं रहूँगा।'

क्रुद्ध स्वर में मानसिंह के मुँह से निकला, 'तुम निरे मूर्ख हो!'

'क्या महाराजा का यही निर्णय और न्याय है?'

'बिलकुल।'

बोधन वहाँ से चला गया। अब की बार जाते समय उसने आशीर्वाद का हाथ नहीं उठाया।

ग्वालियर को त्यागकर तीर्थयात्रा को चल दिया।

मानसिंह ने लाखी और अटल का पाणिग्रहण संस्कार विजयजंगम से करवाया। अनेक ब्राह्मणों ने उत्सव में भाग लिया। कुछ ऐसे भी थे जो बीमारी या बीमारी के बहाने के कारण उत्सव में सम्मिलित नहीं हुए।

मृगनयनी सुखी थी। बोधन के चले जाने का मानसिंह को परिताप नहीं हुआ। विपत्ति के आने पर किसी दिन ग्वालियर आएगा, मानसिंह को विश्वास था।

: ५४ :

लाखी और अटल के पाणिग्रहण संस्कार के उपरांत उत्सवों की धूम मच गई। मानसिंह ने जान-बूझकर उत्सव मनाए जिससे जनता जान जाए कि मैं जात-पाँत के उतने सिकुड़े-जकड़े बंधनों को नहीं मानता; दूसरे मृगनयनी आनंदमग्न बनी रहे।

सामंतों और संपत्तिवालों ने उन दोनों का निमंत्रण किया और भेंट दीं। मृगनयनी और मानसिंह ने भी निमंत्रण दिया। बड़ी रानी ने हठ किया कि पहले मैं निमंत्रण दूँगी'

मृगनयनी को मानना पड़ा।

अभी तक लाखी के हाथ का बनाया या परोसा हुआ भोजन उन आठ रानियों में से किसी ने नहीं खाया था, यद्यपि उनको ग्वालियर के किले में आए बहुत काफी समय हो चुका था। अवसर ही ऐसा कोई नहीं आता था क्योंकि सबके अटाले अलग-अलग थे।

ऊँची जाति का हिंदू वही जिसके हाथ का छुआ दूसरी ऊँची जातिवाले खा लें। मृगनयनी ने अपने कक्ष में भोज का आयोजन इसीलिए किया था कि लाखी उनको अपने हाथ से परोसेगी, फिर कोई उसके ब्याह-प्रसंग पर उँगली न उठा सकेगा।

परंतु बड़ी रानी ने पहले ही निमंत्रण दे दिया।

खैर, इसके उपरांत सही। मृगनयनी ने सोचा।

पुरुषों को अलग भोज कराया गया और परिपाटी के अनुसार स्त्रियों के भोज का प्रबंध अलग। रानियों के लिए थाल लगकर आ गए। मृगनयनी के सामने भी थाल आ गया। लाखी इसी के पास बैठी थी। बड़ी रानी कुछ दूर। उसकी आँखों में एक सतर्क उत्तेजना थी।

जब परोस हो चुकी, बड़ी रानी ने आरंभ करने का अनुरोध किया।

मृगनयनी ने मुसकान के साथ मीठे स्वर में कहा, 'महारानीजी, अपने यहाँ रीति नई दुलहिन के हाथ से परोस कराने की है। लाखारानी थोड़ा-थोड़ा सबको परोस दे न?'

बड़ी रानी हँसती हुई बोली, 'यह रीति रनवासों की नहीं है।' अर्थात् गाँवड़ों की है।

'जब आपने लाखारानी को रनवास का सम्मान दिया है तब थोड़ी-सी गाँव की रीति को भी बर्त जाने दीजिए। हम सबको विश्वास हो जाएगा कि वह आपकी हो गई।'

'आपकी है तो हमारी पहले है।'

'तो थोड़ा-सा मुझको परोस देगी और थोड़ा-सा आपको। और चाहे किसी को न परोसे।'

'आप इतना हठ क्यों कर रही हैं?'

'आपको प्रसन्न करने के लिए।'

'मुझको तो इससे कोई प्रसन्नता नहीं मिलेगी।'

'तो आप सब भोजन करें, मैं बैठी रहूँगी।'

'ऐसी अवस्था में हममें से कोई भी भोजन नहीं करेंगी।'

'अच्छा, मैं लाखी के छुए भोजन को परोस देती हूँ। इसमें तो आपको कोई आक्षेप नहीं होगा?'

'हमको तो किसी में भी कोई आक्षेप नहीं करना है, क्योंकि काँटों में से जीवन को गुजारना है न।'

मृगनयनी के आग-सी लग गई। लाखी वस्त्रालंकारों से लदी हुई नीचा सिर किए

बैठी थी।

मृगनयनी ने कहा, 'मैं नहीं जानती थी कि निमंत्रण के बहाने अपमान किया जाएगा।'

बड़ी रानी की उत्तेजित आँखों में चंचलता आ गई। बोली, 'आपका हठ हमारा अपमान कर रहा है।'

मृगनयनी उठ खड़ी हुई। लाखी से कहा, 'चलो भाभी।'

लाखी नहीं उठी। उसने हाथ जोड़कर संकेत में प्रार्थना की, 'बैठ जाओ, जाने भी दो।'

मृगनयनी ने दृढ़ता के साथ कहा, 'नहीं, यहाँ से चलो। यह अपने को बहुत ऊँचा समझती हैं।'

सुमनमोहिनी कुछ कहना चाहती थी, परंतु उसके होंठ ऐसे चिपक गए थे कि मुँह से एक शब्द भी नहीं निकला।

वे दोनों वहाँ से अपने कक्ष में चली गईं।

सुमनमोहिनी ने दासी को आज्ञा दी, 'इन दोनों थालों का भोजन बाहर फेंक दो।'

दासी ने मृगनयनी और लाखी के थाल उठा लिए और बाहर जाने को हुई।

सुमन ने दूसरी आज्ञा दी, 'ये भोजन मेहतर को भी मत देना; कहीं दूर फेंक आना।'

दासी चली गई। उसने मेहतर को भोजन नहीं दिया। दूर ले जाकर कुत्तों को डाल दिया और चली आई।

जिन कुत्तों ने खाया वे दो दिन के भीतर मर गए। कुत्तों की मौत का ठीक-ठीक कारण किसी को मालूम नहीं हो पाया। जिनके कुत्ते थे उनको अवश्य विष का संदेह हुआ। कानाफूसी हुई। चर्चा हुई। फैली और बढ़ी, परंतु साधारण जनता के वृत के आगे बहुत कम फूटी।

मृगनयनी और लाखी को इतना अविलंब ज्ञात हो गया कि बड़ी रानी ने उन दो थालों का भोजन फिकवा दिया। मृगनयनी को उस रात बड़ा मानसिक क्लेश रहा परंतु वह यह नहीं जानती थी कि उस भोजन के खानेवाले उन कुत्तों की कैसी कुगति हुई।

: ५५ :

दूसरे दिन मानसिंह को भी मालूम हो गया। सुमनमोहिनी के साथ उसने वाद-विवाद करना व्यर्थ समझा। डरता-डरता-सा मृगनयनी के कक्ष में गया। सोचता था, होम करते हाथ जला।

मृगनयनी ने अपनी मानसिक पीड़ा पर अधिकार कर लिया था। मानसिंह को डरता-सकुचाता-सा आता देखकर मृगनयनी विनोदमग्न हो गई।

बोली, 'महाराज तो कुछ ऐसे दिखाई पड़ रहे हैं, जैसे सिंह का शिकार चुकाकर आ रहे हों।'

मानसिंह आश्वस्त हुआ। उसने मृगनयनी को अंक में भर लिया। कुछ क्षण चुप रहकर कहा, 'समझ में नहीं आता तुमको कैसे सांत्वना दूँ।'

'काहे की सांत्वना? जो हो गया सो हो गया। मैंने निश्चय कर लिया है कि ऐसी बातों पर आगे कभी ध्यान नहीं दूँगी।'

इस प्रकार के निश्चय को मानसिंह पहले भी सुन चुका था परंतु वह जानता था कि अनवरत प्रयत्न का ही नाम जीवन है।

'तुम बड़ी हो, सचमुच बहुत बड़ी हो। आई हुई कठिनाइयों को परास्त करके आगे आनेवाली कठिनाइयों से लड़ जाने के लिए तैयार रहने में मन को आनंद मिलता है—'

मानसिंह को प्रवचन करने की वृत्ति में देखकर मृगनयनी ने उसकी ओर आँखें ऊँची कीं, होंठों पर मुसकान खिल गई और चेहरे पर बिखर गई।

टोककर बोली, 'मन को आनंद जो मिलता है वह किसी आनंद के समान होता है?'

'इन मुसकानों को देखकर जो आनंद मिलता है उसके समान।'

'इतने निकट से!'

'बड़ी कठिनाइयाँ भी तो निकट ही आती हैं जिनका सामना निकट से करना पड़ता है। दूर की कठिनाइयाँ तो थोड़ा-सा डर छोड़कर चली जाती हैं।'

'छोड़ दीजिए नहीं तो होंठों को समेटकर मुँह लटका लूँगी।'

'तो मैं हँस पड़ूँगा। फिर?'

'आप बहुत बुरे हैं!'

'और तुम बहुत अच्छी हो। बुरे-भले की जोड़ी का नियम ही है।'

'नहीं, आप बहुत अच्छे हैं। बड़े भले। अब दूर बैठकर बात करिए।'

'बात तो यों ही चल रही है।'

'अच्छा, मैं एक बात पूछती हूँ।'

'एक नहीं, दो पूछो। जल्दी-जल्दी पूछो, मैं धीरे-धीरे उत्तर दूँगा।'

'मैं पूछती हूँ, जब मेरी अवस्था उतर जाएगी और मैं क्षीण हो जाऊँगी, तब भी क्या आप इतना ही प्यार करेंगे?'

'यह क्या कह रही हो?'

'आपने दो बातें पूछने के लिए कहा था; दूसरी यह कि प्रेम को स्थायी कैसे बनाया जा सकता है?'

मानसिंह की बाँहें ढीली पड़ गईं। आकृति गंभीर हो गई। मृगनयनी उससे अलग होकर जरा दूर बैठ गई।

मानसिंह भी बैठ गया। मृगनयनी मुसकराने लगी।

मानसिंह की गंभीरता चली गई।

मानसिंह बोला, 'तुम सचमुच बड़ी हो। मुझसे बड़ी और बहुत अच्छी।'

'वाह! वाह!!'

'ठीक कहता हूँ।'

'कैसे?'

मानसिंह उसके निकट आने को हुआ। मृगनयनी और अधिक मुसकराई।

'और निकट आए तो मैं बहुत छोटी रह जाऊँगी।'

मानसिंह स्थिर हो गया।

'तुम संयम से प्रेम को अचल बनाती हो और मैं अपने विकार से उसको चंचल कर देता हूँ। संयम के आधारवाला प्रेम ही आगे भी टिके रहने की समर्थता रखता है।'

मृगनयनी ने गरदन टेढ़ी की, उँगली ठोड़ी पर फेरी और मुसकान को बिखेरा।

'मन में उपदेश देना ज्यादा भरा दिखता है आज!'

'अजी उपदेश देना पंडितों और आचार्यों का काम है।'

उसी क्षण बोधन का चित्र उसकी आँखों के सामने घूमने लगा। औंधी खोपड़ी का था वह, मानसिंह ने सोचा। मुसकराया।

बोला, 'तुम्हारी प्रत्येक मुसकान, भिन्न-भिन्न समय पर तरह-तरह का दिखाई पड़नेवाला सलोनापन, तुम्हारी छवि का हर एक अंश ऐसा मूर्त कर देना चाहता हूँ, इतना साकार कि जीवन के अंत तक अपने प्रेम का अचल प्रतिबिंब बना रहकर दिखाई पड़ता रहे। अभी-अभी मेरी समझ में आ गया कि यह कैसे संभव होगा। जिस भवन को बनवा रहा हूँ उसका नाम मृगेंद्र मंदिर रहे?'

मृगनयनी ने हँसकर टोका, 'आरंभ के कौर में ही मक्खी गिर पड़ी। मेरी बड़ी का नाम रखिए—सुमन मंदिर।'

'नहीं, यह नाम नहीं रखा जाएगा। तुम मेरे मन की रानी हो, हम दोनों इस भवन के एक खंड में पालनकर्ता विष्णु भगवान् का पूजन-ध्यान करेंगे, इसलिए यह भवन मंदिर कहलावेगा, तुम मेरी मानिनी हो, मैं तुम्हारा मान; इसलिए इसका नाम होगा मान-मंदिर,तुमको मालूम है तुम्हारी कौन-सी छवि मुझको बार-बार उमगाती है?'

'मैं क्या जानूँ! आप न जाने क्या-क्या कहते रहते हैं।'

'जिस समय भाँवर पड़ने की घड़ी मुकुट बाँधे, हरे-हरे पत्तों के लता-बितानवाले मंडप के नीचे तुम उस आँगन में आईं—वह छवि। मान-मंदिर का द्वार उस घड़ी की छवि को मूर्त करेगा।'

मानसिंह एक क्षण चुप रहा। मृगनयनी ने गरदन को एक हल्की-सी मुरकी ली और

आँख की चितवन को जरा-सा ऊँचा किया। मुसकराती हुई बोली, 'और क्या?'

वह कहता गया, 'ऐसे बड़े और छोटे द्वार बनाऊँगा जिनमें होकर आनेवाला प्रकाश तुम्हारी हँसी और मुसकानों को व्यक्त करे। तुम्हारे केश-कुंतल, कपोलों को दोनों ओर छू-छू जानेवाली लटें द्वारों की वंदनवारी सजावटों में उतर आएँगी। तुम्हारी, मुसकानों के पीछे जो मोती से दमक जाते हैं वे बेलबूटे झिझरियों की आभा द्वारा व्यक्त हो जाएँगे। ऊपर के खंड के आँगन में निकाली हुई गोखें, बारजे और उनकी पतली सुहावनी बड़ेरियाँ चितवन और भौंहों को प्रकट करती रहेंगी। उन सबके ऊपर के कँगूरे और कलसे तुम्हारे—'

मृगनयनी ने हँसते हुए टोका, 'और आगे नहीं सुनना चाहती।'

'अच्छा-अच्छा, सुनो', मार्नासह ने कहा, 'बाहर की विशालता और भीतर का सौंदर्य हमारी-तुम्हारी उपासना और विष्णु की आराधना को मूर्त करेगा।'

'हाँ, यह कही ठिकाने की बात।'

'तुमको उद्यान का कौन-सा वृक्ष सबसे अधिक मोहक लगता है?'

'केला। उसके हरे-भरे डोलते हुए बड़े-बड़े पत्ते हाथियों के कान से भी बड़े, बहुत अच्छे लगते हैं।'

'ये पत्ते, अपने स्वाभाविक रंग में, मान-मंदिर के ऊपरी खंड के बाहरी भाग पर बराबर टाँक दिए जाएँगे। जान पड़े कि किसी उद्यान के भीतर मंदिर है। और पत्थर की जालियों में अपने जंगलों के हाथी, सिंह, नाहर, अन्य पशु और तालाब के बगुले, हंस, सारस इत्यादि पक्षियों को बनवा दूँगा। विष्णु की सृष्टि हैं न वे! कैसा रहेगा?'

'बहुत अच्छा। सुना है किसी कलाकार ने चंदेरी के निकटवर्ती देवगढ़ में विष्णु की प्रतिमा को ऐसी मुसकान दी है कि देखनेवालों के विकारों को शांत करके शक्ति के साथ ध्यान को एकाग्र कर देती है। क्या कभी उस मूर्ति के दर्शन कर सकूँगी?'

मार्नासह ने झटका-सा खाया। आधे क्षण के लिए भौंह सिकुड़ गईं। आह लेकर बोला, 'बहुत दिन हुए तुर्कों ने उस मूर्ति को खंडित कर दिया, पर मूर्ति की अनंत आशीर्वादमयी मुसकान को कभी कोई नहीं मिटा पाया। देवगढ़ मालवा के सुल्तान के अधीन है। यदि पुरखों की वाणी को निभाने में कभी समर्थ हुआ और कभी देवगढ़ को ग्वालियर के भीतर कर लिया तो दर्शन कर लेना।'

'अपने यहाँ के कलावंत कारीगर नहीं ला सकते उस मुसकान को वहाँ से अपने हृदय की गाँठों में बाँधकर?'

'कदाचित् ला सकें। कलाकार के भीतर पूरी उपासना, आस्था, श्रद्धा और भक्ति योग के द्वारा जाग पड़े, तभी वह उस वरद् मुसकान को टाँकी-हथौड़े के द्वारा पत्थर में उकसाकर पिरो सकता है। प्रयत्न करूँगा। मान-मंदिर के भीतर ही विष्णु की मूर्ति को

पधरवाऊँगा जिसके दर्शनों से हमारे विवेक की मुसकानें प्रबलता के साथ इतनी बनी रहें कि हम उसको अपने आसपास भी बाँट सकें।'

'कविता कर उठे न आप अब!'

'कई बार कह चुका हूँ कि साकार कविता तो तुम हो जो उस प्रकार के भाव को मेरे भीतर सदा जगाती रहती हो।'

'साकार कवि तो नायक बैजू है।'

'अब लोग उनको बैजू बावरा भी कहने लगे हैं। कविता बावली ही होती है, जैसी तुम।'

मृगनयनी हँस पड़ी।

बोली, 'मैं बावली हूँ! और यह जो तानों, मुसकानों, फूल-पेड़-पत्तों-हाथियों-नाहरों, सूरज की किरणों और चंद्रमा की चाँदनी को पत्थरों में उमगा देना चाहते हैं, वह कौन हैं?'

मानसिंह भी खिलखिलाकर हँस पड़ा।

कुछ क्षण उपरांत उसने कहा, 'नायक बैजू आजकल बड़ी साधना कर रहे हैं। परोसा हुआ भोजन एक ओर रखा रहता है, पानी तक पीना भूल जाते हैं। किसी राग के बनाने या किसी परिपाटी या नई तानों के सृजन में दिन-रात एक कर डाल रहे हैं। कोई रोक-टोक करता है तो वीणा लेकर उसको पीट डालने को झपट पड़ते हैं, चिंता नहीं चाहे फिर उनकी उस प्यारी वीणा का तुंबा ही क्यों न फूट जाए! वह अपने अलापों और तानों से मुसकराते हुए विष्णु का आशीर्वाद सबको बाँटेंगे।'

'जब इसी तरह की साधना शिल्पी कलावंत करें तब विष्णु की मूर्ति में उस प्रकार की मुसकान टाँकी-हथौड़े के द्वारा उतार पाएँगे, ठीक है न?'

'बिलकुल, बिलकुल ही ठीक है।' मानसिंह ने उठकर मृगनयनी को अंक में फिर भर लिया।

'यह नहीं होना चाहिए! कैसी अच्छी बातें करते-करते आप क्या कर उठे!' मृगनयनी ने हँसते हुए कहा।

मानसिंह फिर अलग जा बैठा।

बोला, 'विष्णु के इस सुंदर मान-मंदिर में हम दोनों पुजारी बनकर रहेंगे। हम ही दोनों।'

और सुमनमोहिनी और वे सातों कहाँ रहेंगी?--मृगनयनी के अंतर्मन के नीचे से सहसा किसी ने पूछा। वहीं किसी ने उत्तर दे दिया, बनी रहें, बनी रहें। सब सह लूँगी, सब सहती रहूँगी। सुख-दुख की संगिनी लाखी भी तो साथ रहेगी। लाखी को बड़ी रानी अछूत समझती हैं! और मुझको भी!! मेरे और लाखी के थाल का भोजन मिहतर तक को

नहीं दिया गया!! इतनी गई-बीती समझी गईं हम दोनों!!! कितना अपमान! परंतु मैंने और लाखी ने उस अपमान को पी जाने का निश्चय कर लिया है। महाराज कितना प्यार करते हैं। वह अपमान इस प्यार के सामने बिलकुल तुच्छ है। परंतु यदि नित्य-नित्य होता रहा तो इसी के दमन-शमन में उलझा रहना पड़ेगा और मैं कलाओं में कोरी रह जाऊँगी।—मृगनयनी सोच रही थी।

मानसिंह ने हँसकर कहा, 'क्या सोच रही हैं महारानीजी? राई के जंगल, पहाड़, आँगन के लता-बितानवाले मंडप के नीचे आनेवाली दुलहन की छवि को या बैजू की किसी तान को?'

'नहीं तो,' धीरे से मृगनयनी बोली, 'अपनी नदी, अपने गाँव की नदी के शुद्ध जल की याद करने लगी थी।'

'थोड़ी-सी बावली हो न। कहा था न कि नहर के ग्वालियर आने में थोड़ा-सा समय और लगेगा।'

'यहाँ किले के ऊपर, आपके मंदिर तक कैसे चढ़ेगी वह नहर?'

'हाँ, ऊपर तक तो नहीं आ सकती है। परंतु उत्तर-पूर्व के कोनेवाली टेक तक तो आ ही सकती है।'

'वहाँ तक ले आइए और एक भवन वहाँ भी बन जाए। बन सकता है न?'

जिस समस्या को निबटाने के लिए मानसिंह मृगनयनी के पास आया था, मानो उसका हल मृगनयनी के ही मुँह से मिल गया।

उत्साह के साथ बोला, 'बहुत अच्छा! बहुत अच्छा! मैं सोचता था, मान-मंदिर के निर्माण के बाद क्या करूँगा, सो तुमने खूब बताया! यहाँ मंदिर बनकर खड़ा हुआ जाता है, वहाँ बनेगा महल। उसका नाम होगा गूजरी रानी का महल।'

'उस पर भी अपने नाम की छाप दीजिए।'

'एक हठ तुम्हारा मान लिया। एक मेरा भी मानो। उसका नाम गूजरी रानी का महल ही होगा।'

'उसमें भी ये ही बातें उतारी जाएँगी क्या?'

'नहीं, भिन्नता रहेगी; जैसी तुम्हारी छवि की समय-समय पर भिन्नता दिखाई पड़ती है। तुम्हारे आभूषणों जैसी।'

'मैं कितना आभूषण अपनी देह पर लादती हूँ?'

'नहीं, सिधाई पर आभूषण और आभूषणों के भीतर सिधाई। कल्पना के पीछे जो विचार है उसको लगन के साथ मूर्त करने का प्रयत्न करूँगा। जितना भी सफल हो जाए, अपने को कृतकृत्य समझूँगा।'

'देवगढ़ के विष्णु मंदिर को फिर अपने हाथ में लाना चाहिए और उसको फिर से

ज्यों-का-त्यों बनवा देना चाहिए। इस काम को आप कब करेंगे?'

इस कर्तव्य की सुधि ने मानसिंह की कला-कल्पना और ओज की ललित-मधुरता को धक्का दिया, जैसे किसी ने मान-मंदिर और गूजरी महल के निर्माण को यकायक रोक दिया हो; जैसे बैजू बावरे ने किसी मीठी तान को लेते-लेते यकायक वीणा को पटककर फोड़ डाला हो। बोला, 'समय आने पर उसको भी करूँगा।'

मृगनयनी ने कहा, 'कला और कर्तव्यपालन के बीच में तौल को बनाए रखना तो आप जानते ही हैं, मैं क्या कहूँ। कला से कभी-कभी मन उचट जाता है तो चाहती हूँ नाहर या अरने पर बाण का संधान करूँ। देखना चाहती हूँ, भूल तो नहीं गई।'

मानसिंह का उत्साह पर्याप्त मात्रा में नहीं जागा, 'किसी दिन इसकी भी योजना कर दूँगा। राई के जंगल पास ही तो हैं।'

'अब की बार नरवर के जंगलों में चलिए। वहाँ हाथियों के झुंड दिखाई पड़ेंगे। उनके साथ गणेशजी जैसे कूदते-फुदकते बच्चे। वहीं से चंदेरी और देवगढ़ को अधीन करने की योजना बनाइए।'

नरवर, कला और राजसिंह—मानसिंह की कल्पना में झूल गए। राजसिंह नरवर को अपनी बपौती समझता है! चंदेरी और देवगढ़ सहज ही हाथ नहीं लगने के। फिर भवन-निर्माण और कला-सृजन के कार्य को अधूरा छोड़कर कैसे उतने बड़े काम को यकायक आरंभ किया जा सकता है? पहले अपने निकटवर्ती मोर्चों को भलीभाँति संगठित कर लूँ। निहालसिंह का अंत कैसे बुरे समय पर हुआ! कितना अच्छा दल-नायक था वह! ओफ!

मानसिंह ने अपने भाव को छिपाकर कहा, 'बहुत शीघ्र प्रबंध करूँगा। गूजरी महल के काम को आरंभ कर दूँ और मान-मंदिर के निर्माण की गति को बढ़ा दूँ फिर शीघ्र उस काम को भी हाथ में ले लूँगा। तब तक शिकार के लिए राई का और अपने यहीं आसपास का जंगल उपयुक्त होगा।'

: ५६ :

कला चंदेरी पहुँच गई। उसने अपनी विफलता का कारण बैजू को बताया। बैजू पर का रोष राजसिंह के भीतर कला के प्रति असंतोष में पलटने को हुआ। क्षुब्ध हो गया।

बोला, 'मैं नहीं जानता था कि बैजू इतना बड़ा गधा है। वह आवरा-बावरा यहाँ कुछ भी नहीं था। ग्वालियर के पानी ने उसको निकम्मा कर दिया।'

'होरी-ध्रुवपद की परिपाटी को माँजने में लगे हैं वह आजकल और प्रकार-प्रकार की टोड़ी बनाने की धुन में। गूजरी टोड़ी, मंगल-गूजरी इत्यादि। उनको और कुछ भी नहीं सूझ रहा है।'

'भाड़ में गई टोड़ी। वह ग्वालियर में रह गया सो अच्छा ही हुआ। किसी काम का नहीं निकला। खेद है कि तुम भी कुछ न कर सकीं।'

कला ने जो कुछ प्रयत्न किया था, बताया।

फिर बोली, 'आपने यह कहा था कि जब ग्वालियर घिर जाने को हो तब तुरंत समाचार देना, सो ग्वालियर घिरते-घिरते रह गया परंतु फिर घिरेगा, तब आप नरवर पर चढ़ाई कर देना।'

'मैंने क्या केवल यही कहा था? इतनी बात तो औरों के ही सामने कही होगी, अकेले में भी तो कुछ कहा था।'

'ठीक-ठीक याद नहीं। परंतु मैंने नई रानी और पुरानी रानियों में काफी फूट डलवा दी! और अधिक कुछ नहीं हो सका। किले के चित्र बनाए थे पर वे हाथ से निकल गए। बताया है आपको।'

'तुमने नाचने-गाने में ज्यादा ध्यान लगाया, इसलिए तुम्हारा निश्चय बिथुल गया। पर खैर, कोई बात नहीं। दिल्ली का बादशाह एक न एक दिन ग्वालियर पर चढ़ाई करेगा और मानसिंह को मारेगा। तुमने नहीं मार पाया तो वैसे मरेगा। इधर हमारा यह सुल्तान इतना निकम्मा है, इतना निकम्मा कि कुछ करता-धरता ही नहीं। नहीं तो मन चाहता है कि नरवर के फाटकों पर फिर अपने हाथियों को जा ठेलूँ। पर यह सुल्तान! बहुत ही गंदा है। ग्यारह हजार सुंदरियों को तो अपने हरम में दाखिल कर चुका है।!'

'क्या! ग्यारह हजार!'

'हाँ। और उसका प्रण है कि पंद्रह हजार से महलों को भर के ही दम लूँगा!'

'पुरुषों का कुछ ठीक नहीं। एक पर से उसका मन उचटकर कितनी जल्दी अनेक पर फिसल जाता है।'

'नहीं कला; सब पुरुषों के लिए यह बात लागू नहीं है। मेरे साथ अन्याय मत करो।'

'आपने मेरे साथ कौन-सा बड़ा न्याय किया!'

'मैं असल में बैजू पर खीज गया था। कुछ बातें यों ही मुँह से निकल गईं। आगे तुमको इधर-उधर नहीं जाने दूँगा। सुल्तान से बहुत डर लगता है।'

'क्यों?'

'तुमको मालूम नहीं, सुल्तान ने सुंदरियों की ढूँढ़-खोज के लिए एक मुहकमा खोला है। मालवे-भर में उसके आदमी नए-नए रूपों की पकड़-धकड़ के लिए घूमते रहते हैं। यहाँ भी आए थे और कुछ को ले गए।'

'राजपूत कहाँ जा सोए हैं?'

'जहाँ राजपूत बहुत हैं वहाँ इस मुहकमेवाले नहीं जाते। जहाँ थोड़े हैं वहीं उपद्रव करते हैं।'

'राजपूत इकट्ठे क्यों नहीं हो जाते?'

'नहीं हो पाते।' तुरंत राजसिंह के सामने मानसिंह का चित्र घूम गया। ग्वालियर, तोमरों की सेना, उसका विक्रम। उसी समय नरवर की बापौती आँखों के सामने आ खड़ी हुई और पुरखों का बदला। तोमर और हम एक ही जगह खान-पान, सम्मान और रहन-सहन कर सकते हैं?

कला आँखों के सामने खड़ी थी।

बोला, 'तुम्हारे नाम की भी खोज यहाँ हुई थी।'

कला सकपका गई। 'ऐं!' उसके मुँह से निकला।

पूछा, 'अब क्या करूँ? कहाँ जाऊँ! मेरा तो और कोई कहीं नहीं है।'

राजपूत की बाँह फड़क गई।

उसने कहा, 'मैं तो हूँ। तुम्हारे ऊपर आँच आने से पहले, मेरे तन के टुकड़े-टुकड़े हो जाएँगे।'

'आप अकेले क्या कर लेंगे।'

'बहुत कुछ। हम थोड़ों ने ही नरवर के किले को कँपा दिया था। सुल्तान ढीला पड़ गया नहीं तो नरवर की ईंट से ईंट बजा देता।'

'पर आप सदा तो घर पर रहते नहीं।'

'मैं तुमको किसी छिपाव के स्थान पर रख दूँगा। इसके सिवाय अपना सूबेदार शेरखाँ मेरा मित्र है। वह कपटी नहीं है। मेरे साथ छल नहीं करेगा। फिर काम पड़ जाने पर आन के ऊपर अड़ जाने के लिए मेरी देह तो है ही।'

कला ने सोचा, मानसिंह कितना बड़ा है!

: ५७ :

जाड़े निकल गए, वसंत आ गया और छा गया। नसीरुद्दीन ने माँडू में बारह हजार स्त्रियाँ इकट्ठी कर लीं, परंतु अभी उसके प्रण के पूरे होने में तीन हजार की कसर थी। मंटरू के ऊपर उसने गयासुद्दीन से भी बढ़कर कृपा बरसाई। खजाने में कोई कमी न थी, क्योंकि मालवे का किसान समय पर अपना लगान चुकाता रहा था; इमारतें खड़ी करने का विचार उसने त्याग दिया था। जिन पर खर्च होता। मेवाड़ दिल्ली के बादशाह से लड़ता रहता था। गुजरात का महमूद बघर्रा कभी खानदेश, कभी अहमदनगर, कभी सौराष्ट्र के राजपूतों की लड़ाइयों में कई बरस से बीधा हुआ था। यद्यपि उसने माँडू के सुल्तान को कम से कम एक बार धूल चटाने की सौगंध खा रखी थी परंतु वह अवकाश नहीं पा रहा था।

नसीरुद्दीन जानता था, लेकिन उसको विश्वास था कि बला अभी बहुत दूर है।

इसलिए बाप को मारकर अब माँडू में उस बड़े भारी परीस्तान को स्थापित करने की धुन में लगा हुआ था। जहाँ उसने किसी सुंदर युवती की खबर पाई कि दूत दौड़ाए। अनेक लोगों का यही पेशा हो गया था। मालवा के राजपूत अपने होंठ काट-काट डाले जा रहे थे, किंतु एक नहीं हो पा रहे थे। मेदिनीराय का जन्म हो चुका था, परंतु वह मालवा के राजपूतों को अभी अपनी गाँठ में नहीं बाँध पाया था। इस आँधी के उठने की बात नसीर को मालूम भी होती तो वह पूरी उपेक्षा करता। और इस प्रकार की आँधी जब उस काल के जर्जर भारत में उठती थी, तब वह भी किसी की अपेक्षा नहीं करती थी। साँगा के साँचे में मेवाड़ ढल ही रहा था। रामानुजाचार्य, चैतन्य महाप्रभु, कबीर इत्यादि ने भक्तिमार्ग की अदमनीय शक्ति को उत्पन्न कर ही दिया था।

नसीरुद्दीन अपनी इंद्रपुरी के निर्माण में सिर के बल लगा हुआ था।

एक दिन उसने माँडू की बड़ी झील कालियादह में अपनी अप्सराओं को उतारकर जल-विहार करने की ठानी।

मटरू ने भी कहा, 'वाह क्या कहना है! जहाँपनाह! दुनिया के किसी भी परदे पर ऐसा कभी नहीं हुआ होगा।'

जल-विहार के विस्तृत क्षेत्र में कनातों की आड़ें लगा दी गईं। एक ओर लहरानेवाली झील की नीली जलराशि, दूसरी ओर कनातों के भीतर रंग-बिरंगे बारीक वस्त्रों और झिलमिलाते अलंकारों से सजी हुई अप्सराएँ, टिड्डीदल की तरह उमड़ रही थीं। अंतर उनमें और टिड्डियों में इतना ही कि टिड्डियाँ एक ही रंग की होती हैं। बरसात की तितलियाँ जैसी परंतु बरसात में एक ही स्थान पर इतनी तितलियाँ इकट्ठी नहीं दिखाई पड़तीं। सब हँसती-मुसकराती बातें कर रही थीं। सब अपने वस्त्रों को लहरा-फहरा रही थीं, सब अपने यौवन का प्रदर्शन कर रही थीं। परिणामस्वरूप इतना शोरगुल बढ़ा कि नसीरुद्दीन को उसके ठंडे करने का एक ही उपाय सूझा। उसने सोचा, इस शोरगुल को वैसे तो इंद्र भी बंद नहीं कर सकता।

इसलिए उसने गायन और नृत्य आरंभ कराया। उस संगीत के रसास्वादन के लिए बगल में सब प्रसाधन थे ही—सुराही, प्याले, मटरू इत्यादि-इत्यादि।

अप्सराओं का कराल विनोद थोड़ी देर के लिए धीमा पड़ गया। नसीर को संतोष नहीं हुआ। संगीत को बंद करके बोला, 'पानी में कूद पड़ो और आपस में छुआ-छुअव्वल खेलो। मैं भी पानी में उतरूँगा; पर खेल को देखने के बाद।'

आदेश-वाहिकाओं ने फरमान को अविलंब जारी कर दिया। जो युवतियाँ तैरना जानती थीं, वे कपड़ों को उतार सँभालकर पानी में कूद पड़ीं। जो तैरना नहीं जानती थीं वे घाट पर बैठे-बैठे पानी में पैरों से कलोल करती हुई तमाशा देखने लगीं। नसीरुद्दीन कभी इस समूह और कभी उस समूह को बढ़ावा देने लगा।

कुछ स्त्रियाँ तैरती-खेलती हुई झील में थोड़ी दूर निकल गईं। थक गईं, डूबने को हुईं और सहायता के लिए चिल्लाने लगीं। पास के समूह की कुछ उनको बचाने के लिए झपटीं। थकी हुई स्त्रियाँ उनसे उलझकर अपने और उनके भी प्राणों को संकट में डालने की परिस्थिति में आ गईं।

नसीरुद्दीन चिल्लाया, 'इनको बचाओ! इनको बचाओ!'

अनेक कंठों से ये ही शब्द निकले।

नसीर हाथ-पैर नचाने लगा, उछला-कूदा लेकिन पानी में नहीं उतरा। मटरू ने उससे भी अधिक उछल-कूद की परंतु और कुछ नहीं।

कनात के पीछे सुल्तान के बहुत से नौकर खड़े थे, उनमें से कई जो तैराक थे, कनात को चीरकर दौड़ पड़े, पानी में कूदे और डूबते हुओं को बचाकर किनारे ले आए। वे स्त्रियाँ अचेत हो गई थीं किंतु मरणासन्न नहीं थीं। उनका उपचार होने लगा। जिन पुरुषों ने रक्षा की थी वे निगाहें नीची किए हुए थे, चाहते थे कि सुल्तान की दृष्टि उन पर पड़े और पुरस्कार प्राप्त करें।

सुल्तान की दृष्टि उन पर ही पड़ी। उसने तुरंत उन लोगों को अपने निकट बुलाया। नीची आँखें किए वे उसके पास आ गए।

'तुम्हारा नाम?'

उन लोगों ने अपने नाम बताए।

'तुम कनात के भीतर कैसे घुस आए?'

उन लोगों की घिग्घी बँध गई।

'किसने बुलाया था? किसके हुक्म से आए? बोलो! बताओ।'

उन्होंने मानव की पुकार सुनी थी। पुरुष का शरीर पाया था, इसलिए घुस आए थे। परंतु उनमें से एक ही बोल पाया, 'जहाँपनाह ने हुक्म दिया था कि इनको बचाओ।'

'कमबख्तो! तुमको हुक्म दिया था!' वह कड़का।

फिर कोई और क्यों नहीं कूद पड़ा? उनके मन में उठा, आतंक और भय के मारे कुछ न कह सके। थरथराने लगे।

नसीर ने आज्ञा दी, 'इनका वह सिर धड़ से जुदा कर दो जिसकी आँखों से यह सब देखा और हाथ भी काट दो।'

खवासिनों ने उन लोगों को कैद कर लिया। कनात के बाहर ले जाकर उनको मार दिया गया। सुल्तान की आज्ञा का अक्षरशः पालन हो गया।

फटे गले से नसीर बोला, 'ख्वाजा मटरू, सब मजा किरकिरा हो गया। कोई अक्ल सोची।'

ख्वाजा मटरू के होश कूच कर चुके थे।

नसीरुद्दीन ने कई खेल-खिलवाड़ सोचे और छाँटे। स्त्रियाँ सहम गई थीं परंतु उन्हें सुल्तान को प्रसन्न करना था। कई खेल हुए। नीली झील ने वह सब देखा और अपनी अनवरत लहरों के भीतर रख लिया।

: ५८ :

सिकंदर लोदी को ग्वालियर काँटे की तरह खटकता था। उसने अनेक बार आक्रमण किए परंतु वह कभी सफल नहीं हुआ। सिकंदर के भाई जलाल ने जौनपुर—बंगाल की ओर बगावत का झंडा ऊँचा किया अर्थात् अपनी अलग सल्तनत कायम करने का प्रयास किया। सिकंदर उधर गया, तो वह अंतर्वेद की ओर खिसक आया। सिकंदर जौनपुर को नष्ट कर चुका था। जौनपुर का सुल्तान हुसेनशाह, जिसके नाम पर संगीत का हुसेनी कान्हड़ा चला और विख्यात हुआ और जिसने जौनपुर सुंदर इमारतों से सजाया, बंगाल की ओर भटक रहा था। सिकंदर अंतर्वेद में आने के लिए लखनऊ में ठहर गया। लखनऊ छोटा-सा ही नगर था, परंतु उसका क्षेत्र बड़ा और बहुत उपजाऊ था। दिल्ली की अधीनता में जौनपुर के साथ लखनऊ का क्षेत्र भी आ गया।

लखनऊ में ठहरने के समय सिकंदर के पास बहुत से मुल्ले-मौलवी जमा हुए। सिकंदर इतना कट्टर पक्षपाती था। उसके राजनीतिक महत्त्व को जानता था।

इन मुल्लों ने अपने बड़प्पन को प्रकट करने के लिए ऐलान करवाया, 'यदि किसी हिंदू में हिम्मत हो तो आकर धर्म के मामलों पर हमारे साथ बहस करे।'

और तो किसी ने इस चुनौती को स्वीकार करने में उपयोगिता नहीं देखी, बोधन ने स्वीकार कर लिया। वह लगभग तीन वर्ष तीर्थयात्रा करने के बाद अयोध्या से मथुरा-वृंदावन की ओर आ रहा था। शाही लश्कर का तमाशा देखने की वांछा के साथ बहस की कामना उमड़ पड़ी। शास्त्रार्थ करने के लिए तो यह उधार ही खाए बैठा रहता था। मौलवियों की मजलिस में जा पहुँचा।

मोटी धोती, तनीदार मोटी अँगरखी, घुटे सिर, लंबी चोटी पर मोटे कपड़े की छोटी-सी पगड़ी। सब झक सफेद। नंगे पैर। छुरा-छुरी, डंडा हाथ में कुछ नहीं। सिपाही उसको देखकर हँसे। मुल्लों ने भौंहें तानीं और मुट्ठियाँ कसीं।

थोड़ी देर में सभा भर गई। सिकंदर आकर ऊँचे तख्त पर बैठ गया। बहस शुरू हो गई।

'खुदा एक है या कई हैं?'

'एक। केवल एक। वही सबमें रम रहा है।'

'हमारे यहाँ के सूफी भी यही कहते हैं, पर वे गलती पर हैं। हम कहते हैं कि खुदा सबसे अलग है। तुम इसका उलटा साबित करो।'

'परमात्मा सबमें है और सबसे अलग भी। हमारे शास्त्र और ऋषि कहते हैं। यहाँ तक कि कवि भी कहते हैं। सब सीधा है और सब उलटा।'

'कुछ तो माना तुमने। खुदा के पास पहुँचने का एक ही रास्ता है, सिर्फ एक? या कई?'

'जितने मनुष्य हैं उतने ही हैं। पर पहुँचते हैं सब एक ही ठौर पर।'

'यानी पेड़ों, पत्थरों और जानवरों की भी पूजा करके।'

'इनको या इनमें से किसी को भी अपने भीतर की पूरी श्रद्धा और भक्ति के फंदों में बाँधकर चले तो जरूर उस तक पहुँचने का सुभीता मिल जाएगा।'

'यानी मूर्ति की पूजा करके भी?'

'हाँ।'

'पत्थर के टुकड़े की?'

'वे पत्थर के टुकड़े नहीं हैं। मनुष्य की मानता के चिह्न हैं।'

'तुम्हारे योगी, खुदा को निराकार ब्रह्म कहते हैं फिर उस पर यकीन और इस पत्थर पूजा में कोई फर्क है या नहीं?'

'है और नहीं भी। मानने और जाननेवाले की जानकारी और भक्ति के दर्जे पर निर्भर है।'

'बेवकूफी और अकल के बीच में कोई फर्क है या नहीं?'

'बहुत। बेवकूफी अकल का एक दर्जा है और अकल बेवकूफी का दूसरा दर्जा।'

'क्या बकता है?' सिकंदर चिल्लाया।

बोधन ने उत्तर दिया, 'मैंने ठीक ही तो कहा जहाँपनाह।'

'बहस करने आया है या अलिमों की बेइज्जती करने?' सिकंदर चिड़चिड़ाया।

ब्राह्मण निर्भय रहा। निष्कंप स्वर में बोला, 'बहस करने आया हूँ, सत्य की खोज करके और सच्ची बात बताने के लिए। मेरी बात अच्छी न लगी हो तो कहिए यहाँ से चला जाऊँ?'

परंतु न तो उसके मन में वहाँ से भाग जाने की इच्छा थी और न मौलवी चाहते थे कि वह मूँछें तानकर सिर उठाकर चला जाए। सत्य की खोज किसी का उद्देश्य न था। दोनों एक-दूसरे को आतंकित करने की प्रेरणा से दीप्त हो रहे थे। बोधन के भीतर निर्भयता थी, मुल्लों की पीठ पर बल।

इधर-उधर खड़े हुए मुसलमान सिपाही उस अकेले ब्राह्मण को पहले तो पागल समझे; फिर उसकी हिम्मत को देखकर उनके मानव हृदय ने उनसे कहा—बहादुर है, सिपाही है, कहीं बिचारा पीटा-पाटा न जाए।

एक मौलवी बोला, 'चले कैसे जाओगे बिरहमन? हार मान जाओ और इसलाम को

कबूल करो, तब यहाँ से जा सकोगे।'

'मेरा धर्म किस धर्म से कम है जो मैं अपने को छोड़कर दूसरे का पल्ला पकड़ूँ?' बोधन ने निर्भयता के साथ कहा।

'यह कुफ्र है! यह कुफ्र है!' मौलवी चीख पड़े।

'कहाँ के रहनेवाले हो?' सिकंदर ने प्रश्न किया।

उसने उत्तर दिया, 'ग्वालियर का।'

'ग्वालियर का! यानी मानसिंह का जासूस!'

'मानसिंह का जासूस नहीं हूँ। मानसिंह से तो लड़कर निकला हूँ, कई बरस हो गए।

'गलत! झूठ!'

बहस बंद हो गई। सवाल था, बोधन का अब क्या किया जाए?

सुल्तान ने मौलवियों को आदेश दिया, 'इसकी तकदीर का फैसला आप लोगों के सुपुर्द किया जाता है। तय करिए।'

बोधन की समझ में अब आया कि क्या होनेवाला है। उसको अपने भीतर एक जगमगाहट दिखाई दी, जैसी उसने अपने जीवन में पहले कभी अवगत नहीं की थी।

मौलवियों को फैसला देने में देर नहीं लगी। थोड़ी देर वे परस्पर बात करते रहे, जिसको बोधन नहीं समझा।

मौलवियों ने फैसला दिया, 'इसलाम कबूल करो वरना सिर काटकर फेंक दिया जाएगा।'

स्पष्ट, निष्कंप स्वर में बोधन ने निर्णय के सामने सिर झुकाया—

'अपना धर्म नहीं छोड़ूँगा। सिर काटकर फेंक दो, क्योंकि वह मेरा नहीं। मैं यह सिर हूँ ही नहीं।'

'अब भी सूफियों की-सी झक!' सिकंदर के मुँह से निकला। बोधन संगमरमर की मूर्ति की तरह अचल खड़ा रहा। उसने छाती पर हाथ कस लिए थे।

मुसलमान सिपाहियों के मन में उमझा—या अल्लाह! यह क्या हो रहा है! इस गरीब को क्यों मारा जा रहा है?

परंतु सिकंदर और मुल्लों के राज्य में सिपाही बेबस थे और वे अपनी बेबसी जानते थे।

बोधन जल्लादों को सौंप दिया गया।

मरने के समय वह स्थिर था, शांत था, अडिग और निर्भय। वह सबमें रम रहा है, मेरे और जल्लाद के भीतर वही है, जल्लाद की तलवार और मेरे सिर में भी वही है। सबमें वही है। सब बराबर हैं। लाखी और अटल में वही है! दोनों में वही है? फिर मैंने उन दोनों के बीच में भेद क्यों किया? पर वह तो वर्णाश्रम की बात थी। जो कुछ भी हो,

अब किसी के लिए मन में कोई बुराई नहीं। सिकंदर के लिए नहीं, मौलवियों के लिए नहीं। किसी के लिए नहीं।

जल्लाद उसकी शांत-गंभीर मुद्रा को देखकर एक क्षण के लिए विचलित हुआ। बोधन ने कहा, 'क्यों विलंब कर रहे हो? चलाओ।'

जल्लाद का हाथ निर्बल पड़ा और एक क्षण के लिए तलवार काँप गई।

बोधन को अपने भीतर कुछ जगमगाहट दिखाई पड़ी।

'चलाओ,' बोधन ने कर्कशता के साथ जल्लाद को दृढ़ता दी।

तलवार उसकी गरदन पर चली और वह अपने वांछित लोक में पहुँच गया।

सिकंदर और मौलवियों को बोधन के प्राणांत की सूचना दे दी गई।

मुसलमान सैनिकों को उस निरीह ब्राह्मण का कत्ल नहीं सुहाया। कुछ मरमराहट हुई। सिकंदर और मौलवियों में परामर्श हुआ।

फिर उसने जो कुछ किया, उससे इतिहास के पन्ने सदा के लिए कलुषित हो गए।

लूटमार के अंश को सिपाहियों में बाँटा और उनकी मरमराहट को कुंठित कर दिया।

परंतु मूर्तियों और मंदिरों के तोड़ने-फोड़ने ने जो आग उत्तर भारत में नहीं फूँक पाई थी वह एक बोधन के वध ने फूँक दी। अंतर्वेद और अंतर्वेद की दोनों दिशाओं के क्षेत्रों की छातियाँ मानो फौलाद की बन गईं।

सिकंदर और सिकंदर के मुल्लों, सरदारों ने सोचा, अब हुआ दिल्ली की सल्तनत का पाया मजबूत। उन्होंने नहीं देख पाया कि पाए काँप गए। दिल्ली की सल्तनत को अखंड बनाने में दो बड़ी-बड़ी बाधाएँ और भी थीं—एक ग्वालियर, दूसरा मेवाड़। मेवाड़ कुछ दूर पड़ता था। परंतु ग्वालियर तो छाती का काँटा था। दिल्ली से ग्वालियर आक्रमण करने के लिए आना बहुत समय ले जाता था, इसलिए आगरे को पुनः बसाने-बनाने और उसको एक बड़ी छावनी का रूप देने का सिकंदर ने संकल्प किया। वह आगरा को दूसरी राजधानी का रूप देने पर झुक पड़ा। वहाँ से ग्वालियर को सहज ही नष्ट कर लिया जाएगा और मेवाड़ का दमन भी कर दिया जाएगा, सिकंदर ने सोचा।

: ५९ :

ग्वालियर किले की पहाड़ी का उत्तर पूर्व वाला छोर नीचे की ओर कुछ ठहर गया है। चार वर्ष में उसके ऊपर मृगनयनी का गूजरी महल बन गया। ऊपर के कोट से इसके कोट का भी संबंध जोड़ दिया गया। नीचेवाले कोट के नीचे से राई गाँववाली साँक नदी की कटी हुई नहर गूजरी महल के नीचेवाले खंड में आ गई और उसके पानी के निकास का भी प्रबंध हो गया। गूजरी महल लगभग डेढ़ सौ हाथ लंबा और सवा सौ हाथ चौड़ा। दो खंड ऊपर, दो खंड नीचे। नीचे के खंड के बीचोंबीच साँक नदी की नहर के जल के

लिए हौज और चारों ओर दो खड़ी दालानें। ऊपर के खंडों के बीच में विस्तृत आँगन, चारों ओर सुरम्य अटारियाँ और छतें। बाहर और भीतर से मृगनयनी के रूप-सरूप का प्रतिबिंब—प्रबल, सीधा, सलौना और छबीला। कक्षों के द्वार, विवाह-मंडप के लता-वितान और वंदनवारों के द्योतक। पूरे भवन में वैसी गोखें, मड़ियाँ और साज जैसे थोड़े और सुंदर आभूषण वह पहनती थी। पूरा भवन थोड़े से अलंकारों से सजाया हुआ।

मृगनयनी दो पुत्रों की माता हो गई थी। एक का नाम राजसिंह, दूसरे का नाम बालसिंह—लाखी उनको खेल में राजे और बाले कहती थी। गूजरी महल ऐसा लगता था मानो कोई सशक्त सुंदर माता अपनी गोदी में दो होनहार सिंह सपूतों को लिए शांति के साथ बैठी हो। गूजरी महल के ऊपर किले की पहाड़ी की ऊँची खड़ी दीवार और उसके दक्षिणी कोने पर मान-मंदिर। अब यह पूरा बनकर तैयार होनेवाला ही था। लगता था जैसे वह दीवार मानसिंह का लंबा खाँडा हो, जैसे मान-मंदिर का मानसिंह वज्र मुष्टि में उस खाँडे को लिए हुए अपनी प्रजा की रक्षा के लिए खड़ा हो।

वैसे मान-मंदिर भी तैयार हो गया था, केवल ऊपर के खंडों के बाहरी पक्षों के कुछ भागों में केले के पत्तों के उभार नहीं बिठाए जा सके थे। एक दिन आया जब वह काम भी पूरा हो गया।

गृह-प्रवेश के लिए होली के उपरांत की रंग पंचमी का मुहूर्त रखा गया। होली के उत्सव में जनता वैसे ही मस्त थी, रंग पंचमी के दिन तो मस्ती में डूबने-उतराने ही लगी। मान-मंदिर और गूजरी महल के साथ जनता के मन में अपनापन स्थापित था।

गृह-प्रवेश का मुहूर्त आने को हुआ।

सैनिकों ने केसरिया साफे बाँधे, जो मानसिंह के सूर्यध्वजी ऊँचे केसरिया झंडे से होड़-सी लगा रहे थे, नगर की स्त्रियाँ रंग-बिरंगेपन में फूट पड़ीं। नायक बैजू ने नए कपड़े पहनते-बदलते पुराने पहन लिए, पगड़ी जरूर नई जरजराती हुई। वीणा को पौंछा-माँजा, फूलों से सजाया और सरस्वती का पूजन किया। मानसिंह मृगनयनी को गूजरी महल से मान-मंदिर में ले आया। नीचे से मंदिर ऐसा लगता था जैसे गगनवर्ती कदली-कुंज में विष्णु ने मुसकान के साथ वरदहस्त पसार दिया हो। केले के पत्तों के यथावत् रंग और चित्रण ने, पत्थर की जालियों में हाथी, नाहर और अन्य पशुओं के बेखटके विहार ने मृगनयनी को यही कल्पना दी। भीतर पहुँचकर ऊपर के खंड के पहले आँगन में पश्चिम की ओर विष्णु का मंदिर, उसके चारों ओर पत्थर में सूक्ष्म अनुपात की विविध प्रकार की जालियाँ। आँगन की दूसरी ओर विशाल पुस्तकालय और तीसरी ओर सभा-भवन, जिसमें गायन-वादन इत्यादि होना था। विष्णु मंदिर के सामने दूसरा कक्ष था, जिसकी सजावट, साज-सिंगार पहले से कुछ भिन्न थी परंतु उतनी ही सुंदरता में गुँथा हुआ।

मृगनयनी ने कहा, 'बहुत ललित और सुंदर है। आपकी कल्पना में जो कविता रही है वह मान-मंदिर में अपने पूरे वैभव और शृंगार के साथ आ बैठी।'

'मेरी कविता नहीं, तुम्हारी कविता। और कारीगरों के ध्यान की कविता। मेरे शब्द कारीगरों को जो सूझ नहीं दे सके, तुम्हारे दिए हुए मेरे भाव ने उसको दिया। कारीगरों ने योग साधा, उनके ध्यान में वह भाव मूर्त हुआ और टाँकी-हथौड़े ने तुम्हारी कविता और मेरे भाव को पत्थरों में उतारकर बसा दिया।'

मृगनयनी को अपनी उस कल्पना की याद आ गई। रात का समय, मचान पर खेत की रखवाली के लिए बैठी हुई, चाँदनी में निकट बहनेवाली नदी की लहरों की चमक और अनाज की बालों की ऊँघती झूम, पीछे ऊँचे पहाड़, हरे-भरे विशाल वृक्षों के पुंज और जंगल में घूमनेवाले पशु। उसने सोचा, यह सब साकार हो गया और ऊपर के कलश ऐसे लगते हैं जैसे पहाड़ के लंबे समतल पट पर गुम्मट बाँधे हुए अनार और खिरनी के पेड़ हों। मृगनयनी आनंदमग्न हो गई। मानसिंह ने देखा, उसके चेहरे पर यौवन का लावण्य और माता का सौंदर्य एक-दूसरे से होड़-सी लगा-लगाकर परस्पर घुल रहे हैं।

'आज तुमको नायक बैजू की परिपाटी का बहुत अच्छा गायन-वादन सुनने को मिलेगा।' मानसिंह ने कहा।

वह उत्साह के साथ बोली, 'और इसके उपरांत मैं भी अपने यहाँ आपको कुछ सुनाऊँगी और तांडव नृत्य दिखाऊँगी। मैंने तैयार कर लिया है।'

'अवश्य, अवश्य, तुम जो कुछ भी न कर डालो, वह थोड़ा है।'

'अच्छा! अब आप लगे बनाने!'

'तो तुम मान कर जाओ, मैं मनाने लगूँगा।'

'यहाँ चलिए मेरे यहाँ, फिर देखूँगी आपको, कितना मानते हैं। आज रंग पंचमी है, सँभलकर आना।'

'अच्छा तो रही, कौन किसको छकाता है।

'आपको हरा दूँगी।'

'उस हार में भी मेरी ही जीत रहेगी।'

'वाह! वाह! चित्त भी मेरा, पट्ट भी मेरा!'

वे दोनों हँस पड़े। मान-मंदिर का ऊपरी खंड जहाँ वे दोनों खड़े थे, मानो उस हँसी में अपनी हँसी मिला रहा था।

नीचे के खंड में चहल-पहल होने लगी।

वे दोनों अपने-अपने स्थान पर जा पहुँचे। विष्णु मंदिर में पूजन हुआ, उसके बाद गायन-वादन।

सभा-भवन के ऊपरी खंड में स्त्रियों के बैठने के लिए जालीदार स्थान था। वहाँ आठों रानियाँ, मृगनयनी, लाखी और नगर के कुछ लोगों की स्त्रियाँ बैठ गईं। लाखी मृगनयनी के निकट बैठी थी। वहीं नगरवासियों की कुछ स्त्रियाँ।

नायक बैजू ने होरी गाई।

लाड़ली, मान न करिए होरी के दिनन में।
कौन तिहारी बान—
बरस दिना को खेल छाँड़िके बैठी हो भौंहें तान।
लाड़ली, मान न करिए।

नायक बैजू ने अपने गाने में मधुरता और कारीगरी के मेल की पराकाष्ठा कर दी। विजयजंगम थोड़ी ही देर उसका साथ कर पाया। 'गले का साथ बाजा नहीं कर सकता' कहकर उसने हर्ष के साथ अपनी हार को स्वीकार किया और बैजू का साथ देने के लिए तँबूरे को छेड़ता रहा।

दिन होने के कारण ऊपर के खंड में कोई रानी नहीं ऊँघी या सोई परंतु रसास्वादन के साथ-साथ, बीच-बीच में उनकी बातचीत का क्रम नहीं टूटा। जब सभा-भवन में गायन चल रहा था, बड़ी रानी ने एक दासी के द्वारा सोने के थाल में दो बड़े-बड़े पान भेजे, एक मृगनयनी के लिए, दूसरा लाखी के लिए।

थाल के सामने पहुँचते ही एक पुरवासिनी ने दूसरी से आँखें मिलाईं, नीचे कीं और फिर मृगनयनी की तरफ कीं। उनमें अनायास ही वर्जन प्रकट हो गया। मृगनयनी ने देख लिया। थाल में से पान को उठाया, मस्तक से छुलाया और गाँठ में बाँध लिया। लाखी ने गायन की ओर से ध्यान बटाकर पान को उठाया, मस्तक झुकाकर प्रणाम किया और मुँह में डालने को हुई कि मृगनयनी ने उसका हाथ दबा दिया। बोली, 'आदर के साथ गाँठ में बाँध लो।'

आँख के संकेत से लाखी ने पूछा। आँख के संकेत की भाषा में मृगनयनी ने समझा दिया कि उसमें कुछ है, खाओ मत।

बोली, 'सम्मान का पान है, बड़े भागों मिला है, गाँठ में बाँध लो।' लाखी ने बाँध लिया। दासी सिर नवाए चली गई।

लाखी और मृगनयनी का ध्यान संगीत पर से उचट गया। लाखी जानने के लिए आतुर हो उठी। मृगनयनी की उत्सुकता शांति के आवरे में ढकी थी। वह उन पुरवासिनियों से कुछ पूछने के अवसर की खोज में लग गई। लाखी को उसने धैर्य धरे रहने का संकेत किया। जब बैजू का गायन, 'वाह-वाहों' के बीच में आया, मृगनयनी ने आँख चुराकर सुमनमोहिनी की ओर देखा। वह खिन्न, उदास और चंचल-सी थी।

उपयुक्त अवसर पाकर मृगनयनी ने पुरवासिन से धीरे-से पूछा, 'क्या बात थी? पान

खाने से क्यों रोक दिया गया था?'

'कहाँ रोका था? रोका तो नहीं था, महारानीजी।' पुरवासिन ने कहा, परंतु उसकी आँखें कुछ कहने के लिए उतावली-सी हो रही थीं।

'आँखों से बर्जा था। बताओ न। मैं तुम्हारे ऊपर किसी प्रकार की भी आँच नहीं आने दूँगी, वचन देती हूँ।'

'बड़े लोगों की बातों की कौन कहे महारानीजी।'

'बे-खटके कहो। मैं विनती करती हूँ। कोई नहीं जान पाएगा।'

'उन पानों में विष का संदेह है।'

'क्यों? कैसे?'

'बड़ी महारानीजी का आप पर कोप है।'

'सो तो है, पर आपको संदेह क्यों हुआ?'

'आप उनके महल में नहीं आतीं-जातीं, वह आपके में नहीं आतीं-जातीं, बस्ती-भर जानती है।'

'इतना ही या और कुछ?'

'आपको नहीं मालूम? बस्ती-भर जानती है।'

'क्या?'

'यह कि उन्होंने एक बार विष दिया था। परंतु आपने भोजन नहीं किया। कुत्तों ने खाया सो वे तड़प-तड़पकर मर गए!'

'कब की बात है? बहुत दिन हो गए। याद नहीं पड़ती।'

'जब लाखारानी का ब्याह हुआ और उन्होंने भोज दिया।'

'अच्छा! ठीक है!'

'मैं हाथ जोड़ती हूँ महारानीजी, किसी को मालूम न होने पाए। नहीं तो हमारा घर-भर आफत में पड़ जावेगा।'

'विश्वास रखो। आपको यह बात कब मालूम हुई?'

'कई बरस हो गए, तभी मालूम हो गई थी। बस्ती-भर में फैल गई थी। आपसे किसी ने नहीं कहा?'

लाखी ने भी इन बातों का अधिकांश सुन लिया।

गायन की समाप्ति पर सभा-भवन में एक विवाद उठ खड़ा हुआ।

विजय ने अनुरोध किया था कि तराना गाया जाए।

बैजू बोला, 'तराने में गले को नचाने के सिवाय और है ही क्या?'

विजय ने बताया, 'जैसा आपकी नई परिपाटी में बहुत कुछ है वैसा ही उसमें भी बहुत कुछ है। गोपाल नायक और अमीर खुसरो ने मिलकर उस परिपाटी को चलाया था।'

गोपाल नायक के सिवाय बैजू और किसी को मान्यता नहीं देता था। गोपाल को दो सौ वर्ष हो चुके थे, इसलिए उसके नाम पर पुरातनता की छाप थी। गुनगुनाने लगा।

थोड़ी देर बाद बैजू ने कहा, 'मैंने तराना भी सीखा था, परंतु गाता नहीं हूँ।'

विजय ने हठ किया। मानसिंह ने संकेतों में समर्थन।

'अभी तो नहीं गाऊँगा, चाहे कोई नौ मूड़ का क्यों न हो जाए।' बैजू बोला और उठ खड़ा हुआ।

मानसिंह हँस पड़ा। मनाते हुए से कहा, 'बैठिए, बैठिए। नौ सिरवाला नहीं, रावण दस सिरवाला था।'

बैजू बैठ गया। गंभीरता के साथ बोला, 'रावण का जन्म नहीं हो सकता। रामचंद्र ने अपने निज बाण से मारकर उसको तार दिया था।'

सभा को विसर्जित करते हुए मानसिंह ने कहा, 'आपको और आचार्य विजयजंगम को गूजरी महल में चलना है।'

सभा विसर्जित हो गई। ऊपर के खंड से स्त्रियाँ भी चलने लगीं। मृगनयनी ने बड़ी रानी के सामने जाकर कहा, 'आप मेरे घर पधारेंगी।'

'मेरा सिर दुख रहा है। नहीं आ सकूँगी। जब से यहाँ पान खाए, तब से दुखने लगा है।'

'इसी डर से मैंने नहीं खाया। आप उस घर में पधारें तो पान नहीं खिलाऊँगी, उसका भी नहीं जिसको मैंने गाँठ में बाँध लिया है।'

सुमनमोहिनी की दृष्टि एक क्षण के लिए करारी पड़कर नीची हो गई।

'मैं अब जाऊँगी,' कहकर वह चली गई।

नगर की वे स्त्रियाँ कनखियों से देखती हुई जा रही थीं। बात कहीं उधर तो नहीं गई, उनको शंका थी। उपेक्षा की दृष्टि के साथ मृगनयनी ने आश्वासन दिया। गूजरी महल जाकर उसने पानों को खोला। उसमें कुछ था। परंतु वह घटना को दबाना चाहती थी, इसलिए पान फेंक दिए। राजा से नहीं कहूँगी, उसने निश्चय किया।

: ६० :

गूजरी महल के उत्तरी भाग के पश्चिमी कक्ष में एक खासा बड़ा सभा-भवन बनाया गया था। उसके सिरे पर एक छोटा-सा मंच रखा हुआ था। मंच पर नटराज की सोने की मूर्ति। इसको विजयजंगम की देखरेख में बनाया गया था।

नटराज की मूर्ति एक विकसित कमल पर खड़ी थी। गोलाकार कमल की पंखुड़ियों से झरती हुई आभा का एक मंडल बनाया गया था। इस मंडल से मूर्ति की दोनों ओर लौ निकलती हुई रची गई थी। मूर्ति चतुर्भुजी थी। एक दाएँ हाथ में डमरू, दूसरा बायाँ

हाथ वरदमुद्रा में। डमरूवाले हाथ को उस ओरवाली आभा की लौ छू रही थी। एक बाएँ हाथ में अग्नि, दूसरा कमल के पार्श्व में पड़े एक बौने की ओर संकेत करनेवाला। आगवाले हाथ को दूसरे पार्श्व की लौ छू रही थी। कमर में मणियों की करधौनी। कंधे पर जनेऊ। एक कान में पुरुषों जैसा कुंडल, दूसरे में स्त्रियों जैसी बाली। केशजूट में मुक्तामाला, एक लट अलग झूलती हुई। एक जटा में साढ़े चार कुंडलियाँ मारे हुए नाग, छोटा-सा मुंड और गंगा का प्रतिबिंब और ऊपर चौथ का चंद्रमा। शरीर के आधे भाग पर व्याघ्रचर्म।

मार्नासिंह, विजय और बैजू ने मूर्ति को प्रणाम किया। मानसिंह बगलवाले कक्ष में गया। सभा-भदन और उस कक्ष के बीच पत्थर की जाली ही थी।

मृगनयनी नटराज शिव के वेश में थी और लाखी वीणा लिए हुए सरस्वती के वेष में। मृगनयनी शिव वेश में होते हुए भी अपने सब अंगों को भलीभाँति ढके हुए थी।

मार्नासिंह ने कहा, 'सभा-भवन में चलो। पहले तांडव नृत्य होगा, फिर उनका गायन-वादन।'

'उनके सामने नहीं होगा तांडव नृत्य।'

'वे तुम्हारे गुरुजन हैं। एक से गायन-वादन सीखा है, दूसरे से शास्त्र।'

'सिवाय आपके और किसी पुरुष के सामने न मैं नृत्य करूँगी और न लाखी।'

'तुम परदा नहीं करतीं, फिर यह क्या?'

'परदा न करने का यह प्रयोजन थोड़े ही है जो आप कह रहे हैं।'

'अच्छा तो उनका गायन सुनने के लिए तो वहाँ चलो।'

'गायन भी हम दोनों यहीं से सुनेंगी।'

मार्नासिंह चला गया। मृगनयनी के उस आचरण से वे दोनों संतुष्ट हुए, बैजू विशेषकर।

गायन-वादन के उपरांत वे दोनों चले गए तब मृगनयनी और लाखी सभा-भवन में आईं।

मृगनयनी ने शिव तांडव स्तोत्र को गाया और लाखी ने वीणा पर बजाया। फिर मृगनयनी ने तांडव नृत्य किया।

जैसे सूखे काठ में अग्नि विद्यमान है, उसी प्रकार शिवशक्ति जड़ और चेतन में निहित है। शिव अपने तांडव नृत्य से शक्ति को जड़ और चेतन में स्पंदित और स्फुरित करते हैं। जीवन और आकार-प्रकार में शिव की नृत्य लीला प्रकट होती है। विश्व की समूची क्रिया को अनादि शिव का तांडव व्यक्त करता है। चार हाथ चारों दिशाओं में अखिल व्यापकता, डमरू, नाद और शब्द जिससे विश्व का विकास बना, वरदहस्त रक्षा, अग्नि विश्व व्याप्त शक्ति, चौथा हांथ नृत्य के लिए उठे हुए चरण के प्रति उठे

हुए हाथ के शरण-दान को प्रकट करनेवाले। अर्द्धचंद्र जागते हुए ध्यान केंद्र को और नाग धारण की स्थिति को बतानेवाले। सत् के साथ संबंध इसी साधन द्वारा संभव। शिव के हिमालय से आनेवाली गंगा भारत को समृद्ध और श्रद्धा देनेवाली। एक कान का कुंडल और दूसरे कान की बाली, पुरुष और शक्ति की द्योतक। कमर की मणिमेखला, जागी हुई शक्तियों को कमर के नीचे न जाने देने और ऊपर की ही ओर प्रवाहित कर देने के लिए ऊर्ध्वरेखा बनाने के लिए कटिबद्ध। कमल विश्व का साँचा, शिव की अनंत पावनता का प्रतीक, कमल के चारों ओर का प्रभा-मंडल शिव के विश्व व्याप्त ओज का प्रतिबिंब। मुंड अहंकार के दमन का द्योतक।

मृगनयनी ने तांडव की इस सात्विकता को अपने नृत्य द्वारा श्रद्धा के साथ मूर्त किया। नृत्य के अंतिम भाग की अवस्था में जब मृगनयनी स्थिर हो गई तब मानसिंह के मन में हिलोड़ें आ गईं। अत्यंत मनोहर मन को बहुत ऊँचे स्तर पर ले जानेवाला, बहुत ही मोहक, हृदय में गाढ़ी श्रद्धा उत्पन्न करनेवाला, विलक्षण सुंदर। वासना को न उकसाकर दृढ़ता को देनेवाला। मानसिंह को मृगनयनी के सौंदर्य में इतना वैभव प्रतीत हुआ जितना उसको प्रथम मिलन की घड़ी में अनुभव नहीं हुआ था।

मानसिंह को लगा, स्त्री का सौंदर्य-महत्त्व स्थिरता में है जैसे उस नदी का जो बरसात के मटमैले, तेज प्रवाह के बाद शरद् में नीले जलवाली मंथरगतिगामिनी हो जाती है—दूर से बिलकुल स्थिर और शांत, बहुत निकट से प्रगतिवाली।

मानसिंह ने आह्लाद के साथ कहा, 'बड़ी रानी यदि आज यहाँ आतीं तो गाँठ में बाँधकर यहाँ से कुछ ले जातीं।'

'मंदिर से मैं भी गाँठ में कुछ बाँधकर लाई थी।' मृगनयनी के मुँह से निकल गया। उसने तुरंत अपना दमन किया।

'क्या?' मानसिंह ने पूछा। लाखी मृगनयनी का मुँह ताकने लगी।

मृगनयनी के होंठों पर मुसकान आ गई—जैसे शिव तांडव के समय मुसकरा गए हों। बोली, 'विष्णु की मुसकान, प्रसाद, संगीत के मिठास का आनंद।'

मानसिंह को संदेह हुआ। उसने प्रश्न किया, 'बड़ी रानी क्यों नहीं आईं?'

मृगनयनी ने उत्तर दिया, 'अपना-अपना मन। आप अंतःपुर की सब चिंताओं को छोड़कर अब बाहर की बातों पर ध्यान दीजिए।'

आह भरकर मानसिंह ने कहा, 'केवल एक मंदिर राई में और बनवाना है। बोधन को वचन दिया था। बोधन की प्रेतात्मा को शांति मिलेगी।'

वे दोनों जरा चौंकीं।

उनके प्रश्न करने के पहले ही मानसिंह ने बताया, 'बोधन को सिकंदर लोदी ने लखनऊ में मरवा डाला।'

मानसिंह ने बोधन के वध की जितनी और जैसी कथा सुनी थी, सुना दी।

'समाचार कब आया?' मृगनयनी ने उदासी के साथ पूछा।

लाखी दूसरी ओर देखने लगी।

'अभी-अभी,' मानसिंह ने उत्तर दिया।

'दुष्ट बादशाह को क्या मिल गया होगा उस दीन ब्राह्मण के मार डालने से?' मृगनयनी धीरे से बोली।

खुसफुसाते स्वर में लाखी ने कहा, 'दीन तो नहीं था वह, बड़ा बातूनी और बहुत हठी।'

मृगनयनी की शांत दृष्टि में भर्त्सना कौंध गई, लाखी ने नहीं देखा।

मानसिंह बोला, 'निहालसिंह मर गया, बोधन को मार डाला। अंतर्वेद के मंदिरों और मूर्तियों को ध्वस्त किया सिकंदर ने। देखूँगा।' मानसिंह ने सिकंदर के अन्य अत्याचार नहीं सुनाए।

फाटक बाहर, कुछ दूरी पर हल्ला सुनाई पड़ा। मानसिंह सुनने लगा।

'रंग पंचमी का हुल्लड़ जान पड़ता है।' उसने कहा।

'इतना!' मृगनयनी ने आश्चर्य प्रकट किया।

मानसिंह ने द्वारपाल को दौड़ाया। उसने लौटकर बताया, 'सैनिकों ने भाँग पीकर स्वाँग बनाया है, उसी का हुल्लड़ है।'

वे तीनों ऊपर के खंड के झरोखे में गए। वहाँ से उस हुल्लड़ को देखने लगे। भिन्न-भिन्न प्रकार के वीभत्स रूपों में सैनिक बौखला रहे थे। कुछ गधों पर सवार थे। एक सवार हाथ में फूटे तुंबे पर फटे बाँस की डंडी को खोंसे हुए विजय की वीणा का स्वाँग कर रहा था। दूसरा बैजू के गायन का, कुछ मुछाड़िए सैनिक स्त्रियों के विकृत वेश में थे।

मृगनयनी यह कहकर लाखी के साथ हट आई, 'कितने भद्दे हैं ये लोग!'

मानसिंह कुछ क्षण देखता रहा। हुल्लड़वाले संगीत की बहस का व्यंग्य करते हुए एक-दूसरे के ऊपर फूटी वीणा और टूटे तँबूरे की मार बरसाने लगे। पहले केवल खेल-खिलावा रहा, फिर असली मार-पीट हो पड़ी। स्त्री वेशधारी पुरुषों ने भी मारपीट में भाग लिया। कुछ और दौड़ पड़े। दो दल बनने में देर नहीं लगी और सच्ची गुत्थमगुत्था हो पड़ी। सैनिक अपने-अपने हथियारों के लिए चिल्लाने और चुनौती देने लगे।

मानसिंह वहाँ से उतरकर फाटक पर आया। द्वार-रक्षक परेशानी में थे किंकर्तव्यविमूढ़।

मानसिंह हुल्लड़ के पास पहुँचा। उसने चिल्लाकर निवारण किया। सैनिक भंग पिए

थे परंतु राजा के आतंक ने उनको थरथरा दिया और वे वहाँ से अपने ठौर-ठियों पर चले गए। मानसिंह प्रबंध करके लौट आया। गूजरी महल के पहले फाटक के बाईं ओर निकटवर्ती हिड़ोला फाटक पर कुछ सैनिकों में ताव था। उनको शांत करके वह मृगनयनी के पास आ गया।

बोला, 'तुम्हारे तांडव नृत्य ने बोधन के वध की खिन्नता को दबाया और ललित भाव सजग किए, अब इस हुल्लड़ ने मन को ग्लानि से भर दिया।'

'होली के ये चार-पाँच दिन लोगों को मतवाला कर देते हैं।' मृगनयनी ने कहा।

'इतना मतवाला! मान-मंदिर की विशालता और सुंदरता का इनके मन पर कुछ भी प्रभाव नहीं पड़ा! नायक बैजू और आचार्य विजय की नकल उतारी इन अभागों ने! वह भी किले के भीतर और तुम्हारे महल के निकट!' मानसिंह ने अपनी खीझ प्रकट की। मृगनयनी कुछ क्षण सोचती रही।

बोली, 'ऐसे लोगों के मन पर कला का आदर धीरे-धीरे ही बैठता है।'

'नगर में जगह-जगह लोग नायक बैजू की परिपाटी सीखने लगे हैं। उनमें कला की समझ आने लगी है, कला का आदर करते हैं। पर ये मेरे इतने निकट रहते हुए उजड्ड और भद्दे बने रहे!'

'ये लोग सीखे भी तो कुछ नहीं हैं।'

'मेरा विचार है यहाँ संगीत का विद्यापीठ स्थापित करूँ। नायक बैजू की परंपरा को देश-भर के लिए चला दूँ। ये लोग भी सीखेंगे और सुधरेंगे।'

'बड़ा अच्छा विचार है। संगीत विद्यापीठ को स्थापित करिए।'

'तुमने वरद् मुसकानवाले विष्णु भगवान् की जिस प्रकार की मूर्ति का सुझाव दिया, वह मान-मंदिर में प्रतिष्ठित हो गई है। उसी प्रकार एक मूर्ति और छोटे से सुंदर मंदिर का निर्माण राई के लिए कराऊँगा। मैंने बोधन को वचन दिया था।'

'यह भी बहुत अच्छा विचार है। इसे भी पूरा करिए। और भी कहीं मंदिर बनवाइएगा? संगीत के विद्यापीठ?'

मानसिंह को मृगनयनी के स्वर में व्यंग्य की झलक-सी मालूम पड़ी। उसने भोलेपन के साथ टकटकी लगाई; मृगनयनी मुसकराई। आँखों में धीरता और स्थिरता थी, मुसकान में वैभव की परछाईं।

'आपकी ललित कलाएँ ग्वालियर के नाम को अमर कर देंगी। इसीलिए पूछा।'

'तुम्हारे मन में जो कुछ हो, कहो। तुमको मेरी सौगंध है।'

'अपनी सौगंध कभी मत खाया करिए। मैं तो आपकी दासी हूँ, क्या कहूँ।'

'दासी नहीं हो, देवी हो, मेरे हृदय की अधीश्वरी। बताओ, मैं कुछ भ्रम में पड़ गया हूँ।'

'मैंने तांडव नृत्य की योजना जान-बूझकर की थी। कुछ प्रयोजन था।'

'क्या? मैं जानना चाहता हूँ। तुमको जैसा आज पाया वैसा कभी नहीं देखा था।'

'आप पांडव वंश के हैं—अर्जुन की संतान। क्या मुझको स्मरण दिलाने की आवश्यकता है?'

'इसको कोई भी तोमर नहीं भूल सकता है और न इस बात को कि मेरी मृगनयनी कृष्ण के वंशजों से संबंध रखती है।'

'मैं कुछ भी हूँ, आपकी हूँ। आप जो अर्जुन और भीष्म के वंश के हैं आर्यावर्त्त की रक्षा के लिए अब क्या करना चाहते हैं? क्या इस तरह के भँगेड़ी सैनिकों के हाथों उसकी रक्षा होगी जिसके विनोद का रूप वह है जिसको अभी-अभी देख आई हूँ?'

मृगनयनी की आँखों में तेज था परंतु भर्त्सना नहीं थी।

'मैं इन सैनिकों को कड़ा दंड दूँगा,' मानसिंह ने आवेश के साथ कहा, 'इस महल के फाटक पर! और ऐसे समय!'

मृगनयनी को अपने गाँव के किसानों की होली याद आ गई।

'दंड देने से कुछ नहीं होगा महाराज! उनको सदा चौकस बनाए रखने का प्रयत्न किया जाना चाहिए। इधर कलाओं की वृद्धि हुई है, उधर बाण-विद्या और युद्ध-विद्या का अभ्यास कम हो गया। अपने सैनिक किसान-घरों से आए हैं। हमारी कला उनके विवेक में नहीं बैठी, इसलिए अपनी जानी-पहचानी को ले उठे और हमारी कला की दिल्लगी उड़ाने लगे। हम कलाओं को अधिक समय देंगे तो वे अवसर पाते ही अपनी वासनाओं पर उतर आएँगे।'

इस व्याख्या से मानसिंह का अंतर्मन सहमत नहीं हुआ। वह सोचने लगा।

मृगनयनी ने कहा, 'मैंने महाभारत में पढ़ा है कि देश-रक्षा शस्त्र द्वारा हो जाने पर ही शास्त्र का चिंतन हो सकता है। मेरा यही प्रयोजन है, और कुछ नहीं।'

'बिलकुल ठीक कह रही हो, मैं मानता हूँ और यही करूँगा। इसी ओर ध्यान दूँगा। केवल राई में एक मंदिर बनवाने की साध है सो यह भी होता रहेगा और वह भी और केवल एक संगीत-विद्यापीठ की स्थापना ग्वालियर में। इसका मुहूर्त हो गया है। मैं घोषणा करके यहाँ आया हूँ।'

'अच्छा है। परंतु महाराज, कला कर्तव्य को सजग किए रहे, भावना विवेक को संबल दिए रहे, मनोबल और धारणा एक-दूसरे का हाथ पकड़े रहें, मुझको और कुछ नहीं कहना है।'

'यही करूँगा। मैं प्रण करता हूँ। सुना है कि सिकंदर आगरे में अपनी छावनी डालकर ग्वालियर पर प्रचंडता के साथ आक्रमण करने की बात तय कर चुका है। मैं सेना को ठीक करने का अब लगातार प्रयत्न करूँगा।'

'मैंने कुछ अनुचित कहा हो तो क्षमा चाहती हूँ।'

'कुछ भी अनुचित नहीं कहा। कभी भी मुझमें कोई त्रुटि देखो तो बिना संकोच के कह डाला करो।'

मृगनयनी खिलकर मुसकराई।

बोली, 'नृत्य आपको कैसा लगा?'

मानसिंह प्रफुल्लित हो गया।

'कुछ कहते नहीं बनता। आचार्य विजयजंगम ने जितना सिखाया होगा उससे कहीं अधिक करके दिखा दिया। कितना सजीव और सुंदर था वह। फिर भी कभी देखूँगा, परंतु बताए कर्तव्य का कुछ पालन करके। यह परिपाटी दक्षिण की है। उत्तर में भी कभी होगी या वहाँ से आई होगी जैसे तैल-मंदिर के शिखर की कला यहाँ दक्षिण से आई, परंतु अब तो कदाचित् ही कोई यहाँ उसको जानता हो। जो कुछ है वह भी गिराव की ओर जा रहा है! मैं उसको उठाना चाहता हूँ।'

मानसिंह के भीतर ललित कलाओं का अनुष्ठान फिर जाग पड़ा।

बोला, 'तुमने चित्रकारी में भी बहुत कुशलता पा ली है। थोड़े से बरसों में ही इतना सब सीख लिया! विलक्षण हो! सिखानेवालों के भी आगे निकल गईं!'

मानसिंह की कल्पना में कला का चित्र आया और तिरोहित हो गया।

मृगनयनी लज्जा के साथ मुसकराई।

मानसिंह को गए पुराने दिनों की स्मृति आ गई। उसको लगा, मृगनयनी का शारीरिक सौंदर्य भीतर के सौंदर्य के साथ-साथ बढ़ता ही गया है।

मृगनयनी ने कहा, 'चलिए अपनी चित्रशाला में ले चलूँ। वहीं आपके ऊपर रंग के कुछ छींटे भी डाल दूँगी।'

'मैं चाहता भी यही हूँ। मैं तुमको क्या कोरा छोड़ दूँगा?' मानसिंह बोला और हँसता हुआ उसके साथ हो लिया।

मृगनयनी की चित्रशाला को वह अनेक बार देख चुका था। अवतारों के, देवताओं के चित्रों के साथ मानसिंह के विविध स्थितियों के चित्र थे। कौमुदी महोत्सव और वसंतोत्सव के भी। एक ओर राग-रागिनियों के भी चित्र थे। एक चित्र अधूरा था। उसका प्रारंभ उसी दिन किया गया था। रेखाएँ तैयार थीं, रंग नहीं भरे गए थे। मानसिंह ने बारीकी के साथ देखा। चित्र दो भागों में विभक्त था। एक भाग में वस्त्राभूषणों से सजी हुई एक सुंदरी मंच पर बैठी है, एक पखावज लिए है। दूसरी स्वर-मंडल का वाद्य, तीसरी वीणा पर उँगलियाँ फेर रही है। चौथी नाच रही है, पाँचवीं गा रही है। एक स्त्री रंग, राग और सुगंधित द्रव्य लिए मंच पर बैठी हुई सुंदरी के पास सेवा के लिए खड़ी है। सारा दृश्य जैसे किसी रानी का दरबार हो। चित्र के दूसरे भाग में थोड़ी दूर, पृष्ठभूमि में

जंगल और पहाड़ हैं। उनमें कुछ सशस्त्र शत्रु लुके-छिपे से जान पड़ते हैं। रानी के दरबार के द्वार के बाहर एक योद्धा अनिश्चय की वृत्ति में खड़ा हुआ है–उसका एक पैर रानी के दरबार में जाने के लिए उठ चुका है, मुँह जंगल में छिपे शत्रुओं की दिशा में है और आँखें उस दरबार की ओर फिरी हुई हैं। उसके तरकस में तीर नहीं हैं, कमर में बँधी तलवार म्यान से आधी बाहर है।

मानसिंह ने सोचा, 'क्या इस योद्धा की आकृति मेरी जैसी बनाई गई है? और क्या मंच पर बैठी हुई सुंदरी की छवि मृगनयनी से मिलती है। कुछ क्षण की, बारीक निरख के बाद उसको विश्वास हो गया कि कोई भी आकृति पहचाने हुए व्यक्ति से नहीं मिलती। फिर भी चित्र का प्रयोजन स्पष्ट था।

पूछा, 'रंग कब भरे जाएँगे इस चित्र में? बहुत सुंदर बन पड़ा है।'

'किस दिशा से चित्र में रंगों का भरना आरंभ करूँ? पहले इस जंगल की ओर से या नृत्यशाला की ओर से?' मृगनयनी ने कटाक्ष के साथ मुसकराते हुए प्रश्न किया।

मानसिंह हँस पड़ा।

बोला, 'दोनों में एक साथ रंग भरो।'

'एक साथ!' मृगनयनी ने हँसकर कहा।

'तो जैसा ची चाहे। तुम अपने इस चित्र की बात को मेरे मन में पहले ही बिठला चुकी हो,' हँसते हुए बोला, 'चित्र तुमने विलक्षण बनाया है, चित्र के किस अंग को पहले रंग की कूची दोगी, इसको तुम्हें ही तय करना पड़ेगा। अभी तो रंग पंचमी का अपना रंग बरस जाए।'

मृगनयनी ने मुसकान के साथ बड़ी-बड़ी आँखों के पलक उठाए और गिराए। मानसिंह के ऊपर उसने रंग डाला और मानसिंह नें उस पर।

उसको अंक में भरकर मानसिंह ने कहा, 'तुम सचमुच मेरी देवी हो।'

थोड़ी देर बाद मानसिंह मान-मंदिर को लौट आया।

अभी सूर्यास्त नहीं हुआ था। मान-मंदिर के पत्थरों का रंग संध्याकालीन प्रकाश से होड़-सी लगा रहा था। कदली पल्लवों का आकार-प्रकार और सही रंग मोहक था। जैसे-जैसे निकट पहुँचता गया, उसके चमत्कारपूर्ण विपुल वैभव और सौष्ठव के रस में मस्त होता गया। द्वार पर पहुँचकर अपनी कल्पना और शिल्पी के कौशल पर उसको अभिमान हुआ। उसी समय मृगनयनी की चित्रशाला के उस अधूरे चित्र की बात याद आई। कला का अनुशीलन और कर्तव्य का पालन साथ-साथ चल सकते हैं। मैं सेना को भी सजाऊँगा और ललित कलाओं की भी उन्नति करता रहूँगा। नायक बैजू ने आज होरी को कितने मिठास के साथ गाया था! कितना महान् कलाकार है वह! मृगनयनी का तांडव नृत्य भी कितना सुंदर, कैसा सलौना था! मृगनयनी के अधूरे चित्र की दोनों

दिशाओं में एक साथ ही रंग भरे जा सकते हैं; उसने सोचा।

: ६१ :

ग्वालियर के किले में सास-बहू के मंदिर के पास पूर्व की ओर किले की दीवार के एक कोने पर एक छोटा-सा दो-मंजिला पक्का मकान था।

बैजू इसी में अकेला रहता था। रसोइया राज्य की ओर से खाना पकाने के लिए नियुक्त था। इसलिए बेफिक्री के साथ वह संगीत के अभ्यास में चिपटा रहता था।

वसंत ऋतु जाने को थी परंतु प्रातःकालीन समीर की सुंगधि और ठंडक को उसने अभी नहीं बटोरा था।

नायक बैजू मानसिंह और मृगनयनी के सुझाए हुए, टोड़ी राग के एक भेद को गले के स्वर और वीणा के तारों पर साज और माँज रहा था। निकटवर्ती मंदिर में वीणा के ऊपर कोई उँगलियों के झटके दे रहा था। यह अटल था। ग्वालियर नगर में अनेक गृहस्थ गाने और वीणा बजाने के शौकीन हो गए थे। जिसको वीणा दुरूह जान पड़ा उन्होंने सितार को पकड़ लिया। अमीर खुसरो ने दो सौ वर्ष पहले वीणा को सितार का रूप दे दिया था। ग्वालियर में सितार का चलन उसकी सुगमता के कारण हो गया था।

परंतु अटल ने सितार को ग्रहण न करके वीणा पर ही हाथ फेरने का निश्चय किया। वीणा उसकी साधारण और छोटी-सी थी। गुरु से नाममात्र को शिक्षा पाकर उसने इधर-उधर सुने हुए और अपने गीतों को वीणा पर निकालने के अभ्यास में दिन-रात एक कर दिए।

उसको लगा, मुझको बहुत आ गया। वह बैजू को अपने हाथ की कारीगरी से परिचित कराना चाहता था। बैजू को अपने घर बुलाना दुष्कर था। उसके घर पर वीणा ले जाकर दाल-भात में मूसलचंद बनना उसको अच्छा नहीं लगा। सास-बहू के मंदिर निकट ही थे। बहूवाला छोटा मंदिर विशेषकर निकट, इसलिए इसी मंदिर के बाहरी भाग में बाजे को लेकर जा बैठा। कोई विलक्षण बात न थी। घरों में, चबूतरों और चौराहों पर, मंदिरों में और पेड़ों के नीचे, यही हो उठा था। यहाँ तक कि प्रातःकालीन स्नान-प्रक्षालन के लिए जो नगर बाहर कुआँ, बावड़ी या तालाब पर जाते थे, वे भी अपनी वीणा या सितार को कंधे पर बाँध ले जाते थे। और अवसर मिलते ही 'नोमतनोम' में लग जाते थे।

अटल बड़े चाव के साथ वीणा के ऊपर एक तराने को निकाल रहा था। उसको आशा थी कि जैसे ही बैजू का ध्यान इस ओर बँटा कि उसने भीतर बुलाया और खूब घुटेगी दो कलाकारों के बीच—एक गुरु और दूसरा मान्य शिष्य होने लायक तो जरूर ही है।

बैजू मकान के ऊपरी खंड की खिड़की के पास अपने काम में गहरे डूबा हुआ था। यह

तान, वह तान, यह गमक, वह गमक। यकायक बैजू के गले से ऐसी तानें बनकर निकलीं कि वह हर्ष की कलोलों में थिरक गया। फिर उसने वीणा के ऊपर उन्हीं तानों के उतारने का प्रयास किया। कई बार असफल हुआ। वीणा को एक तरफ रखकर झरोखे से मान-मंदिर की एक कोर को देखने लगा। कँगूरों के नीचे पत्थरों में बनी हुई वंदनवारों की उमेठी और मुरकी हुई बेलों के बीच में चौकोर झिझरियाँ और सूँड उठाए हुए हाथी पर रिपटी हुई रवि-रश्मियों पर आँख जम गईं। एकाध क्षण पीछे पत्थरों की जालियों में बने पुष्पों और हसों पर जा अटकीं।

'अरे! यह मंदिर भी टोड़ी की इसी तान को ले रहा है! वीणा पर तान और गमक अब यों निकल आवेगी।' वह उल्लास के साथ बोला।

झपटकर उसने वीणा को उठाया, गले से लगाया और उसके कई चूमे लिए। इस आलिंगन, चुंबन में वीणा की एक खूँटी ढीली पड़ गई और तार का तनाव कम हो गया। बैजू को नहीं मालूम पड़ा। जैसे ही बजाने के लिए तार पर उँगली चलाई, वीणा बेसुरी बोली।

बैजू ने खिसियाकर कहा, 'क्या करती है?' तुरंत समझ में आ गया कि खूँटी का अपराध है। हँस पड़ा।

'ओ हो! मान-मंदिर की तुमने भी झाँकी ली और ढ़ीली पड़ गईं। ठीक करे देता हूँ।'

अटल के कान में भी आवाज पड़ी। उसने अपने बाजे को और भी ऊँचे स्वरों में बजाया।

बैजू जब खूँटी को उमेठकर तारों को मिला रहा था, तब अटल के बाजे की झंकार उसने कान में पड़ी। अपनी वीणा को गोद में रखकर बैजू ध्यान के साथ उस मंदिर से आनेवाली ध्वनि को सुनने लगा। कुछ क्षण सुनने पर एक हाथ में वीणा को लिए हुए खिड़की पर आया। वहाँ से अटल दिखाई पड़ता था।

बैजू का चेहरा विकृत हो गया।

डपटकर चिल्लाया, 'अबे ओ! अरे ओ बेसुरे बेताले! बंद कर इस कनफोड़े को!'

अटल ने खड़े होकर उसको प्रणाम किया। बैजू ने जैसे देखा ही न हो।

बोला, 'क्यों पीछे पड़ा है राग-रागिनियों की हत्या के! बंद कर इस पाप को, नहीं तो रौरव नरक में जाएगा!'

'आपसे संगीत के विषय में कुछ बात करना चाहता हूँ, सीखना चाहता हूँ। तराने बजा रहा था।' अटल ने कहा।

बैजू बरस पड़ा, 'अबे तराने के बच्चे, जाता है यहाँ से या फेंकूँ ढेले तेरे ऊपर, फोड़ूँ तेरा सिर!

'मैं कुँवर अटलसिंह हूँ। आपने पहचाना नहीं।' अटल ने बताया।

बैजू चीखा, 'भाग! भाग!! भाग!!! बड़ा आया कहीं का सिंह-विंह।'

अटल क्षुब्ध होकर मंदिर के पीछे चला गया। बैजू अपनी अटारी में।

अटल ने चाहा, वीणा को बहू या सास किसी के भी मंदिर के पत्थरों से दे मारूँ और टुकड़े-टुकड़े करके चल दूँ। वह वीणा को बगल में दबाकर वहाँ से चल दिया।

: ६२ :

मानसिंह के साथ मृगनयनी कई बार राई के जंगलों में शिकार के लिए हो आई थी, पर अब की बार मन में विशेष उल्लास प्रतीत हुआ।

लाखी के साथ वह उस स्थान पर बड़े चाव के साथ गई जहाँ कई बरस पहले उसने और लाखी ने दो सवारों को मार गिराया था और दो को भगा दिया था। उस झाड़ी का कहीं पता नहीं लगा जिसमें वह घटना घटी थी परंतु पहाड़ी की मोड़ वही थी जिसके पीछे से चार सवार आए थे, खड्ड भी वही था।

मृगनयनी ने सोचा, यदि फिर वैसा ही अवसर आ जाए तो सामना कर लूँगी? तब छोटी-सी थी, अब बड़ी हो गई हूँ। हाथ-पैर में बल भी पहले से अधिक ही है, पर क्या साहस भी उतना ही स्फुरणमय है? क्या उतनी ही मनवाली हूँ? इसमें कुछ कसर मालूम हुई। क्या कलाओं के अनुशीलन ने संतुलन कुछ अधिक दे दिया है? अब क्या मैं किंतु-परंतु कर उठूँगी? क्या उतनी भाग-दौड़ कर सकूँगी? क्या मरे हुए सुअर को कंधों पर लादकर ले जा सकूँगी? इसको शायद न कर सकूँ।

लाखी ने अपने भीतर कोई कसर नहीं पाई। परंतु ऐसा अवसर कभी आने ही क्यों चला, उसने सोचा।

फिर वे दोनों उस स्थान पर भी गईं जहाँ मानसिंह से प्रथम मिलन हुआ था। मैंने कितनी बेधड़क बात की थी! क्या वे सब बातें मैंने ही कही थीं? किसान की लड़की ने! किसान की लड़की राजा से क्या उस तरह बोल सकती है? पर मैं उस समय जानती भी तो नहीं थी कि राजा कितना बड़ा होता है। और यदि मैं यह जानती कि राजा की आठ रानियाँ पहले से हैं तो क्या मैं प्रेम की बात को मान लेती? और यह मालूम होता कि सुमनमोहिनी कौन और कैसी है तो निश्चय ही नाहीं कर देती; पर अब क्या? सुमनमोहिनी और उन सात के होते हुए भी राजा का मैंने पूरा प्रेम पाया और पाए रहूँगी।

शिकार खेलने के उपरांत राजा उन सबके साथ बोधन पुजारी के स्थान पर आ गया। बरगद के पेड़ के नीचे डेरा था। फूटे हुए मंदिर की जगह एक नया सुंदर मंदिर बन गया। परंतु गाँव में भक्तों की संख्या अधिक नहीं बढ़ी थी। नया पुजारी गाँव के किसानों की उपज में से देवता के लिए बीसवें और अपने लिए तीसवें भाग से अधिक लेता था।

गाँववालों को अखरता था परंतु वे धर्मभीरुता के कारण कुछ नहीं कह सकते थे।

मृगनयनी ने सोचा, इस नए सुंदर मंदिर को भी यदि कभी किसी ने आकर फोड़ दिया तो क्या फिर एक नया मंदिर बनाया जाएगा? कब तक यह क्रम जारी रहेगा? इसके भक्तों की बाँहों में जब तक बल नहीं आया, तब तक यही क्रम रहेगा। किसान कैसे प्रबल बनें कलाओं की शिक्षा से? ऊँह! उससे इनकी बाँहों को कितना बल मिलेगा? पेट-भर खाने को मिले दूध, मट्ठा, घी, कपड़ों और कुछ इनके पास बचता भी रहे। तब कलाएँ इनके बाहुबल को स्थिरता दे सकेंगी? यह सब कैसे हो? राजा सेना को पुष्ट कर ले तो इस काम के करने के लिए कहूँगी।

मृगनयनी ने गाँव में जाने की इच्छा प्रकट की, खास तौर से उस स्थान को देखने की जहाँ उसने मानसिंह को गाँव में आते हुए पहले-पहल देखा था और जहाँ उसने मानसिंह की आरती उतारी थी।

वे दोनों सवारी में उस स्थान पर गए। अटल घोड़े पर था।

उस स्थान को देखकर मृगनयनी के मन में मथानी-सी फिर गई। वहाँ बहुत से नर-नारी उसी प्रकार खड़े हुए थे। उसी तरह की आरती। थालियों में फूल नहीं थे। पुजारी फूल के पेड़ नहीं लगा पाया था। मृगनयनी उस दिन ऐसी ही पाँत में खड़ी हुई थी।

मानसिंह उसके पास आया।

बोला, 'यही है वह स्थान जहाँ तुमको और लाखारानी को पहले-पहल देखा था।'

लाखी उन नारियों के चेहरे पहचानने में लगी हुई थी। कुछ पहचान में आ गए, कुछ नए थे। उन्हीं के दुराग्रह और षड्यंत्र का मैं शिकार होकर यहाँ से गई थी। कितने सीधे और विनीत विनम्र दिख रहे हैं इस घड़ी! मेरे और अटल के साथ कितनी दुष्टता की थी इन्होंने!

मृगनयनी ने मानसिंह से कहा, 'मैंने अपने देवता पर यहीं फूल चढ़ाया था।'

वह बोला, 'और देवता ने उस फूल को अपनी पगड़ी में खोंस लिया था।'

'पर क्या किया उस फूल का?'

'सामने जो है।'

'बड़े वैसे हो आप।'

'नहीं, पगड़ी में ही खोंसा हुआ है, परंतु उसको कोई देख नहीं सकता।'

'न जाने क्या कह उठते हैं। अब नहीं बोलूँगी।'

थोड़ी दूर मृगनयनी का घर था। वह गिर-गिरा गया था। अटल उसको देखकर लौटा।

राजा को प्रसन्न पाकर बोला, 'घर तो गिर ही गया है। था भी उसमें क्या। परंतु

जन्मभूमि है।'

लाखी ने धीरे से मृगनयनी से कहा, 'क्या कहना इनकी जन्मभूमि का!'

मानसिंह ने अटल से कहा, 'उसमें जो कुछ था अब गढ़ी के रूप में खड़ा कर दो कुँवरजी।'

अटल को अचरज हुआ, 'गढ़ी! कहाँ बनेगी गढ़ी यहाँ पर महाराज।'

मानसिंह ने उत्साहित किया, 'देखो तो पहले। क्या यहाँ कोई भी स्थान नहीं जहाँ गढ़ी बन सके?'

अटल ने नदी के दोनों किनारों की तरफ आँख दौड़ाई और पीछे ऊँचे पहाड़ पर जा ठहराई।

'है तो महाराज, यह पहाड़ी की चोटी है परंतु ऊँची बहुत है। फिर वहाँ पानी की कमी कितनी बनी रहेगी?' अटल बोला।

मानसिंह ने कहा, 'पहले यहाँ गढ़ी थी। तालाब था। गढ़ी खंडहर हो गई और तालाब पुर गया। तालाब को उघरवाए देता हूँ और गढ़ी को बनाए देता हूँ। ग्वालियर की रक्षा के लिए इस पहाड़ी की चोटी पर एक अच्छी गढ़ी का बनवाना बहुत आवश्यक है। अचंभे की बात है कि आज तक मेरे ध्यान में यह सूझ क्यों नहीं आई, यद्यपि जानता इस स्थान को बहुत पहले से हूँ।'

मृगनयनी की कल्पना में उसकी चित्रशाला का अधूरा चित्र घूम गया। रेखाचित्र के जंगलवाले भाग में रंग का भरना शुरू हो गया है। उसने प्रसन्नता के साथ सोचा।

राजा ने गाँव-भर के सामने अटल से कहा, 'मैं तुमको यह गाँव और नागदा की भूमि जागीर में सुत-संतान के लिए लगाता हूँ। गढ़ी शीघ्र बनेगी। राज्य की रक्षा और प्रजा का पालन चित्त देकर करना।'

आनंद के मारे अटल फूल गया। अब बैजू या कोई जू मेरा तिरस्कार नहीं कर सकेगा, उसके अंतर्मन में उठा और हर्ष में विलीन हो गया।

मृगनयनी ने सोचा, क्या गाँव के किसान इनके जागीरदार बन जाने से सुखी हो जाएँगे। हमारे उन खेतों को कौन जोतेगा, जिनकी मैं रखवाली किया करती थी? आजकल कौन जोतता होगा? पूछूँ? व्यर्थ है। फिर भी पूछूँ। फिर लाभ क्या? छोटे-छोटे से थोड़े से खेत थे। पूछने का अर्थ कहीं यह न हो जाए कि जिनके पास अभी है उनसे छीन ली जाए। जाने भी दूँ।

लाखी से बोली, 'अब तो तुम अपनी गढ़ी में जाकर रहोगी राव रानीजी।'

उसने चिहुँककर उत्तर दिया, 'मैं तो अपने गूजरी महल में रहूँगी महारानीजी।'

मृगनयनी हँस पड़ी।

'भौजी, तुमको यहाँ एक दिन आकर रहना ही पड़ेगा।'

'ननदजी, मैं तुम्हारी इस बात को नहीं मानूँगी।'

मृगनयनी के स्वर की नकल करते हुए लाखी ने व्यंग्य किया। वह प्रसन्न थी।

: ६३ :

ग्वालियर पर आक्रमण करने और अब की बार उसको धूल में मिला देने के इरादे से सुल्तान सिकंदर ने आगरे में बड़ी भारी सेना तैयार की। लगभग एक लाख सवार, दो लाख पैदल सिपाही, दो लाख गुलाम और एक हजार हाथी। अरबी और फारसी की शिक्षा के लिए उसने एक बहुत बड़ा मदरसा स्थापित किया था। दरबारी मुल्लों के साथ इस मदरसे के मौलवियों को भी लेने का संकल्प किया। कूच करने में अभी विलंब था। उसके जासूसों ने समाचार दिया कि गुजरात का महमूद बघर्रा मालवा की ओर आ रहा है। गुजरात और मालवा के सुल्तानों के युद्ध का परिणाम देखकर ही वह ग्वालियर पर आक्रमण करना चाहता था। मौलवी और लड़ाकू सरदार उसको शीघ्र हमला करने के लिए उकसा रहे थे। कूच के मूहूर्त का निश्चय करने के लिए एक पहर रात गए आगरे में दरबार हो रहा था। ऋतु सुहावनी थी। सिकंदर का जासूसी विभाग बहुत सुसंगठित था। उसने समाचार दिया था कि राजा मानसिंह तोमर ने संगीत-विद्यापीठ को स्थापित करके नायक बैजू के हाथ में, जो पागल है, दे दिया है और अब इमारतों के काम को थोड़ा-सा ही चलाता हुआ बड़े पैमाने पर सेना को तैयार करने में जुट पड़ा है।

'जहाँपनाह! चढ़ बैठने का यही मौका है। बरसात के लिए तीन-चार महीने हैं। कूच करने में देर नहीं लगनी चाहिए।' एक सरदार ने अनुरोध किया।

प्रधान मुल्ला ने कहा, 'मान-मंदिर को साफ कर देने की घड़ी आ गई।'

सिकंदर बोला, 'महमूद बघर्रा माँडू को खतम करके चंदेरी, नरवर होता हुआ ग्वालियर आ सकता है। मैं चाहता हूँ, ग्वालियर को खतम करके नरवर, चंदेरी होता हुआ माँडू को फिर दिल्ली की बादशाहत में मिलाऊँ और फिर गुजरात को। बघर्रा और नसीरुद्दीन की फौजें आपस में उलझ चुकें उस वक्त कूच करना मुनासिब होगा।'

एक सरदार ने समर्थन किया, 'मुनासिब है बघर्रा मालवा में आते-आते राजपूताने की तरफ रुख फेर दे और नसीरुद्दीन से लड़ाई न हो, इसलिए देख लेना अच्छा होगा। इंतजार की सलाह ठीक है।'

सेनानायकों और मुल्लाओं का बहुमत तुरंत चढ़ाई कर देने के पक्ष में था। आगरा में इतनी बड़ी सेना को पड़े-पड़े खिलाते-पिलाते खजाना भी कम होता जा रहा था।

सिकंदर ने मान लिया। उसी समय बड़ी जोर की गड़गड़ाहट का शब्द हुआ। दीवान आम की छत, दीवारें, खंभे, फर्श, तख्त, मसनद, तकिए काँपने लगे। लगता था जैसे प्रलय की घड़ी आ गई हो। मुल्लों से मुल्लों के, सरदारों से सरदारों के सिर टकरा गए।

तख्त के ऊपर बादशाह औंधे मुँह गिर पड़ा और पंखा झलनेवाला गुलाम उसके ऊपर। मौलवियों और सिकंदर की आँखों के सामने बोधन के मारे जाने का चित्र फिर गया।

'या अल्लाह! रहम!! रहम!!!' उन लोगों के मुँह से चीख निकली। शमादान लौट गए। अँधेरा छा गया। मानो परमात्मा ने उनकी पुकार सुनने से इंकार कर दिया हो। लोम इधर-उधर लुढ़कने लगे।

बड़ा प्रचंड भूकप आया था।

☐

उस समय के कुछ पहले माँडू से दूर महमूद बघर्रा बेतहाशा पड़ाव पर पड़ाव डालता हुआ नियुक्त स्थान पर रैन-बसेरे के लिए रुक गया। तने हुए तंबू में जा लेटा। पलंग की एक बाजू ढाई सेर पके हुए चावल और दूसरी ओर भी सोने के थालों में सजे हुए ढाई सेर। रात में नींद खुली और भूख लगी। भूख के कारण जाग पड़ने में कोई शक भी नहीं था, रोज का दस्तूर जो ठहरा, तो बिचारा क्या करता? क्या प्रातःकाल की प्रतीक्षा करता? तब तक गरीब आँतों का क्या होता? क्या न बन आती उन पर? उस करवट आँख खुली तो ढाई सेर चावलों भरा थाल हाजिर, इस करवट आँख खुली तो उतनी ही तौल के चावलों का दूसरा थाल। आखिर एक ही तरफ पाँच सेर चावलों के रखने में तुक क्या? उस करवट से इस करवट लौटने-पौटने का उतना कष्ट उठाया ही क्यों जाए? उस करवट आँख खुली, हाथ बढ़ाया और ढाई सेर चावल साफ। तीन-चार घंटे बाद दूसरे करवट आँख खुली, हाथ बढ़ाया और दूसरा ढाई सेर गायब। सवेरे सेर-भर घी, सेर-भर शहद और डेढ़ सौ केलों का कलेवा क्षुधा शांति के लिए मौजूद। उसमें कोई मीन-मेख ही नहीं।

पहले पहर की गहरी नींद सोया ही था कि पलंग हिल गया जैसे आँतों में बवंडर आ गया हो। बघर्रा चित्त सो रहा था। पलंग की प्रचंड हिलडुल ने करवट दे दी। आँख खुल पड़ी। बघर्रा ने पास रखे हुए पीढेवाले थाल के चावलों पर हाथ बढ़ाया। पीढ़ा खिसका। बघर्रा ने और हाथ बढ़ाया। वह और भी खिसका। बघर्रा ने कुड़कुड़ाकर एक हाथ को बहुत लंबा किया और दूसरे से आँखें मीड़ीं। परंतु चावल हाथ न लगा। धम्म से थाल नीचे जा गिरा। धम्म से उसके ऊपर पीढ़ा। उस बगल भी यही हुआ। अंतर इतना रहा कि उस ओर का थाल और पीढ़ा नीचे न गिरकर धच्च से उसकी चौड़ी पीठ पर आ पड़ा। बघर्रा धड़ाम से नीचे। पलंग उसके ऊपर। नीचे गिरे हुए चावलों का तकिया बना, कुछ चावलों ने लंबी मूँछों पर सफेद खिजाब का काम किया। पलंग के ऊपर गिरे हुए चावलों में से कुछ ने मुँह पर और कुछ ने छाती पर सवारी जमाई।

बघर्रा चिल्लाया, 'ओफ! जिन्नों ने मार डाला! कमबख्तों ने सब लोट-पोट दिया! बचाओ, बचाओ!'

सारी छावनी में वही लोट-पोट मची हुई थी। हाथी थानों पर से साँकचें तोड़कर चिंघाड़ रहे थे, घोड़े बिलबिला रहे थे और आदमी लुढ़क-पुढ़ककर हाय-तौबा मचा रहे थे।

पहाड़ों से पत्थर टूट-टूटकर ढहढहाते हुए लुढ़क रहे थे। पेड़ जड़ों से उखड़-उखड़कर चरचराटे के साथ गिर रहे थे। नदियाँ और सरोवरों के पानी में खलबली मच गई।

भूकंप अपने प्रचंड वेग पर था।

उसी रात माँडू का सुल्तान नसीरुद्दीन अपनी बेगमों की मुर्दमशुमारी की ठान चुका था। अभी पूरे पन्द्रह हजार की गिनती में लगभग डेढ़ हजार की कसर थी। बही-खाता रोज खुलता था, लेखा-जोखा किया जाता था, इसलिए सही संख्या ज्ञात थी। संख्या के संबंध में उसको कोई खटका नहीं था, परंतु उसको समाचार मिला था कि हरम में बहुत से लौंडे भी स्त्रियों के वेश में दाखिल हो गए हैं। उसको संदेह था कि ये युवक कुछ बेगमों की कामवासना को तृप्त करने के लिए आ घुसे हैं। संदेह निवारण और दंड विधान के लिए मुर्दमशुमारी की जरूरत पड़ गई।

कई अंगरक्षिकाएँ अपने-अपने जिम्मे का बही-खाता खोले सुल्तान के साथ चल रही थीं। मर्दुमशुमारी में सहायता करनेवाली अनेक स्त्रियाँ अनगिनत मशालों को फहराती हुई सुल्तान के साथ थीं। मर्दुमशुमारी का काम थोड़ा और असाधारण नहीं था। स्त्री वेशधारी युवक सहज ही हाथ लगनेवाले नहीं थे। जैसे-जैसे बही-खाता का पढ़ना, अनुसंधान और समीक्षण चलता, वे इधर-उधर खिसकते जाते। अन्त में उनका पकड़ा जाना निश्चित था, क्योंकि महल के चारों ओर सेना का कड़ा पहरा था। नसीर थोड़ी देर बाद थककर ठहर गया। पैरों के थकने का सवाल ही नहीं था, दासियाँ कंधों पर उसके तख्त को लादे चल रही थीं। तख्त नीचे रख दिया। नसीर मसनद-तकियों में समा गया।

गड़-गड़-गड़-गड़-ऊम-धूम का गर्जन-तर्जन हुआ। तुरंत माँडू का किला, जो एक ऊँचे दीर्घ पर्वत पर है, थर-थर काँप उठा। नसीर के मसनद-तकिए लौटे, तख्त पलटा और वह मुँह के बल नीचे जा रहा।

वह चिल्लाया, 'बचाओ! मुझको बचाओ! अब किसी को नहीं सताऊँगा! जिन्न

पकड़े लिए जा रहे हैं, कोई बचाओ!'

मशालें हाथों से छूट गईं और लुढ़क-पुढ़ककर जुगुनुओं की तरह चमकने-बुझने लगीं। बही-खाते नीचे गिर गए। उनके पन्ने खुलते बंद होते फड़फड़ाने लगे। कुछ के ऊपर मशालें गिरीं और उनकी होली-सी जल उठी। दासियाँ बेगमों पर और बेगमें दासियों पर लड़खड़ा-लड़खड़ाकर गिरने लगीं। निकटवर्ती महल डगमगाने लगे मानो कह रहे हों अब चले और तब चले और बेगमों के रंगीन कीमती कपड़े विदा लेने को हुए और उनमें से अनेक सिर के बल गिरीं। सेना के सिपाही कयामत का आना समझ सिर पर पैर रखकर इधर-उधर भागे। स्त्री वेशधारी युवकों को प्रतीति हुई कि हम चले तो हमारे साथ हमारी प्रेयसियाँ भी चलीं और अत्याचारी नसीर भी गया! भागते गिरते-पड़ते उनको बाहर निकल जाने का मार्ग थोड़ा-बहुत सूझा, मानो उन्हीं की वजह से वह भूकंप हुआ हो।

□

मानसिंह मान-मंदिर से गूजरी महल को आ रहा था। चंद्रमा के धुँधले प्रकाश में मान-मंदिर ऐसा प्रतीत हुआ जैसे ध्यानमग्न हो। थोड़ी देर खड़ा-खड़ा देखता रहा, फिर चल दिया। मृगनयनी के पास पहुँचकर उसने कहा, 'मान-मंदिर मुझको अभी ऐसे लगा जैसे ध्यान-मग्न हो।'

मृगनयनी बोली, 'कभी वह हँसता हुआ जान पड़ता है, कभी गाता हुआ, कभी ध्यान- मग्न। किसी दिन उसको रणभेरी का भी काम करते हुए देखेंगे आप।'

उसी समय गरगराहट सुनाई पड़ी। दोनों सुनने लगे। गूजरी महल काँपने लगा। वंदनवारवाले द्वार झूमने लगे। ऊपर की सीधी खड़ी पहाड़ी के ऊपर सीधी दीवारें झूला-सी झूलने लगीं। वे दोनों एक-दूसरे के अंक में पड़ गए, लिपट गए और झँझोड़े खाने लगे।

'प्रलय आ रही है!' मानसिंह के मुँह से निकला, 'इसके पहले यदि कुछ और कर लिया होता।'

वे दोनों एक-दूसरे से उलझे हुए गिर पड़े। मानसिंह की आँखें मिच गईं। मृगनयनी की खुली थीं। दृष्टि स्थिर। होंठ सटे हुए। मुट्ठियाँ कसी हुईं।

'कोई बात नहीं। भगवान् की मुसकान का ध्यान करिए। शिव के तांडव का। धैर्य और शांति के साथ, मेरे प्राणनाथ, अंत के अनंत के सामने डट जाइए।'

विजयजंगम ने दिन में सात घंटे काम किया था, जैसा कि उसका नियम था। अब अपने लंबे केशों में तेल डालकर चाँदी के जनेऊ में बँधे शिवलिंग को हाथ में लेकर

प्रार्थना कर रहा था—सूत का जनेऊ उसके संप्रदाय में निषिद्ध था। उसी समय गर्जन-तर्जन हुआ। उसने आँखें खोल दीं। घर की दीवारें काँप उठीं। वह अपने आसन पर हिलते-डुलते लुढ़क गया।

बोला, 'शिव का डमरू बजा है। तांडव का आरंभ है। कलियुग का दुराचार-अत्याचार तुमको असह्य हो उठा है भगवान्। शरण में लो। तुम्हारे लोक में अभी पहुँचता हूँ।'

जीवन-भर उसने कायक-काम, पेट भरने के लिए परिश्रम किया था। उसका विश्वास था, मुझ सरीखे काम करनेवाले सब शैव-वीर शैव-कैलास पर्वत पर अनायास पहुँच जाएँगे।

नायक बैजू ने झटपट थोड़ा-सा खा-पीकर तँबूरे को हाथ में लिया और एक नए राग को ध्रुवपद में बिठाने का प्रयास करने लगा। तानों के बीच में गर्जन की हुँकार उसको ऐसी लगी जैसे किसी ने पखावज पर जोर की थापें दी हों, परंतु उस गर्जन-तर्जन का मेल बैजू के गायन की ताल से न बैठा।

चिल्ला पड़ा, 'क्या करता है बे?'

आँखें खोलीं तो वहाँ कोई नहीं। दीवार की खूँटी से टँगी वीणा काँपकर लड़खड़ा उठी।

बोला, 'सरस्वती माता, कहीं बेसुरा हो गया होऊँ तो क्षमा करना।' वीणा खड़खड़ाकर झन्नाटे के साथ नीचे गिर पड़ी और वह स्वयं तँबूरा सहित एक ओर लटक गया।

'कौन है रे, तँबूरा मत फोड़ डाल मेरा!'

सेठ-साहूकारों और संपत्तिवालों ने अपनी धन-संपदा के लिए हाय-हाय मचाई; किसान-मजदूर अपने बच्चों को गिरते-पड़ते अपने तन से ढकने लगे। बहुतेरों की कच्ची मड़ैया ऊपर से टूटकर आ पड़ी। रोने-किलबिलाने लगे।

वह विकट भूकंप असाधारण प्रभाव छोड़ गया—रहा थोड़ी देर ही, परंतु धरा को उखाड़-पछाड़ गया। भूकंप के शांत होने पर लोगों को विदित हुआ कि भूचाल आया था।

सिकंदर लोदी के दीवाने-आम में लोग पछाड़ें खा-खाकर उठ बैठे। शमादान रोशन किए गए और तय हुआ कि ग्वालियर पर कुछ दिनों आक्रमण नहीं किया जाएगा।

माँडू में नसीरुद्दीन ने बेहोशी से होश में आकर बकवास की, उसकी गिरी-पड़ी परियों ने माथे टटोले और कपड़े सँभाले। जब तक सिपाही इकट्‌ठे हों, तब तक स्त्री-वेषधारी छोकरे मार्ग को स्वच्छ पाकर नौ दो ग्यारह हो गए। परियों की शुमार का काम कुछ दिनों के लिए स्थगित हो गया।

गुजरात का सुल्तान महमूद बघर्रा मुश्किल से चावलों, पीढ़े और पलंग से पीछा छुड़ा सका। जब झाड़-पोंछकर उठा तो लंबी दाढ़ी और मूँछों को बेहाल पाया। कमबख्त जलजले ने खाना खराब किया सो किया, दाढ़ी-मूँछ पर भी कहर बरसा दिया! सवेरे के कलेवे की प्रतीक्षा में और छावनी को यथाविधि स्थिर करने में उसने अपलक रात बिताई। आगे बढ़ना मनहूस समझकर गुजरात को लौट गया।

मानसिंह ने देखा, सब ज्यों-का-त्यों है। जब आँखें खुलीं तो मृगनयनी को स्थिर बैठा पाया।

'यह सब क्या था?' मानसिंह ने पूछा।

मृगनयनी ने उत्तर दिया, 'भूकंप। हम सबको कर्तव्य का स्मरण दिलाने आया था।'

विजयजंगम ने देखा, कैलास पर्वत पर नहीं पहुँच पाए। कायक-श्रम को और भी लगन के साथ अपने जीवन की घड़ियाँ दूँगा, अंत में कैलास की प्राप्ति अपरिहार्य है। उसने निश्चय किया।

बैजू ने कहा, 'माता सरस्वती, तुमने अपराध क्षमा कर दिया है। कर दिया न? कभी भूल से बेसुरा या बेताल हो गया हूँगा, आगे कभी ऐसा न होगा, कान पकड़ता हूँ। ग्वालियर में इतने बेसुरे और बेताले बढ़ गए हैं कि ठिकाना नहीं। हो न हो, यह उन्हीं के पापों का फल था।'

कुछ पक्के मकान टूट गए थे, कुछ दरारें खा गए थे। उनकी थोड़े ही समय में मरम्मत हो गई। गिरे हुए कच्चे मकानों की मरम्मत में ज्यादा दिन लग गए। दरिद्र किसान-मजदूरों की झोंपड़ियाँ ऐसी गिर गई थीं कि उनकी मरम्मत हो ही नहीं सकती थी। मजदूरी से जब-जब उनको अवकाश मिला, तब-तब उन्होंने थोड़ा-थोड़ा करके मसाला इकट्‌ठा किया और काफी समय में रहने लायक झोंपड़ियाँ बना पाईं।

मानसिंह ने राई की पहाड़ी पर गढ़ी का बनवाना आरंभ कर दिया, परंतु वह काम उतनी शीघ्रता के साथ नहीं हो रहा था, जितनी तत्परता के साथ उसकी कला-सेवा चल रही थी। मृगनयनी की चित्रशाला का वह चित्र अभी अधूरा था।

: ६४ :

ग्वालियर-भर में समाचार फैल गया कि एक महात्मा रामेश्वर से पैदल चलकर ग्वालियर आए हैं, केवल लँगोटी लगाते हैं, नीम के पत्तों पर गुजर करते हैं और ध्यान में मग्न रहते हैं, ग्वालियर से दो-तीन कोस उत्तर की ओर मोती झील पर ठहरे हैं। लँगोटी और नंगे पाँव! फिर रामेश्वर से ग्वालियर! उस पर ध्यान! जनता पर आतंक छा गया और वह आत्म-समर्पण तथा वर-प्राप्ति के लिए उमड़ पड़ी।

मोती झील को मानसिंह ने तैयार करवाया था। काम पूरा हो चुका था। उससे नहर निकलवाकर वह आसपास की भूमि की सिंचाई का आयोजन कर रहा था। भूकंप के कारण झील कई जगह नष्ट हो गई थी। मानसिंह ने मरम्मत ही नहीं करवाई बल्कि कुछ महीनों के भीतर झील के बाँधों को और ऊँचा और चौड़ा करा दिया। महात्मा इस झील के किनारे आकर ठहरे थे। राजा से मिलना चाहते थे या जैसा कि मानसिंह के दूत ने कहा, 'महात्मा दर्शन देना चाहते हैं। परंतु दर्शन लेने के लिए राजा को मोती झील पर स्वयं जाना चाहिए।' विजयजंगम को भी मालूम हो गया।

राजा महात्मा के पास जाना चाहता था। छः सौ-सात सौ कोस की दूरी से महात्मा दर्शन देने के निमित्त पधारे हैं, हम क्या दो-तीन कोस भी चलकर न जाएँ उनके दर्शन करने?

विजय ने निवारण किया, 'योगी और महात्मा इस तरह मारे-मारे नहीं फिरते। जिनको आतंक कमाने की पड़ती है वे ही करते हैं ऐसा।'

'तपस्वी हैं, मिल लेने में क्या बुराई है।'

'इस प्रकार की तपस्या करनेवाले लोगों का केवल एक उद्देश्य होता है। परलोक की प्राप्ति चाहे हो या न हो, वे लोग इस लोक को अपनी इस तपस्या के आतंक से मुट्ठी में दबा लेना चाहते हैं। आपने कई वर्ष हुए मेरे और एक वैष्णव के विवाद पर कुछ इसी तरह की बात कही थी। स्मरण है आपको?'

'हाँ, कुछ धुँधला-सा स्मरण है। बोधन पुजारी ने उस दिन सबसे पहले गूजरी रानी की बाण-विद्या का राई से आकर समाचार दिया था। पुराणों में अनेक स्थलों पर पढ़ा है कि योगी राजाओं के पास उपदेश देने के लिए गए और राजाओं ने उनका आदर-सत्कार किया।'

'उस युग की बात जाने दीजिए। इस युग की सोचिए। अपनी जनता पर इसका क्या प्रभाव पड़ेगा? मेले और हाटें लग उठेंगी। तुर्कों से युद्ध होनेवाला है, जनता और सैनिकों का ध्यान अपने कार्य को छोड़कर उसके ढोंग की तरफ चल देगा।'

'ढोंग हो और न भी हो, अभी नहीं जाता हूँ। सोचूँगा।'

मानसिंह दो दिन तक नहीं गया। उसको समाचार मिला कि योगी ने अनशन कर दिया है, 'जब तक राजा आकर मुझसे नहीं मिलेगा, तब तक नीम की पत्तियाँ भी नहीं खाऊँगा।'

मानसिंह अस्थिर हो गया।

विजय ने कहा, 'महाराज, वह मर जाएगा तो एक मूर्ख पागल कम हो जाएगा।'

'बैजू को भी लोग पागल कहते हैं, पर क्या कोई चाहता होगा कि बैजू मर जावे?'

'बैजू विद्या का पागल है, यह योगी कहलानेवाला मूर्ख अहंकार का पागल है।'

'मैं उसको अनशन करके नहीं मरने दूँगा। उसके इस प्रकार देह का अंत करने से जनता के ऊपर बहुत बुरा प्रभाव पड़ेगा।'

मानसिंह नहीं माना। योगी से मिलने गया।

योगी दुबले-छरहरे शरीर का था। लंबी कसीली बाँहें। देह से जवान और बालों से सौ बरस का। आँखें जलती हुई। मानसिंह ने सोचा, योगाभ्यास के कारण सोने जैसा तप गया है।

मानसिंह ने प्रणाम किया। उसने वरदहस्त उठाया। योगी ने कहा, 'इतना घमंड है तुझको!'

मानसिंह का स्वाभिमानी क्षत्रियत्व जागा परंतु कलाओं की विनय ने उसको नियंत्रित कर दिया। बोला, 'घमंड के कारण नहीं, युद्ध की तैयारी में फँसा रहने के कारण नहीं आ पाया।'

'उसी के संबंध में कुछ बताना चाहता हूँ।'

'आज्ञा हो, पालन करने की सोचूँगा।'

'कितने सैनिक तैयार हो गए हैं?'

'पचास सहस्र यहाँ, पच्चीस सहस्र नरवर में। चंबल नदी की चौकियों पर एक-एक दो-दो सहस्र तैयार हैं।'

'चौकियों की बात जाने दे। और बढ़ा सकेगा?'

'कठिनाइयों के साथ, परंतु प्रयत्न करूँगा।'

'ग्वालियर के किले को ठीक अवस्था में कर लिया है?'

'ठीक अवस्था में है।'

'सुरंगों को ठीक रखना, कदाचित् आवश्यकता पड़ जाए।'

'साफ-सुथरी हैं।'

'कितनी हैं?'

'एक।'

'कहाँ को गई है?'

'जंगल पहाड़ को। परंतु महाराज, पुरखों की आन है कि सुरंग का हाल सिवाय अपने पुत्रों और सेनापति के किसी को भी न बताया जाए, इसलिए और आगे कुछ नहीं कह सकता।'

'कोई बात नहीं, कोई बात नहीं। युद्ध की तैयारी की अपेक्षा भजन और पूजा में अधिक लगा रह और अपने सैनिकों को भी लगा। इसी से कल्याण होगा। जा, अब मुझको मत घेर। ध्यान लगाऊँगा।'

मानसिंह चला गया। वह योगी की कसीली देह और सतेज नेत्रों से प्रभावित हुआ था। विजय जानने को उत्सुक हुआ। दूसरे दिन बातचीत हो सकी।

मानसिंह ने उसको सब बात बताई। उसने कहा, 'कोई विशेष महत्त्व की बात नहीं हुई। मुझको उसकी जगमगाती देह और दमकती हुई आँखें बहुत अच्छी लगीं।'

'कोई महत्त्व की बात नहीं हुई! आप कहते क्या हैं! सेना और किले का सारा भेद ले लिया उसने!'

'सब किसी पर शंका उठाने का तुम्हारा स्वभाव ही है।'

'अब भी आपको उस तपस्वी के ढोंग पर विश्वास है! युद्ध के काल में आपको और सैनिकों को जो भजन-पूजन में ही डूब जाने का उपदेश दे वह कैसा भी कोई हो, मुझको तो नहीं जँचता। एक बार दिखवाइए तो उसको, है भी मोती झील पर या नहीं?'

राजा ने खोज करवाई। योगी का पिछली संध्या से ही कोई पता न था।

'महाराज!' जरा तीखे स्वर में विजय ने मानसिंह से कहा, 'मुझको तो वह शत्रु का जासूस मालूम पड़ता है। सेना और सुरंग का भेद ले गया। सेना की गिनती जान लेने का उतना भेद नहीं है परंतु सुरंग का भेद हाथ से निकल गया, यह बहुत बुरा हुआ। अब किले को अन्न से भर लीजिए। सुरंग असुरक्षित हो गई है। अटक-भीर पर न तो सुरंग से अन्न प्राप्त हो सकेगा और न कोई सहायता। उलटे वहाँ होकर शत्रु के किले में घुस पड़ने की संभावना हो गई।'

मानसिंह को बहुत परिताप हुआ। मृगनयनी के उद्बोधन का स्मरण हुआ--क्या कलाओं के परिशीलन ने मेरे मन की चौकसी को ढीला कर दिया है! कलाओं का इसमें क्या दोष! बहुत करके वह कोई योगी ही था। उसका एक स्थान छोड़कर दूसरे पर चल देना शंका का कारण नहीं होना चाहिए। भजन-पूजन में लगे रहने का उसका उपदेश स्वाभाविक ही था। योगी और किस बात का उपदेश करता? विजय का संदेह भ्रम पर आधारित है। परंतु यह ठीक है कि मुझको सेना का संगठन तत्परता के साथ करना चाहिए और उस सुरंग को बंद कर देना चाहिए। फिर गाढ़े समय का रक्षा साधन? रक्षा का साधन भगवान् का भरोसा और भुजाओं का बल है। सुरंग को बंद कर दूँगा।

मानसिंह ने अविलंब सुरंग को बंद कर दिया। तत्परता के साथ युद्ध की तैयारी पर

पिल पड़ा। राई की गढ़ी तैयार हो गई। अन्य गढ़ी और गढ़ियों की भी उसने मरम्मत करा ली।

बरसात भोर, एक दिन उसको समाचार मिला कि सिकंदर लोदी की विशाल सेना ने चंबल को पार कर लिया है।

: ६५ :

सिकंदर ने अपनी सेना के तीन खंड किए। एक नरवर की दिशा में भेजा और दो खंडों को भिन्न-भिन्न दिशाओं से ग्वालियर पर। राई के पास से आनेवाले खंड के साथ वह स्वयं था। नरवर की ओर जानेवाली सेना का पता मानसिंह को नहीं लगा। उसने समझा, ग्वालियर पर ही तीन तरफ से चढ़ाई हो रही है।

मुकाबला करने की योजना शीघ्र बन गई। उत्तरी सिरे को मानसिंह खदेड़ता हुआ बीचवाले खंड को जा दबोचेगा, दक्षिण सिरे को मानसिंह का एक नायक इसी तरह दबाएगा और बीचवाले को अटल रोककर पीछे हटाएगा। बीचवाली तोमर सेना के सहारे के लिए राई की गढ़ी अटल के अधिकार में। तैयार होते ही वह उसको मिल गई थी।

राई की गढ़ी में अटल के साथ लाखी को जाना था। लाखी मृगनयनी से विदा लेने आई। वह गढ़ी में एक बार रह आई थी।

'चाहती थी यहीं बनी रहूँ।' लाखी ने कहा। उसके गले में कुछ अटका।

मृगनयनी बोली, 'मैं भी यह चाहती हूँ। भैया से कह देती हूँ। राई की गढ़ी कुछ बड़ी नहीं है। हम दोनों यहाँ किले की रक्षा के लिए एक साथ रहेंगी।'

'वह कहते थे कि उन्हें बाहर-बाहर लड़ना पड़ेगा, मैं गढ़ी की देखभाल और सहायता के लिए भीतर रहूँ।'

'अकेली वहाँ क्या करोगी?'

'अकेली तो नहीं रहूँगी। कुछ और सरदारों की भी स्त्रियाँ होंगी। पहली लड़ाई के समय गाँव के नर-नारी जंगलों में भागकर बहुत कष्ट झेलते रहे—मैंने तुमने ही क्या-क्या नहीं भुगता था। अब की बार वे सब गढ़ी में आ जावेंगे।'

'और तो कोई बात नहीं, कहीं घिर न जाओ गढ़ी में।'

'घिर तो कहीं भी सकते हैं।'

'यहाँ संभावना कम है। पर असल में मोह साथ रहने का है। सोचती हूँ, भैया के पास तुम्हारा रहना उस छोटी-सी गढ़ी में अधिक उपयोगी होगा।'

'मैं भी सोचती हूँ, पर न जाने मन क्यों वैसा हो रहा है। अच्छा, अब तुम अपनी उसी मुसकान के साथ विदा दो जिसके साथ पहले राई की गढ़ी को भेजा था।'

मृगनयनी के होंठों पर मुसकान आ गई और आँखों में जल। लाखी की आँखों से तो बड़े-बड़े आँसू टपक पड़े। दोनों एक-दूसरे से लिपट गईं।

मृगनयनी अपने को संयत करके बोली, 'कोई संकट आता दिखाई पड़े तो तुरंत समाचार भेजना, मैं यहाँ से सहायता भेजूँगी।'

'यदि समाचार भेजने का सुभीता न हुआ तो?' लाखी ने पूछा।

'तो कोई ऐसा संकेत करना जो यहाँ दिख जाए।' मृगनयनी ने उत्तर दिया।

लाखी ने ऐसे संकेत को सोचा। उसको नरवर का स्मरण हो आया। नटों ने उस रात एक बड़ी होली जलाई थी। लाखी ने नरवर से आकर बतलाया था, फिर सुनाया।

मृगनयनी ने कहा, 'मुझको आशा है शत्रु को अब की बार भी उसी प्रकार पीछे हटा दिया जाएगा जैसे पहले कई बार हटा चुके हैं।'

लाखी चली गई। चलते समय उसने मुड़कर एक आँसू और ढलकाया था।

योजना के अनुसार मानसिंह भी किले से बाहर लड़ने के लिए चला गया।

मृगनयनी ने दूसरे दिन अपनी चित्रशाला के उस अधूरे चित्र के कर्तव्य-दिशावाले अंग में कुछ और रंग भरे। परंतु चित्र अब भी अधूरा था।

: ६६ :

मुरैना के निकट आलमपुर के ऊँचे-नीचे मैदानों में पहली टक्कर सिकंदर के उत्तरी खंड से मानसिंह के दल की पहले हुई। मानसिंह का हाथी दल सिकंदर की सेना के हाथी दल के सामने नहीं था परंतु लड़ते-लड़ते इन दोनों दलों की मुठभेड़ हो गई। मानसिंह घोड़े पर था। इसको हाथी की अपेक्षा अपने घोड़े पर अधिक विश्वास था।

दोनों पक्षों के हाथी-समूह बिखरकर लड़ने लगे। परंतु हाथी से हाथी टकराते कम थे, चीखते-चिघाड़ते अधिक थे। हाथियों के हौदों पर से दोनों दल तीरों की वर्षा कर रहे थे। योद्धा भारी कवच, झिलम टोप और तबे चढ़ाए हुए थे, इसलिए एक-दूसरे को बहुत कम हानि पहुँचा सके। करारी लड़ाई पैदलों और सवारों की हुई।

मानसिंह ने देखा, दिल्ली की सेना के एक अंग में विचित्र आकार-प्रकार के सिपाही बेतरह लड़ रहे हैं। रंग तामियाँ, माथे सँकरे, आँखें छोटी, नाक चपटी, चपटापन मानो कान तक जा रहा हो—मुँह चौड़ा जैसे बिना हँसी के हँस रहे हों। गाल चमड़े की सुराहियों जैसे फूले हुए और गाल की हड्डी उठी हुई, सिर कंधों पर सटा हुआ मानो गरदन हो ही नहीं, ठोड़ी के ऊपर बाल बहुत थोड़े। उसने इनका वर्णन कहीं पढ़ा था—हूण हैं, आजकल के मुगल, यशोवर्मन ने कभी पहले इनके पुरखों को ठोका था, आज मैं देखता हूँ। मानसिंह ने तुरंत तोमरों के घुड़सवार दल को इन पर टूट पड़ने की आज्ञा दी।

तोमर टूट पड़े। मुगल पैदलों की सहायता के लिए तुर्क-सवार आए परंतु तोमरों का वज्र प्रहार पहले ही पड़ चुका था। मुगल सैनिक जान पर खेलकर लड़ने लगे पर तोमर सवार आँधी की तरह टूटे थे। तुर्क सवार उन पैदलों की रक्षा करने नहीं आ पाए थे कि तोमर सवारों ने उनको लगभग बिछा डाला। तुर्क सवारों से मानसिंह का दल 'हर, हर महादेव!' की पुकार लगाता हुआ जा भिड़ा। तुर्क सवारों ने मुकाबला किया। तोमर सवार जिन्होंने मुगल पैदलों की पाँतों को तोड़ा था, दूसरी ओर से उन पर झपट पड़े। थोड़ी ही देर में तुर्क सवारों को पीछे हटना पड़ा। उनके साथ ही दिल्ली की सेना के अन्य पैदल सिपाही पीछे हटे। फिर दिल्ली की सेना लड़ते-लड़ते पीछे हटती ही गई। दिल्ली के हाथी समूह ने जब अपनी सेना के एक बड़े अंश को पीछे हटते देखा तो वह भी लौट पड़ा। संध्या तक यही होता रहा—दिल्ली की सेना का यह बाजू टूटता हुआ बीचवाले खंड में जा मिला और डट गया।

मानसिंह ने अपनी सेना को बटोरा और एक सुरक्षित स्थान पर रात के लिए पड़ाव डाल दिया।

प्रातःकाल फिर युद्ध आरंभ हुआ। अब दिल्ली की सेना बहुत सावधानी के साथ लड़ रही थी, क्योंकि पहले दिन उसकी काफी हानि हो चुकी थी। सेना का संचालन सिकंदर लोदी कर रहा था।

मानसिंह के खंड का संपर्क बीचवाली टुकड़ी से हो गया! जिसका नायक अटल था। पीछे पठार और जंगल रक्षा के लिए थे और उनके पीछे राई की गढ़ी। बाएँ हाथ की तरफ तोमरों का एक दल नरवर की ओर भेजी गई दिल्ली की सेना से टक्कर लेंने की फिकर में था। परंतु यह टक्कर नहीं हुई। सिकंदर ने रात में ही उस टुकड़ी के पास आदेश भेज दिया था कि वह लौटकर मानसिंह की पूरी सेना पर पीछे से छापा मारे।

दोपहर तक लड़ाई साधारण गति के साथ चलती रही। तीसरे पहर उसमें अचानक तेजी आ गई। मानसिंह के बाएँ बाजू से कतराकर नरवर जानेवाली टुकड़ी ने पीछे से धावा किया। वह पठारों और जंगलों से होकर आ गई थी।

मानसिंह ने अटल और अन्य सरदारों से कहा, 'तुम लोग केंद्र को सँभाले रहना। केंद्र को फोड़कर तुर्क आगे न बढ़ने पाएँ, मैं निपटता हूँ इन लोगों से।'

अटल और दूसरे सामंत उत्साह के साथ केंद्र को थामकर लड़ने लगे। मानसिंह पैदल और घुड़सवारों को लेकर पीछे से आनेवालों पर झपट पड़ा। हाथियों के दल को उसने इनके पीछे भेजने की आज्ञा दी।

मानसिंह के लिए जंगल की लड़ाई कठिन पड़ रही थी, तो दिल्ली की सेना के लिए और भी अधिक कठोर। दिल्ली की सेना को धीरे-धीरे पीछे हटना पड़ा। संध्या तक मानसिंह ने उस सेना को बिल्कुल हटा दिया, परंतु यह हटकर फिर सिकंदर के खंड के

संपर्क में आ गई। मानसिंह का हाथी दल इसका पीछा न कर सका।

इस खंड को एक नए कोण से आता हुआ देखकर अटल का केंद्रीय दल हिल गया। सिकंदर ने जोर का आक्रमण किया। नए कोण से आनेवाले दल ने भी धक्का पहुँचाया। मानसिंह के केंद्र को उत्तर की ओर हटना पड़ा। सिकंदर सावधानी के साथ कुछ और बढ़कर रुक गया। रात में मानसिंह अटलवाले दल के साथ संपर्क स्थापित न कर पाया। सवेरा होते ही लड़ाई फिर शुरू हो गई। अटल के दल को थोड़ा और हटना पड़ा। अब उसको सिवाय ग्वालियर या राई जाने के और कुछ नहीं सूझ रहा था। राई की गढ़ी निकट थी। वहाँ से मानसिंह का संपर्क हाथ लग सकता था, इसलिए रात होते ही वह अपने दल के साथ राई की गढ़ी में आ गया और वहाँ से लड़ने की योजना बना ली।

दिन में मानसिंह को दक्षिण की दिशा से सिकंदर की बड़ी टुकड़ी से सामना करना पड़ा। यह टुकड़ी अर्द्ध गोलाकार-सा बनाकर लड़ रही थी। एक सिरे पर लंबी होकर अटल के दल से और दूसरे सिरे पर मानसिंह के दल से भिड़ रही थी। मानसिंह का केंद्र पीछे जा चुका था। इसलिए सिकंदर ने अपने अर्द्ध गोलाकार में से एक टुकड़ी का लंबा तीर-सा बनाया। मानसिंह ने सिकंदर की यह चाल परख ली और उसने दो बाजुओं में अपनी सेना को बाँटकर दोनों पक्षों को पीछे हटाने का प्रयास किया। परंतु सिकंदर का वह तीर राई की दिशा में जंगल की तरफ काफी धँसकर फैल चुका था। रात हो जाने के कारण मानसिंह इसको पीछे न हटा सका।

तीन दिन के युद्ध में सिकंदर की बहुत हानि हुई, परंतु चौथे दिन उत्तर की दिशा में उसको गुंजाइश दिखाई पड़ गई और उसने एक दल चक्कर काटकर ग्वालियर के निकटवर्ती क्षेत्र को अधिकार में करने के लिए भेजा। मानसिंह को मालूम हो गया। उसको ग्वालियर के दक्षिण-पश्चिम, पनियार गाँव की ओर से सिकंदर के उस उत्तरी बाजू और ग्वालियर के बीच में आना पड़ा। उसे जान पड़ा कहीं ऐसा न हो कि ग्वालियर घिर जाए और उसको बाहर से लड़ना पड़े। मानसिंह के उस तरफ मुड़ते ही सिकंदर ने अटल की टुकड़ी को राई गढ़ी में घेर लिया। गढ़ी ऊँची पहाड़ी की चोटी पर थी। उसके दोनों ओर गहरी खोहें थीं। पूर्व की ओर गाँव और साँक नदी की तरफ खड़ी ऊँचाई थी। दक्षिण, उत्तर और पूर्व इस प्रकार सुरक्षित थे परंतु पश्चिम की दिशा में गढ़ी के नीचे भूमि बहुत ऊँची न थी। उसने यहीं दृढ़ता के साथ सामना करने का निश्चय किया।

मानसिंह को अटल का समाचार नहीं मिला। उसको विश्वास था कि पूरी टुकड़ी राई गढ़ी में होगी, परंतु ग्वालियर की पूरी रक्षा का उपाय किए बिना वह राई गढ़ी की ओर नहीं जा सकता था, तो भी उसने सिकंदर की उत्तरवाली टुकड़ी पर प्रचंड वेग के साथ छापा मारा। सिकंदर की उस टुकड़ी को हानि के साथ पीछे हटना पड़ा। सिकंदर राई गढ़ी के घेरे के लिए अपने एक दल को छोड़कर आगे बढ़ा। मानसिंह ने उसकी

उत्तरवाली टुकड़ी को पीछे हटाया ही था कि सिकंदर का प्रधान दल दक्षिण की दिशा से उसकी टक्कर में आ गया।

मानसिंह ने वेग के साथ सामना किया। सिकंदर का आक्रमण भी विकट तेजी के साथ हुआ था। सिकंदर ने ग्वालियर के किले और ग्वालियर के निकटवर्ती पर्वतों को घेरने का बहुत प्रयत्न किया पर बार-बार विफल हुआ। समुद्र की बड़ी और भारी लहरों की तरह उसके सवार तोमरों पर टूटते और जैसे समुद्र की लहरें पहाड़ से टकरा-टकराकर पीछे लौट-लौट जाती हैं ऐसे ही उनको हट-हट जाना पड़ा।

रात होने पर मानसिंह ने देखा कि ग्वालियर के किले में पहुँचकर वहाँ से युद्ध का संचालन करना ज्यादा अच्छा होगा, इसलिए वह किले में ससैन्य चला गया। सिकंदर ने ग्वालियर और मानसिंह की बिखरी हुई फौज को सवेरे तक घेर लेने की योजना बनाई थी परंतु भोर होते ही उसने देखा कि सेना और पूरे सामान के साथ मानसिंह किले के भीतर चला गया है। उसको अपने कई पुराने अनुभवों का स्मरण था। इसी प्रकार मानसिंह को सिकंदर के पिता बहलोल ने उन्नीस-बीस वर्ष पहले घेरकर हराने का प्रयास किया था, और इसी तरह कई बार उसने स्वयं प्रयत्न किया था परंतु प्रत्येक प्रयत्न पराजय में परिणित हुआ। वह उन अनुभवों को दुहराना नहीं चाहता था।

किले में घुसने के लिए या किले पर चढ़ जाने के लिए कोई भी साधन असंभव था। पिछले वर्षों में जो-जो कोशिशें की गई थीं वे सब असफल हुई थीं, ढाई सौ हाथ की खड़ी ढाल के किले ने आक्रमणकारियों के हजारों सिपाहियों के प्राण, उन प्रयत्नों में ले लिए थे।

उसने अपने प्रधान जासूस को बुलाया।

'कहाँ है वह सुरंग?' सिकंदर ने पूछा।

दुबले छरहरे से जासूस ने—उसके चेहरे या सिर पर सफेद बाल नहीं थे—कहा, 'जहाँपनाह, पास के इन्हीं पहाड़ों में कहीं है। मानसिंह से सिर्फ इतना ही निकाल पाया था। कल दिन में तलाश कर ली जावेगी।'

दिन निकलने पर मानसिंह और सिकंदर की सेनाओं की कोई मुठभेड़ नहीं हुई। सिकंदर ने चारों तरफ से ग्वालियर को घेर लिया परंतु दोनों पक्षों के सैनिक थकावट के मारे चूर हो रहे थे, इसलिए विश्राम करते रहे। जासूसों ने सुरंग का पता लगा लिया और सिकंदर को जगह दिखा दी। परंतु वह बंद थी।

'इसको खोला जा सकता है,' सिकंदर ने कहा, 'फिर दिन और रात में ग्वालियर पर हमला ऊपर-नीचे, दोनों तरफ से किया जाए।'

सुरंग को खोलने का प्रयत्न किया गया। कुछ दूर तक ढीले पत्थर मिले, उनको निकाल दिया गया, परंतु उसके बाद ठोस चिनाई मिली जो सहज ही नहीं हिलाई जा

सकती थी। सिकंदर को निराश होकर लौटना पड़ा। रात में दिल्ली का शिविर सतर्कता के साथ विश्राममग्न हो गया। सवेरे कोई तरकीब निकालूँगा, सिकंदर सोच रहा था। आधी रात को शिविर की सतर्कता कुछ शिथिल पड़ गई। जोर का हल्ला हुआ। विश्राममग्न सैनिक जाग पड़े। फड़फड़ाकर उठ बैठे और हथियार पकड़कर इधर-उधर फैल गए। धुँधले प्रकाश में तीर आ-आकर छेदे डाल रहे थे। बहुत से सिपाहियों के मारे जाने के बाद सिकंदर की सेना ग्वालियर की सेना के निकट आ पाई। तलवार के युद्ध होते-होते फिर कई ओर से सिकंदर की सेना पर तीरों की बौछार आने लगी। सेना को कुछ पीछे हटना पड़ा। जब तक तितर-बितर सैनिकों को इकट्ठा करके व्यवस्था स्थापित की जाए, तब तक लड़ाई के लिए वहाँ कोई रहा ही नहीं। रात के तीसरे पहर सिकंदर ने देखा, मानसिंह का कोई दस्ता किसी सुरंग में होकर आया और नुकसान पहुँचाकर लौट गया, जरूर कहीं कुछ सुरंगें और हैं जिनका पता जासूसों को नहीं लगा था। पता दिन में लगाया जाएगा, उसने संकल्प किया।

: ६७ :

दिन-भर छानबीन होती रही; परंतु सुरंग का पता नहीं चला। सिकंदर ने सोचा, राई गढ़ी को समाप्त कर दें तो संतोष मिल जाएगा।

ग्वालियर के घेरे को थोड़ा-सा और आगे बढ़ाकर उसने राई गढ़ी पर ध्यान को केंद्रित किया। अगर कोई सुरंग है तो घेरे के बाहर होगी, इसलिए अब रात में छापे का डर नहीं रहेगा, उसने कल्पना की।

राई गढ़ी पर हमले पर हमले किए गए, परंतु सफल नहीं हुए। गढ़ी की बुर्जों पर बड़े-बड़े पत्थरों के ढेर थे जो ऊपर से लुढ़काए जाकर आक्रमणकारियों को अपने साथ समेट ले जाते थे। तीरों की बौछार अलग हो रही थी।

उस रात सिकंदर की सेना पर कोई छापा नहीं पड़ा। दूसरे दिन फिर सुरंग की खोज की गई; कोई पता नहीं लगा। राई गढ़ी पर फिर आक्रमण किए गए परंतु संध्या होने पर फिर वही विफलता हाथ लगी।

आधी रात के उपरांत उसकी छावनी पर छापा पड़ा। अब की बार का छापा बहुत तीक्ष्ण था। परंतु सिकंदर भी उसका धक्का ओढ़ने के लिए ज्यादा तैयार था। छापामार प्रचंडता के साथ लड़ते-लड़ते पीछे हट रहे थे। सिकंदर भोर तक छापामारों को किसी तरह भी अटकाए रखना चाहता था। उसके बहुत सिपाही हताहत हुए। भोर होते-होते छापामार एक छोटा-सा दल छोड़कर कहीं गायब हो गए। इस छोटे दस्ते का वे किसी भाँति भी उद्धार नहीं कर सके और उनको विलीन हो जाना पड़ा। प्रकाश होते-होते उस छोटे से दल में केवल एक बचा। बाकी सब लड़ते-लड़ते मारे गए। जो बचा था वह

भी बुरी तरह घायल था। सिकंदर ने उसकी मरहमपट्टी करवाई परंतु वह मरणासन्न हो चुका था।

सिकंदर ने उसको पुचकारा। पूछा, 'तुम लोग किधर से आए थे?'

घायल ने किले की ओर संकेत किया।

सिकंदर को प्रोत्साहन मिला। दूसरा प्रश्न किया, 'किसी सुरंग में होकर आए थे?'

आहत ने हामी भरी।

सिकंदर को और प्रोत्साहन मिला। पुचकार और गहरी की।

'कहाँ खुली है वह सुरंग मेरे जवान?'

आहत ने टूटे स्वरों में बताया, 'बाएँ हाथ पर जो बावड़ी है उसमें होकर।'

सिकंदर सन्न हो गया। तुरंत कुछ सिपाहियों को खोज करने के लिए भेजा। सिपाही लौटकर नहीं आ पाए थे कि घायल का प्राणांत हो गया।

सिपाहियों ने लौटकर बताया कि बाएँ या दाएँ हाथ की किसी भी बावड़ी में सुरंग का कोई चिह्न चाक नहीं है।

सिकंदर ने मृत योद्धा की तरफ आँख फेरी। उसके चेहरे पर फीकी मुसकान थी। मर चुका था, इसलिए उससे अब और कुछ पाने की आशा न थी। सिकंदर स्वयं बावड़ी में सुरंग के संदेह की जाँच के लिए गया। वास्तव में वहाँ कहीं भी सुरंग का निशान नहीं था। लौट आया।

सहसा मृत सिपाही के चेहरे पर निगाह गई। उसकी मुसकान मानो चिढ़ा रही हो।

सिकंदर बोला, 'इसने धोखा दिया। कमबख्त मरते-मरते तक झूठ बोलते हैं!'

ग्वालियर के घेरे के पहरे-चौकियों का चौकस प्रबंध करके उसने राई गढ़ी पर भयंकर हल्ला बुलवाया।

हमला करते-करते रात होने को आई, पर अंत में वही ढाक के तीन पात। कुछ रात बीते राई गढ़ी के आस-पास शांति हो गई।

लाखी ने लकड़ियों का एक बड़ा ढेर लगवाकर आग लगवा दी। दो घड़ी में ज्वाला गगन से बातें करने लगी। हू-हू करके लौ ऊँचे, और ज्यादा ऊँचे जाने लगी।

ग्वालियर में इसका प्रकाश दिखाई पड़ा। मानसिंह ने उसको देखा, मृगनयनी ने भी। दोनों उसके अर्थ को जानते थे। दो घड़ी पीछे वह प्रकाश कम हो गया। इसी समय मानसिंह की भेंट मृगनयनी से हुई।

'महाराज, राई गढ़ी, अटलसिंह और लाखी संकट में हैं।' मृगनयनी ने कहा।

मानसिंह दृढ़ था।

'इतना तो मालूम पड़ गया कि दोनों राई गढ़ी में हैं। उनके संकट का निवारण कल करूँगा। रात के चौथे पहर ऐसा प्रचंड आक्रमण करूँगा तुर्कों पर कि बच गए तो कभी

नहीं भूलेंगे।'

'परंतु आप अपने को संकट में न डालना।'

'ह! ह! ह!! संकट में घुसने के समय उसके छोटे और बड़े रूप का ध्यान रखना पड़ता है क्या? अब चित्रकला के उस अधूरे चित्र में अधिक रंग भरने का समय आ गया है।'

'मुझको एक क्षण के लिए मोह हो गया था, आगे नहीं होगा नाथ। मैं बाहर साथ में न रह सकूँगी, इसी का पछतावा है।'

'सिकंदर किले के बहुत निकट घेरे को समेटता जा रहा है, यदि कल ब्यूह को छेदकर उसकी सेना को नष्ट कर सका तब तो ठीक ही है, यदि ऐसा न हुआ तो घेरा अवश्य सिमट आएगा। फिर करना तुम मनचाहा लक्ष्यवेध।'

राई गढ़ी से दिखाई पड़नेवाला प्रकाश बिलकुल मंद पड़ गया। आभा का एक बिखरा हुआ-सा छपका मात्र क्षितिज पर रह गया था। मानसिंह अपनी योजना के संगठन में लगा।

राई गढ़ी के आस-पास घेरा डाले हुए सैनिकों को वह ऊँचा तीखा प्रकाश देखकर कुछ घबराहट हुई, जान पड़ता है राजपूतनियों ने जौहर किया है और राजपूत हम लोगों पर अब टूटनेवाले ही हैं। लौ के शांत हो जाने पर जब कहीं से कोई धावा नहीं हुआ और कान लगाने पर भी गढ़ी में कोई चहल-पहल सुनाई नहीं पड़ी तब जी में जी आया। फिर इतनी आग जलाने का मतलब? ठंड इतनी है नहीं कि तापने के लिए आग का इतना बड़ा झंडा फहराया गया हो! कुछ बात जरूर है। सरदारों ने सलाह की।

कुछ मनचले रात में गढ़ी पर चढ़ जाने और भीतर जाकर गढ़ी का फाटक खोलकर, बाहरवालों को भीतर करके गढ़ी के घेरे को अविलंब समाप्त करने पर तुल गए। उन्होंने रस्सियों और नसैनियों का प्रबंध किया और गढ़ी पर चढ़ जाने की योजना में लग गए। भीतर-भीतर आग के शांत हो जाने पर लाखी ने अटल को बुलाकर कहा, 'ग्वालियर में विदित हो गया होगा कि हम लोग संकट में हैं।'

'वहाँ भी घेरा पड़ा होगा। देखें कल क्या होता है। महाराज शायद कल कुछ कर सकें।'

'आज रात में ही कुछ होगा।'

'दोनों पक्ष लड़ते-लड़ते थक गए हैं, रात में कुछ नहीं हो सकता।'

'आज की रात जागने की है।'

'मेरी आँखें तो टूटी पड़ रही हैं।'

'तुम सो जाओ, मैं जागूँगी।'

गाँव के कुछ किसान जो शरण लिए गढ़ी में आ गए थे, अटल के पास आए। उन्होंने प्रणाम नहीं किया—नियम हो गया था कि जितनी बार जागीरदार या गढ़पति के सामने

कोई जाए, चाहे वह सैनिक हो या न हो, प्रणाम करे।

भाईचारे के अपनेपन में एक किसान बोला, 'हम लोग कई रातों के जागे हैं, आज किसी और से चौकी का काम ले लो भैया, हम लोग सोएँगे।'

भैया राव साहब भी नहीं कहा!

अटल कभी नहीं भूला था कि इन्हीं लोगों की क्रूरता के कारण उसको उतने दिनों उन नटों के साथ भटकते फिरना पड़ा था।

चटककर बोला, 'इस तरह हमारे पास आया जाता है? बोलने तक का सऊर नहीं!'

किसान नहीं समझे। सकपका गए।

उनका मुखिया बोला, 'तो जैसी कहो, करेंगे। बहुत थक गए हैं।'

अटल ने डपट दी, 'जाओ काम पर। तुम्हीं सबके लिए तो हम अपना प्राण ओंट रहे हैं।'

किसानों का विश्वास था कि जागीर की रक्षा के लिए लड़ रहा है। वहाँ से चुपचाप चले गए। लाखी को मालूम हुआ था कि ऐसे ठिए पर उनकी चौकी है जहाँ से शत्रु के ऊपर चढ़ आने की संभावना कम है।

उनके चले जाने पर लाखी ने अटल से कहा, 'तुम सो जाओ, मैं देखभाल के लिए जागती रहूँगी।'

वह बोला, 'हाँ, थोड़ा-सा सो लूँ, फिर तुम मुझे जगा देना और सो जाना।'

अटल जा लेटा और तुरंत सो गया। लाखी ने तीरों का तरकस उठाया, कमर में तलवार बाँधी और छाती पर तबे लगाए और चल दी।

सभी ठियों पर उसने कुछ न कुछ आलस्य पाया। सबको चेताकर वह उस स्थान पर पहुँची जहाँ उन किसानों की चौकी थी। किसान ऊँघ रहे थे, कुछ सो गए थे।

उसने उनसे धीरे से कहा, 'तुम लोग घर जाकर सो जाओ। मैं थोड़ी देर यहाँ ठहरकर पहरे को बदल दूँगी।'

किसान चौंक पड़े। पहरा देने का झूठा हट करने लगे।

लाखी दृढ़ थी। उसने दुलार के साथ उनको विदा कर दिया।

किसान कहते गए, 'दोनों ही अपने गाँव के हैं, पर कहाँ लाखी और कहाँ वह!'

गढ़ी में इस ठिये के नीचे एक बड़ा पेड़ था जिसकी गुम्मट और शाखें ऊपर तक आई थीं। उसी छाया में वे किसान पहरा देते सो उठे थे। लाखी उत्सुकता के साथ बैठ गई। उसकी आँखों में नींद या ऊँघ लेशमात्र भी न थी।

थोड़ी देर ही बैठी रहकर वह खड़ी हो गई। कँगूरों के झरोखों में होकर नीचे की ओर देखा। अतुल अंधकार। निविड वन का कोई भी अंश नहीं दिखाई पड़ रहा था। ऊपर तारे छिटके हुए थे। दूर की पहाड़ियाँ लंबी ताने सोती-सी जान पड़ती थीं। टेड़ी-तिरछी

बहती हुई साँक नदी की पतली रेखा जरूर झाईं-सी मार रही थी। दूरी पर घेरा डालनेवालों के डेरे की आग सुलग-सुलगकर राई गढ़ी के संकट को जगा-जगा दे रही थी। वैसे राई की डाँग में नाहर इत्यादि जंगली जानवर रात में प्रायः बोला करते थे, परंतु आक्रमणकारियों की रोंदा-रोंदी के मारे वे बहुत दूर तक खिसक गए थे। सिवाय झींगुरों की चीं-चीं के और कुछ नहीं सुनाई पड़ता था। सुनसान को छेदती हुई कभी-कभी गढ़ी के भीतर 'जागते रहो! जागते रहो!' की पुकारें-भर सुनाई पड़ जाती थीं।

लाखी को उन शून्य-वेधी पुकारों के ऊपर कँगूरों के नीचे सघन अंधकार के पेट में कुछ खरखराहट सुनाई पड़ी। दिखाई तो कुछ पड़ा नहीं था, कान लगाकर सुनने लगी। थोड़े क्षण निस्तब्धता रही। लाखी ने अनुमान लगाया, जंगल का कोई पशु होगा। दीवार से टिककर बैठ गई। नरवर की वह रात उसको याद आई। ऐसी ही रात थी। इससे भी अधिक ऊँची दीवार। नटों के चक्की के पाटों के बीच में हम दोनों। थोड़ी-सी भी चूकती कि सब समाप्त हो जाता। अब तो सुरक्षित हूँ।

नीचे फिर खरखराहट हुई। लाखी खड़ी हो गई। ध्यान लगाकर सुना। कुछ नहीं सुनाई पड़ा। लाखी को विश्वास हो गया, जंगल का कोई जानवर छिपते-लुकते पानी पीने के लिए नदी की ओर जा रहा है। खरखराहट बढ़ी। लाखी का विश्वास और भी पुष्ट हुआ। फिर देर तक खरखराहट नहीं सुनाई पड़ी।

लाखी ने कल्पना की—ग्वालियर में क्या हो रहा होगा। उजालों को देख लिया होगा उन सब ने। कल राजा सहायता के लिए आएँगे, राई गढ़ी का उद्धार होगा और फिर मैं अपनी निन्नी से जा मिलूँगी। लाखी कई रात की जागी थी, नींद आ गई। दीवार के सहारे सिर लटक गया, उसके केश कलाप का तकिया-सा बन गया। स्वप्न हुआ जैसे अरने भैंसों का झुंड पहाड़ी की झाड़ी के पीछे से खड़खड़ाता-भड़भड़ाता हुआ भागा चला जा रहा हो और वह एक हाथ में कमान और दूसरे में तीर लिए निशाना बाँधने की धुन में हो, डोरी पर तीर चढ़ाया और डोरी खिचती न हो। घबराकर उसने आँखें खोलीं और मीड़ीं। कमान पर हाथ डाला और तरकश को टटोला, सब जहाँ के तहाँ थे। अरने तो नहीं थे परंतु बगल में थोड़ी दूर 'धम्म' का शब्द सुनाई पड़ा। गरदन मोड़ी तो कुछ लोग कँगूरों पर से प्राचीर पर उतरते दिखाई पड़े। ये कौन हैं? उसके मन में उठा। क्या ये अपने हैं? इतने में कँगूरों पर एक सिर और दिखाई पड़ा। वह आकाश की ओर ऊँचा हुआ। किसी ने दीवार के कक्ष पर पैर रखा और धम्म से नीचे उतर आया। फिर वह कँगूरों के झरोखे में से बाहर की तरफ झाँका और धीरे से किसी ऐसी भाषा में बोला जिसको वह नहीं समझ सकी। ये अपने नहीं हैं, तुर्क हैं, उसको कोई संदेह नहीं रहा। दूर की बुर्ज से सुनाई पड़ा, 'जागते रहो!'

लाखी ने आँख को गड़ाकर आक्रमणकारियों की गिनती करनी चाही। वह पेड़ की छाया के अँधेरे में गठरी-सी बनी बैठी थी और वे थोड़ी ही दूर झुरमुट-सी बाँधे जल्दी कुछ खुस-फुस कर रहे थे। उसमें से एक दीवार से टिका बाहर से भीतर आनेवालों को भीतर उतारने में सहायता कर रहा था।

लाखी ने अपना कर्तव्य एक क्षण भर के भीतर निश्चय कर लिया।

बहुत हौले से कमान और तरकश को कंधे पर से उतारा। धीरे से मुड़ी। एक बाण प्रत्यंचा पर चढ़ाया और प्राचीर पर एक नए निकले हुए सिर का निशाना बाँधकर छोड़ दिया। तीर छूटा, उधर चीख निकली और नवागंतुक भरभराकर पीछे के पीछे ही धम्म शब्द के साथ कुछ और चढ़नेवालों को अपने साथ लेता हुआ गहरे अँधेरे में नीचे खड़ी हुई भीड़ को कुचलता हुआ समाप्त हो गया। वहाँ हल्ला-गुल्ला हुआ और यहाँ खड़ी हुई झुरमुट में चहल-पहल मच गई। फिर लाखी की कमान से और तीर सनसनाकर छूटे और इस झुरमुट पर टूटे। कुछ लगे, जिन्होंने आहें-कराहें पैदा कीं; कुछ छाती के तवों से टकराकर टन्ना गए। उस झुरमुट ने भी समझ लिया कि तीर कहाँ से आ रहे हैं। वहाँ से भी लाखी पर तीरों की बौछार हुई। कुछ भन्नाते हुए निकल गए कुछ तवों से टकराकर झनझना गए। एक उसके कंधे के नीचे से पसलियों के जोड़ के भीतर जा धँसा। परंतु लाखी ने तीर-कमान को नहीं छोड़ा।

वह झुरमुट बिखर गया था। लाखी को दो-एक खड़े मालूम पड़े, कुछ ढेर हुए से। जो खड़े थे उन पर लाखी ने अंतिम तीर छोड़े। उन्होंने दीवार के कँगूरों पर चढ़ने की कोशिश की परंतु रस्सी या नसैनी का पता न लगने के कारण फिर नीचे आ गए।

लाखी खड़ी हो गई। उसने तलवार निकाली। खाँसी आ गई और खाँसी के साथ मुँह से रक्त की फुहार छूट पड़ी।

इनको मारकर मरूँगी, उसने निश्चय किया। फिर खाँसी, फिर वही फुहार। मुट्ठी में तलवार ढीली पड़ गई। लाखी ने सोचा, हल्ला कर देना चाहिए। चिल्लाई। मुँह से और खून निकला। फिर चिल्लाई और दीवार से सटकर खड़ी हो गई। जागते रहो की पुकार लगानेवालों ने उसकी पुकार को सुन लिया। मशालें लेकर दौड़ पड़े।

आक्रमणकारियों में से एक तलवार लेकर लाखी की ओर झपटा। ऊपर आती हुई विपत्ति की उत्तेजना ने उसको बल दिया। तलवारवाली मुट्ठी कस गई। आक्रमणकारी ने जैसे ही उस पर वार किया, वह धम्म से बैठ गइ। सिर पर आई हुई तलवार की खड़ी नोंक आक्रमणकारी के पेट के निचले हिस्से में बैठकर, कलेजे तक पहुँच गई। वह चीखकर करवट के बल जा गिरा। मशालवाले आ गए।

उन्होंने देखा, लाखी बहुत घायल है। आक्रांता मरने के पल गिन रहा है और कुछ दूरी पर कइयों का ढेर-सा लग रहा है। कुछ मरे हुए कुछ अधमरे। मशाल की रोशनी

में उन्होंने कँगूरों से बँधे हुए कुछ रस्सों को देखा। पहले उन रस्सों को तुरंत काट दिया, फिर लाखी के पास आए।

लाखी के मुँह से कराह के साथ निकला, 'मेरे स्वामी को, स्वामी को बुला दो।'

'वहाँ लिए चलते हैं।' एक ने तुरंत कहा।

वह बोली, 'नहीं, यहीं बुला लाओ। मुझको मत छुओ।'

उनमें से कुछ दौड़कर अटल को लिवा लाए और एक पानी ले आया।

अटल ने देखा, लाखी के मुँह से खून बह रहा है और आँखें फट रही हैं। वह उससे लिपटने को हुआ। लाखी ने उठी हुई गदेली को हिलाकर वर्जित किया मानो रक्षा करनेवाले नाग ने फन हिलाया हो।

'यह क्या हो गया?' फफकते हुए गले से अटल ने कहा।

'कुछ नहीं। एक भीख माँगती हूँ। दे दो।' लाखी के टूटते स्वरों में निकला।

अटल ने हाथ जोड़े।

'हिष्ट! यह क्या!!' लाखी के रक्त-रंजित होंठों में से एक पतली-सी मुसकान फूटकर वहीं विलीन हो गई।

अटल ने हाथ नीचे कर लिए।

और भी टूटे स्वर में वह बोली, 'ब्याह कर लेना अपनी जात-पाँत में।'

फिर लाखी कुछ नहीं कह सकी। होंठ बिरबिराए, एक झटका खाया और वह सतीलोक में जा मिली।

अटल ने मोटी उँगलियों से जोर के साथ अपने आँसू पोंछ डाले।

भर्राए हुए स्वर में बोला, 'चिता बनाओ। तैयारी करो। यहीं चिता बनाओ। सबको जगाकर गढ़ी का कोना-कोना छान डालो, कहीं दूसरे कोने से बैरी न घुसा आ रहा हो।'

उसी स्थान पर कुछ लोगों ने चिता चुन दी। बाकी ने गढ़ी-भर को जगाकर सन्नद्ध कर दिया। जिन किसानों को लाखी ने विश्राम करने के लिए उस स्थान से हटा दिया था वे भी डरते-काँपते आ गए। कराल दृष्टि से अटल ने उन लोगों को देखा। पर उनसे कहा कुछ नहीं।

अटल ने लाखी के शरीर पर से गहने उतारकर एक ओर रख दिए। अब चाटे इनको जात-पाँत। उसके मन में आया।

लाखी को चिता पर रख दिया गया और प्रज्वलित कर दी गई।

उसने चिता को हाथ जोड़े और मन में कहा, देवी मैं ब्याह अवश्य करूँगा, बहुत जल्दी करूँगा।

अटल अपने डेरे पर चला आया। वहाँ से चिता का प्रकाश दिखाई पड़ता था। क्या इस प्रकाश को निन्नी ने भी देखा होगा? उसके मन में प्रश्न उठा। गले में कुछ अटकने

को हुआ। उसने तुरंत दबोच दिया। प्रकाश की ओर से मुँह फेरकर उसने अपने दलपतियों को आज्ञा दी, 'एक पहर रात रहे फाटक खोलकर तुर्कों पर टूट पड़ना है। जिनको अपने प्राण प्यारे हों वे जा सोवें, जिनको तोमर, भदौरिया और गूजर नाम प्यारा हो, केसरिया बाने पहन लें। यदि शत्रु की आँतों को चीर-फाड़कर निकल गए तो कल ग्वालियर में।'

: ६८ :

रात के सन्नाटे को केवल पहरेवालों की बोलियाँ हिलोड़ रही थीं। ग्वालियर किले के पश्चिमवर्ती गरगज नामक फाटक की टेढ़ी-मेढ़ी छिपी राह से मानसिंह के पैदल सैनिक उतरे और गूजरी महल के पासवाले पूर्वी फाटक से सवार और हाथी। दो दिशाओं से सिकंदर की फैली हुई फौज पर प्रचंड आक्रमण हुआ।

सिकंदर इस तरह के आक्रमण के लिए तैयार न था। उसका ख्याल था किसी अज्ञात सुरंग में से कुछ छापामार ही उपद्रव करते रहेंगे। जो युद्ध हुआ उसकी सिकंदर को आशंका नहीं थी।

एक ओर से मानसिंह के हाथियों ने रौंदना शुरू कर दिया। दूसरी ओर से सवारों ने तलवार बरसाईं, तीसरी ओर से पैदलों ने तीरों का प्रलय रोप दिया।

सिकंदर की पूरी सेना काँप गई, हिल गई और हटती हुई लड़ने लगी। वह बार-बार जमकर युद्ध करने पर तुलती और बार-बार उसको पीछे हटना पड़ता। मैदान में युद्ध हुआ, घाटियों-पहाड़ों पर हुआ, परंतु सिकंदर की सेना के पैर न रुक सके। सिकंदर की कुछ सेना ग्वालियर के दक्षिण की ओर हटी, कुछ राई की दिशा में और उसका एक अंश हाथियों से घिर गया जो लड़ते-लड़ते सवेरे के पहले ही नष्ट हो गया। मानसिंह ठंडक के साथ युद्ध का संचालन कर रहा था। इधर से उधर आदेश ले जानेवाले और समाचार लानेवाले दूत सावधानी और तत्परता के साथ काम कर रहे थे। प्रातःकाल होने में अभी कुछ देर थी।

सिकंदर के पास राई की ओर से कुछ घुड़सवार दौड़े आए। उन्होंने बताया कि राई का घेरा डालनेवाली फौज पर कोई नया दुश्मन चढ़ आया है और बेतरह लड़ रहा है। सिकंदर को वास्तविक स्थिति का पता नहीं लगा।

राई का फाटक रात के तीसरे पहर के लगभग खुल गया था। केसरिया बाना पहने राजपूत तोमर, भदौरिया, गूजर सब सिकंदर की सेना पर सघन पाँतों में टूट पड़े। घेरा छिन्न-भिन्न हो गया। परंतु घेरेवालों का एक अंग उस समय सचेत था जब लाखी ने सीढ़ी और रस्सी के चढ़नेवालों का मुकाबला किया। इस अंग ने अटल के दल का लोहा लिया। घमासान युद्ध होने लगा। सिकंदर को समाचार देने के लिए कुछ सवार दौड़े

गए। इनमें से किसी को ज्ञात नहीं था कि अटल का दल कहाँ से आ टूटा।

अटल उस दल से बेतहाशा लड़ रहा था। घिर जाने के कारण तीर नहीं चला सकता था, दाएँ और बाएँ तलवार बिजली की तरह कौंधा रहा था। जहाँ पिलता वहीं स्थान खाली हो जाता था। उसके साथी भी कम हठधर्मी के साथ नहीं लड़ रहे थे। वे सब लड़ते-लड़ते अपने घेरनेवालों को पीछे ठेलते जा रहे थे। राई के इन लड़नेवालों को मृत्यु दुर्लभ ही नहीं अप्राप्य भी लग रही थी।

प्रातःकाल की पौ फटी। उसकी रेखाएँ साँक नदी की लहरों पर मचलीं और एक तीर अटल की आँख में घुसकर अटक गया। अटल गिर पड़ा। थक तो गया ही था, इसलिए घाव बहुत कम क्लेश पहुँचा पाया। एक कल्पना झिलमिला गई—मैं ब्याह करूँगा, उसी के साथ, वहीं जहाँ वह गई है और मैं जा रहा हूँ।

अटल समाप्त हो गया परंतु उसके साथी अभी बाकी थे। वे लगन के साथ मौत को ढूँढ़ रहे थे। अटल का मरण देखकर तो और भी ताव खा गए। लड़ाई होती रही।

सूर्योदय होते ही सिकंदर के हरकारों ने खबर दी कि नरवर की दिशा से मानसिंह की घुड़सवार सेना आ रही है। नरवर में सिकंदर के आक्रमण की सूचना पहुँच गई थी, इसलिए दस हजार सवारों का एक दस्ता ग्वालियर की सहायता के लिए आ रहा था।

चक्की के पाटों के बीच में पिसना सिकंदर ने पसंद नहीं किया। शांति के साथ विचार करके उसने राई के जंगलों-पहाड़ों में चले जाने का निश्चय किया।

जब राई पर पहुँचा, उसने देखा कि लड़ाई समाप्त हो गई है, उसके बहुत से सैनिक और अनेक राजपूत हताहत पड़े हैं—मानो सारी दुश्मनी को भूलकर सोए हों।

हताहतों का प्रबंध करके सिकंदर राई की डाँग और पठार के पीछे जा ठहरा। ग्वालियर और राई दोनों बच गए। सिकंदर ने निश्चय किया, अंतर्वेद से और अधिक सेना बुलाकर उसके दो भाग करूँगा, एक ग्वालियर को घेरे रहे और दूसरा नरवर पर हमला करे जिससे एक-दूसरे की मदद न कर सकें।

मानसिंह सूर्योदय के उपरांत ग्वालियर के घेरे को समाप्त कर पाया। उसको राई की चिंता थी। ग्वालियर का प्रबंध करके राई गया। तब तक सिकंदर ससैन्य हटकर बहुत दूर निकल चुका था।

अटल और उसके साथियों को केसरिया बानों में लिपटा हुआ रणक्षेत्र में पड़ा पाया। उसका माथा ठनका। इन्होंने ऐसा क्यों किया? जौहर की आवश्यकता क्यों पड़ी? मैं आ तो रहा था, संकट के संकेत को देख लिया था। ये एक दिन और ठहरे रहते, क्यों इतने उतावले हो गए? गढ़ी सूनी जान पड़ रही है, शत्रु इसमें नहीं दिखाई पड़ता। देखूँ क्या बात है।

मानसिंह ने गढ़ी का पता लगा लिया, फाटक खुले थे। उसमें थोड़े से किसान-जन

थे। भीतर गया। लाखी के कार्य और मरण का समाचार मिला। उस स्थान पर जहाँ चिता अब भी गरम थी, गया। चिता के समीप ही लाखी के गहने ज्यों-के-त्यों रखे हुए थे। उनमें मोतियों की वह माला भी थी जिसको शिकार में उसने गले में पहनाया था। मानसिंह ने आह के साथ उन गहनों को बँधवाकर एक अंगरक्षक के सुपुर्द किया। राई गढ़ी की रक्षा का प्रबंध करके ग्वालियर लौट आया।

मृगनयनी ने लाखी के कार्य और मरण का वृतांत और अपने भाई के शौर्य का संक्षिप्त वर्णन जब सुना, तब उसने छाती को वज्र की तरह कड़ा किया। हिलकियाँ गले से भीतर लहरों की थपेड़ों की तरह आईं परंतु आगे न बढ़ सकीं।

मानसिंह ने लाखी के गहने सामने रख दिए।

बोला, 'इनमें मोतियों की वह माला भी है जिसे उस दिन शिकार में पहनाया था।'

अब मृगनयनी रो पड़ी। चुपचाप रोती रही। देर में अपने को संयत कर पाई।

कहा, 'मोतियों की माला को उस चित्र के ऊपर टाँगूँगी।'

मानसिंह उसको सांत्वना देकर व्यवस्था करने के लिए चला गया। नरवर की सेना को लौटा दिया गया। वह सिकंदर का सामना करने के प्रयत्नों में और भी अधिक तत्पर हो गया। दूतों ने उसको समाचार दिया कि सिकंदर बराबर आगरा की ओर लौटता चला जा रहा है। अपनी व्यवस्था को दृढ़ करने के उद्देश्य से उसने सिकंदर का पीछा करना उचित नहीं समझा।

: ६९ :

सिकंदर की सहायक सेना इटावे में थी। शीघ्र चंबल पार करके उससे चंबल की घाटियों पर आ मिली। सिकंदर ने तुरंत कूच किया। विशाल सेना के दो बड़े-बड़े भाग किए। एक नरवर की ओर गया, वह स्वयं उसका नायक था। दूसरा ग्वालियर पर आया। मानसिंह परिमित साधनों के कारण किले के बाहर बहुत दिनों युद्ध नहीं कर सकता था। इसलिए उसने छापामारों के कई दल दिल्ली की सेना को निरंतर सताने के लिए छोड़ दिए और वह किले से युद्ध जारी रखने की योजना में लग गया।

सिकंदर ने नरवर को घेरा। नरवरवाले अपने किले को अजेय समझते थे। था भी। माँडू का कोई डर सिकंदर को नहीं था। चंदेरी को जब चाहे तब दबा सकता था। उसको मालूम हो गया था कि माँडू के सुल्तान का शासन निर्बल पड़ गया है और राजपूतों के समूहों तथा तुर्क-पठानों के समूहों में द्वंद्व चलता रहता है। नरवर को जीत लिया तो चंदेरी सहज हो जाएगी, मालवा पैरों तले आ जाएगा और ग्वालियर का भी दमन कर लूँगा, उसकी धारणा थी।

सिकंदर की सहायता के लिए राजसिंह भी आ गया। उसको संसार में नरवर की

बपौती के सामने और कुछ नहीं दिखता था। उत्तेजना देने के लिए उसका भाट निरंतर साथ रहता था। उस समय तुर्क-पठानों की राजनीति को प्रेरणा मुल्लों-मौलवियों से मिलती थी और अधिकांश राजपूतों को भाटों से।

सारे राजपूत इस उक्ति के कायल थे—

गाज तें बचोगे काल, बचो जमराज हूतैं
नाहिन बचोगे कंत कवि की आवाज तें।

सिकंदर और राजसिंह ने नरवर पर हमले किए, परंतु नरवर के फाटक टस से मस न हुए। नरवरवाले आशा करते थे कि पहले की भाँति ग्वालियर से सहायता एक न एक दिन आ जाएगी, परंतु उनको क्या मालूम था कि ग्वालियर के चारों ओर घेरा पड़ा हुआ है।

नरवर के घेरे को बारहवाँ महीना लग गया। सिकंदर दाँत किचकिचाकर नरवर के विनाश पर डटा हुआ था। उसको विश्वास था कि हथियारों से नरवर को न मिटा सका तो भूखों मारकर तो मिटा ही दूँगा।

और ऐसा ही हुआ।

नरवर के भीतर अन्न सामग्री बिलकुल चुक गई। कुछ दिन पेड़ों की छाल और पत्तों से काम चलाया। फिर असह्य हो गया।

लड़नेवाले मकरध्वज ताल पर एकत्र हुए। पानी पिया। गए जमाने के मकरध्वज का स्मरण किया और नित्य उदय और अस्त होनेवाले सूर्य को नमस्कार किया। अपने मंदिरों की ओर आँख फेरी और भौंहें तानीं।

फिर ऐसी परिस्थिति में जो कुछ होता आया था, हुआ—चिताएँ चुनी गईं, स्त्रियों ने आत्माहुति की। लड़नेवाले किले का फाटक खोलकर तलवारें लिए हुए शत्रुओं की तलवारों पर टूट पड़े। सिकंदर को विजय मिल गई। परंतु उसके तारीख नवीस को भी उस दिन लिखना पड़ा कि नरवर ने आत्म-समर्पण भूखों मरकर ही किया।

सिकंदर को विजय तो मिल गई परंतु क्रोध बढ़ गया। राजसिंह से कहा, 'मैं नरवर का नक्शा जब बिलकुल बदल दूँगा तब आपको जागीर में लगा दूँगा। चलना हो लो मेरे साथ भीतर चलो और हथौड़ों का काम देखो, वरना जब बुलाऊँ तब आना।'

राजसिंह उसके साथ किले में नहीं गया। वह समझ गया और भाट भी समझ गया, इसलिए उत्तेजित नहीं कर सका।

सिकंदर किले के भीतर गया। किले के चारों खंडों का चक्कर काटकर निरीक्षण किया। थोड़े से शैव और वैष्णव मंदिर थे, प्रचुर संख्या में जैन मंदिर। जैन मूर्तियाँ शांत रस की अवतार, शांति को प्रदान करनेवाली। परंतु विष्णु की मुसकान, शिव की तेजस्विता और जैन तीर्थंकरों की शांति-वरदता से उसको वास्ता ही क्या था?

सिकंदर ने नरवर में छः महीने रहकर मंदिरों और मूर्तियों का ऐसा चकनाचूर किया कि कोई कह नहीं सकता था, नरवर में कभी कोई मंदिर या मूर्ति थी। सौंदर्य और शांति के प्रतीकों का यह सारा विध्वंस उसने अपनी निगरानी में कराया था। मानसिंह और ग्वालियर को न मिटा पाया तो उनके प्रिय प्रतीकों को तो चूर कर दिया! उसने अपनी क्रोधाग्नि को इस तरह बुझाने के प्रयत्न किए।

परंतु उसने व्यापार करनेवाले सेठ-साहूकारों को नहीं सताया। उनके व्यापार की उसको जरूरत थी और सेठ-साहूकारों को उसके टकों की। किसानों को लगान किसी को भी देना था। उनकी गाँव पंचायतें थीं ही। अपने में संपूर्ण परंतु एक दूसरे से अलग।

छः महीने के बाद उसने राजसिंह को बुलाया और किला तथा नरवर की जागीर उसे देकर ग्वालियर की ओर चल दिया। परंतु दिल्ली से निकले उसको डेढ़ साल से ऊपर हो गया था। क्रोध को नरवर में ठंडा कर ही आया था, ग्वालियर को जीत लेने की आशा थी नहीं, इसलिए ग्वालियर से अपनी सेना को समेटकर दिल्ली चला गया।

राजसिंह ने नरवर को प्राप्त करने के बाद कला को भी बुला लिया। किले के एक भाग में उसके पुराने और नए सैनिक आ बसे थे, बाकी उजाड़ पड़ा था। ढाई कोस के घेरेवाला इतना बड़ा किला! कितनी ऊँचाई पर!! कितनी शताब्दियों बाद आज फिर से अपने घर आया! राजसिंह ने अपनी इस बड़ी संपदा को घुमा-घुमाकर दिखाया।

उत्तरवर्ती पहला खंड ढोलाबाड़ा नाम से प्रख्यात था। राजसिंह ने बताया, 'ढोला हमारे पुरखे थे, इस फाटक से कूदकर उनको भागना पड़ा था। वह दूल्हा भी कहलाते थे। आज उनकी जगह मैं दूल्हा बनकर तुम्हारे साथ हूँ।'

फिर कुछ रुककर बोला, 'देखो इस फाटक के पास कँगूरे नीचे झुके हुए हैं। जब राजा नल ने इस स्थान को छोड़ा तब शोक के मारे ये कँगूरे झुक गए थे। और देखो, यह राजा नल का मंच है और यह उनके बैठने की चटाई। राजा नल हमारे पुराने पुरखा होते हैं।'

क्या राजा नल इतने दरिद्र थे कि मोटे-झोटे तख्त और इस सड़ियल चटाई पर बैठा करते थे? कला ने सोचा। जब वे दोनों किले के उस खंड में पहुँचे जिसमें दूर तक मूर्तियों के टुकड़े और चूरे पड़े थे, तब कला चौंकी।

उसने पूछा, 'यह क्या?'

राजसिंह ने सिंकदर के विनाश-कार्य का संक्षेप में वर्णन किया।

उसको लगा, जैसे खंडित मूर्तियाँ चुपचाप कोस-कोसकर कह रही हों, तुमने हमको क्यों नहीं बचाया? कला की आँखों में आँसू आ गए। गद्गद स्वर में बोली, 'यह सब आपने क्यों होने दिया? कैसे होने दिया?'

राजसिंह सकपका गया। एक क्षण में सँभलकर उसने कहा, 'मैं नहीं था यहाँ उन दिनों, इसमें मेरा हाथ नहीं रहा।'

'तो आपने रोका क्यों नहीं?'

'मैं अकेला कर ही क्या सकता था? तुमको सँभालता या इसे देखता। अब जो हुआ सो हो गया। मैं यहाँ बहुत से मंदिर, महल बनवा दूँगा।'

'मैं यहाँ कभी नहीं आऊँगी। मैं नहीं जानती थी, कभी नहीं सोचा था।' नष्ट हो जाने पर भी उन मूर्ति खंडों में शांति थी–बिखरी हुई शांति। कला भ्रष्ट भी हो जाए, योगी पतित भी हो जाए, तो भी उसमें बड़प्पन का कुछ अंश तो रहता ही है। कला सोचती हुई उसके साथ चली गई।

: ७० :

मृगनयनी की अवस्था ढल रही थी, परंतु सौंदर्य बढ़ रहा था। ऊपर का लावण्य स्थिर हो गया और भीतर का बढ़ता हुआ सौंदर्य आँखों में छा गया।

ललित कलाओं पर उसको अधिकार प्राप्त हो गया था, फिर भी उसने अभ्यास निरंतर रखा। बैजू ने ध्रुवपद की एक नई परिपाटी तैयार करके माँज ली थी। इसके माँजने में उसको मानसिंह से सहायता मिली; परंतु मृगनयनी से उसकी भी अपेक्षा अधिक। ध्रुवपद इसके पहले भी कई नामों से गाया जाता था, परंतु उसके चार अंग स्थायी, अंतरा, संचारी और आभोग–इन तीनों के सहयोग से ही बने और निखरे। कई राग मृगनयनी के सुझाव, प्रेरणा और सहकारिता से बैजू ने बनाए, जैसे गूजरी, मालगूजरी, बाहुलगूजरी और मंगलगूजरी।

विजय कहा करता था, 'काम ही सब कुछ है। काम करना ही मानव धर्म है। काम करते-करते ही मनुष्य स्वर्गलोक की भी प्राप्ति कर सकता है।'

मानसिंह बतलाया करता था, 'मनुष्य अकेले-अकेले काम करके संतोष और हर्ष को तो प्राप्त कर सकता है, परंतु काम से आनंद तभी हाथ लग सकता है, जब दूसरों के सहयोग से किया जाए।'

सिकंदर या किसी भी आक्रांता की बला टल गई थी, परंतु वह जानता था कि यह बला फिर कभी सिर पर आ सकती है, इसलिए वह सेना को सँभालने में बहुत व्यस्त रहने लगा। कुछ समय निकालकर वह गूजरी महल में भी आया करता था।

बैसाख-जेठ की ऋतु थी। वे दोनों गूजरी महल की छत पर थे। धुंध में लिपटी हुई-सी चाँदनी छिटकी हुई थी। मानसिंह ने आग्रह किया, 'कुछ गाओ।' तँबूरा पास रखा हुआ था।

'क्या गाऊँ?' मृगनयनी ने शांत स्वर में पूछा।

'अपना कोई ध्रुवपद। मुझको बहुत अच्छा लगता है। नायक बैजू की गायकी में भी उतना मिठास नहीं मिलता जितना तुम्हारे गले में।'

'नायक नायक ही हैं। मैं तो उनकी शिष्या-भर हूँ।'

'शिष्य तो उनके बहुत से हो गए हैं जो इस नई परिपाटी को देश-भर में फैलाएँगे। परंतु तुम तुम्हीं हो।'

'मैं ध्रुवपद नहीं सुनाना चाहती, कुछ और गाऊँगी।'

'जो मन को भावे गाओ, मैं तो सुनना चाहता हूँ।'

मृगनयनी तँबूरा उठाकर गाने लगी—

मोरी तोहि लाज मुकुट बारे, मोरी तोहि;
चंदा सूरज तोरी सेवा करत हैं।
विनति करत नौ लख तारे। मोरी तोहि—

मृगनयनी ने दुहरा-दुहराकर इसी पद को बड़े रस के साथ गाया। गायन की समाप्ति पर दोनों आकाश की ओर देखने लगे। चंद्रमा और तारे आँखों में काँपते से जान पड़े।

एक सेविका ने सूचना दी, 'नायक बैजू आए हैं।'

बैजू को बिठलवा लिया गया। वे दोनों आँगन में जाकर उससे मिले।

बैजू को शिकायत थी, 'अब आप गायन की ओर कम ध्यान देने लगी हैं। अधिक दीजिए।'

मृगनयनी बोली, 'मैं तो देती हूँ। इनको सेना, राजनीति इत्यादि के सँभालने में लगा रहने दीजिए। आपके संगीत विद्यापीठ को पूरी सहायता मिल रही है। और कोई आवश्यकता है?'

बैजू ने आवश्यकता बताई, 'राजा को संगीत का गहरा ज्ञान है। जब सामने होते हैं, तब अनेक नई सूझें निकालते हैं। इनको सामने रहना चाहिए।'

'दुश्मन फिर सिर पर आ सकता है, इसलिए उनका सामना करने की तैयारी में सदा लगे रहना अधिक आवश्यक है।' मानसिंह ने कहा।

बैजू चिल्ला पड़ा, 'आप कहते क्या हैं! सब दुश्मन मर गए। सरस्वती की कृपा से अब कोई नया उत्पन्न नहीं होगा। आवेगा भी तो फिर वैसे भागकर लौट जावेगा।'

'हठ मत करिए, नायकजी,' मृगनयनी विनय के स्वर में बोली।

'तो मेरा मन नहीं लगेगा।' बैजू ने कहा।

एक क्षण बाद मृगनयनी ने प्रश्न किया, 'आचार्य विजयजंगम कहते हैं कि आपने जो नए राग बना लिए सो बना लिए, अब नहीं बना सकते, क्या यह बात ठीक है?'

'विजयजंगम क्या जाने। वह तो ऐसा कहते ही रहते हैं।'

'और किसी-किसी की कल्पना है कि गूजरी-टोढ़ी राग जो अनजाने बनाया है उसकी कुछ रूप-रेखा गुजरात में पहले से है।'

'कौन मूर्ख कहता है? आपने एक दिन टोड़ी राग गाते हुए अनजाने एक तान लगाई।

मैंने उसको मन में रख लिया और उसका विस्तार करके गूजरी टोड़ी बनाकर खड़ी कर दी। मूर्ख लोग क्या जानें।'

'तो अब नए राग कैसे बनेंगे? आपका मन कुछ हार खा गया है न?'

'नहीं तो। जब अकेले में सरस्वती की आराधना करता हूँ, तब नई-नई बातें झूमती-सी उमगती चली आती हैं। मन कभी नहीं हारेगा।'

मृगनयनी ने मानसिंह की ओर सूक्ष्म दृष्टि फेरी। बैजू ने लक्ष्य नहीं किया। वह कुछ गुनगुना उठा था।

मानसिंह ने मुसकराकर कहा, 'तो जब तक मैं तलवार द्वारा दुर्गा की आराधना करता हूँ, आप नए-नए रागों के सृजन द्वारा सरस्वती की आराधना करिए।'

बैजू हँस पड़ा। बोला, 'हाँ, ठीक है। ऐसा ही होगा।'

: ७१ :

नरवर के विनाश को हुए कई बरस हो गए थे, चंदेरी भी मालवा से कटकर नरवर के अधीन आ गई थी परंतु नसीरुद्दीन को लगता था जैसे कुछ दिन ही हुए हों और कहीं कुछ हुआ न हो।

क्योंकि, उसका प्रण पूरा हो चुका था। परियों के बही-खाते में पूरे पंद्रह हजार की गिनती दर्ज हो चुकी थी।

उतरते बैसाख के महीने में उसको फिर जलविहार की सूझी। संध्या के पहले कालियादह झील पर कनातों से घिरे रंग-बिरंगे वितानों के नीचे फिर परीस्तान का जमघट जुड़ा। अब की बार हमेशा से बढ़कर रंग-बिरंगे वस्त्र-आभूषण, नई-नई भिन्नताएँ, नए खेल-कूदों का आयोजन। मदमस्ती फूट-फूटकर वितानों के नीचे बहने लगी। रंगीन गुड़ियों की चटक-मटक हिलोड़ें खाने लगी।

ख्वाजा मटरू पास था। नसीर ने आदेश दिया, 'पानी में छुआ-छुअव्वल का खेल हो। उसके बाद नाच-गाना।'

'जो हुक्म, जहाँपनाह।'

'मैं भी छुआ-छुअव्वल के खेल में शरीक होऊँगा।' उसकी जलती हुई कामुकता ने प्रेरणा दी।

'जो हुकुम,' ख्वाजा मटरू के मुँह से फिर निकला।

बड़े नखरों के साथ नाच-गान हुआ। ऐसा कि अश्लीलता भी शरमा गई होगी। नाच-गान की समाप्ति होते-होते नसीर तकिए के सहारे पड़कर सो गया। अश्लीलता के इतने आकार-प्रकार उसके अनुभव में आ चुके थे कि अब कोई अश्लीलता उसको देर तक आकर्षण नहीं दे सकती थी।

परीस्तान जलविहार के लिए उत्कंठित था। परंतु सुल्तान को जगावे कौन? किसमें इतनी हिम्मत? मटरू से आग्रह किया। उसको भी साहस नहीं हुआ।

मटरू ने एक मनचली के कान में कुछ कहा। वह कुछ दूर जाकर चिल्लाई—'साँप! साँप!! साँप!!!'

कई कंठों से वह ध्वनि बेभाव निकली।

नसीर भी जागकर चिल्ला पड़ा, 'साँप! साँप!! साँप!!! कहाँ है? कहा है?'

मटरू ने दौड़कर अर्ज की, 'जहाँपनाह, मारा गया।'

नसीर ने आदेश दिया, 'दूर फेंक दो उसको। मगर झील में मत फेंकना। कनात के बाहर फेंक दो। पहरेवाले उसको कहीं गाड़ देंगे।'

'फेंक दिया, जहाँपनाह।' मटरू ने सांत्वना दी।

नसीर ने चैन की साँस लेकर कहा, 'कल से जहाँ-जहाँ साँप मिलें सबको मारना शुरू कर दो। अच्छा अब वह खेल हो।'

परियाँ पानी में कूद पड़ीं। नसीर भी उतर गया। खेल होने लगा। होते-होते तैरनेवाली दूर जाने लगीं। परंतु बहुत दूर नहीं। नसीर कुछ दूर निकल गया।

थोड़ी ही देर खेलने के बाद नसीर थक गया। दम फूल गया। हाथ-पैर फेंकने लगा। मटरू ने किनारे पर से देखा। सोचा, सुल्तान खिलवाड़ कर रहा है।

सुल्तान के हाथ-पैर ढीले पड़ गए। चिल्लाया, 'बचाओ!' कनात के बाहर सिपाहियों ने सुन लिया, परंतु उनकी हिम्मत नहीं पड़ी। कौन अपना सिर और हाथ कटवाए, उन्होंने सोचा।

सुल्तान फिर चिल्लाया, 'बचाओ!!'

परियों को भी पुराना अनुभव याद आ गया। इनको बचाने में कहीं हम ही न डूब जाएँ। कोई भी उसकी तरफ नहीं बढ़ी। सब सोचती थीं कोई आकर बचा लेगा।

मटरू इधर-उधर दौड़-धूप कर रहा था और चिल्ला रहा था।

'कम्बख्तो! बचाओ!!' उसका सारा प्रयास प्रदर्शन-मात्र था। वह चाहता था सुल्तान देख ले ख्वाज़ा कितना तत्पर है!

बचाने कोई नहीं पहुँचा, सुल्तान डुब्ब से पानी के नीचे चला गया।

अब हायतौबा और चिल्ल-पुकार मची। परियाँ पानी में से निकल-निकलकर कपड़े पहनने-सँभालने में लग गईं। बाहर रौरा बढ़ गया।

उस सारे रौर के ऊपर दो शब्द गूँज रहे थे, 'सुल्तान डूब गए!' 'सुल्तान डूब गए!!'

पहरेवालों का धीरज और डर समाप्त हो गया। कनात को काटकर भीतर धँस पड़े। स्त्रियाँ इधर-उधर चिल्लाती-भागती फिर रही थीं, एक-दूसरे से टकरा-टकरा जा रही थीं। सिपाहियों ने मटरू को पकड़ लिया।

नसीर के लड़के के पास समाचार पहुँचा। वह तुरंत आया। पहला काम जो उसने किया वह था मटरू का वध। फिर उसने व्यवस्था की।

दूसरा काम जो उसने किया वह था परीस्तान का तितर-बितर करना।

तीसरा काम जो उसने किया वह था मेदनीराय को बुलाकर राजपूतों द्वारा सरकश सरदारों का दमन और मालवा का शासन। मुल्ले-मौलवियों को बुरा लगा, परंतु उसने परवाह नहीं की। नसीर का लड़का महमूद खिजली द्वितीय के नाम से प्रख्यात हुआ।

: ७२ :

मेवाड़ के सिंहासन को राणा साँगा ने पाया। महमूद बघर्रा उसके दो वर्ष पीछे भोजन, ब्यालू और रक्तपात को करते-करते मर गया। दक्षिण में कृष्णदेवराय ने विजयनगर को समृद्ध किया। सिकंदर लोदी को उसके भाई जलाल ने परेशान किया। लड़ाई स्वाभाविक ही थी। लड़ाई हुई। जलाल हारा और भागकर सिकंदर के चिरशत्रु मानसिंह के पास सहायता के लिए ग्वालियर आया। मानसिंह अपने सैनिकों का इस तरह लड़ाई में व्यर्थ व्यय नहीं करना चाहता था, इसलिए जलाल अपने अनेक साथियों को ग्वालियर में ही छोड़कर गोंडवाने की तरफ भाग गया, वहाँ पकड़ा गया और आगरा भेज दिया गया। सिकंदर ने वही किया जो ऐसी परिस्थिति में वहाँ होता आया था, अर्थात् सिकंदर ने उसको प्राणवध का दंड दिया।

जलाल अपने जिन अनेक साथियों को ग्वालियर में छोड़ गया था, वे अपने को अनाथ पा रहे थे। दिल्ली जा नहीं सकते थे क्योंकि सिकंदर उनका कतल करवाए बिना न मानता, कहीं अन्यत्र उनके लिए ठिकाना न था।

मानसिंह ने उनको शरण प्रदान की। आश्वासन दिया, 'मेरा झगड़ा सुल्तान और सुल्तानी शासन से है न कि मुसलमानों से। काम करो, राजभक्त रहो और हिंदुओं के समान ही बरताव पाते हुए इज्जत के साथ जीवन बिताओ।'

सिकंदर को ग्वालियर की हार कभी न भूली। उसने अब की बार बहुत बड़ी तैयारी की। निश्चय किया, ग्वालियर की वही दुर्गति करूँगा जो नरवर की की थी। इस तैयारी की फिकर में वह मर भी गया।

मानसिंह ललित कला के विकास और सैन्य-संगठन के समन्वय में लगा हुआ था। उसको केवल एक चिंता थी—बड़ी रानी से पुत्र विक्रमादित्य था। मृगनयनी से दो पुत्र राजसिंह और बालसिंह—राजे और बाले। राज्य कौन करेगा? एक या तीनों? अथवा राज्य के तीन या दो बराबर-बराबर भाग कर दिए जाएँ? तीन या दो भाग कर देने से फिर ग्वालियर कितने समय तक आगरा-दिल्ली के सामने टिक सकेगा? यह समस्या उसको चिंतित किए रहती थी। इस चिंता में कड़वापन उस समय और आ जुड़ता था

जब सुमनमोहिनी इस समस्या के सुलझाने का हठ करने लगती थी। वह सोचता था, बड़ी रानी को भय है कि मैं कहीं यकायक मर जाऊँ तो गूजरी रानी उपद्रव करवा उठेगी, क्योंकि उसको राज्य का अधिकांश मान्यता और अपनी श्रद्धा दिए हुए था। मेरे मरने की सोचती है यह! अपने मरने का यह कड़वापन उसको बहुत अखर-अखर जाता था।

एक दिन सुमनमोहिनी ने इस प्रसंग को अनिश्चय के कुहासे में से निकालकर निस्संशयता के स्पष्ट प्रकाश में ले आने का दृढ़ संकल्प किया।

अवसर पाते ही उसने मानसिंह से कहा, 'दिल्ली का सुल्तान फिर चढ़ आने की तैयारी कर रहा है।'

'समाचार आ गया है। वह मर गया।'

'वह मर गया तो दूसरा आवेगा।'

'सामना करेंगे। जीवन है ही इसके लिए।'

'आपकी सारी उमर परिश्रम करते-करते ही बीती है। अब तो कुछ विश्राम मिलना चाहिए। भजन-पूजन को भी कुछ अधिक समय।'

'काम करनेवाला मरने से कुछ घंटे पहले ही बुड्ढा होता है। मैं तो किसी बात में भी शिथिल नहीं हूँ और भजन-पूजन भी करता रहता हूँ?'

'इन कुमारों से भी कुछ काम लीजिए, नहीं तो यह निकम्मे पड़ जावेंगे।'

'सिखला रहा हूँ।'

'यदि नरवर का किला किसी कुमार के हाथ में होता तो यों ही न निकल जाता। क्या फिर हाथ आ सकेगा?'

'प्रयत्न कर रहा हूँ।'

'यदि हाथ आ गया तो किसी कुमार को सौंप देंगे?'

'वे दोनों तो छोटे-छोटे ही हैं। बड़े कुमार विक्रमादित्य को भेज दूँगा, यदि हाथ लग गया तो।'

'छोटों को क्यों नहीं? क्या वे दोनों इतने प्यारे हैं कि ग्वालियर में रहें और विक्रम नरवर में रहे?'

'इसको कहते हैं—सूत न कपास, कोरी लट्ठमलट्ठा!'

'गूजरी महल में सूत और कपास सभी कुछ हैं! साफ क्यों नहीं कह देते कि राजसिंह या बालसिंह में से किसी को ग्वालियर का राज्य दिया जाएगा। और विक्रम को नरवर या ऐसे ही कहीं के जंगल और पहाड़ की जागीर।'

'अभी तो मैं हूँ और बहुत दिन जिऊँगा।'

'भगवान् करे आप सहस्र वर्ष जिएँ और राज्य करें, मैं कल ही मर जाऊँ। आपके दस

हजार ब्याह और हों।'

बड़ी रानी के गले में हिलकी आ गई और मानसिंह के होंठों पर हँसी। बड़ी रानी की हिलकी बंद हो गई, आँसूओं में चिनगारियाँ फूट पड़ीं।

बोली, 'आपको स्पष्ट कर देना चाहिए। जिसको राज्य देना हो, अभी से कह दीजिए।'

'जो योग्य होगा, वही राज्य करेगा। अभी से विष को बोने की अटक ही क्या है? विक्रम मुझको कितना प्यारा है, उसको वह जानता है, आप नहीं जानतीं।'

'परंतु आपको जितना मैं जानती हूँ उतना विक्रम नहीं जानता।'

'और आप यह भी नहीं जानतीं कि उन तीनों में परस्पर कितना स्नेह है!'

'हाँ आ! इन सब बातों को गूजरी रानी अधिक अच्छा जानती हैं। क्या ग्वालियर के तीन टुकड़े किए जाएँगे?'

मानसिंह ने शांत मुसकान के साथ उत्तर दिया, 'आज तो टुकड़े हो नहीं रहे हैं।'

उस शांत मुसकान के नीचे मानसिंह के हृदय में बहुत कुढ़न थी।

: ७३ :

कुछ दिन पीछे मृगनयनी ने मानसिंह से कहा, 'चलिए चित्रशाला के उस चित्र को दिखाऊँ।'

उत्कंठा के साथ मानसिंह ने पूछा, 'हो गया पूरा?'

उसने उत्तर दिया, 'पूरा तो नहीं हुआ, थोड़ी-सी कसर है पर कुछ आगे बढ़ गया है।'

मानसिंह उसके साथ चित्रशाला में गया। उस चित्र के नृत्यवाले अंग में कुछ रंग और भर दिए गए थे। दूसरा अंग काफी भर दिया गया था परंतु उसमें थोडी-सी कसर और थी।

कलावाले अंग के ऊपर लिखा था, 'कला' और दूसरे अंग के ऊपर लिखा था 'कर्तव्य'। उसको मानसिंह ने पहले लिखा नहीं देखा था। 'कर्तव्य' वाले अंग के ऊपर एक खूँटी से लाखीवाली मोतियों की माला टँकी हुई थी। झिझरियों के प्रकाश में झिलमिला रही थी।

मृगनयनी ने मानसिंह के हाथ में एक पत्र दिया। मानसिंह ने पढ़ा। इसमें लिखा था—राजसिंह और बालसिंह गद्दी या जागीर के अधिकारी नहीं होंगे। वे अपने भाई की आज्ञा का पालन करते हुए केवल अपने कर्तव्य का निर्वाह करेंगे। इस लेख की एक प्रतिलिपि महारानी सुमनमोहिनी के पास आज ही भेज दी गई है।

पत्र को पढ़कर राजा ने आश्चर्य के साथ मृगनयनी की ओर देखा।

उसके चेहरे पर मुसकान थी।

मृगनयनी के केश-कलाप में कुछ रजत रेखाओं की लहरें प्रकट हो चुकी थीं। लगता था जैसे बेला-चमेली की रेखाएँ स्वास्थ्य के स्मितों में जगमगा रही हों।

शरीर का सौंदर्य आत्मा के सलोनेपन को और भी अधिक पा चुका था।

उसको स्मरण हो आया—स्त्री का गौरव, सौंदर्य, महत्त्व स्थिरता में है, जैसे उस नदी का जो बरसात के मटमैले, तेज प्रवाह के बाद शरद् में नीले जलवाली, मंथर गतिगामिनी हो जाती है—दूर से बिलकुल स्थिर, बहुत पास से प्रगतिशालिनी।

मानसिंह की आँखें सजल हो गईं।

'यह तुमने क्या किया?' मानसिंह के काँपते हुए होंठों से धीरे से निकला।

चित्र के 'कर्तव्य' वाले अंग की ओर उँगली उठाती हुई वह बोली, 'यह!'

मृगनयनी की मुसकान और खिली। मानसिंह की आँखें और सजल हुईं।

मानसिंह के मुँह से और भी धीरे से एक वाक्य निकला, 'अब तो चित्र का यह अंग पूरा हो जाना चाहिए। उसको अधूरा क्यों छोड़ा जा रहा है?'

मृगनयनी ने कहा, 'संकल्प और भावना जीवन-तखड़ी के दो पलड़े हैं। जिसको अधिक भार से लाद दीजिए, वही नीचे चला जाएगा। संकल्प कर्तव्य है और भावना कला। दोनों के समान समन्वय की आवश्यकता है। न तो कला का अंश पूरा हुआ है और न कर्तव्य का। तखड़ी के दोनों पलड़े तुले हुए हैं इस चित्र में।'

मृगनयनी की दृष्टि लाखी के मुक्ताहार पर गई। आँखें थोड़ी-सी झलझला आईं।

मानसिंह ने भी देखा।

और भी दबे स्वर में बोला, 'कर्तव्यवाले अंग में अब कौन-सी कसर रह गई है, देवी?'

मोतियों की माला और संपूर्ण चित्र पर दृष्टि घुमाती हुई मृगनयनी ने कर्तव्यवाले अंश पर उँगली रखकर कहा, 'प्रजा के सुख की, देश की स्वाधीनता की।'

मानसिंह ने मृगनयनी को छाती से लगा लिया। मृगनयनी ने उसके कंधे पर अपना सिर टिका दिया। उजली, बड़ी आँखें मानसिंह की झुकी हुई बरौनियों से उलझ गईं और दोनों के अश्रुबिंदु एक-दूसरे से जा मिले।

मानसिंह के काँपते हुए होंठों से धीमे-धीमे शब्द निकले—

'कला और कर्तव्य का समन्वय इस कसर को किसी दिन अवश्य पूरा करेगा।'

फिर उन दोनों की दृष्टि मोती-माला की ओर गई।

वह दमक रही थी।